METAMORPHOSES
BY
OVIDIUS

라 틴 어 원 전 번 역

변신 이야기

오비디우스 지음 | 천병희 옮김

Metamorphoses

변신 이야기

—

제1판 1쇄 2005년 3월 15일
제1판 8쇄 2016년 2월 10일
제2판 1쇄 2017년 10월 15일
제2판 4쇄 2023년 3월 30일

—

지은이 오비디우스
옮긴이 천병희
펴낸이 강규순

—

펴낸곳 도서출판 숲
등록번호 제406-2004-000118호
주소 경기도 파주시 돌곶이길 108-22
전화 (031)944-3139 **팩스** (031)944-3039
E-mail book_soop@naver.com
디자인 씨디자인

—

ⓒ 천병희, 2017. Printed in Paju, Korea
ISBN 978-89-91290-80-8 03890
값 28,000원
잘못 만들어진 책은 구입하신 서점에서 바꿔드립니다.

이 도서의 국립중앙도서관 출판시도서목록(CIP)은 서지정보유통지원시스템
홈페이지(http://seoji.nl.go.kr)와 국가자료공동목록시스템(http://www.nl.go.kr/kolisnet)에서
이용하실 수 있습니다. (CIP2017024760)

〈악타이온의 죽음〉, 티치아노

숲 속을 헤매던 사냥꾼 악타이온은 사냥을 마치고 목욕을 하는 디아나 여신의 발가벗은 알몸을 보게 된다. 분노한 여신은 물을 끼얹어 그를 수사슴으로 변하게 하는데 그를 알아볼 리 없는 그의 사냥개들이 주인을 갈기갈기 찢는다. 사냥하는 처녀신 디아나는 순결한 여성성의 상징이며 사냥과 목욕을 즐긴다. (3권 138행 이하)

▲ 〈마르스, 베누스, 쿠피도〉 지오바니

마르스와 베누스와의 간통 장면을 처음 본 것은 만물을 맨 먼저 보는 태양신인데 그가 불카누스에게 알렸다. 그리하여 마르스와 베누스는 포옹하던 중에 붙잡힌다. 불카누스는 사슬에 걸린 채 창피하게 누워 있는 마르스와 베누스를 공개했는데 이 장면을 본 신들은 불쾌해하지 않았고, 그들 중 누군가는 자기도 그렇게 창피를 당해봤으면 좋겠다고 이야기했다. (4권 166행 이하)

▶ 힘센 말에 시달리는 암피온 일가

암피온의 아내 니오베는 자식복이 많은 여자였는데, 자식 자랑을 늘어놓으며 그런 자신이 굳이 라토나의 제단에 예를 갖추어야 하냐며 분향하기를 거부하자 화가 난 라토나는 그녀의 일곱 아들에게 복수한다. 힘센 말들에 올라타고 달리던 그녀의 아들들은 하나둘 사고를 당해 죽는다. (6권 145행 이하)

<은하수의 유래>, 야코포 틴토레토

윱피테르의 손에 안긴 어린 헤르쿨레스가 유노의 젖을 빠는데 그 힘에 놀라 잠이 깬 유노. 이때 뿜어져 나온 모유가 하늘의 은하수(The Milky Way)를 만들고 있다. (1권 169행)

〈아폴로와 다프네〉, 폴라이유올로

"이 개구쟁이 꼬마야, 전사들이 쓰는 화살이 네게 왜 필요하지?" 아폴로의 빈정거림에 화가 난 쿠피도는 화살 두 개를 쏜다. 쿠피도의 화살을 맞은 아폴로는 사랑에 빠져 쫓고, 다프네는 사랑으로부터 도망치기 위해 쫓기게 된다. 쫓기다 지친 다프네는 "너무나도 호감을 샀던 내 이 모습을 바꾸어 없애주세요!"라고 기도했고, 기도가 끝나기도 전에 다프네는 월계수로 변하고 있다. (1권 450행 이하)

〈오르페우스〉 부분, 사베리

박쿠스를 섬기던 전설적인 음유시인 오르페우스가 악기를 연주하고 있다. 그가 언덕에 앉아 뤼라를 연주하면 그늘이 그곳으로 옮겨올 정도로 산천초목과 짐승들까지 그의 연주에 귀기울였다. (10권 1행 이하)

〈박쿠스와 아리아드네〉, 티치아노

미노타우루스를 죽이고 '아리아드네의 실'을 따라 미궁으로부터 탈출할 수 있었던 테세우스는 그녀와 함께 낙소스 섬으로 가서는 그 해안에 그녀를 두고 떠난다. 낙소스 섬은 박쿠스가 태어난 곳이라는 설도 있지만, 박쿠스가 테세우스에게 버림받은 아리아드네를 구해준 곳으로 더 유명하다. 술에 취해 즐거워하는 추종자들과 함께 아리아드네와 마주친 박쿠스 신. (8권 172행 이하)

▲ 파르테논(Parthenon '처녀신의 신전' 이란 뜻)

기원전 5세기 페리클레스 시대에 아테나이인들이 자신들의 수호여신 아테네에게 지어 바친 신전으로 도리스식 기둥들만 남아 있다시피한 지금도 서양에서 가장 아름다운 건축물로 평가받고 있다.

◀ 〈무사 여신 에라토〉, 코지모 투라

윱피테르와 므네모쉬네(Mnemosyne '기억' 이란 뜻) 여신의 딸들인 무사 여신들은 시가(詩歌)의 여신들로 3명, 7명 또는 9명으로 알려졌는데 고전시대에 9명으로 정립되었다. 창의적인 영감을 주는 이들은 각기 고유한 영역을 맡았는데 에라토는 뤼라 및 뤼라가 반주하는 서정시를 관장하는 것으로 알려져 있다.

이 책에 등장하는 이름 쓰기 비교표 (신명, 인명, 지명 순)

로마 식 쓰기	그리스 식 쓰기	로마 식 쓰기	그리스 식 쓰기
우라누스	우라노스	포르투나	튀케
테르라, 텔루스	가이아	빅토리아	니케
사투르누스	크로노스	헤르쿨레스	헤라클레스
읍피테르	제우스	다르다누스	다르다노스
넵투누스	포세이돈	테우케르, 테우크루스	테우크로스
플루톤, 디스	하데스, 플루톤	아이네아스	아이네이아스
유노	헤라	아스카니우스	아스카니오스
케레스	데메테르	울릭세스	오뒷세우스
베스타	헤스티아	아킬레스	아킬레우스
라토나	레토	아이약스	아이아스
미네르바	아테나, 아테네	메넬라우스	메넬라오스
아폴로	아폴론	헤쿠베	헤카베
포이부스	포이보스	데이아니라	데이아네이라
디아나	아르테미스	피리토우스	페이리토오스
베누스	아프로디테	힙포다메	힙포다메이아
마르스	아레스	메데아	메데이아
메르쿠리우스	헤르메스	켄타우루스	켄타우로스
불카누스	헤파이스토스	트로이야	트로이아
박쿠스	디오뉘소스, 박코스	델피	델포이
쿠피도, 아모르	에로스	아이트나	아이트네
파르카이	모이라이	트라키아	트라케
프로세르피나	페르세포네	트라킨	트라키스
아이스쿨라피우스	아스클레피오스	이다	이데
아우로라	에오스	아켈로우스	아켈로오스

▲ 〈아스카니우스로 변한 쿠피도와 아이네아스를 맞이하는 디도〉, 프란체스코 솔리메나

아이네아스가 오랜 방랑 끝에 도착한 곳은 튀로스 왕 벨루스의 딸 디도가 건설한 카르타고이다. 그곳에 머물며
아이네아스가 디도와 사랑에 빠지게 되는데, 메르쿠리우스가 찾아와 윱피테르가 명한 로마 건국의 과업을 일깨
우며 디도 곁을 떠나야 한다고 전한다. (14권 75행 이하)

◀ 〈퓌그말리온과 갈라테이〉, 브론치노

여자에게 염증을 느끼고 홀아비로 살던 퓌그말리온은 어느 날 눈처럼 흰 상아를 깎아 소녀의 상을 조각하는데,
그는 자신의 작품에 감탄하며 그 상아 소녀를 뜨겁게 열망하게 된다. 그는 베누스의 축제일에 제물을 바치며 나
지막하게 소원을 비는데, 친히 축제에 참석하고 있었던 베누스는 그의 기도를 듣고 소녀의 상이 소녀가 되게 한
다. (10권 244행 이하)

읽어도 읽어도 매혹적인 삼라만상의 변신들

19세기 근대 역사학의 아버지 랑케(Leopold von Ranke)는 로마 문화를 호수로 비유하면서 고대의 모든 역사가 로마라는 호수로 흘러 들어갔고, 근대의 모든 역사가 로마의 역사에서 다시 흘러나왔다고 했다. 그만큼 로마 제국은 서양 고대사를 집대성하여 그 기원에서부터 몰락에 이르기까지 후대의 관심을 받고 연구 대상이 될 수밖에 없는 문화사적 의의를 지닌다.

라틴 문학은 라틴어가 구어로 쓰이던 로마 공화정과 로마제국 시대로부터 라틴어가 종교 의식, 학문, 관료의 언어로 사용되던 중세와 르네상스 시대에 라틴어로 쓰인 작품을 통칭한다.

초기 단계에서부터 나름대로의 뚜렷한 특성을 지닌 라틴 문학은 그리스적 요소에 거친 라틴적 요소를 가미하면서 그 아름다움과 활력을 만들어냈다. 라틴 문학은 조탁된 언어와 함축적 표현으로 그리스 문학을 서양 중세로 전달해주며 서양문학에 지대한 영향을 끼쳤다. 서로마제국이 멸망한 후에도 서유럽에서 라틴어의 지위는 변함이 없었으며, 로마의 제도적·정신적 유산을 창조적으로 수용하여 새로운 문화를 만들고 자국어 문학을 발전시켜나가는 과정에서 라틴 문학은 유럽인들에게 언제나 본보기가 되었다.

후세의 서양문학에 가장 큰 영향을 준 라틴 문학의 걸작으로는 베르길리우스(Vergilius)의 『아이네이스』(*Aeneis*)와 오비디우스(Ovidius)의 『변신 이야기』(*Metamorphoses*)를 들 수 있다. 두 작품은 처음 쓰였을 때부터 지금까지 2천 년 동안 읽히며 서양문학에, 그리고 서양인들의 자의식 형성에 적지 않은 영향을 주었다. 『아이네이스』가 로마에 부여된 세계사적 사명을 장중하고 생동감 넘치는 문체로 노래함으로써 로마를 위대하게 만든 작품이라면, 『변신 이야기』는 그리스 라틴 문학을 통틀어 가장 재미있는 작가의 가장 재미있는 작품으로 그리스 신화에 관한 한 다른 문헌에서는 얻을 수 없는 귀중한 정보를 제공하며 나아가 문학작품 가운데 서양미술에 가장 많은 소재를 제공해왔다. 그러나 국내에서는 아쉽게도 꼼꼼하고 정확한 라틴어 원전 번역본이 다양하지 못하고, 이 책이 최초이다.

대중화된 그리스 로마 신화에 대한 관심은 이제 서양문화를 깊이 있게 이해하고 인류의 교양을 함께 호흡하는 차원으로 나아가야 한다. 이를 위해서는 그리스 로마 시대에 쓰인 원(原) 작품의 중역본을 두고 자의적으로 편역하거나 재구성하는 방식에서 벗어나 1차 문헌 자체를 보다 충실히 옮기고 이에 필요한 주석을 다는 일이 시급해 보인다.

이 책에서는 오비디우스 특유의 표현과 문체를 살리기 위해 원전의 내용을 빼거나 보태지 않고 의미가 통하는 한 되도록 충실히 그대로 옮겼다. 신화를 옛날이야기가 아닌, 마치 우리 시대 인물의 실화인 양 생생하고 실감나게 들려주는 오비디우스 특유의 표현법에 흠뻑 매료되어 힘에 부친 작업을 하면서도 남다른 행복감을 느끼기도 했다. 세월의 먼지 더께가 쌓인 프레스코화를 한 장면씩 살려내듯이 난해한 라틴어 문장을 한 문장씩 우리말로 옮기며 진땀깨나 흘렸지만, 그것도 이제 십 수년 전 작업이라 개정판을 내놓게 되었다. 다시 한 번 오비디우스 특유의 재미있고 우아한 표현을 손질하며 내가 느낀 행복감을 독자들도 느껴보길 바란다. 오비디우스, 나아가 라틴 문학의 이해를 돕는 데 작은 보탬이 된다면 옮긴이로서 무엇을 더 바라겠는가.

2017년 10월
천병희

| 차례 |

일러두기

1. 1. 이 책의 대본으로는 P. Ovidius Naso, *Metamorphoses* edidit William S. Anderson(Bibliotheca Teubneriana) München / Leipzig ⁹2001의 라틴어 텍스트를 사용했다. 대본과 다르게 읽을 경우에는 그 출전을 밝혔다. 15권 전체에 대한 주석은 F. Bömer(Heidelberg 1969~1986, 7vols.)의 것을, 개별 권들에 대한 주석으로는 A. S. Hollis(8권 Oxford) 및 N. Hopkinson(13권 Cambridge)의 것을 참고했다. 현대어로 옮겨진 책으로는 영어판 A. D. Melville(Oxford World'Classics 1986) F. J. Miller(Loeb Classical Library 1984) M. M. Innes(Penguin Books 1955) 및 A. Mandelbaum(Harcourt Brace & Company 1993)과 독일어판 M. von Albrecht(Philipp Reclam 1994) 및 E. Rösch(Deutscher Taschenbuch Verlag ³2001)를 참고했다.

2. 차례 앞의 간단한 제목들은 원전과 번역서들을 참고해 옮긴이가 덧붙인 것이다.

3. 고유명사는 그리스 이름이라 하더라도 원전대로 라틴어로 읽고 그리스어를 병기했다. 예: 읍피테르(Iuppiter 그/Zeus) 유노(Iuno 그/Hera) 디아나(Diana 그/Artemis).

4. 그리스어 어미 -e와 -os도 원전대로 읽은 것이다. 예: 크레테(Creta 대신) 델로스(Delus 대신).

5. 라틴어 발음은 고전 라틴어 발음을 따랐다. 몇 가지만 언급하자면, 이중모음(diphthong) ae는 '아이'로, 예컨대 Caesar는 '카이사르'로, Aeneas는 '아이네아스'로 읽었다. 드물게 Phaeton에서처럼 ae가 두 음절인 경우에는 '아에'로 읽었다. 이중모음 oe는 '오이'로, 예컨대 Oebalus는 '오이발루스'로, Poenus는 '포이누스'로 읽었다. i는 단어의 맨 앞에 있고 그 뒤에 모음이 따를 경우 또는 두 모음 사이에 있을 경우 영어의 y처럼, 예컨대 Iulius는 '율리우스'로, Troia는 '트로이야'로 읽었다. 단 예외에 속하는 Iulus, Io 등 몇몇 이름은 '이울루스' '이오'로 읽었다. 그리고 같은 자음이 중복될 경우 둘 다 읽었다. 모음에 두 개 이상의 자음이 따를 경우 그 모음은 영어나 독일어에서는 대체로 짧은 음절이 되는 것과는 달리, 그리스어와 라틴어에서는 긴 음절이 되는데, 긴 음절이 되자면 뒤따르는 자음들을 반드시 다 읽어주어야 하기 때문이다. 예: Iuppiter는 '읍피테르'로, Tyrrhenia는 '튀르레니아'로, Anna Perenna는 '안나 페렌나'로 읽었다. 같은 자음이 중복될 경우 이를 된소리 ㄲ, ㄸ, ㅃ, ㅆ로 읽는 이들이 있는데 된소리는 단자음(單子音)이다.

6. 대조하거나 참고하기에 편리하도록 매 5행마다 행수를 표시했다. 이 책의 행수는 원전의 그것과 정확히 일치하지는 않지만 되도록 2행 이상 차이가 나지 않도록 했다.

7. 본문 뒤에 찾아보기를 달아 필요한 이름을 쉽게 찾을 수 있게 했다.

8. ( ) 안에 든 것은 훗날에 덧붙여진 것으로 추정되는 부분이고, [ ] 안에 든 것은 덧붙여진 것이 확실시되는 부분들이다.

I

파르미기아니노, 〈활을 깎는 쿠피도〉

서시(序詩)

    새로운 몸으로 변신한 형상들을 노래하라고 내 마음 나를 재촉하니,
신들이시여, 그런 변신들이 그대들에게서 비롯된 만큼
저의 이 계획에 영감을 불어넣어주시고, 우주의 태초로부터
우리 시대까지 이 노래 막힘 없이 이어질 수 있도록 인도해주소서.

우주와 인간의 탄생

바다도 대지도 만물을 덮는 하늘도 생겨나기 전 자연은   5
세상 어디서나 똑같은 모습을 하고 있었다. 그것을
카오스라고 하는데, 그것은 원래 그대로의 정돈되지 않은 무더기로,
생명 없는 무게이자 서로 어울리지 않는 사물의 수많은
씨앗이 서로 다투며 한곳에 쌓여 있는 것에 지나지 않았다.
그때는 어떤 티탄¹도 아직 세상에 빛을 주지 않았고,   10
어떤 포이베²도 자라면서 그 뿔³을 다시 채우지 않았다.
어떤 대지도 제 무게로 균형을 잡으며 주위를 둘러싼
대기에 떠 있지 않았으며, 어떤 암피트리테⁴도
육지의 긴 가장자리⁵를 따라 팔을 뻗지 않았다.
대지와 바다와 대기가 있었으나   15
대지 위에 서 있을 수 없었고, 바닷물에서 헤엄칠 수 없었으며,
대기에는 빛이 없었다. 그 어떤 것도 제 모양을 갖추지 못했다.
모든 것이 서로에게 방해만 되었으니, 하나의 무더기 안에서
찬 것은 더운 것과, 습한 것은 메마른 것과, 부드러운 것은 딱딱한 것과,

---

1 티탄 신족은 그리스신화에서 우라누스(Uranus 그 / Ouranos)와 가이아(Gaea, Terra, Tellus 그 / Gaia)의 열두 자녀들로 그중 여섯 아들만 가리키기도 하고 여섯 딸을 포함해 열두 명 전부를 가리키기도 한다. '티탄'이란 이름은 여기서처럼 흔히 태양신을 가리킨다.

2 Phoebe(그 / Phoibe). 포이부스의 여성형으로 아폴로의 쌍둥이 누이이자 달의 여신인 디아나(Diana 그 / Artemis)의 별칭 중 하나. 여기서는 환유법으로 달을 뜻한다.

3 초승달.

4 Amphitrite. 네레우스의 딸로 해신(海神) 넵투누스(Neptunus 그 / Poseidon)의 아내. 여기서는 환유법으로 바다를 뜻한다.

5 해안.

가벼운 것은 무거운 것과 싸웠던 것이다.   20

　이러한 분쟁을 어떤 신 또는 더 나은 자연이 조정했다.

자연은 하늘에서 대지를, 대지에서 바닷물을 떼어놓고, 짙은 대기에서

맑은 하늘을 떼어놓았다. 또 이것들을 가려내고 눈먼 무더기에서

풀어준 다음 각기 다른 공간을 주며 서로 화목하게 지내게 했다.   25

하늘의 둥근 지붕의 무게 없는 불 같은 힘은 위로 떠올라 가장 높은 곳에

자리잡았다. 위치와 가볍기에서 대기가 바로 그다음이었다.

이들보다 더 무거운 대지는 묵직한 요소를 잡아당겨 붙이면서

자체의 무게로 인하여 밑으로 내려왔다. 감돌아 흐르는 물은   30

맨 마지막 자리를 차지하고는 단단한 대지를 에워쌌다.

　신들 중에 누군가가 뒤죽박죽이던 무더기를

그렇게 정돈하고 분해하고 성분별로 나누었다.

그런 다음 그는 우선 대지를 큰 공 모양으로 뭉쳐

어느 쪽에서 보더라도 그 모양이 같게 만들었다.   35

그러고는 바다에게 사방으로 펼쳐지되 돌진하는 바람에

부풀어올라 대지의 해안을 빙 둘러싸라고 명령했다.

거기에 덧붙여 샘과 거대한 못과 호수를 만들었다.

또한 그는 흘러가는 강 양쪽으로 비탈진 강둑을 둘렀는데

강은 서로 멀리 떨어져 흐르며 더러는 대지 속으로   40

삼켜지기도 하고, 더러는 바다에 도달하여 더 넓은 바닷물의

평원으로 받아들여져 강둑 대신 해안을 들이받고 있다.

또한 그는 명령했다. 들판에게는 펼쳐지라고,

골짜기에게는 가라앉으라고, 숲에게는 나뭇잎을 입으라고,

바위투성이 산에게는 일어서라고. 마치 하늘이   45

오른쪽 두 구역과 같은 수의 왼쪽 구역으로 나뉘고

다섯 번째 구역은 이들보다 더 덥듯이,

신의 섭리가 하늘에 둘러싸인 땅덩이 역시 이와 같은 수로 나누니

무거운 대지도 같은 수의 지역을 갖게 되었다.

그중 가운데 지역은 더워서 거주할 수 없고, 두 지역에는

눈이 수북이 쌓여 있다. 신은 그 사이에 같은 수의 지역을 놓고   50

열기와 냉기를 섞어 그 지역들에 온화한 기후를 주었다.

이들 모두 위에 대기가 걸려 있는데, 물이 대지보다

가벼운 그만큼 대기는 불보다 무겁다.

그는 안개와 구름, 사람의 마음을 흔들어놓을 천둥,

번개와 벼락을 만들어내는 바람이 그곳에 자리잡도록 명령했다.   55

그러나 우주의 창조자는 바람이 대기 속을

마음대로 떠돌아다니도록 내버려두지 않았다.

바람들이 저마다 서로 다른 지역에서 돌풍을 지배하는

지금도 세계를 찢지 못하도록 막는 것은 결코

쉬운 일이 아니다. 이들 형제는 그만큼 사이가 좋지 않다.   60

동풍은 아우로라[6]의 나라와 나바타이아[7]의 나라와

페르시아와, 아침 햇살을 맨 먼저 받는 산등성이로 물러갔다.

서풍은 저녁과, 지는 해가 따뜻하게 데워주는 해안과

가장 가깝다. 추워서 벌벌 떨게 만드는 북풍은

스퀴티아[8]와 셉템트리오네스[9]로 쳐들어갔다. 그 맞은편 대지는   65

남풍이 가져다주는 끊임없는 안개와 비로 젖어 있다.

---

6   Aurora(그/ Eos). 새벽의 여신.

7   아라비아 반도에 있던 나라로 여기서는 '아라비아'라는 뜻이다.

8   흑해 북쪽에 살던 기마 유목민족인 스퀴타이족의 나라.

9   2권 주 29 참조. 여기서는 맨 북쪽이라는 뜻이다.

그는 이 모든 것 위에 투명하고 무게가 없으며

지상의 찌꺼기라고는 아무것도 없는 아이테르[10]를 올려놓았다.

　　이렇듯 신이 만물을 서로 떼어놓고 제각기 경계를 정해주자

오랫동안 눈먼 어둠 속에 묻혀 있던 별들이　　　　　　　　　　　　　70

온 하늘에서 빛나기 시작했다.

이 모든 영역 안에 각각의 생물이 살도록

별들과 신들의 형상은 하늘나라를 차지했으며,

바닷물은 반짝이는 물고기들에게 거처를 만들어주었다.

대지는 짐승들을, 움직이는 대기는 새들을 맞아들였다.　　　　　　　　75

　　이들보다 더 신성하고, 더 높은 생각을 할 수 있으며,

다른 것을 지배할 수 있는 존재는 아직 없었다.

그래서 인간이 태어났다. 만물의 창조자이자 세계의 더 나은

근원인 신이 자신의 신적인 씨앗으로 인간을 만들었을 수도 있다.

아니면 갓 생긴 대지가 높은 곳에 있는 아이테르에서 최근에　　　　　80

떨어져 나와 아직은 친족인 하늘의 씨앗을 간직하고 있었는데

그 대지를 이아페투스의 아들[11]이 빗물로 개어서는

만물을 다스리는 신들의 모습으로 인간을 빚었을 수도 있다.

다른 동물들은 모두 고개를 숙이고 대지를 내려다보는데

신은 인간에게만은 위로 들린 얼굴을 주며 별들을 향하여　　　　　　85

얼굴을 똑바로 들고 하늘을 보라고 명령했다.

방금 전만 해도 조야하고 형체가 없던 대지는 이제

인간의 모습이라는, 여태까지 알려져 있지 않던 옷을 입었다.

10　aethe(그/ aither). 대기 상층부의 오염되지 않은 맑은 공기.

11　프로메테우스.

네 시대

    첫 번째 시대는 황금시대였다. 이 시대에는 벌주는 자도 없고
법이 없어도 모두 스스로 신의를 지키고 정의로운 일을 행했다.   90
처벌을 두려워할 필요가 없었고, 동판(銅版)에 새겨진 위협적인
말을 읽을 수 없었으며, 탄원하러 간 무리가 판관의 입을
두려워하는 일도 없었다. 벌주는 자 없이도 그들은 마음놓고 살았다.
아직은 소나무가 낯선 나라를 방문하려고 고향 산에서
베어져 맑은 바닷물 속으로 내려오는 일도 없었다.   95
사람들은 자신들이 사는 곳의 해안을 알 뿐이었다.
아직은 도시가 가파른 해자(垓字)를 두르지 않았다.
곧은 청동 나팔도, 굽은 청동 호른도 없었으며,
투구도, 칼도 없었다. 군대가 필요 없었으니,
부족들은 걱정 없이 편안하고 한가로이 살았다.   100
또한 대지는 시키지 않아도, 괭이에 닿거나 보습에
갈리지 않고도 저절로 온갖 것을 대주었다.
강요한 이가 없는데도 저절로 자란 먹을거리에
사람들은 만족하며 돌능금과 산딸기와 산수유 열매와
우거진 가시덤불에 매달린 나무딸기와 사방으로 가지를   105
뻗은 윱피테르 나무[12]에서 떨어진 도토리를 모았다.
그때는 늘 봄이었고, 부드러운 서풍은 씨 뿌리지 않아도
자라난 꽃들을 따뜻한 숨결로 어루만지곤 했다.
그 뒤 곧 대지는 경작하지 않아도 곡식을 생산했고,

---

12   윱피테르에게 바쳐진 나무인 떡갈나무.

밭은 묵히지 않아도 묵직한 이삭으로 가득차 황금빛을 띠었다.   110

어느새 젖과 넥타르[13]가 냇물을 이루며 흘렀고,

초록빛 너도밤나무에서는 누런 꿀이 방울방울 떨어졌다.

   사투르누스[14]가 암흑의 타르타라[15]로 추방되고 융피테르가

세상을 지배하게 되자 은(銀)의 종족이 그 뒤를 이었다.

이 시대는 황금시대만은 못했으나 싯누런 청동시대보다는 나았다.   115

융피테르는 이전의 봄의 기간을 줄여

일 년을 겨울과 더운 여름, 변덕스러운 가을과

짧은 봄 네 계절로 나누었다. 그때야 처음으로

대기가 메마른 열기로 하얗게 달아오르는가 하면,

고드름이 바람에 얼어 매달리기도 했다.   120

그때야 사람들은 집을 지어 그 안에서 살기 시작했는데, 집이래야

동굴과 짙은 덤불과 나무껍질로 엮은 나뭇가지가 고작이었다.

---

13   신들이 마신다는 신비로운 술.

14   그리스신화의 크로노스. 그리스 시인 헤시오도스(Hesiodos)의 『일과 날』(*Erga kai hemerai*)
에 따르면, 크로노스가 통치하던 시대는 황금시대였다(111행 이하 참조). 그는 어머니 가이아
가 준 아다마스(adamas)라는 견고한 금속으로 만든 낫으로 아버지 우라누스의 남근을 잘라 바
다에 던져버리고 자신이 우주의 지배자가 된다(헤시오도스, 『신들의 계보』 176~182행 참조).
로마인들은 크로노스를 농업의 신 사투르누스(Saturnus, 그들은 사투르누스라는 이름이 '씨 뿌
리기'라는 뜻의 라틴어 satus에서 온 것으로 보았다)와 동일시하여 낫은 그의 상징적 도구가 되
었다. 사투르누스는 그리스신화의 크로노스와 동일시되고 또 크로노스는 '시간'이라는 뜻의 크
로노스(chronos)와 혼동됨으로써 사투르누스의 낫은 흔히 때가 되면 모든 것을 베어 들이는 시
간의 칼날로 해석되곤 했다. 사투르누스는 아버지 우라누스를 권좌에서 축출했듯이 자신도 아
들 융피테르에게 축출된다. 그리스신화에서 크로노스는 일반적으로 저승의 가장 깊숙한 곳인
타르타로스(Tartaros 중성 복수형 Tartara도 자주 쓰임)에 갇힌 것으로 되어 있으나, 일설에 따르
면 배를 타고 티베리스(Tiberis) 강을 거슬러 로마에 들어가 황금시대를 열었다고 한다.

15   주 14 참조.

그때야 케레스[16]의 씨앗들이 긴 이랑에

뿌려지기 시작했으며, 소들은 멍에에 눌려 신음했다.

　　그다음 세 번째로 청동의 종족이 뒤를 이었는데,　　　　　　　　125

이들은 마음씨가 더 거칠고 더 쉽게 무서운 무기를 들기는 했으나

범죄와는 거리가 멀었다. 마지막으로 온 것은 단단한 철(鐵)의 시대였다.

더 천박한 금속의 시대가 되자 지체 없이 온갖 불법이 쳐들어왔다.

부끄럼과 진실과 성실은 온데간데없었다.

그 자리에는 기만과 계략과 음모와 폭력과 저주받을 탐욕이　　　　　130

들어 찼다. 뱃사공은 여태까지 잘 알지 못하던 바람들에게

돛을 맡겼고, 전에는 높은 산 위에 서 있던 용골(龍骨)은

여태까지 알지 못했던 파도 위에서 오만하게 춤추었다.

그리고 전에는 햇빛과 공기처럼 공유물이었던

지면(地面) 위에 세심한 측량사가 경계선을　　　　　　　　　　　135

길게 그었다. 사람들은 풍요로운 땅에

씨앗과 땅이 자신들에게 빚지고 있는 식량만을

요구한 것이 아니라 대지의 내장 속으로 파 들어갔다.

그리하여 대지가 스튁스[17]의 그림자들 근처에다 감춰둔

재보(財寶)를 파내니, 이 재보야말로 악행을 부추기는 자극제이다.　　140

어느새 유해한 무쇠와 무쇠보다 더 유해한 황금이

모습을 드러냈다. 그러자 이 두 가지를 두고 끊임없이 전쟁이 벌어져

16　Ceres(그 / Demeter). 사투르누스와 레아의 딸로 농업과 곡물의 여신.

17　Styx. 저승을 흐르는 강 중 하나로 '등골을 오싹하게 하는 것' '증오의 대상'이라는 뜻. 신들은 이 강에 걸고 맹세한다. 여기서는 저승을 말한다. 그리스인들과 로마인들은 사람이 죽으면 저승에 가서 실체 없는 그림자로 살아가는 것으로 믿었다.

인간은 피투성이가 된 손으로 요란하게 울리는 무기를 휘둘렀다.

사람들은 약탈을 생업으로 삼았다. 친구는 친구 앞에서,

그리고 장인은 사위 앞에서 안전하지 못했고,

형제들 사이에서도 우애는 드물었다.   145

남편은 아내가 죽기를, 아내는 남편이 죽기를 바랐다.

무시무시한 계모는 사람을 창백하게 만드는 독약을 만들었고,

아들은 때가 되기도 전에 아버지의 수명을 알아보았다.[18]

경건함이 패하여 쓰러져 눕자, 처녀신 아스트라이아[19]가

하늘의 신들 중에 마지막으로 살육의 피에 젖은 대지를 떠났다.   150

하늘의 신들에게 도전하는 기가스들

　높은 하늘도 대지보다 안전한 곳은 못 되었으니,

기가스[20]들이 하늘나라의 통치권이 탐나 산을 차곡차곡

쌓아올리고는 높은 별들이 있는 데까지 돌진했다고 한다.

그러자 전능한 아버지[21]가 벼락을 던져 올륌푸스[22] 산을 부서뜨리고,

펠리온 산을 그 밑에 깔린 옷사[23] 산에서 내던졌다.   155

18　점성가에게 알아보았다는 말이다.

19　Astraea. '별의 여신'이라는 뜻. 하늘에 올라 처녀자리(Virgo 그/ Parthenos)가 된 정의의 여
신(Iustitia 그/ Dike).

20　Gigas(복수형 Gigantes). 대지의 여신의 아들들로 수많은 팔과 뱀 발을 가진 거한.

21　윱피테르.

22　해발고도 2,917미터로 텟살리아 지방에 있는, 그리스에서 가장 높은 산으로 호메로스 시
대에는 그곳에 신들이 사는 것으로 믿었다.

그자들의 무시무시한 몸뚱이가 손수 쌓은 산 아래 깔리자
제 아들들[24]의 피에 흥건히 젖은 대지의 여신이 아직도
뜨거운 피에 생명을 불어넣어 사람의 형상으로 바꾸었으니,
이는 제 혈통을 완전히 잊지 않도록 하려는 것이었다고 한다.
하지만 그 후손도 하늘의 신들을 경멸하고 잔혹한 살육과   160
폭력을 심히 탐했으니, 그대도 아다시피
그들은 피에서 태어났기 때문이라오.

뤼카온

   사투르누스의 아들인 아버지[25]가 하늘 가장 높은 곳에서
이들을 내려다보고는 탄식했다. 그는 아직은 널리 알려지지 않은,
뤼카온[26]의 식탁에서 최근에 벌어진 끔찍한 잔치를   165
떠올리고는 윱피테르답게 마음속으로 크게 진노하여
회의를 소집했다. 소집된 이들은 지체 없이 왔다.
저 위에는 하늘이 맑을 때 눈에 보이는 길이 하나 있다.

23   펠리온(해발고도 1,551미터)과 옷사(해발고도 1,978미터)는 텟살리아 지방의 높은 산
이다.
24   기가스들은 대지의 여신의 아들들이다.
25   윱피테르.
26   Lycaon(그/ Lykaon). 그리스 아르카디아(Arcadia 그/ Arkadia) 지방의 왕으로 칼리스토
(Callisto 그/ Kallisto)의 아버지. 2권 496행 참조.

그것은 은하수[27]라고 불리며, 하얀 광채로 쉽게 알아볼 수 있다.[28]

이 길을 통해 하늘의 신들은 위대한 천둥 신[29]의 집과 궁전으로   170

간다. 은하수의 오른쪽과 왼쪽으로는 지위가 높은 신들의 집이

줄지어 서 있는데, 활짝 열린 문짝들 사이로 수많은 손님이 드나든다.

지위가 낮은 신들은 다른 곳에서 사나, 권세 있고 유명한

하늘의 거주자들은 이곳에다 자신들의 페나테스 신들[30]을

모셨다. 나는 이곳을, 대담하게 표현해도 된다면,   175

감히 높은 하늘의 팔라티아[31]라고 부르고 싶다.

그리하여 하늘의 신들이 대리석으로 만든 방에 자리잡고 앉자

윱피테르는 더 높은 자리에서 상아 홀(笏)에 기댄 채

무시무시한 고수머리를 서너 번 흔들었는데,

그러자 대지와 바다와 별들이 흔들렸다.   180

그는 분개하여 입을 열더니 이렇게 말했다.

  "뱀 발을 가진 자들[32]이 저마다 백 개의 팔을 얹어

하늘을 사로잡으려 했을 때에도, 우주의 통치권을

나는 이렇듯 염려하지는 않았소.

비록 적이 포악하기는 했으나 그래도 그 전쟁은   185

---

27 라틴어 via lactea는 '젖빛 길'이라는 뜻이다. 영어로는 the Milky Way, 독일어로는 die Milchstraße이다.

28 라틴어 notabilis를 '쉽게 알아볼 수 있다'로 옮겼지만 '유명하다'로 옮기는 이들도 있다.

29 윱피테르.

30 로마의 가정을 지키는 수호신들로, 사람들은 집안 맨 안쪽에 그 신상을 모셨다. 때로는 '가정'이라는 뜻으로도 쓰인다.

31 Palatia. 로마의 일곱 언덕 가운데 하나인 팔라티움(Palatium)의 복수형. 아우구스투스가 이 언덕에 궁전을 지은 뒤로 황제의 궁전은 '팔라티아'라고 불렸다.

32 여기서는 기가스들을 말한다.

하나의 집단과 하나의 원인에서 비롯되었기 때문이오.

하지만 이번에는 철썩대는 네레우스[33]에 둘러싸인

온 대지의 인간 종족을 없애야겠소. 지하에서

스튁스의 원림(園林)을 관통하여 흐르는 강물에 맹세코, 지금까지

수단이란 수단은 다 강구해보았소만, 치유할 수 없는 환부는 칼로   190

도려내야 하오. 그래야만 성한 부위가 상하지 않을 것이오. 내게는

돌봐야 할 반신(半神)들이 있고, 시골의 신들인 요정[34]들과

파우누스[35]들과 사튀루스[36]들과, 산에 사는 실바누스[37]들이 있소.

우리는 그들이 아직은 하늘에 살 자격이 있다고 여기지 않는 만큼

그들에게 주어진 대지에서나마 안전하게 살 수 있게 해주어야 할 것이오.   195

신들이여, 벼락을 가졌을 뿐만 아니라 그대들을 다스리는

주인인 나에게도 포악하기로 이름난 뤼카온이 덫을 놓는 판에

그들의 안전에 문제가 없다고 믿을 수 있겠소?"

　　그러자 모두 웅성거리며, 그런 짓을 한 자를 처벌할 것을 강력히

요구했다. 이와 마찬가지로 저 불경한 무리가 카이사르[38]를   200

살해하고 그 피로 로마라는 이름을 지우려고 미쳐 날뛰었을 때,

---

33 바다의 신으로 50명의 딸을 둔 아버지. 여기서는 '바다'라는 뜻으로 쓰였다.

34 nymphe. 여신처럼 영원히 살지는 않지만 오래도록 사는 신적 존재로 나무의 요정(dryas 또는 hamadryas), 물의 요정(naias 또는 nais), 산의 요정(oreas 그/ oreias)으로 나뉜다.

35 가축 떼와 들판의 신으로 나중에는 그리스신화의 판(Pan)과 동일시되었다.

36 Satyrus(그/ Satyros). 박쿠스의 종자들로 염소의 귀와 말꼬리를 가진, 들의 정령. 흔히 파우누스나 판과 동일시되었기에 염소의 발과 뿔을 가진 것으로 생각되었다.

37 Silvanus. 이탈리아의 숲(silva)의 신.

38 Gaius Iuliua Caesar(기원전 100~44년). 로마의 장군이자 정치가로 갈리아 지방을 정복하고 내전에서 폼페이유스(Gnaeus Pompeius Magnus 기원전 106~48년)를 이겼으나 기원전 44년 3월 15일 브루투스(Brutus)와 캇시우스(Cassius)가 이끄는 무리에게 암살된다.

인류는 갑작스러운 파멸에 직면하여 큰 공포에 사로잡혔고
온 세계가 두려움에 떨었다. 그리고 아우구스투스[39]여,
읍피테르에게 그의 신하들의 충성이 반가웠던 것 못지않게
그대에게는 그대의 신하들의 충성이 반가웠나이다.   205
그가 말과 손짓으로 웅성거림을 제지하자, 모두
침묵을 지켰다. 통치자의 위엄에 눌려 술렁임이 가라앉자
읍티테르가 또다시 침묵을 깨며 이렇게 말했다.
    "뤼카온은 이미 죗값을 치렀소. (그 점은 걱정 마시오.)
자, 그자가 어떤 죄를 짓고 어떤 벌을 받았는지 내 알려주겠소.   210
어느 날 이 시대에 관한 고약한 소문이 내 귀에도 들려왔소.
소문이 거짓이기를 바라며 나는 올림푸스의 정상에서 내려가
신이면서도 인간의 모습을 한 채 대지 위를 돌아다녔소.
곳곳에서 얼마나 많은 해악을 목격했는지 일일이 이야기하자면
시간이 너무 많이 걸릴 것이오. 사실에 비해 소문은 약과였소.   215
나는 산짐승의 소굴이 많아 두려움의 대상인 마이날라[40]와
퀼레네[41]와 차디찬 뤼카이우스[42]의 소나무 숲을 지났소.

---

39 Augustus('존엄한 자', 기원전 63 ~ 기원후 14년). 율리우스 카이사르의 누이의 딸인 아티
   아(Atia)와 옥타비우스(Gaius Octavius)의 아들로 태어나 나중에 율리우스 카이사르의 양자로
   입양되었다가 그 뒤 로마의 초대 황제가 된 옥타비아누스(Gaius Iulius Caesar Octavianus)의 별
   칭. 그가 100년 동안 지속된 내전을 종식시키고 겉으로는 모든 권력을 원로원에 넘겨준 까닭에
   원로원이 기원전 27년 그에게 그런 이름을 부여했다.
40 마이날루스(Maenalus 그 / Mainalon) 또는 그 중성 복수형인 마이날라(Maenala)는 그리스
   아르카디아 지방의 산이다.
41 Cyllene(그 / Kyllene). 아르카디아 지방의 북동부에 있는 산(해발고도 2,376미터)으로 메르
   쿠리우스가 태어난 곳.
42 Lycaeus(그 / Lykaion). 아르카디아 지방의 남서부에 있는 산.

거기서 나는 손님에게 불친절한 아르카디아 왕의 거처로

들어갔으니, 늦은 황혼이 밤을 불러들였기 때문이오.

신이 왔음을 내비치자 백성들은 기도하기 시작했소.   220

하지만 뤼카온은 그들의 경건한 기도를 비웃으며 이렇게 말했소.

'나는 이자가 신인지 인간인지를 틀림없는 시험으로 알아낼 것이다.

그래야만 진실에 한 점 의혹도 남지 않겠지.'

그자는 내가 깊이 잠들었을 때 불시에 나를 죽일 작정이었소.

진실을 밝혀내기 위한 그러한 시험이 스스로 마음에 들었던 것이오.   225

그것으로 만족하지 않고 그자는 몰롯시족[43]이 보낸 한 인질의 목을

단검으로 베어 아직 식지도 않은 그의 사지 일부는

뜨거운 물에 삶고, 일부는 불에 얹어 구웠소.

그것을 그자가 식탁 위에 올려놓는 것을 보고 나는 복수의 화염으로

그자의 지붕이 페나테스 신들 위로 폭삭 내려앉게 했소.   230

그 주인에 그 수호신들일 테니 말이오.

그자는 질겁하고 달아나더니 고요한 들판에 이르러 울부짖었소.

말을 하려고 해도 뜻대로 되지 않았으니까. 그자의 주둥이는

자신에게서 광기를 받아들였고, 그자는 몸에 밴 살육의 욕구로

작은 가축[44]을 습격하며 지금도 그 피를 즐기고 있소.   235

그자가 입었던 옷은 텁수룩한 털이 되고 팔은 다리가 되었소.

그자는 늑대가 되었으나 이전 모습의 흔적은 그대로 남아 있소.

잿빛 머리털도 그대로이고, 포악한 얼굴 표정도 그대로이고,

번쩍이는 눈빛도, 야수의 모습도 그대로요.

---

43 그리스 서북부 에피로스(Epiros 그/ Epeiros) 지방에 살던 부족.
44 pecus. 양, 염소 등.

집 한 채가 무너졌지만 한 채만으로 끝날 일이 아니었소.   240

대지가 펼쳐진 곳 어디나 사나운 복수의 여신[45]이 지배하고 있소.

그대들은 아마 그들이 범죄를 저지르기로 공모했다고 여길 것이오.

되도록 빨리 그들 모두는 받아 마땅한 벌을 받아야 하오. 이것이 내 판결이오.”

　신들 중 일부는 읍피테르의 말에 큰 소리로 찬동하며

그의 노여움을 부추겼고, 다른 신들은 묵묵히 찬성의 뜻을 표했다.   245

하지만 인류의 절멸은 그들 모두에게 고통이었다.

그들은 인간이 없는 대지의 미래는 어떠할 것이며,

누가 신들의 제단에 분향할 것이며, 읍피테르가 과연

야수에게 대지를 약탈하라고 넘겨줄 작정인지 물었다.

하늘의 신들의 왕은 (나머지는 자신이 알아서 할 것이니)   250

불안해하지 말라며 먼젓번 종족과는 다른,

경이로운 기원에서 유래하는 새로운 인류를 약속했다.

대홍수

　읍피테르는 벌써부터 온 대지 위로 벼락을 던지려 했으나,

그토록 많은 불로 인해 신성한 아이테르가 화염에 싸이고

하늘의 긴 축(軸)에 불이 붙지 않을까 겁이 났다.   255

그는 또 언젠가는 바다와 대지와 하늘의 궁전이

45　복수의 여신(Erinys)은 알렉토(Alecto 또는 Allecto 그/Alekto ‘멈추지 않는 여자’), 티시포네(Tisiphone ‘살인을 응징하는 여자’), 메가이라(Megaera 그/Megaira ‘시기심 많은 여자’) 세 명으로 알려져 있다. 오비디우스는 라틴어 이름 푸리아(Furia) 대신 그리스어 이름을 쓰고 있는데 여기서 ‘복수의 여신’은 ‘죄악’이라는 뜻이다.

화염에 휩싸이고 우주의 구조물이 무너져 내릴 때가
올 것이라는 운명의 예언을 떠올렸다. 그래서 그는
퀴클롭스[46]들이 만들어 바친 날아다니는 무기를 거두었다.
그는 다른 벌이 마음에 들었으니, 그것은 인류를   260
물로 멸하고 온 하늘에서 폭우를 내려보내는 것이었다.

　　그는 즉시 북풍[47]과, 모여 있는 구름을 쫓아버리는
돌풍을 아이올루스[48]의 동굴에 가두고, 남풍을 풀어놓았다.
그러자 남풍이 역청같이 검은 안개로 무시무시한 얼굴을 가리고
젖은 날개를 저으며 날아 나왔다. 그의 수염은 비에 젖어   265
무거웠고 백발에서는 물이 줄줄 흘러내렸다. 이마에는
먹구름이 자리잡고 깃과 옷에서는 물방울이 떨어졌다.
그가 하늘에 넓게 걸린 구름을 손으로 짜자
굉음이 일며 하늘에서 폭우가 쏟아지기 시작했다.
그러자 유노의 여사자(女使者)로 색동옷을 입은 이리스[49]가   270
물을 길어 올려 구름에 양식을 대주었다. 씨앗은 땅에 묻히고
농부가 간절하게 기도하던 곡식은 비통하게도 쓰러져버려
한 해 동안의 노고가 헛일이 되고 말았다.

　　욥피테르의 노여움은 자신의 하늘만으로는 만족하지 않았으니,

46　Cyclops(그/Kyklops '둥근 눈'). 호메로스의 작품에서는 이마 한가운데 둥근 눈이 하나 있
는 외눈박이 식인 거한이지만, 헤시오도스에 따르면 우라누스와 가이아의 세 아들로 제우스에
게 벼락을 만들어 바쳤다고 한다. 오비디우스는 여기서 헤시오도스의 주장을 따르고 있다
47　북풍(Aquilo)은 신으로서는 보레아스(Boreas)라고 불린다.
48　Aeolus(그/Aiolos). 시킬리아 북쪽의 아이올루스 섬들(지금의 리파리 군도)에 살고 있는 바
람의 신.
49　무지개의 여신.

형제간인 검푸른 해신(海神)⁵⁰이 바닷물을 원군으로   275

보내주었던 것이다. 해신은 하신(河神)들을 불러모았다.

그들이 자신들의 왕의 궁전에 들어서자 해신이 말했다.

"지금은 긴말을 늘어놓을 때가 아니오.

그대들은 있는 힘을 다 쏟아부으시오. 그래야 하기 때문이오.

그대들의 문을 열어젖혀 강둑을 무너뜨리고

그대들의 강물에 매인 고삐를 모조리 다 풀어주시오!"   280

그의 명령에 하신들은 돌아가 샘의 수문을 열고는

고삐가 풀린 채 달려가며 바닷물을 향해 돌진했다.

해신은 삼지창으로 대지를 내리쳤다. 그러자 그 충격으로

대지가 떨며 물을 위하여 길을 활짝 열어주었다.

하신들은 강바닥을 떠나 탁 트인 들판 위로 질주하며   285

곡식과 과수원과 가축 떼와 사람과 집과, 신전들과

그 안에 있던 성물을 함께 삼켜버렸다.

어떤 집이 남겨져 그토록 큰 재앙에 굴하지 않고

저항할 수 있었다 하더라도 그 용마루는 그보다 더 높은

물결에 덮였고, 그 탑은 소용돌이 아래로 모습을 감추었다.   290

어느새 바다와 대지를 구별할 수조차 없었다.

온 세상이 바다였고 바다에는 해안도 없었다.

    어떤 사람은 언덕을 차지하는가 하면, 어떤 사람은

구부정하게 휜 거룻배를 타고 얼마 전까지만 해도

쟁기질하던 곳 위로 노를 저어 지나갔다. 또 어떤 사람은

자신의 곡식 밭이나 물에 잠긴 별장의 지붕 위로   295

---

50   넵투누스.

배를 타고 지나갔고, 느릅나무 우듬지에서 물고기를 잡는

사람도 있었다. 때로는 우연히 닻이 초록빛 풀밭에 내려지거나

굽은 용골이 물에 잠긴 포도밭 위를 스쳐지나가는 일도 있었다.

방금 전만 해도 여윈 염소 떼가 풀을 뜯던 곳에서는

이제 물개들이 보기 흉한 몸을 드러낸 채 쉬고 있었다.   300

네레우스의 딸[51]들은 물밑에서 원림과 도시와 집을

보고 놀랐고, 돌고래들은 숲을 차지하고는 높은 나뭇가지에

부딪치기도 하고 줄기를 들이받아 흔들어보기도 했다.

늑대가 양떼 사이에서 헤엄치는가 하면, 황갈색 사자와 호랑이도

물결에 떠다니고 있었다. 멧돼지에게 벼락 같은 힘은 쓸모없어졌고,   305

사슴에게는 날랜 다리도 아무런 도움이 되지 않았으니,

함께 물에 휩쓸렸다. 새들은 앉을 만한 대지를 찾아

오랫동안 떠돌아다니다가 지쳐 결국 바닷물에 떨어졌다.

바다는 엄청난 방종을 만끽하며 언덕을 뒤덮었고,

낯선 파도가 산꼭대기를 덮쳤다. 생명체는 대부분   310

물에 빠져 죽었고, 물속에서 간신히 살아남은 것들도

식량이 부족하여 오랜 기근으로 굶어 죽었다.

---

51 바다의 신 네레우스에게는 넵투누스의 아내가 된 암피트리테와 아킬레스의 어머니 테티스
를 포함하여 모두 50명의 아리따운 딸들이 있다.

인간의 조상 데우칼리온과 퓌르라

포키스는 아오니아[52]인들을 오이테[53]의 들판에서 갈라놓는데,
육지였을 적에는 비옥한 땅이었다. 하지만 이제 그곳은
바다의 일부로서 갑작스레 불어난 물의 한복판이 되었다.   315
그곳에는 어떤 산의 가파른 두 봉우리가 하늘을 향해 뻗어 있고
그 꼭대기는 구름을 찌르고 있는데, 그 이름은 파르나수스[54]이다.
데우칼리온이 아내와 함께 조각배에 의지한 채 이곳에 닿자마자
(다른 곳은 모두 바닷물에 덮였기 때문이다.) 한 일은 우선 코뤼키움[55]
동굴의 요정들과 산신(山神)들, 당시 신탁소를 차지하고 있던,[56]   320
운명을 예언하는 테미스[57] 여신에게 경배한 것이다.
당시에는 그보다 선하고, 그보다 더 정의를 사랑하는 남자는
아무도 없었고, 그녀보다 더 신을 경외하는 여인은 아무도 없었다.
윱피테르가 보니, 세상은 물이 흐르지 않은 채 고여 있는 늪이었다.
그토록 많던 남자 가운데 단 한 명만 살아남고,   325

---

52 Aonia. 보이오티아(Boeotia 그 / Boiotia) 지방의 일부로 그곳에 헬리콘 산이 자리잡고 있다.
종종 '보이오티아'라는 뜻으로 쓰이기도 한다.

53 Oete(그 / Oite). 그리스 텟살리아 지방과 아이톨리아 지방 사이에 있는 산맥.

54 Parnasus(그 / Parnasos). 그리스 포키스(Phocis 그 / Phokis) 지방에 있는, 아폴로와 무사 여신
들에게 바쳐진 산으로 해발고도는 2,457미터이다.

55 Corycium(그 / Korykion). 파르나수스 산에 있는 동굴.

56 파르나수스 산 남쪽 비탈에 자리잡은 델피(Delphi 그 / Delphoi)의 신탁소는 아폴로가 오기
전에는 테미스 여신이 관장했다. 아이스퀼로스(Aischylos), 『자비로운 여신들』(Eumenides) 2행
참조.

57 우라누스와 가이아의 딸로 법도의 여신. 테미스는 가이아의 뒤를 이어 델피의 신탁을 관장
하다가 아폴로에게 넘겨주었다.

그토록 많던 여자 가운데 단 한 명만 살아남았는데

둘 다 죄가 없고 둘 다 신을 공경하는지라

윱피테르는 구름을 갈라놓고, 북풍이 비구름을 몰아내게 하여

하늘에서는 대지를, 대지에서는 하늘을 볼 수 있게 했다.

바다의 노여움도 더는 지속되지 않았으니, 바다의 지배자가   330

삼지창을 내려놓고 파도를 달랬던 것이다. 바다의 지배자는

검푸른 트리톤[58]을 불렀고, 어깨에 조개가 붙어 있는 트리톤이

깊은 바다에서 모습을 드러내자 잘 울리는 고둥을 불어

그 신호로 파도들과 강물들을 불러들이라고 명령했다.

그러자 트리톤이 속이 빈 고둥을 집어 들었다.   335

바닥에서 위로 올라갈수록 넓은 나선형으로 벌어진

그 고둥이 바다 한가운데에서 입김을 빨아들이면

해 뜨는 쪽과 해 지는 쪽의 해안에 그 소리가 가득찬다.

그때도 고둥은 젖은 수염에서 물이 뚝뚝 듣는 신의

입술에 닿아, 명령받은 대로 물러나라고 크게 울어댔다.   340

육지와 바다의 모든 물이 소리를 들었고,

그것을 들은 물은 모두 되돌아갔다. 어느새 바다에는

해안이 드러나고 강은 본래의 강바닥을 따라 강둑

가득 흘러갔다. 홍수가 잡히면서 언덕이 다시 눈에 들어왔다.

땅바닥이 일어섰고 물이 줄어드는 만큼 땅은 늘어났다.   345

그러고 나서 오랫동안 묻혀 있던 숲이 우듬지를 드러냈는데

그 잎에는 아직도 진흙이 남아 있었다.

---

58 상반신은 인간이고 하반신은 물고기인 해신(海神)으로 아버지 넵투누스의 지시에 따라 소
라고둥 나팔을 불어 바다에 파도를 일으키기도 하고 가라앉히기도 한다.

세상은 본래의 모습을 되찾았다. 데우칼리온은

세상이 비어 있고 황량한 대지가 깊은 적막에 싸여 있는 것을

보자 눈물을 흘리며 아내에게 이렇게 말했다.   350

"누이[59]여, 아내여, 지상에 남은 유일한 여인이여,

처음에는 가족의 인연과 혈연이 그대를 내게 묶더니

다음에는 혼인이 묶었고, 이제 위험이 우리를 묶는구려.

지는 해와 뜨는 해가 비치는 모든 나라의

주민이라곤 우리 두 사람뿐이오. 나머지는 바다가 차지했소.   355

아직도 나는 우리가 살아남을 것이라는 확신이 없으며,

구름만 보아도 겁이 난다오. 가련한 여인이여,

나 없이 그대 홀로 살아남는 것이 운명의 뜻이었더라면,

지금 그대의 심정이 어떠했겠소? 그대 혼자서 어떻게 두려움을

견딜 수 있을 것이며, 누가 그대의 괴로움을 위로해주겠소?   360

(내 말 믿으시오.) 만약 바다가 그대마저 앗아갔더라면,

아내여, 나는 그대를 따라갔을 것이며, 그러면 바다는

나마저 삼켰을 것이오. 아아, 내가 나의 아버지의 재주로

인간을 다시 만들어낼 수 있고, 흙을 이겨 거기에

생명의 숨결을 불어넣을 수 있다면[60] 좋으련만!

이제 인류의 운명은 우리 두 사람에게 달려 있소. (이것이 하늘에 계신   365

신들의 뜻이오.) 우리는 인간의 본으로 남을 것이오."

두 사람은 한동안 눈물을 흘린 뒤 하늘의 신에게 기도하고

---

59 데우칼리온은 프로메테우스의 아들이고, 퓌르라는 에피메테우스의 딸이므로 두 사람은 사촌간이다.

60 데우칼리온의 아버지 프로메테우스는 이런 방법으로 인간을 만들어냈다고 한다.

신성한 신탁을 통해 신의 도움을 구하기로 했다.

지체하지 않고 그들은 케피소스[61]의 물결을 향하여

나란히 걸어갔는데, 아직 강물은 맑지 않았으나

어느새 낯익은 강바닥을 흘러가고 있었다.   370

그들은 강에서 물을 조금 길어 옷과 머리에 뿌렸다.

그러고 나서 신성한 여신의 신전으로 발걸음을 옮겼다.

신전의 박공지붕은 더러운 이끼로 변색되어 있었고

제단에는 불도 없었다. 두 사람은

신전의 계단에 이르자 땅에 엎드려 떨면서   375

차가운 돌에 입맞추고는 이렇게 기도했다.

"만약 정당한 기도로 신들의 마음을 달래고 누그러뜨릴 수 있다면,

신들의 노여움을 가라앉힐 수 있다면, 테미스 여신이시여,

어떤 방법으로 절멸한 우리 종족을 되살릴 수 있는지 말씀해주소서.

가장 자비로운 여신이시여, 물에 잠겼던 이 세상을 도와주소서."   380

여신은 마음이 움직여 이런 신탁을 주었다.

"너희는 신전에서 나가 머리를 가리고 옷의 띠를 푼 다음

너희의 위대한 어머니의 뼈를 등뒤로 던지도록 하라!"

　그들은 한동안 갈피를 잡지 못했다. 먼저 퓌르라가 침묵을 깨며

여신의 명령을 따를 수 없다고 했다. 그녀는 떨리는   385

입으로 여신에게 용서를 빌었으니, 그녀는 뼈를 내던짐으로써

어머니의 혼백을 모독하기가 두려웠던 것이다.

그사이 그들은 애매모호하고 수수께끼 같은 신탁의 말을

거듭해서 되새기고, 그것을 마음속으로 심사숙고해보았다.

---

61 Cephisos(그/ Kephisos). 포키스 지방의 강.

마침내 프로메테우스의 아들이 에피메테우스의 딸을
부드러운 말로 안심시켰다. "내 생각이   390
잘못된 것이 아니라면 (신탁은 경건하고 어떤 불의도
권하는 법이 없는 만큼) 위대한 어머니란 대지요.
그리고 생각건대, 여신께서 말씀하시는 뼈란
대지의 몸속에 들어 있는 돌일 것이오.
우리는 등뒤로 돌을 던지도록 명령받은 것이오."

    티탄의 손녀[62]는 남편의 해석에 마음이 움직이기는 했지만   395
그래도 그녀의 희망은 흔들렸다. 그만큼 두 사람은 하늘의 뜻이
미덥지 않았다. 하지만 한번 시도해본다고 무슨 해가 있겠는가.
그들은 산을 내려가서 머리를 가리고 옷의 띠를 풀고는
명령받은 대로 자신들의 발자국 뒤로 돌을 던졌다. 그러자 돌이   400
(만약 오랜 세월이 증인 노릇을 해주지 않는다면 누가 이를 믿겠는가?)
단단함과 딱딱함을 잃고 서서히 부드러워지기 시작했고,
일단 부드러워지자 형태를 갖추기 시작했다. 그러고 나서 돌이 커지고
더 부드러운 성질을 갖게 되자 그 형태가 사람의 모습처럼 보였다.
아직 그리 또렷하지 않고, 갓 시작한 작업인 탓에 충분히   405
마무리되지 않은 미완성의 대리석상 같았다.
하지만 돌 중에서 눅눅한 습기와 흙이 묻은 부분은
살로 변해 몸을 만드는 데 도움이 되었고,
딱딱하여 휠 수 없는 부분은 뼈로 변했다.
돌의 핏줄은 같은 이름을 그대로 유지했다.   410

---

62 Titania. '티탄의 딸' '티탄의 손녀'라는 뜻. 여기서는 퓌르라를 말한다. 그녀의 아버지 에피
메테우스는 티탄 중 한 명인 이아페투스의 아들이다.

잠깐 사이에 하늘에 계신 신들의 뜻에 따라

사내의 손이 던진 돌은 남자의 모습을 취했고,

여인이 던진 돌에서는 여자가 다시 태어났다.

이리하여 우리는 노고에 능한 강인한 종족이 되어,

우리의 기원이 어떤 것인지를 입증하고 있는 셈이다.   415

　　여러 형태의 다른 동물들은 대지가 저절로 낳았다.

그것은 오랫동안 남아 있던 습기가 태양의 열기에 데워지고,

진흙과 습기 찬 늪지가 열기에 부풀어 오르고,

마치 어머니의 자궁 속처럼 사물의 비옥한 씨앗이

생명을 주는 흙 속에서 부양되고 성장하여   420

차츰 어떤 형태를 취하고 난 뒤의 일이었다.

그처럼, 일곱 하구의 닐루스[63] 강이 범람했던 들판을 떠나

자신의 물줄기를 옛 강바닥으로 되돌려주고

새로 쌓인 진흙이 햇볕에 데워지고 나면,

농부들은 흙덩이를 뒤엎다가 많은 동물을 발견하는데,   425

그중에는 갓 생성되기 시작하여 아직

탄생의 단계에 있는 것들도 있고, 아직 완성되지 않아

지체가 모자란 것들이 있는가 하면, 같은 몸인데 일부는

살아 있고 일부는 흙 그대로인 경우도 가끔 있다.

이는 습기와 온기가 적당히 결합하면 생명이 잉태되고,   430

이 두 가지에서 만물이 비롯되기 때문이다.

불과 물은 상극이지만, 눅눅한 온기는 만물을 낳고,

이 부조화의 조화는 생명의 탄생에 적합한 것이다.

63　Nilus(그/ Neilos). 나일 강의 라틴어 이름.

퓌톤

　대홍수 직후 진흙으로 덮였던 대지는 하늘의 햇볕과

높은 곳의 열기에 의해 다시 데워지자 셀 수도　　　　　　　　　435

없을 만큼 많은 종류의 생명을 내놓았는데, 일부는

옛 형상들을 복원한 것이고, 일부는 새로 만들어낸 괴물들이었다.

사실은 원치 않았는데도, 거대한 퓌톤이여, 대지가 너를 낳은 것도

이때였다. 너는 알려진 적이 없는 뱀이라 새로 태어난

인간에게는 공포의 대상이었다.

그만큼 넓은 산기슭을 네가 차지하고 있었으니까.　　　　　　440

그런데 활을 들고 다니는 신[64]이 전에는 암사슴과 겁 많은

암염소에게만 쓰던 치명적인 무기를 사용하여 퓌톤을 죽였다.

이때 그는 수천 개의 화살이 들어 있던 묵직한 화살통을 거의

비우다시피 했고, 괴물의 시커먼 상처에서는 독액이 흘러내렸다.

아폴로는 세월이 지나도 자신의 행적의 명성이 소멸되지 않도록　　445

수많은 군중이 참가하는 신성한 경기 대회를 창설하고는

자신이 제압한 뱀의 이름에서 따와 그것을 퓌토 제전[65]이라고 불렀다.

이 대회에서 주먹이나 발 또는 전차로 우승한 젊은이는 누구나

떡갈나무 잎으로 만든 관을 상으로 받았다.

아직은 월계수가 없었고, 포이부스도 긴 머리가 흘러내리는 자신의　　450

아름다운 관자놀이에 아무 나무로 만든 관을 쓰곤 했기 때문이다.

64　아폴로. 포이부스라는 별칭으로도 부른다.

65　Pythia. 올륌피아(Olympia) 제전, 네메아(Nemea) 제전, 이스트모스(Isthmos) 제전과 더불어 고대 그리스의 4대 제전 중 하나로 4년에 한 번씩 델피에서 개최되었다. 처음에는 음악 경연만 있었으나 나중에는 육상경기와 경마 등이 추가되었다. 퓌토(Pytho)는 델피의 옛 이름이다.

월계수가 된 다프네

   포이부스의 첫사랑은 페네오스[66]의 딸 다프네였다.
그에게 이런 정염을 준 것은 눈먼 우연이 아니라
쿠피도[67]의 잔혹한 분노였다. 얼마 전 뱀을 이긴 것을 아직도
자랑스럽게 여기던 델리우스[68]는 쿠피도가 활을 구부리고
거기에 팽팽한 시위를 메우는 것을 보고 말했다.   455
"이 개구쟁이 꼬마야, 전사들이 쓰는 무기가 네게 왜 필요하지?
그런 무기는 내 어깨에나 맞지. 나는 짐승이든 적이든
실수 없이 맞혀 쓰러뜨릴 수 있고, 얼마 전에는
독이 가득한 배로 여러 유게룸[69]의 땅을 덮고 있던 부어오른
왕뱀 퓌톤을 수많은 화살을 쏘아 뻗게도 했단 말이야.   460
너는 횃불로 그것이 어떤 종류의 것이든 사랑에 불을 지르는 것으로
만족하고 주제넘게 내 명성에는 끼어들지 말았으면 좋겠어."
베누스의 아들이 말했다. "포이부스여, 그대의 활이 무엇이든 맞히는
활이라면 내 활은 그대를 맞힐 수 있지요. 어떤 동물이든
신들만 못하듯이 그대의 영광도 내 영광만 못하지요."   465
이렇게 말하고 쿠피도는 날개를 저어 대기를 뚫고 날아오르더니
재빨리 파르나수스의 그늘진 산꼭대기 위에 자리 잡고 서서

---

66 Peneos(그/ Peneios). 텟살리아 지방의 강 및 하신으로 핀두스 산에서 발원하여 아름다운 템
페(Tempe) 계곡을 지나 에게 해로 흘러든다. 다프네는 '월계수'라는 뜻이다.

67 Cupido. 베누스의 아들인 아모르(Amor).

68 Delius. 아폴로의 별칭 중 하나로 그가 누이 디아나와 함께 에게 해의 델로스(Delos) 섬에서
태어난 까닭에 그런 별칭을 얻었다.

69 1유게룸(iugerum)은 2,523제곱미터이다.

화살 든 화살통에서 효력이 서로 다른 화살 두 개를 뽑았다.

하나는 사랑을 내쫓는 것이고, 다른 하나는 사랑에 불을 지르는 것이다.

사랑에 불을 지르는 화살은 날카로운 촉이 반짝이는 황금 화살이며   470

사랑을 내쫓는 화살은 촉이 무디고 화살대 아래 납이 달려 있다.

쿠피도는 이 사랑을 내쫓는 화살로 페네오스의 딸인 요정 다프네를 쏘고,

다른 화살로는 아폴로를 쏘아 그의 뼈와 골수를 꿰뚫었다.

아폴로는 즉시 사랑에 빠졌다. 그러나 다프네는 사랑이란 말을

듣기만 해도 도망쳤다. 그녀는 숲속의 은밀한 곳을 찾아다니며   475

사로잡은 짐승의 전리품이나 즐기며 처녀신 포이베[70]와

경쟁하려 했다. 어지럽게 흘러내리는 머리카락을 끈으로

질끈 묶고서 말이다. 구혼하는 자들이 많았으나

그녀는 구혼자들을 혐오하여 남자를 거들떠보지 않았고,

길 없는 숲속을 쏘다니며 축혼가니, 사랑이니,

결혼 따위에는 전혀 관심을 두지 않았다. 그녀의 아버지가   480

가끔 말했다. “딸아, 너는 내게 사위를 빚지고 있구나.”

“딸아, 너는 내게 손자를 빚지고 있어.” 그래도 그녀는

결혼식 때 횃불을 올리는 것이 무슨 범죄라도 되는 양 싫어했다.

그녀는 고운 얼굴을 붉히며 부끄러운 듯이

두 팔로 아버지의 목을 끌어안고 매달리며 말했다.   485

“사랑하는 아버지, 영원한 처녀로 남도록 허락해주세요!

디아나 여신의 아버지는 벌써 그렇게 해주었답니다.”

아버지는 딸의 청을 들어주었다. 하지만 다프네여,

그대의 아름다움이 그대가 원하는 바를 방해했으니,

---

70 Phoebe. ‘빛나는 여자’라는 뜻. 디아나의 별칭.

그대의 외모가 그대의 소원을 들어주지 않았던 것이오.

포이부스는 다프네를 보자마자 사랑에 빠져 그녀와   490

결혼하기를 원했다. 그는 원하는 것을 바라니, 자신의 신탁에

스스로 속은 것이다. 곡식을 수확한 그루터기가 화염에 싸이듯이,

길 가던 나그네가 우연히 너무 가까이 놓았거나

날이 밝자 버리고 간 횃불에 산울타리가 불타듯이,

신은 사랑의 화염에 싸였고, 꼭 그처럼 그의 가슴은 온통   495

불길에 휩싸여 이루어질 수 없는 사랑을 희망으로 키우고 있었다.

아폴로는 다프네의 머리카락이 목 아래로 어지러이

흘러내린 것을 보았다. "빗질이라도 한 번 하면 어떨까?"

그는 그녀의 두 눈이 별처럼 반짝이는 것을 보았다.

그는 그녀의 입술을 보았다. 그러다가 이제 보는 것만으로는

만족할 수 없었다. 그는 다프네의 손가락, 손, 어깨까지   500

드러난 팔을 칭송했고, 드러나지 않은 것은 얼마나 더 아름다울까

하고 상상했다. 그러나 그녀는 가벼운 바람의 입김보다

더 빨리 달아났고, 그가 불러도 멈춰 서지 않았다.

    "요정이여, 페네오스의 딸이여, 제발 멈추시오!

그대를 뒤쫓지만 나는 그대의 적이 아니오. 요정이여, 멈추시오!   505

새끼 양이 늑대 앞에서, 사슴이 사자 앞에서, 비둘기가

날개를 퍼덕이며 독수리 앞에서, 온갖 생물이 제 천적 앞에서나

이렇게 달아난다오. 내가 그대를 뒤쫓는 것은 사랑 때문이오.

아아, 그대가 넘어져 아무 죄 없는 다리가 가시덤불에 긁혀

내가 그대에게 고통의 원인이 되지 않을까 두렵소.

그대가 달리는 이곳은 험한 곳이오. 제발 더 천천히 달리고   510

걸음을 늦춰요. 나도 천천히 뒤따르겠소. 달아나더라도 그대가

누구의 마음에 들었는지나 물어보구려. 나는 산골 주민도,

이곳에서 가축이나 소떼를 지키는 세련되지 못한 목자도 아니오.

답답하구려! 성급한 소녀여, 그대는 모르오, 그대가 누구에게서

달아나는지. 내가 누군지 몰라 달아나는 것이오.   515

델피 땅과 클라로스[71]와 테네도스[72]와, 파타라[73]의 궁전이

나를 섬긴다오. 융피테르께서 나의 아버지라오.

미래사와 과거사와 현재사가 나를 통해 드러난다오.

또 나는 노래와 현(絃)이 서로 조화를 이루게 해준다오.

내 화살은 어김없이 목표를 맞히지만, 내 것보다 더 확실히 목표를

맞히는 화살 하나가 근심 걱정 없던 내 가슴에 상처를 입혔소.   520

의술(醫術)은 내 발명물이고, 그래서 온 세상이 나를 구원자라고

부르며, 약초의 효력 또한 내 손아귀에서 나온다오.

하지만 아아, 사랑을 치료해줄 약초는 어디에도 없고, 만인에게

도움이 되는 재주도 그 주인에게는 도움이 되지 않는구려!"

　아폴로는 더 많은 말을 했을 것이나, 페네오스의 딸은 겁이 나서   525

아직 끝나지 않은 그의 말과 그를 뒤로한 채 계속 달아났다.

그럴 때조차 다프네는 매력적으로 보였다. 바람이 그녀의 사지를

드러내고, 마주 불어오는 바람의 입김이 달려오는 그녀의 옷을

펄럭이고, 가벼운 미풍이 그녀의 머리카락을 뒤로 휘날리게 하니,

그녀는 달아남으로써 더 눈부셨다. 젊은 신은 더 이상 감언이설로   530

시간을 낭비하지 않고, 사랑이 시키는 대로 전속력으로

---

71 Claros(그/Klaros). 소아시아 이오니아 지방의 도시로 아폴로의 신탁으로 유명했다.

72 Tenedos. 소아시아 트로아스 지방의 앞바다에 있는 섬.

73 Patara. 소아시아 뤼키아 지방의 도시로 아폴로의 신탁으로 유명했다.

그녀를 바짝 뒤쫓았다. 그 모습은 마치 탁 트인 들판에서
갈리아산(産) 사냥개가 토끼 한 마리를 발견하고는 빠른 발로
먹이를 뒤쫓고, 토끼는 살기 위해 줄달음치는 장면과 같았다.
(바짝 따라붙은 사냥개는 드디어 잡을 것을 기대하며   535
주둥이를 내밀어 토끼의 발뒤꿈치를 건드리고,
토끼는 벌써 잡힌 것이 아닐까 의심하면서 덥석 무는
사냥개의 이빨을 피해 자신을 건드리는 입으로부터 달아난다.)
꼭 그처럼 신과 처녀도 한쪽은 희망으로, 다른 쪽은 두려움에
가득차 더욱 빨리 달렸다. 하지만 쫓는 자가 더 빨랐으니,
사랑의 날개가 도움을 주었기 때문이다. 아폴로는 다프네가   540
숨 돌릴 틈도 주지 않고 그녀의 등뒤에 바짝 따라붙어
목덜미 뒤로 흩날리는 머리털에 입김을 불어댔다.
이제 달릴 힘조차 잃은 다프네는 안색이 창백해졌고
지칠 대로 지친 나머지 페네오스의 강물이 보이자 이렇게 말했다.   544
"아버지, 저를 도와주세요! 만약 저 강물에 어떤 신성이   546
있다면 너무나도 호감을 샀던 내 이 모습을 바꾸어 없애주세요!"
기도가 채 끝나기도 전에 짓누르는 듯한 마비감 같은 것이
사지를 사로잡았다. 부드러운 가슴 위로 엷은 나무껍질이 덮였고,
머리카락은 나뭇잎으로, 두 팔은 가지로 자랐다.   550
방금 전까지도 그토록 빠르게 달리던 발이 질긴 뿌리에 붙잡혔고,
얼굴은 우듬지가 차지했다. 빛나는 아름다움만이 남았다.
그래도 포이부스는 그녀를 사랑했다. 그는 나무줄기에 오른손을 얹어
그녀의 심장이 새 나무껍질 밑에서 아직도 헐떡이는 것을 느꼈고,
나뭇가지를 인간의 사지인 양 끌어안고 나무에 입맞추었다.   555
나무가 되어서도 다프네는 그의 입맞춤에 움츠러들었다.

아폴로는 나무에게 말했다. "그대는 내 아내가 될 수 없으니,

반드시 내 나무가 되리라. 월계수여, 내 머리털과 내 키타라[74]와

내 화살통에는 언제나 네가 감겨 있으리라.

개선식에서 환호성이 울려 퍼지고 카피톨리움[75] 언덕이 긴 행렬을   560

내려다볼 때, 너는 라티움[76]의 장군들과 함께하리라.

너는 또 아우구스투스의 문 앞에서 충실한 문지기 노릇을 하며

문설주 사이에 걸린 참나무 잎 관[77]을 지키리라.[78]

내 머리털이 젊고 또 내 머리털이 한 번도 잘린 적이 없듯이

너도 네 잎의 영광을 영원히 간직하도록 하라!"   565

74 그리스 로마 시대의 현악기인 뤼라(lyra)는 활을 쓰지 않고 지금의 기타처럼 손가락으로 뜯는, 길이가 같은 7개의 현으로 이루어진 발현악기이다. 이 점에서는 뤼라를 개량한 키타라 (cithara 그 / kithara)도 마찬가지다.

75 Capitolium(또는 mons Capitolinus). 고대 로마의 일곱 언덕 중 하나로 포룸 로마눔의 서쪽에 있다. 그곳에는 봉우리가 둘 있는데 남서쪽 봉우리는 카피톨리움, 북쪽 봉우리는 아르크스 (arx '성채')로 알려져왔다. 그러나 이 이름들은 고대와 근대 작가에 의해서 언덕 전체뿐 아니라 봉우리 가운데 하나를 가리키는 것으로 쓰였다. 카피톨리움에는 윱피테르(Iuppiter Optimus Maximus '최선 최대의 윱피테르')와 유노, 미네르바에게 봉헌된 신전이 있었다. 기원전 390년 갈리아인들이 쳐들어왔을 때 마지막 보루로서 이곳을 지키고 있던 로마군 지휘관 만리우스 카피톨리누스(Marcus Manlius Capitolinus)는 깜박 잠이 들었다가 거위들의 울음소리를 듣고 깨어나 수비대를 모아 갈리아인들의 야습을 막아냈다고 한다.

76 원래는 로마에서 남동쪽으로 20킬로미터 정도 떨어진 알바 산 주위의 좁은 지역이었으나 차츰 북쪽으로는 티베리스 강까지, 남쪽으로는 시누엣사 시까지 그 경계가 확대되어 고대 로마의 중심부가 되었다.

77 참나무 잎 관(corona querna civica)은 전투에서 시민, 즉 함께하는 병사의 목숨을 구한 자에게 주어졌는데 아우구스투스는 기원전 27년 8월 27일 이 관을 받아 자신의 궁전 지붕에 걸어두었다고 한다.

78 오비디우스, 『로마의 축제들』(Fasti) 1권 614행 및 4권 953~954행 참조.

파이안⁷⁹이 말을 마치자, 월계수가 갓 태어난 가지를 흔들고
우듬지를 움직이는데 마치 머리를 끄덕이는 것처럼 보였다.

암소로 변한 이오

　하이모니아⁸⁰에는 급경사면으로 둘러싸인, 숲이 우거진 계곡이
하나 있는데, 사람들은 그곳을 템페라고 부른다. 그 사이로
핀두스⁸¹ 산 깊숙한 곳에서 발원한 페네오스 강이 거품을 일으키며　　　　570
흘러간다. 강물은 힘차게 흘러 떨어지며 엷은 안개 너울을 펼치는
구름을 만들어내는가 하면, 숲속 나무 우듬지에
물을 뿌린다. 그 굉음은 주위의 모든 것을 압도한다.
이곳이 위대한 하신 페네오스의 집이자 거처이고, 그의 안방이다.
그는 이곳의 바위 동굴 안에 자리잡고 앉아 자신의 물과　　　　575
그 물속에 사는 요정들에게 판결을 내리곤 했다.
그 지방의 강들이 다프네의 아버지를 축하해야 할지,
아니면 위로해야 할지 알지 못한 채 그곳으로 맨 먼저 몰려왔으니,
미루나무로 둘러싸인 스페르키오스, 쉬지 않는 에니페우스,
연로한 아피다누스, 유순한 암프뤼소스와 아이아스가 그들이다.　　　　580
그 뒤 곧, 어느 길로 해서 급류에 실려 가든, 방랑에 지친
자신의 물을 바다로 데리고 흘러가는 다른 강들도 나타났다.

79　Paean(그/Paian). 치유의 신인 아폴로의 별칭.
80　Haemonia. 그리스 텟살리아 지방의 옛 이름.
81　Pindus(그/Pindos). 텟살리아 지방 서쪽에 있는 큰 산맥으로 해발고도 2,497미터이다.

이나쿠스[82]만이 나타나지 않았다. 그는 자신의 동굴 가장 깊숙한 곳에 숨어 눈물로 강물을 불리고 있었다. 딸 이오를 잃어버린 그는 참담한 심정으로 그녀를 애도하고 있었다. 딸이 살아 있는지 망령들 사이에   585
가 있는지조차 알지 못했다. 그는 어디서도 딸을 찾지 못하자 어디론가 사라졌다고 여겼고, 마음속으로 더 불행한 일을 염려하고 있었다.

　어느 날 읍피테르가 아버지의 강에서 돌아오는 이오를 보고 말했다.
"읍피테르에게나 어울릴 소녀여, 그대는 자신의 잠자리로 누군가를 행복하게 해주게 되어 있거늘, 우거진 숲 그늘로 들어가도록 하라."   590
(그러면서 그는 숲 그늘을 가리켰다.)
"해가 중천에 높이 떠 있어 날이 더운 동안 말이다.
혼자서 짐승의 은신처로 들어가기가 두렵다면,
그대는 반드시 예사 신이 아닌 어떤 신의
보호를 받으며 숲의 은밀한 곳으로 들어갈 것이다.   595
나는 강력한 손에 하늘의 홀을 들고 번쩍이는 벼락을
던지는 신이니라. 내게서 도망치지 마라!"
소녀는 도망치고 있었던 것이다. 소녀가 어느새
레르나의 목초지와 나무를 심어놓은 뤼르케움[83]의 경작지를
뒤로했을 때, 신은 넓은 땅을 먹구름으로 뒤덮은 뒤
도망치는 소녀를 붙잡아 소녀의 정조를 차지했다.   600

　그사이 유노는 들판 한가운데를 내려다보고 있다가
느닷없이 구름이 밝은 대낮에 밤의 어둠을 자아내는 것을

82　Inachus(그 / Inachos). 아르고스의 하신이자 왕.
83　Lyrceum(그 / Lyrkeion). 그리스 아르골리스(Argolis) 지방과 아르카디아 지방 사이에 있는 산. 여기서 '뤼르케움의'(Lyrceus)는 '아르카디아의'라는 뜻이다.

수상하게 여겼다. 유노는 그 구름이 강에서 온 것도,

눅눅한 대지에서 솟은 것도 아님을 알아차렸다. 그녀는 퍼뜩

남편이 어디 있나 둘러보았다. 남편이 가끔 바람피우다가   605

들킨 적이 있던 터라 그의 술책을 알고 있었던 것이다.

하늘에서는 그의 모습을 찾을 수 없자 그녀는 말했다.

"내 짐작이 틀렸거나 아니면 나는 모욕당하고 있구나."

유노는 하늘 꼭대기에서 미끄러지듯 내려가 대지 위에

자리잡고 서서는 구름에게 흩어지라고 명령했다.

하지만 이때는 아내가 올 줄 미리 알고 윱피테르가   610

이나쿠스의 딸의 모습을 하얀 암송아지로 바꾼 뒤였다.

암소로 변했어도 이오는 여전히 아름다웠다. 사투르누스의 딸[84]은

본의 아니게 암송아지의 모습을 보고 찬탄했고, 짐짓 모르는 체하며

누구의 것이고, 어디서 왔으며, 어떤 가축 떼에 속하느냐고 물었다.

윱피테르는 암송아지의 출생에 관해 더 묻지 못하도록 그저   615

대지에서 태어난 것이라고 거짓말을 했다. 그러자 사투르누스의 딸은

그것을 선물로 달라고 했다. 어떡한담? 애인을 넘길 수는 없는 노릇이고,

넘기지 않는다면 의심을 살 것이다. 수치심은 넘겨주라고,

다른 쪽에서 사랑은 그러지 말라고 설득했다.

사랑이 수치심을 이겼을 것이다. 하지만 암송아지같이

가벼운 선물을 누이이자 아내인 그녀에게   620

주기를 거절한다면 그것은 그녀의 눈에 암송아지로

보이지 않을 수도 있었다. 여신은 시앗을 선물로 받았으나,

그래도 당장 의구심이 싹 가시지는 않았으니, 윱피테르가 또 몰래

---

84   유노. 사투르누스에 대해서는 주 14 참조.

바람피우지나 않을까 두려웠던 것이다. 그녀는 마침내 그 암소를
아레스토르의 아들 아르구스에게 맡겨 지키게 했다.

백 개의 눈을 가진 아르구스

아르구스의 머리에는 백 개의 눈이 있었다.   625
한 번에 두 개씩 돌아가며 휴식을 취했고,
나머지 눈들은 치켜뜨고 파수를 보았다.
그는 어떤 자세로 서 있든 이오를 감시할 수 있었으니,
설령 그가 등을 돌려도 이오는 그의 눈들 앞에 있었다.
그는 그녀에게 낮에는 풀을 뜯게 했고, 대지 아래로 해가 깊숙이   630
지고 나면 가두고 그녀의 목에 모욕적인 고삐를 채웠다.
이오는 나뭇잎과 쓰디쓴 풀을 뜯어먹었다.
불행한 그녀는 늘 침상 대신 풀이 나 있는 것도 아닌
땅바닥에 누웠고, 진흙투성이 강물을 마셨다.
그녀는 아르구스에게 팔을 내밀고 애원이라도 하고 싶었지만   635
그녀에게는 내밀 팔이 없었고, 투덜거리고 싶어도
입에서는 소 울음소리가 나왔다. 그럴 때마다 그녀는
그 소리에 깜짝 놀랐고 제 목소리가 무서워졌다.
또 그녀는 가끔 뛰놀던 이나쿠스 강의 강둑[85]에 갔다가
물에 비친 괴상한 제 뿔을 보고는 깜짝 놀라   640
질겁하고 자신의 모습 앞에서 도망쳤다.

---

85 '강둑'(ripas) 대신 '찢어진 입'(rictus)으로 읽는 텍스트도 있다.

물의 요정들도 그녀가 누군지 알지 못했고, 이나쿠스 역시

알지 못했다. 하지만 그녀는 아버지와 언니들을 따라다니며

자신을 쓰다듬게 내버려두었고 감탄하는 그들에게 자신을 내맡겼다.

연로한 이나쿠스가 풀을 좀 뜯어 암소에게 내밀자,   645

이오는 아버지의 손을 핥고 손바닥에 입맞추며 눈물을 참지 못했다.

말이라도 할 수 있었다면 그녀는 제 이름과 슬픈 운명을 말하며

도움을 청했을 것이다. 하지만 그녀는 말 대신 발굽으로 땅바닥에

글을 써서 자신이 변신하게 된 슬픈 사연을 알렸다.   650

아버지 이나쿠스는 깜짝 놀라 소리지르며 신음하고 있는,

눈처럼 흰 암송아지의 뿔과 목에 매달렸다.

"아아, 슬프도다!" 그는 탄식했다. "네가 바로 내가 온 세상을

찾아 헤매던 내 딸이란 말이냐? 차라리 너를 찾지 못했더라면

찾았을 때보다 이 고통은 더 가벼웠을 것을! 너는 침묵을 지키며   655

아무리 물어도 대답하지 않고, 가슴 깊숙한 곳에서 한숨 쉬며

음매 하고 우는구나. 하기는 네가 할 수 있는 것이 그것밖에 더 있겠느냐!

이런 줄도 모르고 나는 너를 위해 신방과 결혼식 때의 횃불을 준비하며

먼저 사위를 보고, 곧 손자 보기를 바라고 있었지. 하지만 이제 너는

소떼 중에서 네 남편감과 아들을 찾을 수밖에 없게 되었구나.   660

나는 이토록 큰 슬픔을 죽음으로도 끝낼 수 없으니

내가 신이라는 것이 괴롭구나. 죽음의 문은 내게 닫혀 있고

내 슬픔은 영원토록 지속되어야 하니 말이다."

그가 이렇게 탄식하고 있을 때, 눈이 별처럼 총총한 아르구스가

그를 밀치고 딸을 아버지에게서 떼어내 먼 풀밭으로   665

끌고 갔다. 그러고는 멀리 떨어진 높은 산꼭대기 위에

자리잡고 앉아 사방으로 망을 보았다.

하늘의 신들의 통치자[86]는 포로네우스[87]의 누이의

그토록 큰 고통을 보다 못해, 반짝이는 플레이야데스[88]가 낳아준

아들[89]을 부르더니 그에게 아르구스를 죽이라고 명령했다.   670

메르쿠리우스는 지체 없이 날개 달린 샌들을 매어 신고,

잠을 가져다주는 지팡이를 강력한 손에 들고 모자를 썼다.

이렇게 차려입고 윱피테르의 아들은 아버지의 성채에서

대지로 뛰어내렸다. 그곳에서 그는 모자를 벗고

날개를 치우더니 지팡이만 손에 들었다.   675

이것으로 그는 도중에 모은 염소 떼를 몰고 목자처럼

호젓한 시골길을 지나가며 손수 만든 목적(牧笛)을 불었다.

유노의 파수꾼은 그 신기한 피리 소리와 재주에 현혹되었다.

"이봐요, 그대가 누구든 여기 이 바위에 나와 나란히 앉아도 좋아요."

아르구스가 말했다. "가축 떼를 위하여 이보다 풀이

많은 곳은 어디에도 없으며, 그대도 보다시피 이곳에는   680

목자를 위한 서늘한 그늘도 있소." 그러자 아틀라스의

외손자[90]는 그 곁에서 온갖 이야기로 무료함을 달랬고,

갈대 피리를 불어 그자의 깨어 있는 눈들을 제압하려 했다.

86 윱피테르.
87 이나쿠스의 아들로 이오의 오라비.
88 여기서는 플레이야데스 중 한 명인 마이야를 말한다. 플레이야데스들은 아틀라스의 일곱
딸들로 사냥꾼 오리온에게 쫓기다가 윱피테르에 의해 하늘로 옮겨져 성단(星團)이 되었는데,
마이야, 엘렉트라(Electra 그 / Elektra), 타위게타(Taygeta 그 / Taygete), 할퀴오네(Halcyone 그 /
Halkyone), 켈라이노(Celaeno 그 / Kelaino), 스테로페(Sterope)와 메로페(Merope)가 그들이다.
이 책에서는 마이야(플레이야스란 이름으로, 1권 670행)와 타위게타(3권 595행)만 언급된다.
89 메르쿠리우스.
90 메르쿠리우스.

하지만 아르구스는 부드러운 잠을 물리치려고 애썼고,　　　　　　685
또 그자의 눈들 중 일부가 잠이 들어도 다른 일부는
깨어 있었다. 또 그자는 어떻게 해서 그것이
(갈대 피리는 근래에 발명되었으므로) 만들어졌는지 물었다.

쉬링크스

　그러자 신이 말했다. "아르카디아의 서늘한 산중에,
노나크리스[91]에 사는 나무의 요정[92]들 중에서도 가장 유명한　　　690
요정[93]이 한 명 있었는데, 요정들은 그녀를 쉬링크스라고 불렀소.
그녀는 사튀루스[94]들과, 그늘진 숲과 기름진 들판을 차지하고 사는
온갖 신의 추격을 피해 달아난 적이 한두 번이 아니었소.

91　Nonacris(그 / Nonakris). 그리스 아르카디아 지방의 산이자 도시. '노나크리스'는 흔히 '아르카디아'라는 뜻으로 쓰이기도 한다.

92　'나무의 요정'을 가리키는 라틴어 hamadryas는 '나무와 수명을 함께하는 요정'이라는 뜻이다. 나무가 죽으면 요정도 함께 죽는 것으로 생각되었기 때문이다.

93　요정들은 그리스신화에서 젊고 아름답고 음악과 무용을 좋아하는 소녀들로 여신들처럼 영원히 살지는 않지만 오래도록 산다. 그들은 실을 잣거나 노래하며 동굴에서 살지만 디아나 같은 여신들이나 칼륍소(Calypso 그 / Kalypso)와 키르케(Circe 그 / Kirke) 같은 신분이 높은 다른 요정들의 시중을 들기도 한다. 거처에 따른 이름이 있는데 나무 특히 참나무의 요정들은 드뤼아데스(dryades 단수형 / dryas), 샘과 시내와 호수의 요정들은 나이아데스(naiades 단수형 / nais), 산의 요정들은 오레이아데스(oreiades 단수형 / oreas)라 불린다. 그들은 융피테르, 아폴로, 메르쿠리우스, 디오뉘수스 같은 큰 신들의 주목을 끌기도 하지만 대체로 판(Pan), 사튀루스, 프리아푸스(Priapus) 같은 신의 사랑을 받는다.

94　디오뉘수스 신의 종자(從者)들로 말의 꼬리 또는 염소의 다리를 가진 음탕하기로 이름난 숲의 정령들.

하지만 그녀는 하는 일에서는 오르튀기아[95]를 본보기로 삼았고,

처녀성에서도 그점은 마찬가지였소. 디아나 여신처럼 허리띠를 매면,　　　695

보는 이들은 그녀를 라토나의 따님으로 여길 정도였소.

그녀의 활이 뿔로 만들어졌고, 여신의 활이 황금으로 만든 것이

아니었다면 말이오. 그래도 보는 이들은 속곤 했지요.

어느 날 판[96] 신이 뤼카이우스[97] 산에서 돌아오는 쉬링크스를 보고는

머리에 뾰족한 솔잎 관을 쓰고 이렇게 말했소⋯. ”

메르쿠리우스는 이어서 판 신이 무슨 말을 했으며,　　　700

요정이 어떻게 그의 간청을 거절하고 길도 없는 황무지를 지나

달아나다가 마침내 모래가 많은 라돈 강의 조용한 강가에

이르렀는지 이야기하려던 참이었다. 그리고 거기 강물에 막혀

더 이상 도망칠 수 없게 된 그녀가 강물 속의 언니들에게

자신의 모습을 바꿔달라고 간청했으며, 판 신은 이제야

쉬링크스를 붙잡았다고 기뻐했으나 그의 품에 안기는 것은　　　705

요정 대신 늪지대의 갈대뿐이었다고 말이다. 판 신이 한숨을

쉬고 있을 때 바람이 갈대를 스치면서, 탄식하는 소리와도 같은

가느다란 소리가 났으며, 신은 이 새로운 예술과

감미로운 소리에 현혹되어 “나는 그대와 이렇게 아름다운 소리로

언제까지든 대화를 나누리라!” 하고 외쳤다고 말이다.　　　710

그리하여 그는 길이가 서로 다른 갈대를 밀랍으로

95　Ortygia. 디아나 여신의 별칭 중 하나로 아폴로와 디아나의 남매신이 태어난 델로스 섬의
다른 이름인 오르튀기에(Ortygie)에서 유래했다.

96　그리스신화에서 염소 뿔에 염소 발굽을 가진, 숲과 가축 떼의 신.

97　Lycaeus(그/ Lykaion). 그리스 아르카디아 지방의 산.

이어 붙인 다음 이 악기에 소녀의 이름을 붙여주었던 것이다.

퀼레네[98] 출신의 신은 이런 이야기를 더 하려는데 아르구스의 눈이
모두 제압되며 잠을 못 이기고 눈꺼풀들이 감기는 것을 보았다.
그는 즉시 목소리를 억누르고는 아르구스의 풀어진 눈들 위로   715
요술 지팡이가 지나가게 하여 그자가 더 깊이 잠들게 했다.
그러고는 지체 없이 낫처럼 굽은 칼로 꾸벅꾸벅 졸고 있던
그자의 머리가 목에 이어지는 부위를 친 다음 피 흘리는 그자를
바위 아래로 내던져 그 가파른 절벽이 피투성이가 되게 했다.
아르구스여, 그대는 누워 있구나! 그토록 많은 눈에 들어 있던   720
빛도 모두 꺼져버리고, 그대의 일백 개의 눈을 하나의 밤이
차지했구나. 사투르누스의 딸은 이 눈들을 수습하여
자신의 새[99]의 깃털에다 옮겨놓으며
그것의 꼬리를 별 같은 보석으로 가득채웠다.

유노는 당장 분노에 불탔고 복수를 뒤로 미루지 않았으니,
아르고스 출신 시앗의 눈과 마음 앞에다 공포를 안겨주는   725
복수의 여신을 세우고 가슴속에는 광기의 가시 막대기를 심어
온 세상을 도망 다니게 했던 것이다. 닐루스 강이여,
그대가 그녀의 지난한 방황의 마지막을 장식했도다.
이오는 강가에 닿자마자 강둑에 무릎을 꿇었다.
그러고는 목을 뒤로 젖히고 유일하게   730
들 수 있는 얼굴을 저 높은 별들을 향하여 들더니
한숨과 눈물과 슬픈 음매 소리로 읍피테르를 원망하며

98 그리스 아르카디아 지방의 산으로 메르쿠리우스가 태어난 곳.
99 공작.

자신의 불행이 끝나게 해달라고 기원하는 것 같았다.

그러자 윱피테르가 두 팔로 아내[100]의 목을 끌어안고는 이제

그만 벌을 끝내라고 간청하며 말했다. "앞일은 염려 마시오.   735

이오는 그대에게 결코 근심거리가 되지 않을 것이오."

그는 스튁스 강의 늪을 증인으로 불렀다.

여신의 분노가 가라앉자 이오는 이전의 얼굴 모습을 되찾고,

본래의 이오가 되었다. 그녀의 몸에서 셴털이 사라지고,

뿔이 오그라들고, 크고 둥근 눈이 작아지고,   740

쭉 찢어진 입이 좁아지고, 어깨와 손이 되돌아오고,

발굽이 사라지며 각각 다섯 개의 손발톱으로 나뉘었다.

이오에게는 눈부시게 희다는 것 말고는 소의 흔적이라곤 아무것도 없었다.

요정은 다시 두 발로 서게 된 것에 만족하고 똑바로 섰다. 하지만

암소처럼 음매 하고 울까 봐 말하기가 두려웠고 겁에 질린 채   745

오랫동안 쓰지 않던 말을 한마디씩 시험 삼아 해보았다.

에파푸스의 모욕

　이제 이오는 아마 옷을 입은 군중에게 여신으로서 경배받고 있다.

그녀는 에파푸스란 아들을 낳았는데, 그는 위대한 윱피테르의 씨에서

태어난 것으로 믿어지며, 사방의 도시에서 어머니와 함께 신전을

공유하고 있다. 태양신의 아들 파에톤은 에파푸스와 성품도 비슷하고   750

---

100 유노.

나이도 같았다.[101] 한번은 자기 아버지는 포이부스[102]라고

파에톤이 큰소리치며 양보하려 하지 않자 이나쿠스의 외손자가

참다 못해 말했다. "너는 바보같이 네 어머니가 하는 말을

곧이듣고 아버지에 대한 그릇된 생각으로 잔뜩 부풀어 있구나."

그러자 파에톤은 얼굴을 붉혔고, 부끄러워 차마 화도 내지 못하고   755

에파푸스의 모욕적인 말을 어머니 클뤼메네에게 전했다.

"어머니께서 더욱더 괴로우시겠지만" 하고 파에톤은 말했다.

"저는 그토록 자유분방하고 드세건만 말 한마디 못 했어요.

그런 모욕적인 말을 듣고도 한마디 항변조차 할 수 없다는 것이

부끄러웠어요. 진정 제가 하늘의 씨앗에서 태어났다면   760

어머니께서는 제 지체가 그렇게 높다는

증거를 보여주시고, 제가 하늘에 속한다는 주장을 확인해주세요."

아버지를 알고 싶은 파에톤

이렇게 말한 파에톤은 두 팔로 어머니의 목을 끌어안고는,

자신의 머리와 메롭스[103]의 머리와 누이들의 결혼식 횃불에 걸고

자신의 출생에 관한 확실한 증거를 보여줄 것을 요구했다.

클뤼메네는 이러한 파에톤의 간청 때문인지 아니면 자신에 대한   765

101 에파푸스와 파에톤이 같은 또래의 친구라는 이야기는 다른 문헌에는 나오지 않는다. 여기
나오는 파에톤 이야기는 현재 단편만 남아 있는 에우리피데스의 비극 『파에톤』(*Phaeton*)에서
영감을 얻은 것으로 추정된다.
102 '빛나는 자'라는 뜻으로 태양신으로서의 아폴로의 별칭. 여기서는 태양신 솔(Sol)을 말한다.
103 아이티오피아의 왕으로 클뤼메네의 남편이자 파에톤의 의붓아버지.

모욕에 더 화가 났는지 마음이 움직여 하늘을 향하여

두 팔을 뻗고는 빛나는 태양을 우러러보며 소리쳤다.

"내 아들아, 지금 우리 말을 듣고 계시고 우리를 보고 계시는

저 찬란한 태양의 광휘에 걸고 맹세하거니와, 너는 네가 우러러보고

있는 저분에게서, 우주를 다스리시는 저 태양신에게서 태어났다.   770

만약 내가 지어낸 이야기를 하고 있다면, 나는 다시는 그분을 보지

못하게 되고, 내 눈으로 햇빛을 보는 것도 이번이 마지막이 되기를!

너는 네 아버지의 거처를 알려고 오랫동안 애쓸 것도 없다.

그분이 뜨시는 곳은 우리 땅과 이웃해 있다.

네가 정 그러겠다면 가서 그분에게 직접 물어보거라!"   775

    어머니가 그렇게 말하자 파에톤은 당장 흔쾌히 뛰쳐나갔고, 그의 마음은

어느새 하늘에 가 있었다. 그는 고향 아이티오피아[104] 땅과

작열하는 태양 아래 자리잡은 인디아[105]인들의 땅을 지나

자신의 아버지가 뜨는 곳으로 쉬지 않고 걸어갔다.

---

104 Aethiopia(그/Aithiopia). 당시 사람들은 '얼굴이 그을린 자들'(Aethopes 그/Aithiopes)의 나라로 아이티오피아를 이집트와 적도, 그리고 홍해와 대서양 사이에 있는 것으로 여긴 듯하다. 하지만 그곳의 위치와 그곳에 사는 부족에 관한 진술은 빈약하고 뒤죽박죽이다.
105 인도의 라틴어 이름.

II

르동, 〈파에톤의 마차〉

아버지의 마차를 모는 파에톤

태양신의 궁전은 높다란 원주(圓柱)들 위에 우뚝 솟아 있었는데,

번쩍이는 황금과 불꽃 빛깔의 금동(金銅)[1]으로 빛나고 있었다.

그것의 박공지붕은 윤기 나는 상아로 덮여 있었고,

두 짝으로 된 문은 찬란한 은빛을 발하고 있었다.

재료보다 더 훌륭한 것이 솜씨였다. 문짝들 위에는 물키베르[2]가   5

가운데 자리잡은 대지를 둘러싼 바다와, 둥근 대지와

그 위에 걸린 하늘을 조각해놓았기 때문이다.

바닷물 속에는 검푸른 신들[3]인, 소라고둥 나팔을 부는 트리톤[4]과

변신에 능한 프로테우스[5]와 팔로 고래의 거대한 등을

누르고 있는 아이가이온[6]과 도리스[7]와 그녀의 딸들[8]이 있었다.   10

그녀들 가운데 일부는 헤엄치고, 일부는 바위 위에 앉아

초록빛 머리카락을 말리고, 더러는 물고기를 타고 있는

모습이 보였다. 자매들이 그러하듯, 그들 모두는

얼굴이 똑같지도 전혀 다르지도 않았다.

대지 위에는 사람과 도시와 숲과 들짐승과 강과   15

요정들과 다른 시골 신들이 있었다. 그들 위쪽에는

---

1   porypus. '불꽃 빛깔의'라는 뜻. 금동은 동과 금을 3 : 1의 비율로 합금한 것이다.
2   불의 신이자 대장장이 신인 불카누스의 별칭. 때로는 '불'이라는 뜻으로도 쓰인다.
3   해신(海神)들. '검푸른'(caeruleus)은 대체로 바다와 관련되는 단어이다.
4   1권 주 58 참조.
5   여러 모습으로 변신할 수 있는 해신. 『오뒷세이아』 4권 351행 이하 참조.
6   체구가 큰 해신.
7   오케아누스와 테튀스의 딸로 해신 네레우스의 아내이자 네레우스의 딸들의 어머니.
8   '그녀의 딸들'이란 네레우스의 딸들을 말한다.

빛나는 하늘의 그림이 자리잡고 있었는데, 황도12궁[9] 중

<hr />

9 　황도 12궁과 관련된 신화는 다음과 같다. 프릭수스와 헬레 남매를 등에 태우고 동쪽으로 날아간 황금 양털의 숫양을 하늘로 옮겨놓은 것이 양자리이고, 읍피테르가 반한 에우로파를 무사히 크레테 섬으로 실어준 황소 또는 읍피테르의 사랑을 받다가 암소로 변한 이오를 하늘로 옮겨놓은 것은 황소자리이다. 쌍둥이자리는 제우스와 레다 사이에서 태어난 쌍둥이 형제 카스토르와 폴룩스를 그들의 둘도 없는 우애를 기념하기 위해 하늘로 옮겨놓은 것이고, 저울자리는 전갈자리의 전갈이 너무 긴 데다 그 집게다리가 저울처럼 생겼다 하여 전갈자리와 저울자리로 나뉜 것이다. 전갈자리의 전갈은 뛰어난 사냥꾼 오리온을 찔러 죽인 전갈인데, 그 전갈을 보낸 신은 같이 사냥하다가 오리온에게 겁탈당할 뻔했던 디아나라고도 하고 오리온이 자기는 대지에서 태어난 짐승은 무엇이든 사냥할 수 있다고 호언장담하자 이에 화가 난 대지의 여신 가이아라고도 한다. 궁수자리는 상반신은 인간이고 하반신은 말인 켄타우루스족 가운데 한 명으로 헤르쿨레스와 아킬레스와 이아손 같은 그리스 영웅들을 가르친 키론(Chiron 그 / Cheiron)을 하늘로 옮겨놓은 것이고, 무사 여신들의 유모 에우페메의 아들 크로투스(Crotus 그 / Krotos '박수')가 헬리콘 산에서 사냥으로 생계를 꾸려가며 무사 여신들의 노래에 박수를 쳐서 박자를 맞추어주고 남들이 이를 모방함으로써 그들이 큰 명성을 얻자 여신들이 읍피테르에게 부탁하여 크로투스를 하늘로 옮겨놓은 것이라고도 한다. 헤르쿨레스가 네메아의 사자를 목 졸라 죽인 다음 레르나의 거대한 휘드라와 싸울 때 다른 동물들은 모두 헤르쿨레스에게 호의적이었으나 게 한 마리가 늪에서 나와 헤르쿨레스의 발을 물다가 밟혀 죽자 유노가 이를 하늘로 옮겨 게자리가 되게 했다. 사자자리는 밝은 별자리 중 하나인데 사자는 온 짐승의 왕이므로 읍피테르가 그렇게 만들어주었다고 한다. 일설에 따르면 이 별자리는 헤르쿨레스의 12고역 가운데 첫 번째인 네메아의 사자와의 싸움을 입증하기 위한 것이라고 한다. 헤르쿨레스는 무서운 괴물들의 자식으로 유노가 기르던 이 사자가 칼이나 화살이나 불로는 제압할 수 없다는 것을 알고 맨손으로 목 졸라 죽이고 나서 그 뒤로는 이 사자의 가죽을 입고 다녔다. 인류의 황금시대에 정의의 여신(Iustitia 그 / Dike)은 지상에 살며 자유롭게 인간과 교류했으나 백은 시대에는 지상에 머물되 은둔 생활을 했으며 청동시대가 와서 전쟁이 일어나자 지상을 떠나 하늘로 올라가 처녀자리가 되었다고 한다. 염소자리는 외모가 아이기판(Aegipan 그 / Aigipan '염소 판'이라는 뜻으로 판 신의 다른 이름인지 아니면 다른 존재인지 확실치 않다)과 비슷한 카프리코르누스에게서 유래했다고 한다. 그는 하반신은 동물이고 머리에는 뿔이 나 있는데 크레테의 이다 산에서 읍피테르와 함께 자랐으며 읍피테르가 티탄 신족과 싸울 때 파니코스(Panikos '판 신의'라는 뜻으로 영어의 panic과 같은 말이다)라는 나팔을 만들어 불어 티탄 신족이 깜짝 놀라 도망치게 만들었다. 읍피테르는 권좌에 오르자 이를 가상히 여겨 그와 그의 어머니 아이게(Aege 그 / Aige

오른쪽 문짝에 여섯, 왼쪽 문짝에 여섯이 있었다.

'암염소')를 별 사이로 올려놓았다고 한다. 그가 물고기 꼬리를 갖고 있는 것은 바다에서 나팔을 발명했기 때문이라고 한다. 일설에 따르면 그의 하반신이 물고기 모양인 것은 그가 티탄 신족에게 돌멩이 대신 뼈 고둥을 던져댔기 때문이라고 한다. 또 일설에 따르면 이집트에 모여 있던 여러 신들이 거대한 괴물 튀포에우스에게 기습당하자 깜짝 놀라 저마다 다른 모습으로 변신하는데 메르쿠리우스는 따오기로, 아폴로는 까마귀로, 디아나는 고양이로 변신했다고 한다. 그래서 이집트인들은 이들 동물을 신성시한다는 것이다. 이때 판 신은 강물로 뛰어들어 하반신은 물고기로 변하고 나머지 부분은 염소로 변하여 튀포에우스에게서 벗어난다. 그러자 윱피테르가 그의 재주에 감탄하여 그의 모습을 별 사이로 올려놓았다고 한다. 여기에는 몇 가지 의문점이 있다. 판 신은 그리스 고전기(기원전 480~323년) 문학에서는 대체로 사람의 모습에 염소의 다리와 뿔을 가진 것으로 되어 있다. 아이기판이란 이름은 '판'에서 변형된 이름으로 추정된다. 이 신화에서 카프리코르누스는 동물의 아랫도리에 물고기의 꼬리를 갖고 있는데 그리스에서의 전통적인 아이기판의 모습을 카프리코르누스에 해당하는 바빌로니아의 별자리 모양에 맞추다 보니 그리된 것으로 생각된다. 바빌로니아의 별자리 모양은 상반신은 염소이고 하반신은 물고기 꼬리이기 때문이다. 카프리코르누스는 또 이다 산에서 윱피테르와 함께 자랐다고 했는데 전통적인 그리스신화에서는 유모 아말테아와 쿠레테스들과 다른 요정들만이 윱피테르와 함께한 것으로 되어 있다. 아말테아는 유모가 아니라 윱피테르에게 젖을 먹인 염소라는 설도 있으나 이 경우 그 염소의 이름이 왜 카프리코르누스가 되었는지 알 수 없다. 그 밖에 윱피테르가 티탄 신족과 싸운 곳은 크레테의 이다 산이 아니라 그리스의 텟살리아 지방으로 알려져 있다. 항아리를 든 '물 붓는 이'를 닮은 물병자리를 두고 어떤 사람들은 그것이 가뉘메데스의 모습이라고 주장하며 그 증거로 호메로스를 내세운다. 호메로스는 트로이야 왕 트로스의 아들 가뉘메데스가 빼어난 미소년인지라 하늘로 납치되어 윱피테르의 술 따르는 시종이 되었다고 말하고 있기 때문이다(『일리아스』 20권 231~235행 참조). 그래서 항아리에서 쏟아지는 액체는 신들이 마시는 신비로운 술인 넥타르로 해석된다. 일설에 따르면 그것은 데우칼리온의 모습이라고 한다. 그의 치세 때 하늘에서 많은 물이 쏟아져 내려 대홍수가 일어났기 때문이다. 또 일설에 따르면 그것은 초기 아테나이(Athenai) 왕 케크롭스(Cecrops 그 / Kekrops)인데 그는 포도주가 만들어지기 전에 통치했고 포도주가 인간에게 알려지기 전에는 신들에게 제물을 바칠 때 물을 사용했기 때문이라는 것이다. 이 별자리는 그리스뿐 아니라 이집트와 바빌로니아의 기록서에도 물과 관련을 가지며 등장하는데, 그것은 이 별자리가 우기(그리스에서는 겨울)에 나타나기 때문이다. 물고기자리는 거대한 괴물 튀폰을 피해 도망치던 베누스와 쿠피도 모자를 등에 태워 곤경에서 구해준 물고기들이 그 공로로 하늘의 별자리가 된 것이라고 한다.

클뤼메네의 아들은 가파른 길을 올라 그곳에 이르자마자

에파푸스가 부자간이라고 믿어주지 않던 아버지의   20

지붕 밑으로 들어가 곧장 아버지의 면전으로 발걸음을 향했다.

하지만 그는 멀찍이 떨어져 섰으니, 더 가까이서는 그분의 눈부신 광채를

견딜 수 없었던 것이다. 포이부스[10]는 자포(紫袍)를 입고

빛나는 에메랄드 왕좌에 앉아 있었다. 그의 좌우에는

날과 달과 해와 세기(世紀)들과 호라이 여신들[11]이   25

일정한 간격을 두고 서 있었다. 그곳에는 또 젊은 봄이 화관을 쓰고

서 있었고, 벌거벗은 여름이 곡식 이삭 화환을 쓰고 서 있었다.

그곳에는 또 가을이 포도송이를 밟다가 물이 든 채 서 있었고,

얼음처럼 차가운 겨울이 백발이 곤두선 채 서 있었다.

이어서 이들 한가운데에 앉아 있던 태양신이 만물을 굽어보는   30

눈으로, 신기한 광경에 주눅이 든 젊은이를 보며 말했다.

"무슨 용건으로 이곳에 왔느냐? 내 아들 파에톤아,

이 성채에서 네가 구하는 것이 무엇이냐? 네가 내 아들임을

이 아비가 어찌 부인하겠느냐?" 소년이 대답했다.

"오오! 이 무한한 우주에 고루 비치는 빛이시여, 아버지 포이부스시여,   35

제게 아버지라고 부를 권리를 허락하신다면, 그리고 클뤼메네께서

거짓 변명으로 당신의 허물을 가리시는 것이 아니라면,

아버지, 제게 증거를 주시어, 제가 아버지의 진정한 아들임을

사람들이 믿게 해주시고, 제 마음에서 이 의혹을 벗겨주소서."

파에톤은 이렇게 말했다. 그러자 그의 아버지가 머리에 쓰고 있던   40

---

10 태양신 포이부스에 관해서는 1권 752행 참조.

11 Horae(그/ Horai). 태양신의 시녀들로 시간과 계절의 여신들.

만물을 비추는 햇살 관을 벗어놓고 소년더러 더 가까이 다가오라고
명령하더니 포옹하며 말했다. "너는 나에게서 아들로
인정받을 만한 자격이 있으며, 클뤼메네는 네 출생에 관해
사실을 말해주었다. 네가 더는 의심하지 않도록,
무엇이든 네가 원하는 선물을 내게 말해보아라. 그것을 너는
내 손에서 받게 될 것이다. 신들이 그것에 걸고 맹세하는 늪[12]이,   45
내가 눈으로 본 적 없는 그 늪이 내 약속의 증인이 되리라."
그가 말을 마치자 소년은 아버지의 마차와, 발에 날개가 달린
말들을 하루 동안 몰 수 있는 권리를 요구했다.
　아버지는 자신이 맹세한 것을 후회했다.
그는 빛나는 머리를 세 번 네 번 가로저으며 말했다.
"네 말에 의해 내 말이 경솔한 말이 되어버렸구나.   50
내가 약속을 이행하지 않아도 된다면 좋으련만!
고백하노니, 내 아들아, 이것만은 내가 거절하고 싶구나.
적어도 못하게 말릴 수는 있겠지. 네가 원하는 것은 안전하지 못하다.
파에톤아, 너는 큰 것을, 네 그 힘과 그토록 어린 나이에
맞지 않는 선물을 요구하는구나. 너는 죽을 운명을 타고났는데,   55
네가 바라는 것은 죽을 운명을 타고난 자가 할 수 있는 일이 아니다.
아니, 너는 하늘의 신들에게 허용될 수 있는 것 이상을 멋모르고
요구하는 것이다. 그들 각자에게 자신의 권능이 마음에 든다
하더라도, 나 말고는 어느 누구도 이 불타는 굴대 위에 자리잡고
서지 못한다. 무시무시한 손으로 사나운 벼락을 던져대는,   60
광대한 올륌푸스의 통치자도 이 마차는 몰 수 없을 것이다.

12　저승을 흐르는 스튁스 강.

한데 우리에게 융피테르보다 더 위대한 존재가 또 어디 있겠느냐?

　길의 첫 부분은 가파르다. 그래서 아침이라 원기가 왕성한

내 말들도 애를 쓰며 간신히 올라간다. 중천에 이르면

고도가 가장 높아져, 거기서 바다와 대지를 내려다보면　　　　　　　　　65

나도 어떤 때는 겁이 나고 심히 두려워 가슴이 떨린다.

길의 마지막 부분은 내리막이라 조심히 몰아야 한다.

아래에 있는 물속으로 나를 받아주는[13] 테튀스[14]조차도

내가 거꾸로 떨어질까 봐 염려하곤 하지. 게다가 하늘은

끊임없이 소용돌이치며 빙글빙글 돌고, 높은 곳에 있는 별들을　　　　70

아찔한 속도로 휩쓸어간다. 나는 그 힘에 맞서며,

모든 것을 제압하는 그 기세에도 제압되지 않고 우주의 빠른 순환에

맞서 앞으로 나아간다. 내가 너에게 마차를 주었다고 하자.

그다음은? 하늘의 빠른 축이 너를 휩쓸어가지 않도록

회전하는 천극(天極)으로 다가갈 수 있을 것 같으냐?　　　　　　　　75

아마도 너는 그곳에는 원림과 신들의 도시와 선물이

가득한 신전들이 있으리라 마음속으로 그리고 있겠지? 천만에,

그렇지 않단다. 길은 복병과 야수의 형상들 사이로 나 있다.

설령 네가 주로(走路)에서 벗어나지 않는다 하더라도,

너는 너에게 덤벼드는 황소[15]의 뿔들 사이로,　　　　　　　　　　　80

13　고대 그리스인들은 태양신이 동쪽에서 떠서 저녁에 서쪽으로 지면 바닷물 위로 황금 접시
를 타고 다시 동쪽으로 가서는 아침에 뜨는 것으로 생각했다.

14　바다의 여신으로 티탄 신족인 오케아누스의 누이이자 아내.

15　2권 주 9 황도 12궁 참조.

하이모니아[16]의 궁수[17]와 사나운 사자의 아가리 옆을, 그리고
무자비한 집게발을 멀리 구부리고 있는 전갈과 다른 쪽에서도
집게발을 구부리고 있는 게 옆을 지나게 될 것이다.
너는 말들을 다루는 것도 힘들 것이다. 말들이 가슴속에 품고 있다가
입과 콧구멍으로 내뿜는 불기에 고무되면 말이다.   85
말들은 일단 씩씩한 기상이 뜨겁게 달아오르고 목이 고삐에
반항하게 되면, 내가 고삐로 제어하는 것조차도 가까스로 참는다.
그러니 내 아들아, 조심해야 한단다. 내가 너에게 치명적인 선물을
주는 일이 없도록 아직 늦지 않을 때 소원을 바꾸도록 해라.
내 아들임을 확신할 수 있도록 내게 확실한 증거를 요구하는   90
것이라면, 나는 너를 위해 염려함으로써 확실한 증거를 보이겠다.
내가 아버지답게 염려한다는 사실이 네 아비임을 증명하는 것이다.
자, 내 얼굴을 보아라. 네가 내 가슴속을 들여다보고
거기서 아비의 염려를 알아챌 수 있다면 좋으련만!
그러고 나서 풍요로운 세상이 갖고 있는 것을 다 둘러보고,   95
하늘과 대지와 바다의 그토록 많은 재물 중에 무엇이든 달라 하여라.
나는 너를 위해 그 어떤 것도 거절하지 않겠다. 하지만 제발 이 부탁만은
거두어다오. 그것은 사실 명예가 아니라 벌이다. 파에톤아,
너는 선물 대신 벌을 요구하고 있다. 이 어리석은 것아, 왜 이렇게
두 팔로 내 목을 끌어안고 응석을 부리는 게냐? 의심하지 마라.   100
네가 무엇을 원하든 너는 그것을 받을 것이다. 나는 스튁스 강에
걸고 맹세했으니까. 하지만 너는 더 현명해져야 한다!"

---

16 1권 568행 참조.
17 '하이모니아의 궁수'에 대해서는 2권 주 9 참조.

아버지의 충고는 끝났다. 하지만 파에톤은 그 말을 듣지 않은 채

자신의 고집을 꺾지 않았고, 마차를 몰아보고 싶은 욕망에 불타올랐다.

아버지는 되도록 시간을 끌며 불카누스의 선물인   105

높다란 마차가 있는 곳으로 젊은이를 데리고 갔다.

그 마차는 굴대는 물론 채도, 바퀴 테도 모두

황금이었다. 하지만 바퀴살만은 은이었다.

멍에 위에 질서정연하게 박힌 감람석과 보석들은

포이부스가 비출 때 그 찬란한 빛을 반사했다.   110

의기양양한 파에톤이 그것을 보며 그 솜씨에 감탄하는 동안,

보라, 밝아오는 동녘에서 망을 보던 아우로라[18]가

장미가 가득한 방의 자줏빛 문을 활짝 열었다.

별들이 달아나기 시작했고, 루키페르[19]가 그 대열의 후미를 이루며

하늘에 있는 자신의 망루를 맨 마지막으로 떠났다.   115

티탄[20]은 루키페르가 대지로 향하며 세상이 붉어지기 시작하고

이우는 달의 뿔들이 사라지는 것을 보았을 때,

날랜 호라이 여신들에게 명하여 말들에 멍에를 씌우게 했다.

여신들은 재빨리 명령을 거행했으니,

암브로시아[21]를 배불리 먹은, 불기를 내뿜는 네발짐승들을   120

높다란 마구간에서 끌고 나와 철커덕거리는 고삐를 채웠다.

아버지가 아들의 얼굴에 신성한 연고를 발라

무엇이든 집어삼키는 화염을 견딜 수 있게 해주고 나서,

---

18 1권 61행 참조.
19 Lucifer. '빛을 가져다주는 자'라는 뜻. 샛별.
20 1권 주 1 참조.
21 ambrosia. 신들이 먹는다는 불로초. 또는 경우에 따라서는 신들이 바르는 연고를 말한다.

머리에 빛살 관을 씌워주며 재앙을 예견하고는

근심에 찬 가슴에서 연방 한숨을 토하며 말했다.   125

　"아비의 이 충고만이라도 잘 듣도록 해라. 그럴 수 있다면 말이다.

내 아들아, 채찍은 아끼고, 고삐는 힘껏 틀어쥐도록 해라.

말들은 자진하여 서둘 것이다. 힘든 일은 그들의 열성을

누그러뜨리는 것이다. 너는 하늘의 다섯 구역[22]을 곧장 통과하려고

하지 마라. 길은 넓게 곡선을 그리며 비스듬하게 나 있고   130

세 구역의 경계 안에 한정되어 있어, 남극(南極)과 큰곰자리와

그것의 북풍을 피할 수 있다. 이것이 네 길이 되게 하라.

너는 내 마차의 바퀴 자국을 뚜렷이 보게 될 것이다.

그리고 하늘과 대지가 똑같이 데워지도록 마차를

너무 낮게 몰지도 말고 하늘의 꼭대기로 몰지도 마라.   135

너무 높게 몰면 하늘의 궁전을 태울 것이고, 너무 낮게 몰면

대지를 태울 테니까. 중간으로 가는 것이 가장 안전하다.

똬리를 튼 뱀[23]을 향하여 너무 오른쪽으로 벗어나지도 말고,

하늘 깊숙한 곳에 있는 제단[24]을 향해 너무 왼쪽으로 몰지도 마라.

그 둘 사이를 지나가도록 해라. 나머지는 포르투나[25]에게 맡기니,   140

바라건대, 그녀가 너를 도와주고, 너를 너 자신보다 더 잘 보살펴주기를!

내가 말하는 사이에, 이슬에 젖은 밤이 서쪽 해안에 있는

목적지에 닿았다. 더 지체할 수가 없구나. 이제 우리가 나타날 차례이다.

22　1권 45~46행 참조.

23　북쪽 하늘에 있는 뱀자리(Serpens 또는 Anguis 그/ ho echomenos Ophis)를 말한다.

24　남쪽 하늘에 있는 제단자리(Ara, Turibulum, Sacrarium 또는 Puteus 그/ Thymiaterion 또는 Thyterion)를 말한다.

25　행운 또는 운의 여신.

아우로라가 불타고 있고, 어둠이 쫓겨나고 있지 않은가!
자, 고삐를 손에 쥐어라. 아니면 혹시 네 마음이 바뀔 수 있다면,   145
내 마차가 아니라 내 충고를 받도록 해라.
아직 늦지 않았을 때, 아직은 네가 단단한 땅바닥 위에 서 있을 때,
그리고 아직 네가 멋모르고 잘못 원했던 마차에 오르지 않았을 때,
대지에 빛을 가져다주는 일은 내게 맡기고
너는 그것을 안전한 곳에서 보거라!"

   하지만 파에톤은 젊은 몸으로 가볍게 마차에 올라 그 위에   150
의기양양하게 자리잡고 서서 사뿐히 고삐를 손에 쥐었으며,
마음 내키지 않는 아버지에게 거기서 고맙다는 인사를 했다.
그사이 태양신의 날개 달린 말들인 퓌로이스와 에오우스와
아이톤과 네 번째로 플레곤[26]은 불을 내뿜는 말 울음소리로
대기를 가득 채우며 가로장을 발로 걷어차고 있었다.   155
테튀스가 외손자[27]의 운명을 알지 못하고 가로장을 열어젖히자[28]
말들 앞에 무한히 넓은 하늘이 열렸다.
말들은 앞으로 내달으며 대기 사이로 발을 움직여
앞을 막는 구름을 찢었고, 날개에 높이 실려 올라가서는
자신들과 같은 구역에서 이는 동풍을 앞질렀다.   160
하지만 짐이 가벼워 태양신의 말들이 못 느낄 정도였으니,
멍에를 누르는 무게가 여느 때와 달랐던 것이다.

26 퓌로이스(Pyrois)는 '불'로, 에오우스(Eous)는 '새벽'으로, 아이톤(Aethon)은 '불길'로, 플
레곤(Phlegon)은 '화염'으로 옮길 수 있다.
27 파에톤의 어머니 클뤼메네는 오케아누스와 테튀스의 딸이다.
28 태양신은 오케아누스에서 뜨고 지는데 그의 마차를 보내고 받는 것이 오케아누스의 아내
인 테튀스의 임무이다.

마치 구부러진 배들이 적당한 바닥짐이 없으면 이리저리 흔들리고

너무 가벼운 나머지 안정감 없이 바다 위를 떠밀려 다니듯이,

그 마차도 여느 때의 짐을 싣지 못해 대기 속으로 껑충껑충   165

뛰어오르며 마치 빈 수레처럼 높이 솟구쳤다. 그렇게 느끼자마자

사두마차는 질주하며 익숙한 궤도를 이탈하더니 더는 전과 같은

주로를 달리지 않았다. 파에톤은 겁에 질려 자신에게 맡겨진 고삐를

어떻게 다루어야 할지, 그리고 길이 어디로 나 있는지 알지 못했고,

설령 안다 해도 말들을 제어할 수 없었을 것이다.   170

차가운 트리오네스들[29]이 처음으로 햇빛에 데워져

금단(禁斷)의 바닷물 속으로 뛰어들려 했으나 소용없는 일이었다.[30]

얼음처럼 차가운 북극에 가장 가까이 자리잡고 있는 뱀도

---

29 Triones(단수형 / Trio). '탈곡하는 황소들'이라는 뜻. 큰곰자리와 작은곰자리를 말한다. 그리스 아르카디아 지방의 요정 또는 공주였던 칼리스토는 어느 날 읍피테르에게 겁탈당하여 아르카스(Arcas 그 / Arkas) — 그는 아르카디아인들의 선조로 그에게서 아르카디아라는 이름이 유래했다 — 라는 아들을 낳은 뒤 자신이 모시던 처녀신 디아나에 의해 또는 질투심 많은 유노에 의해 암곰으로 변한다. 아르카스가 어느 날 전에 칼리스토였던 암곰을 만나 그것이 어머니인 줄 모르고 죽이려 하자, 읍피테르가 이들 모자를 불쌍히 여겨 하늘로 불러올린 뒤 아들은 아르크토퓔락스(Arctophylax 그 / Arktophylax '곰의 감시자')라고도 불리는 작은곰자리(Ursa minor, Arctus minor 그 / Arktos mikra, Kynosoura 또는 Phoinike)가 되게 하고, 어머니는 큰곰자리(Ursa maior, Arctus maior 또는 Septemtriones 그 / Arktos megale, Hamaxa 또는 Helike)가 되게 했다고 한다. 그러나 유노는 오케아누스에게 부탁하여 이들 모자만은 바닷물에서 목욕하지 못하게 한 까닭에 이 별들은 바닷물에 지는 일이 없다. 그리스인들은 큰곰자리를 그 생긴 모양에 따라 하막자(Hamaxa '짐수레')라고도 부르는데, 이 경우 아르크토퓔락스는 보오테스(Bootes '소몰이꾼')라고 불린다. 그래서 로마인들도 큰곰자리와 작은곰자리를 트리오네스라고, 북두칠성을 포함하는 큰곰자리를 그 생긴 모양에 따라 셉템트리오네스(Septemtriones '탈곡하는 일곱 황소')라고도 부르는 것이다.

30 2권 주 29 참조.

전에는 추위 때문에 굼떠 어느 누구에게도 무섭지 않았으나,

지금은 데워져 열기에 의해 새로운 광기를 품었다. 175

사람들이 말하기를, 보오테스[31]여, 그대도 비록 굼뜨고

또 짐수레[32]가 뒤에서 그대를 붙드는데도 허둥지둥

도망쳤다고 하오. 불행한 파에톤은 이때 하늘 꼭대기에서

저 멀리 아래쪽에 펼쳐진 대지를 내려다보고는,

파랗게 질리며 갑작스러운 공포에 무릎이 떨렸고, 너무나 많은 180

빛에 눈앞이 캄캄했다. 그제서야 그는 아버지의 말들을

손대지 말았으면 좋았을 것이라고 생각했고,

혈통을 찾아내고 소원을 이룬 것을 후회했으며,

이제는 아예 메롭스[33]의 아들이라고 불리기를

간절히 원했다. 그가 끌려가는 모습은 마치 소나무 배가

갑작스러운 북풍을 만나자 사공이 무용지물이 된 키를 185

버리고 신들과 기도에 배를 맡길 때와도 같았다.

어떻게 한담? 그가 뒤로한 하늘도 많지만,

눈앞의 하늘은 더 많았다. 그는 마음속으로 양쪽을 다 재보며,

때로는 그로서는 닿지 못하도록 정해져 있는 서쪽을

내다보는가 하면 때로는 동쪽을 돌아보았다. 그는 아찔해지며 190

어떻게 해야 할지 알지 못했다. 고삐를 놓을 수도 없었지만

쥐고 있을 힘도 없었으며, 말들의 이름조차 생각나지 않았다.

게다가 그는 넓은 하늘 곳곳에 거대한 야수들의 놀라운

---

31 2권 주 29 참조.

32 2권 주 29 참조

33 1권 763행 참조.

형상이 흩어져 있는 것을 보고는 안절부절못했다.

하늘에는 전갈이 집게발들을 구부려 두 개의 호(弧)를   195

이루며 꼬리와 양쪽으로 뻗은 구부린 팔로

두 황도궁의 자리를 차지하고[34] 있는 곳이 있다.

소년은 전갈이 검은 독액(毒液)을 땀처럼 흘리며

구부정한 침으로 자신을 찌르려고 위협하는 것을 보자

싸늘한 공포를 느끼며 정신을 잃고 그만 고삐를 놓아버렸다.   200

말들은 고삐가 자신들의 등 위로 미끄러져 떨어지는 것을

느끼고는 주로를 이탈하여, 이제는 제어하는 자도 없는 상태에서

대기의 낯선 영역을 마구 질주했다. 자신들의 충동이 이끄는 대로

말들은 무턱대고 내달았다. 하늘 높이 박힌 별을 향해

돌진하는가 하면 길 아닌 길로 마차를 낚아챘다.   205

때로는 하늘 꼭대기로 오르는가 하면,

때로는 아래로 곤두박질치며 대지에 가까이 다가갔다.

루나[35]는 오라비의 말들이 자신의 말들보다 더 낮게 달리는 것을

보고 깜짝 놀랐고, 그슬린 구름에서는 연기가 피어올랐다.

대지는 가장 높은 곳부터 화염에 휩싸이며   210

습기를 모두 빼앗겨 쩍쩍 갈라져 터지기 시작했다.

풀밭은 잿빛으로 변했고, 나무는 잎과 더불어 불탔고,

마른 곡식은 제 파멸을 위해 땔감을 대주었다.

　하지만 내가 탄식하는 이런 피해는 약과였다. 대도시들이

34　길이가 너무 긴 데다 집게다리가 저울처럼 생겼다 하여 전갈자리는 전갈자리와 저울자리
로 나뉘었다. 2권 주 9 참조.
35　Luna. 달의 여신.

성벽과 더불어 파괴되고, 화재는 온 민족을 그들의 부족과 함께   215

잿더미로 바꿔놓았다. 숲은 산과 더불어 불탔다.

아토스[36]와, 킬리키아[37] 지방의 타우루스[38]와, 트몰루스[39]와,

오이테[40]와, 전에는 물이 많았으나 그때 말라버린 이다[41]와,

처녀신인 무사 여신들[42]의 산인 헬리콘[43]과,

아직은 오이아그루스[44]와 인연이 없던 하이무스[45]가 모두 불탔다.

아이트나[46]가 이중의 화염으로 불타며 거대하게 솟아올랐고,   220

파르나수스의 나란히 솟은 두 봉우리와 에뤽스와 퀸투스와 오트뤼스,

그때 마침내 눈이 녹아내리게 되어 있던 로도페와, 미마스와 딘뒤마와

---

36   동마케도니아의 칼키디케(Chalkidike) 반도 중 맨 동쪽 반도에 있는 해발고도 2,033미터의 산.

37   Cilicia(그 / Kilikia). 소아시아 남동 지방.

38   Taurus(그 / Tauros). 소아시아 킬리키아 지방에 있는 해발고도 3,734미터의 산맥.

39   소아시아 뤼디아 지방의 산.

40   1권 313행 참조.

41   트로이야 근처에 있는 해발고도 1,766미터의 산.

42   윱피테르와 므네모쉬네(Mnemosyne '기억'이라는 뜻) 여신의 딸들로 시가(詩歌)의 여신들이다. 3명, 7명 또는 9명으로 알려졌는데 고전시대에 9명으로 정립되었다. 로마 시대 후기에는 저마다 한 가지 기능, 즉 칼리오페는 서사시, 클리오는 역사, 에우테르페는 피리 및 피리가 반주하는 서정시, 멜포메네는 비극, 테릅시코레는 무용, 에라토는 뤼라 및 뤼라가 반주하는 서정시, 폴뤼휨니아는 찬가(나중에는 무언극), 우라니아는 천문학, 탈리아는 희극 및 목가(牧歌)를 관장하는 것으로 여겼다.

43   그리스 보이오티아 지방에 있는 해발고도 1,784미터의 산으로 무사 여신들이 자주 출현하는 곳으로 유명하다.

44   트라키아(Thracia 그 / Thraike) 지방의 왕으로 전설적 가인(歌人)인 오르페우스의 아버지.

45   Haemus(그 / Haimos). 지금의 불가리아 수도 소피아에서 동쪽의 흑해를 향해 길게 뻗은, 트라키아 지방의 산맥으로 해발고도 2,376미터이다.

46   Aetna(그 / Aitne). 시킬리아 섬에 있는 해발고도 3,323미터의 활화산.

뮈칼레와 신성한 의식을 위해 생겨난 키타이론[47]도 불탔다.

그 차가운 날씨도 스퀴티아[48]에게는 도움이 되지 못했고,

카우카수스와 옷사와 핀두스, 이 둘보다 더 큰 올림푸스도 불탔고,   225

하늘을 찌르는 알페스와 구름을 이고 있는 압펜니누스[49]도 마찬가지였다.

　파에톤은 지구가 온통 불바다가 된 것을 보았다.

그는 그토록 강렬한 열기를 견딜 수 없었다.

들이쉬는 공기는 용광로 깊숙한 곳에서 나온 것처럼 뜨거웠고,

발밑에서 마차가 발갛게 달아오른 것을 느꼈다.   230

그는 날리는 재와 소용돌이치는 불똥을 더 이상 견딜 수 없었고,

뜨거운 연기에 완전히 휩싸였다. 칠흑 같은 어둠에 덮여

자신이 어디에 있는지, 어디로 가고 있는지 알지 못했고,

---

47 파르나수스에 대해서는 1권 317행 참조. 에뤽스는 시킬리아에 있는, 베누스에게 바쳐진 산이다. 퀸투스(Cynthus 그/ Kynthos)는 그리스 에게 해에 있는 델로스 섬의 산으로 라토나(Latona 그/ Leto) 여신이 아폴로와 디아나 남매 신을 해산할 때 이 산에 기댔다고 한다. 오트뤼스는 남(南)텟살리아 지방에 있는 산으로 최고봉 1,726미터이다. 로도페(Rhodope)는 불가리아와 그리스의 국경 북쪽을 따라 동서로 뻗어 있는, 트라키아 지방의 산맥으로 최고봉 2,191미터이다. 미마스(Mimas)는 소아시아 이오니아(Ionia) 지방의 산이다. 딘뒤마(Dindyma)는 소아시아 뮈시아(Mysia) 지방에 있는, 케레스 여신에게 바쳐진 산이다. 뮈칼레(Mycale 그/ Mykale)는 소아시아 이오니아 지방의 곶이다. 키타이론(Cithaeron 그/ Kithairon)은 그리스 보이오티아(Boeotia 그/ Boiotia) 지방의 산이다.

48 Scythia(그/ Skythis). 흑해 및 카스피 해 북쪽 기슭과 도나우 강 하류 지방에 살던 스퀴타이족의 나라.

49 카우카수스(Caucasus 그/ Kaukasos)는 흑해와 카스피 해 사이에 북서쪽에서 남동쪽으로 뻗어 있는 산맥으로 해발고도 5,630미터이다. 옷사는 텟살리아 지방의 산으로 해발고도 1,978미터이다. 핀두스는 그리스 서북부 에피로스(Epiros 그/ Epeiros) 지방과 텟살리아 지방 사이에 있는 산맥으로 해발고도 2,637미터이다. 올림푸스는 텟살리아 지방에 있는, 그리스에서 가장 높은 산으로 해발고도 2,917미터이다. 알페스는 알프스 산맥의 라틴어 이름이다. 압펜니누스(Appenninus)는 이탈리아 아펜니노 산맥의 라틴어 이름이다.

날개 달린 말들이 가자는 대로 끌려가고 있었다.

사람들은 아이티오피아[50] 백성이 까맣게 된 것도 그때라고 믿는다.   235

열기 때문에 피가 살갗의 표면으로 몰려서 그렇게 되었다는 것이다.

그때 열기로 인해 습기를 모두 빼앗긴 탓에 리뷔에[51]는 사막이 되었으며,

그때 요정들도 머리를 풀고 자신들의 샘과 호수들이 없어진 것을

애통해했다. 보이오티아[52]는 디르케[53]를, 아르고스[54]는

아뮈모네[55]를, 에퓌레[56]는 피레네[57]의 샘물을 아쉬워했다.   240

비록 서로 멀리 떨어진 강둑 사이를 흐르긴 했지만 강들도

무사하지 못했다. 타나이스[58]는 강물 한가운데에서 김을 내뿜었고,

오래된 페네오스[59]와 테우트라스[60]의 카이쿠스[61]와,

물살이 빠른 이스메노스[62]와, 페기아[63]의 에뤼만투스[64]와,

---

50 1권 778행 참조.
51 지금의 북아프리카 지방.
52 그리스의 중동부 지방으로 그 수도가 테바이(Thebae 그/Thebai)이다.
53 테바이 근처의 샘.
54 그리스 펠로폰네수스 반도 북동부에 있는 아르골리스(Argolis) 지방의 수도.
55 아르고스의 이름난 샘.
56 코린투스(Corinthus 그/Korinthos) 시의 옛 이름.
57 코린투스 근처의 이름난 샘.
58 흑해 동북쪽의 아조프(Azov) 해로 흘러드는 지금의 돈(Don) 강.
59 1권 452행 참조.
60 Teuthras. 소아시아 뮈시아 지방의 왕으로 '테우트라스의'는 '뮈시아의'라는 뜻이다.
61 Caicus(그/Kaikos). 소아시아 뮈시아 지방의 강으로 에게 해로 흘러든다.
62 보이오티아 지방의 강.
63 아르카디아 지방 도시.
64 Erymanthus(그/Erymanthos). 여기서는 아르카디아 지방의 산이 아니라 알페오스(Alpheos 그/Alpheios) 강의 지류이다.

또다시 불타게 된 크산투스[65]와, 황갈색의 뤼코르마스[66]와,

장난치듯 꾸불꾸불 흘러가는 마이안드루스[67]와, 뮉도네스족[68]의

멜라스[69]와, 타이나루스[70]의 에우로타스[71]도 마찬가지였다.

바뷜론[72]의 에우프라테스[73]도 불탔고, 오론테스[74]와 물살이 빠른

테르모돈[75]과 강게스[76]와 파시스[77]와 히스테르[78]도 불탔다.

65 Xanthus(그/Xanthos). 일명 스카만데르(Scamander 그/Skamandros)는 트로아스(Troas 그/Troias) 평야를 흐르는 강으로 트로이야 전쟁 때 하신(河神) 크산투스가 아킬레스(Achilles 그/Achilleus)를 괴롭히자 불의 신 불카누스가 그의 강에다 불을 지른다. 『일리아스』 21권 328행 이하 참조.

66 Lycormas(그/Lykormas). 그리스 중서부 아이톨리아(Aetolia 그/Aitolia) 지방에 있는 에우에누스(Euenus 그/Euenos) 강의 옛 이름.

67 Maeandrus(그/Maiandros). 소아시아 뤼디아 지방의 강으로 밀레투스(Miletus 그/Miletos) 시 근처에서 에게 해로 흘러든다.

68 원래 서(西)트라키아 지방에 살던 부족으로 그 일부가 소아시아의 프뤼기아 지방으로 이주했다. 여기서 '뮉도네스족의'(Mygdonius)는 '트라키아의'라는 뜻이다.

69 트라키아 지방의 강.

70 Taenarus 또는 Taenarum(그/Tainaron 또는 Tainaros). 지금의 Matapan 곶. 그리스 라코니케(Laconice 그/Lakonike) 지방의 최남단에 있는 곶으로 그 근처에 있는 동굴이 저승으로 내려가는 입구로 여겨졌다. 여기서 '타이나루스의'(Taenarius)는 '라코니케의' 또는 '스파르테의'라는 뜻이다.

71 Eurotas. 스파르테 옆을 흘러 지나가는 라코니케 지방의 강.

72 Babylon. 에우프라테스 강변에 있는, 바빌로니아(Babylonia) 지방의 수도.

73 터키 동부에서 발원해 이라크를 거쳐 페르시아 만으로 흘러드는 강.

74 쉬리아(Syria) 지방의 강.

75 소아시아 파플라고니아(Paphlagonia) 지방의 강으로 흑해 남쪽 기슭으로 흘러든다. 이 강가에 전설적인 호전적 여인족 아마존족이 살았다고 한다.

76 인도의 강.

77 흑해 동쪽 기슭으로 흘러드는, 콜키스(Colchis 그/Kolchis) 지방의 강.

78 Hister(그/Istros). 도나우 강의 하류.

알페오스[79]는 끓어올랐고, 스페르키오스[80]의 강둑은 불탔으며,   250

타구스[81]의 강물에 실려 가던 황금은 불속에서 녹았고,

마이오니아[82]의 강둑을 노래로 찬미하던 새들은

카위스트로스[83] 강 한복판에서도 더위로 기진맥진했다.

닐루스[84]는 질겁한 채 세상 끝까지 도망하여 머리를 박았다.

그리고 그것은 여태까지도 발견되지 않고 있다. 일곱 하구는   255

먼지투성이가 되어 비었고, 일곱 물길에는 강물이라곤 없었다.

똑같은 운명이 이스마루스[85]의 헤브루스[86]와 스트뤼몬[87]을,

그리고 서쪽의 강들인 레누스[88]와 로다누스[89]와 파두스[90]와,

세계를 지배하도록 약속 받은 튀브리스[91]를 말렸다.

　　땅바닥이 모두 갈라지자 그 틈으로 햇빛이 타르타라[92]로   260

79　Alpheos(그/ Alpheios). 그리스 엘리스(Elis) 지방의 강.

80　Sperchios(그/ Spercheios). 텟살리아 지방의 강.

81　사금(砂金)이 나는 스페인의 강.

82　Maeonia(그/ Maionia). 소아시아 뤼디아(Lydia) 지방의 옛 이름.

83　Caystros(그/ Kaystros). 소아시아 뤼디아 지방의 강으로 에페수스(Ephesus 그/ Ephesos) 근
처에서 에게 해로 흘러든다. 백조가 많기로 이름난 강이다.

84　1권 423행 참조.

85　Ismarus(그/ Ismaros). 트라키아 지방의 도시이자 산으로 헤브루스 강 하구의 서쪽에 있다.
여기서 '이스마루스의'(Ismarius)는 흔히 '트라키아의'라는 뜻이다

86　Hebrus(그/ Hebros). 트라키아 지방의 큰 강.

87　트라키아 지방의 강.

88　Rhenus(그/ Rhenos). 독일 라인(Rhein) 강의 라틴어 이름.

89　Rhodanus(그/ Rhodanos). 프랑스 론(Rhône) 강의 라틴어 이름.

90　이탈리아 포(Po) 강의 라틴어 이름.

91　로마 옆을 흐르는 티베리스 강의 별칭으로, 그리스어 튐브리스(Thymbris)에서 유래한 이
름이다.

92　1권 113행 참조.

비쳐 들어가 하계(下界)의 왕[93]과 그의 아내[94]를 깜짝 놀라게 했다.

바다도 오그라들어 얼마 전까지만 해도 바다였던 곳이

마른 모래 들판이 되었다. 그리고 깊은 바다에 덮였던 산들이

모습을 드러내며 흩어져 있던 퀴클라데스[95] 군도의 수를 늘렸다.

물고기는 바닥을 찾고, 돌고래는 익숙한 대기를 향해   265

예전처럼 몸을 구부려 바닷물 위로 감히 뛰어오르지 못했다.

배를 뒤집은 채 죽은 물개들이 바닷물의 수면 위로 떠다녔다.

전하는 이야기에 따르면, 네레우스와 도리스,

그녀의 딸들[96]도 뜨거워진 동굴에 숨었다고 한다.

넵투누스는 세 차례나 두 팔과 성난 얼굴을 물 밖으로   270

드러내려 했으나, 매번 대기의 불기운을 견디지 못했다.

바다에 둘러싸인 자애로운 대지의 여신은 바닷물과,

사방에서 오그라들며 그늘을 드리워주는 어머니의 뱃속으로

숨어버린 샘들 사이에서 비록 목 가까이까지 바싹

말랐지만 침울한 얼굴을 들었다. 그러고는 한 손으로   275

이마를 가리고는 몸을 부르르 떨어 만물을 뒤흔들더니

여느 때보다 조금 더 낮게 주저앉으며 메마른 목소리로 말했다.

"이것이 그대의 뜻이고, 내가 이런 일을 당해 마땅하다면,

최고신[97]이여, 왜 그대의 벼락은 놀고 있지요?

---

93 플루토(Pluto 그 / Plouton). 일명 디스(Dis). 이 책에서는 플루토라는 이름은 나오지 않는다.
94 프로세르피나(Proserpina 그 / Persephone).
95 Cyclades(그 / Kyklades). '둥근 군도'라는 뜻으로 에게 해 남부에 흩어져 있는 섬들이 델로스 섬을 중심으로 하나의 원을 이루어서 붙여진 이름이다.
96 네레우스와 도리스 및 그들의 딸들에 대해서는 2권 11행 참조.
97 윱피테르.

내가 불의 힘에 죽을 운명이라면 그대의 불에 죽게 하시오.   280

그대가 가해자가 되는 편이 내게는 더 견디기 쉽겠어요.

나는 입을 열어 이런 말을 하기도 힘들어요."

(뜨거운 열기가 그녀의 목을 졸랐던 것이다.) "자, 그대는 그을린

이 머리털과, 내 두 눈과 내 얼굴 위의 이토록 많은 재를 보세요!

이것이 나의 다산과 봉사에 대해 그대가 지불하는 이자이며,   285

그대의 보답인가요? 내가 구부정한 보습과 곡괭이에 일 년 내내

부상 당하고 고문당한 보답이, 내가 자애롭게도 가축 떼에게는 잎을,

인간 종족에게는 곡식을, 그대들 신들에게는 향(香)을 대준

보답이 고작 이것인가요? 나는 이런 일을 당해 마땅하다고 쳐요.

하지만 바다는, 그대의 형[98]은 대체 무슨 벌받을 짓을   290

했지요? 제비뽑기에 의해 그의 몫으로 주어진 바다는

왜 오그라들고 하늘에서 더 멀리 물러서야 하는 거죠?

만약 그대가 그대의 형이나 나를 배려할 생각이 없다면,

그대의 하늘이라도 불쌍히 여기세요! 주위를 둘러보세요.

하늘의 양극(兩極)에서 연기가 나고 있어요. 그것들이 불에   295

상하면 그대들의 궁전도 무너질 거예요. 보세요, 아틀라스[99]도

힘겨워하며 발갛게 단 하늘의 축을 간신히 두 어깨로 떠메고 있어요.

바다와 육지, 하늘의 성채가 없어진다면 우리는 옛날의 카오스로

내동댕이쳐질 거예요. 아직도 남은 것이 있다면

화염에서 구하시고 우주의 안위를 생각하세요!"   300

98 넵투누스.
99 티탄 신족인 이아페투스(Iapetus 그/Iapetos)의 아들로 읍퍼테르 형제들이 이른바 '티탄 신
족과의 전쟁'을 벌일 때 티탄 신족을 편든 뒤 두 어깨로 하늘을 떠메는 벌을 받는다.

대지의 여신은 여기까지 말했다. 그녀는 더이상 뜨거운 열기를
견딜 수 없었고, 더이상 말을 할 수 없었던 것이다. 그녀는 자신 속에
얼굴을 묻으며 망령들의 나라 가까이 있는 동굴로 물러갔다.

한편 전능한 아버지는 하늘의 신들과, 마차를 준 신을 불러놓고
만약 자기가 돕지 않으면 모든 것이 비참한 운명을   305
맞을 것이라고 일러준 다음 급하게 하늘 꼭대기로 올라갔으니,
그곳에서 그는 광대한 대지 위로 구름을 펼치고,
천둥을 굴렸으며 벼락을 힘껏 내던지곤 했다.
하지만 그때는 그에게 대지 위에 펼칠 구름도 없었고,
하늘에서 내려보낼 비도 없었다. 그는 천둥을   310
한 번 친 다음 벼락을 오른쪽 귀 위로 번쩍 들어올리더니
마부를 향해 내던졌다. 그리하여 그는 마부를 마차와
생명으로부터 동시에 내던지며 사나운 불로 다른 불을 껐다.
말들은 겁을 먹고 서로 다른 방향으로 뛰며 멍에에서
목을 빼더니 갈기갈기 찢긴 고삐를 뒤에 두고 떠났다.   315
고삐와 채에서 떨어져 나간 굴대와 부서진
바퀴의 바퀴살이 여기저기 흩어졌다.
부서진 마차의 잔해도 사방에 널려 있었다.

파에톤은 불길에 머리털이 발갛게 그을리며 거꾸로 내던져져
긴 꼬리를 남기며 대기 사이로 떨어졌다. 그 모습은 마치   320
맑은 하늘에서 가끔 별이, 실제로 떨어지는 것은 아니지만,
떨어지는 것처럼 보일 때와도 같았다. 그의 고향에서
멀리 떨어진 지구의 다른 쪽 끝에서 위대한 에리다누스[100]가
그를 받아 연기가 나는 그의 얼굴을 씻어주었다. 서쪽 나라[101]의
물의 요정[102]들이 세 갈래 난 벼락의 화염에 싸여 아직도   325

연기가 나는 그의 시신을 묻어주며 비석에 이런 문구를 새겼다.

여기 파에톤 잠들다. 아버지의 마차를 몰던 그는 비록
그것을 제어하지는 못했지만 큰일을 감행하다가 떨어졌도다.

그의 가련한 아버지는 슬프고 괴로운 나머지
얼굴을 감춰버렸고, 그래서, 우리가 믿어도 좋다면,   330
만 하루가 태양 없이 지나갔다고 한다. 하지만 불길이
빛을 보내주었으니 그 재앙도 조금은 유용한 일에 쓰인 셈이다.
　한편 클뤼메네는 그런 큰 재앙을 만났을 때 해야 할 말을
모두 쏟아내고 나서 괴로운 나머지 실성한 듯 옷을 찢고
가슴을 치며 처음에는 죽은 아들의 사지를,   335
나중에는 뼈를 찾아 온 세상을 떠돌아다녔다.
그녀는 마침내 그것들이 먼 나라 강둑에 묻힌 것을
발견하고는 그곳에 엎드려 대리석에 새겨진 그의 이름에
눈물을 쏟으며 맨가슴으로 그것을 껴안았다.

---

100 Eridanus(그/Eridanos). 대지의 서쪽 끝에 있다는 전설적인 강으로, 훗날에는 이탈리아의
포 강 또는 프랑스의 론 강과 동일시되었다.
101 Hesperia. 흔히 이탈리아와 동일시되곤 한다.
102 1권 주 93 참조.

미루나무로 변한 헬리아데스들

　　헬리아데스들[103]도 어머니 못지않게 슬퍼하며 아우의 죽음에　　　340
쓸모없는 선물인 눈물을 바쳤다. 그들은 손바닥으로
가슴을 치며 자신들의 비탄을 듣지도 못할 파에톤을
밤낮없이 부르며 그의 무덤 위에 몸을 내던졌다.
달이 자라나는 뿔들을 가득 채워 네 번이나 둥근 달이 되었다.
하지만 그들은 단지 습관에 따라(관행이 습관을 낳는 법이니까)　　　345
여전히 애도했다. 한데 자매 중 맏이인
파에투사는 땅에 엎드리려다가 두 발이 마비되었다고 투덜거렸다.
그러자 환한 람페티에가 그녀를 도우러 가려다가
갑작스레 생겨난 뿌리에 붙들리고 말았다.
셋째는 두 손으로 머리를 쥐어뜯으려다가 나뭇잎을 뜯어냈다.　　　350
한 명은 두 다리가 나무줄기에 둘러싸인다고, 다른 한 명은
자신의 두 팔이 긴 나뭇가지로 변한다며 고통을 호소했다.
그들이 깜짝 놀라고 공포심에 사로잡히는 사이 나무껍질이
그들의 샅을 감더니 조금씩 그들의 아랫배와 가슴과 어깨와
손을 에워쌌다. 오직 어머니를 불러대는 입만 자유로웠다.　　　355
어머니가 달려온다고 무슨 수가 있겠는가. 충동에 따라 이리 뛰고
저리 뛰며 할 수 있을 때 딸들에게 입맞추는 것뿐이었다.
그녀는 성에 차지 않아 나무 밑동에서 딸들의 몸을 빼내려 했고,
나긋나긋한 가지를 두 손으로 꺾었다. 그러자 그곳에서

---

103 Heliades. 태양신 헬리오스의 딸들로 오라비 파에톤의 죽음을 슬퍼하다가 미루나무로 변했으며 그들이 흘린 눈물은 호박(琥珀)이 되었다고 한다.

마치 상처에서 그러하듯 핏방울이 똑똑 흘러내렸다.   360

그들은 저마다 부상 당하자마자 소리쳤다.

"어머니, 제발 내 몸을 해치지 마세요. 제발 그러지 마세요.

어머니가 찢는 것이 내 몸이에요. 그럼 안녕!" 그들의 마지막 말은

나무껍질이 덮어버렸다. 거기서 여전히 눈물이 흘러내렸다.

눈물은 새로 생겨난 나무들에서 방울방울 떨어지며 햇빛에

호박(琥珀)으로 굳었다. 그러자 그것을 맑은 강물이 받아   365

라티움[104]의 여인들이 차고 다닐 수 있도록 날라다주었다.

퀴그누스

  스테넬루스의 아들 퀴그누스[105]가 그곳에 있다가 이 놀라운 장면을

목격했다. 그는 외가 쪽으로, 파에톤이여, 그대와 인척이었고,

마음으로는 그대와 더 가까웠소. 그는 왕국[106]을 버리고

(그는 리구레스족의 백성과 대도시들을 다스렸다.)   370

에리다누스 강의 초록빛 강둑과, 파에톤의 누이들에 의해

그만큼 나무 수가 늘어난 숲을 비탄으로 메웠다.

그때 그의 목소리가 가늘어지며 흰 깃털이 머리털을

덮었고, 목은 가슴에서 길게 뻗어 나왔다.

그의 손가락은 발개지며 물갈퀴로 이어졌고,   375

104 1권 560행 참조.
105 퀴그누스(Cygnus)를 퀴크누스(Cycnus)로 읽는 텍스트도 있으나 둘 다 '백조'라는 뜻이다.
106 퀴그누스는 이탈리아 북서 해안 지방에 살던 리구레스족(Ligures)의 왕이었다.

옆구리는 날개로 덮였으며, 입에는 뭉툭한 부리가 달렸다.
그리하여 퀴그누스는 새로운 새가 되었으나 하늘의 그분과 유노에게
자신을 맡기지는 않았으니, 그분이 부당하게 던진 벼락을
기억하고 있었던 것이다. 그는 늪과 탁 트인 호수를 찾았고,
불이 싫어 화염과 상극인 강을 거처로 삼았다.   380

　　그사이 파에톤의 아버지는 상심하여 평소의 광채를 잃은 채
헝클어진 모습을 하고 있었으니, 마치 일식(日蝕)으로
어두워졌을 때와도 같았다. 그는 빛도 자기 자신도 날도
싫어져 슬픔에 마음을 맡긴 채 슬픔에다 노여움을 더하며
세상을 위해 봉사하기를 거절했다. "충분해." 하고
그는 말했다. "태초 이래로 나는 한 번도 쉬어본 적이 없었지.   385
그게 내게 주어진 몫이었어. 이젠 나도 끝없는 노고에,
아무 명예도 없는 노고에 싫증이 났어.
누구든 다른 이가 광명의 마차를 몰아보라지!
아무도 나서지 않고 모든 신이 자신은 몰 수 없다고 고백하면,
그[107] 자신이 한번 몰아보라지. 그러면 그는 내 고삐를 잡으려 하는   390
동안에는 아비에게서 자식을 빼앗는 벼락을 놀리겠지.
그가 불 같은 발을 가진 말들의 힘을 몸소 겪어보면, 그때는 누가 말을
잘 몰지 못했다고 해서 죽어 마땅한 것은 아님을 알게 되겠지."
태양신이 이렇게 말하자 모든 신이 그의 주위에
둘러서서 세상을 암흑 속에 빠뜨리지 말아달라고   395
애원하고 간청했다. 읍피테르도 벼락을 던진 것을 사과하며,
왕들이 그러하듯 간청에 위협을 덧붙였다.

107 읍피테르.

92　변신 이야기

그러자 포이부스는 정신이 얼떨떨하고 그때까지도 두려움에

떨고 있던 말들을 한데 모으더니 속이 상해 미친 듯이

채찍과 막대기로 치며(그는 정말로 미친 것 같았다.)

아들의 죽음을 말들 탓으로 돌렸다.   400

암곰이 된 칼리스토

　한편 전능한 아버지는 하늘의 강력한 성채를 둘러보며

불의 힘에 느슨해져 무너져 내리려는 데는 없나 살폈다.

그는 모든 것이 예전 그대로 튼튼하고 견고한 것을

보고 나서 대지와 인간의 일들을 살펴보았다.

그는 무엇보다도 자신의 아르카디아[108]에 관심이 많았다.   405

그는 그곳에서 샘과, 아직도 흐를 엄두를 내지 못하던 강을

복원시켰고, 대지에는 풀을, 나무에는 잎을 돌려주었으며,

손상된 숲에게는 푸르름을 되찾을 것을 명령했다.

그는 그렇게 분주히 오가다가 노나크리스[109]의 한 처녀[110]에게

시선이 머물렀고, 그러자 골수까지 화염에 휩싸였다.   410

그녀는 부드러운 양털실을 감거나 머리 매무새를 이리 바꾸고

저리 바꾸는 여느 소녀가 아니었다. 브로치로 옷을

---

108 일설에 따르면 읍피테르는 아르카디아 지방의 뤼카이우스(Lycaeus 그 / Lykaion) 산에서 태어나 크레테의 동굴로 옮겨졌다고 한다.

109 1권 690행 참조.

110 칼리스토. 여기서 그녀의 이름이 언급되지 않는 것은 이 이야기가 옛날부터 널리 알려진 친숙한 이야기이기 때문일 것이다.

여미고 흘러내리는 머리털을 흰 머리띠로 묶고는

때로는 가벼운 창을, 때로는 활을 손에 들고 다녔으니,

그녀는 포이베[111]의 군사였다. 마이날로스[112] 산을 거니는

요정 가운데 그녀만큼 트리비아[113]에게 귀여움을 받는   415

이는 없었다. 하지만 총애는 오래가지 못하는 법이다.

　태양이 중천에 올라 천정(天頂)을 막 지났을 때

소녀는 한 번도 벌목된 적이 없는 숲속으로 들어갔다.

그곳에서 그녀는 어깨에서 화살통을 내리고

활시위를 푼 다음 색칠한 화살통을 머리 밑에 베고는   420

풀이 무성한 바닥 위에 누웠다. 윱피테르는 그녀가

지쳐 있고 무방비 상태임을 보자 혼잣말을 했다.

"여기서 바람을 좀 피운다 해도 내 아내가 눈치채지 못하겠지.

설령 알더라도 이만하면 그 대가로 잔소리를 들을 만하지 않은가!"

그는 당장 디아나의 옷에 디아나의 얼굴을 하고는 말했다.   425

"오오! 나를 따르는 무리 가운데 한 명인 소녀여,

어느 산등성이에서 사냥했는가?" 소녀가 풀숲에서 일어나며

말했다. "여신이시여, 저에게는 윱피테르보다 더 위대하신 여신이시여.

그분께서 들으신다 해도 상관없어요." 윱피테르는 미소 지으며

디아나의 모습인 자신이 자신보다 더 높이 평가받는 것을 기뻐하며   430

---

111 1권 11행 참조.

112 Maenalos(그 / Mainalon). 아르카디아 지방의 산.

113 Trivia. '삼거리의 여신'이라는 뜻으로 디아나 여신의 별칭 중 하나. 디아나는 흔히 세 개의 머리 또는 몸을 가진, 삼거리와 밤과 마술의 여신 헤카테와 동일시되는 까닭에 이런 별칭을 갖게 되었다.

소녀에게 입맞추었다. 하지만 그것은 처녀[114]가 할 법한,

조심스레 건네는 그런 입맞춤이 아니었다. 그녀가 어느 숲에서

사냥했는지 이야기하려는데 그분은 포옹으로 이를 방해했고,

점잖지 못한 짓으로 본색을 드러냈다. 소녀는 여자가 할 수 있는 한

그분에게 반항했다. (사투르누스의 따님이여,

그대가 그곳에 있었더라면 소녀에게 더 관대했을 것이오.)   435

반항했지만 소녀가 누구를 이길 수 있으며, 누가 윱피테르를

이길 수 있겠는가? 윱피테르는 승리자로서 높은 하늘로 돌아갔고,

소녀는 수풀과 자신의 비밀을 알고 있는 숲이 싫어졌다.

그곳을 떠나던 그녀는 하마터면 화살이 든 화살통과

그곳에 걸어둔 활을 집어 드는 것조차 잊어버릴 뻔했다.   440

　　보라, 딕튄나[115]가 자기를 따르는 무리를 거느리고 사냥해서

잡은 짐승을 뽐내며 높은 마이날로스 산을 올라오고 있었다.

여신은 소녀를 보자 가까이 오라고 불렀다. 이에 그녀는 뒷걸음쳤으니,

처음에는 여신이 윱피테르가 아닐까 두려웠기 때문이다.

하지만 그녀는 여신의 뒤에 다른 요정들이 함께 오는 것을 보고는   445

속임수가 아님을 알아차리고 이들에게 다가갔다. 아아, 죄를 짓고도

그것을 얼굴에 드러내지 않기란 얼마나 어려운 일인가!

소녀는 눈을 내리깔고 걷기만 할 뿐, 여느 때처럼 여신의 곁으로

다가서지 못했고 무리 전체의 선두에 서지도 못했다.

그녀의 침묵과 홍조는 그녀가 정조를 잃었음을 보여주었다.   450

디아나가 처녀가 아니었더라면 수천 가지 징표로 그녀의 죄과를

114　디아나는 처녀신이다.

115　Dictynna. '사냥용 그물의 여신'이라는 뜻으로 사냥의 여신으로서의 디아나의 별칭.

알아챌 수 있었을 것이다. 실제로 요정들은 알아챘다고 한다.

초승달의 뿔들이 아홉 번째로 원(圓)을 채우기 시작했을 때,

여신은 사냥과 오라비[116]의 따가운 햇볕에 지쳐

서늘한 숲을 찾았는데, 그곳에서는 시냇물이 졸졸거리며   455

미끄러지듯 흘러나와 가는 모래 위로 잔물결을 일으키고 있었다.

여신은 그 장소를 칭찬하고는 발을 물속에 담갔다.

여신은 물도 칭찬하고 나서 말했다. "이곳에는 아무도 보는 이가

없으니, 우리 옷을 벗고 시냇물에서 멱을 감자꾸나!"

파르라시아[117]의 요정은 얼굴을 붉혔고, 다른 요정들이 모두   460

옷을 벗는 동안 그녀만이 이 핑계 저 핑계를 대며 미적거렸다.

머뭇거리던 그녀에게서 옷을 벗기자 알몸과 더불어

그녀의 죄과가 드러났다. 그녀가 질겁하며 두 손으로

아랫배를 가리려고 했을 때, 퀸티아[118]가 말했다.

"당장 이곳에서 꺼져버려라! 신성한 샘도 더럽히지 마라!"

여신은 그녀에게 요정의 무리를 떠나라고 명령했다.   465

    이 모든 것을 위대한 천둥 신의 부인[119]은 이미 오래전에 알아채고

적당한 때가 올 때까지 엄벌을 미루고 있었다. 한데 이제 더이상

미룰 이유가 없어졌으니, 시앗에게서 벌써 아르카스라는 사내아이가

---

116 태양신으로서의 아폴로.

117 Parrhasia. 아르카디아 지방의 도시. 여기서 '파르라시아의'(Parrhasis)는 '아르카디아의'라는 뜻이다

118 Cynthia(그 / Kynthia). '퀸투스 산에서 태어난 여신'이라는 뜻으로 디아나의 별칭 중 하나. 그녀가 델로스 섬의 퀸투스 산에서 오라비 아폴로와 함께 쌍둥이 남매로 태어난 까닭에 붙여진 이름이다.

119 유노.

태어났던 것이다.(이것이 그녀를 특히 가슴 아프게 했다.)

유노는 마음속으로 화가 나 그 사내아이를 노려보며 말했다.   470

"이 간통한 계집아, 모자라는 것이라고는 네가 자식을 낳는

것이었는데, 네가 자식을 낳아 내가 당한 모욕을 널리 알리고

내 남편 융피테르의 수치를 증언하는구나. 이제 너는 그 대가를

치르게 되리라. 이 발칙한 계집, 너 자신과 내 남편을

즐겁게 해주었던 네 미색을 내가 네게서 빼앗겠단 말이다."   475

　　이렇게 말하고 유노는 그녀의 앞머리를 움켜쥐더니 땅바닥으로

얼굴이 고꾸라지도록 내동댕이쳤다. 그녀가 탄원하려고

두 팔을 내밀자 두 팔에 검은 센털이 곤두서기 시작했고,

두 손은 구부러지며 안으로 굽은 발톱으로 자라나더니

발 노릇을 하기 시작했다. 전에 융피테르가 칭찬하던   480

두 입술이 쭉 째지며 보기 흉하게 일그러졌다. 그리고

기도와 간청하는 말이 동정을 사지 못하도록 그녀는

말하는 능력도 빼앗겼다. 그리하여 화난 듯한 위협적이고

무시무시한 목소리가 그녀의 거친 목구멍에서 터져 나왔다.

그녀는 곰이 되었지만, 그래도 예전의 마음은 그대로 남아 있었다.   485

그녀는 끊임없는 탄식으로 자신의 슬픔을 드러냈고,

두 손을 생긴 그대로 하늘의 별들을 향해 뻗었으며,

비록 말은 못 해도 융피테르의 배은망덕을 원망했다.

아아, 그녀는 혼자 숲속에서 쉴 용기가 나지 않아 얼마나 자주

자기 집 앞으로, 전에는 자기 것이었던 들판에서 헤맸던가!   490

아아, 얼마나 자주 그녀는 개 떼가 짖는 소리에 바위 위로 쫓겼으며,

스스로 사냥꾼이었으면서도 사냥꾼들 앞에서 놀라 도망쳤던가!

가끔 그녀는 자신의 겉모습을 생각하지 못한 채 야수를 보면

얼른 숨었다. 그녀는 암곰이 되어서도 산에서 수곰을 보면 전율했고,
자기 아버지도 그중 한 마리인데도[120] 늑대 떼를 무서워했다.   495

아르카스

　보라, 뤼카온의 딸의 아들인 아르카스는 자기 어머니에게
무슨 일이 일어났는지도 모르는 채 어느새 열다섯 살쯤 되었다.
그는 어느 날 야수를 쫓는 과정에서 목 좋은 장소를 골라
코가 촘촘한 그물로 에뤼만투스[121] 산의 숲을 에워싸다가,
어머니와 마주쳤다. 그녀는 아르카스를 보자 멈춰 섰고,   500
그를 알아보는 것처럼 보였다. 아르카스는 꼼짝 않고 줄곧 자기만
응시하는 곰의 두 눈을 보고는 무슨 영문인지 몰라 겁이 나
몸을 사렸다. 그녀가 더 가까이 다가오려고 했을 때
그는 부상을 입히는 창으로 그녀의 가슴을 찌르려 했다.
하지만 전능한 분[122]이 그의 손을 제지하고 그들을 옮김으로써   505
죄를 짓지 않게 만들었으니, 회오리바람으로 그들을 함께 허공으로
낚아채어 하늘에 갖다 놓고는 이웃한 별자리[123]가 되게 했던 것이다.
　유노는 별들 사이에서 시앗이 빛나는 것을 보자 분을 참지 못해,
신들이 자주 경의를 표하곤 하는 백발의 존경스러운 테튀스와

120　일설에 따르면 칼리스토는 뤼카온의 딸이라고 한다. 뤼카온이 늑대로 변한 일에 관해서는
　　 1권 232행 이하 참조.
121　2권 244행 참조.
122　윱피테르.
123　큰곰자리와 작은곰자리. 2권 주 29 참조.

연로한 오케아누스를 찾아 바닷속으로 내려갔고,   510

찾아온 용건을 묻는 그들에게 이렇게 말했다.

"두 분은 신들의 여왕인 내가 하늘의 거처를 떠나 왜 이곳에 왔는지

물으시는 건가요? 나 대신 다른 여신이 하늘을 다스리고 있어요.

밤이 되어 세상이 어두워질 때 하늘 가장 높은 곳에서, 그러니까

마지막 원이 가장 짧게 천극(天極)의 끝부분을 도는 곳에서   515

새로 명예를 부여받은 별자리들이 나를 모욕하는 것이

보이지 않는다면 두 분은 나를 거짓말쟁이라고 부르세요!

그들을 벌주려던 것이 정작 그들에게 도움만 된다면,

정말이지 누가 이 유노를 해치기를 망설일 것이며

누가 모욕하기를 두려워하겠어요? 오오, 내가 얼마나 큰일들을

해냈다고 하겠으며 내 권세가 얼마나 막강하다고 하겠어요?   520

내가 인간이기를 금한 여인이 여신이 되었으니 말이에요.

죄지은 자들이 이렇게 되어도 되는 건가요? 내 위대한 권능이

이런 건가요! 그이가 그녀의 예전 모습을 복원시키고 야수의 얼굴을

벗겼어요. 전에 아르고스의 포로네우스[124]의 누이[125]에게 그랬듯이요.

왜 그이는 나를 내쫓고 그녀와 결혼하여 내 방에 그녀를   525

들어앉히지 않으며, 왜 뤼카온을 장인으로 삼지 않는 거죠?

두 분이 양녀[126]에게 가해진 이 모욕과 멸시에 조금이라도

관심을 갖는다면 셉템트리오네스[127]들을 그대들의 검푸른 심연에

---

124 1권 668행 참조.
125 이오.
126 윱피테르 형제들이 사투르누스 형제들과 싸운 이른바 '티탄 신족과의 전쟁' 때 윱피테르 남매의 어머니 레아는 딸 유노를 길러달라고 테튀스에게 맡긴 적이 있다.
127 2권 주 29 참조.

들어오지 못하게 막으시고, 수치스러운 짓을 한 대가로
하늘에 받아들여진 별자리들을 멀리하시어 시앗이
그대들의 깨끗한 물에서 목욕하지 못하게 해주세요!"128   530
　바다의 신들은 그러겠다고 머리를 끄덕였다.
그러자 사투르누스의 딸은 다채로운 깃털의 공작들이 끄는
가벼운 마차를 타고 맑은 대기를 지나 거슬러 올라갔다.

코로니스

공작의 깃털은 얼마 전에 아르구스가 살해되면서129 다채로워졌는데,
그와 마찬가지로, 수다스러운 큰까마귀130여, 희었던 네 깃털이
갑자기 검은색으로 바뀐 것도 얼마 전 일이었노라.   535
큰까마귀는 전에는 눈처럼 흰 은빛 찬란한 깃털을 가진 새로서
아무 흠 없는 비둘기와도 견주었고, 깨어 있는 목소리로
언젠가 카피톨리움을 구하게 될 거위들131과
강물을 사랑하는 백조에게도 뒤지지 않았다. 그에게는 혀가
재앙이 되었으니, 수다스러운 새가 혀를 잘못 놀린 탓에   540

---

128 고대 그리스인들과 로마인들은 다른 별들은 모두 일정 기간 하늘을 떠나 오케아노스, 즉
바다에 내려와 목욕하는데, 북극성이 포함된 작은곰자리와 북두칠성이 포함된 큰곰자리가 그
러지 않는 것은 유노의 질투 탓이라고 믿었다.
129 1권 722행 참조.
130 라/corvus, 그/korax, 영/raven, 독/Rabe.
131 기원전 390년경 갈리아인들이 로마를 침공하여 로마 시를 함락하고 일곱 언덕 중 하나인
카피톨리움에서 마지막 저항을 하던 로마인들을 밤중에 공격했을 때 로마 장군 만리우스는 신
전에 속한 거위들이 꽥꽥 우는 소리를 듣고 잠을 깨어 갈리아인들을 물리칠 수 있었다고 한다.

전에는 희었던 색깔이 지금은 그 반대가 된 것이다.

온 하이모니아[132] 땅에서 라릿사[133]의 코로니스[134]보다 더 아름다운
소녀는 없었다. 그녀는, 델피의 신[135]이여, 확실히 그대의 마음에 들었소,
그녀가 순결한 동안에는, 또는 들키지 않은 동안에는. 하지만 포이부스의
새[136]가 그녀의 부정(不貞)을 알아채고는 서둘러 길을 떠났으니,   545
가차없는 고발자로서 코로니스의 은밀한 죄과를 주인에게
알리기 위함이었다. 수다스러운 빨간부리까마귀[137]가 날개를
퍼덕이며 큰까마귀를 뒤쫓아가서 자초지종을 묻더니,
여행의 용건을 듣고 나서 말했다. "이 여행은 너에게 유익하지 않아.
내 혀가 너에게 미리 일러두는 것을 무시하지 마.   550
내가 전에는 무엇이었으며, 지금은 무엇인지 봐.
내가 어쩌다가 이렇게 되었냐고 묻는다면, 성실이 결국
나의 파멸을 초래했음을 너는 알게 될 것이라고 대답해야겠지.

---

132 1권 568행 참조.

133 텟살리아 지방의 도시.

134 Coronis(그 / Koronis). 라릿사 왕 플레귀아스의 딸로 아폴로의 사랑을 받아 아들 아이스쿨
라피우스(Aesculapius 그 / Asklepios)를 낳았으나 아폴로를 배신한 까닭에 그에게 살해된다.

135 아폴로.

136 큰까마귀는 아폴로에게 바쳐진 새였다.

137 라 / cornix, 그 / korone, 영 / chough, 독 / Krähe.

케크롭스의 딸들

　전에 어머니 없이 태어난 아이인 에릭토니우스[138]를
팔라스[139]께서 악테[140]의 고리버들로 엮은 상자에 넣으신 다음
그것을 두 모습의 케크롭스[141]의 세 딸에게 맡기시며,　　　　　　555
자신의 비밀을 보지 말라고 엄명을 내리셨지.
나는 잎이 무성한 느릅나무의 가벼운 잎사귀 뒤에 숨어 그들이
어떻게 하는지 지켜보았지. 그중 판드로소스와 헤르세
두 명은 맡은 것을 성실히 지켰으나, 아글라우로스만은 언니들을
겁쟁이라 부르며 한 손으로 매듭을 풀었어. 그러자 그들은　　　560
그 안에서 아기와 그 옆에 길게 누운 뱀 한 마리를 보았어.
내가 목격한 일을 나는 여신에게 전했지. 그 보답으로 나는
미네르바의 총애를 잃었다는 말을 듣게 되었고 밤의 새[142]에게
자리를 내주고 말았어. 내가 벌을 받은 것은 괜한 수다로
화를 자초하지 말라고 여신께서 우리에게 경고하신 것일 수 있어.　　565
너는 아마도 내가 그렇게 해달라고 졸라댄 것이지 여신께서
스스로 나를 찾으신 것은 아니라고 생각하겠지!
그 점은 여신에게 직접 물어봐. 여신께서 화가 나셨지만

---

138 Erichthonius(그/ Erichthonios). 불의 신 불카누스가 미네르바 여신을 겁탈하려다 실패하여 땅에 뿌린 정자에서 태어난 아이.
139 전쟁과 지혜의 여신인 미네르바의 별칭. '처녀' 또는 '무기를 휘두르는 이'라는 뜻으로 추정된다.
140 Acte(그/ Akte). 여기서는 그리스 중동부 지방인 앗티카(Attica 그/ Attike)를 달리 부르는 이름이다.
141 아테나이 시의 전설적 건설자로, 상반신은 사람이고 하반신은 뱀이었다고 한다.
142 부엉이.

화가 났다고 해서 이를 부인하시지는 못할 테니까.

나는 포키스[143] 땅에서 유명한 코로네우스의 딸로 태어났어.

(이건 다 알려진 이야기야.) 그러니까 나는 공주였고   570

(비웃지 마.) 부유한 총각들이 내게 구혼했지.

하지만 내 미모가 내게 재앙이 되었어. 내가 늘 그랬듯이

어느 날 바닷가를 따라 모래 위를 천천히 거닐고 있을 때,

바다의 신이 나를 보고 뜨거워졌어. 그래서 내게 매달리고

꾀어보아도 그것이 시간 낭비라는 것을 알게 되자 그는   575

폭력을 쓰려고 나를 뒤쫓아왔어. 나는 딱딱한 모래를 뒤로한 채

도망쳤고, 부드러운 모래 위에서 도망치기 위해 애썼지만 소용없었어.

나는 신들과 사람들에게 도와달라고 소리쳤으나 내 목소리는

어떤 인간의 귀에도 들리지 않았어. 하지만 처녀신[144]께서 처녀를

동정하시어 내게 도움을 주셨어. 내가 하늘을 향해 두 팔을   580

뻗었을 때 그것들이 가볍고 까만 깃털로 변하기 시작하지 뭐야.

나는 어깨에서 겉옷을 벗어던지려 했지만 그것도 이미

깃털이 되어 내 살갗 속에 깊숙이 뿌리박더군.

나는 드러난 젖가슴을 손바닥으로 치려고 했으나

내게는 이미 손도, 드러난 젖가슴도 없었어. 나는 달렸지.   585

그러자 모래는 아까처럼 내 두 발을 방해하지 않았고,

나는 땅바닥에서 들어올려졌어. 나는 곧 대기 속으로 높이 날아올랐어.

그리하여 나는 미네르바께 나무랄 데 없는 시녀로 주어졌던 거야.

---

143 Phocis(그/ Phokis). 그리스 중부 지방.

144 미네르바.

하지만 뉙티메네가 몹쓸 죄를 지은 탓에[145] 새가 되어 내 명예로운

자리를 차지해버린다면, 그게 다 나에게 무슨 소용이겠어?   590

아니면 레스보스[146] 섬에서는 누구나 다 아는 것을 너는 아직

못 들었니? 뉙티메네가 아버지의 잠자리를 더럽혔다는 이야기 말이야.

그래서 그녀는 새가 된 지금도 여전히 죄의식을 느껴 사람의 눈길과

햇빛을 피하며 자신의 치욕을 어둠 속에 감추려 하는 거야.

그녀는 모든 이에 의해 온 하늘에서 쫓겨난 것이지."   595

코로니스의 죽음

　그렇게 말하는 빨간부리까마귀에게 큰까마귀가 대답했다.

"나를 못 가게 하려는 술책은 너에게나 재앙이 되기를!

나는 허튼 전조는 경멸해." 큰까마귀는 일단 시작한 여행을

그만두지 않고 주인에게 가서 코로니스가 하이모니아의 젊은이와

누워 있는 것을 보았다고 일러바쳤다. 사랑하는 소녀의 허물을

알게 된 애인에게서는 월계관이 미끄러져 내렸다.   600

신은 안색이 변했고 손에서는 뤼라의 채가 떨어졌다.

끓어오르는 분노에 마음이 달아오르자,

그는 익숙한 무기를 집어 들고 활의 뿔들을 구부려

시위를 메기더니 자신이 그토록 자주 품에 껴안던 여인의

---

145 뉙티메네는 레스보스(Lesbos) 왕 에포페우스(Epopeus)의 딸로 본의 아니게 아버지와 동침하게 되어 절망한 나머지 숲속으로 도망치자 미네르바가 그녀를 부엉이로 변신시켰다고 한다.
146 소아시아 아이올리스(Aeolis 또는 Aeolia 그/ Aiolis) 지방 앞바다에 있는 섬.

가슴을 어느 누구도 피할 수 없는 화살로 꿰뚫었다.

화살에 맞은 소녀는 신음했고, 그녀의 몸에서 무쇠가 뽑혀 나오자

그녀의 하얀 사지는 붉은 피에 흥건히 젖었다. 그녀가 말했다.

"포이부스여, 나는 아이를 낳은 뒤에 그대에게서 벌받을 수도

있었을 텐데. 지금은 아이와 내가 한꺼번에 죽어가고 있어요."

그렇게 그녀가 말했을 때 피와 함께 그녀의 목숨도 사라졌다.

영혼이 빠져나간 육신 속으로 싸늘한 죽음이 파고들었다.

아아, 사랑하는 이는 잔인한 벌을 후회했지만 그것은 때늦은 후회였다.

그는 고자질하는 말을 듣자마자 화를 참지 못한 자신이 미웠다.

신은 자신의 괴로움의 원인인 그녀의 허물을 알려준

새가 미웠다. 그는 활과 자신의 손이 미웠고, 그 손과 함께

성급하게 쏜 화살이 미웠다. 그는 쓰러진 소녀를 애무하며

황급히 그녀의 운명을 바꿔보려 했으나 때는 이미 늦었고,

의술을 베풀었으나 소용없는 짓이었다. 이런 시도가 쓸데없는

짓일 뿐 아니라 사람들이 이미 화장용 장작더미를 쌓아올려 둠으로써

그녀의 사지가 마지막 화염 속에서 타버릴 것임을 알았을 때,

그는 가슴 깊숙한 곳으로부터 동정의 한숨을 내쉬었다.

(하늘의 신들의 얼굴은 눈물에 젖어서는 안 되기 때문이다.)

그것은 오른쪽 귀 위로 번쩍 들린 망치가 젖먹이 송아지의 움푹 팬

관자놀이 위에 쿵 하고 떨어지는 것을 눈앞에서 목격한

젊은 암소가 지르는 신음 소리와도 같았다. 신은 그녀의 가슴에

고맙지도 않은 향료를 쏟고, 마지막 포옹을 한 다음

부당한 죽음이 정당하게 요구하는 의식을 모두 마쳤다.

하지만 포이부스는 자신의 씨가 같은 화염 속에서 소멸되는 것을

참을 수 없어, 아들[147]을 화염과 어머니의 자궁에서 낚아채어

두 모습의 키론[148]의 동굴로 데리고 갔다.   630
그러고는 주인에게 사실을 말해준 대가를 기다리던 큰까마귀는
앞으로 흰 새들 축에 끼지 못하게 만들어버렸다.

오퀴로에의 예언

   그사이 반(半) 짐승[149]은 신의 아들을 양자로 둔 것을
좋아했고, 수고가 가져다주는 명예를 기뻐했다. 그런데, 보라,
켄타우루스의 딸이 여느 때처럼 빨간 머리를 어깨 위로   635
늘어뜨리고 왔다. 예전에 요정 카리클로가 물살이 빠른 강의
둑에서 그의 딸을 낳아 그녀를 그 강의 이름을 따서 오퀴로에[150]라고
불렀다. 그녀는 아버지의 여러 재주[151]를 배웠을 뿐 아니라
운명의 비밀을 노래하는 능력까지 지니고 있었다.
그리하여 그녀는 마음속에 신적인 광기를 느끼고,   640
자신의 가슴에 갇힌 신기(神氣)에 데워지자 아이를 바라보며 말했다.
"온 세상에 구원을 가져다줄 소년이여, 어서 자라라!

---

147 의술의 신 아이스쿨라피우스.

148 Chiron(그/ Cheiron). 반인반마(半人半馬)의 켄타우루스(Centaurus 그/ Kentauros)족의 한
명으로 다른 켄타우루스들이 익시온과 구름의 여신 사이에서 태어난 것과는 달리 키론은 사투
르누스와 필뤼라(Philyra) 사이에서 태어났으며, 이아손, 아킬레스, 아이스쿨라피우스 같은 영
웅들을 길러낸 지혜롭고 현명한 교사이다.

149 키론.

150 Ocyrhoe(그/ Okyrhoe). 그리스어로 '빠른 물살의 여자'라는 뜻.

151 키론은 음악, 약초, 활쏘기, 말 다루기 등에 능했다.

죽음을 면할 수 없는 육신들은 가끔 너에게 목숨을 빚질 것이고,

너에게는 죽은 자의 목숨을 되살리는 권능이 주어질 것이다.

하지만 한 번은 그런 짓을 감행하다가 너는 신들의 노여움을 사,　　　　　　　645

할아버지의 화염에 의해 두 번 다시 그런 선행을 베풀지 못하도록

제지당할 것이다.[152] 그리하여 너는 신의 신분을 빼앗겨 목숨 없는

시신이 될 것이나, 시신에서 다시 신이 되어 두 번[153]씩이나

새 삶을 살 것이다. 사랑하는 아버지, 아버지께서는 지금은

불사의 몸이시고 출생의 법칙에 따라 영원히 살 운명이지만　　　　　　　650

언젠가는 죽을 수 있기를 바라실 거예요. 무서운 뱀독[154]이

사지로 퍼지며 아버지를 괴롭힐 때 말예요.[155] 신들은 아버지를

불사의 존재에서 죽음을 맞을 존재로 만들 것이며,

그러면 세 여신[156]이 아버지의 생명 실을 풀어버릴 거예요."

아직도 더 누설할 운명이 남아 있었다. 하지만 그녀는 가슴 깊숙한　　　　　655

곳으로부터 한숨을 쉬었고, 두 볼 위로 눈물을 흘리며 말했다.

---

152 아이스쿨라피우스는 디아나의 부탁을 받고, 죽은 힙폴뤼투스(Hippolytus 그 / Hippolytos)를 다시 살려준다. 이에 저승의 신들이 강력히 항의하자 그의 할아버지인 윱피테르가 아이스쿨라피우스를 번개로 쳐 죽인다.

153 한 번은 죽은 어머니의 자궁에서 낚아채어졌을 때를 말하며, 또 한 번은 죽은 힙폴뤼투스를 살려낸 탓에 윱피테르의 벼락을 맞고 죽었다가 아폴로의 간청으로 신격화되었을 때(15권 532행 이하 및 오비디우스, 『로마의 축제들』 6권 737 ~ 762행 참조)를 말한다.

154 헤르쿨레스는 레르나(Lerna)의 물뱀(hydra)을 죽이고 나서 그 독액에 화살을 담가 독화살을 만드는데, 그 독액은 그의 적뿐 아니라 그 자신에게도 치명적이었다.

155 헤르쿨레스의 독화살이 실수로 키론의 발에 떨어지는 바람에 키론이 고통을 참다못해 죽게 해달라고 애원하자 윱피테르가 그를 하늘로 올려 사수자리가 되게 한다.

156 운명의 여신들. 운명의 여신들(Parcae 그 / Moirai)은 클로토(Clotho 그 / Klotho '실 잣는 이')와 라케시스(Lachesis '나눠주는 이')와 아트로포스(Atropos '돌이킬 수 없는 이'), 이 세 자매로 인간의 운명을 실처럼 자아 나눠주었다가 때가 되면 가차없이 자르는 것으로 여겨졌다.

"운명이 나를 가로막으며 더이상 앞질러 말하지 말라고 하는군요.
나는 목소리를 쓸 수가 없어요. 내게 신의 노여움을 가져다준
이 재주를 나는 너무 비싼 값에 샀나 봐요.
차라리 내가 미래를 몰랐더라면 좋았을 것을!   660
벌써 내 인간의 모습이 내게서 사라져가는 것 같아요.
벌써 풀이 내 입맛에 당기고, 넓은 들판 위를 달리고 싶은
충동을 느껴요. 나는 나와 친척간인 암말로 바뀌어가고 있어요.
하지만 내가 왜 완전한 말이 돼야 하나요?
아버지는 틀림없이 반은 사람인데." 이렇게 말하는
동안에도 그녀가 불평하는 마지막 말은 거의   665
알아들을 수 없을 만큼 그녀가 하는 말은 뒤죽박죽이었다.
그녀의 말은 사람이 하는 말도 아니고 그렇다고 아직
말 울음소리도 아닌 것처럼 들렸고, 마치 누군가가
말 울음소리를 흉내내는 것 같았다. 잠시 뒤에 그녀는
분명하게 말 울음소리를 내며 두 손을 풀 속으로 내렸다.
그러자 손가락들이 하나로 합쳐지며 다섯 손톱은 뿔로 된   670
하나의 가벼운 통발굽으로 모아졌다. 입과 목은 더 커지고,
긴 겉옷의 대부분은 꼬리가 되었으며, 그녀의 목 위에서
출렁거리던 머리털은 갈기가 되어 오른쪽으로 흘러내렸다.[157]
그리하여 그녀는 목소리와 얼굴 등이 말의 그것으로 바뀌었다.
이 기적은 또한 그녀에게 새 이름[158]을 주었다.   675

---

157 좋은 말은 갈기가 오른쪽으로 흘러내린다고 한다.
158 오퀴로에는 말로 변한 뒤 힙페(Hippe '암말')로 불리게 된다.

돌이 된 밧투스

    필뤼라의 반신(半神) 아들[159]은 눈물을 흘리며,

델피의 아폴로여, 그대에게 도움을 청했으나 소용없는 일이었소.

그대 역시 강력하신 윱피테르의 명령을 거스를 수 없었고,

또 거스를 수 있었다 하더라도 그때 그곳에 없었기 때문이오.

그대는 그때 엘리스와 멧세네[160]의 들판에 살고 있었소.

그러니까 목자(牧者)의 모피 옷이 그대를 덮고 있고,   680

그대의 왼손에는 숲에서 난 단단한 지팡이가 들렸고,

오른손에는 길이가 서로 다른 일곱 개의 갈대로 만든 갈대 피리가

들렸을 때였소. 그대가 오직 사랑[161]만 생각하며 갈대 피리로

마음을 달래는 동안, 전하는 이야기에 따르면,

그대의 소떼는 지키는 이가 없어 퓔로스[162]의 들판으로

---

159 키론.

160 엘리스(Elis)는 그리스 펠로폰네수스 반도 서부에 있는 지방 및 도시이고, 멧세네(Messene)는 같은 반도의 서남부 지방인 멧세니아(Messenia)의 수도이다.

161 텟살리아 지방에 있는 페라이(Pherae 그 / Pherai) 시의 왕 아드메투스(Admetus 그 / Admetos)에 대한 사랑을 말한다. 아폴로는 아들 아이스쿨라피우스가 죽은 자를 살려낸 탓에 벼락에 맞아 죽자 윱피테르에게 벼락을 만들어주던 퀴클롭스들을 죽이고, 그 죄로 인간인 아드메투스 밑에서 1년 동안 가축 떼를 치며 머슴살이를 하는데, 이때 자신을 후하게 대접해주는 아드메투스를 사랑하여 그에게 감사하는 마음에서 여러 호의를 베푼다. 오비디우스는 아폴로가 텟살리아가 아니라 훨씬 남쪽에 있는 퓔로스(Pylos)에서 목자 노릇을 하고 있었다고 말하며 그 이유는 밝히지 않았다. 그는 자신의 이야기를 전해 내려오는 신화와 일치시키는 것보다는 퓔로스와 밧투스를 이야기 속에 끌어들이는 데 관심이 더 많았던 것 같다.

162 남(南)엘리스 지방의 도시로, 트로이야 전쟁 때 그리스군의 노장 네스토르(Nestor)가 통치하던 곳.

넘어갔다고 하오. 마이야가 낳은, 아틀라스의 외손자[163]가   685

소떼를 보고는 그만의 재주[164]를 이용해 숲속으로 몰고 가 그곳에

감추었던 것이다. 그가 도둑질하는 것을 본 사람은 그 시골에서는

잘 알려진 어떤 노인 말고는 아무도 없었는데, 그 노인을 이웃에서는

밧투스라고 불렀다. 밧투스는 부유한 넬레우스[165]의 머슴으로

골짜기와 풀밭에서 혈통이 좋은 암말 떼를 지키고 있었다.   690

메르쿠리우스는 마음이 놓이지 않아 그를 옆으로 끌어당기며

감언이설로 유혹했다. "이봐요, 당신이 뉘시든, 혹시

이곳에서 가축 떼를 보았느냐고 누가 묻거든 못 보았다고 하시오.

그리고 당신의 선행이 보답받지 못하는 일이 없도록

미끈한 암소 한 마리를 사례로 받으시오!" 신이 암소를 주자

노인은 그것을 받으며 이런 말로 대답했다. "안심하고 가시오.   695

그대가 도둑질한 것을 저 돌이 먼저 일러바칠 것이오."

그러면서 노인은 돌을 가리켰다. 그러자 읍피테르의 아들은 그곳을

떠난 뒤 잠시 후 목소리와 외모를 바꾼 다음 되돌아와서 말했다.

"농부여, 혹시 소떼가 이 길로 지나가는 것을 보았다면 말해주시오.

그 소떼는 도둑맞은 것이오. 그대는 상으로 암소 한 마리를   700

거기에 딸린 수소 한 마리와 함께 받을 것이오."

보수가 갑절이 되자 노인이 말했다. "소떼는 저 산기슭에 있을 것이오."

과연 소떼는 그 산기슭에 있었다. 아틀라스의 외손자가

웃으며 말했다. "이 배신자여, 나를 나에게 팔아넘겨? 나를 나에게?"

163 메르쿠리우스. 1권 682행 참조.
164 메르쿠리우스는 도둑의 보호자이기도 하다.
165 넵투누스와 튀로의 아들로, 네스토르의 아버지이며 퓔로스의 왕이다.

그렇게 말하고 신은 거짓 맹세를 한 노인의 가슴을   705
오늘날에도 '배신자의 돌'¹⁶⁶이라고 불리는 단단한 돌로 바꿔버렸다.
그 죄 없는 돌에는 아직도 옛날의 수치스러운 오명이 남아 있다.

케크롭스의 딸 아글라우로스

  전령장(傳令杖)을 들고 다니는 신¹⁶⁷은 한 쌍의 날개를 펴고 그곳에서
솟아올라 하늘을 날며 무뉘키아의 들판과 미네르바가 사랑하는
나라¹⁶⁸와 유식한 뤼케움¹⁶⁹의 원림을 내려다보았다.   710
그날은 마침 팔라스 여신의 축제일¹⁷⁰이라 순결한 소녀들이
관습에 따라 화환을 두른 바구니에 정결한 성물을 담아
머리에 이고 여신의 성채¹⁷¹로 나르고 있었다.
날개 달린 신은 소녀들이 집으로 돌아가는 것을 보고는 곧장
그들에게 다가가지 않고 하늘을 빙글빙글 맴돌았다. 그 모습은   715
마치 더없이 날랜 새인 솔개가 제물로 바쳐진 짐승을 보고는

---

166 어떤 돌을 가리키는지 밝혀진 바 없다. 참고로 밧투스(Battus)는 '수다쟁이'라는 뜻이다.
167 메르쿠리우스. 신들의 사자이자 전령인 그가 들고 다니는 지팡이는 caduceus(그/kery-keion, 그리스어 'r'이 라틴어에서는 'd'로 바뀌었음)라고 하는데, 이는 '전령 지팡이'라는 뜻이다.
168 미네르바는 아테나이의 수호 여신이다.
169 무뉘키아(Munychia 그/Mounichia)와 뤼케움(Lyceum 그/Lykeion)은 둘 다 아테나이의 교외로 후자는 아리스토텔레스가 세운 학교가 있던 곳이다. 그래서 '유식한'이란 말을 쓴 것 같다.
170 아테나이의 수호 여신 미네르바의 탄생을 기리는 판아테나이아(Panathenaea 그/Panathe-naia) 제(祭)는 매년 7월 말에 개최되었는데, 4년에 한 번씩은 대규모로 열렸다.
171 아테나이의 아크로폴리스(Acropolis 그/Akropolis)에 있는 미네르바 여신의 파르테논 신전.

사제들이 제물 주위로 몰려드는 동안에는 겁이 나서 주위를 맴돌되

그렇다고 감히 더 멀리 가버리지도 못하고 바라는 먹이 주위를

날갯짓하며 탐욕스럽게 빙글빙글 날아다닐 때와도 같았다.

그렇게 퀼레네 출신의 민첩한 신은 악테[172]의 성채 위를   720

빙글빙글 맴돌며 쉴 새 없이 같은 하늘에다 원을 그렸다.

마치 루키페르[173]가 모든 다른 별보다 더 밝게 빛나고,

황금의 포이베[174]가 루키페르를 무색케 하는 것과 같이,

그만큼 걸어가는 헤르세는 모든 소녀 가운데서 돋보였고,

엄숙한 행렬과 동행하는 친구들의 자랑거리였다.   725

윱피테르의 아들은 헤르세의 아름다움에 놀랐고, 공중에 떠 있는데도

정염으로 활활 타올랐다. 그 모습은 마치 발레아레스족[175]의 투석기에서

납탄이 던져질 때와 같았으니, 납탄은 날아가며 운동에 의해

가열되어 구름 밑에서는 전에 없던 열기를 갖는다.

메르쿠리우스는 이제 진로를 바꾸어 하늘을 떠나 대지로 향했다.   730

그는 변장하지 않았으니, 그만큼 외모에 자신이 있었던 것이다.

그의 자신감은 정당한 것이었으나, 그래도 그는 세심히 손질하여

자신감을 더욱 북돋우었다. 그는 머리를 손질했고, 외투를 매만져

아래로 늘어뜨리고 황금 옷단이 눈에 잘 띄게 했다.

그는 또 잠을 부르기도 하고 쫓기도 하는 지팡이가 오른손에서   735

---

172 2권 554행 참조.

173 2권 115행 참조.

174 1권 주 2 참조.

175 Baleares 또는 Baliares. 서부 지중해에 있는 발레아레스 섬들, 즉 지금의 마요르카(Majorca) 및 미노르카(Minorca) 섬에 살던 부족.

광이 나게 했고, 날개 달린 샌들이 깨끗한 발바닥에서 번쩍이게 했다.

집안의 외진 곳에는 상아와 거북 등딱지로 장식된 방이 셋 있었는데,

그중, 판드로소스여, 그대는 오른쪽 방을, 아글라우로스는

왼쪽 방을, 헤르세는 가운데 방을 차지하고 있었다.

왼쪽 방을 차지하고 살던 소녀가 메르쿠리우스가 다가오는 것을   740

맨 먼저 알아차리고는 신에게 감히 이름과 찾아온 용건을

물었다. 아글라우로스에게 아틀라스와 플레이요네[176]의 외손자가

이렇게 대답했다. "나는 하늘을 지나 아버지의 명령을 나르는 이다.

내 아버지는 윱피테르 그분이시다. 나는 찾아온 용건을

둘러대지 않겠다. 다만 너는 네 언니에게 성실하고,   745

기꺼이 내 아들의 이모가 되겠다고 승낙하라. 나는 헤르세 때문에

여기 왔다. 청컨대 너는 사랑에 빠진 나를 호의로써 도와다오."

아글라우로스는 얼마 전에 금발의 미네르바의 비밀[177]을

들여다보던 바로 그 눈으로 그를 빤히 쳐다보며

봉사의 대가로 많은 무게의 황금을 요구했다.   750

그리고 그녀는 일단은 그에게 궁전을 떠날 것을 강요했다.

이 순간에 전쟁의 여신[178]이 아글라우로스에게 성난 눈길을 돌리며

어찌나 깊이 그리고 격렬하게 한숨을 쉬었던지 여신의 가슴과 함께

가슴을 가리고 있던 아이기스[179]가 부르르 떨렸다.

---

176 Pleione. 오케아누스의 딸로 아틀라스의 아내이며, 나중에 성단(星團)이 된 플레이야데스 (Pleiades) 자매들의 어머니이다.

177 2권 555행 이하 참조.

178 미네르바.

179 aegis(그/ aigis). 염소 가죽으로 된 방패 또는 옷으로서 적군을 놀라게 하고 아군을 보호하기 위하여 그 가장자리는 뱀의 머리들로, 그 한가운데는 보는 이를 돌로 변하게 한다는 메두사

여신은 그녀가 렘노스에 사는 신[180]의 어머니 없이 태어난 아들[181]이   755
누워 있던 상자를 약조를 어기고 더러운 손으로 열고
들여다봄으로써 자신의 비밀이 드러나게 했던 일을 문득 떠올렸다.
그런데 그러한 그녀가 지금 신과 언니의 호감을 사고,
게다가 탐욕스럽게 황금을 요구하여 부자가 되다니!

질투의 여신

  여신은 곧장 온통 검은 고름으로 더러워진, 질투의 여신의 집으로   760
향했다. 그녀의 집은 골짜기의 가장 깊숙한 곳에 감추어져 있었는데
그곳은 햇빛도 들지 않고 바람도 전혀 불지 않는 데다 으스스했다.
감각이 마비될 만큼 추웠고, 언제나처럼 온기라고는
전혀 없었으며, 짙은 안개에 싸여 있었다.
그곳에 도착하자 공포를 불러일으키는 전쟁의 처녀신은   765
문 앞에 서서(그녀는 그 집의 지붕 밑으로 들어서서는
안 되기 때문이다.)[182] 창끝으로 문을 두드렸다.
그러자 그 충격에 문이 활짝 열렸다. 이때 질투의 여신은

의 머리로 장식되어 있다. 아이기스는 읍피테르가 들고 다니지만 호메로스 이후에는 미네르바
여신이 들고 다니는 것으로 여겨졌다.
180 불카누스. 에게 해 북동부에 있는 큰 섬인 렘노스는 불카누스가 자주 찾던 곳이다.
181 에릭토니우스. 2권 553행 참조.
182 처녀신인 그녀가 오염될 수 있기 때문이다. 같은 이유에서 농업의 여신 케레스는 배고픔의
여신(Fames)을 방문할 수가 없어 사자를 보내고(8권 785~786행 참조), 포이부스는 잠의 신
(Somnus)의 동굴에 들어가지 못하는 것이다(11권 594~595행 참조).

집안에서 자신의 악의를 길러주는 음식인 독사의 살코기를
먹고 있었다. 여신은 그것을 보자 눈길을 돌렸다.   770
질투의 여신은 반쯤 먹다 남은 뱀의 사체를 내려놓고
땅바닥에서 느릿느릿 일어나더니 발을 질질 끌며 걸어 나왔다.
그녀는 전쟁의 여신의 아름다운 모습과 찬란한 무구(武具)들을
보자 크게 신음하더니 깊은 한숨을 쉬며 얼굴을 찡그렸다.
질투의 여신은 얼굴이 창백하고 온몸이 바싹 말라 있었다.   775
눈은 모두 사팔뜨기였고, 이빨은 썩어서 시커멓고, 가슴은
담즙으로 녹색을 띠었으며, 혀에서는 독액이 뚝뚝 떨어졌다.
그녀는 남이 고통 받는 것을 볼 때 말고는 웃는 법이 없었다.
질투의 여신은 깨어 있는 근심에 마음이 편치 않아 잠을 이루지 못했고,
남이 잘되는 것을 보면 못마땅하여 보는 것만으로도 말라갔다.   780
그녀는 남을 괴롭히며 동시에 자신을 괴롭혔으니,
자신이 자신에게 그대로 벌인 셈이었다. 비록 마음이 내키지 않았지만
트리토니아[183]는 질투의 여신에게 이렇게 간략하게 말했다.
"케크롭스의 딸 가운데 한 명에게 그대의 독액을 주입하시오.
아글라우로스 말이오. 그게 내 부탁이오." 그 이상은 말하지 않고   785
여신은 급히 떠났다. 그리고 창으로 대지를 툭 치며 하늘로 튀어 올랐다.

---

[183] Tritonia 또는 Tritonis. 미네르바의 별칭 중 하나로 '트리톤 호수의 여신'이라는 뜻. 미네르바는 북아프리카의 트리톤 호수 근처에서 처음으로 모습을 드러낸 까닭에 그런 별칭을 갖게 되었다고 한다.

아글라우로스의 최후

    그녀는 전쟁의 여신이 급히 떠나는 것을 흘겨보았다.
그러고는 미네르바의 계획이 성공할 것임을 알고는 괴로워하며
잠시 투덜거리다가, 온통 가시덩굴이 감긴 지팡이를
집어 들고 검은 구름으로 몸을 가리더니 길을 떠났다.   790
질투의 여신은 어디로 가든 꽃밭을 짓밟고, 풀을 말리고,
양귀비 꽃송이를 꺾고, 자신의 입김으로
백성과 도시와 가정을 오염시켰다. 마침내 그녀는
예술과 부와 축제와 평화가 만발하는, 트리토니스의 성채[184]에
이르렀다. 그녀는 간신히 눈물을 참았다. 남에게 눈물을   795
흘리게 할 만한 것이 전혀 눈에 띄지 않았기 때문이다. 하지만
질투의 여신은 케크롭스의 딸의 방으로 들어간 뒤 명령받은 대로
이행했으니, 녹빛깔의 손으로 소녀의 가슴을 만지고,
따끔거리는 가시로 심장을 가득 채웠다.
그러고는 소녀에게 역청처럼 시커먼 역병의 독액을   800
불어넣어 뼛속과 허파 속으로 그것이 퍼지게 했다.
또 소녀가 고통의 원인을 찾아 멀리 헤매지 않도록
소녀의 눈앞에 언니와 언니의 행복한 결혼과 잘생긴 신의
환영을 갖다 놓되 모든 것을 실제보다 더 부풀려놓았다.
그리하여 이 환영에게 괴롭힘을 당하게 된 케크롭스의 딸은   805
남모르는 고통에 시달렸고, 밤이고 낮이고 속이 상해
한숨만 쉬며 더없이 비참하게 서서히 야위어갔다.

---

184 아테나이. 미네르바는 아테나이 시의 수호 여신이다.

그 모습은 마치 비쳤다 말다 하는 변덕스러운 햇빛에 얼음이 녹아내릴 때와
같았다. 소녀가 헤르세의 행복으로 인하여 고통을 겪는 모습은
마치 푸른 잡초 더미 밑에 불을 놓으면 그 더미는 불길을 내뿜지 않지만   810
은근한 열기에 조금씩 타버릴 때와 같았다. 소녀는 그런 것을
보지 않으려고 죽을 생각도 여러 번 했고, 그것이 범죄인 양
엄격한 아버지에게 일러바칠 생각도 여러 번 해보았다.
결국 소녀는 신이 오면 못 들어가게 막으려고 언니의 방 문턱에 앉았다.
그리고 신이 소녀에게 좋은 말로 간청하고 부드러운 말로 달래자   815
소녀는 "그만두세요."라고 말했다. "나는 여기서 꼼짝도
하지 않을 거예요. 당신을 내쫓기 전에는 말예요."
"어디 한번 해보자꾸나." 이렇게 말한 퀼레네 출신의
날랜 신은 하늘의 지팡이로 문을 열었다.
소녀는 일어서려고 했으나 앉을 때 구부리는   820
신체의 부위가 마비되고 무거워 움직여지지 않았다.
소녀는 몸통을 똑바로 일으켜 세우려고 노력해보았지만
무릎이 뻣뻣하게 굳어 있었다. 한기(寒氣)가 그녀의 손발톱으로
스며들었고, 혈관은 핏기가 없어 창백했다.
게다가 불치의 괴질인 암이 자꾸만 넓게 퍼지며   825
이미 상한 부위에 아직도 성한 부위를 보태자,
치명적인 한기가 서서히 소녀의 가슴속으로 들어오며
생명의 길과 숨결을 막아버렸다. 소녀는 말하려고 애를 쓰지도
않았지만, 애를 썼다고 해도 목소리가 제 길을 찾지 못했을 것이다.
어느새 소녀의 목은 돌로 변하고 입은 딱딱하게   830
굳었으니, 소녀는 생명 없는 석상이 되어 앉아 있었다.
그 돌은 희지 않고, 소녀의 마음처럼 시커멓게 변색되어 있었다.

에우로파를 납치한 황소

　아틀라스의 외손자는 소녀의 불경한 마음과 행위에 벌을 내리고는
팔라스에게서 이름을 따온 나라[185]를 뒤로하고 날개를 퍼덕이며
하늘로 날아올랐다. 그러자 그의 아버지가 그를 따로 부르더니　　　　　835
사실은 사랑 때문에 그런다는 것을 감추고는 이렇게 말했다.
"내 아들아! 내 명령의 충실한 이행자여, 지체하지 말고
익숙한 진로를 따라 하늘에서 재빨리 대지로 미끄러져 내려가되
왼쪽에서[186] 네 어머니의 별[187]을 쳐다보는 나라를 찾도록 하라.
(토착민들은 그곳을 시돈[188] 땅이라고 부른다.)　　　　　　　　　840
그곳에서 너는 멀리 떨어진 산기슭의 풀밭에서 왕의 소떼가
풀을 뜯는 것을 볼 것인즉 그 소떼를 바닷가로 몰도록 하라!"
그가 그렇게 말하자 어느새 소떼가 산에서 내몰려
그가 지정한 바닷가로 가고 있었으니, 그곳은 위대한 왕의 딸이
튀로스[189]의 처녀들과 어울려 놀곤 하던 곳이다.　　　　　　　　845
위엄과 사랑은 서로 잘 어울리지 않거니와 한곳에 오래
동거하지도 않는 법이다. 그래서 신들의 아버지이자 통치자인 그는
세 갈래 난벼락을 오른손으로 휘두르고 머리를 끄덕이면

185　아테나이.
186　융피테르가 북쪽의 올륌푸스에서 남쪽을 바라보면 포이니케(Phoenice 그 / Phoinike 지금의
페니키아)인들은 왼쪽에서 플레이야데스성단을 쳐다보게 된다.
187　메르쿠리우스의 어머니 마이야는 플레이야데스 성단에 속하고 이 성단은 황소자리에 속
한다.
188　포이니케, 즉 페니키아 지방의 가장 오래된 도시를 말한다.
189　포이니케 지방의 도시로, '튀로스의'(Tyrius)는 경우에 따라 '포이니케의'라는 뜻이 된다.

온 세상이 흔들리는 그런 분이건만, 왕홀(王笏)의 위엄을 버리고

황소의 모습으로 변하더니 소떼에 섞여 음매 하고   850

울부짖으며 부드러운 풀밭 위를 당당하게 돌아다녔다.

그 황소의 털은 딱딱한 발에 밟혀 발자국이 난 적도 없고

비를 머금은 남풍에 아직 녹지 않은 눈처럼 희었다.

목에는 근육이 튀어나와 있었고, 어깨 아래로는 군살이 처져 있었다.

뿔들은 비록 작기는 해도 장인(匠人)의 손에서 만들어졌다고   855

그대는 우길 수 있을 것이며 보석보다 더 맑고 투명했다.

이마에는 위협적인 데가 없었고, 눈에는 무서운 데가 없었으며,

얼굴 표정은 평화로웠다. 아게노르[190]의 딸은 그것이 그토록 아름답고

전혀 공격할 의사를 보이지 않는 데에 감탄을 금치 못했다.

그토록 유순해 보였어도 처음에는 그 황소를 만지기가 두려웠다.   860

하지만 곧 소녀는 다가가 그것의 눈처럼 흰 입에 꽃송이를 내밀었다.

사랑하는 이는 기뻐하며, 바라던 쾌락이 주어질 때까지

소녀의 손에 입맞추었다. 그 이상의 행위는 간신히, 정말 간신히

미룰 수 있었다. 장난치듯 푸른 풀밭 위에서 껑충껑충 뛰는가 하면,

때로는 눈처럼 흰 옆구리를 누런 모래 위에 눕히기도 했다.   865

차츰 소녀의 두려움이 가시자 황소는 자신을 쓰다듬을 수 있도록

소녀에게 가슴을 내미는가 하면, 싱싱한 화환을 감으라고 뿔을

내밀기도 했다. 그러다가 공주는 누구의 몸을 누르는지도

알지 못한 채 황소의 등에 올라타기에 이르렀다.

그러자 신은 시나브로 육지와 마른 해변에서 멀어지더니 처음에는   870

소녀를 태운 채 자신의 가짜 발굽을 얕은 물속에 담그다가 나중에는

---

190 포이니케의 왕으로 카드무스와 에우로파의 아버지.

더 멀리 나아가며 어느새 난바다를 지나 전리품을 나르고 있었다.
유괴당한 소녀는 더럭 겁이 나 멀어지는 해안을 돌아보며,
오른손으로는 뿔을 붙잡고 다른 손은 황소의 등에 올려놓았다.
공주의 펄럭이는 옷이 바람에 부풀어올랐다.   875

III

카라바조, 〈나르킷수스〉

카드무스와 뱀의 사투

　신은 어느새 딕테[1]의 들판에 도착하여 가짜 황소의 모습을
벗고는 자신의 정체를 드러냈다. 그때 소녀의 아버지는
아무 영문도 모르고 아들 카드무스[2]에게 가서 잃어버린 소녀를
찾으라고 명령하며 찾아내지 못하면 추방하겠노라 위협했으니,
그것은 다정함과 냉혹함을 동시에 보인 행동이다. 　　　　　　　5
아게노르의 아들은 온 세상을 두루 헤맨 끝에 결국
고국과 아버지의 노여움을 피해 도망자가 될 수밖에 없었다.
(그도 그럴 것이 윱피테르가 훔친 것을 어느 누가 빼앗을 수 있겠는가?)
그는 탄원자로서 포이부스의 신탁에 조언을 청했고,
자신이 어느 나라에서 살아야 하는지 물었다. 포이부스가 대답했다.
"그대는 외딴 들판에서 암소 한 마리를 만날 것인즉 　　　　　10
그 암소는 멍에를 메어본 적도, 구부정한 쟁기를 끌어본 적도 없노라.
그 암소가 인도하는 대로 따라가다가 그 암소가 풀밭에 누워 쉬거든
그대는 그곳에 성벽을 쌓고 그곳을 보이오티아[3]라고 부르도록 하라."
카드무스는 카스탈리아[4] 동굴에서 나와 아래로 내려오자 암소 한 마리가
느릿느릿 걸어오는 것을 보았는데, 그것을 지키는 사람도 없고, 　　15
암소의 목에는 사람을 위해 봉사한 흔적이 전혀 없었다.
그는 암소의 발자국을 따라 천천히 발걸음을 옮기며, 자신에게

1　크레테 섬에 있는 산. 여기서 '딕테의'는 '크레테의'라는 뜻이다.
2　Cadmus(그 / Kadmos). 포이니케 왕 아게노르의 아들로 에우로파의 오라비. 카드무스는 훗날 테바이 시를 건설한다.
3　그리스 중동부 지방인 보이오티아는 '암소의 나라'라는 뜻이다.
4　Castalia(그 / Kastalia). 델피에 있는 신성한 샘.

이 길을 가리켜준 포이부스에게 소리 없이 감사 기도를 올렸다.

암소는 어느새 케피소스⁵의 여울과 파노페⁶의 들판을

지나자 멈춰 서더니 뿔이 우뚝 솟은 고운 이마를   20

하늘을 향해 쳐들고는 대기를 울음소리로 메웠다.

그러고는 뒤따라오던 동행자들을 돌아보더니

무릎을 꿇고 부드러운 풀밭에 옆구리를 뉘었다.

카드무스는 감사 기도를 올린 뒤 이 이국 땅에 입맞추고

알지 못하는 산과 들판에 인사했다.   25

그는 윱피테르에게 제물을 바치려고 시종들을 내보내

살아 있는 샘에서 의식에 쓸 물을 길어 오게 했다.

   그곳에는 도끼에 상한 적이 없는 태고의 숲이 있었고,

그 한가운데에는 덤불과 잔가지가 우거진 동굴이 하나 있었다.

돌이 서로 맞물려 야트막한 아치를 이룬 그 동굴에서는   30

물이 콸콸 솟아올랐다. 동굴 안에는 마르스⁷의 뱀 한 마리가

숨어 있었다. 그 뱀의 머리에는 황금 볏이 나 있었고, 눈에서는 불을

내뿜었으며, 몸은 온통 독액으로 부어 있었다. 또 그 뱀은

세 갈래 난 혀를 날름거렸고, 이빨은 세 줄로 나 있었다.

튀로스에서 온 나그네들이 불행하게도 이 원림에 이르러   35

샘에 물동이를 담그며 정적을 깨뜨리자,

검푸른 뱀이 깊숙한 동굴에서 머리를 내밀며

무시무시한 쉭쉭 소리를 냈다. 나그네들은 물동이를

---

5   Cephisos(그 / Kephisos). 그리스 포키스 지방과 보이오티아 지방을 흐르는 강이자 그 하신
(河神).

6   포키스 지방의 도시.

7   윱피테르와 유노의 아들로 전쟁의 신.

손에서 떨어뜨렸고, 몸속의 피는 얼어붙었다.

그들은 혼비백산하여 갑자기 부들부들 떨기 시작했다.　　　　　　　40

뱀은 비늘 덮인 몸뚱이로 둥글게 똬리를 틀더니

한번 뛰어올라 거대한 활 모양으로 몸을 구부리며

몸 길이의 반 이상을 가벼운 대기 속으로 곧추세우고는

숲 전체를 내려다보았다. 그대가 뱀의 전체를 볼 수 있다면,

그것은 큰곰자리와 작은곰자리를 갈라놓는 뱀[8]만큼이나 길었다.　　　45

그것은 지체 없이 포이니케[9]인들을 덮쳐서 그들이 무기를 준비하든,

도망칠 준비를 하든, 겁에 질려 이도저도 못 하고 있든

구애받지 않았다. 그 뱀은 더러는 물어 죽이고, 더러는 감아서

조여 죽이고, 또 더러는 치명적인 독한 입김을 내뿜어 죽였다.

　어느새 해가 중천에 이르러 그림자를 가장 짧게 줄였다.　　　　　　50

그러자 아게노르의 아들은 전우들이 늦어지는 것을 이상히

여기고 그들을 찾아 나섰다. 그에게는 사자에게서 벗긴 털가죽이

방패였고, 날이 번쩍이는 창 한 자루와 투창 한 자루와

그 어떤 무기보다 더 뛰어난 용기가 그의 무기였다.

카드무스는 숲속에 들어가 전우들의 시신을 보았는데,　　　　　　　55

덩치 큰 적이 그들 위에 의기양양하게 우뚝 버티고 선 채

피투성이가 된 혀로 그들의 가련한 상처를 핥고 있었다.

그는 소리쳤다. "내 충실한 전우들이여, 나는 그대들의 원수를

갚든지 아니면 그대들과 동행하리라." 이렇게 말하고 그는

8　용자리(Draco, Anguis 또는 Serpens 그/ ho dia ton Arkton Ophis 또는 Drakon).

9　Phoenice(그/ Phoinike). 지금의 시리아, 레바논, 이스라엘 지방에 있던 고대 왕국 페니키아
의 라틴어 이름.

오른손으로 큰 돌덩이를 집어 들어 힘껏 내던졌다.   60

그 돌덩이에 맞았다면 그 충격에 높은 성벽도 우뚝한 성탑과 함께

무너져 내렸을 것이다. 하지만 뱀은 다치지 않았으니,

녀석의 갑옷과 비늘과 탄탄하고 검은 살갗이

돌덩이의 강력한 가격을 막아주었던 것이다.

그러나 그 탄탄한 살갗도 곧이어 날아든 카드무스의 투창을 이기지는   65

못했다. 투창은 똬리를 틀고 있던 뱀의 유연한 등 한복판에 꽂히며

무쇠로 된 창끝 전체가 녀석의 내장에 내리꽂혔다.

사나운 뱀은 고통을 이기지 못하고 제 등 쪽으로 고개를 돌려

상처를 살펴보더니 거기에 꽂힌 창 자루를 입에 물었다.

그러고는 있는 힘을 다해 창 자루를 이리저리 흔들어대더니   70

간신히 뽑아냈다. 하지만 무쇠는 뼛속에 박혀 있었다.

타고난 광기에다 광기를 부릴 만한 새로운 이유가 보태지자,

녀석의 목구멍은 팽팽한 핏줄로 부어올랐고, 녀석의

파멸을 가져다주는 아가리 주위에서는 흰 거품이 흘러내렸다.

녀석의 비늘에 문질러져 대지가 울렸고, 녀석의 입김은 스튁스의   75

동굴에서 뿜어져 나오는 검은 악취처럼 대기에 독을 퍼뜨렸다.

녀석은 나선형으로 거대한 똬리를 트는가 하면,

키 큰 나무처럼 몸을 곧추세우기도 했고,

빗물에 불어난 강물처럼 엄청난 기세로 내달리며

앞을 막는 숲을 가슴으로 쓸어 눕히기도 했다.   80

아게노르의 아들은 한 발짝 뒤로 물러서서 사자 가죽으로

적의 공격을 버텨냈고, 달려드는 적의 아가리를 창끝을 앞으로

내밀며 막아냈다. 그러자 뱀은 미쳐 날뛰며 단단한 무쇠에 부상을

입히려고 헛수고를 했고 날카로운 창끝에다 이빨을 박았다.

어느새 녀석의 독이 든 목구멍에서 피가 흘러내리기   85
시작하더니 푸른 풀이 흩뿌려진 핏덩이로 물들었다.
하지만 상처는 경미했으니, 뱀은 그가 찌르지 못하도록 뒤로 피하며
부상 당한 목을 움츠렸고, 뒤로 물러남으로써 무기가 급소를
가격하거나 더 깊이 들어가지 못하도록 했기 때문이다.
그사이 아게노르의 아들은 계속 몰아붙이며 단단히 박힌 창을 뱀의   90
목구멍 안으로 힘껏 밀어넣었다. 그러자 마침내 참나무 한 그루가
녀석의 퇴각을 막으며 녀석의 목이 나무와 함께 꿰뚫렸다.
나무는 뱀의 무게로 인해 휘어버렸고, 그 밑동은 뱀 꼬리의 맨 끝부분에
난타당하여 신음 소리를 냈다. 승리자가 패배한 적의 큰 덩치를
바라보고 서 있는 순간 느닷없이 어떤 목소리가 들려왔다.   95
(어디서 들려오는지 알 수 없었지만, 아무튼 목소리가 들려왔다.)
"아게노르의 아들아, 그대는 왜 그대가 죽인 뱀을
보고 있느냐? 사람들은 그대도 뱀으로 보게 되리라."[10]
    그는 한참 동안 파랗게 질린 채 넋을 잃고 서 있었고,
얼어붙는 공포로 온몸의 털끝이 쭈뼛쭈뼛 섰다.   100
보라, 이 영웅의 후원자인 팔라스가 높은 대기 사이로
미끄러져 내려와 그에게 다가가더니, 땅을 갈아엎고 장차
한 민족으로 자랄 뱀의 이빨을 뿌리라고 명령했다.
그는 이 말에 따라 쟁기를 눌러 고랑을 열고는 명령받은 대로
인간의 씨앗인 뱀의 이빨을 땅에 뿌렸다.   105
그러자 (믿을 수 없는 일이었다.) 흙덩이들이 움직이기 시작했다.
처음에는 고랑에서 창끝이 모습을 드러내더니,

---

10 카드무스와 그의 아내 하르모니아(Harmonia)는 훗날 뱀이 된다. 4권 563행 이하 참조.

이어서 염색한 깃털 장식이 너울거리는 투구가 그랬다.

이어서 사람의 어깨와 가슴과 무기를 잔뜩 든 팔이 올라오며

방패를 든 전사들의 씨앗들이 무럭무럭 자랐다. 그 모습은 마치   110

축제 때 극장에서 막이 오르면 거기에 새겨진 사람의 형상이

떠오르며 처음에는 얼굴만 보이지만 차츰차츰 나머지 부분을

다 보이다가, 마지막에는 결국 부드럽게 끌어올려져 전체 모습이

드러나며 막의 맨 아래쪽 가장자리에 발을 올려놓을 때와 같았다.[11]

이 새로운 적의 출현에 놀란 카드무스가 무기를 집어 들 채비를 했다.   115

"무기를 집어 들지 마시오." 대지가 낳은 백성 중 한 명이 소리쳤다.

"우리의 내전에 끼어들지 말란 말이오!" 이렇게 말하고

그는 근접전에서 대지에서 태어난 형제들 가운데 한 명을

무자비한 칼로 쳤다. 하지만 그 자신도 멀리서 던진 투창에

맞아 쓰러졌다. 그를 죽인 자 역시 그보다 더 오래 살지 못하고   120

방금 전에 받은 생명의 숨결을 내뱉어버렸다.

이처럼 무리 전체가 미쳐 날뛰니, 갑작스레 태어난 이들 형제는

자기들끼리 싸우다가 서로 부상을 입히고 입으며 쓰러졌다.

짧은 수명을 타고난 젊은 전사들은 이제 피투성이가 된

어머니 대지를 뜨거운 가슴으로 치고 있었다.   125

살아남은 것은 다섯 명뿐이었다.[12] 그중 한 명이 에키온이다.

11 로마의 극장에서는 극이 끝나면 막이 내려지는 것이 아니라 올려졌다. 그래서 막에 그려진 형상은 처음에는 머리만 보이다가 마지막에는 막의 맨 아래쪽에 그려진 발이 나타난다.

12 밭고랑에 뿌려진 뱀의 이빨에서 태어난 전사 중에서 살아남은 이들 다섯은 스파르토이들 (Spartoi '씨 뿌려진 자들')이라고 하는데 이들은 훗날 테바이 귀족의 선조가 되며, 그 이름은 에키온(Echion), 펠로루스(Pelorus 그 / Pelor 또는 Peloros), 크토니우스(Chthonius 그 / Chthonios), 휘페레노르(Hyperenor)와 우다이우스(Udaeus 그 / Oudaios)이다.

그는 트리토니스의 권고에 따라 자신의 무구를 땅바닥에 내려놓고
형제끼리 화친하기를 요구했고 그 자신도 그것을 실행에 옮겼다.
시돈의 나그네[13]가 포이부스 신탁의 명령에 따라 도시를 창건할 때
바로 이들이 그의 일을 도와주었다. 어느새 테바이가 세워졌다.　　　　　　130
　카드무스여, 비록 추방당했지만 그대는 이제 행복한 것처럼 보일 것이오.
그대에게는 마르스와 베누스가 장인 장모가 되었소.[14]
거기에다 그대는 그토록 훌륭한 아내한테서 태어난 자녀들을,
그토록 많은 아들딸을,[15] 그리고 사랑의 소중한 담보인 손자를
보태시오. 이들도 어느새 성년이 되었소. 하지만 우리는 언제나　　　　　135
한 인간의 마지막 날을 기다려야 하며, 죽어 장례식을
치르기 전에는 어느 누구도 행복하다고 말해서는 안 되는 법이오.

13　카드무스.
14　카드무스는 마르스와 베누스 사이에서 태어난 하르모니아와 결혼한다.
15　카드무스와 하르모니아 사이에서는 세멜레(Semele), 아우토노에(Autonoe), 아가우에
(Agaue), 이노(Ino)의 네 딸과 폴뤼도루스(Polydorus 그/ Polydoros), 일뤼리우스(Illyrius 그/
Illyrios) 두 아들이 태어난다. 그중 주신 박쿠스의 어머니 세멜레는 윱피테르의 벼락에 타 죽고,
아우토노에는 아들 악타이온(Actaeon 그/ Aktaion)이 제가 기르던 사냥개들에게 찢겨 죽고, 아
가우에는 본의 아니게 아들 펜테우스(Pentheus)를 멧돼지인 줄 알고 죽이고, 이노는 고아가 된
박쿠스를 양육하다가 유노의 노여움을 사 미쳐서 자기 아들을 죽인다. 오이디푸스의 증조부인
폴뤼도루스는 왕위 계승 문제로 많은 고초를 겪는다. 늦둥이인 일뤼리우스에 관해서는 그의 이
름에서 일뤼리쿰(Illyricum 그/ Illyrikon 지금의 달마티아와 알바니아)이라는 지명이 유래했다
는 것 말고는 달리 전해지는 것이 없다.

디아나의 알몸을 본 악타이온

　카드무스여, 그대가 그토록 번영을 누릴 때 그대에게 처음으로
슬픔의 원인을 제공한 것은 그대의 손자 가운데 한 명인 악타이온과
그의 이마에 난 이상한 뿔과 주인의 피를 실컷 빤 너희 개 떼였다.　　　　140
하지만 그대가 잘 살펴보면, 그에게서 운명의 잘못이라면 몰라도 죄는
발견하지 못할 것이오. 그도 그럴 것이 길을 잃은 것이 무슨 죄란 말인가?
　그곳은 여러 짐승의 살육으로 물든 산이었다.
어느새 한낮이 만물의 그림자를 줄였고,
해는 동쪽 끝과 서쪽 끝에서 똑같이 떨어져 있었다.　　　　145
그때 휘안테스족[16]의 젊은이[17]가 길 없는 숲속을 헤매던
사냥 친구들을 상냥한 말로 불러모았다.
"친구들이여, 사냥 그물도 창도 짐승의 피에 젖고,
오늘은 아주 운이 좋았소. 내일 아우로라가 사프란색
마차를 타고 햇빛을 다시 가져다주면, 우리는 계획한 일을　　　　150
다시 시작할 것이오. 지금은 포이부스가 양쪽 끝에서
똑같이 떨어져 열기로 들판을 찢고 있소. 그러니 그대들은
하던 일을 중단하고 매듭지은 그물을 집으로 가져가시오."
그러자 친구들은 명령을 이행했고 하던 일을 중단했다.
　그곳에는 소나무와 잎이 뾰족한 삼나무가 우거진 골짜기가 있었다.　　　　155
가르가피에라고 불리는 이 골짜기는 허리띠를 맨 디아나에게
바쳐진 곳으로, 그 맨 안쪽 구석에는 숲으로 둘러싸인 동굴이

16　보이오티아인들의 옛 이름으로, 여기서 '휘안테스족의'는 '보이오티아'라는 뜻이다.
17　악타이온.

하나 있었다. 그것은 예술가의 손으로 만들어진 것은 아니었으나,

자연이 독창적인 재능을 발휘하여 예술품을 모방한 것이었다.

살아 있는 석회석과 가벼운 응회석(凝灰石)으로

자연스러운 아치가 만들어졌기 때문이다.   160

오른쪽에는 물살은 약하지만 더없이 맑은 샘물이 졸졸거리며

풀이 무성한 둑으로 둘러싸인 넓은 연못으로 흘러들었다.

숲의 여신은 사냥하다 지치면 이곳에서

자신의 처녀 사지에다 맑은 물을 끼얹곤 했다.

이날 여신은 동굴에 도착하여 요정 중에 무구를 들고 다니는   165

한 명에게 자신의 투창과 화살통과 시위를 푼 활을 맡겼다.

다른 한 명은 여신이 벗는 겉옷을 받아들었고,

또 다른 두 명은 여신의 샌들을 벗겼다. 한편 다른 요정들보다

더 손재간이 있는, 이스메노스의[18] 요정 크로칼레[19]는

제 머리털은 흘러내리게 내버려두고는 목덜미 위로 흘러내리는

여신의 머리털을 함께 땋아 댕기를 매주었다.   170

네펠레와 휘알레와 라니스와 프세카스와 피알레[20]는

큼직한 항아리에 물을 길어 와서 그 물을 부어주었다.

---

18   이스메노스에 관해서는 2권 244행 참조. 여기서 '이스메노스의'는 '보이오티아의' 또는 '테
바이의'라는 뜻이다.

19   Crocale(그 / Krokale). 그리스어로 '바닷가 조약돌'이라는 뜻으로 그녀가 보이오티아 지방
의 강이자 하신인 이스메노스의 딸이라는 말은 다른 문헌에는 나오지 않는다.

20   네펠레(Nephele '구름'), 휘알레(Hyale '투명한 여자'), 라니스(Ranis 그 / Rhanis '빗방울'
또는 '이슬방울'), 프세카스(Psecas '작은 물방울'), 피알레(Phiale '잔'(盞))는 오비디우스 당
시 하녀들의 이름으로 쓰였다. 이들 요정이 디아나의 시녀라는 말은 다른 문헌에는 나오지 않
는다.

그곳에서 티탄의 외손녀[21]가 친숙한 물에서 멱 감는 동안,

보라, 카드무스의 외손자가 이날의 사냥을 뒤로 미루고

알지 못하는 숲속을 자신 없는 걸음걸이로 헤매다가   175

그 원림으로 들어섰다. 운명이 그를 인도했던 것이다.

그가 샘물에 젖은 동굴에 들어서자마자 남자의 출현에 깜짝 놀란

요정들은 발가벗은 그대로 가슴을 쳤고, 갑작스러운 비명으로

온 숲을 메우며 디아나 주위로 몰려가 자신들의 몸으로   180

여신의 몸을 가리려 했다. 하지만 여신은 요정들보다 키가 더 컸고,

요정들의 위로 머리 하나만큼 우뚝 솟아 있었다.

디아나는 옷을 벗은 자신의 모습이 드러나자

마치 기울어지는 석양에 물든 구름 또는

자줏빛 새벽의 여신처럼 얼굴이 빨개졌다.   185

여신은 시녀 무리가 빈틈없이 둘러섰는데도

약간 옆으로 돌아서서 얼굴을 뒤로 돌렸다.

여신은 화살을 준비해두지 않은 것을 후회하면서

가진 것은 물밖에 없어 물을 떠서 남자의 얼굴에 끼얹었다.

그러고는 그의 머리털에 복수의 물을 뿌리며   190

그의 불행한 미래를 예고하듯 이렇게 덧붙였다. "자, 이제는

옷 벗은 날 보았다고 말해도 좋다. 말을 할 수 있다면 말이다."

여신은 더이상 위협의 말은 하지 않은 채 물이 뿌려진

악타이온의 머리에 오래 사는 수사슴의 뿔이 돋아나게 했고,

목은 길게 늘였으며 귀의 위쪽 끝은 뾰족하게 만들었다.   195

---

21 디아나. 라틴어 Titania는 '티탄의 딸'이라는 뜻으로도 쓰이는데, 이 경우에는 디아나의 어
머니 라토나를 가리킨다. 6권 185 및 346행 참조.

손은 발굽으로, 팔은 긴 다리로 바꾸었으며 그의 몸에 얼룩덜룩한
털가죽을 입혔다. 이에 덧붙여 여신은 그의 마음에
공포를 불어넣었다. 아우토노에의 영웅 아들은 황급히 달아나며
그토록 빨리 달릴 수 있다는 데 스스로 놀랐다.

그는 물에 비친 제 얼굴과 뿔을 보고는 "아아, 맙소사!" 하고   200
탄식하려 했으나 말이 따라주지 않았다. 그는 한숨을 쉬었다.
그것이 이제 그의 목소리였다. 그리고 이미 그의 것이 아닌
얼굴 위로 눈물이 흘러내렸다. 여전한 것은 마음뿐이었다.
어떡하지? 궁전으로 돌아가야 하나, 숲속에 숨어서 지내야 하나?
그는 돌아가자니 부끄러웠고, 숲속에 숨어 지내자니 무서웠다.   205
그는 망설이다가 개 떼의 눈에 띄었다. 먼저 멜람푸스와
영리한 이크노바테스가 짖어대며 신호를 보냈는데,
이크노바테스는 그노소스²²산(產)이고, 멜람푸스는
스파르테²³ 품종이었다. 이어서 다른 개들이 바람보다 더 빨리
돌진해왔으니, 팜파고스, 도르케우스, 오리바소스,
이들은 모두 아르카디아산이었다.   210
탄탄한 네브로포노스, 사나운 테론, 라일랍스,
발 빠른 프테렐라스, 냄새 잘 맡는 아그레,
얼마 전에 멧돼지에게 찢긴 적이 있는 거친 횔라이우스,
아비가 늑대인 나페, 양떼를 지키던 포이메니스,
새끼 두 마리를 데리고 다니는 하르퓌이아,   215

---

22 Gnosos, Gnossos 또는 Cnosos. 크레테의 도시로 미노스의 궁전이 있던 곳. 여기서 '그노소스의'는 '크레테의'라는 뜻이다.
23 라코니케 지방의 수도로 라틴어로는 대개 스파르타(Sparta)라고 한다.

옆구리가 날씬한 시퀴온[24]산 라돈,

드로마스, 카나케, 스틱테, 티그리스, 알케,

털이 눈처럼 흰 레우콘, 검은 털의 아스볼로스,

힘이 좋은 라콘, 달리기에 능한 아엘로, 토오스,

날랜 뤼키스케와 그 오라비인 퀴프리우스, 흰 반점이 있는   220

하르팔로스, 멜라네우스, 털이 거친 라크네, 딕테[25]산

아비와 라코니케[26]산 어미에게서 태어난 라브로스와 아르기오두스,

날카롭게 짖어대는 휠락토르가 곧 그들이다.[27]

그 밖의 다른 개들의 이름을 다 말하자면 시간이 한참 걸릴 것이다.

개 떼는 먹이를 잡겠다고 벼랑과 낭떠러지와   225

---

24 Sicyon(그/ Sikyon). 펠로폰네수스 반도 북부에 있는 도시.

25 3권 2행 참조.

26 펠로폰네수스 반도의 남동 지방으로 그 수도가 스파르테이다. 라케다이몬은 경우에 따라
라코니케 또는 스파르테를 가리킨다.

27 개들의 이름에는 저마다의 뜻이 있는데 멜람푸스(Melampus 그/ Melampous)는 검은 발,
이크노바테스(Ichnobates)는 발자국을 좇는 녀석, 팜파고스(Pamphagos)는 무엇이든 먹어치우
는 녀석, 도르케우스(Dorceus)는 눈 밝은 녀석, 오리바소스(Oribasos)는 산속을 싸다니는 녀
석, 네브로포노스(Nebrophonos)는 새끼 사슴을 죽이는 녀석, 테론(Theron)은 사냥꾼, 라일랍
스(Laelaps 그/ Lailaps)는 돌풍, 프테렐라스(Pterelas)는 날개 달린 녀석, 아그레(Agre)는 사냥
감을 무는 녀석, 휠라이우스(Hylaeus)는 숲속에 사는 녀석, 나페(Nape)는 골짜기에 사는 녀석,
포이메니스(Poemenis)는 양치기, 하르퓌이아(Harpyia)는 낚아채는 녀석, 라돈(Ladon)은 붙잡
는 녀석, 드로마스(Dromas)는 달리는 녀석, 카나케(Canache)는 덥석 무는 녀석, 스틱테(Sticte)
는 얼룩빼기, 티그리스(Tigris)는 암호랑이, 알케(Alce)는 힘센 녀석, 레우콘(Leucon)은 흰둥
이, 아스볼로스(Asbolos)는 검댕이, 라콘(Lacon)은 라코니케에서 온 녀석, 아엘로(Aello)는 회
오리바람, 토오스(Thoos)는 날랜 녀석, 뤼키스케(Lycisce)는 늑대, 퀴프리우스(Cyprius)는 퀴
프루스(Cyprus 그/ Kypros) 섬에서 온 녀석, 하르팔로스(Harpalos)는 붙드는 녀석, 멜라네우스
(Melaneus)는 검둥이, 라크네(Lachne)는 털북숭이, 라브로스(Labros)는 사납게 날뛰는 녀석, 아
르기오두스(Argiodus)는 이빨 흰 녀석, 휠락토르(Hylactor)는 짖어대는 녀석이라는 뜻이다.

지나가기가 어렵거나 길이 전혀 없어 다닐 수 없는

바위를 넘어 그를 뒤쫓아왔다. 자신이 종종 사냥감을 뒤쫓곤 하던

바로 그 장소에서 그는 쫓겨 달아나고 있었다. 아아, 그는 자신이

부리던 것들에게 쫓겨 달아나고 있었던 것이다. "나는 악타이온이다.

이놈들, 주인도 못 알아보느냐?" 하고 소리치고 싶었으나   230

생각일 뿐 말이 따라주지 않았다. 대기는 짖는 소리에 메아리쳤다.

맨 먼저 그의 등에 부상을 입힌 것은 멜랑카이테스였고, 그다음이

테리다마스였다. 오레시트로포스²⁸는 그의 어깨를 물고 늘어졌다.

이것들은 다른 개들보다 늦게 출발했으나 산속의 지름길로 해서

앞질렀던 것이다. 이것들이 주인을 붙들고 있는 사이에   235

다른 개 떼도 몰려와 그의 몸에다 이빨을 박았다. 그의 몸에는

이미 더 이상 상처 낼 곳도 없었다. 그는 신음하며 소리질렀는데,

그것은 사람의 소리는 아니었지만 사슴이 낼 수 있는 소리도 아니었다.

그에게 낯익은 산등성이에 애처로운 비명소리가 울려 퍼졌다.

그는 탄원자처럼 무릎을 꿇더니, 마치 팔을 들어   240

애원하듯 말없이 얼굴을 들어 주위를 둘러보았다.

그의 사냥 친구들은 영문도 모르고 늘 하던 대로 고함을 질러

사나운 개 떼를 부추기며 악타이온을 찾아 주위를 둘러보았고,

마치 그가 거기 없는 양, 다투어 악타이온을 불렀다.

(그는 자기 이름이 들리는 쪽으로 고개를 돌렸다.)

그들은 악타이온이 그 자리에 없어, 주어진 사냥감을   245

잡는 장면을 나태함으로 말미암아 놓치고 말았다고

---

28 멜랑카이테스(Melanchates)는 털이 검은 녀석, 테리다마스(Theridamas)는 짐승을 제압하는
녀석, 오레시트로포스(Oresitrophos)는 산에서 자란 녀석이라는 뜻이다.

투덜거렸다. 그는 거기에 없기를 진심으로 원했을 것이나
그 자리에 분명히 있었다. 그리고 그는 자기 개 떼의 사나운 행동을
느끼는 것이 아니라 구경이나 하기를 원했을 것이다.
개 떼는 사방에 둘러서서 그의 몸에 주둥이를 박고는
사실은 그들의 주인인 가짜 사슴의 살집을 갈기갈기 찢었다.   250
전해 오는 말로는, 그가 수많은 상처를 입고 숨이 끊어질 때까지
화살통을 들고 다니는 디아나는 노여움을 풀지 않았다고 한다.

불타는 세멜레의 사랑

　　이 소문이 퍼지자 의견이 나뉘었는데 더러는 여신이 과도하게
잔혹하다고, 더러는 여신의 행위는 그녀의 엄격한 처녀성에 비추어
합당하다고 주장했다. 모두 나름대로 그럴듯한 이유를 찾아냈다.   255
오직 윱피테르의 아내만이 비난하는 말도 찬동하는 말도 않고
아게노르의 집안에 닥친 재앙을 고소해했으니,
유노는 이제 자신의 증오심을 튀루스 출신의 시앗[29]에서
그녀의 친척에게 돌렸던 것이다. 보라, 묵은 이유에 새 이유가
보태졌으니 유노는 세멜레가 위대한 윱피테르의 씨를 밴 것을   260
알고는 마음이 괴로웠던 것이다. 그래서 유노는 종종 험담을 하곤 했다.
하지만 유노는 말했다. "내가 그토록 자주 험담을 해서 얻은 게 뭐지?
이번에는 아예 시앗을 혼내줘야겠어. 암, 시앗을 말이야.
내가 위대한 유노라고 불리는 것이 정당하다면,

29　에우로파. 카드무스는 그녀와 남매간이다.

내 오른손으로 보석이 박힌 홀을 휘두르는 것이 합당하다면,

내가 하늘의 여왕이자 윱피테르의 누이이자   265

아내라면 말이다. 누이라는 것은 확실치 않은가! 그녀가 은밀한

사랑으로 만족하고, 내 침상을 모욕하는 것은 잠깐 동안일지도 모르지.

하지만 그녀는 설상가상으로 임신을 하여 남산만 한 배로 명백한

유죄의 증거를 드러내며 같은 윱피테르에 의해 어머니가 되려고

하는데 그런 행운은 내게도 가까스로 주어지지 않았던가!   270

제 미모에 어찌 그리 자신만만할 수 있는지. 그 자신감에

배반당하도록 해주겠어. 윱피테르에 의해 그녀가 스틱스의 물속에

잠기지 않는다면 나는 사투르누스의 딸이 아니지."

　　이렇게 말한 유노는 옥좌에서 일어나 황금빛 구름으로 몸을 가리고

세멜레의 집 문턱을 찾았다. 그러고는 구름을 걷기 전에

먼저 자신을 노파와 비슷하게 만들었으니, 관자놀이의 머리털은   275

희게 만들고 살갗에는 주름을 파놓았으며 등을 구부린 채 떨리는

걸음걸이로 걸어갔다. 목소리도 노인의 것으로 만들었다.

그 모습을 보면 영락없이 세멜레의 에피다우루스[30] 출신 유모

베로에였다. 그 노파는 세멜레와 한동안 이야기를 주고받다가

윱피테르의 이름이 나오자 한숨을 쉬며 말했다.   280

"정말로 그분이 윱피테르이시라면 얼마나 좋겠어요. 하지만 나는

이번 일이 두렵기만 해요. 많은 남자가 신의 이름을 들먹이며

정숙한 규방으로 들어갔지요. 윱피테르이신 것으로는 충분하지 않아요.

진실로 윱피테르시라면 사랑의 증거를 보여달라고 하세요.

---

[30]　Epidaurus(그 / Epidauros). 펠로폰네수스 반도의 아르골리스 지방에 있는, 의술의 신 아이
스쿨라피우스에게 바쳐진 도시.

그분이 하늘나라에서 유노에게 환영받으실 때와 같이
위대하고 영광스러운 모습으로 그대를 포옹하시되   285
먼저 그분의 휘장(徽章)을 걸고 오시라고 간청하세요!"
유노는 영문도 모르는 카드무스의 딸을 주물러놓았다. 세멜레는
읍피테르에게 선물을 요구하며 그것이 무엇인지는 말하지 않았다.
세멜레에게 신이 대답했다. "골라보아라! 네가 거절당하는 일은 결코
없을 것이다. 네가 더 안심할 수 있도록 나는 세차게 흐르는 스튁스의   290
신성을 맹세의 증인으로 삼겠다. 그는 신들도 두려워하는 신이다."
너무나 큰 힘을 갖게 된, 그리고 애인의 관대함으로 인해
죽게 된 세멜레는 자신의 재앙을 기뻐하며 말했다.
"그대들이 서로 사랑의 포옹을 할 때 그대가 사투르누스의 따님에게
보이시는 그 모습으로 그대를 제게 주세요!"
신은 이렇게 말하는 그녀의 입을 막으려 했다.   295
하지만 그녀의 성급한 말이 어느새 대기 속으로 나온 뒤였다.
그는 신음했으니, 그녀는 소원을, 자신의 맹세를 없었던 일로
되돌릴 수 없기 때문이다. 그리하여 그는 더없이 괴로운 마음으로
하늘로 올라가 고분고분 뒤따르는 안개를
고갯짓으로 끌어모은 다음 이것을 먹구름과 번개와 바람과   300
천둥과 아무도 피할 수 없는 벼락과 뒤섞었다.
그는 되도록이면 자신의 힘을 줄이려 했고,
이번에는 백 개의 팔을 가진 튀포에우스[31]를 쓰러뜨렸던

---

31 Typhoeus(그/ Typhoeus, Typhos 또는 Typhon). 대지의 여신과 타르타루스 사이에서 태어난
거한으로 읍피테르를 권좌에서 축출하려다 그의 벼락에 맞아 시킬리아의 아이트나(Aetna) 산
아래 묻혔다고 한다.

불³²로 무장하지 않았다. 그것은 너무나 강력했기 때문이다.
그에게는 퀴클롭스의 손이 사나운 화염을 덜 덧붙이고   305
노여움도 덜 넣은 더 가벼운 또 다른 벼락이 있었다. 하늘의 신들은
그것을 '제2의 무기'라고 불렀다. 이것을 집어 들고 윱피테르는
아게노르의 아들의 집으로 들어갔다. 그리하여 죽음을 피할 수 없는
세멜레의 몸은 하늘의 소동을 견디지 못하고 결혼 선물에 타 죽었다.
아직도 완전한 모양을 갖추지 못한 아기³³는 어머니의 자궁에서   310
꺼내어져, 전해 오는 이야기를 믿어도 좋다면, 아버지의
넓적다리 안에 꿰매어진 다음 거기서 달이 차기를 기다렸다고 한다.
그 뒤 태어난 갓난아기를 이모인 이노가 맡아 몰래 기르다가
뉘사³⁴ 산의 요정들에게 맡기자, 이들이 아이를
동굴 안에 숨긴 채 자신들의 젖을 먹여 길렀다.   315

사랑의 쾌감을 이야기한 티레시아스

   운명의 섭리에 따라 지상에서 이런 일들이 일어나고
두 번 태어난 박쿠스의 요람이 안전한 가운데, 마침 윱피테르는,
전하는 이야기에 따르면, 넥타르에 거나하게 취해
무거운 근심 걱정을 내려놓고는 역시 짬이 난 유노와
부담감 없이 농담을 주고받았다. "물론 그대들 여인이 느끼는   320

32   벼락.
33   박쿠스.
34   인도 또는 트라키아 지방에 있는 산으로 어린 박쿠스는 이곳에서 자랐다고 한다.

사랑의 쾌감이 우리들 남편에게 주어지는 것보다 더 크겠지요."

유노는 그렇지 않다고 했다. 그들은 현명한 티레시아스의

의견을 물어보기로 했다. 그는 양쪽의 사랑을 다 알고 있었기 때문이다.

그러니까 그는 푸른 숲속에서 흘레하던 큰 뱀 두 마리를

지팡이로 친 적이 있었다. 놀랍게도 티레시아스는   325

남자에서 여자로 변했고 그런 모습으로

일곱 가을을 보냈다. 팔 년째 되는 해 그는 같은 뱀들을 다시

보고는 말했다. "너희를 치는 행위에 치는 이의 성(性)을

반대의 것으로 바꾸는 그토록 큰 능력이 있다면,

이번에도 나는 너희를 치련다." 그리고 그가 뱀들을 치자   330

그가 타고났던 이전의 형태와 모습이 되돌아왔다.

그는 우스꽝스러운 논쟁의 중재 판관으로 임명되자

윱피테르의 말이 옳음을 확인해주었다. 전하는 이야기에 따르면,

사투르누스의 딸은 티레시아스의 판결에 과도하게 속상해하며

그의 눈이 영원한 어둠 속에 머물도록 저주했다고 한다.   335

하지만 전능한 아버지는 (어떤 신도 다른 신이 행한 일을

취소할 수는 없기 때문에) 티레시아스에게 빼앗긴 눈 대신 미래사를

알 수 있는 힘을 주어 명예로써 그의 벌을 가볍게 해주었다.

나르킷수스와 에코

　아오니아[35]의 도시들에 널리 소문이 퍼진 티레시아스는
물으러 오는 사람들에게 아무도 흠잡을 수 없는 대답을 했다.　　　　340
맨 먼저 그의 예언의 진실성과 신뢰성을 시험해본 것은
검푸른 물의 요정 리리오페였다. 전에 강의 신 케피소스가 그녀를
굽이치는 흐름으로 껴안아 자신의 물속에서 겁탈한 적이 있었다.
달이 차자 더없이 아름다운 요정은 태어날 때부터 벌써
사랑받을 수 있는 아이를 낳아 나르킷수스[36]라고 이름 지었다.　　　345
그녀가 티레시아스에게 이 아이가 원숙한 노령이 될 때까지 살겠느냐고
묻자 운명을 알려주는 예언자는 말했다. "그럴 것이오. 그가 자신을
알지 못한다면 말이오." 오랫동안 점쟁이의 말은 헛소리처럼 보였다.
그러나 그것은 결과적으로, 즉 실제로 일어난 일과,
그가 죽은 방법과, 그의 이상한 광기에 의해 진실임이 입증되었다.　　350
케피소스의 아들은 열하고도 여섯 살이 되자
소년 같기도 하고 성인 남자 같기도 했다.
많은 젊은이와 많은 소녀가 그를 열망했으나,
그의 부드러운 외모 속에는 강한 자존심이 들어 있어
어떤 젊은이도, 어떤 소녀도 그를 감동시키지 못했다.　　　　　355
한번은 그가 겁먹은 사슴을 그물 속으로 몰아넣고 있는데
이상한 목소리를 가진 요정이 그를 보았다. 이 요정은 남이 말하면
말해야 하고 남이 말하지 않으면 말할 수 없는, 되울리는 에코였다.

35　1권 313행 참조.
36　Narcissus(그 / Narkissos). '(냄새로) 마취시키는 자'라는 뜻.

그때까지 에코는 목소리만이 아니라 육신이 있었다.

하지만 그녀는 비록 수다스럽기는 해도 그때도 목소리를

지금과 다르게 사용할 수는 없었으니,   360

그녀는 많은 말 중 마지막 말만 되풀이할 수 있었다.

유노가 그녀를 그렇게 만들었다. 유노는 요정들이 산기슭에서

자기 남편 윱피테르와 누워 있는 것을 가끔 덮칠 기회가 있었는데,

그럴 때면 그사이 요정들이 도망칠 수 있도록 에코가 일부러

장광설을 늘어놓으며 여신을 붙들었기 때문이다. 사투르누스의 딸이   365

이를 알아차리고 말했다. "나를 속인 너의 혀는 능력이

줄어들어 네 목소리는 가장 짧은 말밖에 할 수 없으리라!"

여신은 실제로 자신의 위협을 행동으로 옮겼다. 에코는 말의

끝부분만 되풀이하며 자기가 들은 말에 대꾸했던 것이다.

에코는 나르킷수스가 외딴 들판을 헤매는 것을 보고는   370

사랑에 달아올라 몰래 그의 발자국을 따라다녔다. 그녀는

그를 따라다닐수록 더 가까워진 불에 더욱더 달아올랐으니,

그 모습은 횃불의 끝에 칠해놓은, 불이 잘 붙는 유황에

다른 불을 갖다 대면 금세 불이 옮겨붙을 때와 다르지 않았다.

오오, 얼마나 자주 그녀는 달콤한 말을 하며 그에게 다가가 부드럽게   375

간청하고 싶었던가! 하지만 본성이 그러지 못하게 막았으니,

그 본성은 그녀가 먼저 말하는 것을 허용치 않았던 것이다.

그래서 자기에게 허용된 대로, 그녀는 자신의 말로

대꾸할 수 있는 소리를 기다리기로 작정했다. 마침 소년은

성실한 친구들 무리와 헤어지며 "여기 누구 있니?"라고 소리쳤다.

그러자 에코가 "있니?" 하고 대꾸했다. 그가 어리둥절해져   380

사방을 둘러보며 "이리 와!" 하고 큰 소리로 외쳤다.

그러자 그녀는 그가 자기를 부르는 대로 그를 불렀다.

그는 뒤돌아보다가 아무도 오지 않자 "왜 너는 나를 피하지?" 하고

다시 외쳤다. 그리고 자기가 한 말을 대답으로 돌려받았다.

그는 대꾸하는 목소리에 속아 멈춰 서서는 "여기서 우리 만나자."   385

하고 소리쳤다. 에코는 이보다 더 기꺼이 대꾸하고 싶은 소리는

없었던지라 "우리 만나자"라고 대꾸하고는

제 말을 좇아 몸소 숲에서 나오더니 달려가

고대하던 그의 목을 두 팔로 껴안았다.

하지만 나르킷수스는 도망치며 말했다. "손 치워, 껴안지 말고!   390

그전에 내가 죽는 게 낫지, 나에 대한 권리를 너에게 넘기느니!"

에코는 "나에 대한 권리를 너에게 넘기느니!"라고만 대꾸했다.

퇴짜를 맞은 뒤 그녀는 숲속에 숨어 부끄러운 얼굴을

나뭇잎으로 가렸고, 그 뒤로는 동굴에서 살았다. 사랑은 그녀의 가슴에

단단히 박혀 실연의 고통과 더불어 자라났다. 잠들지 않고   395

깨어 있는 근심으로 그녀의 몸은 비참하게 말라갔다. 여위어가며

살갗이 오그라들었고, 몸속 진액이 모두 대기 속으로 사라졌다.

그녀는 목소리와 뼈만 남았다. 그러다가 마침내 목소리만 남았다.

전하는 이야기에 따르면, 그녀의 뼈는 돌로 변했다고 한다. 그 뒤로 숲속에

숨어 어떤 산에서도 보이지 않지만 모두가 에코의 소리를   400

들을 수 있으니, 그녀 속에 살아 있는 것은 오직 목소리뿐이기 때문이다.

　이렇게 나르킷수스는 에코를, 다른 물의 요정들과

산의 요정들을, 그리고 그전에 남자 친구들을 농락했다.

그에게 멸시당한 무리 가운데 한 명이 하늘을 향하여 두 손을 들고

기도했다. "그도 이렇게 사랑하다가 사랑하는 것을 얻지 못하게   405

하소서!" 그러자 람누시아[37]가 그 정당한 기도를 들어주었다.

숲속에 은빛 물이 반짝이는 맑은 샘이 하나 있었는데, 그 샘은

목자도, 산에서 풀을 뜯는 염소 떼도, 그 밖의 다른 가축 떼도

건드린 적이 없었다. 또한 어떤 새도, 어떤 짐승도,

나무에서 떨어진 어떤 가지도 이 샘의 평온을 깨뜨린 적이 없었다.   410

그 주위에는 가까이 있는 샘물을 먹고 자란 풀이 빙 돌아가며

나 있고, 또 나무가 나 있어 태양이 그곳을 데우는 것을

허용하지 않았다. 소년은 사냥에 대한 열성과 더위에 지쳐

이곳에 누웠으니, 그곳의 생김새와 샘에 끌렸던 것이다.

그는 갈증을 식히려다가 그사이에 또 다른 갈증을 느꼈다.   415

물을 마시다 물에 비친 아름다운 모습을 보고 그것에 끌려 실체 없는

희망을 사랑하게 되었고, 그림자에 불과한 것을 실체로 여겼던 것이다.

나르킷수스는 자기 자신을 보며 찬탄했고, 파로스[38]산 대리석으로

만든 조각상처럼 꼼짝 않고 같은 표정을 지었다.

그는 땅바닥에 엎드려 쌍둥이별과도 같은 제 눈과,   420

박쿠스나 아폴로에게나 어울릴 제 머리털과,

아직 수염이 나지 않은 턱과, 상아 같은 목과, 우아한 얼굴과,

눈처럼 흰 색조와 어울린 홍조를 바라보고 있었다.

그는 자신을 찬탄의 대상으로 만드는 그 모든 것을 찬탄했다.

그는 저도 모르게 자신을 열망했으니, 칭찬하면서 스스로 칭찬받고,   425

바라면서 바람의 대상이고, 태우면서 동시에 타고 있었던 것이다.

그의 눈을 속이는 샘물에다 입맞춘 것이 몇 번이었으며,

---

37 Rhamnusia. 응보(應報)의 여신 네메시스(Nemesis)의 별칭으로, 앗티카(Attica 그 / Attike) 지
방의 동북부에 있는 람누스(Rhamnus 그 / Rhamnous) 구역에 그녀의 신전이 있었던 데서 유래
한 이름이다.

38 에게 해의 퀴클라데스 군도 가운데 하나로 대리석 산지로 유명하다.

눈에 보이는 목을 끌어안으려고 물속에 두 팔을 담갔다가

거기서 자기 자신을 껴안지 못한 것이 몇 번이었던가!

그는 자신이 보고 있는 것을 알지 못했으나, 그가 보고 있는 것이   430

그를 불태웠다. 그리고 그의 눈을 속인 바로 그 착각이

눈을 흥분시켰다. 쉬 믿는 자여, 왜 그대는 달아나는 허상을 헛되이

붙잡으려 하시오? 그대가 좇는 것은 어디에도 없소.

돌아서 보시라. 그러면 그대가 사랑하는 것도 없어질 것이오.

그대가 보고 있는 그것은 반사된 모습의 그림자에 불과하며

그 자체로는 실체가 없소. 그것은 그대와 함께 오고 그대와 함께   435

머무르니, 그대와 함께 떠날 것이오, 그대가 떠날 수 있다면.

음식 생각도, 잠 생각도 그를 그곳에서 떼어놓을 수 없었다.

그는 그늘진 풀 속에 길게 엎드려 거짓 형상을

물릴 줄 모르는 눈으로 바라보았고,

제 눈으로 인하여 죽어갔다. 나르킷수스는 몸을 조금 일으켜   440

주위에 선 숲들을 향하여 팔을 뻗으며 말했다.

"오오! 숲들이여, 사랑의 고통을 일찍이 나보다 더 잔인하게

느껴본 자가 있는가? 너희는 많은 애인에게 편리한 은신처였으니

잘 알리라. 너희는 그토록 여러 세기를 살았거늘,

기나긴 세월 동안 이처럼 초췌해진 자를 본 기억이 있는가?   445

나는 사랑하여 바라보지만, 내가 바라보고 사랑하는 것을 찾을 수가

없구나. 나는 사랑으로 인해 그만큼 큰 혼란에 빠졌구나.

그리고 나를 더욱더 슬프게 하는 것은, 우리를 갈라놓는 것이

넓디넓은 바다도, 길도, 산도, 성문 닫힌 성벽도 아니라는 것이다.

많지 않은 물이 우리를 떼어놓고 있구나. 그 자신도 안기기를   450

원한다. 내가 맑은 물을 향해 입술을 내밀 때마다

그도 얼굴을 위로 한 채 나를 향하여 입술을 내미니까 말이야.
그대는 내가 그에게 닿을 것이라고 말하겠지. 사랑하는 자들을
갈라놓는 것은 하찮은 것이니까. 그대가 뉘시든 이리 나오시오.
비길 데 없는 소년이여, 왜 나를 속이며, 좇는 나를 피해 어디로   455
가는 거요? 분명 내 외모나 나이 때문에 그대가 나를 피하는 것은
아닐 것이오. 요정들도 나를 사랑했으니까. 그대는 상냥한
얼굴 표정으로 내게 뭔가 희망 같은 것을 약속하고 있소.
내가 그대에게 팔을 내밀면 그대도 내밀고,
내가 웃으면 그대도 따라 웃고, 내가 울 때면 그대의 볼에서도
가끔 눈물이 비쳤소. 신호를 보내면 그대도 고개를   460
끄덕여 대답하오. 그리고 그대 아름다운 입 모양으로
미루어 보건대 그대는 내 말에 대답하는데도 그 대답은
내 귀에까지 닿지 못하는구려. 그는 바로 나야. 이제야 알겠어.
내 모습이 나를 속이지는 못하지. 나는 나 자신에 대한 사랑으로
불타고 있는 거야. 내가 불을 지르고는 괴로워하는 거야.
어떡하지? 구혼받아? 구혼해? 한데 구혼은 왜 해?   465
내가 바라는 것이 내게 있는데. 풍요가 나를 가난하게 만드는 거야.
아아, 내가 내 몸에서 떨어질 수 있다면 좋으련만! 사랑하는 자의
기도치고는 이상하게 들리겠지만, 내가 사랑하는 것이 내게 없었으면
좋겠어. 벌써 괴로움이 내게서 힘을 앗아가니, 내 인생은 시간이
얼마 남지 않았고 나는 꽃다운 나이에 요절하고 마는구나.   470
내게 죽음은 아무렇지도 않아. 죽으면 나는 괴로움에서
벗어날 테니. 나는 사랑받는 그가 더 오래 살기를 원하지만,
이 하나의 숨이 끊어지면 우리 둘 다 함께 죽겠지."
이렇게 말한 나르킷수스는 심란하게 다시 그 얼굴 쪽으로 돌아섰다.

그의 눈물로 수면에 잔물결이 일자 물의 움직임으로 인해 475
그 모습이 흐려졌다. 그 모습이 사라지는 것을 보자 그는 소리쳤다.
"어디로 도망치는 게요? 그대를 사랑하는 자를 버리지 말고
예서 머무르시오, 잔인한 자여! 만지는 것이 허용되지 않는다면
내게 그대를 바라볼 수 있게만이라도 해주고, 바라봄으로써
내 비참한 망상에 영양분을 대줄 수 있게 해주시오!"
이렇게 슬퍼하며 나르킷수스는 상의의 윗부분을 찢고는 480
대리석처럼 창백한 두 손으로 드러난 가슴을 쳤다.
그러자 얻어맞은 가슴이 장미처럼 붉은빛을 띠었으니,
그 모습은 사과가 한쪽은 희지만 다른 한쪽은 빨개지거나
아직 덜 익은 포도송이가 색깔이 바뀌며 점점
자줏빛을 띠기 시작하는 모습과 같았다. 485
다시 맑아진 물에서 이 모든 것을 보자
그는 더는 견딜 수 없었다. 마치 노란 밀랍이
약한 불에 녹아내리듯, 아침 서리가 따뜻한 햇볕에
녹아내리듯 그렇게 그는 사랑에 물러져 시들어갔고,
사랑의 숨겨진 불에 차츰차츰 타들어갔다. 490
어느새 그에게서는 붉은색과 어우러진 하얀 피부색이 사라졌고,
원기도, 힘도, 얼마 전까지만 해도 보는 눈을 즐겁게 해주던
모든 것이 사라졌다. 그의 육신에는 전에 에코가 사랑했던 모습은
아무것도 남지 않았다. 에코는 여전히 그때 일을 원망하며
잊지 않고 있었지만 그 광경을 보자 마음이 아팠다.
그래서 가련한 소년이 "아아, 슬프도다!"라고 말할 때마다 495
그녀도 되울리는 목소리로 "아아, 슬프도다!"라고 대꾸했다.
나르킷수스가 두 손으로 자신의 어깨를 칠 때에도

그녀는 그가 치는 소리를 똑같은 소리로 돌려보냈다.

그는 친숙한 물을 들여다보며 이렇게 마지막 말을 남겼다.

"아아, 헛되이 사랑받은 소년이여!" 그러자 그 장소가 그의 말을   500

돌려보냈다. 그가 "잘 있어!" 하고 말하자, 에코도 "잘 있어!"

하고 말했다. 그는 지친 머리를 푸른 풀 위로 숙였다. 그러자 죽음이

주인의 아름다움에 감탄하던 그의 두 눈을 감겨주었다.

나르킷수스는 저승의 거처에 받아들여진 뒤에도 스튁스의 물에 비친

자신의 모습을 보고 있었다. 그의 누이들인 물의 요정들은   505

애도의 표시로 머리털을 잘라 오라비에게 바쳤다. 나무의 요정들도

애도했고, 에코 역시 애도하는 그들에게 대꾸하며 함께 애도했다.

그들은 벌써 화장용 장작더미와 휘둘리는 횃불과 관대(棺臺)를

준비하고 있었다. 하지만 그의 시신은 어디에도 없었다.

그들은 시신 대신 노란 중심부가 하얀 꽃잎에

둘러싸인 꽃 한 송이를 발견했다.[39]   510

펜테우스

이 일이 알려지면서, 당연한 일이지만 아카이아[40]의 도시들에서

티레시아스의 명성이 자자해졌다. 그리하여 예언자는 크게 이름을 날렸다.

하지만 모든 사람 중에서 유독 에키온의 아들로 하늘의 신들을

---

39 나르킷수스는 보통명사로는 '수선화'라는 뜻이다.

40 펠로폰네수스 반도의 맨 북쪽 해안 지방. 그러나 경우에 따라서는 여기서처럼 그리스 전체
를 가리키기도 한다.

경멸하는 펜테우스만은 노인의 예언을 비웃으며

그가 장님이라고, 시력을 잃었다고 조롱했다.   515

그러자 예언자가 백발이 성성한 머리를 흔들며 말했다.

"그대 역시 시력을 잃어 박쿠스의 의식(儀式)을

보지 않아도 된다면 얼마나 다행일까!

세멜레의 아드님 리베르[41]께서 새로운 신으로 이곳에 오실 날이

다가올 테니까요. 그날이 멀지 않았음을 예언하오.   520

그분께 신전을 봉헌하여 경의를 표하지 않는다면 그대는 갈기갈기

찢겨 곳곳에 흩어질 것이며 그대의 피로 숲과 그대의 어머니와

이모들을 더럽힐 것이오. 그런 일이 일어날 것이오!

그대는 신에게 경의를 표하기를 거절할 테니까. 그리고 내가 이렇게

눈이 멀었는데도 너무나 잘 보았다고 불평할 것이오."   525

그가 이렇게 말하고 있는데 에키온의 아들이 그를 내쫓았다.

　 하지만 그의 말은 실현되었고, 그의 예언은 이루어졌다.

리베르는 왔고, 들판에는 축제의 환호성이 울려 퍼졌다.

시내에서는 군중이 남녀노소와 귀천을 불문하고 함께 섞여

몰려나오더니 새로운 의식을 구경하러 달려갔다.   530

"뱀의 자식들이여, 마보르스[42]의 자손들이여, 대체 어떤 광기가

그대들의 얼을 빼놓았단 말이오?" 하고 펜테우스가 외쳤다.

"청동끼리 부딪치는 바라와 구부정한 뿔로 만든 피리와

마술의 속임수가 그토록 큰 힘을 가졌단 말이오?

41　식물의 생육을 관장하는 이탈리아의 신이었으나 나중에는 여기서처럼 박쿠스와 동일시되
었다.

42　Mavors. 마르스의 옛 이름으로 '마르스'로 축약되기 이전의 형태이다.

전쟁터의 검도, 요란한 나팔 소리도,

창을 번쩍이는 대열도 두려워하지 않던 자들을   535

여인들의 목소리와 술기운에서 나오는 미친 짓과 상스러운 무리와

공허한 북소리가 눌러 이기니 말이오. 내가 찬탄해야 하는 것은,

노인들이여, 먼 바닷길을 항해해 와서 이곳에다

제2의 튀로스를 세우고는 방랑하던 페나테스 신들[43]을 모셔놓고도

지금 와서 싸워보지도 않고 그들을 넘겨주는 그대들이오?

아니면 젊은이들이여, 마땅히 튀르소스[44]가 아니라   540

무기를 들어야 하고 나뭇잎이 아니라 투구를 썼어야 할,

나와 나이가 비슷한 혈기 방장한 그대들이오?

제발 비나니, 그대들은 자신들이 어떤 줄기에서 태어났는지를

기억하여 혼자서 많은 적을 죽인 저 뱀의 기백을 보여주시오.

그 뱀은 제 샘과 못을 위해 죽었소. 하지만 그대들은   545

그대들의 명성을 위해 싸워 이겨야 하오. 그것은 용감한 자들을

죽음에 넘겨주었소. 그대들은 약골들을 물리치고

선조의 명예를 지키도록 하시오! 만약 운명이 테바이가

오래 서 있는 것을 거부한다면, 내가 바라는 것은

성을 공격하는 무기와 전사들이 우리 성벽을 허물고

무쇠와 불이 그 주위에서 소음을 일으키는 것이오. 그러면 우리는   550

비참할지언정 허물은 없을 것이고, 운명을 비탄할지언정

숨길 필요는 없을 것이며, 눈물은 흘려도 부끄럽지 않을 것이오.

---

43 1권 174행 참조.
44 머리에 솔방울을 달고 포도 덩굴 또는 담쟁이덩굴을 감은 지팡이로, 박쿠스 축제 때 박쿠
스와 그의 여신도들이 들고 다녔다.

한데 지금 무장도 하지 않은 소년이 테바이를 함락하려 하는데,

그자를 돕는 것은 전쟁도 창도 군마의 사용도 아니고,

몰약(沒藥)을 흠뻑 바른 고수머리와 부드러운 화관과,   555

수놓은 옷에 짜 넣은 자줏빛과 황금이란 말이오.

내가 지금 당장 (그대들은 물러서시오.) 그자의 아버지의 이름은

그자가 참칭한 것이고 그자의 의식은 지어낸 것임을 자백하도록

그자에게 강요하겠소. 아크리시우스[45]에게는

그자의 공허한 신성을 경멸하여 다가오는 그자의 면전에서

아르고스의 성문을 닫을 만큼 충분한 기백이 있었거늘,   560

펜테우스와 온 테바이가 그 이방인 앞에 떨겠는가?

너희는 어서 가거라." 이렇게 그는 하인들에게 명령했다.

"가서 두목을 사슬에 묶어 끌고 오너라. 꾸물대지 말고

지체 없이 내 명령을 시행하라!"

　　그를 외조부[46]와 아타마스[47]와 그의 신하들이 말로

나무랐으나, 그를 제지하려는 그들의 노력은 아무 소용이 없었다.   565

그들의 경고가 그를 더욱더 부추겼다. 그의 광란은 제지하려는

그들의 노력에 자극받아 더 거세졌으니, 말리려는 노력이

해가 된 것이다. 내가 알기에 산속의 급류는 가로막는 것이 없는

동안에는 그렇게 나직이 속삭이며 부드럽게 흘러간다.

하지만 목재나 앞을 막는 바위가 흐름을

---

45 Acrisius(그 / Akrisios). 아르고스의 왕으로 다나에(Danae)의 아버지이자 영웅 페르세우스 (Perseus)의 외조부. 4권 607행 이하 참조.

46 카드무스.

47 아이올루스의 아들로 보이오티아 지방의 오르코메누스(Orchomenus 그 / Orchomenos)의 왕. 그는 카드무스의 딸 이노(Ino)와 재혼했으니, 펜테우스와 박쿠스에게는 이모부이다.

방해하는 곳에서는 그것은 방해로 인해 더욱 거세져서   570

거품과 함께 끓어오르며 앞으로 내닫지 않는가! 보라,

그의 하인들이 피투성이가 되어 돌아왔다. 박쿠스가 어디 있느냐고

그들의 주인이 물었지만 그들은 박쿠스의 모습을 찾지 못했다고 말했다.

"대신 그의 추종자이자 의식의 집사인 이자를 잡아왔습니다."

이렇게 말한 그들은 그에게 튀르레니아⁴⁸ 출신으로 박쿠스의   575

추종자였던 자를 넘겨주었는데, 그자는 등뒤로 손이 묶여 있었다.

　펜테우스는 눈에 무시무시한 노기를 띠고 그자를 노려보았다.

그는 그자를 처벌하는 일을 늦추고 싶지 않았지만 이렇게 말했다.

"너는 죽을 목숨이고, 네 죽음은 다른 자들에게 경고가 될 것인즉,

네 이름과 네 부모의 이름과 네가 태어난 나라를 밝히고,   580

어째서 네가 그런 새로운 의식에 가담하게 되었는지 말하라!"

튀르레니아의 선원들

그자는 두려움 없이 말했다. "내 이름은 아코이테스이고, 내가 태어난

나라는 마이오니아⁴⁹이며, 내 부모님은 신분이 낮은 평민 출신입니다.

아버지는 내게 억센 황소로 갈 수 있는 경작지도 물려주시지 않았고,

털이 북슬북슬한 양떼도, 소떼도 물려주시지 않았습니다.   585

---

48 에트루리아(Etruria 지금의 토스카나 지방)의 그리스어 이름. 그러나 오비디우스는 여기서
튀르레니아를 소아시아의 마이오니아와 같은 곳으로 여기는 것 같다. 일설에 따르면 에트루리
아인들은 이탈리아 반도로 이주한 마이오니아인들이라고 한다.

49 Maeonia(그 / Maionia). 소아시아의 중서부 지방인 뤼디아(Lydia)의 옛 이름.

그분 자신은 가난하여 줄과 갈고리로 물고기를 속이며

펄떡펄떡 뛰는 물고기를 낚싯대로 끌어내곤 하셨습니다.

기술이 그분의 재산이었습니다. 그분은 그 기술을 내게 전수하시며

말씀하셨습니다. '내가 가진 재산을 받아라, 내 직업의 후계자이자

계승자여!' 그리고 그분은 세상을 떠나시며 내게 물 말고는 아무것도   590

물려주시지 않았습니다. 나는 이것만이 아버지의 유산이라고 말할 수

있습니다. 그 뒤 나는 곧 언제나 같은 바위들에 붙어 있지 않으려고

손으로 배의 키를 조종하는 법을 배웠고, 비를 가져다주는

올레누스의 카펠라[50]와 타위게테[51]와 휘아데스[52]와

곰자리들을 눈여겨보아두었으며, 바람들의 집이 어디며   595

배를 대기 좋은 항구가 어딘지도 알아두었습니다.

한번은 델로스 섬으로 가던 도중에 키오스[53] 섬의 해안으로

떠밀렸습니다. 노 젓는 자들이 힘들이지 않고 해안으로 노를 젓자,

나는 배에서 젖은 모래 위로 가볍게 뛰어내렸습니다.

우리는 그곳에서 밤을 보냈습니다. (아우로라가 붉어지기   600

---

50 카펠라(Capella '암염소')는 마차부자리(Auriga 그/ Heniochos)의 왼쪽 어깨에 있는 일등성
으로 아기 읍피테르에게 젖을 먹여준, 아말테아(Amalthea 그/ Amaltheia)의 염소가 그 공로로
하늘의 별이 된 것이라고 한다. 일설에는 올레누스(Olenus 그/ Olenos)의 딸 아이게(Aege 그/
Aige '암염소')가 아기 읍피테르를 길러준 공로로 별이 된 것이라고 한다. 그래서 카펠라는 '올
레누스의 카펠라'(Olenia capella)로 불린다는 것이다.

51 1권 670행 참조.

52 휘아데스들(Hyades '비를 내리게 하는 이들')은 아틀라스의 딸들로, 사냥하다 죽은 오라비
휘아스(Hyas)의 죽음을 슬퍼하다가 하늘의 성단(星團)이 되었다고 한다. 일설에 따르면 그들은
뉘사 산에서 아기 박쿠스를 보호해준 공로로 성단이 되었다고 한다. 황소자리의 머리에 있는
이 성단이 11월 초 일출 직전에 지면 그리스에서는 우기(雨期)가 시작된다.

53 소아시아 이오니아 지방의 섬.

시작하자) 나는 일어나 선원들에게 샘물로 가는 길을

가리키며 신선한 물을 길어 오라고 했습니다.

나 자신은 높은 둔덕에서 바람이 내게 무엇을 약속하는지

둘러보고 나서 선원들을 부르며 배로 돌아가기 시작했습니다.

오펠테스가 선원 가운데 맨 먼저 '자, 우리 여기 왔소이다.'라고   605

말하며 걸어왔습니다. 그는 소녀처럼 예쁘장하게 생긴 소년 한 명을

데려왔는데, 소년을 황량한 들판에서 우연히 주운 전리품으로

여겼습니다. 술과 잠에 무거워진 소년은 비틀거리며 간신히

뒤따라오는 것처럼 보였습니다. 옷차림과 얼굴, 걸음걸이

어느 것 하나 인간의 것으로 여길 만한 것은 발견하지 못했습니다.   610

나는 그 점을 알아채고는 선원들에게 말했습니다. '저 몸 안에 어떤

신성이 들어 있는지는 모르겠소. 하지만 저 몸에는 확실히 신성이 들어 있소.

그대가 뉘시든 우리에게 호의를 베푸시고 우리의 사업을 도와주소서.

그리고 이들을 용서해주소서.' '우리를 위해 기도할 필요는 없소.'라고

딕튀스가 말했는데, 돛대의 꼭대기로 기어 올라갔다가 밧줄을 잡고   615

미끄러져 내려오는 데에는 그보다 더 빠른 사람은 아무도

없었습니다. 이 말에 리뷔스도, 배의 이물을 맡은 금발의

멜란투스도 찬동했고, 알키메돈과, 노를 저을 때와

노를 쉴 때를 목소리로 알려주며 기를 돋우는 에포페우스도

찬동했으며, 그 밖의 다른 사람도 모두 찬동했습니다.

전리품에 대한 그들의 욕망은 그만큼 맹목적이었습니다.   620

'하지만 저런 신성한 분을 싣고 항해함으로써 이 배가

신성모독을 범하도록 내버려두지 않을 것이오.'라고 나는 말했습니다.

'여기서는 내게 가장 큰 발언권이 있소.' 나는 그들이

접근하지 못하게 막아섰습니다. 그러자 선원 중 가장 대담한

뤼카바스가 미쳐 날뛰었는데, 그자는 끔찍한 살인에 대한 벌로
에트루리아의 도시에서 쫓겨나 추방 생활을 하던 중이었습니다.   625
내가 저항하자 그자는 젊은 주먹으로 내 멱살을 잡았고, 얼떨결에
밧줄을 잡고 매달리지 않았더라면 그자는 나를 쳐서 바닷물로
내던져버렸을 것입니다. 불경한 무리가 그의 행동을 응원했습니다.
마침내 박쿠스께서(그 소년은 박쿠스였습니다.)
고함소리에 잠을 깬 듯, 취기가 가시고 가슴에 다시   630
정신이 돌아온 듯, '뭣들 하시오? 웬 고함소리요? 선원들이여,
어떻게 내가 이곳에 오게 되었으며, 그대들은 나를 어디로
데려갈 참인지 말해주시오.'라고 말씀하셨습니다.
'겁내지 마라.' 하고 프로레우스가 말했습니다. '네가 어느 항구에
닿고 싶은지 말해보아라. 너는 원하는 땅에 내리게 될 것이다.'   635
'낙소스를 향하여 진로를 잡으시오!' 리베르께서 말씀하셨습니다.
'그곳은 내 고향이니,[54] 그곳에서 그대들은 환대받을 것이오.'
그들은 음흉하게도 바다와 바다의 모든 신의 이름으로 그러겠다고
맹세하더니 나더러 색칠한 배의 돛을 올리라고 했습니다.
낙소스는 오른쪽에 있었습니다. 그래서 돛을 올리고 오른쪽으로   640
항해했더니 오펠테스가 말했습니다. '이 얼빠진 것이 뭘 하는 거야?
아코이테스, 이게 무슨 미친 짓이야? 왼쪽으로 향하란 말이야!'
그들은 대부분 머리를 끄덕이면서 자신들의 의중을 드러냈고,
일부는 입으로 속삭였습니다. 나는 어안이 벙벙해서 말했습니다.
'그러면 다른 사람이 키를 잡으시오!'

---

54 낙소스 섬은 박쿠스가 태어난 곳이라는 설이 없는 것은 아니지만, 그가 테세우스에게 버림
받은 아리아드네를 구해준 곳으로 더 유명하다.

나는 내 항해 기술이 범죄에 쓰이지 못하게 뒤로 물러났습니다.   645

그들은 모두 나를 비난했고, 선원 모두가 투덜거렸습니다.

그중 한 명인 아이탈리온이 '우리 모두의 안전이 너 한 명에게

달린 줄 아나 보구나!'라고 말하며 다가와서 내 임무를 대신

수행했습니다. 그는 낙소스 항로를 버리고 반대 방향으로 향했습니다.

그러자 신께서 그들을 놀리셨으니, 그분께서는 그제야 비로소   650

그들의 음모를 알아채신 듯 구부정한 고물에서 바다를 내다보시고

눈물을 흘리는 체하며 말씀하셨습니다. '선원들이여, 이곳은 그대들이

약속한 해안이 아니오. 이곳은 내가 바라던 나라가 아니오.

무슨 짓을 했기에 내가 이런 벌을 받아야 하오? 어른 여럿이

소년 한 명을 속인다 하여 그것이 그대들에게 무슨 영광이 되겠소?'   655

나는 아까부터 울고 있었습니다. 하지만 불경한 선원들은 내 눈물을

비웃었고, 노로 바닷물을 치며 서둘러 앞으로 나아갔습니다.

내가 이제 그분의 이름으로 맹세합니다만(그분보다 더 가까이

있는 신은 없기 때문입니다), 내가 그대에게 이야기하는 것은

믿어지지 않는 그만큼 사실입니다. 마른 선거(船渠) 위에   660

올려놓은 것처럼 배가 갑자기 바닷물 위에 멈춰 서버렸습니다.

그러자 선원들은 당황하여 쉴 새 없이 노를 젓고 돛을 펼치며

이 두 가지 수단으로 앞으로 나아가려 했습니다.

하지만 담쟁이덩굴이 노를 감고는 구불구불 기어 올라와

훼방을 놓았고, 묵직한 열매 송이로 돛을 덮었습니다.   665

그분께서는 이마에 포도송이를 두르시고는

포도 덩굴이 감긴 창을 휘두르셨습니다.

그분 주위에는 호랑이와 살쾡이와 사나운 얼룩무늬

표범의 환영(幻影)이 자리잡고 있었습니다.

선원들은 미쳐서 그랬는지, 아니면 두려워서 그랬는지 밖으로   670
뛰어내렸습니다. 맨 먼저 메돈의 온몸이 검어지며 척추가
눈에 띄게 활처럼 굽기 시작했습니다. 그에게 뤼카바스가 말했습니다.
'자네는 어떤 기이한 동물로 바뀌는 것인가?'
하지만 그도 말하면서 입이 쭉 째지고, 코가 구부러들고,
살갖은 딱딱해지며 비늘로 덮였습니다.[55] 리뷔스는   675
움직이지 않는 노를 저으려다가 제 손이 이제 손이 아니라
이미 지느러미라 할 만큼 크기가 줄어드는 것을 보았습니다.
다른 선원은 팔을 내밀어, 꼰 밧줄을 잡으려다가
팔이 없자 사지 없는 몸통을 뒤로 젖히며 바닷물 속으로   680
뛰어들었습니다. 꼬리의 끝부분은 낫처럼 생겼고,
초승달의 뿔 모양으로 굽어 있었습니다. 그들은 배 주위로
뛰어오르며 세차게 물보라를 일으켰고, 물위로 떠올랐다가
도로 물밑으로 들어갔습니다. 그들은 또 합창가무단처럼
유희하고 장난치듯 몸을 솟구치며 널찍한 콧구멍으로   685
들이마신 바닷물을 도로 내뿜었습니다. 스무 명 가운데
(그 배에는 그만큼 많은 사람이 타고 있었습니다.) 나 혼자
남았습니다. 내가 정신을 잃다시피 하고 겁에 질려 부들부들 떨자,
신께서 격려의 말씀을 하셨습니다. '너는 마음속의 두려움을
버리고 디아[56]로 향하도록 하라!' 그곳에 도착하여   690
나는 비의(秘儀)에 입문하고 박쿠스의 추종자가 되었습니다."

55 선원들은 돌고래로 변했다. 돌고래에게는 비늘이 없지만 오비디우스는 아마도 비늘이 있
는 물고기라고 생각했던 것 같다.
56 낙소스의 옛 이름.

156 변신 이야기

펜테우스의 형벌

　펜테우스가 말했다. "우리가 그 따위 장광설에 귀를 기울인 것은,
그렇게 시간을 끌면 혹 우리의 노여움이 힘을 잃을까 해서였다.
하인들아, 너희는 서둘러 이자를 끌고 가 혹독하게
고문한 다음 스튁스의 어둠 속으로 내려보내도록 하라!"　　　　　695
튀르레니아인 아코이테스는 즉시 끌려가 튼튼한 감옥에
갇혔다. 하지만 하인들이 명령받은 대로 그를 죽이기 위해
칼과 불 따위의 잔인한 도구를 준비하는 사이에, 소문에 따르면,
문짝이 저절로 활짝 열리고 누가 풀지도 않았는데
사슬이 저절로 그의 팔에서 미끄러져 내렸다고 한다.　　　　　700
　그런데도 에키온의 아들은 요지부동이었다. 더 이상 사람을
보내지 않고, 신성한 의식을 행할 장소로 선택되어 박쿠스 여신도들의
노랫소리와 맑은 목소리가 울려 퍼지는 키타이론 산으로 몸소 갔다.
마치 청동 나팔이 요란하게 전투 개시 신호를 알리면 원기 왕성한
군마가 콧김을 뿜으며 싸움터에 나가기를 열망하듯이,　　　　　705
대기에 울려 퍼지는 길게 끄는 외침은 펜테우스를 고무했고,
고함소리가 들리자 그의 분노는 다시 허옇게 달아올랐다.
산중턱쯤에 사방이 숲으로 둘러싸여 있으나 그 속에는
나무가 없어 어디서도 잘 보이는 편편한 땅이 있었다.
이곳에서 속인(俗人)의 눈으로 신성한 의식을 엿보던 그를　　　　710
그의 어머니가 맨 먼저 알아보고는 미친 듯이 달려들어
우선 튀르수스 지팡이를 내던져 자기 아들 펜테우스에게
부상을 입혔다. 그러고는 외쳤다. "언니들도 둘 다 이리 와요.
우리 들판을 헤매던 엄청나게 큰 저 멧돼지를 죽여야겠어요.

저기 저 멧돼지 말이에요." 광란하던 무리 전체가 그 한 사람에게   715
달려들었다. 모든 여인이 한데 모여 겁먹은 그를 추격했다,
이미 그는 겁을 먹기 시작했고, 덜 폭력적인 말을 썼으며,
자신을 저주하면서 죄지었음을 시인하고 있었다.
부상 당한 그는 소리쳤다. "아우토노에 이모님, 도와주세요!
악타이온[57]의 그림자[58]가 이모님의 마음을 움직이기를!"   720
그녀는 악타이온이 누군지도 모르고 간청하는 그의 오른팔을
찢어버렸고, 이노는 그의 다른 팔을 잡아 빼버렸다.
그리하여 그 불행한 자는 어머니에게 빌며 내밀 팔도 없어져,
팔들이 뜯겨나가 부상 당한 그루터기만 보여주며 "이것 보세요,
어머니!"라고 말했다. 그것을 보자 아가우에는 울부짖으며   725
자신의 목을 뒤로 젖히고는 머리가 바람에 휘날리게 하더니
그의 머리를 뽑아 피투성이가 된 손으로 움켜쥐고는
외쳤다. "보아라! 친구들이여, 이 승리는 내가 해낸 일이오!"
가을 추위를 맞아 간신히 매달려 있는 나뭇잎도,
그의 사지가 이들 불경한 손에 갈기갈기 찢기는 것보다   730
더 빨리 높은 나무에서 바람에 떨어지지는 않는다.
  이런 본보기로 경고받은 이스메노스의 여인들은 새로운 의식에
열심히 참석하여 분향하고 신성한 제단 앞에서 경배했다.

---

[57] 악타이온과 펜테우스는 둘 다 보아서는 안 되는 것을 보다가 죽었는데, 펜테우스는 고의성
이 있었다.
[58] 고대 그리스인들과 로마인들은 사람이 죽으면 그 혼백이 저승에 가서 그림자로 살아간다
고 믿었다.

IV

존 워터하우스, 〈티스베〉

미뉘아스의 딸들

미뉘아스의 딸 알키토에는 신의 야단스러운 축제를
받아들여야 한다고 생각하지 않았다. 게다가 그녀는 지각없이
박쿠스가 윱피테르의 아들이라는 것을 부인했으며,
그녀의 언니들도 그녀의 이런 불경에 동조했다.
사제는 백성들에게 반드시 축제를 거행하라고 이르며,
하녀들에게 일에서 풀려나 안주인과 함께 짐승의 가죽으로   5
가슴을 가리고, 머리띠를 풀고, 화관을 쓰고,
잎을 감은 튀르수스 지팡이를 손에 들라고 명령했다.
그는 신이 모욕당하면 사정없이 노여워하리라고 예언했다.
어머니들과 며느리들은 이에 복종하여 베틀과
양털 바구니를 치우고 하던 일을 그만두고는 분향하며   10
박쿠스를 연호하되, 브로미우스,[1] 뤼아이우스,[2] 불에서 태어난 이,[3]
두 번 태어난 이, 두 어머니에게서 태어난 유일한 이란 이름으로
불렀다. 또한 그들은 박쿠스를 뉘세우스,[4] 튀오네[5]의 장발(長髮)의 아들,
레나이우스,[6] 기쁨을 주는 포도송이의 창시자, 뉙텔리우스,[7]

---

1   Bromius(그 / Bromios). 박쿠스의 별칭 중 하나로 '떠들썩한 이'라는 뜻.
2   Lyaeus(그 / Lyaios). 박쿠스의 별칭 중 하나로 '근심에서 해방시켜주는 이'라는 뜻.
3   박쿠스의 별칭 중 하나로, 여기서 '불'이란 윱피테르의 벼락을 말한다.
4   '뉘사 산의' '뉘사 산에서 자란 이'라는 뜻으로 박쿠스가 자란 뉘사 산에서 따온 이름이다.
5   세멜레의 별칭. 훗날 그녀가 아들에 의해 하늘에 올랐을 때 붙여진 이름이라는 주장도
있다.
6   Lenaeus(그 / Lenaios). 박쿠스의 별칭 중 하나로 '포도를 압착하는 이'라는 뜻.
7   Nyctelius(그 / Nyktelios). '밤의 신'이라는 뜻으로 박쿠스의 축제가 밤에 열리기 때문에 붙
여진 이름이다.

아버지 엘렐레우스,[8] 이악쿠스,[9] 에우한[10]이라고, 그 밖에도   15

리베르[11]여, 그대가 그라이키아[12]의 부족들 사이에서 불리는

수많은 이름으로 불렸다. 왜냐하면 그대의 젊음은 시들지 않고,

그대는 영원한 소년이고, 그대는 높은 하늘에서 가장

아름다워 보이기 때문이오. 그대가 뿔[13] 없이 우리 앞에 나타나면,

그대의 머리는 소녀처럼 보이오. 그대는 까무잡잡한 인디아[14]를,   20

가장 멀리 있는 강게스 강이 적셔주는 곳까지 동방을 정복했소.

존경스러운 이여, 그대는 펜테우스와 쌍날 도끼를 들고 다니던

뤼쿠르구스[15]를 신성모독 죄로 죽이고, 튀르레니아의 선원들을

바닷물에 빠뜨리고, 한 쌍의 살쾡이 목에 알록달록한 고삐를 얹어

---

8   박쿠스의 별칭 중 하나로 '환호하는 이'라는 뜻. 그리스어 엘렐레우(eleleu)는 비탄하거나
환호할 때 지르는 소리이다.

9   Iacchus(그 / Iakchos). 축제 때 부르는 박쿠스의 이름.

10   박쿠스의 별칭 중 하나로 박쿠스 신도들의 환호하는 소리인 에우안(euan 또는 euai)에서 따
온 이름이다.

11   3권 520행 참조.

12   그리스의 라틴어 이름. 기원전 8세기에 그리스인들이 이탈리아의 나폴리 만 북쪽에 퀴메
(Kyme 라 / Cumae)라는 식민시를 세우면서 이 도시를 세운 서부 그리스의 한 부족의 이름이었
던 Graioi(라 / Grai)에서 Graeci('그리스인들')와 Graecia('그리스')라는 라틴어가 갈라져 나왔고
여기서 다시 영어인 Greek, Greece와 독일어인 Grieche, Griechenland와 프랑스어인 Grec 또는
Grecque, Grèce 등이 갈라져 나왔다. 그러나 그리스인들 자신은 기원전 7세기부터는 자신들을
헬라스인, 자신들의 나라를 헬라스라고 불렀고 지금도 그렇게 부른다.

13   박쿠스는 때로는 황소에 비유되고 황소의 뿔을 가진 것으로 그려진다. 오비디우스, 『로마
의 축제들』 3권 789행 참조.

14   1권 778행 참조.

15   Lycurgus(그 / Lykourgos). 트라키아 지방에 살던 에도니족(Edoni 그 / Edonoi 또는 Edones)
의 왕으로 박쿠스를 죽이려다 미처 제 아들을 포도나무인 줄 알고 도끼로 쳐서 죽인다.

그대의 수레를 끌게 했소. 박쿠스의 여신도들과 사튀루스[16]들,   25

술에 취해 비틀거리는 사지를 지팡이로 지탱하거나 구부정한

당나귀 등에 불안하게 매달린 영감[17]이 그대를 따르오.

그대가 가는 곳이면 어디서나 젊은이들의 환호성과 동시에

여인들의 목소리, 손바닥으로 북 치는 소리,

오목한 청동 바라를 부딪치는 소리, 길게 구멍을 뚫은

회양목 피리 소리가 울려 퍼지오.   30

　"그대는 자애롭고 온유하신 분으로서 우리와 함께해주소서!"

라고 외치며 이스메노스[18]의 여인들은 시킨 대로 의식을 거행했다.

미뉘아스의 딸들만은 집안에 틀어박혀 때아닌 실잣기로

축제를 망쳐놓고 있었으니, 그들은 양털실을 뽑거나,

엄지손가락으로 실을 꼬거나, 베틀 앞에 들러붙어

하녀들을 재촉했던 것이다. 그중 한 명[19]이   35

엄지손가락으로 솜씨 좋게 실을 뽑으며 말했다.

---

16 1권 193행 참조.

17 실레누스. 실레누스들은 그리스신화에 나오는 숲의 정령들로 기원전 6세기까지만 해도 사튀루스들과 동일시되었다. 그들은 앗티카의 도자기에서 말의 귀와 때로는 말의 다리와 꼬리를 갖고 있는 것으로 그려지곤 했다. 그러나 기원전 5세기에 그중 한 명이 개성 있는 인물로 그려지는데, 그가 바로 실레누스이다. 그는 대머리에 큰 귀와 사자코를 가진 유쾌한 배불뚝이 노인으로 사튀루스들의 대장이자 박쿠스의 개인 교사이다. 실레누스는 늘 취해 있지만 지혜롭기로도 유명하다. 만지면 모든 것이 황금으로 변했다는 프뤼기아 왕 미다스가 자신의 정원을 찾아오곤 하던 실레누스를 샘물에 포도주를 타서 취하게 한 다음 사로잡아 그의 지혜를 떠보았을 때, 그는 인간은 아예 태어나지 않는 것이 최선이고 일단 태어났으면 되도록 빨리 죽는 것이 차선이라고 대답했다고 한다.

18 2권 244행 참조.

19 이름은 알 수 없다.

"다른 여인들이 일을 내팽개치고 엉터리 축제로 몰려간 사이
더 나은 여신인 팔라스[20]에게 붙들려 있는 우리도
갖가지 이야기로 우리의 유익한 손노동을 덜어주고,
시간이 지루하게 느껴지지 않도록 한 명씩 번갈아   40
이야기하고 다른 사람들은 함께 듣도록 해요."
언니들은 그녀의 말에 찬동하며 그녀더러 먼저 이야기하라고 했다.
그녀는 (이야기를 많이 알고 있던 터라) 어떤 이야기를 해야 할지
생각에 잠겼다. 물고기로 변한 뒤 온몸이 비늘로 덮인 채
연못에서 헤엄쳤다고 팔라이스티네[21]인들이 믿고 있는   45
바빌로니아의 데르케티스여, 그대에 관해 이야기해야 할지,
아니면 그녀의 딸이 어떻게 날개가 돋아나 하얀 성탑 위에서
만년을 보내게 되었는지에 관해 이야기해야 할지,
아니면 어떤 물의 요정이 주술과 엄청나게 강력한 약초로
몇몇 젊은이의 몸을 말 못 하는 물고기로 변신시키다가
결국 그녀에게도 어떻게 같은 일이 일어나게 되었는지를   50
이야기할지, 아니면 전에는 흰 열매가 열리던 나무에
핏방울이 닿은 뒤로 이제는 어떻게 검은 열매가
열리게 되었는지에 관해 이야기할지 그녀는 망설였던 것이다.
그녀는 아직은 널리 알려지지 않은 이 이야기가 마음에 들어
양털로 실을 자으며 이렇게 말하기 시작했다.

20 팔라스, 즉 미네르바는 공예와 직조의 여신이다.
21 Palaestine. 지금의 팔레스티나(Palestina) 지방을 가리키지만, 경우에 따라서는 여기서처럼
그 북쪽의 쉬리아 지방을 말하기도 한다.

퓌라무스와 티스베

"퓌라무스와 티스베는 세미라미스[22]가 벽돌 성벽으로   55
에워쌌다는 높다란 도시[23]의 이웃집에서 살고 있었지요.
퓌라무스는 젊은이 가운데 가장 잘생겼고 티스베는
동방의 모든 처녀 가운데 가장 미인이었어요. 이들은 이웃에
살다보니 서로 알게 되어 사귀다가 세월이 흐르면서
사랑이 깊어갔지요. 이들은 결혼식도 올렸을 것이나,   60
아버지들이 반대했어요. 하지만 두 사람의 마음은 사랑의 포로가 되어
똑같이 불타올랐는데, 아버지들도 어쩔 수 없었어요.
그들은 심부름꾼 없이 고갯짓과 손짓으로 대화했고,
감추면 감출수록 사랑의 불길은 더 세차게 타올랐지요.
두 집 사이의 담장에는 좁다란 틈이 하나 있었는데,   65
오래전 담장을 쌓을 때 생긴 균열이었죠.
이 틈은 오랜 세월 어느 누구에게도 눈에 띄지 않았으나
사랑이 무엇인들 보지 못하겠어요? 연인들이여, 그대들이 맨 먼저
그것을 발견하고는 목소리의 통로로 삼았으니, 그곳을 통하여
그대들이 속삭이는 나직한 사랑의 밀어가 안전하게 오가곤 했지요.   70
그들은 종종 담벼락을 사이에 두고 이쪽저쪽에 자리잡고 서서는
상대방의 입에서 숨결을 잡으려고 열중하다가 말하곤 했어요.
'시기심 많은 담장이여, 왜 연인들을 방해하는 거니?
우리가 서로 온몸으로 결합하도록 네가 허락하거나,

---

22 여신 데르케티스의 딸로 바빌론의 전설적 여왕.
23 바빌론.

그것이 어렵다면 우리가 입이라도 맞출 수 있도록

조금 열리는 것은 너에게는 얼마나 사소한 일이니?   75

우리가 네 고마움을 모르는 것이 아니야. 사랑하는 이의 귀에

우리의 말을 전해줄 통로가 주어진 것이 네 덕분임을 우리는 알고 있어.'

   그들은 서로 떨어져서 부질없는 이야기를 나누다가

밤이 되면 '안녕!'이라고 말하고 나서 서로 자기 쪽 담벼락에다

입맞추었으나, 그것은 담벼락을 건너갈 수 없는 입맞춤이었어요.   80

다음날 아우로라가 밤의 불빛24들을 몰아내고,

태양이 햇살로 풀잎의 이슬을 말린 뒤

그들은 늘 만나던 곳에서 만났어요. 그들은 처음에는

나직이 속삭이며 한탄하다가 그날 밤 주변이 조용해지면

감시자를 속이고 대문 밖으로 나오기로 약속했어요.   85

일단 집밖으로 나오면 도시의 지붕들을 떠나되,

탁 트인 들판을 헤매다가 서로 만나지 못하는 일이 없도록

니누스25의 무덤가로 가서 나무 그림자 아래 숨기로 했어요.

그곳에는 눈처럼 흰 열매가 주렁주렁 매달린 키 큰 뽕나무

한 그루가 시원한 샘물 바로 곁에 서 있었거든요.   90

그들은 그 계획이 마음에 들었어요. 시간이 천천히 가는 것

같았지요. 이윽고 해가 물속에 잠기고 그 물에서 밤이 나왔어요.

티스베는 솜씨 좋게 문을 열고는 아무에게도 눈에 띄지 않게

어둠을 지나 밖으로 나갔어요. 그녀는 얼굴을 가린 채

무덤으로 가서 약속한 나무 아래 앉았어요. 사랑이 그녀를   95

24 별.
25 앗쉬리아 왕으로 세미라미스의 남편.

대담하게 만들었던 거예요. 한데 그 순간, 암사자 한 마리가

방금 소떼를 습격해 주둥이를 온통 피로 물들인 채

갈증을 식히려고 가까운 샘을 찾고 있었어요.

바빌론의 티스베는 멀리 달빛 속에서 그 암사자를 알아보고는

겁에 질린 걸음걸이로 어두운 동굴 안으로 도망쳤는데,   100

엉겁결에 어깨 너머로 흘러내린 목도리를 떨어뜨리고 갔어요.

사나운 암사자는 물을 듬뿍 들이마셔 갈증을 식힌 다음 숲으로

돌아가는 길에, 소녀의 몸에서 떨어져나간 가벼운 가리개를 우연히

발견하고는 그것을 피투성이가 된 입으로 갈기갈기 찢어버렸어요.

퓌라무스는 잠시 뒤 집에서 나오다가 수북한 먼지 속에서   105

들짐승의 뚜렷한 발자국을 보고는 온 얼굴이

파랗게 질렸어요. 피로 물든 옷이 눈에 띄자 그는 외쳤어요.

'하룻밤이 두 연인을 죽이는구나.

그녀는 나보다 더 오래 살아야 했는데.

모든 것이 내 잘못이야. 가련한 소녀여, 내가 그대를 죽였소.   110

내가 그대더러 밤에 이런 위험천만한 곳으로 오라고 해놓고는

먼저 와 기다리지 않았으니 말이오. 너희는 내 몸을

갈기갈기 찢고, 너희의 사나운 이빨로 내 죄 많은 내장을

삼키려무나. 이 절벽 아래의 굴에서 사는 모든 사자여!

하지만 죽기만을 바라는 것은 겁쟁이가 하는 짓이다.'   115

그는 티스베의 목도리를 집어 들고 약속한 나무의

그림자 밑으로 가더니 낯익은 옷에 눈물을 흘리고 입맞추며

'너는 이번에는 내 피도 들이마셔라!' 하고 외쳤어요.

그런 다음 그는 차고 있던 칼을 빼어 옆구리를 찌르더니

죽어가며 지체 없이 뜨거운 상처에서 칼을 뽑았어요.   120

그가 땅바닥에 쓰러지는데 허리춤에서 피가 높이 솟구치니,

그 모습은 납으로 된 수도관이 손상되어 터져서

쉭쉭 소리가 나는 작은 틈새로 긴 물줄기가 세차게

뿜어져 나와 대기를 찢을 때와 다르지 않았어요. 그의 피가

뿌려지자 나무 열매는 검은색으로 변했고, 그의 피에 흠뻑 젖은   125

뿌리와 거기에 매달린 오디들도 자줏빛으로 물들었어요.

　　그때 티스베가 애인을 실망시키지 않으려고 아직도 두려움을

떨쳐버리지 못한 채 돌아오고 있었어요. 그녀는 눈과 마음으로

젊은이를 찾았고, 자신이 얼마나 큰 위험에서 벗어났는지   130

말해주고 싶었어요. 그녀는 장소와 나무의 생김새는

알아보았으나 열매의 색깔은 그녀를 헷갈리게 만들었어요.

이게 과연 그 나무일까 하고 그녀는 미심쩍어하며 망설이다가

누군가의 사지가 허우적거리며 피투성이가 된 채

땅바닥을 치는 것을 발견하고 뒤로 물러섰어요. 그녀는 얼굴이

회양목보다 더 창백해지며 몸서리쳤는데, 그 모습은 마치 미풍이   135

수면을 스쳐지나가며 바다에 잔물결을 일으킬 때와도 같았지요.

잠시 뒤 그녀는 자신의 연인을 알아보고는

비명을 지르며 죄 없는 팔을 치고 머리를 쥐어뜯었어요.

그녀는 연인의 몸을 껴안은 채

그의 상처를 눈물로 채우며 눈물을 피와 섞었고,   140

그의 싸늘한 얼굴에 입맞추며 부르짖었어요.

'퓌라무스, 대체 어떤 불운이 나에게서 그대를 빼앗아간 거예요?

퓌라무스, 대답 좀 해요! 그대의 가장 소중한 티스베가 그대를

부르고 있잖아요. 내 말을 듣고, 축 늘어진 고개를 들어보세요!'

티스베란 이름에 퓌라무스는 죽음으로 무거워진 눈을 뜨고   145

그녀를 쳐다보더니 도로 감아버리는 것이었어요.

그녀는 자신의 옷과 칼이 뽑힌 상아 칼집을 보고 나서 말했어요.

'불행한 이여, 그대의 손과 사랑이 그대를 죽였군요!

내게도 이런 일을 해낼 만큼 용감한 손이 있어요. 내게도 사랑이

있으니, 그것이 내게 이런 부상을 입힐 만한 힘을 줄 거예요.　　　　　150

나는 그대를 따라 죽겠어요. 그러면 내가 그대의 죽음의 가장

애처로운 원인이자 동반자라고 사람들은 말하겠지요.

죽음만이 그대를 내게서 떼어놓을 수 있었지만 이젠 죽음도

우리를 떼어놓을 수는 없어요. 오오, 참으로 가련한, 나와

그이의 부모님들이시여, 부디 우리 두 사람의 청을 들어주어,　　　　　155

확실한 사랑과 죽음의 시간에 의해 하나로 결합된

우리가 한 무덤에 함께 눕는 것을 시샘하지 말아주세요!

그리고 아직은 너의 가지로 한 사람의 가련한 몸을 가려주고 있으나,

곧 두 사람의 몸을 가려주게 될 나무여, 너는 우리 죽음의

휘장을 간직하되 우리 두 사람이 흘린 피의 기념물이 되도록　　　　　160

언제나 애도에 적합한 검은 열매를 맺도록 하라!'

이렇게 말하고 그녀는 칼끝을 가슴 아래에다 대고는

아직도 연인의 피로 따뜻한 칼 위에 엎어졌어요.

그녀의 기도는 신들과 부모님들을 감동시켰어요.

열매는 익은 뒤에는 색깔이 검어지고, 화장용 장작더미가　　　　　165

남겨둔 것은 한 유골 항아리에서 쉬고 있으니까요."

마르스와 베누스, 레우코테아, 클뤼티에

그녀는 이야기를 끝냈다. 이어서 짧은 휴식이 지나자
레우코노에가 말하기 시작했고 자매들은 입을 다물고 있었다.

"그 번쩍이는 빛으로 만물을 지배하는 태양신[26]도 사랑의 포로가
된 적이 있었지요. 나는 태양신의 사랑에 관해 이야기하려는 거예요.   170
이 신이 베누스와 마르스의 간통 장면을 맨 먼저 본 것으로
알려져 있어요. 만물을 맨 먼저 보는 신이니까요.
그는 그들의 행동에 분개하여 베누스의 남편인 유노의 아들[27]에게
어디서 어떻게 그들이 몰래 정을 통했는지 일러주었어요.
불카누스는 정신이 아득해져 손질하던 일거리를   175
손에서 떨어뜨렸어요. 그는 즉시 청동을 줄로 쓸어
눈에 보이지 않을 만큼 가는 사슬과 그물과 올가미를 만들었지요.
가장 가는 실도, 아니 대들보 위에 매달린
거미줄도 이 작품을 능가할 수는 없었어요.
그는 그것들이 가벼운 접촉이나 조그마한 움직임에도   180
반응하도록 만든 다음 교묘한 기술로 침상 주위에 쳐놓았지요.
얼마 뒤 그의 아내와 샛서방이 함께 그 침상에 누웠어요.
그들은 불카누스의 기술과 교묘하게 준비한 사슬에 걸려들어
서로 포옹하던 중에 둘 다 꼼짝없이 붙잡혔지요.
렘노스[28]의 신이 즉시 상아로 만든 문짝을 활짝 열고 다른 신들을   185

---

26 솔.
27 불카누스.
28 2권 757행 참조.

들여보냈지요. 두 신은 사슬에 걸린 채 창피하게 그곳에
누워 있었어요. 하지만 신들은 불쾌해하지 않았고, 누군가는 자기도
그렇게 창피를 당해봤으면 좋겠다고 했어요. 신들은 웃고 또 웃었으며,
그것은 오랫동안 온 하늘에서 가장 잘 알려진 이야기가 되었지요.

   하지만 퀴테레이아[29]는 이를 잊지 않고서 자기를 밀고한 자에게   190
기어이 복수했으니, 그녀는 자신의 은밀한 사랑을 망쳐놓은 자를
역시 똑같은 사랑으로 망쳐놓았지요. 휘페리온[30]의 아들이여,
지금 그대의 아름다움과 색채와 찬란한 빛이 그대에게 대체
무슨 소용인가요? 찬란한 빛으로 모든 나라를 불태우는 그대가
알 수 없는 불길에 스스로 불타고, 만물을 보아야 할 그대가   195
레우코테아만을 보며 온 세상에 속하는 그 눈을 오직 한 소녀에게
붙박았으니 말이에요. 그대는 때로는 동쪽 하늘에 너무 일찍
뜨는가 하면, 때로는 너무 늦게 물속에 졌으며,
그녀를 훔쳐보느라 지체하여 겨울이 와야 할 때를 늦추기도 했어요.
그대는 간혹 없어지는가 하면, 마음의 병이 그대의 빛으로   200
옮아가 시커멓게 된 그대가 사람들의 마음을 놀라게 했어요.
그대가 창백해진 것은 달이 그대와 대지 사이로 끼어든[31] 탓이
아니었어요. 사랑이 그대의 안색을 그렇게 만든 것이지요.

---

29   Cythereia, Cytherea 또는 Cythereis(그/ Kythereia). 베누스의 별칭 중 하나. 그녀가 바다에서
태어난 뒤 맨 먼저 펠로폰네수스 반도 동남부 앞바다에 있는 퀴테라 섬에 다가갔기 때문에(헤
시오도스, 『신들의 계보』 192~193행 참조), 또는 그곳에 그녀의 이름난 신전이 있었기 때문에
이런 이름으로 불렸다.
30   티탄 신족의 한 명으로 태양신의 아버지.
31   일식 현상을 말한다.

그대는 오직 그녀만을 좋아했기 때문에 클뤼메노도, 로도스[32]도,

아이아이아[33]에 사는 키르케의 더없이 아름다운 어머니[34]도,   205

그리고 비록 그대에게 퇴짜를 맞았지만 여전히 그대와

동침하기를 바라고 그때는 마음에 깊은 상처를

입었던 클뤼티에도 그대를 붙잡지 못했지요. 레우코테아가

그대로 하여금 그들 모두를 잊게 만들었던 것이지요.

그녀를 낳은 에우뤼노메는 향료의 나라[35]에서 가장 미인이었어요.

하지만 딸이 자란 뒤에는 어머니가 아름다움에서   210

모든 여인을 능가한 만큼 딸이 어머니를 능가했지요.

그녀의 아버지는 아카이메네스[36]의 도시들을 통치하던

오르카무스로, 그는 먼 옛날의 벨루스[37]의 7대손이었어요.

서쪽 하늘 아래에는 태양신의 말을 위한 목장이 있는데,

이곳의 말들은 풀 대신 암브로시아[38]를 먹지요. 그것을 먹고   215

낮 동안 봉사하느라 지친 사지에 활력을 불어넣고 노고를 위해

원기를 회복하는 거예요. 그곳에서 네발짐승들이 하늘의 음식을

먹고 밤이 낮을 교체하는 동안 태양신은 그녀의 어머니

에우뤼노메의 모습을 하고는 연인의 방으로 들어갔지요.

---

32 넵투누스와 암피트리테의 딸로 태양신에 의해 헬리아데스들(2권 340행 참조)의 어머니가 된다.

33 요정 키르케가 살던 섬.

34 오케아누스의 딸 페르세.

35 여기서는 페르시아를 말한다.

36 페르시아 왕가의 시조. 여기서 '아카이메네스의'는 '페르시아의'라는 뜻이다.

37 여기서는 다나우스와 아이귑투스의 아버지인 아이귑투스의 왕이 아니라 먼 옛날의 페르시아 왕을 말한다.

38 신들이 먹는 음식.

거기서 그는 레우코테아가 이룩 십이, 열두 하녀에 둘러싸인 채   220
등불 밑에서 물레를 돌려 가는 양털실을 잣는 것을 보았지요.
그는 마치 어머니가 귀여운 딸에게 입맞추듯
그녀에게 입맞추고 나서 말했지요. '내가 은밀히 볼일이 있다.
하녀들아, 너희는 물러가고, 딸에게 은밀히 말할 수 있는
어머니의 권리를 내게서 빼앗지 마라!' 하녀들은
시키는 대로 했지요. 방안에 증인이 아무도 없자 그는 말했어요.   225
'나로 말하면 긴 한 해를 재는 이고, 만물을 보는 이며,
그로 인해 대지가 만물을 보게 하는 이, 그러니까 세상의 눈이다.
믿어라, 나는 네가 마음에 든다.' 레우코테아는 겁이 났고
두려운 나머지 쥐었던 손이 펴지며 실패와 물레 가락을 떨어뜨렸어요.
그녀의 두려움은 그녀를 더욱 아름다워 보이게 했지요.
그는 더이상 지체하지 않고 본래의 모습과   230
여느 때와 같은 광채로 돌아갔지요.
소녀는 비록 이 뜻밖의 광경에 깜짝 놀라긴 했지만
신의 광채에 압도되어 불평 없이 그의 행동을 받아들였어요.
　클뤼티에는 샘이 났어요. (그녀는 태양신을 이루 말할 수 없이
사랑했으니까요.) 자신의 경쟁자 때문에 화가 나 이 간통 사건을   235
널리 알렸고, 소문을 퍼뜨려 소녀의 아버지가 이를 알게 했지요.
오르카무스는 대로하여 레우코테아가 애원하는데도 불구하고,
태양신의 빛을 향해 두 손을 들고 '나는 원치 않았는데도
그분이 강제로 그런 거예요.'라고 말하는 그녀를 잔인하게도
땅속 깊숙이 묻고는 그 위에다 무거운 모래 무덤을 쌓아올렸어요.   240
그것을 휘페리온의 아들이 자신의 빛살로 가르고는, 레우코테아여,
그대가 파묻힌 얼굴을 내밀 수 있도록 통로를 만들어주었어요.

하지만 요정이여, 그대는 대지의 무게에 짓눌려 더는 고개를

들지 못하고 핏기 없는 시신으로 거기 누워 있었어요.

파에톤이 불에 타 죽은 뒤로, 날개 달린 말들을 모는 이[39]가 245

이보다 더 마음 아파하는 광경을 본 적은 없다고 해요.

그는 그녀의 싸늘해진 사지에 자신의 빛살의 힘으로

생명의 온기를 불어넣으려고 시도해보았어요.

하지만 운명이 그토록 간절한 그의 노력을 허사로 만들자 그는

그녀의 시신과 무덤에 향기로운 넥타르[40]를 뿌리고는 슬피 울고 나서 250

'그럼에도 그대는 하늘에 닿게 되리라.'[41]라고 말했어요.

그 뒤 즉시 하늘의 넥타르에 젖은 그녀의 시신이 녹아 없어지며

주위의 대지를 달콤한 향기로 가득 채웠어요.

그러자 유향(乳香) 덤불이 깊숙이 뿌리를 내리고는 흙덩이를 뚫고

차츰 돋아나더니 그 우듬지로 무덤을 갈랐어요. 255

　한편 클뤼티에에게는, 비록 사랑이 그녀의 고통을 용서하고 고통이

그녀의 고자질을 용서할 수 있었을 것이나, 빛의 주인이 더이상

다가가지 않아 그녀에 대한 그의 애정은 그것으로 끝났던 거예요.

그 뒤로 클뤼티에는 사랑의 아픔으로 초췌해지기 시작했으니,

그녀는 다른 요정들과 어울리지 못하고 노천에서 밤이고 낮이고 260

맨땅에 앉아 있었어요. 맨머리에 산발한 채 말이에요.

아흐레 동안 그녀는 먹지도 마시지도 않은 채

순수한 이슬과 눈물로만 허기를 달래며 땅바닥에서

39　태양신.

40　신들이 마시는 신비로운 술.

41　연기가 되어 하늘로 오름으로써 그렇게 됨을 말한다.

움직이지 않았어요. 그녀는 하늘에 지나가는 신의 얼굴을

쳐다보며 그를 향하여 자신의 얼굴을 돌릴 뿐이었어요.   265

전하는 말에 따르면, 그녀의 사지는 땅바닥에 들러붙었고,

안색이 창백해지며 온몸의 일부는 핏기 없는 식물이 되고

일부는 발개지며 얼굴이 있던 곳에는 제비꽃과 흡사한 꽃이 자라났대요.

그녀는 뿌리에 붙들려 있음에도 여전히 태양신을 향하고,[42]

변신한 뒤에도 사랑은 그대로 간직하고 있대요."   270

살마키스와 헤르마프로디투스

이야기는 끝났고 그 놀라운 이야기는 그들의 귀를 사로잡았다.

일부는 그런 일은 일어날 수 없다고 했고, 일부는 진정한 신들은

무엇이든 할 수 있다고 했다. 하지만 박쿠스는 그들 축에 들지 않았다.

자매들은 다시 잠자코 있다가 알키토에에게 이야기를 청했다.

그녀는 서 있는 베틀[43]의 실들 사이로 북을 움직이며 말했다.   275

"이다 산의 목동 다프니스[44]의 유명한 사랑에 관해서는 이야기하지

않을 거예요. 어떤 요정이 경쟁자에게 화가 나 그를 돌로

바꿔버렸다죠. 사랑하는 자들이 느끼는 고통은 그만큼 큰가 봐요.

---

42 해바라기의 그리스어 heliotrope는 '태양을 향하여 돌아서는 (꽃)'이라는 뜻이다.

43 당시의 베틀은 세로로 길게 누운 우리나라 베틀과는 달리 가로로 서 있어 그 앞을 왔다갔
다하며 베를 짜게 되어 있었다.

44 요정들의 사랑을 받던 목동. 테오크리투스(Theocritus 그 / Theokritos)와 베르길리우스의 전
원시를 통해 오비디우스의 독자에게는 잘 알려진 이름이다.

나는 또 전에 시톤[45]이 어떤 방법으로 자연법칙에 어긋나게

때로는 남자로, 때로는 여자로 살았는지도 이야기하지 않을래요.　　　　　　　280

나는 또 켈미스[46]여, 지금은 아다마스[47]이지만 전에는 아기 윱피테르의

가장 성실한 친구였던 그대와, 억수 같은 소나기에서 태어난 쿠레테스들[48]과,

스밀락스와 함께 작은 꽃으로 변한 크로코스[49]에 관한 이야기도 다

그냥 지나치고, 달콤한 새 이야기로 언니들의 마음을 사로잡을래요.

　어찌하여 살마키스[50] 못이 악명이 높은지,

어찌하여 그 못이 무기력하게 하는 물결로 거기에 닿는　　　　　　　285

사지들을 허약하고 연약하게 만드는지 들어보세요.

그 까닭은 밝혀지지 않았지만, 그 샘의 효력은 널리 알려졌지요.

메르쿠리우스에게 여신 퀴테레이스가 아들을 낳아주자,

물의 요정들이 이다[51] 산의 동굴에서 그 아이를 길렀어요.

45　시톤에 관해서는 달리 알려진 것이 없다. 양성(兩性) 경험자로는 티레시아스(3권 323행 이하 참조), 이피스(9권 666행 이하 참조), 카이네우스(12권 169행 이하 참조)가 있다. 그 밖에 다음에 나오는 알키토에의 이야기 참조.

46　Celmis(그/ Kelmis). 지모신(地母神)의 난쟁이 대장장이들인 이른바 '이다 산의 엄지동이들'(Daktyloi Idaioi) 중 한 명이다. 훗날 아기 윱피테르를 돌봐준 쿠레테스들과 동일시되었다.

47　'제압되지 않는 것'이라는 뜻으로 강철이 아직도 소문으로만 알려져 있어 신(神)들의 금속으로 여겨지던 시대에 강철을 의미하던 말로 생각된다.

48　레아의 시종들. 레아에게서 아기 윱피테르를 받아 아기가 울 때면 사투르누스가 이를 듣지 못하도록 무구들을 두드리며 춤추었다고 한다.

49　그는 요정 스밀락스(Smilax)를 짝사랑하다가 사프란으로 변하고, 스밀락스는 청미래덩굴(Smilax aspera)로 변했다고 한다.

50　소아시아 할리카르낫수스(Halicarnassus 그/ Halikarnassos) 시에 있는 샘으로, 남자가 그 물에 목욕하면 허약해지는 것으로 믿어졌다.

51　여기 나오는 이다 산은 크레테 섬에 있는 산이 아니라, 소아시아 프뤼기아 지방에 있는 산이다.

아이의 얼굴을 보면 어머니와 아버지를 분명히 알아볼 수 있었고,   290

이름 또한 어머니와 아버지에게서 따왔어요.[52]

그는 삼오 십오, 열다섯 살이 되자 고향의 산과

유모인 이다 산을 떠났어요. 낯선 나라를 방랑하고

낯선 강을 보는 것이 그의 즐거움이었으니까요.

그는 그런 열성 덕분에 힘든 줄도 몰랐어요.   295

그는 뤼키아의 도시들과, 뤼키아의 이웃에 사는 카리아[53]인들의

나라에도 갔어요. 그곳에서 그는 물이 맑아 밑바닥까지 들여다보이는

투명한 연못을 보았지요. 그곳에는 늪지대에 흔히 나는 갈대도,

열매를 맺지 않는 방동사니도, 줄기가 뾰족한 등심초도 자라지 않았고,

물은 수정처럼 맑기만 했어요. 하지만 연못의 가장자리에는   300

싱싱한 잔디와 늘 푸른 풀이 자라 있었어요. 그 연못에는 요정이

살고 있었는데, 그녀는 사냥을 좋아하지 않았고, 활을 당기거나

달리기 시합을 하는 데도 익숙하지 않았어요. 물의 요정 중에

발 빠른 디아나에게 알려지지 않은 것은 그녀뿐이었어요.

전하는 이야기에 따르면, 자매들이 가끔 그녀에게 말하곤 했대요.   305

'살마키스야, 너도 투창이나 색칠한 화살통을 들고 나와서

네 잔잔한 여가 시간에 힘든 사냥으로 변화를 줘봐!'

하지만 그녀는 투창도 색칠한 화살통도 들지 않았고,

힘든 사냥으로 안락한 여가 시간에 변화를 주지도 않았어요.

오히려 그녀는 자신의 연못에서 어여쁜 사지를 씻기도 하고,   310

---

52   그의 이름 헤르마프로디투스(Hermaphroditus 그/ Hermaphroditos)는 메르쿠리우스의 그리
스어 이름 헤르메스(Hermes)와 베누스의 그리스어 이름 아프로디테(Aphrodite)의 합성어이다.

53   Caria(그/ Karia). 소아시아 남서부 지방이고, 뤼키아는 그 남동쪽 지방이다.

때로는 퀴토루스[54]산 빗으로 머리를 빗기도 하며,

어떻게 하는 것이 자신에게 어울리는지 물속을 들여다보곤 했어요.

그녀는 또 살이 비치는 겉옷을 두르고

부드러운 나뭇잎이나 풀 위에 눕기도 하고,

때로는 꽃을 모으기도 했어요. 그때도 그녀는 꽃을 모으다가   315

소년을 보았고, 자신이 본 것을 갖고자 했어요.

그녀는 소년에게 다가가고 싶었지만 그러지 않았어요,

마음을 가다듬기 전에는. 옷매무새를 고치고,

매력적인 얼굴 표정을 짓고, 자신이 아름다워 보일 거라고

생각되기 전에는 말예요. 그러고 나서야 그녀는

이렇게 말하기 시작했어요. '신으로 여겨지고도 남을   320

소년이여, 그대가 신이라면 아마도 쿠피도겠지요.

그대가 혹시 인간이라면 그대를 낳아주신 분들은 복되고,

그대의 형제는 행복하며, 그대에게 누이가 있다면 그대의 누이와,

그대에게 젖을 물린 유모는 정말로 복 받은 거예요.

하지만 그대에게 약혼녀가 있다면, 그대가 누군가를 아내가   325

될 만하다고 여긴다면 그 여자야말로 그들 모두보다 훨씬

더 행복하겠지요. 그대에게 혹시 그런 여자가 있다 해도

나는 그대와 몰래 즐기고 싶어요. 그런 여자가 없다면 내가

그대의 신부가 되어 같이 한방에 들고 싶어요.'[55]

---

54 Cytorus(그/ Kytoros). 흑해 남쪽 기슭 파플라고니아(Paphlagonia) 지방의 소도시이자 산이며 회양목의 산지로 유명하다

55 살마키스의 말은 난파당한 울릭세스가 나우시카아(Nausicaa 그/ Nausikaa) 공주에게 건네는 말을 모방한 것이다(『오뒷세이아』 6권 149행 이하 참조). 다만 울릭세스는 겸손하고 조심스러운 데 반해 살마키스는 노골적으로 동침하기를 요구한다.

물의 요정은 여기서 입을 다물었어요. 소년은 얼굴이 빨개졌어요.

그는 사랑이 뭔지 몰랐으니까요. 얼굴이 빨개지는 것이　　　　　　　330

그에게는 어울렸어요. 그것은 햇빛 비치는 나무에 매달린

사과나 염색한 상앗빛이었고, 청동이 그것을 구해주려고

헛되이 울릴 때[56] 환히 비치는 대신 발개지는 달의 빛이었어요.

요정이 누나처럼 입맞추게 해달라고 자꾸 졸라대며

어느새 상아처럼 흰 그의 목으로 팔을 가져가려고 할 때,　　　　335

그가 말했어요. '그만둘래요? 아니면 내가 그대가 있는 이곳을

떠날까요?' 살마키스는 겁에 질려 '나그네여, 이곳은 내가 그대에게

넘겨줄 테니 마음대로 하세요.'라고 말한 뒤 돌아서서 가는 척했어요.

그러면서도 그녀는 뒤돌아보며 우거진 덤불 속으로 들어가

몸을 숨긴 채 땅바닥에 무릎을 꿇고 웅크리고 앉았어요.　　　　340

한편 소년은 아무도 보는 이 없이 이제 혼자인 줄 알고

풀밭 위를 이리저리 거닐더니 찰싹찰싹 밀려드는 물결에 처음에는

발가락 끝을, 다음에는 복사뼈 있는 데까지 발을 담갔어요.

이어서 그는 애무해주는 물의 시원함에 매료되어 입고 있던

부드러운 옷을 날씬한 몸에서 지체 없이 벗었어요.　　　　　　345

그러자 살마키스는 정말로 그가 마음에 들어, 그의 알몸을 차지하고픈

욕망으로 불타올랐어요. 요정의 눈은 이글거렸으니,

그 모습은 눈부신 태양의 둥근 얼굴이 맞은편에 있는

거울의 표면에 반사될 때와 다르지 않았어요.

그녀는 가까스로 쾌락의 욕구를 참을 수 있었으나,　　　　　　350

56　당시 교육받은 사람들은 일식의 원인을 알고 있었으나(4권 202~203행 참조), 일식은 일반적으로 흉조로 여겨져 사람들은 청동을 두드려 요란한 소음을 냄으로써 부정을 막으려 했다.

이미 그를 껴안고 싶었고 벌써 정신과 자제력을 잃다시피 했어요.

소년은 손바닥으로 자신의 몸을 찰싹찰싹 때리며 재빨리 물속으로

뛰어들었어요. 두 팔을 번갈아 들어올리며 헤엄치자 그는 투명한

물속에서 번득였는데, 그 모습은 마치 누군가가 상아 조각상이나

흰 백합을 투명한 유리 상자 안에 넣어두었을 때와 같았어요.   355

물의 요정은 '내가 이겼어. 그는 내 거야!'라고 외치고 옷이란

옷은 모두 멀리 벗어던지고는 저도 물속으로 뛰어들었어요.

그녀는 반항하는 소년을 붙들고는 싫다는데도 입맞추고,

밑으로 손을 가져가고, 원치 않는데도 가슴을 쓰다듬으며

때로는 이쪽에서, 때로는 저쪽에서 소년에게 달라붙었어요.   360

결국 그녀는 빠져나가려고 발버둥치는 그를 친친 감았는데,

그 모습은 마치 뱀이 새들의 왕[57]에게 공중으로 낚아채어져

발톱에 매달린 채 그것의 머리와 발에 똬리를 틀고

꼬리로는 그것의 날개를 감아 펴지 못하게 할 때나,

담쟁이덩굴이 긴 나무 밑동을 감아 오를 때나,   365

바다 밑에서 문어가 적을 붙잡아 사방에서

촉수로 에워싸며 죄어들 때와 같았어요. 아틀라스의 자손[58]은

힘껏 저항하며 요정이 바라는 쾌락을 거절했어요.

하지만 그녀는 죄어들며 온몸으로 밀착하며 말했어요.

'이 바보! 아무리 발버둥쳐도 그대는 내게서 도망치지 못해요.   370

신들이시여, 그대들은 명령을 내리시어 누구든 그 어느 날도

나에게서 그를 떼어놓거나 그에게서 나를 떼어놓지 못하게 하소서!'

[57] 독수리.
[58] 헤르마프로디투스의 아버지 메르쿠리우스는 아틀라스의 외손자이다.

그녀의 기도를 신들이 들어주었어요. 두 몸은 엉클어진 그대로
하나로 결합되어 둘이서 하나의 모습을 가지게 되었던 거예요.
마치 누군가 나무에 어린 가지를 접붙이면 두 나무가   375
자라면서 하나가 되고 함께 성장해가는 것처럼
그렇게 그들의 사지가 엉클어진 채 꼭 껴안고 있으니, 그 둘은
더는 둘이 아니라, 여자라고도 소년이라고도 할 수 없으며
둘 중 어느 쪽도 아니면서 둘 다인 것처럼 보이는 한몸이 되었지요.
헤르마프로디투스는 자신이 남자로 들어간 맑은 물이   380
자신을 반쪽 남자로 만들고 거기서 자신의 사지가 연약해진 것을
보고는 두 손을 내밀며 이미 남자의 것이 아닌 목소리로 말했어요.
'아버지 어머니, 두 분의 이름을 쓰고 있는 당신들의 아들에게
한 가지 선물을 주시어, 누구든 남자로 이 연못 속에
들어오는 자는 반쪽 남자로 나오게 하시고,   385
이 물에 닿는 즉시 연약해지게 해주소서!'
그러자 그의 양친은 측은히 여겨 이제 양성(兩性)이 된 자신들의
아들의 기도를 들어주고 그 샘물에 그런 괴상한 약을 탔답니다.”

박쥐가 된 미뉘아스의 딸들

　여기서 이야기는 끝났다. 하지만 미뉘아스의 딸들은 여전히
일에 열중함으로써 신을 멸시하고 그의 축제를 모독했다.   390
그때 갑자기 눈에 보이지 않는 북들이 거친 소리를 내며 그들을
어리둥절하게 했고, 구부정한 뿔이 달린 피리와 청동 바라도
요란하게 울렸다. 그리고 몰약 냄새와 사프란 냄새가 자욱해지면서

믿을 수 없는 일이 일어났다. 그들의 베틀이 초록빛으로,

걸려 있던 천은 담쟁이덩굴 잎으로 변하기 시작했으며   395

일부는 포도 덩굴로 변했고, 방금 전까지도 실이었던 것이

덩굴손으로 변했다. 날실에서는 포도나무 잎이 돋아났다.

자줏빛 직물은 희붉그레한 포도송이에

자줏빛 광채를 주었다. 어느새 날이 저물어

어둡다고도 밝다고도 말할 수 없는 시간이,   400

그러니까 낮과, 망설이는 밤의 경계 구간이 돌아왔다.

그때 갑자기 집이 흔들리고 기름 등불이 활활 타오르고

온 집안이 시뻘건 화염에 휩싸이며 사나운 들짐승의

허깨비들이 사방에서 울부짖는 것 같았다.

자매들은 불안감에 휩싸여 연기가 자욱한 집안   405

이곳저곳에 숨어 화염과 불빛을 피했다.

그들이 어두운 곳을 찾는 동안 껍질 같은 얇은 막이 그들의 가는

사지 위로 퍼지며 얇은 날개가 그들의 팔을 에워쌌다.

그들은 어둠 때문에 자신들이 어떻게 이전의 모습을

잃게 되었는지 알지 못했다. 깃털 달린 날개가 그들을 들어올려   410

주지는 않았지만, 그래도 그들은 투명한 날개로 공중에 떠 있었다.

그들은 말을 하려 했으나 자신들의 오그라든 체구에 맞게

작은 소리만 냈고, 가냘픈 목소리로 찍찍대며 신세를 한탄했다.[59]

그들은 숲이 아니라 집을 즐겨 찾았고, 햇빛을 싫어하여

밤에 날아다녔으며, 이름도 늦은 저녁에서 따왔다.[60]   415

---

59 그들은 박쥐로 변신했던 것이다.
60 ‘박쥐’의 라틴어 vespertilio는 ‘저녁’이라는 뜻의 라틴어 vesper에서 유래했다.

아타마스와 이노

그러자 진실로 박쿠스의 신성은 온 테바이에서 사람들의
입에 오르내렸고, 그의 이모인 이노는 이 새로운 신의 큰 권능에 관해
도처에서 말했다. 네 자매 가운데 오직 이노만이 고통을
당하지 않았다. 그녀가 언니들 때문에 받은 고통 말고는.[61]
이노가 자식들과 남편 아타마스와, 신을 부양한 일을 두고   420
우쭐해하는 것을 보고는 유노가 참다못해 혼잣말을 했다.
"씨앗에서 태어난 아들[62]은 마이오니아의 선원들을 변신시켜
바닷물 속에 처넣고, 어미가 제 아들의 몸을
갈기갈기 찢게 하고, 미뉘아스의 세 딸을 이상한 날개로
덮을 권능이 있었는데, 이 유노는 불행을 당하고도   425
복수도 하지 못하고 눈물이나 뿌려야 한단 말인가?
나는 그것으로 충분하단 말인가? 이게 내 유일한 권능이란 말인가?
하지만 내가 어떻게 해야 하는지 그 자신이 가르쳐주었어.
(적에게도 배울 건 배워야지.) 박쿠스는 펜테우스를 죽이는 것으로
광기가 무슨 짓을 할 수 있는지 충분하고도 남을 만큼
보여줬으니까. 왜 이노는 광기의 사주를 받아   430
자기 언니들의 본보기를 따라서는 안 되는 거지?"
    내리막길이 하나 있는데, 그것은 죽음의 주목[63] 그늘에 가려 있다.
그 길은 무언의 정적을 지나 하계의 거처로 인도한다.

---

61   3권 주 15 참조.
62   박쿠스.
63   당시 주목(朱木)은 무덤가에 많이 심었다.

그곳에서는 느릿느릿한 스튁스 강이 안개를 내뿜고 있다.

갓 죽은 자들의 망령들, 적절하게 매장된 자들의 그림자들은   435

그 길로 해서 내려간다. 그 황량한 곳은 사방이 창백하고 싸늘하며,

갓 도착한 망령들은 검은 디스[64]의 무시무시한 궁전이 있는

스튁스의 도시로 가는 길이 대체 어디 있는지 알지 못한다.

이 도시에는 천 개의 널찍한 통로가 나 있고 사방에 활짝 열린

문들이 있다. 그리고 마치 바다가 온 대지의 강을 받듯이,   440

꼭 그처럼 모든 혼백을 받는다. 그곳은 어떤 백성에게도

너무 좁지 않으며, 아무리 많이 몰려와도 북적대지 않는다.

그곳에서는 피도, 살도, 뼈도 없이 그림자들이 돌아다닌다.

더러는 광장으로 몰려들고, 더러는 저승의 왕의 궁전으로

몰려들고, 더러는 전생에 행하던 대로 어떤 기술에   445

몰두해 있으며, 또 더러는 자신이 지은 죗값을 치르고 있다.

  사투르누스의 딸 유노는 하늘에 있는 거처를 떠나 감히[65]

그곳으로 내려갔다. (그만큼 그녀는 이노가 밉고 화가 났던 것이다.)

그녀가 들어가자 그녀의 신성한 몸에 눌려 문턱이 신음했고,

케르베루스[66]가 세 개의 머리를 들고는 개 세 마리가   450

---

64 디스(Dis '부자'라는 뜻의 dives의 축약형)는 저승의 신 플루토의 별칭이다. 플루토라는 이름은 오비디우스의 『변신 이야기』에는 나오지 않는다.

65 베르길리우스의 『아이네이스』 7권 323~324행에서는 유노가 대지로 내려와 지하에 있는 복수의 여신 중 한 명인 알렉토를 불러올린다.

66 저승을 지키는 괴물 개로 산 사람은 그곳에 들어오지 못하게 하고 죽은 사람은 그곳을 떠나지 못하게 한다. 케르베루스는 일반적으로 세 개의 개 머리와 하나의 뱀 꼬리를 갖고 있고 등에는 수많은 뱀 머리가 나 있는 것으로 그려진다. 때로는 50개 또는 100개의 머리를 갖고 있다고도 한다.

짖는 소리를 동시에 냈다. 그녀는 밤의 여신에게서 태어난 자매들[67]을,

달랠 수 없는 엄혹한 여신들을 불러냈다. 그들은 아다마스로 된,

지옥의 닫힌 문 앞에 앉아 올올이 시커먼 뱀인 머리털을 빗고 있었다.

여신들은 유노가 어둠과 암흑 사이로 다가오는 것을   455

보자마자 일어섰다. 그곳은 '범죄자들의 거처'라고 불렸다.

그곳에서는 티튀오스[68]가 아홉 유게룸의 땅 위에 뻗어 누워

자신의 내장을 뜯으라고 내밀고 있었다. 탄탈루스[69]여, 그대는 물을

먹을 수 없고, 머리 위에 나 있는 나무의 열매는 그대에게서 도망치오.

시쉬푸스[70]여, 그대는 되돌아갈 바위를 뒤쫓거나 밀고 있소.   460

67 복수의 여신(Furia 복수형 Furiae 그/Erinys 복수형 Erinyes)들은 우라노스와 밤의 여신의 딸들로, 원래는 그 수가 정해지지 않았으나 나중에는 알렉토, 티시포네, 메가이라 세 명으로 정립되었다. 그들은 특히 가족 내에서의 범죄행위를 응징하는 여신들로 흔히 손에는 횃불 또는 회초리를 들고 있고 머리털이 올올이 뱀인 날개 달린 모습으로 그려지곤 했다. 그들은 '자비로운 여신들'이라고도 불리는데, 이는 그들을 달래기 위한 말인 듯하다. 그들은 피해자가 부르지 않으면 지하의 가장 깊숙한 곳에 머무는 것으로 여겨졌다.

68 거한(巨漢)으로 아폴로와 디아나의 어머니 라토나를 겁탈하려다 저승에서 독수리에게 간을 뜯기는 벌을 받는다.

69 프뤼기아 왕으로, 윱피테르의 아들이자 펠롭스와 니오베의 아버지이다. 그는 신들의 전지(全知)를 시험해보려고 아들 펠롭스를 죽여 그 고기를 요리하여 신들 앞에 내놓는데, 신들이 미리 알아 그것을 먹지 않고 사지를 복원시켜 펠롭스를 되살린다. 그러나 이때 딸 프로세르피나가 자취를 감춰 심란해하던 케레스가 그의 어깨 부위의 살을 먹은 탓에 이 부분은 상아로 대체된다. 탄탈루스는 이 죄로 저승에서 과일나무 밑 물속에 서 있으면서도 영원한 허기와 갈증에 시달린다. 일설에 따르면 탄탈루스는 신들의 사랑을 받아 신들의 식탁에 초대받곤 했는데 거기서 보고 들은 것을 인간에게 누설한 죄로 그런 가혹한 벌을 받았다고 한다.

70 아이올루스의 아들로 코린투스 시의 건설자이다. 당시 가장 교활한 악당으로 온갖 기만과 비행을 일삼다가 저승에 가서 그 죗값으로 돌덩이를 산꼭대기로 굴려 올리는 벌을 받는데, 산꼭대기에 닿으려는 순간 그 돌덩이가 도로 굴러떨어져 이 절망적인 고역을 끊임없이 되풀이한다.

익시온[71]은 빙글빙글 돌며 동시에 자신을 뒤쫓고 자신에게서 도망친다.

벨루스의 손녀들[72]은 감히 자신들의 사촌 오라비들을 죽인 까닭에

또 잃어버리게 될 물을 끊임없이 찾고 있다.

　사투르누스의 딸은 눈살을 찌푸리고 그들 모두를,

그중에서도 특히 익시온을 노려본 다음 다시 시쉬푸스에게로　　　　　　465

눈길을 돌리며 말했다. "형제 중에서 왜 이자만이 이런 영원한

벌을 받지? 그의 거만한 형 아타마스[73]는 아내와 함께

늘 나를 멸시하면서도 부유한 궁전에서 살고 있는데 말이야."

그러고는 이노를 미워하는 이유와 찾아온 용건과 자기가 원하는 것을

설명했다. 그녀가 원하는 것은, 카드무스의 궁전이 서 있지 못하고,　　　　470

복수의 여신 자매들이 아타마스를 범행으로 이끄는 것이었다.

그녀는 명령과 약속과 기도를 한꺼번에 쏟아내며

여신들을 꼬드겼다. 유노의 말을 듣더니

티시포네가 자신의 백발을 산발된 그대로 흔들더니

얼굴을 덮은 뱀들을 뒤로 젖히며 이렇게 말했다.　　　　　　　　　　475

71　라피타이족(Lapithae 그 / Lapithai)의 왕으로 피리토우스(Pirithous 그 / Peirithoos)의 아버지이다. 그는 유노를 겁탈하려 그 죗값으로 저승에서 빙글빙글 도는 불타는 수레바퀴에 묶인다. 윱피테르의 초대를 받아 하늘에 올라가서 유노에게 눈독을 들이다가 윱피테르가 유노처럼 보이게 만든 구름과 교합하여 반인반마의 켄타우루스(Centaurus 그 / Kentauros)족의 아버지가 된다.

72　벨루스(Belus 그 / Belos)의 손녀들(Belides)이란 다나우스의 딸들을 말한다. 다나우스의 50명의 딸들은 첫날밤에 아버지의 명령에 따라 자신들의 남편들인 아이귑투스의 아들들을 모두 죽인다. 그중 휘페르메스트라(Hypermestra 또는 Hypermnestra)만이 남편 륑케우스를 살려주어 아들 아바스(Abas)를 낳는다. 그들은 그 죗값으로 저승에서 체로 물을 길어와 밑 빠진 독에 채우는 벌을 받는다.

73　이노의 남편 아타마스(Athamas)는 아이올루스의 아들로 시쉬푸스, 살모네우스(Salmoneus), 크레테우스(Cretheus 그 / Kretheus)와 형제간이다.

"길게 이야기하실 필요 없어요. 그대가 명령하신 것이

행해졌다고 생각하세요. 그대는 이 사랑스럽지 못한 곳을 떠나

건강에 좋은 하늘의 대기로 돌아가세요." 기쁜 마음으로

유노는 돌아갔다. 그리고 유노가 하늘에 들어가려고 했을 때

타우마스의 딸 이리스[74]가 유노에게 물을 뿌려 정화해주었다.   480

　　인정사정없는 티시포네는 지체 없이 피에 담갔던 횃불을

집어 들고 핏방울이 뚝뚝 듣는 붉은 외투를 걸치고

몸부림치는 뱀을 허리띠로 두르더니

집을 나섰다. 슬픔과 두려움과 공포와

불안한 얼굴의 광기가 티시포네와 동행했다.   485

티시포네는 문턱 위에 서 있었다. 그러자 사람들이 말하기를,

아이올루스[75]의 집의 문설주가 흔들리며 단풍나무 문짝이

창백해지고 태양신이 그곳을 피했다고 한다. 이 무서운 광경에

아타마스의 아내는 물론 아타마스도 질겁하고 집을 떠날 채비를 했다.

하지만 불행을 가져다주는 복수의 여신이 앞을 막으며 나가지   490

못하게 했다. 여신은 살무사들이 친친 감긴 두 팔을 내밀며

머리털을 흔들어댔다. 뱀 떼가 불안해하며 쉭쉭 소리를 냈다.

그중 일부는 어깨 위에서, 일부는 가슴 주위로 미끄러져 내려와

쉭쉭 소리를 내고 독액을 토하며 혀를 날름거렸다.

이어서 여신은 머리털 한가운데서 뱀 두 마리를 뽑더니   495

낚아채어진 뱀들을 역병을 가져다주는 손으로 내던졌다.

그 뱀들은 이노와 아타마스의 가슴 위로 기어 올라가더니

74　1권 271행 참조.

75　헬렌(Hellen)의 아들로 시쉬푸스, 아타마스, 살모네우스, 크레테우스 등의 아버지이다.

독한 입김을 불어넣었다. 그들의 사지는 어떤 부상도 입지 않았다.

그 끔찍한 가격을 느낀 것은 그들의 마음이었다.

복수의 여신은 마력을 지닌 독액까지 가져왔으니,　　　　　　　500

케르베루스의 입에서 나온 침과 에키드나[76]의 독과

막연한 환각과 마음을 눈멀게 하는 망각과

범죄와 눈물과 광란과 살육을 욕망하는 마음이 그것이다.

여신은 이 모든 것을 함께 갈아 신선한 피와 섞은 다음

청동 솥에 달이며 푸른 독미나리 줄기로 저었다.　　　　　　505

두 사람이 두려움에 떠는 사이에 여신은 그들의 가슴에다

미치게 하는 이 독즙을 부어 마음 깊숙한 곳으로 스며들게 했다.

그러고는 횃불을 자꾸만 빙글빙글 돌려 같은 원을 그리며

재빨리 움직이는 불에 불이 뒤따르게 했다.

그렇게 여신은 임무를 마치고 승리자가 되어 위대한 디스의　　510

그림자 왕국으로 돌아가서 허리에 둘렀던 뱀을 풀었다.

　　그러자 곧 아이올루스의 아들[77]이 미쳐서 자신의 궁전 한가운데에서

소리쳤다. "이봐, 친구들, 여기 이 숲에다 그물을 치도록 해!

방금 새끼 두 마리를 거느린 암사자가 보였어."

---

[76] 상반신은 인간이고 하반신은 뱀인 괴물로, 케르베루스, 휘드라(Hydra), 키마이라 (Chimaera 그/ Chimaira), 스핑크스의 어머니이다. 그러나 여기서는 휘드라를 가리키는 것으로 추정된다. 휘드라는 '물에 사는 짐승' 또는 '물뱀'이라는 뜻으로 이 괴물을 퇴치하는 것이 헤르쿨레스의 12고역 중 하나였다. 이 괴물은 머리를 베면 더 많은 머리가 자라나기 때문에 헤르쿨레스는 불화살을 쏘아, 또는 그가 머리를 베면 그의 조카 이올라우스(Iolaus 그/ Iolaos)가 머리가 잘린 목 부분을 불타는 나무로 태워서 제압할 수 있었다. 나중에 헤르쿨레스는 자신의 화살을 휘드라의 독 또는 피에 담가 독화살로 만드는데, 이 독화살이 훗날 그의 수많은 적뿐 아니라 그 자신에게도 간접적으로 파멸을 안겨준다.

[77] 아타마스.

그는 제정신을 잃고 사냥감인 양 아내의 발자국을 뒤쫓더니,   515
웃으며 자기를 향해 작은 손을 내민 레아르쿠스를
어머니의 품에서 낚아채어 투석기처럼 공중에서 두세 번 빙글빙글
돌리다가 어린아이의 머리를 무자비하게도 단단한 바위에
패대기쳤다. 어머니도 고통 때문이든 아니면
몸에 뿌려진 독액 때문이든 마침내 발광하여 울부짖더니   520
정신을 잃고 머리를 휘날리며 드러난 가슴에,
멜리케르테스여, 어린 그대를 안고 도망쳤고
"야호, 박쿠스!"라고 외쳤다. 박쿠스라는 이름을 듣고 유노는
웃으며 말했다. "네 양자가 네게 늘 그런 복을 가져다주기를!"
바다 위로 돌출한 바위가 하나 있었는데, 그것은 아랫부분이 파도에   525
패여서 그 아래의 바닷물에는 빗방울이 떨어지지 않게
해주었다. 그 윗부분은 우뚝 솟은 채 바다 위로 툭 튀어나와 있었다.
이노는 이 바위로 기어 올라가(광기가 그녀에게 힘을 주었다.)
아무런 머뭇거림도 없이 자신과 자신의 짐을 바다 위로 내던졌다.
그녀가 떨어진 바닷물에서는 흰 거품이 일었다.   530
하지만 베누스는 죄 없는 외손녀[78]의 고통을 불쌍히 여겨
자신의 삼촌에게 이런 말로 아양을 떨었다.
"오오, 물의 신이시여, 그 권능이 하늘에 버금가는 넵투누스시여,
주제넘은 요구인 줄 알지만, 그대도 보셨다시피 방금 광대한
이오니움 해[79]에 뛰어든 내 가족을 불쌍히 여기시어   535

---

78 이노의 어머니 하르모니아는 베누스와 마르스의 딸이다.

79 Ionium mare 또는 aequor(그/Ionios pontos). 그리스 서쪽에 있는 이오니아 해의 라틴어
이름.

그들을 그대의 해신들 동아리에 들게 해주세요. 나도 바다로부터
혜택을 받을 만해요. 만약 내가 전에 심연 한복판 바다 거품에서
태어났고, 내 그라이키아 이름[80]이 그것에서 유래했다면 말이에요.”
넵투누스는 그녀의 기도에 고개를 끄덕이고는 이노 모자에게서
필멸(必滅)의 부분을 벗기고 존경스러운 위엄을 입힌 다음   540
이름과 외모를 한꺼번에 바꾸었다. 새로운 신을 그는 팔라이몬이라고
부르고 그의 어머니는 레우코토에라고 불렀다.

이노의 시녀들

   이노의 시돈[81] 출신 시녀들은 할 수 있는 데까지 그녀의 발자국을
뒤쫓다가 바위 끝에서 그녀의 마지막 발자국을 보았다.
그들은 의심할 여지없이 이노가 죽었다고 믿고 카드무스 집안을   545
위해 애도하며 손바닥으로 가슴을 치고 머리를 쥐어뜯고
옷을 찢었으며, 여신은 정당하지도 않고 시앗에게
너무 잔혹하다고 유노를 비난했다. 유노가 그들의 비난을
듣다못해 말했다. “내 너희 자신을 내 잔혹성을 보여주는
최대 기념비로 만들리라.” 그러자 과연 여신이 말한 대로 되었다.   550
이노에게 가장 헌신적이던 여인이 “나는 왕비님을 따라
바다에 뛰어들 거예요.”라고 외치며 막 뛰어내리려고 하다가
옴짝달싹 못하고 바위 위에 그대로 들러붙어 섰다.

80   아프로디테(Aphrodite)란 이름은 ‘바다 거품’이라는 뜻의 그리스어 aphros에서 유래했다.
81   시돈에 대해서는 2권 840행 참조. 여기서 ‘시돈 출신’은 ‘테바이 출신’이라는 뜻이다.

다른 하녀는 여태까지 그랬듯이 애도하며 가슴을 치려다가

들어올린 팔들이 뻣뻣해지는 것을 느꼈다.   555

다른 하녀는 마침 바닷물을 향하여 두 손을 내밀다가

이제는 돌이 되어 그대로 멈춘 듯 두 손을 뻗고 있다.

이 시녀는 머리를 쥐어뜯으려고 거머쥐다가 갑자기

손가락이 머리털 속에서 굳어진 것을 그대는 볼 수 있었으리라.

그들은 제각기 당시 취하던 자세를 그대로 취하고 있었다.   560

일부는 새가 되어, 전에는 이스메노스의 딸들[82]이었던 그들은

지금도 날개 끝으로 그 심연의 수면 위를 스쳐지나간다.

카드무스와 하르모니아

　아게노르의 아들[83]은 자신의 딸과 어린 외손자가 해신이 된 줄

모르고 있었다. 그는 자신이 당한 일련의 불행에 상심하고

수많은 전조에 기가 꺾인 나머지, 마치 자신을 짓누르는 것이   565

자신의 운이 아니라 그곳의 운인 양 자신이 창건한 도시를 떠났다.

그는 오랜 방랑 끝에 자신과 함께 도망 다니는

아내 하르모니아를 데리고 마침내 일뤼리쿰[84] 지방의 경계에 이르렀다.

그곳에서 그들은 불행과 세월에 짓눌려 집안의 첫 불운을

회고하며 자신들의 노고에 관해 이야기했다.   570

82　2권 244행 및 3권 169행 참조.

83　카드무스.

84　Illyricum(그/ Illyrikon). 에피로스 북쪽 아드리아 해 동쪽 연안에 있는 지방.

카드무스가 말했다. "내가 창으로 찔러 죽인 그 뱀이 혹시

신성한 뱀이 아니었을까요? 내가 전에 시돈에서 막 도착하여

그 이빨들을 새로운 종족의 씨앗으로 땅에다 뿌렸던 그 뱀 말이오.

만약 신들께서 그토록 어김없는 노여움으로 그의 죽음을 복수하시는

것이라면, 바라건대 나도 뱀이 되어 배를 깔고 길게 뻗었으면!"   575

이렇게 말하자마자 그는 뱀처럼 배를 깔고 몸이 길어졌다.

그는 살갗이 단단해지며 비늘이 생겨나는 것을 느꼈고

검어진 몸에 군데군데 검푸른 반점이 나 있는 것을 보았다.

그는 가슴을 깔고 엎어졌고 두 다리는 하나로 뭉쳐지더니

차츰 가늘어져 뾰족하고 둥글뭉수레한 꼬리가 되었다.   580

두 팔은 아직 남아 있었다. 그는 남은 두 팔을 뻗고는

아직도 인간의 것인 두 뺨 위로 눈물을 흘리며 말했다.

"이리 오시오, 더없이 가련한 내 아내여, 이리 오시오. 아직도 내가

조금은 남아 있는 동안, 나를, 내 손을 잡아주시오. 아직도 내게

손이 있고, 뱀이 나를 완전히 차지하지 못한 동안 말이오."   585

더 말하고 싶었으나 갑자기 그의 혀가 두 조각으로 갈라지며,

원하는 대로 말이 나오지 않았다. 어떤 불평을 내뱉으려 할 때마다

그는 쉭쉭 소리를 낼 뿐이었으니, 그것이 자연이 그에게 남겨둔

유일한 목소리였다. 그의 아내가 드러난 가슴을

손으로 치며 외쳤다. "불행한 카드무스,

여기 머무르세요. 그리고 그 괴물을 벗어버리세요!   590

카드무스, 이게 어찌된 일이에요? 당신의 발은 어디로 갔으며,

당신의 어깨와 손과 안색과 얼굴은 어디로 갔나요?

내가 말하는 동안 모든 것이 어디로 갔나요? 하늘의 신들이시여,

왜 저를 똑같은 뱀으로 바꾸지 않으시나이까?"

하르모니아는 그렇게 말했다. 카드무스는 아내의 얼굴을 핥았고,   595
마치 그곳을 잘 아는 양, 아내의 사랑스러운 품속으로 들어가
포옹하며 그녀의 친숙한 목덜미를 찾았다.
그곳에 있던 사람들 모두(시종들이 함께 있었다.)
질겁했다. 그녀만이 벗이 난 뱀의 매끄러운 목을 쓰다듬었다.
그러자 갑자기 뱀이 두 마리가 되더니 서로 엉킨 채   600
가까이 있는 숲속으로 기어 들어가 숨었다. 지금도 그들은
사람을 피하고 사람에게 부상을 입히지 않으니, 그 온순한
뱀들은 전에 자신들이 무엇이었는지 기억하는 것이다.

페르세우스와 아틀라스

  비록 형상이 바뀌기는 했으나 두 사람에게는 외손자[85]가
큰 위안이 되었으니, 정복당한 인디아가 그를 섬기고 아카이아[86]가   605
신전을 세워 그를 경배하려고 몰려들었던 것이다.
같은 가계(家系)에서 태어난,[87] 아바스[88]의 아들 아크리시우스만이
자신이 다스리는 도시 아르고스의 성벽 안으로 신을 들여놓지 않고
무력으로 신에게 대항했으며, 그분이 윱피테르의 아들임을
인정하지 않았다. 그는 또 다나에가 황금 소나기에 의해 잉태한   610

---

85 박쿠스.
86 펠로폰네수스 반도 북부 해안 지방으로, 흔히 여기서처럼 그리스 전체를 가리키기도 한다.
87 아바스의 외조부인 다나우스의 아버지 벨루스와 박쿠스의 외조부인 카드무스의 아버지 아
    게노르는 형제간으로, 암소로 변신했다가 다시 여인이 된 이오의 자손들이다.
88 아르고스의 왕으로 다나우스의 외손자이다.

페르세우스[89] 역시 윱피테르의 아들임을 인정하지 않았다.

하지만 그 뒤 곧 아크리시우스는 신을 박해하고 자신의 외손자를

인정하지 않은 것을 후회했다. (진실의 힘은 그만큼 위대하다.)

그중 한 명[90]은 이미 하늘에 올려지고, 다른 한 명[91]은

머리털이 올올이 뱀인 괴물이라는 놀라운 전리품을 갖고   615

윙윙거리는 날개로 희박한 대기 사이를 지나오고 있었다.

그가 승리자로서 리뷔에[92]의 사막 위를 날고 있을 때

고르고[93]의 머리에서 핏방울이 떨어졌다. 그러자 떨어지는

---

89 윱피테르와 다나에의 아들. 아르고스(Argos) 왕 아크리시우스(Acrisius 그/Akrisios)가 자신
이 외손자의 손에 죽을 것이라는 예언 때문에 딸 다나에를 청동 탑에 가두어 아무도 접근하지
못하게 하자 윱피테르가 황금 소나기로 변하여 그녀에게 접근해 그를 낳았다. 그 뒤 이 사실이
드러나자 아크리시우스는 다나에와 페르세우스를 상자에 넣어 바닷물에 떠 내려보내지만 이
들 모자는 세리포스(Seriphos) 섬에 무사히 도착하여 딕튀스(Dictys 그/Diktys)라는 어부의 보
호를 받는다. 잘생기고 용감한 젊은이로 자라난 페르세우스는 그곳의 왕 폴뤼덱테스가 다나에
를 범하려 하자 어머니를 보호해준다. 그러자 폴뤼덱테스가 페르세우스를 제거하기 위하여 그
에게 메두사(Medusa 그/Medousa)의 머리를 가져오라고 명령한다. 이때 페르세우스는 신들의
도움을 받는데, 플루토에게서는 그것을 쓰면 남에게 보이지 않는다는 투구를, 메르쿠리우스에
게서는 날개 달린 샌들을, 미네르바에게서는 청동거울 또는 광을 낸 청동 방패를, 요정들에게
서는 바랑을 얻는다. 그리하여 페르세우스는 눈길이 매서워 보는 이를 돌로 변하게 한다는 메
두사를 청동거울을 이용하여 직접 보지 않고 목을 벤 뒤, 그녀의 머리를 바랑에 넣어 가지고 돌
아온다.

90 박쿠스.

91 페르세우스.

92 2권 237행 참조.

93 고르고 자매들은 모두 세 명인데 스텐노(Sthenno '힘센 여자')와 에우뤼알레(Euryale '멀리
떠돌아다니는 여자')와 메두사(Medusa 그/Medousa '여왕')가 그들이다. 그중 메두사만이 죽
을 운명을 타고났는데, 고르고라고 하면 보통 메두사를 말한다. 그들은 서쪽 끝에 살았는데 머
리털은 뱀으로 되어 있고 몸은 용의 비늘로 덮여 있었으며 눈길이 매서워 메두사의 얼굴을 응
시하면 누구나 돌로 변했다. 영웅 페르세우스가 청동거울을 이용해 메두사를 직접 보지 않고

핏방울을 대지가 받아 여러 뱀으로 살려냈다.

그래서 그 나라에는 무서운 뱀 떼가 우글거린다.   620

　그곳으로부터 그는 서로 다투는 바람들에 실려 비구름이라도 된 듯

광대한 하늘 위를 때로는 이리로, 때로는 저리로 떠다녔다.

그는 높은 하늘에서 멀리 저 아래 있는 나라들을

내려다보며 온 세상 위를 두루 날아다녔다.

세 번이나 그는 차디찬 곰들[94]을 보았고, 세 번이나 게[95]의   625

집게발을 보았으며, 때로는 서쪽으로, 때로는 동쪽으로 실려갔다.

이제 날이 저물자 그는 자신을 밤에 맡기기가 두려워

먼 서쪽 너머에 있는 아틀라스의 영토에서 멈춰 섰으니,

루키페르[96]가 아우로라[97]의 불을 깨우고 아우로라가

낮의 마차를 불러낼 때까지 잠시 쉬어 갈 참이었다.   630

이곳에는 거대한 몸집으로 모든 인간을 능가하는,

그 목을 베었을 때 넵투누스에 의하여 임신 중이던 메두사의 몸에서 천마(天馬) 페가수스와 거한 크뤼사오르(Chrysaor '황금 칼')가 튀어나온다. 페르세우스는 페가수스를 타고 다른 두 고르고 자매의 추격을 피해 달아나다가, 안드로메다가 바다 괴물에게 제물로 바쳐지기 위하여 바위에 묶인 것을 보고는 메두사의 머리로 괴물을 돌로 변하게 하고 안드로메다와 결혼한다. 그 뒤 미네르바 여신이 메두사의 머리를 자신의 방패 또는 아이기스의 한가운데에 박아 적을 돌로 변하게 한다. 메두사는 처음에는 옛 신들에 속하는 괴물이었으나 헬레니즘 시대에는 변신의 희생자가 되었으니, 아름다운 소녀였던 그녀가 감히 미네르바 여신과 아름다움을 다투려 하자 메두사가 특히 자랑하던 머리털을 여신이 뱀 떼로 바꿔버렸다고 한다. 또 일설에는 넵투누스가 미네르바의 신전에서 메두사를 겁탈한 것을 응징하기 위해 여신이 그녀를 괴물로 만들었다고 한다.

94　큰곰자리와 작은곰자리.

95　게자리.

96　2권 115행 참조.

97　2권 113행 참조.

이아페투스의 아들 아틀라스가 있었다. 그는 세상의 끝과,

태양신의 헐떡거리는 말들과 그의 지친 마차를 물속으로

받아들이는 바다를 지배하고 있었다. 그에게는 수천 마리의 양떼가

있었고, 또 그만큼 많은 소떼가 풀밭 위를 마음대로 돌아다녔으며   635

아틀라스의 영토 주위에는 서로 맞닿은 이웃나라도 없었다.

그곳에는 반짝이는 황금으로 빛나는 나뭇잎이 황금 가지와

황금 사과들을 가리고 있는 나무가 한 그루 있었다.

"여보시오." 하고 페르세우스가 그에게 말을 건넸다. "그대에게

혹시 고귀한 가문의 영광이 어떤 의미를 갖는다면, 읍피테르께서   640

내 아버지시오. 혹시 업적에 감탄하신다면 그대는 내 업적에

감탄하실 거요. 내가 바라는 것은 접대와 휴식이오." 아틀라스는

이 순간 파르나수스[98]의 테미스[99]가 일러준 해묵은 신탁이 생각났다.

"아틀라스여, 그대의 나무가 황금을 약탈당할 때가 올 것인즉

그 약탈의 명성은 읍피테르의 아들이 차지할 것이오."   645

그 뒤 이 신탁이 두려워진 아틀라스는 자신의 과수원을 튼튼한 담으로

두르고는 거대한 용을 시켜 지키게 했으며,

이방인은 그 누구도 자신의 나라 안에 들어오지 못하게 했다.

그는 페르세우스에게도 "멀리 꺼지시오. 여기서는 그대가 거짓말한

업적의 영광도, 읍피테르도 그대에게 도움이 안 될 테니까."라고 했다.   650

그가 위협에 이어 폭력을 쓰며 페르세우스를 두 손으로 밀어내려 하자

페르세우스는 주춤거리며 부드러운 말에 거센 말을 섞었다.

힘에서 밀리자(하긴 힘으로 아틀라스를 당할 자가 있겠는가?)

---

98   1권 317행 참조.

99   1권 321행 참조.

페르세우스는 "그대가 내 우정을 이토록 대수롭지 않게 여기시니,

선물이나 하나 받으시오!"라고 말한 다음 그 자신은 돌아선 채   655

왼손으로 메두사의 징그러운 얼굴을 내밀었다.

그러자 아틀라스는 큰 덩치 그대로 산이 되었으니,

수염과 머리털은 나무로 변하고, 어깨와 팔은 산등성이가 되었으며,

전에 머리였던 것은 산꼭대기가 되고, 뼈는 돌이 되었다.

그리고 나서 아틀라스가 모든 부분에서 엄청난   660

크기로 자라니(신들이시여, 그대들이 그렇게 정하셨습니다.)

하늘 전체가 수많은 별과 함께 그의 어깨 위에서 쉬었다.

안드로메다의 구출

  이제 힙포테스의 아들[100]이 바람들을 영원한 감옥에 가두고,

사람들을 일하라고 깨우는 루키페르가 가장 밝게 하늘 높이

솟았다. 그때 페르세우스는 날개를 도로 집어 들어   665

두 발에 매어 신고 허리에 구부정한 칼을 차더니

날개 달린 샌들을 저으며 맑은 대기를 갈랐다.

그는 주위로, 아래로 수많은 부족을 뒤로한 채 날아가다가 마침내

아이티오피아[101]의 백성과 케페우스[102]의 나라를 보게 되었다.

그곳에서는 어머니가 한 말의 죗값을 죄 없는 딸 안드로메다가   670

100 '힙포테스(Hippotes)의 아들'이란 바람의 신 아이올루스를 말한다.
101 1권 778행 참조.
102 Cepheus(그/Kepheus). 아이티오피아 왕으로 캇시오페(Cassiope 그/Kassiepeia)의 남편이
자 안드로메다의 아버지.

대신 치르라고 암몬[103]이 부당한 판결을 내린 터였다.

아바스의 증손자[104]는 안드로메다가 단단한 바위에 두 팔이

묶인 것을 보자마자(가벼운 미풍에 그녀의 머리카락이

날리지 않고, 그녀의 눈에서 뜨거운 눈물이 흘러내리지 않았더라면

그는 그녀를 대리석상으로 여겼을 것이다.) 자신도 모르게 불길에 675

사로잡혀 정신이 멍했고 자신이 본 아름다운 모습에 반해

하마터면 공중에서 날갯짓하는 것도 잊어버릴 뻔했다. 그는

그녀 앞으로 내려갔다. "오오, 그대에게 이런 사슬은 당치않아요.

사랑하는 사람들의 마음을 한데 묶어주는 사슬이라면 몰라도.

그대의 나라와 그대 자신의 이름과, 왜 그대가 사슬을 680

차고 있는지 내 물음에 대답해주시오." 안드로메다는 처음에는

말이 없었으니, 처녀라서 남자에게 감히 말을 건네지 못했던 것이다.

그녀는 손이 묶여 있지 않았더라면 두 손으로 수줍게 얼굴을

가렸을 것이다. 하지만 그녀가 할 수 있는 일은 샘솟는 눈물로

두 눈을 가득 채우는 것뿐이었다. 계속되는 재촉에

그녀는 자신의 허물을 숨기려는 것처럼 보이지 않도록 685

나라 이름과 자기 이름, 그리고 자기 어머니가

스스로 아름답다고 얼마나 호언장담했는지 말해주었다.[105]

---

103 암몬은 숫양 모양의, 이집트 및 리뷔에의 신으로 그리스인들과 로마인들은 그를 제우스나 읍피테르와 동일시했다. 북아프리카의 시와(Siwa) 오아시스에 있던 제우스 암몬 신전의 신탁은 델피나 도도나의 그것에 못지않은 명성을 누렸으며 알렉산데르 대왕도 그곳을 찾았다고 한다.

104 페르세우스.

105 안드로메다의 어머니 캇시오페는 해신 네레우스의 아름답기로 이름난 딸들을 다 합친 것보다 자기가 더 아름답다고 큰소리쳤다. 그러자 네레우스의 딸들이 해신 넵투누스에게 해일과 괴물을 보내 캇시오페의 나라를 쑥대밭으로 만들어달라고 간청했다.

그런데 그녀가 하던 말을 다 끝내기도 전에 바다에서 요란한 소음이
이는 가운데 한 괴물이 광대한 바다 위로 올라와 모습을
드러내더니 가슴 밑으로 바닷물을 넓게 갈랐다.   690
    소녀는 비명을 질렀다. 그녀의 상심한 아버지와 어머니도 바닷가에
있었다. 둘 다 비참하고 애통한 심정이었지만, 어머니가 더 했다.
그들은 딸에게 아무 도움도 주지 못해 눈물을 흘리고
가슴을 치며, 묶여 있는 소녀의 몸에 매달릴 뿐이었다.
그러자 나그네가 말했다. "눈물을 흘릴 시간은 앞으로도 많이   695
남아 있으나, 도움을 줄 수 있는 시간은 얼마 남아 있지 않습니다.
나 페르세우스는 윱피테르와, 갇혀 있을 때 윱피테르께서
풍요한 황금 소나기로 가득 채우셨던 여인의 아들이오.
나 페르세우스는 머리털이 올올이 뱀인 고르고를 무찌른 다음
날개를 퍼덕이며 감히 대기와 바람 사이를 지나왔으니,   700
내가 그녀에게 구혼한다면 사위로서 누구보다도 선호되어야
마땅할 것이오. 하지만 나는 그토록 큰 구혼 선물에, 신들께서
호의를 베푸신다면, 새로운 공적을 추가할 것인즉, 내 용기가 그녀를
구출할 때 그녀는 내 것이 된다고 약조하겠소?" 그녀의 부모는
그 조건을 받아들이고는(하긴 망설일 자가 있겠는가?) 도와달라고
간청하며 그에게 왕국을 지참금으로 얹어주겠다고 약속했다.   705
보라, 마치 날랜 배가 젊은이들의 땀 흘리는 팔에
밀려 뾰족한 뱃머리로 바닷물을 누비듯이,
꼭 그처럼 괴물은 가슴으로 들이받으며 파도를 갈랐다.
그 괴물이 바위에서, 발레아레스족[106]의 투석기가 하늘 한가운데로

---

106 2권 727행 참조.

빙빙 도는 납덩어리를 내던질 수 있는 거리만큼 떨어졌을 때,   710

갑자기 젊은이가 두 발로 땅을 차고 뛰어오르더니 구름 속으로

높이 치솟았다. 바다의 수면에 영웅의 그림자가 보이자

괴물은 눈에 보이는 그림자를 미친 듯이 공격했다.

마치 윱피테르의 새[107]가 텅 빈 들판에서 뱀이 얼룩덜룩한

등을 햇볕에 맡기고 있는 것을 본 순간 뒤에서 녀석을 덮쳐   715

녀석이 그 사나운 입을 뒤로 틀지 못하도록,

비늘 덮인 목덜미를 탐욕스러운 발톱으로 휘어잡듯이

꼭 그처럼 이나쿠스의 자손[108]은 빈 하늘을 지나 재빨리

거꾸로 내리꽂히며 괴물의 등을 공격했고, 울부짖는 괴물의

오른쪽 어깨에 칼자루가 다 들어가도록 굽은 칼을 깊이 박았다.   720

괴물은 중상을 입고 때로는 하늘 높이 솟구치는가 하면,

때로는 물밑으로 들어가기도 했으며, 때로는 짖어대는 개 떼에

에워싸인 겁에 질린 멧돼지처럼 빙글빙글 돌기도 했다.

페르세우스는 탐욕스럽게 낚아채려는 괴물의 입을 날랜 날개로

피하며 보이는 곳이면 어디든지 구부정한 칼로 쳐댔으니,   725

때로는 빈 조개껍질로 덮인 등을, 때로는 옆구리의 갈빗대를,

때로는 꼬리가 가장 가늘어지며 물고기로 변하는 곳을 쳤던 것이다.

괴물은 입에서 점차 자줏빛 피가 섞인 바닷물을 토해냈다.

그사이 날개들이 물보라에 젖어 무거워지자 페르세우스는

물에 젖은, 날개 달린 샌들에 더이상 의지할 수가 없었다.   730

그래서 그는 바닷물이 잔잔해지면 꼭대기가 밖으로

---

107 독수리.

108 여기서 '이나쿠스의 자손'(Inachides)이란 페르세우스를 말한다.

드러났다가 바다가 요동을 치면 덮이는 바위를 보아두었다가,

거기에 몸을 기댄 채 왼손으로 바위 꼭대기를 꼭 붙잡고는

괴물의 내장을 칼로 서너 번 거푸 찔렀다.

그러자 요란한 박수갈채가 해안과 하늘에 있는   735

신들의 궁전이 떠나가라 터져 나왔다. 캇시오페와 아버지 케페우스는

기뻐하며 그를 사위로 맞이했고, 그를 가문의 버팀목이자

구세주라고 불렀다. 그의 노고의 보상이자 원인인 소녀는

사슬에서 풀려나 가족의 품으로 돌아왔다.

페르세우스는 길어온 물에 승리를 쟁취한 두 손을 씻으며,   740

고르고의 뱀 머리가 딱딱한 모래에 찰과상을 입지 않도록

땅바닥을 나뭇잎으로 부드럽게 하고 그 위에 해초를 깐 다음

포르퀴스의 딸 메두사의 머리를 올려놓았다.

갓 따온 해초는 아직도 살아 있고 줄기 속까지 구멍이 나 있었으나

괴물의 힘을 빨아들이며 괴물과 닿자 굳어지더니   745

줄기와 잎이 이상하게도 딱딱해졌다. 바다의 요정들이

이 기적을 몇몇 다른 줄기에 시험해보고는

마찬가지로 똑같은 일이 일어나자 이를 기뻐하며

거기에서 씨를 받아 바닷물 위에다 자꾸 뿌렸다.

지금까지도 산호(珊瑚)들 속에는 같은 성질이 남아 있어,   750

그것들은 대기에 닿으면 굳어지고, 물속에서는 나긋나긋한

가지였던 것이 물위에서는 돌이 되는 것이다.

　페르세우스는 세 분 신을 위하여 그만큼 많은 잔디 제단을 쌓았으니,

왼쪽 것은 메르쿠리우스의 제단, 오른쪽 것은 호전적 처녀신[109]이여,

109 미네르바.

그대의 제단, 가운데 것은 윱피테르의 것이었다. 미네르바에게는 암소가,   755
날개 달린 샌들의 신에게는 송아지가, 최고신이시여, 그대에게는
황소가 제물로 바쳐졌나이다. 그는 당당하게 자신의 위대한 업적에
대한 상으로 안드로메다를 요구했고 지참금은 받지 않았다.
휘메나이우스[110]와 아모르[111]가 앞장서서 결혼식 햇불을 흔들었다.
향불이 넉넉하게 피워졌고 지붕에서는 화환이 드리워졌다.   760
그리고 도처에 뤼라와 피리와 노랫소리가 울려 퍼졌으니,
이것들은 모두 마음이 즐겁고 행복하다는 증거였다.
문이 열리며 황금 홀이 완전히 드러나자 케페우스의[112] 귀족들은
성대하게 차려진 왕의 연회장으로 들어갔다.

   그들이 식사를 마치고 너그러운 박쿠스의 선물[113]로 마음이   765
흥겨워졌을 때, 륑케우스의 자손[114]이 이 나라의 특성과
농사와 이곳 백성의 품성과 기질에 관해 물어보았다.
연회에 참석한 자들 가운데 한 명이 그의 물음에 대답하고 나서
즉시 이렇게 말했다. "가장 용감한 페르세우스여,
청컨대 이제는 그대가 어떤 용기와 어떤 재주로 머리털이   770
올올이 뱀인 고르고의 머리를 베어 왔는지 말해주시오!"

110 Hymenaeus(그/Hymenaios). 결혼의 신.
111 일명 쿠피도(1권 453행 참조)는 사랑의 신이다.
112 여기서 '케페우스의'는 '아이티오피아의'라는 뜻이다.
113 포도주.
114 페르세우스.

메두사

    아게노르의 자손이 말하기를, 차디찬 아틀라스 산기슭에는[115]

큰 바윗덩이가 안전하게 가려주는 장소가 한 곳 있는데,

그 입구에는 포르퀴스의 딸들인 두 자매[116]가 살고 있으며

이들은 눈 하나를 둘이서 돌려가며 쓴다고 했다.   775

페르세우스는 자매 중 한 명이 이 눈을 다른 한 명에게

넘겨줄 때 재주와 꾀로 슬쩍 손에 넣었다는 것이었다.[117]

그러고 나서 그는 멀리 떨어진 길 없는 외딴곳과

황량한 숲과 곤두선 바위산을 지나 고르고 자매들의 집에

이르렀는데, 사방의 들판과 길에서 메두사의 얼굴을 마주보다가   780

돌로 변한 인간과 짐승의 형상을 보았다는 것이었다.

그는 왼손에 들고 있던 방패의 환한 청동에 비친

메두사의 끔찍한 얼굴을 보았고, 뱀 떼와

그녀 자신이 깊은 잠에 빠져 있는 동안 그녀의 목에서

머리를 베자 어머니의 피에서 날개 달린   785

날랜 페가수스와 그의 아우[118]가 태어났다는 것이었다.

그는 또 사실대로, 자신이 긴 여행 도중에 겪은 위험과,

높은 곳에서 어떤 바다와 어떤 육지를 내려다보았으며,

---

115 아틀라스는 페르세우스가 그에게 메두사의 머리를 내밀기 전까지는 산이 아니라 거한이
었다.
116 그라이아이 자매들(Graiae 그 / Graiai '노파들')은 고르고 자매들과 자매간으로 일설에 따
르면 세 명이라고 한다.
117 페르세우스는 그들에게 이 눈을 돌려주는 대가로 고르고 자매들이 사는 곳을 알아냈다.
118 크뤼사오르.

날개를 저어 어떤 별자리에 갔는지 이야기해주었다.

그는 예상보다 빨리 이야기를 끝냈다. 그러자 좌중의　　　　　　　　790

귀족 가운데 한 명이 왜 자매 가운데 메두사만

머리털이 올올이 뱀이며 서로 얽혀 있는지 물었다.

손님이 대답했다. "그대가 알고자 하는 것은 이야기할 만한

가치가 있으니 그 까닭을 들어보시오. 그녀는 전에 빼어난

미인이었고, 수많은 구혼자의 희망이자 시기의 대상이었소.　　　795

그녀는 다른 곳도 아름다웠지만 머리털이 가장 매력적이었소.

나는 그녀를 직접 보았다고 주장하는 사람을 만난 적이 있소.

하지만 사람들이 말하기를, 바다의 지배자[119]가 메두사를

미네르바의 신전에서 겁탈하자 읍피테르의 따님이 돌아서서

정숙한 얼굴을 아이기스로 가렸다 하오. 그리고 그런 행위가 벌받지 않는　　800

일이 없도록 여신은 고르고의 머리털을 흉측한 뱀 떼로

바꿔버렸소. 지금도 여신은 겁에 질린 적을 두려움으로 놀라게 하려고

가슴 위에 자신이 만들었던 뱀 떼를 차고 다니지요."[120]

119　넵투누스.
120　페르세우스가 메두사의 머리를 미네르바에게 바치자 그녀는 그것을 아이기스의 한가운데에 박고 다니며 적군을 놀라게 했다고 한다. 그러나 이야기의 이 시점에서 메두사의 머리는 아직 페르세우스의 수중에 있었다.

V

로제티, 〈프로세르피나〉

케페우스 왕궁의 결투

다나에의 아들인 영웅이 케페우스의 백성에 둘러싸여
무용담을 이야기하는 사이에 왕궁의 홀은 갑작스레
침입한 폭도로 시끄러워졌다. 축혼가를 부르는
떠들썩함이 아니라, 치열한 전투를 예고하는 떠들썩함이었다.
그리하여 삽시간에 난장판으로 변한 연회장을   5
그대는 잔잔하던 물결에 광풍이 일어 거센 파도로
변한 바다에 비유할 수 있으리라. 폭도 가운데
앞장선 사람은 전투의 무모한 사주자인 피네우스였는데,
그는 청동 창끝이 박힌 물푸레나무 창을 휘두르며 말했다.
"보라, 나는 빼앗긴 내 아내를 위해 복수하러 왔다.   10
네 날개도, 가짜 황금으로 변했던 윱피테르도 나에게서
너를 구해주지 못할 것이다." 그가 창을 던지려 하자
케페우스가 소리쳤다. "이게 무슨 짓이냐? 아우야, 무슨 광기에 쫓겨
이런 짓을 저지르려 하느냐? 이것이 그토록 큰 공적에 대한
네 보답이냐? 이게 그 애를 구해주었다고 네가 주는 지참금이냐?   15
네가 원하는 것이 진실이라면, 너에게서 그 애를 빼앗아간 것은
페르세우스가 아니라, 네레우스의 딸들의 무서운 신성[1]과
뿔난 암몬과 내 내장을 포식하러 왔던 바다 괴물이다.
그 애가 죽음에 내맡겨졌을 때, 그때 너는 그 애를 잃은 것이다.
잔인한 자여, 혹시 네가 요구하는 것이 그 애의 죽음이   20
아니고, 네가 내 슬픔을 고소해하는 것이 아니라면 말이다.

---

1   4권 주 106 참조.

너는 그 애의 삼촌이자 약혼자이면서도 그 애가 묶여 있을 때
구경만 했을 뿐 아무런 도움도 주지 못한 것으로는 성에 차지 않는
것 같구나. 너는 거기서 한 걸음 더 나아가, 누가 그 애를 구한 것이
안타까워 그에게서 상을 빼앗으려는 게냐? 너에게 그 상이   25
커 보인다면, 네가 그 애를 묶여 있던 바위에서 데려왔어야지!
그러니 그 애를 데려와 내가 자식 없는 노년을 면할 수 있게 해준 그가,
약속대로 공적의 대가를 갖도록 내버려두어라. 그리고 그는 너보다
선호된 것이 아니라 확실한 죽음보다 선호되었음을 알아두어라!"
피네우스는 아무 대꾸도 하지 않고, 왕과 페르세우스를   30
번갈아 쳐다보며 둘 중 어느 쪽을 겨냥해야 할지 망설였다.
그는 잠시 망설이다가 분노가 뿜어내는 힘을 모두 실어
페르세우스를 향해 창을 던졌다. 하지만 소용없는 일이었다.
페르세우스는 자기가 앉아 있던 긴 의자에 창이 꽂히자 마침내
자리에서 펄쩍 뛰어오르며 창을 뽑아 되던졌다. 그리하여 이 창은   35
적의 심장을 꿰뚫었을 것이나, 피네우스가 제단 뒤에 숨자
제단이 (그럴 가치가 없는데도) 범인에게 도움을 주었다.
하지만 창은 헛되이 던져지지 않고 로이투스의 이마에 꽂혔다.
그자는 쓰러졌고, 그의 두개골에서 무쇠를 뽑아내자
그자는 발꿈치로 바닥을 치며 차려놓은 식탁들에 피를 뿌렸다.   40
그러자 폭도가 걷잡을 수 없는 분노에 휩싸여 창을 던져댔고,
개중에는 그의 사위와 함께 케페우스도 죽어야 한다고 말하는
자들도 있었다. 하지만 케페우스는 궁전의 문턱을 넘은 다음,
자신이 막았는데도 이런 소란이 벌어졌다며
정의와 신의와 주객(主客)의 신들을 증인으로 불렀다.   45
    그러자 팔라스가 나타나 오라비²를 아이기스로 가려주며 용기를

불어넣어주었다. 아티스라는 인디아의 젊은이가 있었는데,

강게스 강의 요정 림나이에가 수정처럼 맑은 물속에서 그를 낳은 것으로

믿어지고 있었다. 그는 빼어난 미남이었는데, 세련돼 보이는 옷이

그의 아름다움을 더욱 돋보이게 했다. 그는 이팔 십육, 열여섯 살의   50

다 큰 소년으로 황금으로 단을 댄 튀루스산(産) 자포를

입고 있었다. 목에는 황금 목걸이가 걸려 있었고,

몰약을 뿌린 머리털은 황금 고리로 가지런히 정돈되어 있었다.

그는 멀리 떨어진 목표물도 맞힐 만큼

창던지기에 능했고, 활을 당기는 데는 더 능했다.   55

그런 그가 손으로 나긋나긋한 뿔들을 구부리는 순간

페르세우스가 제단 한가운데에서 연기를 뿜던 횃불로

그를 쳐서 박살난 뼈들 속으로 그의 얼굴을 함몰시켰다.

아티스의 그토록 칭찬받던 얼굴이 피투성이가 된 것을 보자

그의 절친한 친구이자 드러내놓고 아티스에게 애정을 표시하던   60

앗쉬리아인 뤼카바스는 가혹한 상처를 입은 채

마지막 숨을 몰아쉬던 그를 위해 울고 나서

그가 구부려놓은 활을 집어 들더니 소리쳤다.

"그대는 나와 싸워야 할 것이오. 그대는 소년의 죽음을

오래 기뻐하지 못하리라. 그것은 그대에게 영광보다는   65

치욕을 안겨줄 테니까." 말이 채 끝나기도 전에

날카로운 화살이 시위를 떠났다. 페르세우스가

피하는 바람에 화살은 그의 옷자락에 꽂혔다.

그러자 아크리시우스의 외손자가 메두사의 죽음으로 검증된,

---

2   미네르바와 페르세우스는 둘 다 윱피테르의 자식이다.

낫처럼 구부러진 칼을 그에게로 향하여 그의 가슴을 찔렀다.   70

그는 죽어가면서도 검은 암흑 속을 헤매는 몽롱한 눈으로

아티스를 찾아 둘러보다가 그 옆에 쓰러졌고, 그들은 죽음을

함께했다는 위안을 얻은 채 망령들에게로 갔다.

　　보라, 쉬에네인으로 메티온의 아들인 포르바스와

리뷔에인 암피메돈이 싸움에 끼어들고 싶어하다가   75

온 땅바닥을 뜨뜻하게 적시던 피에 미끄러져 넘어졌다.

그들이 일어서려고 했을 때 칼이 두 사람을 막으며

한 명은 갈빗대를, 포르바스는 목구멍을 뚫었다. 날이 넓은

쌍날 도끼를 무기로 쓰던, 악토르의 아들 에뤼투스에게는

페르세우스가 낫처럼 구부러진 칼로 공격하지 않고,   80

높은 돋을새김을 한 크고 무거운 포도주 희석용 동이[3]를

두 손으로 번쩍 집어 들어 내리쳤다.

에뤼투스는 붉은 피를 토하며 뒤로 나자빠져

죽어가는 머리로 땅바닥을 쳐댔다.

이어서 페르세우스는 세미라미스의 후손인 폴뤼덱몬,   85

카우카수스 출신의 아바리스, 스페르키오스 강변에 살던

뤼케투스, 머리를 깎지 않는 헬릭스, 플레귀아스와 클뤼투스를

눕힌 뒤 죽은 자들의 시신 더미를 밟고 다녔다.

　　피네우스는 감히 가까이서 적과 싸우지 못하고 투창을 던졌다.

하지만 그것은 빗나가 이다스를 맞혔으니, 이다스는 뒷전으로 물러나   90

어느 편도 들지 않았으나 다 소용없는 일이었다. 그는 성난 눈으로

잔혹한 피네우스를 노려보며 말했다. "피네우스여, 그대가 나더러

3　고대 그리스인들과 로마인들은 동이에다 포도주를 물로 희석해 마셨다.

싸움에 끼어들도록 강요했으니, 그대는 나를 적으로 받아들여 —
그대 자신이 그렇게 만들었으니까 — 부상을 부상으로 갚도록 하시오!”
그는 제 몸에서 뽑아낸 창을 되던지려다가 쓰러졌는데,   95
어느새 사지에서 피가 모두 빠져나갔기 때문이다.

   그러고 나서 케페우스의 백성 중 왕 다음으로 지위가
높은 호디테스가 클뤼메누스의 칼에 쓰러졌다.
프로토에노르는 휨세우스가 쳤고, 휨세우스는 륑케우스의
자손[4]이 공격했다. 그들 중에는 고령의 에마티온도 있었는데,
그는 정의를 존중하고 신들을 두려워하는 사람이었다.   100
그는 연로하여 무기로는 싸우지 못하고 혀로 싸웠는데,
앞으로 걸어 나오더니 범죄와 다름없는 폭도의 전투를 저주했다.
그가 떨리는 손으로 제단을 붙들고 있을 때, 크로미스가 칼로
그의 머리를 베었다. 그러자 머리가 곧장 제단 위에 떨어져
그곳에서 아직도 반쯤 살아 있는 입으로 저주의 말을   105
쏟아내며 제단의 불 한가운데로 마지막 숨을 내쉬었다.
이어서 쌍둥이 형제 브로테아스와 암몬이 피네우스의 손에
쓰러졌다. 그들은 불패의 권투선수였지만 권투 장갑이
칼을 이길 수는 없었다. 관자놀이에 흰 머리띠를
두르고 있던, 케레스의 사제 암퓌쿠스도 같은 변을 당했다.   110
람페티데스여, 그대도 이런 싸움에 휩쓸릴 것이 아니라,
노래하며 키타라를 연주하는 평화스러운 일에나 어울릴 것이오.
그대는 잔치와 축제를 노래로써 축하하라는 명령을 받았으니 말이오.
하지만 전투와는 무관한 채를 손에 들고 멀찍이 떨어져 있던 그를 보고는

---

4   페르세우스.

파이탈루스가 조롱하며 "나머지는 스튁스의 망령들에게나   115
노래 불러주어라!" 하고 그의 왼쪽 관자놀이를 칼로 찔렀다.
그는 쓰러져 죽어가는 손가락으로 뤼라의 현을 다시
뜯으려 했는데, 우연히도 그것은 애절한 곡조였다. 그 광경을 보고
미쳐버린 뤼코르마스는 그가 원수도 갚지 못한 채 죽도록
내버려두지 않고 오른쪽 문설주에서 튼튼한 빗장을   120
뽑아 살인자의 목뼈 한복판을 내리쳤다.
그러자 파이탈루스가 도살당한 황소처럼 땅에 엎어졌다.
키뉩스⁵의 펠라테스는 왼쪽 문설주에서도 빗장을 뽑으려다가
마르마리카⁶의 코뤼투스가 던진 창에 그대로
오른손이 뚫려 나무에 꼼짝없이 꽂혀버렸다. 꽂혀 있는   125
그의 옆구리를 아바스가 찌르자 펠라테스는 쓰러지지 않고,
자신의 손을 꼭 붙잡은 기둥에 매달려 죽어갔다.
페르세우스 편을 들던 멜라네우스도 쓰러졌고,
나사모네스족⁷ 나라의 갑부이자 대지주인
도륄라스도 그랬는데, 그보다 영지를 더 많이 가지고 있거나   130
그만큼 많은 향료 더미를 수확하는 자는 아무도 없었다.
던져진 무쇠가 그의 살에 비스듬히 꽂혔는데,
그곳은 급소이다. 부상을 입힌 장본인인 박트라 출신의
할퀴오네우스는 그가 헐떡헐떡 숨을 거두며 눈알을
굴리는 것을 보고 "네가 가진 넓은 땅 가운데서 네가 누운   135

5   리뷔에 지방의 강. 여기서 '키뉩스의'는 '리뷔에의'라는 뜻이다.
6   이집트의 서쪽에 있는 지방.
7   북아프리카에 살던 부족.

땅만큼만 갖도록 하라!"라고 말하고 생명 없는 시신 곁을 떠났다.

하지만 이때 아바스의 자손[8]이 아직도 따뜻한 상처에서 창을 뽑아

복수자로서 할퀴오네우스에게 던지자, 창이 그의 코를 맞히며

목덜미를 뚫고 나와 앞뒤 양쪽으로 불거져 나왔다.

포르투나가 페르세우스를 도와주는 동안 그는 클뤼티우스와   140

클라니스도 넘어뜨렸는데, 이들은 한 어머니에게서 태어났으나

상처는 서로 달랐다. 클뤼티우스는 강력한 팔이 내던진

물푸레나무 창이 양쪽 허벅지를 꿰뚫었고, 클라니스는 이로

창을 깨물었기 때문이다. 멘데스 출신의 켈라돈도 쓰러졌고,

어머니는 팔라이스티네[9] 출신이지만 태어난 아버지는

알려지지 않은 아스트레우스도 쓰러졌으며,   145

전에는 다가올 일을 미리 알 만큼 현명했으나 그때는 거짓 전조에

속은 아이티온과, 왕의 무구를 들고 다니던 시종 토악테스와

악명 높은 친부 살해자 아귀르테스도 쓰러졌다.

하지만 페르세우스에게는 한 일보다 할 일이 더 많았다.

모두가 한 사람을 제압하기로 작정했고, 폭도가 똘똘 뭉쳐 공적과   150

약속을 부인하는 일을 위하여 사방에서 그를 공격했기 때문이다.

그의 편을 들어주는 것은 소용없이 성실한 그의 장인과 그의 신부,

그녀의 어머니였고, 이들은 비명소리로 홀을 가득 메웠다.

하지만 무구 소리와 죽어가는 자들의 신음이 그 소리를 압도했다.

한편 벨로나는 페나테스 신들을 흘러내리는 피에 담가   155

피로 더럽히며 자꾸만 새로운 전투를 불러일으켰다.

8   페르세우스.
9   4권 46행 참조.

그 한 사람을 피네우스와 천 명이나 되는 피네우스의 추종자가
둘러싸고 있었다. 겨울 우박보다 더 많은 창이
페르세우스의 양 옆구리와 눈과 귀 옆을 날아 지나갔다.
그는 큰 돌기둥에 양어깨를 대고 서서 등을 안전하게   160
보호하며 덤벼드는 폭도에 맞섰다.
왼쪽에서는 카오니아[10] 출신인 몰페우스가 공격해왔고,
오른쪽에서는 나바타이아[11] 출신인 에켐몬이 공격해왔다.
마치 허기에 시달리던 호랑이가 서로 다른 골짜기에서
두 무리의 소떼가 울어대는 소리를 듣고는 어느 쪽을 공격해야   165
할지 몰라 양쪽을 동시에 공격하기를 열망하듯이, 꼭 그처럼
페르세우스 역시 오른쪽을 쳐야 할지 왼쪽을 쳐야 할지 망설이다가
몰페우스의 다리에 관통상을 입혀 내쫓았다. 페르세우스는 그자가
도망치는 것으로 만족했으니, 에켐몬이 그에게 시간을 주지 않고
그의 목덜미 위쪽에 부상을 입히려고 미친 듯이 덤벼들었다.   170
하지만 에켐몬이 조심하지 않고 힘껏 내리친 탓에 기둥의
모서리에 맞아 칼날이 부러졌고 이것은 순식간에 칼 임자의
목구멍에 꽂히고 말았다. 그래도 치명상은 아니었다.
그러나 떨면서 거기 서서 무장하지 않은 두 손을
헛되이 내밀고 있던 그자를 페르세우스가   175
퀼레네 출신의 신[12]에게 받은, 낫처럼 구부러진 칼로 찔렀다.
    페르세우스는 자신의 용기로도 다수를 대적할 수 없음을

---

10 쉬리아 지방의 도시.
11 1권 61행 참조.
12 메르쿠리우스.

보고는 "그대들이 그렇게 강요하니 나는 적에게

도움을 구할 것이오. 여기 내 친구로서 온 자라면,

얼굴을 돌리도록 하시오!"라고 말하고 고르고의 얼굴을 들었다.   180

"그대의 요술에 놀랄 사람이라면 딴 데 가서 찾아보시지."라고

테스켈루스가 말했다. 그러고는 치명적인 투창을 손으로

던지려다가 그 자세 그대로 대리석상이 되어 멈춰 서버렸다.

그 다음으로 암픽스가 위대한 정신으로 가득찬

륑케우스의 자손의 가슴을 칼로 찌르려다가 찌르려던 자세 그대로   185

오른손이 굳어져 이쪽으로도 저쪽으로도 꼼짝하지 않았다.

자신이 일곱 갈래 닐루스의 자손이라고 사칭하며

자신의 방패에 이 강의 일곱 흐름을 일부는 은으로,

일부는 금으로 새겨넣은 닐레우스가 말했다.

"페르세우스여, 그대는 우리 가문의 기원을 보라. 그대가 죽어   190

침묵하는 그림자들에게 가더라도 큰 위안이 되리라.

이토록 위대한 전사의 손에 쓰러졌다는 것은." 그의 마지막 말은

도중에 끊어졌다. 닐레우스의 열린 입은 말하고 싶어한다고

그대는 믿겠지만 그 입으로는 말이 튀어나올 수 없었다.

이들 두 사람을 에뤽스가 나무라며 말했다. "그대들이 굳어버린 것은   195

용기가 부족해서이지 고르고의 위력 때문이 아니오. 그대들은 나와 함께

달려들어 요술 무기를 휘두르는 저 젊은이를 땅바닥에 내동댕이치시오!"

에뤽스는 달려들었다. 그러나 땅바닥이 그의 발을 꼭 붙들었고

에뤽스는 움직이지 않는 바위가 되고, 무장한 석상이 된 채 그대로 서 있었다.

이들은 사실 벌받을 짓을 하여 벌받았던 것이다. 하지만   200

페르세우스 편에서 싸우던 아콘테우스라는 병사가 있었는데,

그는 친구를 위해 싸우다가 고르고를 보고는 돌로 굳어졌다.

아스튀아게스는 그가 아직도 살아 있는 줄 알고

긴 칼로 내리쳤다. 칼이 쨍그랑 날카로운 소리를 냈다.

아스튀아게스는 어리둥절해하다가 똑같은 힘에 사로잡혀　　　　205

대리석 얼굴에 놀란 표정을 지은 채 그대로 돌사람이 되었다.

죽은 병사들의 이름을 일일이 열거하자면 시간이 많이

걸릴 것이다. 이백 명이 전투에서 살아남았고,

이백 명이 고르고를 보고 돌로 굳어졌다.

　　그제야 피네우스는 이 불의한 전투를 후회했다.　　　　210

하지만 어찌하겠는가? 그는 여러 자세의 석상을 보고는 그들이

자기 부하임을 알아보았다. 그는 일일이 그들의 이름을 부르며

도움을 청했고, 잘 믿어지지 않아 자기 가까이 있는 육신들을

만져보았다. 그들은 대리석이었다. 그는 얼굴을 돌린 채

잘못을 시인하는 듯 손과 팔을 옆으로 향하고 탄원자로서 말했다.　　215

"페르세우스여, 그대가 이겼소. 그대의 그 무서운 괴물을 치우시오!

메두사가 누구든, 돌로 변하게 하는 메두사의 얼굴은 치우시오!

제발 치우시오. 부탁이오. 싸움에 나서도록 나를 부추긴 것은

그대에 대한 증오나 왕권에 대한 욕심이 아니오.

나는 내 약혼녀를 위해 무기를 들었던 것이오. 공적에서는 그대의

요구가 더 정당하나, 세월에서는 내 요구가 더 정당하오.　　　　220

그대에게 양보하지 않았던 것이 후회되오. 하지만 가장

용감한 자여, 제발 목숨만 살려주시오. 다른 것은 모두 그대가

가지시오!" 그는 이렇게 말하면서도 정작 자신이

간청하는 사람을 감히 쳐다보지 못했다. 그에게 페르세우스가

대답했다. "가장 비겁한 피네우스여, (그대는 두려워 마시오.)

내가 줄 수 있는 것을 나는 줄 것이며, 그것은 겁쟁이에게는　　　　225

큰 선물이 될 것이오. 말하자면 그대는 무쇠로 고통 받지 않을 것이오.

천만에, 나는 그대를 위해 세월을 타지 않는 기념비를 세울 것이오.

그리하여 그대는 내 장인의 집안에서 언제나 구경거리가 되어,

내 아내는 전에 자기와 약혼했던 자의 입상을 보고 위안을 얻겠지요."

이렇게 말하고는 피네우스가 겁에 질려 얼굴을   230

돌린 쪽으로 포르퀴스의 딸[13]의 머리를 가져갔다.

피네우스는 또 눈을 돌리려 했으나 목덜미가

뻣뻣해지며 눈 안의 습기는 돌로 굳어졌다.

대리석상이 되어서도 그의 겁먹은 얼굴과 탄원자의

표정과 애원하는 두 손과 굴종하는 자세는 그대로 남아 있다.   235

페르세우스의 훗날의 행적들

　아바스의 증손자는 승리자로서 아내와 함께 선조의 성벽 안으로

들어가서 그럴 자격도 없는 외조부의 원수를 갚기 위하여

프로이투스를 공격했다. 왜냐하면 프로이투스가 무력으로 형을

내쫓고 아크리시우스의 성채를 차지했기 때문이다.

프로이투스는 무력의 도움으로도, 부당하게 함락한 성채로도   240

뱀을 달고 다니는 괴물의 무시무시한 눈길을 이길 수 없었다.

　하지만 작은 섬나라 세리포스의 통치자 폴뤼덱테스여, 그대는

그토록 많은 노고를 통해 검증된 젊은이의 용기와 고난에도

마음이 누그러지기는커녕 오히려 가혹했고 달랠 수 없는 증오심을

13　메두사.

품었으며, 그대의 부당한 분노는 끝이 없었소.　　　　　　　　　　　　　245
그대는 심지어 그의 영광을 축소하며 메두사를 죽였다는 것이 지어낸
말이라고 주장했소. "그것이 진실임을 내가 그대에게 증명하겠소.
그대들은 눈을 가리시오!" 이렇게 말하고 페르세우스는 메두사의
얼굴로 왕의 얼굴을 핏기 없는 돌로 만들어버렸다.

폭군 퓌레네우스

　여태까지 트리토니아[14]는 황금 소나기에서 태어난 오라비와　　　　　250
동행했다. 이제 그녀는 속이 빈 구름으로 몸을 감싼 채
세리포스를 떠나 오른쪽으로 퀴트누스와 귀아로스를
뒤로하고 가장 짧은 길로 바다 위를 지나 테바이와
처녀신[15]들의 성소인 헬리콘으로 향했다. 이 산에 닿자
그녀는 내려앉더니 유식한 자매들에게 이렇게 말했다.　　　　　　　255
"메두사한테서 태어난 날개 달린 말의 단단한 발굽에 채여
새로운 샘[16]이 솟아났다는 소문이 내 귀에까지 들려왔어요.
나는 그 기적을 보고 싶어요. 그것이 내가 찾아온 용건이에요.
나는 그 말이 그 어머니의 피에서 태어나는 것을 보았으니까요."
우라니에[17]가 대답했다. "여신이여, 그대가 어떤 용건으로　　　　　260
우리집을 찾아오셨든 우리는 그대를 진심으로 환영해요.

14　2권 783행 참조.
15　무사 여신들.
16　힙포크레네(Hippocrene 그 / Hippou krene '말의 샘').
17　천문학을 관장하는 무사 여신 우라니아(Urania)의 변형태이다.

그 소문은 사실이에요. 그 샘은 페가수스의 작품이지요.”

그러고는 팔라스를 신성한 샘물이 있는 곳으로 인도했다.

여신은 말발굽에 채여서 생겨난 샘물을 보고 한동안 감탄하다가

오래된 원림과 동굴과 수많은 꽃이 만발한 풀밭을   265

둘러보며 므네모쉬네의 딸들이야말로 하는 일로

보나 살고 있는 환경으로 보나 똑같이 행복하다고

말했다. 그녀에게 자매 중 한 명이 이렇게 말했다.

“오오, 그대의 용기가 그대를 더 위대한 일들로 인도하지 않았더라면

우리 동아리에 속했을 트리토니아여, 그대의 말은 사실이며   270

우리의 예술과 처소는 그대의 칭찬을 받을 만도 하지요.

우리는 행복한 몫을 받은 셈이에요, 여기서 안전할 수만 있다면요.

하지만 (범죄는 못 하는 짓이 없는지라) 우리 처녀의 마음에는

모든 것이 두렵기만 하고, 잔혹한 퓌레네우스[18]가 눈앞에

어른거려요. 사실 나는 아직도 온전한 제정신은 아니에요.   275

그 사나운 폭군은 트라키아 군대로 다울리스와 포키스의 들판들을

점령한 다음, 불법으로 얻은 영토를 왕으로서 통치하고 있었지요.

우리는 파르나수스에 있는 신전[19]으로 가고 있었어요. 우리가 오는

것을 보고 그자는 우리의 신성을 존경하는 척하며 말했어요.

‘므네모쉬네의 따님들이시여,(그자는 우리를 알고 있었어요.)   280

청컨대 잠시 걸음을 멈추시어 내 지붕 밑에서 낮은 하늘과 비를

피하기를 망설이지 마소서!(비가 오고 있었으니까요.) 하늘의 신들께서도

---

18 퓌레네우스(Pyreneus)는 이 구절을 통해서만 알려져 있을 뿐 다른 문헌에는 나오지 않는다.
19 여기서 ‘파르나수스의 신전’이란 파르나수스 산의 남쪽 비탈에 있는 델피의 아폴로 신전을
말한다.

가끔 이 누옥(陋屋)을 찾아주셨나이다.' 우리는 그자의 말과 날씨에

마음이 움직여 이를 승낙하고 궁전 안으로 들어갔지요.

이제 비가 그치고 남풍이 북풍 앞에 패주하며   285

먹구름이 맑게 갠 하늘에서 달아나고 있었어요.

우리는 떠나기를 원했으나 퓌레네우스는 궁전의 문들을 닫아걸고

우리를 폭행할 채비를 했어요. 우리는 날개를 타고[20] 도망쳤지요.

그러자 그자는 마치 우리를 따라오려는 듯 높다란 성채 위에

자리잡고 서서는 '그대들이 어느 길로 가시든 나도 같은 길로   290

가겠나이다.'라고 말하더니 미쳐서 성탑의 맨 꼭대기에서 몸을

던졌어요. 그자는 거꾸로 떨어져 두개골이 박살난 채 죽어가며

자신의 사악한 피로 물든 땅 위에서 허우적거렸지요."

무사 여신에게 도전한 피에로스의 딸들

   무사 여신이 이야기하는 동안 공중에서 날갯짓하는 소리가

들리더니 높은 나뭇가지에서 인사하는 말[21]이 들려왔다.   295

윱피테르의 딸은 위를 쳐다보며 그토록 또렷한 소리가

어디서 들려오는지 알아보려고 했다. 그녀는 사람이

말하는 줄 알았으나 그것은 새였다. 아홉 마리가

자신들의 운명을 한탄하며 가지 위에 앉았는데,

20 무사 여신들이 날개를 타고 공중을 날았다는 말은 다른 문헌에는 나오지 않는다.
21 무사 여신들은 말하는 새들에게는 '안녕하세요!'라는 뜻의 라틴어 ave 또는 그리스어 chaire
를 말하도록 가르쳤다고 한다.

그것들은 무슨 소리든 흉내낼 줄 아는 까치들이었다.

미네르바가 놀라자 무사 여신이 이렇게 설명하기 시작했다. 300

"저들은 얼마 전에 노래 시합에 져서 새들의 무리에 추가되었지요.

펠라²²의 대지주 피에로스가 저들을 낳았고, 파이오네스족²³의

에우입페가 저들의 어머니였어요. 그녀는 아홉 번이나 강력한

루키나²⁴에게 도움을 청하며 아홉 번이나 출산을 했지요.

이들 멍청한 자매 무리는 자신들의 수가 많은 것에 우쭐해져서 305

하이모니아²⁵와 아카이아²⁶의 그토록 많은 도시를 지나 이리로

와서는 이런 말로 우리에게 노래 시합을 하자고 도전했답니다.

'그대들은 공허한 달콤함으로 무식한 대중을 속이는 일일랑

그만두세요. 테스피아이²⁷의 여신들이여, 조금이라도 자신이 있다면

노래 시합을 해요. 우리는 목소리에서도, 기술에서도 310

그대들에게 지지 않을 것이며 수도 똑같아요. 그대들이 지면

메두사의 샘²⁸과 휘안테스족²⁹의 아가닙페³⁰ 샘을 떠나세요.

우리가 지면 에마티아³¹의 들판에서 눈 덮인 파이오네스족의

---

22 마케도니아 지방의 도시.

23 마케도니아 지방에 살던 부족.

24 Lucina. '빛(lux)이 있는 곳으로 데려다주는 여자'라는 뜻으로 출산의 여신으로서의 유노 또는 디아나의 별칭.

25 1권 568행 참조.

26 4권 606행 참조.

27 Thespiae(그 / Thespiai). 헬리콘 산 근처에 있는 도시.

28 힙포크레네.

29 보이오티아인들의 옛 이름. 여기서 '휘안테스족의'(Hyanteus)는 '보이오티아의'라는 뜻이다.

30 헬리콘 산에 있는 또 다른 샘으로 이 역시 시적 영감을 불러일으키는 샘이라고 한다.

31 남(南)마케도니아에 있는 지역.

나라까지 물러갈 거예요. 시합의 판정은 요정들에게 맡기도록 해요!'
사실 그들과 겨룬다는 것은 창피한 일이었지만, 물러난다는 것은   315
더 창피해 보였어요. 그리하여 요정들이 뽑혀 자신들의 흐름에
걸고 맹세하고는 살아 있는 바위³²로 만들어진 자리에 앉았어요.

신들의 변신

그러자 제비도 뽑지 않고 그들 중 한 명이 자기가 시합에
나서겠다며 하늘의 신들의 전쟁을 노래했는데, 그녀는 기가스³³들의
명예는 부당하게 높이고 위대한 신들의 행적은 폄하했어요.   320
튀포에우스³⁴가 땅속 가장 깊숙한 곳에서 나와 하늘의 신들에게
공포를 불어넣자 신들은 모두 등을 돌리고 도망쳤는데,
마침내 아이귑투스³⁵ 땅과 일곱 하구로 갈라진 닐루스가
지칠 대로 지친 신들을 받아주었다는 거예요. 그녀가 말하기를,
대지에서 태어난 튀포에우스가 그곳까지 추격하자   325
하늘의 신들은 가짜 형상으로 둔갑했다고 해요.
'윱피테르는 양떼의 우두머리인 숫양이 되었지요.'라고
그녀는 말했어요. '그래서 오늘날까지도 리뷔에의 암몬³⁶은
구부정한 뿔이 달린 모습으로 그려지는 것이지요.

32 '살아 있는 바위'란 자연석을 말한다.
33 1권 152행 참조.
34 3권 303행 참조.
35 Aegyptus(그/ Aigyptos). 이집트의 라틴어 이름.
36 4권 671행 참조.

델리우스[37]는 까마귀로, 세멜레의 아들은 염소로, 포이부스의 누이는
고양이로, 사투르누스의 딸은 눈처럼 흰 암소로,   330
베누스는 물고기로, 퀼레네 출신의 신[38]은 따오기로 둔갑했지요.'[39]

케레스와 프로세르피나

  키타라[40] 반주에 목소리를 맞추며 그녀는 거기까지 노래했어요.
이번에는 우리 아오니아[41] 자매들에게 노래를 청했어요.
하지만 여신이시여, 혹시 그대는 시간이 없어 우리의 노래에
귀기울일 여가가 없는 것은 아닌지요?"
"망설이지 말고 그대들의 노래를 순서대로 들려주세요!"라고   335
말하고 팔라스는 쾌적한 나무 그늘에 자리잡고 앉았다.
무사 여신이 대답했다. "우리는 대표로 칼리오페[42] 한 명을 뽑아
시합에 나서게 했지요. 그녀는 일어서서 흘러내리는 머리털을
담쟁이덩굴로 묶더니 엄지손가락으로 구슬픈 소리를 내는 현들을
시험해본 뒤 현을 쳐서 반주하며 이런 노래를 불렀어요.   340
  '케레스 여신이 처음으로 흙덩이를 굽은 보습으로 갈아엎으시고,
처음으로 세상에 곡식과 부드러운 식량을 주시고, 처음으로 법을

---

37 아폴로. 1권 454행 참조.
38 메르쿠리우스.
39 이 구절은 왜 이집트 신들이 동물의 형상을 하고 있는지 설명해주고 있다.
40 1권 주 74 참조.
41 1권 313행 참조.
42 Calliope(그/Kalliope). 무사 여신들의 맏이로서 서사시를 관장한다.

정해주셨으니,[43] 모든 것이 케레스의 선물이에요.

그러므로 나는 마땅히 그녀를 노래해야 할 거예요. 원컨대

내가 여신에게 합당한 노래를 부를 수만 있다면!

여신께서 내 노래에 합당하다는 것은 확실하니까요.   345

　거대한 섬 트리나크리스[44]가 기가스[45]의 사지 위에 내던져져

엄청난 무게로 튀포에우스를 짓누르니,

그자는 감히 하늘의 궁전을 바라던 자예요.

가끔은 용을 쓰며 다시 일어서려고 몸부림치지만,

그자의 오른손은 아우소니아[46]의 펠로로스[47]에 눌려 있고,   350

왼손은 파퀴노스[48]여, 그대에게, 두 다리는 릴뤼바이움[49]에게

눌려 있어요. 그리고 아이트나[50]가 그자의 머리를 짓누르고 있어

사나운 튀포에우스는 그 아래 등을 깔고 누워 재를 던지며

입에서 화염을 토하지요. 그자는 가끔 대지의 무게를 밀어내고

도시들과 큰 산들을 몸에서 굴리려고 애를 쓰곤 해요.   355

그러면 대지가 흔들리며, 침묵하는 자들[51]의 왕도

43　곡물과 농업의 여신인 케레스의 별칭 중 하나는 테스모포로스(Thesmophoros)인데 '입법자'(立法者)라는 뜻이다.

44　트리나크리스(Trinacris) 또는 트리나크리아(Trinacria)는 '세 모서리의 섬'이라는 뜻으로 시킬리아의 별칭이며 이 섬의 생김새에서 유래한 이름이다.

45　여기서는 튀포에우스를 말한다.

46　Ausonia. 이탈리아, 특히 남(南)이탈리아를 말한다.

47　Peloros, Pelorias 또는 Peloris. 시킬리아의 북동쪽에 있는 곳으로 이탈리아 쪽으로 뻗어 있어 '아우소니아의 펠로로스'라고 한 것 같다.

48　시킬리아의 남동쪽에 있는 곳.

49　시킬리아의 서쪽 끝에 있는 곳.

50　시킬리아의 화산.

51　죽은 이들.

혹시 땅이 갈라져 쩍 벌어지면서 햇빛이 들어와

떨고 있는 그림자들을 놀라게 하지 않을까 두려워하지요.

이런 재앙이 두려워 왕[52]은 어둠의 왕국에서 나와

검은 말들이 끄는 마차를 타고 시킬리아 땅을 돌며   360

그 기초를 조심스럽게 살펴보았어요.

그는 무너질 위험한 곳이 한 군데도 없음을 충분히

확인하고 나서야 안심했지요. 그때 에뤼키나[53]가 자신의 산[54]에

앉아 있다가 그가 돌아다니는 것을 보고는 날개 달린 아들을

껴안으며 말했어요. 〈내 무기이자 팔이자 내 권세인 내 아들   365

쿠피도야, 너는 모든 것을 정복하는 그 무기를

집어 들어 우주의 통치권을 삼분할 때 마지막 몫을

제비로 뽑은[55] 저 신의 가슴에다 네 날랜 화살을 쏘도록 해라.[56]

너는 하늘의 신들과 융피테르마저도 지배한다.

너는 바다의 신들은 물론이고 바다의 신들을 지배하는

신[57] 자신도 정복하고 지배한다. 그렇거늘 왜 타르타라[58]는   370

52 저승의 왕 플루토.

53 Erycina. 베누스의 별칭 중 하나로 그녀에게 바쳐진 시킬리아의 에뤽스(Eryx) 산에서 유래
한 이름이다.

54 시킬리아 서북쪽에 있는 에뤽스 산.

55 첫 번째 몫인 하늘은 융피테르에게, 두 번째 몫인 바다는 넵투누스에게 돌아가고, 플루토
에게는 세 번째 몫인 저승이 돌아갔다는 말이다.

56 오비디우스의 『로마의 축제들』 4권에서 플루토는 쿠피도의 도움 없이도 사랑에 빠진다. 여
기 나오는 베누스와 쿠피도의 장면은 베르길리우스, 『아이네이스』 1권 663행 이하에 나오는
이들 모자의 장면에서 암시를 받은 것으로 생각된다.

57 넵투누스.

58 1권 113행 참조.

남겨두는가? 왜 너는 네 어머니의 왕국과 네 왕국을

늘리지 않는 게냐? 이것은 우주의 삼분의 일이 걸린 문제다.

우리는 느긋하게 참다가 하늘에서 조롱거리가 되고,

내 권세와 더불어 아모르[59]의 권세도 줄어들고 있다.

너는 팔라스와 사냥꾼 디아나가 나에게서 떨어져 나간 것이   375

보이지도 않느냐?[60] 그리고 케레스의 딸도 우리가 내버려두면

처녀신이 될 것이다. 그녀도 똑같은 희망을 품고 있으니 말이다.

이제 네가 우리 공동의 왕국에 조금이라도 긍지를 느낀다면

그것을 위해 여신을 숙부[61]와 결합시키도록 해라!〉

베누스가 이렇게 말하자 쿠피도가 화살통을 열고는   380

어머니의 뜻대로 일천 개의 화살 중에서 하나를 고르니,

그보다 더 날카롭고 더 확실하고 활의 말을 더 잘 듣는

화살은 없었어요. 그는 무릎에 대고 나긋나긋한 활을

구부리더니 미늘 달린 화살로 디스[62]의 심장을 꿰뚫었어요.

　헨나 시의 성벽에서 멀지 않은 곳에 페르구스라는 물이 깊은   385

호수가 하나 있는데, 미끄러지듯 흘러가는 강물 위에서

카위스트로스[63] 강도 이 호수보다 더 많은 백조의 노랫소리를

듣지는 못해요. 호수 주위로 빙 돌아가며 숲이 물을 에워싸고 있어,

그 나뭇잎이 차일처럼 포이부스의 햇살을 막아주고 있어요.

나뭇가지는 시원한 그늘을 드리우고,

59　'사랑'이라는 뜻으로 쿠피도를 달리 부르는 이름이다.

60　팔라스와 디아나 이 두 여신은 끝까지 처녀신으로 남는다.

61　케레스의 딸 프로세르피나는 윱피테르의 딸이니 플루토에게는 조카딸이다.

62　4권 438행 참조.

63　2권 253행 참조.

촉촉한 땅에는 온갖 색깔의 꽃이 만발해 있지요.   390

그곳은 늘 봄이에요. 이 원림에서 프로세르피나가

놀면서 제비꽃이나 흰 백합을 꺾고 있었어요.

그녀가 소녀답게 열심히 바구니와 옷자락을 가득 채우며

또래들보다 더 많은 꽃을 모으려고 애쓰는 동안,

디스가 그녀를 보고는 보자마자 원하여 납치했어요.   395

그의 사랑은 그만큼 조급했어요. 여신은 겁에 질려 애절하게

어머니와 동무들을 불렀으나, 어머니를 더 자주 불렀지요.

그리고 프로세르피나가 입고 있던 옷의 어깨 부분이 찢겨 나가자

옷자락이 흘러내리며 거기에 모아둔 꽃들도 떨어져 흩어졌어요.

순진하고 어린 소녀는 그 와중에도   400

꽃을 잃는 것이 마음 아팠어요.

그녀를 납치한 자는 마차를 몰면서 말들의 이름을

일일이 부르며 격려했고, 검은 물을 들인 고삐를

말들의 목과 갈기 위에서 흔들어댔어요.

그는 말들을 급히 몰아 깊은 호수들과, 대지의 갈라진 틈 사이로   405

부글부글 끓어오르는 유황 내 나는, 팔리키들[64]의 못들을 지나고,

양쪽에 바다를 끼고 있는 코린투스[65] 출신인 박키아다이 가(家)[66]가

---

64 Palici(단수형 / Palicus). 윱피테르와 요정 탈리아(Thalia)의 쌍둥이 아들로 시킬리아의 팔리
카(Palica) 시의 유황 못가에 그들의 신전이 있었다.

65 중부 그리스와 펠로폰네수스 반도를 이어주는 지협에 위치한 부유한 상업 도시.

66 Bacchiadae(그 / Bakchiadai). 헤르쿨레스의 자손인 박키스(Bacchis 그 / Bakchis)의 후손으로
코린투스의 오래된 왕족이다. 그들은 시킬리아로 건너가 쉬라쿠사이(Syracusae 그 / Syrakousai)
시를 세웠다.

크기가 다른 두 항구 사이에 도시[67]를 세운 곳을 지나갔어요.[68]

퀴아네[69]와 피사[70]의 아레투사[71] 사이에 만(灣)이

하나 있는데, 그 물은 좁은 곳들로 둘러싸여 있지요.   410

이곳에 시킬리아의 요정 중에서도 가장 유명한 퀴아네가

있었는데, 못 이름도 그녀의 이름에서 따온 것이었어요.

퀴아네는 허리까지 상반신을 드러내고 자신의 연못 한가운데에 서 있다가

납치당하는 소녀를 알아보고 말했어요. 〈그대들은 더는 못 갑니다!

케레스의 뜻을 거스른 그대가 여신의 사위가 될 수는 없어요.   415

소녀에게 청혼을 해야지 납치를 하다니요. 작은 것을 큰 것에

견주어도 된다면, 나도 아나피스에게 사랑받았으나 내가 결혼한 것은

그에게 청혼받았기 때문이지, 이 소녀처럼 겁에 질려서가 아니에요.〉

그녀는 이렇게 말하고 두 팔을 양쪽으로 벌리며 그의 길을

막았어요. 사투르누스[72]의 아들[73]은 더이상 노여움을   420

억제하지 못하고 무시무시한 말들을 재촉하며

강한 팔로 왕홀을 휘둘러 못의 맨 밑바닥을 쳤어요.

---

67   쉬라쿠사이. 쉬라쿠사이는 원래 오르튀기아 섬에서 시작하여 내륙 지방으로 확장해나갔는
데, 그 과정에서 서쪽으로 큰 항구가 생겼고 섬 북쪽에도 자그마한 항구가 생겨났다.

68   디스가 섬의 중앙에서 남동쪽에 있는 쉬라쿠사이로 비스듬하게 시킬리아를 가로질러 갔다
는 것인데, 이는 오비디우스의 『로마의 축제들』 4권 359~360행에서의 이야기와 모순된다.

69   쉬라쿠사이 근처의 아나피스(Anapis 또는 Anapus 그/Anapos) 강으로 흘러드는 샘과 그
요정.

70   그리스 펠로폰네수스 반도에 있는 엘리스 지방의 도시.

71   Arethusa(그/Arethousa). 엘리스 지방의 샘 및 그 요정으로 하신 알페우스(Alpheus 그/
Alpheios)가 겁탈하려 하자 지하로 숨어들어 쉬라쿠사이 시 옆의 오르튀기아 섬에서 다시 솟아
올랐다고 한다.

72   1권 113행 참조.

73   디스.

그러자 대지는 타르타라까지 길을 열더니
곤두박질치는 마차를 쩍 갈라진 틈 한가운데로 받아들였어요.

  퀴아네는 소녀가 납치당하고 자신의 샘의 권리가 무시당하자   425
이를 슬퍼하여 아무도 치유할 수 없는 상처를 말없이 마음속에
품고 있다가 끝없는 눈물로 완전히 소진되어 얼마 전까지도
그녀가 그것의 위대한 신성이었던 바로 그 물로 녹아버렸어요.
그대는 퀴아네의 사지가 물러지고, 그녀의 뼈가 흐물흐물해지고,
그녀의 손발톱이 딱딱함을 잃는 것을 볼 수 있었을 거예요.   430
무엇보다도 맨 먼저 검은 머리와 손톱과 다리와 발 같은,
그녀의 몸 가운데서 가장 가느다란 부분들이 녹았어요.
가느다란 지체가 차가운 물로 변하는 것은 간단하기
때문이지요. 그다음에는 그녀의 양어깨와 등과
옆구리와 가슴이 가녀린 물줄기로 변해 사라졌어요.   435
마지막으로 살아 있는 피 대신 맑은 물이 그녀의 망가진 혈관으로
흘렀고, 그대가 잡을 수 있는 것은 아무것도 남지 않았어요.

  그사이 어머니는 걱정이 되어 모든 나라와
모든 바다에서 딸을 찾았으나 소용없는 일이었어요.
이슬 젖은 머리털로 다가오는 아우로라[74]도, 헤스페루스[75]도   440
여신이 쉬는 것을 보지 못했어요. 그녀는 아이트나에서
불 붙인 관솔 횃불 두 개를 양손에 들고
서리 내리는 밤의 어둠 속을 쉬지 않고 돌아다녔어요.

---

74 2권 113행 참조.
75 Hesperus(그/ Hesperos). 저녁 때 서쪽 하늘에 보이는 금성, 즉 저녁샛별 일명 개밥바라기
를 말한다.

자애로운 낮이 다시 별을 희미하게 만들면 그녀는

해 지는 곳에서 해 뜨는 곳까지 딸을 찾아다녔어요.　　　　　445

여신은 노고로 지칠 대로 지친 데다 샘물로 입을 축이지 못해

갈증까지 났어요. 마침 짚으로 지붕을 인 오두막 한 채를 발견한

여신은 나지막한 문을 두드렸어요. 그러자 노파가 나오더니

여신을 보았고, 여신이 물을 청하자 볶은 보리

낟알을 띄운 달콤한 물을 주었어요. 여신이 물을 받아　　　　　450

마시는 동안 우락부락하게 생긴 건방진 소년이

여신 앞에 멈춰 서서 웃으며 여신을 욕심꾸러기라고 불렀어요.

여신이 화가 나서 못 다 마신 음료를 거기에 섞인

보리 낟알과 함께 그렇게 말한 소년의 얼굴에 끼얹었어요.

그러자 즉시 소년의 얼굴에는 반점이 생겼고, 팔이 있던 곳에는　　455

다리가 생겼으며, 바뀐 사지에는 꼬리가 덧붙여졌어요.

소년은 해코지하는 큰 힘을 갖지 못하도록 작은 모습으로

줄어들어, 비록 크기는 더 왜소하지만 작은 도마뱀이 되었어요.

노파는 놀라 눈물을 흘리며 그 괴이한 짐승을 만지려 했으나,

그 짐승은 노파에게서 도망쳐 숨을 곳을 찾았어요.

그것은 제 몸 색깔에 맞는 이름[76]을 갖고 있어요.　　　　　460

그것의 몸에는 온갖 색깔의 반점이 별처럼 뿌려져 있으니까요.

　여신이 어떤 나라와 어떤 바다를 헤매고 다녔는지 이야기하자면

시간이 많이 걸릴 거예요. 딸을 찾아다니는 어머니에게는 온 세상도

좁았으니까요. 여신은 시카니아[77]로 되돌아왔고, 이곳을 구석구석

---

[76]　스텔리오(stellio)란 이름은 '별'이라는 뜻의 스텔라(stella)에서 유래했다는 것이다.

[77]　시킬리아를 달리 부르는 이름.

돌아다니다가 퀴아네에게도 갔어요. 요정이 물로 변하지 않았더라면　　465
자초지종을 이야기해주었으련만, 요정은 말하고 싶어도
입도 혀도 없었으며, 말할 수 있는 수단이 아무것도 없었어요.
하지만 요정은 명백한 단서를 주었으니, 어머니가 잘 알고 있던 것을,
페르세포네[78]가 우연히 거기 신성한 물위에 떨어뜨렸던
허리띠를 못의 수면 위로 보여주었던 거예요.　　470
여신은 그것을 알아보자 딸이 납치되었음을 그때 처음으로
깨달은 것처럼 산발한 머리를 쥐어뜯고 두 손으로 연방
가슴을 쳤어요. 여신은 딸이 어디 있는지
아직 알지 못했지만 모든 나라를 배은망덕하다고 나무랐고,
곡식의 선물을 받을 자격이 없다고 했는데,　　475
그중에서도 실종된 딸의 발자취를 발견한 트리나크리아에서
특히 심했답니다. 그곳에서 여신은 흙덩이를 갈아엎는
보습을 화난 손으로 박살냈고, 성이 나서 농부와 밭갈이하는 소를
함께 죽음에 넘겨주었으며, 밭에 명하여 신뢰를
저버리게 했고, 씨앗이 말라죽게 만들었어요.　　480
비옥하기로 세상에 널리 이름난 이 나라는 그 이름값을 못하고
불모의 땅으로 누워 있었어요. 씨앗은 싹을 틔우자마자 죽었고,
때로는 너무 강한 햇볕에, 때로는 억수 같은 비에 망가졌어요.
별들[79]과 바람들이 그것들을 해코지했고, 탐욕스러운 새들이
뿌려지자마자 씨앗을 쪼아 먹었으며, 독보리와 엉겅퀴와　　485
제거할 수 없는 잡초가 밀의 수확을 망쳐놓았어요.

78　프로세르피나의 그리스어 이름으로, 원전대로 읽었다.
79　여기서 '별들'(sidera)이란 날씨를 말하는 것 같다.

그때 알페오스의 애인이었던 요정[80]이 엘리스에서 흘러온
물 밖으로 머리를 내밀어 물방울이 듣는 머리털을
이마에서 귀 뒤로 쓸어넘기며 말했어요.
〈오오, 소녀를 찾아 온 세상을 헤매는 어머니여,
곡식의 어머니여, 이제 끝없는 노고는 그만두시고   490
그대에게 성실하기만 한 이 나라를 향한 격한 노여움을 거두세요!
이 나라는 죄가 없으며, 납치를 위해 열렸던 것은 본의가 아니었어요.
내가 탄원하는 것은 내 나라를 위해서가 아녜요. 나는 이방인으로
이곳에 왔으니까요. 피사가 내 고국이며, 나는 엘리스에서 태어났어요.
시카니아에서 나는 이방인으로 살고 있어요. 하지만 나는 이 나라가   495
어떤 땅보다도 더 좋아요. 지금 나 아레투사에게는 이곳이
내 가정이고 내 거처이니까요. 그러니 가장 자비로운 분이여,
이 땅을 구해주세요. 내가 고향을 떠나 그토록 크디큰 바다를 건너
오르튀기아[81]로 온 사연은, 그대가 근심에서 벗어나
더 즐거운 안색이 되면 그대에게 이야기할 적당한 때가   500
오겠지요. 대지가 나를 위해 지나갈 길을 열어주어서
나는 저 아래 대지의 가장 낮은 곳에 있는 동굴들을 통과한 뒤에야
이곳에서 다시 머리를 들어 그사이 생소해진 별들을 쳐다보았지요.
그래서 대지 아래에 있는 스튁스 못을 미끄러지며 지나가다가
거기서 그대의 프로세르피나를 바로 이 두 눈으로 보았어요.   505

80   아레투사.
81   시킬리아 쉬라쿠사이 시 앞바다의 섬. 일설에 따르면 하신 알페오스가 사랑한 것은 아레투
사가 아니라 디아나이고 쉬라쿠사이 앞바다의 섬 오르튀기아는 그녀에게 바쳐졌다고 한다. 그
래서 그녀는 오르튀기아라는 별칭을 갖게 되었는데 이것이 그녀가 태어난 델로스 섬의 별칭이
되었다는 것이다.

프로세르피나는 확실히 슬퍼 보였고, 아직도 두려운 얼굴빛이었어요.

하지만 그녀는 여왕, 그림자들 세계의 가장 위대한

여왕이었고, 지하 세계 왕의 강력한 아내였어요.〉

　어머니는 이 말을 듣자 마치 돌이 된 듯 그 자리에 그대로 섰고

한동안 제정신이 아닌 것 같았어요. 하지만 심한 충격이　　　　　　　　510

심한 고통에 자리를 내주자 그녀는 마차를 타고

하늘나라로 올라갔어요. 그곳에서 여신은 침울한 얼굴빛에

산발한 채 읍피테르 앞에 서서 분개하며 말했지요.

〈읍피테르여, 나는 내 핏줄과 그대의 핏줄을 위해 탄원자로서 그대를

찾아왔어요. 그대가 어미에게 관심이 없다면, 딸이 아버지의 마음을　　　515

움직이게라도 해주세요. 내가 그애의 어미라고 해서, 부탁이에요,

그애에 대한 그대의 배려를 소홀히 하지 말아주세요. 보세요,

나는 그토록 오랫동안 찾아다니던 딸을 드디어 찾아냈어요.

만약 그대가 그애를 더 확실히 잃는 것을 찾아내는

것이라 부르신다면, 또는 그애가 어디 있는지 아는 것을

찾아내는 것이라 부르신다면 말예요. 그애가 납치된 것은　　　　　　520

참겠어요, 그애를 돌려주기만 한다면. 그대의 딸이

도둑의 아내가 되어서는 안 되니까요, 그애가 내 딸이 아니라

하더라도 말예요.〉 읍피테르께서 대답하셨어요. 〈그애는 내 딸이자

그대의 딸이며, 우리의 공동의 담보이자 걱정거리요. 하지만 만약 그대가

사물에 바른 이름을 붙이기를 원한다면, 이것은 불법행위가 아니라　　　525

사실은 사랑의 행위요. 그리고 그는 우리에게 부끄럽지 않은

사윗감이오. 그대가 원하기만 한다면 말이오, 여신이여.

그가 달리 내세울 것이 없다 하더라도 읍피테르의 형이 되는 것은

얼마나 대단한 일이오! 한데 내세울 것이 없지도 않다면,

그리고 그가 단지 제비뽑기에 져서 내게 양보한 것이라면 어떻겠소?

그들을 갈라놓기를 그대가 그토록 바란다면 프로세르피나는 하늘로   530

돌아올 것이나, 저승에서 어떤 음식도 입에 댄 일이 없어야 한다는

한 가지 조건이 있소. 그렇게 운명의 여신들[82]이 정해놓았기 때문이오.〉

　그분께서 그렇게 말씀하셨으나 케레스는 딸을 끌어내기로

결심했어요. 하지만 운명이 이를 허락하지 않았으니, 소녀가

끝까지 금식(禁食)하지 못하고 잘 손질된 정원을 거닐다가   535

휘어진 가지에서 순진하게도 석류를 하나 따서

노르스름한 껍질을 벗기고는 그 씨 일곱 알을 입에 넣고

씹었던 거예요. 그것을 본 것은 아스칼라포스 딱 한 명이었는데,

전하는 이야기에 따르면, 그는 아베르누스[83]의 요정 중에서도

가장 덜 알려진 편은 아닌 오르프네가 전에 저승의 캄캄한 숲속에서   540

자신의 아케론[84]에게서 잉태하여 낳은 아들이라고 해요.

그가 보고 일러바쳐 잔인하게도 그녀가 귀환할 수 없게 만들었어요.

그러자 에레부스[85]의 왕비가 신음하며 증인을 불길한 새로

82　Parcae(그/Moirai). 원래 '각자가 받은 몫'이라는 뜻의 그리스어 moira(Moirai의 단수형)가 신격화된 것으로, 호메로스 이후에는 클로토(Clotho 그/Klotho '실 잣는 여자'), 라케시스(Lachesis '할당하는 여자'), 아트로포스(Atropos '되돌릴 수 없는 여자' '가차없는 여자')의 세 자매인데, 한 명이 실을 자으면, 다른 한 명은 이를 감고, 또 다른 한 명은 명(命)이 다하면 이를 끊음으로써 인간의 수명을 조절하는 것으로 생각되었다.

83　아베르누스(Avernus) 또는 중성 복수형인 아베르나(Averna)는 이탈리아의 서남부 캄파니아(Campania) 지방에 있는 호수로 그곳에는 저승으로 내려가는 입구가 있다고 믿어졌으며, 그래서 때로는 여기서처럼 '저승'이라는 뜻으로도 쓰인다.

84　저승을 흐르는 강.

85　Erebus(그/Erebos). '암흑'이라는 뜻으로 신화에서는 카오스와 밤(Nyx)의 아들이지만(혜시오도스, 『신들의 계보』 123행 참조), 여기서는 '저승'이라는 뜻으로 쓰였다.

만들었으니, 왕비는 그의 머리에 플레게톤[86]의 물을 끼얹어

부리와 깃털과 큰 눈을 주었던 거예요.   545

그는 자기 자신의 모습을 벗고 황갈색 날개를 걸쳤으며,

머리는 커지고 발톱은 길어지며 구부러졌고,

게으른 팔에 돋아난 깃털을 거의 움직일 수가 없었어요.

그는 다가오는 재앙을 예고해주는 기분 나쁜 새,

인간에게 불길한 전조인 나태한 올빼미가 되었던 것이지요.   550

　그는 혀를 나불거렸으니 그런 벌을 받아 마땅한 것처럼

보일 수 있을 거예요. 아켈로우스의 딸들[87]이여, 그대들은 어째서

소녀의 얼굴은 그대로인 채 새의 깃털과 발을 갖고 있나요?

프로세르피나가 봄꽃을 따 모을 때, 유식한 시렌 자매들이여,

그대들도 그녀의 동무들 사이에 섞여 있었기 때문인가요?   555

그대들은 그녀를 찾아 온 세상을 헛되이 헤맨 뒤에,

그대들이 염려한다는 것을 바다도 알도록 그대들이 날개로

노 저어 파도 위에 떠다닐 수 있게 해달라고 기원했으니 말예요.

신들은 그대들의 소원을 들어주었고, 그대들은 자신들의

사지가 갑자기 황금빛 깃털로 덮이는 것을 보았지요.   560

하지만 귀를 즐겁게 하려고 태어난 낭랑한 음성과

그토록 풍요한 노래의 지참금을 그대들이 잃지 않도록

처녀의 얼굴과 인간의 목소리만은 그대로 남겨놓았던 거예요.

86　저승을 흐르는 강 가운데 하나.

87　시렌(Siren 복수형 Sirenes 그/ Seiren 복수형 Seirenes) 자매들. 이들은 그리스 중서부 지방
을 흐르는 아켈로우스(Achelous 그/ Acheloios) 강의 딸들로 얼굴은 소녀이나 다른 부분은 새의
모습을 하고 있는데, 지나가는 선원들을 노래로 유혹하여 배가 바위섬에 부딪혀 부서지게 만
들었다고 한다.

한데 윱피테르께서는 형과 슬퍼하는 누이 사이의
중재자로서 돌고 도는 한 해를 똑같이 둘로 나누셨어요.   565
그리하여 이제 두 영역에 공통된 신인 프로세르피나는 일 년
열두 달 중 반은 어머니와 보내고, 반은 남편과 보내게 되었어요.
그러자 즉시 프로세르피나의 기분과 얼굴빛이 변했어요.
잠시 전까지 디스에게조차 슬퍼 보이던 이 여신의 얼굴이
기쁨으로 빛났으니, 그 모습은 마치 여태까지 눅눅한 구름에   570
가려 있던 해가 구름을 몰아내고 얼굴을 내밀 때와 같았어요.

아레투사가 도망친 사연

이제 자애로운 케레스는 딸을 돌려받아 기분이 좋아져서,
아레투사여, 그대가 도망친 사연은 무엇이며, 왜 그대가
신성한 샘인지 물었어요. 그러자 물결이 조용해지며, 요정이
깊은 샘에서 머리를 들어 초록빛 머리털을 손으로 말리며   575
엘리스 지방 하신의 오래된 사랑 이야기를 들려주었어요.
〈나는 아카이스[88] 지방에 살던 요정 중 한 명이었어요.〉라고
그녀는 말했어요. 〈나보다 더 열심히 숲이 우거진 산을 뛰어다니고,
나보다 더 열심히 사냥용 그물을 치는 요정은 아무도 없었어요.
나는 강하고 용감하여 예쁘다는 말을 들으려   580
애쓰지 않았건만 예쁘다는 평을 들었어요. 나는 얼굴이
예쁘다고 너무 자주 칭찬받았으나 기쁘지 않았어요.

[88] 그리스의 별칭.

다른 소녀들이 기뻐하는 매력적인 외모 때문에 나는
시골뜨기처럼 오히려 얼굴을 붉혔고, 남에게 잘 보이는 것을
죄라고 생각했어요. 나는 녹초가 되어(잘 기억하고 있어요.)
스튐팔루스[89] 숲에서 돌아오고 있었어요. 날씨가 더웠는데,   585
애쓴 탓에 더위가 갑절로 힘들게 느껴졌어요. 소용돌이치지 않고
소리 없이 흘러가는 냇물과 마주쳤는데, 물이 어찌나 맑은지
바닥까지 들여다보였고, 깊은 곳에 있는 조약돌을 모두
셀 수 있을 정도였어요. 그대는 물이 흐르고 있다고는 거의 생각지
못했을 거예요. 이 물을 먹고 자란 은빛 버드나무와 미루나무가   590
비탈진 강둑에 자연스레 그늘을 지어주고 있었어요.
나는 물가에 다가가 먼저 두 발을 담그고 이어서 무릎까지 다리를
담갔어요. 그러고는 그것도 성에 차지 않아 허리띠를 푼 다음
부드러운 옷을 벗어 아래로 휜 나뭇가지에 걸어두고 알몸으로
물속에 들어갔지요. 내가 물을 치기도 하고 당기기도 하고   595
온갖 방법으로 미끄러지듯 지나가며 두 팔을 들어 휘젓고 있는데,
물속 깊은 곳에서 뭔지 모를 중얼거리는 소리가 들리는 것
같았어요. 나는 깜짝 놀라 가까운 강둑으로 뛰어 올라갔지요.
그러자 알페오스가 자신의 물에서 '아레투사야, 어디로 급히 가느냐?
어디로 가느냐?' 하고 거친 목소리로 재차 나를 불렀어요.   600
나는 옷도 입지 않고 벗은 그대로 도망쳤어요. 내 옷은 맞은편 강둑에
놓여 있었어요. 그는 그만큼 더 세게 달려들었고 사랑에 불타올랐지요.
내가 알몸이라 그에게는 더 쉽게 잡힐 것처럼 보였던 거예요.
나는 달리고, 알페오스는 그렇게 나를 거칠게 압박하니,

89 Stymphalus(그/ Stymphalos). 그리스 아르카디아 지방의 호수 및 강.

그 모습은 마치 비둘기들이 떨리는 날개로 매 앞에서 도망치고, 605

매는 겁먹은 비둘기들을 추격할 때와 같았어요.

오르코메노스[90]와 프소피스[91]와 퀼레네[92]와

마이날로스[93]의 골짜기들과 차가운 에뤼만투스[94]와 엘리스[95]까지

나는 계속해서 달렸고, 그는 나보다 더 빠르지는 못했어요.

나는 힘으로는 그의 상대가 되지 못해 오랫동안 속도를 610

유지할 수 없는 반면 그는 오랜 노고를 감당할 수 있었어요.

그래도 나는 평야와 나무로 덮인 산을 지나고

바위와 절벽을 넘고 길이라고는 없는 곳을 지나 달렸지요.

나는 해를 등지고 있어, 그의 긴 그림자가 내 발을 앞지르는 것을

보았어요. 겁이 나서 그렇게 보인 것이 아니라면 말이에요. 615

그의 발소리가 나를 놀라게 하고, 그의 헐떡이는 거친

숨결이 머리띠로 묶은 내 머리털에 닿은 것은 확실해요.

나는 힘들게 도망치느라 지쳐 소리쳤어요. '나는 곧 잡혀요.

디아나 여신이여, 그대는 가끔 그대의 활과 화살이 든 화살통을

내게 들라고 맡기셨거늘, 그대의 무기를 들던 시녀를 도와주소서!' 620

그러자 여신은 마음이 움직여 짙은 구름 조각으로 나를 쌌어요.

하신은 어둠에 싸인 내 주위를 맴돌며 무슨 영문인지

몰라 빈 구름 주위를 두리번거렸어요.

90 아르카디아 지방의 도시.
91 아르카디아 지방의 도시.
92 1권 217행 참조.
93 2권 415행 참조.
94 2권 244행 참조.
95 2권 679행 참조.

그는 여신이 나를 가려 놓은 곳을 멋모르고 두 번이나 돌며

두 번이나 '이봐 아레투사, 이봐 아레투사!' 하고 불렀어요.   625

그때 가련한 내 심정이 어떠했겠어요? 높은 양우리 주위에서

늑대들이 울부짖는 소리를 듣고 있는 새끼 양이나

가시덤불 속에 숨어서 개 떼의 적대적인 주둥아리를 보고는

감히 꼼짝달싹도 못하는 산토끼의 심정이 아니었을까요?

그는 떠나지 않았어요. 거기서 더 앞으로 나아간 발자국이   630

하나도 보이지 않았으니까요. 그는 안개가 있는 곳을 지키고 있었어요.

지친 내 사지에서는 식은땀이 흘러내렸고, 온몸에서 검은 물방울이

쏟아져 내렸어요. 내가 발을 움직이는 곳마다 못이 생기고

머리털에서는 물이 줄줄 쏟아져 내리며, 내가 지금 그대에게

일어난 일을 이야기하는 것보다 더 빨리 나는 물줄기로   635

변하고 있었어요. 그러자 하신은 그 물이 자신이 사랑하던 소녀임을

알아차리고는 앞서 빌렸던 인간의 모습을 벗고

나와 교합하려고 본래대로 물로 되돌아갔어요. 델리아[96]가 땅을

갈라주시어 나는 곤두박질한 다음 캄캄한 동굴 속을 지나

여기 오르튀기아[97]에 왔어요. 내가 이곳을 사랑하는 것은

이곳이 내가 모시던 여신의 이름을 지니고 있기도 하거니와   640

처음으로 나를 위쪽의 대기로 인도해주었기 때문이에요.〉[98]

---

96 디아나.

97 5권 499행 참조.

98 여기서는 아레투사가 하신 알페오스에게서 벗어난 것으로 되어 있으나, 베르길리우스의
『아이네이스』 3권 694행 이하에 따르면 알페오스는 아레투사를 뒤쫓아가서 목적을 달성한다.

트립톨레무스

아레투사의 이야기는 이것으로 끝났어요. 그러자 풍요의 여신[99]은
한 쌍의 용을 수레에 매고 용들의 입에 재갈을 물린 다음
하늘과 대지 사이의 대기 속을 달려 마침내 트리토니스의 도시[100]에
도착했어요. 그곳에서 여신은 가벼운 수레를 트립톨레무스에게   645
맡기며 자기가 주는 씨앗을 일부는 경작한 적이 없는 땅에 뿌리고,
일부는 오랫동안 묵혀두었던 들판에 뿌리라고 명령했어요.
트립톨레무스는 어느새 에우로페와 아시아 땅 위를 훨훨 날아
스퀴티아[101]의 해안에 도착했는데, 그곳의 왕은
륑쿠스였어요. 트립톨레무스는 왕의 궁전으로 들어갔어요.   650
왕은 그에게 어디서 왔으며 찾아온 용건은 무엇인지,
이름은 무엇이며 조국은 어딘지 물었어요. 그러자 그가 대답했어요.
〈내 조국은 유명한 아테나이[102]이고 내 이름은 트립톨레무스요.
나는 배를 타고 바닷길로 오지도 않았고 걸어서 뭍길로
오지도 않았으니, 대기가 나를 위해 길을 열어주었던 것이오.
나는 케레스의 선물을 가져왔는데, 그것을 넓은 들판에다   655
뿌리면 풍요한 수확과 자애로운 식량을 돌려줄 것이오.〉
야만족의 왕은 이 말을 듣자 샘이 났어요. 그는 자신이 그토록

---

99 케레스.
100 아테나이.
101 기마 유목민족인 스퀴타이족이 살던 곳으로, 흑해 북쪽 기슭에서 시베리아에 이르는 광대
한 지역이다.
102 정확히는 케레스 여신의 비의(秘儀)로 유명했던 엘레우시스를 말한다.

큰 선물의 시혜자가 되기 위해 손님을 환대했고,

손님이 잠에 곯아떨어졌을 때 단검을 들고 공격했어요.

하지만 왕이 손님의 가슴을 찌르려는 순간 케레스가 왕을

살쾡이[103]로 만들고, 몹소푸스[104]의 젊은이[105]에게는   660

한 쌍의 신성한 용을 몰아 대기를 지나 집으로 돌아가라고 명령했어요.'

숲속의 험담꾼이 된 피에로스의 딸들

　여기서 우리 자매들의 맏이는 자신의 유식한 노래를 끝냈어요.

그러자 요정들은 이구동성으로 헬리콘에 사는 여신들이 이겼다고

말했어요. 시합에 진 자매들이 욕설을 하며 대들자

내가 말했지요. '너희는 시합을 하자고 도전하다가   665

벌받은 것으로는 성에 차지 않아 잘못에다 욕설까지

덧붙이는구나. 이제 우리도 참을 만큼 참았으니

너희에게 벌을 주고, 분노가 부르는 곳으로 따라갈 것이다.'

그러자 에마티아[106]의 소녀들[107]은 웃으며 내 위협의 말을

조롱했어요. 하지만 그들이 말하려 하고 크게 소리지르며   670

건방지게 주먹을 휘둘렀을 때, 그들이 보는 앞에서 손톱에

깃털이 돋아나더니 두 팔이 솜털로 덮이는 것이었어요.

103　살쾡이의 라틴어와 그리스어는 lynx이다.

104　아테나이의 옛 왕으로 여기서 '몹소푸스의'는 '아테나이의' 또는 '앗티카의'라는 뜻이다.

105　트립톨레무스.

106　남마케도니아 지방.

107　피에로스의 아홉 딸들.

그들은 서로 쳐다보는 가운데 저마다 얼굴이 딱딱한 부리로
굳어지며 새로운 종류의 새가 되어 숲으로 날아갔어요.
그러고는 가슴을 치려다가 움직이는 팔들에 위로 들어올려져
공중에 매달렸어요. 숲속의 험담꾼인 까치가 되어서 말이에요.
새가 된 지금도 그들에게 이전의 말재주와 쉰 목소리의 수다와
말하고 싶은 한없는 욕구는 그대로 남아 있답니다."

VI

존 워터하우스, 〈베 짜는 여인〉

아라크네와 여신의 베짜기 경쟁

　트리토니아는 그런 이야기를 듣고 나서 아오니아 자매들[1]의
노래를 칭찬하고 그들의 노여움이 정당했음을 인정했다.
그러고는 자신에게 말했다. "칭찬하는 것으론 모자라.
나 자신이 칭찬받고 싶고, 내 신성을 경멸하는 자는
그냥 내버려두지 않고, 반드시 벌받도록 할 거야."
여신은 마이오니아[2]의 여인 아라크네의 운명을 염두에　　　　　　5
두었으니, 베 짜는 솜씨에서 그녀의 명성이 자기 못지않다는
말을 들은 것이다. 그녀가 유명해진 것은 신분이나 가문 때문이
아니라 재주 때문이었다. 그녀의 아버지 콜로폰[3]의 이드몬은
포카이아[4]산(産) 자줏빛 염료로 물을 잘 흡수하는 양모를
염색하는 직업을 갖고 있었다. 어머니는 죽고 없는데,
어머니 역시 평민 출신으로 그 점에서는　　　　　　　　　　10
남편과 같았다. 이렇듯 아라크네는 한미한 가정에서
태어나 한미한 휘파이파[5]에 살건만 재주 하나로
온 뤼디아의 도시에서 기억에 남을 명성을 얻었다.
가끔 요정들은 그녀의 작품을 구경하기 위해 티몰루스[6]의
산비탈에 있는 자신들의 포도밭을 떠났고,　　　　　　　　15

1　무사 여신들. 5권 333행 참조.
2　2권 252행 참조.
3　Colophon(그/Kolophon). 소아시아 이오니아 지방의 도시.
4　Phocaia(그/Phokaia). 이오니아 지방의 해안 도시.
5　뤼디아 지방의 소도시.
6　2권 217행 참조.

팍톨로스[7]의 요정들은 자신들의 물에서 나오곤 했다.

아라크네가 완성한 옷만이 아니라, 옷이 만들어지는 과정을

보는 것도 즐거운 일이었다. 그녀가 처음에 거친 양털을 공처럼 감든,

손가락으로 매만지든, 하얀 뭉게구름 같은 양털을 매만져

길고 부드러운 실을 뽑든, 민첩한 엄지손가락으로   20

가느다란 물레 가락을 돌리든, 바늘로 수를 놓든, 그녀의 솜씨에는

언제나 우아함이 깃들어 있었다. 그대는 그녀가 팔라스에게

배웠음을 알 수 있었으리라. 하지만 그녀는 그것을 부인했고,

그토록 위대한 선생한테 배웠다는 것을 언짢아하며 "여신더러 나와

겨루라고 하세요. 내가 지면 하라는 대로 하겠어요."라고 말했다.   25

　　그러자 팔라스가 노파 모습을 하고는 관자놀이에 가짜 백발을

쓰고 비틀거리는 사지를 지팡이에 의지하며 나타났다.

그러고는 아라크네에게 말했다. "노령이 가져다주는 것이라고 해서

다 피하려 해서는 안 돼요. 세월과 함께 경험도 쌓이니까.

내 충고를 무시하지 마세요. 양모 다루는 솜씨로 인간들 사이에서는   30

최대한의 명성을 추구하세요. 하지만 여신에게는 양보하고,

그대가 한 말에 대해 겸손한 목소리로 용서를 구하세요,

지각없는 여인이여! 그대가 빌면 여신께서는 용서해주실 거예요."

아라크네는 여신을 노려보며 막 손질하기 시작한 실을 놓더니,

손찌검하는 것만은 가까스로 참고는 얼굴에 드러내놓고   35

성난 빛을 띠며 노파가 팔라스인 줄도 모르고 이렇게 대답했다.

"그대는 고령에 지쳐 노망이 든 채 내게 왔군요.

너무 오래 산 것이 해가 될 수 있지요.

7　　Pactolos(그 / Paktolos). 뤼디아 지방의 강.

며느리나 딸이 있으면 그들에게 가서 그런 소리 하세요.
내 일은 내가 알아서 해요. 내가 그대의 충고를 따랐다고   40
생각지 마세요. 나는 여전히 같은 생각이에요.
왜 여신이 몸소 오지 않죠? 왜 이 시합을 피하는 거죠?" 그러자
여신이 "그녀가 왔다!"라고 말하며 노파의 모습을 벗고 자신이
팔라스임을 드러냈다. 요정들과 뮈도네스족[8]의 여인들이
여신의 신성에 경의를 표했다. 놀라지 않은 이는 소녀[9]뿐이었다.   45
소녀는 잠깐 얼굴을 붉혔으니, 갑작스러운 홍조가 본의 아니게
얼굴에 나타났다가 사라졌던 것이다. 그 모습은
아우로라가 처음 나타날 때 대기가 자줏빛이 되다가
잠시 뒤에 해가 뜨면 다시 창백해질 때와 같았다.
여전히 뜻을 굽히지 않고 소녀는 어리석게도 이기기를 바라며   50
자신의 운명 속으로 뛰어들었다. 윱피테르의 딸은 거절하지 않았으니,
더는 충고하지 않고 시합을 연기하지도 않았다.
   둘은 지체 없이 서로 다른 곳에 자리 잡고 서더니[10]
두 대의 베틀 위에다 고운 날실을 펼쳐 걸었다.
베틀의 기둥은 가로대와 연결되고, 날실은 갈대가 갈라놓았다.   55
그들은 뾰족한 북을 써서 날랜 손놀림으로 씨실을 날실 사이로
밀어넣었고, 씨실이 날실 사이를 통과하면
요란한 바디의 이빨이 그것을 쳐서 제자리에 가게 했다.
그들은 둘 다 옷을 가슴께에 동여매고는 재빨리 일하며

---

8   도네스족에 관해서는 2권 247행 참조. 여기서 '도네스족의'는 '프뤼기아의'라는 뜻이다.
9   아라크네.
10   당시에는 우리나라에서처럼 베틀을 세로로 길게 뉘어놓고 앉아서 베를 짜는 것이 아니라
    가로로 길게 세워놓고 그 앞에 서서 베를 짰다.

숙련된 손을 움직였고, 열중한 나머지 힘든 줄도 몰랐다.   60

거기에는 튀로스의 청동 솥에서 염색된 자줏빛 실이 짜 넣어졌는데

그 실들은 색조의 차이가 미세하여 거의 구별할 수 없었다.

그것은 마치 소나기가 온 뒤 햇살이 구름을 뚫고 나오면

거대한 아치의 무지개가 넓은 하늘을 물들일 때와 같았다.

무지개에는 서로 다른 수천 가지 색깔이 빛나지만, 보는 이의 눈은   65

한 색깔에서 다른 색깔로의 변화를 느낄 수가 없다.

그처럼 인접한 색깔은 같아 보여도 양끝의 색깔은 판이하다.

거기에는 또 나긋나긋한 금실이 짜 넣어지며,

베틀의 직물에 옛이야기가 그려지고 있었다.

　팔라스는 케크롭스[11]의 성채[12] 위에 있는 마보르스의 바위[13]와   70

나라의 이름에 관한 오래전의 분쟁[14]을 그려 넣었다.

그곳에는 이류 십이, 하늘의 열두 신이 윱피테르를 중심으로

높은 왕좌 위에 근엄하게 앉아 있었다. 각각의 신은 낯익은

모습으로 그려지는데, 윱피테르는 제왕의 모습이었다.

바다의 신이 거기 서서 긴 삼지창으로 거친 바위를 치자   75

11　케크롭스에 관해서는 2권 555행 참조. 여기서 '케크롭스의'는 '아테나이의'라는 뜻이다.

12　여기서 '성채'란 아크로폴리스가 아니라 도시를 뜻하는 것으로 생각된다. 아크로폴리스로 해석할 경우 오비디우스가 그것을 아레스의 언덕(Areopagus 그/ Areios pagos)과 혼동하고 있었다는 말이 될 것이다.

13　여기서 '마보르스의 바위'란 아크로폴리스 북서쪽에 있는 아레스의 언덕을 말한다. 마보르스에 관해서는 3권 531행 참조.

14　미네르바와 넵투누스가 아테나이의 영유권을 두고 다투던 일을 말한다. 이때 넵투누스는 삼지창으로 아크로폴리스를 쳐서 짠물이 나는 샘을 만들어주었으나, 미네르바는 올리브나무를 주어 아테나이 주민들에 의해 아테나이의 수호신이 되었다고 한다. 헤로도토스, 『역사』(Histories apodexis) 8권 55절 참조.

깨진 바위 한가운데서 짠 바닷물이 솟았는데,

그에게는 그것이 그 도시가 자기 것임을 보여주는 증거였다.

하지만 여신은 자기 자신에게는 방패와 끝이 예리한 창과 머리에 쓸

투구를 주었고, 아이기스가 여신의 가슴을 지켜주고 있었다.

여신이 창끝으로 대지를 치자 거기서 열매가 주렁주렁 달린   80

연초록의 올리브나무 한 그루가 돋아나고 있었다. 그러자 신들이

경탄하고 있었다. 여신은 빅토리아[15]로 자신의 작품을 마무리했다.

경쟁자가 스스로의 대담한 미친 짓에 대하여

어떤 대가를 각오해야 하는지 본보기를 통해 알 수 있도록

여신은 네 귀퉁이에다 네 가지 분쟁 장면을 덧붙였는데,   85

그것은 선명한 색깔의 세밀화였다. 한 귀퉁이는

트라키아의 로도페[16]와 하이무스[17]를 보여주었는데,

이들은 지금은 차디찬 산이지만 전에는

가장 높은 신들의 이름을 참칭하던 인간이었다.[18]

두 번째 귀퉁이는 퓌그마이이족[19] 여왕[20]의 비참한 운명을   90

보여주었는데, 유노는 분쟁에서 진[21] 여왕더러

학이 되어 제 백성에게 전쟁을 선포하라고 명령했다.[22]

여신은 또 전에 감히 위대한 윱피테르의 아내와

---

15 그리스의 니케에 해당하는 승리의 여신.

16 2권 222행 참조.

17 2권 219행 참조.

18 이들 남매는 근친상간을 범한 것 이외에 자신들을 윱피테르와 유노라고 불렀다고 한다.

19 Pygmaei(그 / Pygmaioi). 아이티오피아에 산다는 전설적 난쟁이 부족.

20 오이노에.

21 오이노에와 유노 사이의 분쟁에 관해서는 다른 문헌에서는 언급되지 않는다.

22 학 떼와 퓌그마이이족 사이의 적대 관계에 관해서는 『일리아스』 3권 3행 이하 참조.

아름다움을 다투다가 여왕 유노에 의해 새로 변한

안티고네[23]도 그려 넣었다. 안티고네에게는 일리온[24]도 95

아버지 라오메돈[25]도 소용없었으니, 그녀는 깃털을 입고

하얀 황새가 되어 달가닥거리는 부리로 자화자찬하고 있었다.

하나 남은 귀퉁이에서는 딸들을 잃은 키뉘라스[26]를 보여주었다.

키뉘라스는 한때 자기 딸들의 사지였던 신전의 계단을

안고 있었고, 돌 위에 누워 울고 있는 것처럼 보였다. 100

여신은 평화의 상징인 올리브 가지로 가장자리를 둘렀으니,

(이것이 끝이었다.) 자신의 작품을 자신의 나무로 마무리한 것이다.

　　마이오니아 여인은 황소의 모습에 속은 에우로파를 짜 넣었다.

그대는 그것이 진짜 황소이고 진짜 바닷물이라고 생각하리라.

에우로파 자신은 떠나온 육지를 돌아다보며 동무들을 부르고, 105

뛰어오르는 파도에 닿을까 두렵고 겁이 나 두 발을

오므리는 것처럼 보였다. 아라크네는 또 아스테리에[27]가 자신을

잡고 늘어지는 독수리에게 붙잡히게 했고,[28] 레다가 백조의 날개 밑에

23　트로이야 왕 라오메돈의 딸 안티고네가 유노와 아름다움을 다투었다는 이야기는 다른 문헌에는 나오지 않는다.

24　일리온(Ilion) 또는 일리오스(Ilios)는 트로이야를 달리 부르는 이름으로 트로이야 왕 일루스(Ilus 그/ Ilos)의 이름에서 유래했다.

25　트로이야 왕으로, 트로이야의 마지막 왕 프리아무스(Priamus 그/ Priamos)와 헤시오네의 아버지. 라오메돈은 아폴로와 넵투누스에게 트로이야의 성벽을 쌓아주면 대가를 주겠다고 약속해놓고 이를 어긴 적이 있다.

26　여기서 키뉘라스는 앗쉬리아 왕으로 그의 딸들은 오만하게 굴다 유노에 의해 신전의 계단으로 변했다.

27　코이우스(Coeus 그/ Koios)의 딸로 라토나와 자매간이며 윱피테르의 구애를 받는다.

28　이 이야기는 다른 문헌에는 나오지 않는다.

누워 있게 했다.²⁹ 아라크네는 어떻게 그³⁰가 사튀루스의 모습 뒤에 숨어

아름다운 뉙테우스의 딸³¹을 쌍둥이³²로 채웠는지, 어떻게 그가, 110

티륀스³³의 여인³⁴이여, 그대를 취할 때 암피트뤼온³⁵이 되었는지,

어떻게 그가 황금 소나기가 되어 다나에³⁶를,

불이 되어 아소푸스의 딸³⁷을, 목자가 되어³⁸ 므네모쉬네³⁹를,

점박이 뱀이 되어 데오의 딸⁴⁰을 속였는지⁴¹ 덧붙였다.

그녀는 또, 넵투누스여, 아이올루스의 딸⁴²과의 사랑을 위하여 115

사나운 황소로 변한 그대를 짜 넣었소. 그대는 또 에니페우스⁴³로서

---

29 레다는 테스티우스(Thestius 그 / Thestios)의 딸로 스파르테 왕 튄다레우스(Tyndareus 그 / Tyndareos)의 아내인데, 백조로 변신한 윱피테르에 의해 두 아들 카스토르와 폴룩스를 낳는다.

30 윱피테르.

31 안티오페. 테우스(Nycteus 그 / Nykteus)는 테바이의 왕이다.

32 제투스(Zethus 그 / Zethos)와 암피온(Amphion).

33 그리스 아르골리스 지방에 있는 도시.

34 헤르쿨레스의 어머니 알크메네(Alcmene 그 / Alkmene).

35 알카이우스(Alcaeus 그 / Alkaios)의 아들이며 알크메네의 남편. 윱피테르는 암피트뤼온이 원정 가고 집을 비운 사이 그의 모습을 하고 알크메네에게 접근하여 헤르쿨레스의 아버지가 된다.

36 4권 611행 참조.

37 아이기나(Aegina 그 / Aigina). 아소푸스(Asopus 그 / Asopos)는 그리스 보이오티아 지방의 강 및 하신이다.

38 윱피테르가 목자로 변하여 므네모쉬네에게 접근했다는 이야기는 다른 문헌에는 나오지 않는다.

39 '기억'이라는 뜻으로 무사 여신들의 어머니.

40 프로세르피나. 데오는 케레스를 달리 부르는 이름이다.

41 이 교합에서 태어난 것이 자그레우스(Zagreus)인데, 그는 일반적으로 디오뉘수스와 동일시된다.

42 카나케(Canace 그 / Kanake). 여기서 아이올루스는 헬렌(Hellen)의 아들이다.

43 텟살리아 지방의 강 및 하신.

알로에우스의 아들들[44]을 낳았고,[45] 숫양으로서 비살티스의 딸[46]을

속이고 있었소. 그대를 더없이 자애로운 곡물의 금발머리 어머니[47]는

말[馬]로 느꼈고,[48] 날개 달린 말[49]의, 머리털이 올올이 뱀인

어머니[50]는 새로 느꼈으며,[51] 멜란토[52]는 돌고래로 느꼈소. 120

그들 모두에게 아라크네는 그들만의 고유한 모습과 적절한 장소를

부여했다. 그녀는 또 농부 복장을 한 포이부스[53]와

어떻게 포이부스가 때로는 매의 깃털을, 때로는 사자의 가죽을 입었는지,[54]

어떻게 그가 목자가 되어 마카레우스의 딸 잇세[55]를 속였는지,

44 알로에우스의 아들들(Aloidae 그/ Aloadai)이란 넵투누스와 알로에우스의 아내 이피메디아(Iphimedia 그/ Iphimedeia) 사이에서 태어난 거한들인 오투스(Otus 그/ Otos)와 에피알테스(Epialthes) 형제를 말한다.

45 넵투누스가 하신 에니페우스로 변신하여 오투스와 에피알테스 형제를 낳았다는 이야기는 다른 문헌에서는 확인되지 않는다. 넵투누스가 하신 에니페우스로 변신하여 살모네우스(Salmoneus)의 딸 튀로를 유혹했다는 이야기(『오뒷세이아』 11권 235행 이하 참조)가 더 널리 알려져 있다.

46 테오파네(Theopane). 그녀가 낳은 것이 저 유명한 황금 양모피의 숫양이었다. 비살테스(Bisaltes)는 영웅이었다고 한다.

47 케레스.

48 케레스가 추근대는 넵투누스를 피하려고 암말로 변하자 넵투누스도 말로 변해 그녀와 교합했다.

49 페가수스.

50 메두사.

51 넵투누스가 메두사에게 접근할 때 새로 변신했다는 이야기는 다른 곳에서는 확인되지 않는다.

52 데우칼리온의 딸로, 넵투누스와 교합하여 영웅 델푸스(Delphus 그/ Delphos)를 낳는다. 아폴로의 신탁으로 유명한 델피(Delphi 그/ Delphoi)는 그에게서 유래한 지명이다.

53 2권 679행 이하 참조.

54 아폴로가 매의 깃털과 사자의 가죽을 입었다는 이야기는 다른 문헌에서는 나오지 않는다.

55 잇세의 아버지 마카레우스(Macareus 그/ Makareus)는 레스보스의 왕이었다.

어떻게 리베르[56]가 포도송이로 에리고네[57]를 속였는지,

또 어떻게 사투르누스가 말의 모습을 하고 125

반인반마의 키론을 낳았는지[58] 짜 넣었다.

천의 가장자리를 따라 좁은 테두리에는 들러붙는

담쟁이덩굴과 한데 얽힌 꽃들이 채워져 있었다.

   아라크네의 이 작품은 팔라스도, 아니 시기 자체도 흠잡을 데가

없었다. 금발의 처녀신은 자신의 경쟁자의 성공에 속이 상해 130

하늘의 신들의 비행을 수놓은 천을 찢어버렸다.

그러고는 퀴토루스[59] 산에서 자란 회양목 북을 집어 들어

이드몬의 딸 아라크네의 이마를 서너 번 쳤다. 가련한 여인은

참다못해 용감하게도 목에다 고를 맨 매듭을 걸었다. 아라크네가

목을 매달자 팔라스가 불쌍한 생각이 들어 그녀를 들어올리며 135

이렇게 말했다. "목숨은 보존하되 늘 이렇게 매달려 있거라,

이 못된 것아! 네가 앞으로도 편안하지 못하도록, 이 벌이 법이 되어

네 씨족은 먼 후대에 이르기까지 두고두고 이런 벌을 받을지어다!"

---

56 3권 520행 참조.

57 아테나이 사람 이카루스(Icarus 그 / Ikaros)의 딸로 박쿠스의 사랑을 받았다. 훗날 아버지가 죽임을 당하자 아버지의 시신을 찾은 다음 나무에 목매어 죽는데, 일설에 따르면 죽은 뒤 하늘로 올려져 처녀자리가 되었다고 한다. 여기서 박쿠스는 포도송이로 변하여 에리고네와 교합한 것으로 생각된다. 이 일화는 다른 문헌에는 나오지 않는다.

58 사투르누스(1권 113행 참조)는 요정 필뤼라(Philyra)와 교합하여 영웅들의 스승이 된 키론(2권 630행 참조)을 낳는다. 사투르누스가 아내 레아를 속이려고 말로 변신하여 필뤼라에게 접근했다고도 하고, 필뤼라가 그의 눈을 피하려고 말로 변신했는데 사투르누스가 필뤼라에게 접근했다고도 한다.

59 4권 311행 참조.

이렇게 말한 여신은 떠나가며 아라크네에게 헤카테[60]의 액즙을
끼얹었다. 독약이 닿자마자 당장 머리털이 빠졌고,   140
머리털과 함께 코와 두 귀도 없어져버렸다. 머리는
줄어들었고 몸체도 줄었다. 가느다란 손가락은
다리 대신으로 그녀의 양옆구리에 매달려 있었다.
그녀의 나머지 부분은 모두 배가 되었다. 하지만 아라크네는 거기서
실을 뽑으며 지금은 거미로서 옛날에 하던 대로 베를 짜고 있다.   145

니오베의 파멸

온 뤼디아가 이 소식에 야단법석이었다. 이 사건에 대한 소문은
프뤼기아의 도시들로 퍼지며 넓은 세상이 떠들썩해졌다.
니오베는 아직 혼전의 처녀로서 마이오니아와
시퓔루스[61] 산에 살 때부터 아라크네를 알고 있었다.
하지만 동향인인 아라크네가 받은 벌도 그녀에게는 하늘의 신들에게   150
양보하고 더 겸손한 말을 하라는 경고가 되지 못했다.
그녀의 기를 돋우는 것은 한두 가지가 아니었다.
사실 남편[62]의 재주도 부부의 가문도 왕국의 세력도,
이 모든 것이 마음에 들기는 하지만 자신의 자녀들만큼

---

60 페르세스(Perses)와, 라토나와 자매간인 아스테리에의 딸이다. 헤카테는 가끔 디아나와 달의 여신 루나(Luna)와 동일시되며 세 개의 몸 또는 머리를 갖고 있는 것으로 여겨졌다. 헤카테는 또 밤, 암흑, 마술 등과 관계가 있는 것으로 생각되었다.
61 Sipylus(그/ Sipylos). 뤼디아 지방의 산.
62 니오베의 남편 암피온. 6권 111행 참조.

마음에 들지는 않았다. 그리하여 니오베는 자기 자신에게   155

그렇게 보이지만 않았다면 가장 행복한 어머니라는 말을 들었을 것이다.

미래사를 미리 아는, 티레시아스의 딸 만토는 어떤 신적인 힘에

영감을 받아 도시의 거리를 지나가며 알려주고 있었다.

"이스메노스의 딸들이여, 무리 지어 가서 라토나와

라토나의 두 분 자녀에게 기도 드리며 경건하게 분향하되   160

여러분의 머리에 월계관을 쓰세요! 라토나께서

내 입을 빌려 말씀하시는 거예요." 사람들은 그 말에 복종했다.

그리하여 테바이 여인들이 명령대로 이마에 월계관을 쓰고

제단의 신성한 불에다 분향하며 기도를 올렸다.

보라, 그때 니오베가 시녀 무리에 둘러싸여 나타났는데,   165

금실로 짠 프뤼기아산 옷을 입은 그녀의 모습은 장관이었다.

분노하고 싶을 만큼이나 그녀는 아름다워 보였다.

그녀는 어여쁜 머리를 양어깨 위로 흘러내린 머리칼과 함께

흔들며 곧추서서 거만한 눈으로 주위를 둘러보며 말했다.

"눈에 보이는 하늘의 신들보다 이름만 들어본 신들을 선호하다니   170

이게 무슨 미친 짓이오? 아니면 라토나는 여기 이 제단에서

공경받는데, 왜 내 신성은 아직 분향받지 못하는 것이오?

내 아버지는 탄탈루스[63]이신데, 신들의 식탁에 참가하는 것이

허용된 유일한 인간이셨소. 내 어머니[64]는 플레이야데스들[65]의

언니이고. 양어깨에 하늘의 축을 떠메고 계시는

---

63 4권 458행 참조.

64 니오베의 어머니 디오네는 아틀라스의 다른 딸들인 휘아데스들(Hyades 3권 595행 참조) 중 한 명이다.

65 1권 670행 참조.

가장 강력한 아틀라스[66]께서는 내 외조부예요. 175

읍피테르께서는 친조부이시며,[67] 나는 또 그분이 내 시아버지라고

자랑하오.[68] 프뤼기아의 부족은 나를 두려워하며, 나는 카드무스

궁전의 안주인이오. 내 남편[69]의 뤼라 연주에 의해 세워진

성벽은 그 백성과 함께 나와 내 남편의 통치를 받고 있소.

궁전의 어느 쪽으로 눈길을 돌리든 곳곳에 무한한 부(富)가 180

눈에 보이오. 그 밖에도 내 미모는 여신에게나 어울릴 만하죠.

그 모든 것에다 딸 일곱과 그만큼 많은 수의 아들과

머지않아 보게 될 며느리와 사위를 덧붙여보세요!

하지만 그대들은 아직도 내가 긍지를 느끼는 이유가 무엇이냐고

물으며, 누군지 알 수 없는 어떤 티탄 신족인 코이우스의 딸 185

라토나를 감히 나보다 선호하는군요! 출산이 가까워졌을 때

넓은 대지는 그녀에게 한 뼘의 자리조차 거절하지 않았던가!

하늘도 땅도 물도 그대들의 이 여신을 받아주지 않았소.

세상에서 추방된 그녀를 마침내 델로스 섬이

불쌍히 여겨 '그대는 정처없이 육지를 떠돌고,

나는 바다를 떠도는구려.'라고 말하고 그녀에게 190

가만히 서 있지 못하는 장소를 제공했소.[70] 그곳에서 그녀는

---

66 2권 296행 참조.
67 니오베의 아버지 탄탈루스는 읍피테르의 아들이다.
68 니오베의 남편 암피온은 읍피테르의 아들이다.
69 암피온. 테바이의 왕인 그는 니오베의 남편이자 읍피테르와 안티오페의 아들로 뤼라 연주로 돌을 움직여 테바이 성을 쌓았다고 한다.
70 라토나는 읍피테르에 의해 쌍둥이 남매인 아폴로와 디아나의 어머니가 된다. 질투심 많은 유노는 라토나가 자신의 자식들보다 더 훌륭한 자식들을 낳을 것임을 알고는 햇빛이 비치는 육지에서는 출산하지 못하게 한다. 하지만 나중에는 바다 밑바닥에 고정되었으나 당시에는 떠 있

두 아이의 어머니가 되었지요. 그것은 내가 낳은 자식의

칠분의 일에 불과해요. 나는 행복하며(누가 이를 부인할 수 있겠소?)

앞으로도 행복할 거예요.(이 또한 의심할 사람이 있겠소?)

풍요가 나를 안전하게 지켜주니까. 나는 포르투나[71]가

해치기에는 너무 크단 말이오. 포르투나가 많은 것을   195

빼앗아가더라도 내게는 훨씬 더 많은 것이 남을 테니까.

내 복은 두려움을 이미 넘어서버렸소. 이 자식들 무리 가운데

조금은 빼앗길 수 있다고 해요. 설령 그렇게 약탈당한다 해도

라토나의 자식처럼 두 명으로 줄어들지는 않겠죠. 한데

그녀는 두 명으로 무자식 팔자를 간신히 면했어요. 그대들은 이곳을   200

떠나시오. 제물은 그만하면 됐소. 머리에서 월계관을 벗으시오!"

여인들은 월계관을 벗고는 제물을 바치다 말고 떠났다.

하지만 그들이 무언의 기도로 여신을 공경하는 것까지 말릴 수는 없었다.

　여신이 분개하여 퀸투스 산정상에서 자신의 쌍둥이 자녀에게

이렇게 말했다. "보아라, 너희 어미인 나는   205

너희를 낳은 것을 자랑스럽게 여기고 있고, 유노 외에는 어느

여신에게도 양보할 뜻이 없다. 그런데 지금 나는 과연 여신인지조차

의심받고 있구나. 얘들아, 너희가 도와주지 않으면 내가 공경받던

제단에서 영원히 쫓겨나게 생겼구나. 괴로움은 그뿐이 아니다.

는 섬이던 오르튀기에로 넵투누스가 라토나를 데려가서 섬 위에 바닷물로 엷은 물막을 쳐 햇빛
이 들지 않게 해놓고 그 아래에서 출산하게 해준다. 일설에 따르면 라토나는 당시에는 역시 떠
있는 섬이었고 오르튀기에라고도 불렸던 델로스 섬에 가서 아폴로가 훗날 큰 신전을 지어줄 것
이라고 약속하고는 그곳에서 출산했는데, 이때 유노가 출산의 여신을 보내주지 않아 라토나는
예정보다 늦게 출산하며 그곳의 퀸투스 산 또는 그곳의 종려나무에 몸을 기댔다고 한다.
71　2권 140행 참조.

256　변신 이야기

저 탄탈루스의 딸은 방자한 행동에 욕설까지 덧붙이며   210

제 자식이 너희보다 잘났고 나를 무자식이라 부르는구나.

그런 일이라면 그녀 자신에게 되돌아가기를!

그녀의 불경한 말을 들어보니 그 아비에 그 딸이로구나."[72]

라토나가 이런 이야기들에 덧붙여 간청하려는데 포이부스가 말했다.

"그만하세요. 불평이 길어지면 처벌만 늦어져요."   215

포이베[73]도 같은 말을 했다. 그러고 나서 그들은 구름에 몸을 가린 채

대기 사이로 미끄러져 내려가 카드무스의 성채에 닿았다.

　성벽 언저리에 넓은 평지가 열려 있었다.

끊임없이 말들에 밟히는 곳이라 지나가는 수많은

수레바퀴와 단단한 말발굽에 흙덩이가 물러져 있었다.   220

그곳에서 암피온의 일곱 아들 가운데 몇 명이 힘센 말에 올라

황금 못을 묵직하게 박은 고삐로 말을 몰며 튀로스산

자줏빛 염료로 물들인 말 옷이 눈부신 말 등을 누르고 있었다.

그들 가운데 어머니의 배에서 맏이로 태어난

이스메누스는 거품 묻은 재갈을 바짝 당기며 네발짐승을   225

단단히 몰아 둥근 주로를 따라 돌다가 가슴에 화살을

맞으며 갑자기 "어이쿠!" 하고 비명을 질렀다.

그는 죽어가는 손에서 고삐를 놓더니 타고 있던 말의

오른쪽 어깨 위에 쓰러지며 조금씩 옆으로 미끄러져 내렸다.

그다음으로 시퓔루스가 허공에서 화살통이 덜커덕거리는 소리를   230

듣고 고삐를 마구 흔들어대며 내달리니, 그 모습은 선장이

72　탄탈루스는 일설에 따르면 하늘에서 보고 들은 것을 떠들고 다니다가 벌을 받았다고 한다.
73　1권 11행 참조.

폭풍이 다가옴을 예견하고는 구름을 보고 달아나며 한 점 미풍이라도

놓치지 않으려고 돛이란 돛을 모조리 내려 펼칠 때 같았다.[74]

시퓔루스는 고삐를 흔들어대며 달렸으나 아무도 피할 수 없는 화살이

그를 따라잡아 화살대는 그의 목덜미 위쪽에 꽂혀 떨고 있었고,   235

벌거벗은 무쇠는 그의 목구멍 앞쪽으로 튀어나왔다.

그는 그대로 앞으로 쓰러지며 달리는 말의 갈기와

다리들 사이로 굴러떨어져 뜨거운 피로 땅을 더럽혔다.

불행한 파이디무스와 외조부의 이름을 물려받은 탄탈루스는

일상의 훈련을 끝내고 이제는 몸에서 올리브기름을 번쩍이며   240

젊은이의 운동인 레슬링을 하고 있었다.

그들이 가슴에 가슴을 맞댄 채 꽉 맞잡고 있을 때

팽팽한 시위를 떠난 화살 하나가 서로 맞붙어 있는

그 모습 그대로 두 사람을 꿰뚫었다. 그들은 동시에 신음했고,

동시에 괴로워 몸부림치며 땅바닥에 넘어졌고,   245

누운 채 죽어가는 눈을 동시에 굴렸으며, 동시에 마지막 숨을

내쉬었다. 알페노르가 제 가슴을 치고 쥐어뜯으며

달려왔으니, 싸늘한 시신들을 안고 들어올리기 위함이었다.

알페노르도 이 경건한 의무를 수행하다가 쓰러졌으니,   250

델리우스가 죽음을 안겨주는 무쇠로 그의 횡격막을 뚫었다.

무쇠를 뽑자 허파의 일부가 미늘에 걸려

찢겨 나오며 목숨과 피가 대기 속으로 쏟아져 나왔다.

하지만 장발의 다마식톤은 한 번만 부상 당한 것이 아니었다.

다마식톤이 다리 윗부분에, 그러니까 오금의 힘줄이 있는   255

---

[74] 당시 돛들은 사용하지 않을 때에는 달아매놓았다가 사용할 때에는 내렸다.

부드러운 부위를 맞고는 치명적인 화살을 손으로 뽑으려는데
두 번째 화살이 그의 목구멍을 꿰뚫더니 살깃 있는 데까지
잠겼던 것이다. 피가 화살을 밀어내더니 높이 솟구치며
기다란 물줄기인 양 공중으로 솟아올랐다. 맨 마지막으로   260
일리오네우스가 두 팔을 내밀며 "모든 신이시여,
저를 살려주소서!"라며 아무런 소용이 없을 기도를 올렸으니,
소년은 모든 신에게 기도할 필요가 없다는 것을 알지 못했던 것이다.
활의 신은 마음이 움직였으나 화살을 되부르기에는 이미 때가
너무 늦었다. 하지만 소년은 가벼운 부상을 입고 쓰러졌으니,   265
화살이 그의 심장을 깊숙이 꿰뚫지는 않았던 것이다.

  이 불상사에 대한 소문을 듣고 백성의 슬픔과 친척의 눈물을 본
니오베는 자신의 급작스러운 파멸을 알게 되었다. 그녀는
신들에게 그런 능력이 있다는 데 놀랐고, 신들이 감히 이런 짓을
한 것에, 신들이 그토록 큰 권능을 가졌다는 데 분개했다.   270
설상가상으로 아이들의 아버지 암피온이 가슴에 칼을 꽂고
죽으면서 자신의 슬픔과 목숨을 동시에 끝냈기 때문이다.
아아, 지금의 이 니오베는 잠시 전에 라토나의 제단에서
백성을 내쫓고 도도하게 도시의 한가운데를 걷던
그 니오베와는 얼마나 다른가! 그때 니오베는 친구들에게   275
선망의 대상이었건만, 지금은 적에게도 연민의 대상이 되었다.
니오베는 아들들의 싸늘한 시신 위에 몸을 구부리고는
마지막 작별 인사로 그들 모두에게 닥치는 대로 입맞추었다.
그러더니 그들에게서 돌아서서 두들겨 타박상을 입은 두 팔을
하늘 높이 들고 말했다. "잔인한 라토나여, 우리의 슬픔으로   280
잔치를 벌이시구려! 자, 그대는 내 불행으로 그대의 마음과

사나운 심장을 실컷 먹이시구려! 나는 일곱 아들의 죽음에

결딴났어요. 그대가 이겼으니 승리자로 환호하세요!

아니, 어째서 승리자이지요? 비참한 나에게 남은 것이

행복한 그대에게 남은 것보다 더 많은데.

내 자식이 그렇게 많이 죽었지만 여전히 내가 승리자예요!"   285

니오베가 그렇게 말하자 팽팽한 시위가 탕 하고 울렸다.

그 소리에 모두 겁에 질렸으나 니오베만은 겁내지 않았으니,

불행이 덮쳐 그녀는 대담해졌다. 자매들은 검은 옷을 입고

머리를 풀어헤친 채 오라비들의 관대(棺臺) 앞에 섰다.

그들 가운데 한 명은 제 내장에 박힌 화살을 뽑다가 정신을 잃어   290

오라비 얼굴에 제 얼굴을 얹은 채 죽어갔다.

다른 한 명은 불쌍한 어머니를 위로하려다가 갑자기 말문을

닫으며 눈에 보이지 않는 상처에 허리가 꺾였다. (그녀는 입을 꼭

다물고 있었으나 목숨이 이미 빠져나간 뒤였다.) 한 명은 헛되이

도망치다가 쓰러졌고, 또 한 명은 언니 위에 쓰러져 죽었다.   295

한 명은 숨어 있고, 또 한 명은 떨고 있는 것을 그대는 볼 수 있었으리라.

여섯 명은 서로 다른 상처에 의해 죽음에 넘겨지고, 남은 것은

막내딸뿐이었다. 막내딸을 어머니가 몸 전체로, 옷 전체로 가리며

말했다. "막내딸 하나라도 남겨주세요! 그토록 많던

자식 가운데 나는 막내딸 하나만 요구하는 거예요."   300

니오베가 간청하는 사이 그녀가 간청한 딸도 쓰러졌다. 그녀는

자식을 여의고 죽은 아들들과 딸들과 남편 사이에 앉았다.

슬픔으로 딱딱하게 굳어진 채. 그녀의 머리털은

미풍에 흔들리지 않았고, 얼굴은 핏기 없이 창백했으며,

두 눈은 슬픔에 잠긴 눈구멍 안에 멍하니 정지해 있었다.

그 모습에서 살아 있는 것이라고는 아무것도 없었다. 305
더 안쪽에 있는 그녀의 혀도 딱딱한 입천장에 얼어붙었고,
혈관은 더이상 고동칠 수 없었다. 그녀는 목덜미를
구부릴 수도, 팔을 저을 수도, 다리로 걸을 수도 없었다.
깊숙한 곳의 내장도 돌이 되었다. 하지만 그녀는 여전히
눈물을 흘리고 있었다. 강력한 회오리바람이 에워싸더니 그녀를 310
고향으로 채어갔다. 그곳에서 그녀는 산꼭대기에 붙박인 채
눈물을 흘리고 있고, 지금까지도 그 대리석에서는 눈물이 흘러내린다.

뤼키아의 농부들

    남녀 불문하고 모든 사람이 그토록 공공연히
여신의 노여움이 드러나는 데 겁을 먹었다. 그리하여 모두
쌍둥이 신의 어머니인 위대한 여신을 전보다 더 지극히 공경했다. 315
흔히 그러하듯, 이즈음 일어난 사건은 옛일을 떠올리게 한다.
사람들 중 한 명이 말했다. "기름진 뤼키아 평야에서도 옛날에
여신을 깔보다가 벌받은 농부들이 있었지요.
등장인물들이 지체가 높지 않아 널리 알려지지는 않았지만
놀라운 이야기요. 나는 그 못과 기적으로 유명해진 320
그 장소를 직접 보았소. 내 아버지께서 어느새 연만해져
여행하시기가 어려워 나더러 그리로 가서 가려 뽑은 소떼를
몰고 오라 하시며 그곳 출신 길라잡이까지 붙여주셨기
때문이오. 내가 그와 함께 풀이 무성한 풀밭을 지나가고 있는데,
보라, 호수 한가운데에 제물 바칠 때의 불에 시커멓게 그을린 325

오래된 제단 하나가 흔들리는 갈대에 둘러싸인 채 서 있었소.

길라잡이가 멈춰 서더니 두려운 듯 '내게 자비를 베푸소서!'

하고 중얼거렸소. 나도 덩달아 '내게 자비를 베푸소서!'

하고 중얼거렸지요. 내가 그 제단이 물의 요정들의 것인지,

파우누스[75]의 것인지, 또는 어떤 토착신의 것인지 묻자,

이방인이 이렇게 말했소. '젊은이여,   330

이 제단에는 어떤 산신(山神)이 살고 있는 게 아니오.

이곳을 자기 처소로 요구하는 이는 전에 하늘나라의 여왕[76]이

온 세상에다 받아주지 말 것을 명했던 바로 그 여신,

표류하던 델로스가 가벼운 섬으로서 바다 위를 떠다닐 때

간절한 부탁을 받고는 가까스로 받아준 바로 그 여신이오.

그곳에서 라토나는 종려나무와 팔라스의 나무[77]에 기대어   335

의붓어머니[78]의 의사에 반해 쌍둥이 남매를 낳았지요.[79]

갓 해산한 여신은 둘 다 신인 갓난아이들을

가슴에 안고 유노를 피해 다시 도망쳤다고 하오.

그리하여 이제 불볕이 들판을 뜨겁게 내리쬐는 가운데

키마이라[80]의 고장인 뤼키아 땅의 경계에 이르렀을 때,   340

여신은 오랜 노고에 지친 데다 불볕더위에 목이 바싹 말라 있었고,

---

75 1권 193행 참조.

76 유노.

77 올리브나무.

78 유노.

79 6권 주 70 참조.

80 Chimaera(그/Chimaira). 사자의 머리에 염소의 몸통과 뱀의 꼬리를 가진 괴물로서 입에서
    불을 내뿜어 사람들에게 큰 피해를 주었으나, 벨레로폰테스(Bellerophontes 또는 Bellerophon)가
    천마 페가수스를 타고 하늘에서 공격하여 퇴치했다고 한다.

아이들은 게걸스럽게 어미의 젖을 모두 빨아먹었소.

마침 여신은 계곡 저 밑에서 중간 크기의 호수를 발견했는데

농부들이 그곳에서 무성한 고리버들과 골풀,

늪이 좋아하는 갈대를 모으고 있었소.   345

티탄의 딸[81]은 물가로 다가가 땅에 무릎을 꿇고는

시원한 물을 마시려 했지요. 한데 농부 무리가

마시지 못하게 했소. 그래서 여신이 이렇게 말했소.

'왜 그대들은 물을 못 마시게 하는 거죠? 물은 누구나 마실 권리가

있어요. 자연은 햇빛도 공기도 맑은 물도 개인의 사유재산으로   350

만들지 않았어요. 나는 만인에게 주어진 선물을 찾아온 거예요.

한데도 그것을 달라고 그대들에게 탄원하고 간청하고 있어요.

여기서 먹을 감거나 지친 사지를 씻으려는 것이 아니라

단지 갈증을 식히려는 거예요. 이렇게 말하는 동안에도

입이 마르고, 목이 타고, 목구멍에서는 말도 나오지 않아요.   355

한 모금의 물은 내게 넥타르[82]가 될 것이며, 나는 물과 함께

생명을 받았다고 고백할 거예요. 그대들은 물로 내게 생명을

주게 될 거예요. 내 젖가슴에서 그대들을 향해 작은 손을

내밀고 있는 이 어린것들을 불쌍히 여기세요!'

과연 아이들은 팔을 내밀고 있었소.

여신의 부드러운 말에 어느 누가 감동하지 않을 수 있겠소?   360

하지만 여신이 간청해도 그들은 한사코 물을 마시지 못하게 하며

떠나지 않으면 봉변을 당할 것이라고 위협하며 욕설까지

---

[81] 라토나.

[82] 신들이 마시는 신비로운 술.

퍼부었소. 그것도 성에 차지 않아 그들은 손발로 호수의 물을
탁하게 했고, 심술 부리느라 이리저리 뛰어 돌아다니면서
호수 밑바닥에서 부드러운 진흙을 휘저어 올렸지요.   365
여신은 화가 나 이제 목마름도 잊었소. 코이우스의 따님은
이제 그럴 가치도 없는 자들에게 탄원하지도 않았고,
여신답지 않은 겸손한 말을 쓰는 것을 더는 참지 못했소.
여신은 별들을 향해 두 손을 높이 들고 '너희는 영원히
그 못 속에서 살거라!'라고 말했소. 여신의 바람대로 되었소.
농부들은 물밑에 있는 것이 즐거웠으니,   370
때로는 에워싸는 늪의 물속에 잠수하는 것이, 때로는 머리를
내미는 것이, 때로는 수면에서 헤엄치는 것이 그러했소.
그들은 가끔은 못 둑에 앉기도 하고, 가끔은 찬 호수 물에
도로 뛰어들기도 했소. 하지만 지금도 그들은 이전처럼 말다툼을 하며
상스러운 혀를 놀려대고 있으며, 부끄러운 줄도 모르고 물밑에   375
들어가서도 악담을 하려고 시도하고 있지요.
어느새 그들은 목소리가 거칠어지고, 목은 납작하게 부어오르고,
노상 말다툼하느라 쭉 째진 입이 더욱 찢어졌소. 어깨는 머리와
맞닿아서 목이 사라져버린 것 같았소. 등은 초록색이고,
몸의 가장 큰 부분인 배는 흰색이었소. 그리하여 새로 생겨난   380
개구리들로서 그들은 진흙 못 안을 펄쩍펄쩍 뛰어다녔소."

마르쉬아스의 경연

　누군지 알 수 없는 사람이 뤼키아 농부들의 운명을 이야기하자,

누군가는 트리토니아가 발명한 갈대 피리[83]로 라토나의 아들과
시합하다가 져서 벌받은 사튀루스[84]를 상기시켰다.
"왜 내게서 나를 벗기시는 거예요?" 그는 외쳤다. "아아, 다시는   385
안 그럴게요. 내게 피리는 이런 대가를 치를 만큼 가치 있는 것은
아니에요." 비명을 지르는 동안 그의 몸 가죽에서 살갗이 벗겨져,
몸 전체가 하나의 상처가 되었다. 피가 흘러내리지 않는 곳이
한 군데도 없고, 근육이 드러나며 핏줄은 살갗에 덮이지
않은 채 뛰었다. 펄떡펄떡 뛰고 있는 내장과 훤히   390
드러나 보이는 가슴속 조직을 그대가 셀 수 있을 정도였소.
숲의 신들인, 시골에 사는 파우누스들,
그와 형제인 사튀루스들, 그때도 그가 사랑하던 올륌푸스,[85]
요정들, 그 산에서 양털을 지고 다니는 양떼와
뿔난 소떼를 먹이던 목자들이 모두 그를 위해 울었다.   395
풍요로운 대지는 흠뻑 젖었고, 흠뻑 젖자 그들의 눈물을 받아 자신의
혈관 속으로 깊숙이 들이마셨다. 그러고는 눈물을 물로 바꾸어
열려 있는 대기 속으로 내보냈다. 그리하여 마르쉬아스라는
이름을 갖게 된, 프뤼기아 땅에서 가장 맑은 이 강물은 그곳으로부터
경사진 강둑 사이를 지나 세차게 바다로 흘러간다.   400

---

83 미네르바가 신들의 연회석상에서 손수 만든 피리를 연주했을 때 그녀의 얼굴이 일그러지
는 것을 보고 유노와 베누스가 웃자 그녀는 이다 산의 샘물에 자기 얼굴을 비춰 보고는 그 까닭
을 알고 피리를 던져버린다. 그러자 마르쉬아스가 이것을 주워 피리 연주의 대가가 되어 아폴
로에게 음악 시합을 하자고 청한다.

84 1권 193행 참조.

85 여기 나오는 올륌푸스는 마르쉬아스의 제자이자 연동이다.

펠롭스의 어깨

    이야기가 모두 끝나자 군중은 곧 현재의 상황으로
돌아와 암피온과 그 집안의 파멸을 슬퍼했다.
모두 어머니를 비난했다. 하지만 그때도 단 한 사람
펠롭스[86]만은 니오베를 위해 울었고, 그가 가슴에서 옷을 찢자
왼쪽 어깨에 상아가 드러났다고 한다.   405
태어났을 때 그의 왼쪽 어깨와 오른쪽 어깨는 같은 색깔에
같은 살이었다. 하지만 훗날 아버지의 손에 토막 난 그의 사지를
신들이 끼워 맞추었다고 한다. 다른 부분들은 모두 찾았지만
목과 팔의 위쪽을 이어주는 부분만은 없었다.
발견되지 않은 부분은 상아로 대체되었고,   410
그리하여 펠롭스는 다시 완전해졌던 것이다.[87]

프로크네와 필로멜라의 복수

    인근의 왕자들이 모여들었고, 이웃에 있는 도시의 시민들은 가서
조의를 표하라고 자신들의 왕에게 간청했으니, 아르고스, 스파르테,
펠롭스가의 거처인 뮈케나이,[88] 아직은 노려보는 디아나의

---

86   탄탈루스의 아들로 니오베의 오라비.

87   4권 주 69 참조.

88   Mycenae(그 / Mykenai). 아르골리스 지방의 도시로 아가멤논의 왕궁이 있던 곳.

미움을 사지 않은 칼뤼돈,[89] 비옥한 오르코메노스,[90]   415

청동 제품으로 이름난 코린투스, 사나운 멧세네,[91] 파트라이,[92]

저지대에 있는 클레오나이,[93] 넬레우스의 도시 퓔로스, 아직은 핏테우스[94]가

다스리지 않던 트로이젠,[95] 양쪽에 바다를 끼고 있는 이스트무스[96] 안에

갇혀 있는 그 밖의 다른 도시와 양쪽에 바다를 끼고 있는

이스트무스 밖에 있지만 거기서 보이는 도시들이 모두 그랬다.   420

누가 믿을 수 있겠는가? 아테나이여, 그대만이 빠졌던 것이오.

전쟁이 그러한 예의를 지키지 못하게 했으니, 야만족의 무리가

바다를 건너와 몹소푸스[97]의 성벽을 두려움에 떨게 했던 것이다.

    한데 트라키아의 테레우스가 원군을 이끌고 와서

이들을 패퇴시키고 승리함으로써 큰 명성을 얻었다.   425

판디온은 그가 재산이 많고 군사도 많은 데다 마침

위대한 그라디부스[98]의 자손인지라 그를 프로크네와 결혼시켜

자신의 편으로 삼았다. 하지만 그 결혼식에는 결혼의 여신 유노도,

---

89 Calydon(그 / Kalydon). 아이톨리아 지방의 옛 도읍.

90 보이오티아 지방의 도시.

91 펠로폰네수스 반도 서남부에 있는 멧세니아 지방의 수도.

92 Patrae(그 / Patrai). 그리스 아카이아(Achaia) 지방의 오래된 도시.

93 Cleonae(그 / Kleonai). 아르골리스 지방의 도시.

94 트로이젠 왕으로 펠롭스의 아들이자 테세우스의 외할아버지.

95 Troezen(그 / Troizen). 아르골리스 지방의 도시.

96 Isthmus(그 / Isthmos). '지협'(地峽)이라는 뜻으로 고유명사로 쓰일 때에는 그리스 중부 지
방과 펠로폰네수스 반도를 이어주는 코린투스 지협을 말한다.

97 5권 661행 참조.

98 '행진하는 자'라는 뜻으로 전쟁의 신 마르스의 별칭 중 하나.

휘메나이우스[99]도, 그라티아[100] 여신들도 참석하지 않았다.
대신 자비로운 여신들[101]이 장례식에서 훔쳐온 횃불을 들었고,   430
자비로운 여신들이 결혼 침상을 꾸몄다. 그리고 신방의 지붕 위로
불길한 올빼미 한 마리가 내려앉더니 그대로 머물렀다.
이런 전조는 프로크네와 테레우스가 결혼할 때도 나타나더니,
그들이 부모가 될 때도 나타났다. 물론 트라키아인들은
프로크네와 테레우스의 결혼을 기뻐했고, 신들에게 감사했다.   435
트라키아인들은 판디온의 딸이 자신들의 이름난 왕과 결혼한 날과,
그들 사이에서 이튀스가 태어난 날을 축제일로 선포하게 했다.
그만큼 무엇이 우리의 이익인지 알기 어려운 것이다. 어느새
티탄[102]이 세월의 수레바퀴를 굴리고 또 굴려 다섯 번 가을이
지났을 때 프로크네가 아양을 떨며 남편에게 말했다.   440
"그대가 나를 조금이라도 사랑한다면 내가 아우를 방문하는 것을
허락하든지 아니면 아우가 이리 오게 해주세요.
장인에게는 아우가 잠시 머물다가 돌아간다고 약속하세요.
아우를 볼 수 있게 해주신다면 그것은 내게 큰 선물이
될 거예요." 그래서 테레우스는 함선들을 바닷물에
띄우라고 명령하더니 돛과 노의 도움을 받아   445

---

99 4권 758행 참조.
100 Gratia(그 / Charis). 우미(優美)의 여신으로, 여기서는 단수지만 복수의 개념으로 쓰이고
있다.
101 '자비로운 여신들'이란 복수의 여신들의 별명으로 이들을 달래기 위해 부르는 이름이다.
102 여기서 티탄이란 태양신을 말한다. 1권 10행 참조.

케크롭스[103]의 항구에 들어가 피라이우스[104]의 해변에 정박했다.

테레우스가 장인을 알현했을 때 두 사람은

서로 악수했고, 두 사람의 만남은 순조롭게 시작되는 것 같았다.

그는 찾아온 용건과 아내의 부탁을 말하며 처제를 자기와 함께

가게 해주면 빠른 시일 안에 돌려보내겠다고 약속했다.   450

그때, 보라. 필로멜라가 한껏 화려하게 차려입고 들어왔다.

하지만 그녀의 아름다움 자체는 더 화려했다. 물의 요정들과

나무의 요정들이 숲속을 거닐 때의 모습이라고 우리가 듣던 그런

모습이었다. 그들도 필로멜라처럼 세련되고 우아할 수 있다면 말이다.

소녀를 보자 테레우스는 순식간에 활활 타올랐으니,   455

그것은 마치 익은 곡식이나 마른풀이나 축사에

쌓아놓은 건초 더미에 불이 닿을 때와 다르지 않았다.

소녀의 미모는 실제로 그럴 만도 했다. 하지만 그의 경우 타고난

욕정에 더욱 자극받은 데다, 원래 그 지방 사람들이 애욕에 약했다.

그렇듯 그는 자신의 부족함과 자신의 악덕 탓에 타올랐던 것이다.   460

테레우스는 자신의 왕국을 거는 일이 있더라도

필로멜라를 호위하는 시녀들과 충성스러운 유모를 매수하고

엄청난 선물로 그녀를 유혹하거나, 아니면 그녀를 납치하여

납치된 그녀를 피비린내 나는 전쟁으로 지키고 싶은 충동을 느꼈다.

미친 사랑의 포로가 된 만큼 감행하지 못할 짓이 없었고,   465

그의 가슴은 그 안에서 타고 있는 불길을 억제할 수 없었다.

이제 그는 지체되는 것을 더 이상 참지 못하고 프로크네의 부탁을

---

103 2권 555행 및 6권 70행 참조.

104 Piraeus(그/ Peiraieus). 아테나이의 외항(外港).

열심히 되풀이하며 그녀의 이름을 빌려 제 소원을 이루려 했다.

사랑은 그를 달변으로 만들었고, 자신의 요구가 지나치다 싶으면

그때마다 그것은 프로크네의 뜻이라고 말했다.   470

그것도 그녀가 시킨 양 그는 간청에 눈물을 덧붙였다.

하늘의 신들이시여, 얼마나 많은 눈먼 밤이 인간의 가슴속을 지배하는

것입니까? 테레우스는 자신의 범행 계획 자체에 의해 경건하다는

평을 들었고 자신의 범행으로 칭찬까지 들었다. 어디 그뿐인가.

필로멜라도 같은 것을 바라며 두 팔로 아버지의 목을 끌어안고는   475

응석을 부리며 언니를 방문하는 것이 자신에게 행복이 될 테니

그렇게 해달라고 간청했다. 하지만 그것이 그녀에게는 불행이 되리라.

테레우스는 그녀를 보며 마음으로 이미 그녀를 껴안았다.

그녀가 아버지에게 입맞추고 팔로 아버지의 목을 껴안는 것을 보자

그 모든 것이 그를 앞으로 모는 막대기가 되고 광기의 먹이이자   480

불쏘시개가 되었다. 필로멜라가 아버지를 껴안는 것을 보면서

자신이 그녀의 아버지라면 얼마나 좋을까 하고 생각했다. 그랬더라도

그 의도가 덜 불경한 것은 아니었다. 아버지는 두 사람의 기도에 굴복했다.

그녀는 기쁜 나머지 아버지에게 감사했다. 필로멜라는 가련하게도 그것이

언니와 자신에게 파멸을 가져올 텐데도 두 자매에게 성공이라고 생각했다.   485

어느새 포이부스[105]의 노고도 거의 끝나고, 그의 말들은

서쪽 하늘의 비탈길을 힘찬 발걸음으로 달려 내려갔다.

그때 왕궁에서는 잔치가 벌어졌고 황금 잔들은 포도주로 채워졌다.

그러고 나서 그곳에 있던 이들은 배부른 몸을 평화로운 잠에 맡겼다.

---

105 태양신으로서의 포이부스에 관해서는 752행 참조.

오드뤼사이족[106]의 왕도 잠자리에 들었지만 그의 마음은   490
필로멜라 생각으로 부풀어올라 자꾸만 그녀의 얼굴과 동작과 손을
떠올렸고, 자기가 아직 보지 못한 모든 것을 제멋대로 상상하여
스스로 자신의 불길과 상념을 키우며 잠을 이루지 못했다.
날이 밝자 판디온은 길을 떠나려는 사위의 오른손을 잡고는
눈물을 흘리며, 동행하는 딸을 잘 보살펴달라고 부탁했다.   495
"여보게, 사위. 자네의 간절한 부탁을 이기지 못해 나는 이 애를
자네에게 맡기네. 그것이 내 두 딸아이의 소망이자, 테레우스여,
자네의 소망이었으니까. 자네의 신의와 우리 사이의 인척 관계와
하늘의 신들의 이름으로 간곡히 부탁하니 이 애를 아버지처럼
보살펴주고, 내 만년의 달콤한 낙인 이 애를 되도록 빨리   500
돌려보내주게나. (어떤 지체도 내게는 길게 느껴질 테니.)
그리고 필로멜라야, 너도 효심이 있다면 되도록 빨리 내게로
돌아오너라! (네 언니가 멀리 떨어져 있는 것만으로도 충분하다.)"
이렇게 지시하고 나서 그는 딸에게 입맞추었고,
그러는 동안 그의 눈에서는 애틋한 눈물이 흘러내렸다.   505
그는 두 사람에게 약속의 담보로 오른손을 달라고 하더니
주어진 두 손을 한데 잡고는 멀리 떨어져 있는 딸과
외손자에게 부디 잊지 말고 안부 전해달라고 당부했다.
그는 흐느끼느라 목이 메어 간신히 마지막 작별 인사를 했다.
그의 마음은 불길한 예감 때문에 두려움으로 가득찼던 것이다.   510
   일단 필로멜라가 색칠한 배에 오르고 노를 저어

---

106 Odrysae 또는 Odryusae. 트라키아의 헤브루스 강가에 살던 부족으로 여기서 '오드뤼사이족
의'는 '트라키아의'라는 뜻이다.

육지가 멀어지자 테레우스는 "내가 이겼다! 내가 바라고
바라던 것이 나와 함께 실려가고 있다!"라고 외쳤다.
야만인은 기뻐 날뛰며 마음속으로 자신의 욕망을 간신히
뒤로 미루었고, 그녀에게서 결코 눈을 떼지 않았으니, 그 모습은   515
마치 읍피테르의 맹금류인 독수리가 구부정한 발톱으로 산토끼를 낚아채어
높다란 곳에 있는 제 둥지에 내려놓으면 포로는 도망갈 데 없고 포획자는
제 먹이를 노려볼 때와 다르지 않았다. 어느새 여행이 끝나자,
그들은 여행에 지친 함선들에서 내려 자신들의 해안에 상륙했다.
그러자 왕은 판디온의 딸을 태고의 숲으로 가려져 있는,   520
높은 담으로 둘러싸인 외양간으로 끌고 가서 그곳에 가두어버렸다.
그녀는 파랗게 질린 채 떨었고, 가능한 모든 사태를 두려워하며
언니는 어디 있느냐고 눈물로 물었다. 하지만 그는 자신의 흑심을
드러내고는 외돌토리에다 한낱 소녀에 불과한 그녀를
힘으로 제압했다. 그녀는 아버지를 부르고, 때로는 언니를 부르고,   525
무엇보다도 위대한 신들을 불러보았지만 다 소용없는 일이었다.
그녀가 떨고 있는 모습은 부상 당한 채 잿빛 늑대의 입에서 벗어났지만
아직 자신의 안전을 믿지 못하는 겁먹은 새끼 양이나,
제 피에 깃털이 피투성이가 된 채 아직도 겁에 질려 자기를
꼭 붙잡았던 그 탐욕스러운 발톱을 무서워하는 비둘기와 같았다.   530
곧 정신이 돌아오자 그녀는 자신의 헝클어진 머리를 쥐어뜯고
애도하는 사람처럼 두 팔에 타박상을 입히다가 두 손을
내밀며 말했다. "아아, 야만인이여, 이 무슨 끔찍한 짓이오!
아아, 잔혹한 자여! 내 아버지의 지시도, 내 아버지의 경건한 눈물도,
내 언니의 사랑도, 내 처녀성도, 그대의 혼인 서약도   535
그대의 마음을 움직이지 못하던가요? 그대는 모든 것을

뒤죽박죽으로 만들어놓았어요. 나는 언니의 시앗이 되고,

그대는 이중의 남편이 되었어요! 나는 그런 벌을 받을 만한 짓을

하지 않았어요. 배신자여, 더 저지르지 않은 범죄가 없도록

왜 내 목숨은 빼앗지 않는 거죠? 그대가 나에게

난잡한 짓을 하기 전에 그랬더라면 좋았을 것을! 그랬더라면   540

내 혼백은 죄에서 자유로울 수 있으련만! 하지만 만약

하늘의 신들께서 이 일을 보고 계시다면, 신성이란 것이 있다면,

만약 내가 없어진다고 해서 모든 것이 없어지는 것이 아니라면,

언젠가는 그대는 이 죗값을 치러야 할 거예요. 나 자신이 부끄러움을

벗어던지고 그대가 행한 짓을 폭로할 거예요. 그럴 기회가 주어지면   545

백성에게 다가가 알릴 거예요. 만약 이 숲속에 갇혀 지낸다면 나는

숲을 내 비탄으로 가득 채우고 내 치욕의 증인인 바위들을

감동시킬 거예요. 그러면 그것을 하늘이 듣고, 하늘에 신이

계신다면 신도 들으시겠지요." 사나운 폭군은 이 말에 화가 났고,

또 그에 못지않게 두렵기도 했다. 그는 이 두 가지 이유로 자극받아   550

허리에 찬 칼집에서 칼을 빼어 든 다음 그녀의 머리채를 잡더니

그녀의 두 팔을 등뒤로 비틀고는 머리채에다 그 팔을

꽁꽁 묶었다. 칼을 보자 필로멜라는 이제는 죽을 수

있겠구나 싶어서 기꺼이 목을 내밀었다.

하지만 그녀가 항의하며 계속해서 아버지의 이름을 부르며   555

말을 하려고 용을 쓰자 그는 집게로 필로멜라의 혀를 잡고는

무자비한 칼로 잘라버렸다. 남은 혀뿌리는 떨고 있었고,

잘린 혀는 꿈틀거리며 검은 대지에게 무언가를 중얼거렸다.

마치 토막 난 뱀의 꼬리가 뛰어오르듯 팔딱팔딱 뛰는 혀는 죽어가면서

안주인의 발을 찾고 있었다. 이런 악행을 저지른 뒤에도   560

(나로서는 믿어지지 않지만) 테레우스는 욕정을 채우기 위해

성치 않은 소녀의 몸을 몇 번씩이나 더럽혔다고 한다.

그런 짓을 저지르고 나서 그는 뻔뻔스럽게도 프로크네에게 돌아갔다.

프로크네는 남편을 보자 자신의 아우가 어디 있느냐고 물었다.

그는 괴로운 듯 신음하더니 그녀의 죽음을 두고 지어낸   565

이야기를 들려주며 믿게 하려고 눈물까지 흘렸다.

그러자 프로크네는 넓은 황금 단을 댄 번쩍이는 옷을 자신의 어깨에서

찢어버리고 검은 옷으로 갈아입고는 빈 무덤을 만들게 한 다음

망령 아닌 망령에 제물을 바치며 아우의 운명을 슬퍼했다.

하지만 필로멜라의 운명은 그렇게 슬퍼할 일이 아니었다.   570

　태양신이 이륙 십이, 12궁을 모두 통과하자 일 년이 지나갔다.

필로멜라는 무엇을 할 수 있었을까? 감시자가 그녀의 도주를

막았고, 단단한 돌로 쌓은 외양간의 담은 튼튼했으며,

말 못 하는 입은 자신이 당한 일을 알릴 수조차 없었다. 하지만 고통은

사람을 매우 창조적이게 하고, 역경은 약삭빠르게 하는 법이다.   575

그녀는 야만족의 조잡한 베틀에다 날실을 걸고는 흰 바탕에

자줏빛 글자를 짜 넣어 자신이 당한 범행을 새겼다.

천이 완성되자 그녀는 그것을 한 시녀에게 건네주며 왕비에게

갖다주라고 손짓으로 부탁했다. 부탁받은 여인은 자기가

전하는 것이 무엇인지도 모르고 그것을 프로크네에게 갖다주었다.   580

야만적인 폭군의 아내는 그 천을 펼친 뒤 아우의 비참한

운명을 읽고는 아무 말도 하지 않았다. (그녀가 그렇게 할 수

있었던 것은 기적이었다.) 고통이 프로크네의 말문을 닫았고,

혀는 분한 마음을 충분히 표현할 말을 찾을 수 없었다.

눈물을 흘릴 겨를도 없었다. 그녀는 정의와 불의를   585

가리지 않고 앞으로 내달았고, 마음속은 온통 복수의 일념뿐이었다.

그때는 시토니이족[107]의 여인들이 삼 년에 한 번씩 박쿠스
축제를 개최하던 때였다. 그들의 축제는 밤에 열렸고,
밤에 로도페[108] 산에서 청동 바라의 요란한 소리가 울렸다.
그래서 왕비는 신의 의식을 위해 필요한 채비를 하고   590
광란의 무구들을 갖춘 채 밤에 궁전 밖으로 나섰다.
프로크네는 머리에 포도 덩굴 관을 썼고, 왼쪽 옆구리에는
사슴 가죽이 매달려 있었으며, 어깨에는 가벼운 창을 메고 있었다.
프로크네가 한 무리의 하녀들을 데리고 급히 숲속을 지나가니
그녀는 보기에 무시무시했고, 고통의 광기에 들뜬 그녀의 모습은,   595
박쿠스여, 영락없는 그대의 여신도였소. 프로크네는 마침내 외딴
외양간에 이르러 고함을 지르고 "에우호이!"[109]라고 소리치며
문을 부수었다. 그러고는 아우를 붙들어 박쿠스 여신도처럼 입히고
담쟁이덩굴로 얼굴을 가린 다음, 얼떨떨해하는 아우를
끌다시피 하며 자신의 성벽 안으로 데리고 들어갔다.   600

불행한 필로멜라는 자신이 그 저주받은 집에 들어왔다는 것을
알았을 때 두려움에 떨었고 온 얼굴이 파랗게 질렸다.
프로크네는 적당한 장소를 찾아내고는 불행한 아우에게서
박쿠스 축제의 상징들을 벗기고 부끄러워하는 얼굴을 드러낸 다음,
아우를 껴안으려 했다. 하지만 필로멜라는 언니를 향해 감히   605
얼굴을 들지 못했으니, 자신이 언니의 시앗이라고 믿었기 때문이다.

---

107 트라키아 지방에 살던 부족으로, 여기서 '시토니이족의'는 '트라키아의'라는 뜻이다.
108 2권 222행 및 6권 87행 참조.
109 euhoe 또는 euoe(그 / euoi). 박쿠스 여신도들이 지르는 환호성.

그녀는 시선을 땅바닥으로 향한 채 목소리 대신 손을 써서

그러한 치욕은 폭력에 의해 자기에게 가해진 것이라고 맹세하며

신들을 증인으로 부르려고 했다. 그러자 프로크네는 열이 나서

분노를 억제하지 못하고 아우더러 눈물을 흘리지 말라며 말했다.　　　610

"지금은 눈물을 흘릴 때가 아니다. 칼을 쓰거나,

칼보다 더 강한 것이 있으면 그것을 쓸 때란다.

아우야, 나는 어떤 범행이든 저지를 각오가 되어 있어.

나는 횃불로 이 왕궁을 불지르고 간악한 테레우스를

불속에 던져 넣거나, 칼로 그자의 혀를 자르고　　　615

눈을 뽑고 너에게 치욕을 안긴 사지를 절단하거나,

수천의 상처로 그자의 죄 많은 영혼을 몸에서 내쫓을 것이다!

어떤 큰일이든 할 각오가 되어 있어. 하지만 그게 무엇이 될지

아직 확실히 모르겠구나." 프로크네가 말하는 동안

이튀스가 다가왔다. 아들을 보자 자신이 무엇을 할 수 있는지　　　620

생각난 그녀는 곱지 않은 눈으로 바라보며 "아아, 너는 아버지를

얼마나 닮았는가!"라고 말했다. 그녀는 여러 말 않고

속으로 조용히 분을 끓이며 끔찍한 범행을 꾀하기 시작했다.

하지만 아들이 다가와 어머니에게 인사하며

작은 팔로 목을 껴안고 소년답게 응석을 부리며　　　625

입맞추자 어머니는 마음이 흔들렸다.

그녀는 분노가 한풀 꺾였고, 그녀의 두 눈은

그녀의 의사와는 달리 본의 아니게 흘러내린 눈물로 젖어 있었다.

하지만 지나친 모정으로 자신의 결심이 흔들린다고 느끼자

그녀는 다시 아들에게서 아우의 얼굴 쪽으로 돌아섰다.　　　630

그러고는 둘을 번갈아 바라보며 말했다. "왜 한 명은 사랑스러운 말을

건넬 수 있는데, 다른 한 명은 혀를 잘리고 아무 말도 못하는 거지?

왜 이튀스는 어머니라고 부르는데, 필로멜라는 언니라고 부르지 못하지?

판디온의 딸이여, 대체 어떤 남편과 결혼했는가? 너는 못난 자식이야!

테레우스 같은 남편에게 성실하다는 것은 범죄야!"   635

지체 없이 그녀는 이튀스를 끌고 갔다. 그 모습은 마치 강게스 강변의

암호랑이가 젖먹이 새끼 사슴을 우거진 숲속으로 끌고 가는 것 같았다.

그들이 높다란 궁전의 외딴곳에 이르렀을 때 소년은

이미 자신의 운명을 예견한 듯 두 손을 내밀고 "어머니!

어머니!"라고 비명을 지르며 어머니의 목을 껴안으려 했다.   640

프로크네는 이런 아들의 가슴과 옆구리 사이를 칼로 쳤다.

그러고도 그녀는 얼굴조차 돌리지 않았다. 소년에게는 이 한 번의

가격으로도 충분했을 터인데 필로멜라는 칼로 그의 목을 잘랐다.

그리고 그들은 아직도 살아 숨쉬고 있는 그의 사지를 절단했다.

이제 그중 일부는 청동 솥에서 부글부글 끓었고, 일부는 꼬챙이에   645

꿰여 지글지글 소리를 냈다. 방안에는 피가 냇물처럼 흘렀다.

   이어서 아내가 아무 영문도 모르는 테레우스를 이 잔치에 초대하며,

자기 고국의 풍속에 따른 신성한 잔치로 남편만이 참석할 수 있다고 했다.

그럼으로써 그녀는 시종과 하인들을 따돌렸던 것이다.

테레우스는 선조에게서 물려 받은 높다란 왕좌에 앉아 혼자   650

식사를 하며 제 살로 제 뱃속을 채웠다. 그는 완전히 마음이 눈멀어

"이튀스를 이리 불러주시오!"라고 말했다. 그러자 프로크네는

자신의 잔인한 기쁨을 감출 수가 없었다. 그녀는 자신이 안겨준 파국을

맨 먼저 알리고 싶어서 "그대가 찾는 사람은 안에 있잖아요!"라고

말했다. 그는 주위를 둘러보며 어디 있느냐고 물었다.   655

그가 재차 묻고 부르자 필로멜라가 자신이 미쳐서 살해한

소년의 피를 머리에 뒤집어쓴 그대로 튀어나오더니
핏방울이 뚝뚝 듣는 이튀스의 머리를 그의 아버지의 얼굴에다 내던졌다.
이때처럼 필로멜라가 자신의 혀가 말할 수 있기를, 알맞은 말로
자신의 희열을 표현할 수 있기를 더 바란 적은 없었을 것이다.   660
트라키아의 왕은 크게 고함을 지르며 식탁을 밀쳐냈고,
스튁스의 못으로부터 머리털이 올올이 뱀인 자매들[110]을 불렀다.
할 수만 있다면 그는 자신의 가슴을 열고 그 안에 들어 있는
끔찍한 음식과 제 자식의 고기를 토해내고 싶었다.
그는 울면서 자신을 제 아들의 비참한 무덤이라고 불렀다.   665
이제 그는 칼을 빼어 들고 판디온의 두 딸을 뒤쫓았다. 그대는
케크롭스의 자손들[111]이 날개에 매달려 있다고 생각했으리라.
아니, 실제로 그들은 날개에 매달려 있었다. 한 명은 숲으로
향했고, 다른 한 명은 지붕 밑으로 날아들었다.[112]
오늘날까지도 그들의 가슴에서는 살인 행위의 흔적이
지워지지 않았고, 그들의 깃털은 피로 얼룩져 있다.   670
슬픔과 복수심 때문에 걸음이 빨라진 테레우스도 새로 변했다.
그의 정수리에는 볏이 나 있고, 그의 긴 칼 대신
지나치게 긴 부리가 튀어나와 있다. 그 새는 후투티라고 불리며,
그 새의 모습은 싸우려고 무장한 것처럼 보인다.

110 복수의 여신들.
111 '케크롭스의 자손들'이란 '아테나이인들'이라는 뜻으로 여기서는 프로크네와 필로멜라 자매를 말한다.
112 그리스 시인들에 따르면 프로크네는 나이팅게일이 되고 필로멜라는 제비가 되었다고 한다. 그러나 베르길리우스의 『농경시』(Georgica, 4권 15행 참조)에서는 그 반대로 나온다. 이 책의 이 대목에서는 누가 나이팅게일이 되고 누가 제비가 되었다는 것인지 확실치 않다.

보레아스의 혼인

　판디온은 이로 인한 슬픔으로 때가 되기도 전에, 명대로 오래오래　　　675
살아보지도 못하고 타르타루스의 그림자들에게로 내려갔다.
그의 왕홀과 통치권은 에렉테우스[113]가 물려받았는데,
에렉테우스는 정의감과 무력이 강하기로 이름나 있었다.
그는 아들 넷과 그만큼 많은 수의 딸을 낳았는데,
딸 중에서 두 명이 똑같이 미색이 뛰어났다. 그중 한 명인　　　　　680
프로크리스[114]여, 그대는 아이올루스의 자손인 케팔루스의
아내가 되어 그를 행복하게 해주었소. 보레아스에게는
테레우스와 트라키아인들이 방해가 되었다.[115] 그래서 이 신은
구혼할 때 폭력을 쓰기보다는 사정하기를 선호하는 동안에는
사랑하는 오리튀이아를 오랫동안 차지할 수가 없었다.　　　　　　685 ·
그는 좋은 말로는 아무것도 이룰 수 없자 이 바람에게는
습성이자 몸에 밴 노여움을 터뜨리며 말했다.
"내가 당해도 싸지! 내가 어쩌자고 내 무기인 야만성과 폭력과
분노와 거센 위협을 버리고 내게 어울리지 않는 간청에 의지했던가?
나에게는 폭력이 어울려. 나는 폭력으로 검은 구름을 몰아내고,　　690
폭력으로 바다를 뒤흔들고, 옹이투성이의 참나무를 뿌리째 뽑고,
눈을 굳어지게 만들고, 우박으로 대지를 매질하지 않는가!
탁 트인 하늘에서(그곳은 내 연병장이니까.)

---

113 아테나이 왕으로 판디온의 아들.
114 Procris(그/Prokris). 프로크리스에 관해서는 7권 694행 이하 참조.
115 그리스인들은 북풍의 신 보레아스가 그리스 북쪽에 있는 트라키아 지방에 산다고 믿었다.

형제들[116]을 만나 우리 사이에 있는 대기가
우리의 충돌로 굉음을 일으키게 하고 속 빈 구름들로부터   695
번갯불이 튀어나오도록 격렬하게 싸우는 내가 아닌가!
지하에 있는 둥근 지붕의 통로들로 들어가 가장 깊은
동굴에다 내 등을 대고 힘차게 밀어붙이면, 그 진동으로
망령들과 온 세상을 두려워 떨게 하는 내가 아닌가! 이런 수단을
써서 나는 장가를 들었어야 할 것이며, 에렉테우스에게   700
장인이 되어달라고 간청할 것이 아니라 되도록 만들었어야지.”
　　이런 또는 이에 못지않게 거친 말을 하고 나서
보레아스가 날개를 흔드니, 그 날갯짓으로 온 대지에
세찬 바람이 불고 넓은 바다에 물결이 일었다.
그는 산꼭대기들 위로 먼지 외투를 끌며 땅바닥을   705
휩쓸었다. 그리고 사랑에 빠진 그는 어둠에 싸여
황갈색 날개로 겁에 질린 오리튀이아를 껴안았다.
그가 날고 있는 동안 그의 마음속 불은 날개의 부채질에
더 세차게 타올랐다. 납치범은 키코네스족[117]의 나라와 도시에
이르기 전에는 대기 속의 날갯짓을 멈추지 않았다.   710
그곳에서 악테[118]의 소녀는 차디찬 폭군의 아내가 되었고,
이어서 어머니가 되어 쌍둥이 아들을 낳았는데,
그들은 다른 점에서는 모두 어머니를 닮았으나 아버지의 날개를
달고 있었다. 하지만 이 날개는 그들이 태어날 때부터 몸에

116 남풍이나 서풍 같은 바람을 말한다.
117 Cicones(그 / Kikones). 트라키아의 헤브루스 강 하류 지역에 살던 부족.
118 2권 554행 참조.

나 있던 것이 아니라고 한다. 그들의 빨간 머리털 아래에 아직 수염이   715
나지 않았을 동안에는 이름이 칼라이스와 제테스인 소년은 둘 다
날개가 없었다. 하지만 그 뒤 곧 볼에 노란 솜털이 나기 시작하면서
양 옆구리에 새처럼 날개가 돋아나기 시작했다.
그리하여 이 두 소년은 소년 시절을 지나 성년이 되었을 때
미뉘아이족[119]과 어울려 반짝이는 황금 양모피를 찾아   720
첫 번째로 만들어진 배[120]를 타고 미지의 바다를 건너갔다.[121]

119 Minyae(그 / Minyai). 보이오티아 지방의 오르코메누스(Orchomenus 그 / Orchomenos) 시에 살던 부족으로 그들의 왕 미뉘아스(Minyas)에서 이름을 따왔다. 그들은 부강하여 북쪽의 이올코스(Iolcos 그 / Iolkos) 항까지 그 힘이 미쳤다. 그리하여 이올코스 항에서 만들어져 출항한 아르고호(號) 선원들(Argonautae 그 / Argonautai)도 여기서처럼 미뉘아이족이라고 불리는 것이다.

120 일반적으로 아르고호가 세상에서 처음 만들어진 배로 알려져 있으나 오비디우스는 이 책에서 그와 다른 말을 하고 있다(1권 293행 이하, 6권 444~445행 및 511행 참조).

121 황금 양모피에 얽힌 이야기는 다음과 같다. 그리스 보이오티아 지방에 있는 오르코메누스 시의 왕 아타마스는 네펠레(Nephele '구름')와 결혼하여 프릭수스(Phrixus 그 / Phrixos)와 헬레(Helle) 남매의 아버지가 된다. 그 뒤 네펠레가 죽자 또는 그의 곁을 떠나자 아타마스는 세멜레의 언니 이노와 재혼한다. 이노는 의붓자식들이 미워 죽이기로 작정한다. 그래서 그곳의 여인들을 설득해 이듬해에 뿌릴 씨앗을 볶게 한다. 그리하여 농사를 망쳐 나라에 기근이 들자 그녀는 델피에 있는 아폴로의 신탁소로 사절단을 보내 기근을 막을 방법을 알아오게 한다. 사절단은 돌아와 이노의 지시대로 프릭수스와 헬레를 제물로 바쳐야만 기근을 면할 수 있다는 신탁을 들었다고 거짓 보고를 한다. 남매가 제물로 바쳐지기 직전에 어머니 네펠레가 황금 양모를 가진 숫양 한 마리를 보내주어 그들은 그것을 타고 흑해 동쪽 기슭에 있는 콜키스로 날아간다. 헬레는 도중에 현기증이 나서, 그녀의 이름에서 따와 헬레스폰투스(Hellespontus 그 / Hellespontos '헬레의 바다' 지금의 다다넬즈 해협)라고 불리는 바다에 빠져 죽고 프릭수스는 콜키스에 도착해 숫양을 윱피테르에게 제물로 바친다. 그리고 그 양모피는 마르스의 원림에 걸어두고 잠들지 않는 용을 시켜 그것을 지키게 한다. 훗날 그리스의 영웅 이아손 일행이 아르고호를 타고 콜키스로 가서 메데아 공주의 도움으로 천신만고 끝에 그것을 찾아 그리스로 가져온다.

VII

외젠 들라크루아, 〈메데아의 분노〉

이아손과 메데아

미뉘아이족은 파가사이[1] 항에서 건조된 배를 타고 어느새 물살을
갈랐다. 그들은 눈이 멀어 영원한 어둠 속에서 의지가지없이
노년을 보내던 피네우스[2]를 만났고, 북풍이 낳은 젊은이들[3]이
날개 달린 소녀들[4]을 비참한 노인의 입에서 쫓아버렸다.
그들은 천신만고 끝에 저 유명한 이아손의 지휘 아래   5
마침내 진흙이 많은 파시스[5] 강의 급류에 이르렀다.
그곳에서 그들이 왕에게 다가가 프릭수스의 양모피를 요구하고
왕은 미뉘아이족에게 엄청난 노고라는 무시무시한 조건[6]을 제시하는
동안 아이에테스의 딸[7]은 뜨거운 사랑의 불길에 휩싸였다.
그녀는 오랫동안 버텼지만 이성으로는 자신의 광기를 이길 수 없자   10

---

1 Pagasae(그/Pagasai). 텟살리아 지방의 해안 도시.
2 트라키아의 전설적인 예언자이자 왕. 그가 재혼한 아내의 말만 믿고 본처에게서 태어난 아들들의 눈을 빼고 가두었기 때문에, 또는 신들의 비밀을 인간에게 누설했기 때문에 신들의 노여움을 사게 되자, 신들이 그에게 하르퓌이아이들(Harpyiae 그/Harpyiai '낚아채는 여자들'이라는 뜻으로 몸의 반은 여자이고 반은 새이다)을 보내 그가 음식을 먹기 전에 그것을 낚아채거나 더럽힌다.
3 칼라이스와 제테스.
4 하르퓌이아이들.
5 흑해 동쪽 기슭 콜키스 지방의 강.
6 아이에테스가 이아손에게 제시한 조건은 첫째, 발굽이 청동이고 입에서 불을 내뿜는 한 쌍의 황소에 혼자 힘으로 멍에를 메우는 것이고, 둘째, 그런 다음 땅을 갈고 거기에다 카드무스가 뿌리고 남은 테바이의 용 이빨들을 뿌리는 것이었다. 이아손은 메데아가 준 연고 덕분에 화상을 입지 않을 수 있었고, 땅에 뿌린 용의 이빨들에서 완전 무장한 전사들이 솟아났을 때에는 역시 메데아가 일러준 대로 멀찍감치 떨어져 돌멩이 하나를 전사들 사이에 던졌다. 그러자 전사들이 서로 돌을 던졌다고 비난하며 자기들끼리 싸우다가 모두 죽는다.
7 메데아.

"메데아야, 싸워봤자 소용없어! 누군지는 몰라도 어떤 신이 너를
방해하고 있어."라고 말했다. "사람들이 사랑이라고 부르는 것은
틀림없이 이런 것이거나 이와 비슷한 것일 거야. 그렇지 않다면
나는 왜 아버지의 명령이 너무 가혹해 보이는 거지?
그 명령은 사실 너무 끔찍해. 왜 본 지 얼마 되지도 않은 그가   15
죽지나 않을까 두려워하지? 내가 이토록 두려워하는 까닭이 뭐지?
불행한 소녀여, 타오르는 불길을 네 소녀의 가슴에서
떨쳐버리도록 해. 할 수만 있다면! 할 수만 있다면
좀더 정신을 차렸으면 좋겠어. 하지만 어떤 이상한 힘이 싫다는 나를
끌어당기고 있어. 욕망은 이래라 하고, 이성은 저래라 하는구나.
더 나은 것을 보고 그렇다고 시인하면서도 나는 더 못한 것을   20
따르고 있어. 이 공주님아, 왜 너는 이방인을 향한 사랑으로
자신을 불태우며, 왜 낯선 세상과 결혼할 생각을 하는 거지?
이 나라도 네가 사랑할 만한 것을 줄 수 있어. 그가 사느냐 죽느냐
하는 것은 신들에게 달려 있어. 그래도 그가 살았으면 좋겠어!
사랑하지 않더라도 이 정도는 기원할 수 있는 거라고.
사실 이아손이 무슨 나쁜 짓을 저질렀지?   25
비정한 사람이 아니고서야 누가 이아손의 청춘과 가문과 용기에
반하지 않을 수 있어? 다른 것은 다 그만두고라도 준수한 그 용모에
누가 반하지 않을 수 있을까? 확실히 내 마음은 반했어.
그래도 내가 도와주지 않으면 그는 황소의 입김을 쐬고,
손수 씨를 뿌린, 땅에서 태어난 무리와 싸울 것이며,   30
아니면 다른 야수처럼 그 게걸스러운 용의 먹이가 될 거야.
그렇게 되도록 내버려둔다면, 그때는 내가 암호랑이의 딸이며
내 심장이 무쇠와 돌로 되어 있다고 인정하는 셈이나 마찬가지지.

한데 나는 왜 그가 죽는 꼴을 보지 못하고 그것을 봄으로써

내 두 눈을 공범으로 만들지 못하는 거지? 왜 그에게 덤비라고　　　　　35

황소들과 대지에서 태어난 사나운 전사들과 잠들지 않는 용을 부추기지

못하는 거지? 신들이시여, 더 나은 것을 원하소서! 하지만 그러자면

기도할 일이 아니라 행동해야지. 내가 아버지의 왕좌를 배신하고,

누군지 알지도 못하는 이방인을 도움으로써 살려내고

내 도움으로 무사한 그가 나를 버리고 바람에 돛을 올리고 떠나가　　　40

다른 여인의 남편이 되고 이 메데아는 뒤에 남아 벌을 받으면?

만약 그가 그런 짓을 할 위인이고 다른 여인을 나보다 더 선호한다면,

그런 배은망덕한 자라면 죽어 마땅해. 하지만 얼굴 표정을 보나

고결한 성품을 보나 우아한 외모를 보나 나를 속이거나 내 공로를

잊어버리지는 않을까 두려워할 필요는 없을 것 같아.　　　　　　　45

그는 미리 내게 언질을 줄 것이며, 나는 신들이 우리 약조의 증인이

되도록 조를 거야. 너는 안전한데 뭘 두려워하는 거지? 이제 준비를 하자.

조금도 지체하지 말자. 이아손은 영원히 너를 생명의 은인으로 알 것이고,

엄숙한 결혼식으로 너와 결합할 것이며, 펠라스기족[8]의 모든

도시에서 어머니들의 무리가 너를 그의 구원자로 찬양할 거야.　　　50

그렇게 형제자매와 아버지와 신들과 고향땅을 뒤로한 채

바람에 돛을 달고 떠나갈 수 있을까? 정말이지 내 아버지는

잔혹한 분이시고, 정말이지 내 나라는 야만국이고,

오라비[9]는 아직 어린아이이며, 언니[10]는 내가 잘되기를 빌고 있어.

8　Pelasgi(그 / Pelasgoi). 고대 그리스의 선주민 부족 가운데 하나로 흔히 여기서처럼 '그리스인들'이라는 뜻으로 쓰이기도 한다.

9　압쉬르투스(Apsyrtus 그 / Apsyrtos).

10　프릭수스와 결혼한 칼키오페(Chalciope 그 / Chalkiope).

그리고 가장 위대하신 신[11]은 내 안에 있어. 나는 위대한 것들을   55

떠나는 게 아니라 위대한 것들을 좇고 있어. 아키비족[12] 젊은이를

구했다는 영예, 더 나은 나라와 이곳에서도 그 명성이 자자한

도시들에 대한 견문, 그곳의 문화와 예술, 온 세상이 가진 것을

다 준다 해도 바꾸고 싶지 않은 그이, 아이손의 아들 말이야.

그가 내 신랑이 된다면 나는 신들의 사랑을 받는 행복한 여인이라는   60

말을 들을 것이며, 내 머리는 하늘의 별들에 닿을 거야. 하지만

어떤 산들인지는 몰라도 사람들 말로는, 산들[13]이 바다 한가운데서

서로 맞부딪치고, 함선들에게 적대적인 카립디스[14]가 바닷물을

삼켰다 토해내고, 허리에 사나운 개 떼를 두른 게걸스러운 스퀼라[15]가

시킬리아의 심해에서 짖어댄다던데 이를 어떡한담?   65

나는 사랑하는 이아손의 품에 안겨 쉬면서 먼 바닷길을

항해할 것이고, 그의 품에서라면 나는 아무것도

두렵지 않을 거야. 혹시 두려워하는 것이 있다면

그것은 오직 내 남편을 위해서겠지. 메데아야, 너는 그것을

결혼이라고 생각하니? 너는 네 죄에다 그런 그럴듯한 이름을

붙일 수 있니? 네가 얼마나 큰 그릇된 짓에 다가가고 있는지   70

잘 보고, 아직도 그럴 수 있을 때 범행을 피하도록 해!"

---

11 사랑의 신 아모르.

12 Achivi. 그리스인들, 특히 트로이아에서 싸운 그리스인들을 말한다.

13 쉼프레가데스(Symphlegades '맞부딪치는 바위들'). 흑해에 있던 이 두 바위산은 그 사이로 무엇이 지나갈 때마다 맞부딪쳤다고 한다.

14 이탈리아와 시킬리아 사이의, 스퀼라 맞은편에 있는 위험한 바다 소용돌이.

15 Scylla(그 / Skylla). 요정 크라타이이스(Krataeis 그 / Krataiis)의 딸로 연적이었던 키르케에 의해 괴물로 변신하지만 나중에는 카디스 맞은편의 바위로 변한다.

그녀가 이렇게 말하자 그녀의 눈앞에 도리와 효성과 겸손이

자리잡고 섰다. 그러자 쿠피도가 패하여 어느새 등을 돌렸다.

　　그녀는 깊은 숲속의 그늘진 원림에 있는, 페르세스의 딸

헤카테의 오래된 제단으로 갔다. 이제 그녀는 강하고　　　　　　　　　　75

용감했으며, 사랑의 정염은 싸늘하게 식어 있었다.

하지만 아이손의 아들을 보자 꺼져가던 불이 다시 활활 타올랐다.

그녀는 볼이 빨개지더니 온 얼굴이 다시 하얘졌다.

재 속에 숨어 있던 작은 불씨 하나가 바람의 입김에 영양분을

공급받으며 되살아나 그 부채질에 의해 이전의 힘을 회복하듯이,　　　80

꼭 그처럼 이미 꺼져가고 있다고 그대가 여겼을

그녀의 미지근한 사랑도 자기 앞에 서 있는

젊은이의 모습을 보자 다시 활활 타올랐다. 어쩐 일인지

아이손의 아들은 이날따라 평소보다 더 준수했다.

그녀가 그를 사랑하는 것을 그대는 용서할 수 있으리라.　　　　　　85

그녀는 그를 처음 보는 양 그의 얼굴에 시선을 고정한 채 응시했고,

정신이 나가 자신이 보고 있는 것이 인간의 얼굴이

아니라고 믿었으며, 그에게서 돌아설 수가 없었다.

한데 이방인이 말하기 시작하더니 그녀의 오른손을 잡고 나직한

목소리로 도움을 청하며 결혼을 약속하자 그녀는 울음을 터뜨리며　　90

말했다. "내가 무슨 짓을 할지 나는 잘 알아요.

하지만 내가 길을 잘못 든다면 그것은 진실을 몰라서가 아니라

사랑 때문이에요. 그대가 구원받도록 도와드릴 테니,

구원받거든 그대의 약속을 지키세요!" 그는 세 형상의 여신[16]의

16　헤카테.

의식(儀式)과, 그것이 누구든 그 원림에 있는 신성과,   95

장인 될 분의 만물을 보는 아버지[17]와 자신의 성공과

자신이 겪었던 큰 위험들에 걸고 맹세했다.

그녀의 믿음을 산 이아손은 즉시 마법에 걸린 약초를 받고

그 사용법을 배우고 나서 흐뭇한 마음으로 숙소로 돌아갔다.

　다음날 아우로라가 반짝이는 별들을 몰아내자   100

백성이 마보르스의 신성한 들판으로 모여들더니

주위의 언덕에 자리잡았다. 왕은 자포를 입고

돋보이게 상아 홀을 들고 무리 한복판에 앉았다.

보라, 청동 발굽의 황소들이 아다마스[18]의 콧구멍에서 불을

뿜으며 나왔다. 황소들의 뜨거운 입김이 닿자 풀이 타올랐다.   105

마치 속이 가득찬 용광로에서 울부짖는 소리가 나듯이,

또는 가마 속의 석회에 물을 끼얹으면 쉭쉭 소리를 내며

달구어지듯이, 황소들의 가슴과 메마른 목구멍에서

그 안에 갇혀 있는 화염이 울부짖는 소리가 났다.

그런데도 아이손의 아들은 황소들과 맞서기 위해 나아갔다.   110

그가 다가가자 황소들은 무시무시한 얼굴과

끝에 무쇠가 달린 뿔을 사납게 들이대고 갈라진 발굽으로

먼지투성이의 땅을 차며 연기가 자욱한 가운데 울부짖는

소리로 그곳을 메웠다. 미뉘아이족은 공포에 마비되었다.

하지만 그는 황소들의 뜨거운 입김을 전혀 느끼지 못하고   115

황소들에게 다가가서는(약은 그만큼 효험이 있었다.)

17 　메데아의 아버지 아이에테스는 태양신의 아들이다.

18 　'제압되지 않는 자'라는 뜻으로, 널리 보급되기 전의 강철을 가리키던 말로 생각된다.

대담하게도 황소들의 목 밑으로 처진 군살을 쓰다듬으며
그것들의 목에 멍에를 얹었더니, 무거운 보습을 끌며 아직까지
무쇠를 느껴본 적이 없는 들판을 갈아엎도록 황소들에게 강요했다.
콜키스[19]인들은 놀라움을 금치 못했고, 미뉘아이족은 성원하며   120
그의 용기를 돋우어주었다. 그러고 나서 그는 청동 투구에서
용의 이빨들을 꺼내어 갈아놓은 들판에 뿌렸다. 강한 독액에
미리 담가두었던 이 씨앗들을 땅이 물렁하게 만들자,
뿌려진 이빨들이 새로운 모습으로 불어났다.
마치 아기가 어머니의 뱃속에서 인간의 모습을 갖추고   125
그 안에서 모든 부분이 완성되지만 완전히 형성된 뒤에야
비로소 공동의 대기 속으로 나오듯이,
꼭 그처럼 한 무리의 인간 형상들이 임신한 대지의 자궁 안에서
완성된 뒤 비옥한 들판에서 일어섰다. 더욱 놀랍게도
그들은 자신들과 동시에 만들어진 무기를 휘둘렀다.   130
그들이 하이모니아[20]의 젊은이의 머리를 향해 끝이 날카로운
창을 던질 채비를 하는 것을 보았을 때, 펠라스기족은
두려움에 고개를 떨구었고 그만 사기가 떨어졌다.
메데아도 비록 그를 안전하게 해주었지만 두려움에 떨었다.
그토록 많은 적군에게 젊은이 혼자 공격당하는 것을 보자   135
메데아는 창백해지며 갑자기 핏기 없이 싸늘하게 앉아 있었다.
그녀는 자기가 준 약초의 효과가 충분하지 않을까 봐
그를 돕기 위해 주문을 외웠고 자신의 비술(秘術)에 도움을 청했다.

19 소아시아의 흑해 동쪽 기슭에 있는 지방.
20 1권 568행 참조.

하지만 그는 무거운 바윗돌을 들어 적군 한복판에 던져

그들의 살육을 자기에게서 그들 자신에게로 돌려놓았다.   140

그러자 대지에서 태어난 형제들은 서로 부상을 입히고 입으며

죽어갔고, 동족상잔으로 쓰러졌다. 그러자 아키비족이 승리자를

축하하며 그를 탐욕스럽게 끌어안고는 붙들고 놓지 않았다.

야만국의 소녀여, 그대도 승리자를 포옹하고 싶었으리라.

하지만 평판을 염려하는 마음이 그대를 그러지 못하게 제지했으니,   145

부끄럼이 말렸던 것이오. 그래도 그대는 포옹했을 것이나 · · ·

그대가 할 수 있었던 것은 말없이 기뻐하며 그대의 주문과,

그런 주문을 주신 신들에게 감사하는 것이었소.

　이제 남은 일은 항상 깨어 있는 용을 약초로 잠재우는 것이었다.

황금 나무를 지키는 이 무시무시한 용은 볏이 나고   150

혀가 세 갈래로 나뉘고 옥니가 나 있는 것이 보기에 예사롭지 않았다.

하지만 이아손이 용에게 망각의 약초 즙을 뿌리고 나서

고이 잠들게 하는 주문을, 거친 바다와 세찬 물살도

멈추게 할 수 있는 주문을 세 번 외우자, 전에는 잠을 모르던

그 눈에 잠이 찾아왔다. 그리하여 아이손의 아들인 영웅은   155

황금을 차지할 수 있었다. 그는 이 전리품을 자랑스럽게 여기며

그것을 얻을 수 있게 해준 여인을 또 다른 선물로 데리고

승리자로서 이올코스[21] 항으로 귀환했다.

21　Iolcos(그 / Iolkos). 텟살리아 지방의 항구.

젊음을 되찾은 아이손

하이모니아의 어머니들과 고령의 아버지들은 아들들이
무사히 귀환한 것을 고맙게 여겨 선물을 바치고 제단의 불에다   160
넉넉하게 분향했으며, 서약한 대로 뿔에 금박을 입힌 제물을
잡아 바쳤다. 하지만 감사하는 무리 속에 아이손은 없었으니,
이제 그는 죽을 날이 가깝고 노쇠할 대로 노쇠해 있었던 것이다.
아이손의 아들이 이렇게 말했다.
"여보, 고백하자면 내가 구원받을 수 있었던 것은
당신 덕분이오. 당신은 내게 무엇이든 다 주었고,   165
당신의 아낌없는 은혜는 내 기대 이상이었소.
그런데 만약 가능하다면(하긴 당신의 주문으로 못할 일이
어디 있겠소?) 내 수명을 조금 덜어 아버지의 수명에다
보태주었으면 한다오!" 그는 눈물을 억제하지 못했다.
그녀는 간청하는 남편의 효성에 감동되어, 그녀의 전혀 다른
마음속에 버리고 온 아이에테스가 문득 떠올랐다.   170
하지만 그녀는 자신의 감정을 드러내지 않고 대답했다.
"여보, 무슨 그런 당치않은 말씀을 하세요? 내가 누구에게
당신의 수명 일부를 넘길 수 있다고 생각하세요? 그것은 헤카테도
용납하지 않을 거예요. 무리한 부탁이에요. 하지만 이아손,
당신이 그보다 더 큰 부탁을 하더라도 나는 해보려고 할 거예요.   175
세 형상의 여신께서 나를 도와주시고 이곳에 왕림하시어 내 대담한
계획을 승인해주신다면, 나는 당신의 수명을 줄이지 않고도
내 재주에 힘입어 연로하신 아버님의 젊음을 되찾아보겠어요."
달의 뿔들이 서로 만나 둥근 원을 이루자면

아직도 사흘 밤이 남아 있었다. 꽉 찬 달이 환히 빛나며   180

이지러지지 않은 모습으로 대지를 내려다보고 있을 때였다.

메데아는 긴 옷에 허리띠도 매지 않고 맨발로 집을 나섰다.

아무것도 쓰지 않은 머리가 어깨 위로 흘러내리는 가운데

그녀는 동행하는 이도 없이 혼자서 밤의 적막 사이를

헤매고 있었다. 사람도 새도 야수도 깊은 잠에   185

빠져 있었다. 잠은 소리 없이 기어왔다 · · · 22

혼수상태와도 같은 잠이 소리 없이 기어왔다.   186a23

나뭇잎은 말없이 가만히 매달려 있고 눅눅한 대기는 침묵하고

있었다. 별들만이 반짝였다. 그녀는 별들을 향해 두 팔을 뻗고는

세 번이나 그 자리에서 돌았고, 세 번이나 시냇물을 퍼 올려

머리털에 뿌리더니, 세 번이나 울음을 터뜨렸다.   190

그러고는 딱딱한 땅에 무릎을 꿇고 말했다.

"비밀의 가장 성실한 보호자인 밤의 여신이시여,

달과 더불어 낮의 빛을 이어받는 그대들 금빛 찬란한 별들이여,

내 계획을 다 알고 계시고 내 주문과 내 마술을

도우러 오시는 그대 세 머리의 여신 헤카테시여,   195

마술사에게 효험 있는 약초를 대주시는 그대 대지의 여신이시여,

그대들 미풍과 바람과 산과 강과 호수여,

원림의 모든 신과 밤의 모든 신이시여, 저를 도와주소서!

그대들이 도와주시면 제가 원하는 경우, 강둑이 놀라는 가운데

---

22 '기어왔다'(serpitur) 대신 '산울타리'(saepes)로 읽는 텍스트가 더러 있음을 밝혀둔다. 그럴 경우 '산울타리에는 바스락거리는 소리도 나지 않았다'로 옮길 수 있다.

23 186a는 많은 텍스트에 빠져 있다.

강물이 제 원천으로 거슬러 올라갔나이다. 그대들이 도와주시면   200
저는 주문으로 성난 바다를 잠재우고 잔잔한 바다를 뒤흔들 수 있으며,
구름을 쫓기도 불러들일 수 있으며, 바람을 내몰기도
부를 수도 있으며, 뱀의 아가리를 주문으로 찢을 수 있으며,
살아 있는 바위와 참나무를 그 땅에서 뿌리째 뽑을 수 있으며,
숲을 움직이고 산더러 떨고 대지더러 울부짖고   205
망령더러 무덤에서 나오라고 명령할 수 있나이다! 루나²⁴여,
테메세²⁵의 청동 바라가 그대의 고통을 줄이려고 아무리 애써도²⁶
저는 그대도 아래로 끌어내리나이다. 제 할아버지²⁷의 마차도
제 주문에 창백해지고, 제 독약에 아우로라도 창백해지나이다.
그대들은 저를 위해 황소들의 화염을 약하게 만드셨고, 짐이라고는   210
져 본 적 없는 그것들 목에 구부정한 쟁기를 채우셨나이다.
그대들은 또 뱀에서 태어난 자들의 맹렬한 공격을
그들 자신에게 돌리셨고, 잠을 모르는 감시자를 잠재우셨으며,
지키는 자를 속이신 다음 황금²⁸을 그라이키아의 도시들로
돌려보내셨나이다. 지금 저는 노인이 젊음을 되찾아
꽃다운 젊은이로 돌아가고 청춘을 다시 회복할 수 있는   215
영액이 필요하나이다. 그대들은 틀림없이 그것을 제게
주실 것이옵니다. 제 부름에 응하여 별들이 반짝인 것도,
날개 달린 용들이 끄는 수레가 여기 와 있는 것도 결코 부질없는 짓은

---

24 2권 207행 참조.
25 이탈리아 반도 남서부 브룻티움 지방에 있는 도시로, 구리 광산으로 유명한 곳이다.
26 당시 사람들은 청동 바라를 쳐 요란한 소음을 내면 월식을 막을 수 있다고 믿었다.
27 태양신.
28 황금 양모피.

아닐 테니까요." 실제로 수레 한 대가 하늘에서 내려와 그녀 곁에
서 있었다. 그녀는 수레에 올라 용들의 고삐 달린 목을 쓰다듬으며   220
가벼운 고삐를 손에 잡고 흔들었다. 그러자 그녀는 하늘 높이
날아올라 텟살리아의 템페[29] 계곡을 저 아래로 내려다보며
전부터 잘 알고 있는 곳들로 용들을 몰았다.
그녀는 옷사와 높은 펠리온[30]과 오트뤼스[31]와 핀두스[32]와
핀두스보다 더 높은 올륌푸스[33]에 난 약초를 살펴보고 나서   225
마음에 드는 것들을 모았는데, 일부는 뿌리째 뽑았고, 일부는
구부정한 청동 낫으로 베었다. 아피다누스[34]의 강둑에 난 많은 약초도
그녀의 마음에 들었고, 암프뤼소스[35] 강에서도 그랬다.
에니페우스[36]여, 그대도 공출을 면하지 못했소. 페네오스[37]와
스페르키오스[38]의 강물도 무엇인가를 내주었고,   230
갈대가 우거진 보이베[39]의 호반도 그랬다. 에우보이아[40]
맞은편의 안테돈[41]에서도 그녀는 장수(長壽)의 약초를 캤다.

29 1권 569행 참조.
30 옷사와 펠리온에 관해서는 1권 155행 참조.
31 2권 221행 참조.
32 1권 570행 참조.
33 1권 154행 참조.
34 텟살리아 지방의 강으로 1권 580행 참조.
35 텟살리아 지방의 작은 강으로 1권 580행 참조.
36 텟살리아 지방의 강으로 1권 579행 참조.
37 2권 243행 참조.
38 2권 250행 참조.
39 Boebe(그 / Boibe). 텟살리아 지방의 도시이자 호수.
40 Euboea(그 / Euboia). 그리스 중동부 지방 앞바다에 있는 큰 섬.
41 Anthedon. 에우보이아 섬에 있는 소도시.

하지만 아직은 글라우쿠스[42]의 변신으로 그 약초가 유명해지기

전이었다. 그녀가 날개 달린 용들이 끄는 수레를 타고 나라란 나라를

두루 찾아다니는 모습을 벌써 아흐레 낮과 아흐레 밤이 보았을 때,   235

그녀는 돌아왔다. 용들은 약초의 향내가 닿았을 뿐인데도

오랜 세월 묵은 껍질을 벗었다.

    메데아는 도착하자 대문 밖에 멈춰 서서 문턱을 넘지 않고

하늘을 지붕 삼으며 남자와의 접촉을 멀리했다.

그녀는 뗏장을 떠 제단을 두 개 세웠는데, 오른쪽 것은   240

헤카테의 것이고, 왼쪽 것은 유벤타[43]의 것이었다.

그녀는 제단들에 야생 숲에서 꺾어온 나뭇가지들을

두르고 나서 가까운 땅에다 구덩이 두 개를 파고는

의식을 시작했으니, 검은[44] 양의 목을 칼로 찔러

그 피를 열린 구덩이에 쏟았다.   245

그러고는 그 위에다 흐르는 포도주 몇 잔을 붓고

다시 더운 우유 몇 잔을 부었다. 그와 동시에 그녀는

주문을 외우며 대지의 신들을 불렀고,

그림자들의 왕[45]과 그의 납치된 아내에게

노인의 사지에서 서둘러 목숨을 앗아가지 말라고 부탁했다.   250

그녀는 한참 동안 나직한 기도로 이들 신을 달래고 나서

아이손의 노쇠한 몸을 바깥으로 모셔오라고 명령했다.

---

42 Glaucus(그 / Glaukos). 안테돈 시의 어부였는데 어느 날 신기한 약초를 먹고 해신(海神)이
되었다. 글라우쿠스의 이야기는 13권 904행 이하 참조.

43 Iuventa 또는 Iuventas. 청춘의 여신.

44 저승이나 지하의 신들에게는 소든 돼지든 양이든 검은 짐승을 제물로 바쳤다.

45 저승의 신 플루토. 여기서 '그림자들'이란 망령들을 말한다.

그리고 주문을 외워 그를 깊은 잠에 떨어지게 하고 나서

죽은 사람처럼 약초로 만든 침상 위에 길게 뉘었다.

그러고는 아이손의 아들과 보좌하는 자들에게 그 자리에서   255

멀리 물러나라며 입문하지 않은 자들은 자신의 비의(秘儀)를

보아서는 안 된다고 경고했다. 그들은 그녀가 시킨 대로 물러났다.

메데아는 박쿠스의 여신도들처럼 머리를 풀고는 불타는 제단들

주위를 돌았다. 그리고 가늘게 쪼갠 홰들을 검은 피 구덩이에

담그더니 두 제단에서 그 홰들에 불을 붙이고 나서 노인을   260

불로 세 번, 물로 세 번, 유황으로 세 번 정화했다.

그사이 불 위에 올려놓은 청동 솥에서는 강력한 약재가

하얗게 거품을 튀기며 부글부글 끓고 있었다.

그 솥에다 그녀는 하이모니아의 골짜기에서 베어온

뿌리들을 씨앗과 꽃과 검은 액즙과 함께 끓였다.   265

거기에다 그녀는 가장 먼 동방에서 구해온 돌들과

오케아누스의 썰물에 씻긴 모래알들을 던져 넣었다.

거기에다 그녀는 또 보름달이 뜰 때 모은 흰 서리와,

불길한 올빼미의 날개 및 살점과, 야수의 얼굴을

인간의 얼굴로 둔갑시킬 수 있는 늑대 인간의 내장도 넣었다.   270

거기에는 또 키뉩스[46] 강에 사는 가느다란 물뱀의

비늘 많은 껍질과 장수하는 수사슴의 내장도 없지 않았는데,

그것들에다 그녀는 또 아홉 세대를 산 까마귀의 부리와

대가리도 넣었다. 야만족의 여인은 이것들과

이름을 알 수 없는 그 밖의 수천 가지 물건으로   275

---

46 5권 124행 참조.

인간의 능력을 넘어서는 자신의 계획을 실행에 옮길

준비를 하고 나서 자애로운 올리브나무의 잘 마른 가지로

크게 저으며 맨 위 것들을 맨 아래 것들과 섞었다.

그러자 보라. 뜨거운 솥 안에서 이리저리 움직이던 오래된 막대기가

처음에는 초록빛이 되더니 오래지 않아 나뭇잎을 입었고   280

이어서 갑자기 올리브 열매가 주렁주렁 열리는 것이 아닌가!

그리고 불길이 속이 빈 솥 밖으로 거품을 튀겨내어

뜨거운 방울이 떨어지는 곳에서는 어디서나

땅이 초록빛이 되며 꽃과 부드러운 풀이 돋아났다.

그것을 보자마자 메데아는 칼집에서 칼을 빼어   285

노인의 목을 따고는 늙은 피를 모두 뽑아낸 다음 그의 혈관을

자신이 만든 영액으로 채워 넣었다. 일부는 입으로,

일부는 상처로 그것을 들이마시고 나자 아이손의 수염과

머리털이 잿빛을 잃더니 검은색을 회복했다.

잘 돌보지 않은 수척하고 창백한 모습은 멀리멀리   290

도망가고 움푹 팬 주름은 새 살로 메워졌으며

사지는 팔팔해졌다. 아이손은 이것이 사십 년 전의

자기 모습임을 기억하고는 놀라움을 금할 수 없었다.

　리베르[47]는 하늘 높은 곳에서 이 놀라운 기적을 내려다보고

있다가 자신의 유모들[48]에게 그들의 청춘을 되돌려줄 수   295

있겠구나 싶어 콜키스 여인으로부터 이 선물을 얻어 갔다.

[47]　3권 520행 참조.

[48]　누구를 가리키는지 확실치 않다. 3권 314~315행에 나오는 요정들을 가리키는 것은 아닌
것 같다. 그들은 불사의 존재들이기 때문이다.

펠리아스의 희망과 죽음

　메데아의 간계[49]는 거기서 끝난 것이 아니었으니, 파시스[50] 여인은
남편과 사이가 나빠진 척하고는 탄원자로서 펠리아스의 집으로
달아났다. 왕 자신은 노령에 짓눌려 있던 터라 그의 딸들이
그녀를 영접했다. 교활한 콜키스 여인은 거짓으로 우정을　　　　　　　300
과시하며 금세 그들을 자기편으로 끌어들였다.

그리하여 그녀가 자신의 가장 위대한 업적 가운데 아이손의
젊음을 되찾아준 것을 언급하며 그 이야기를 장황하게 늘어놓자,
펠리아스의 딸들은 그와 비슷한 기술에 의해 자신들의 아버지도
젊음을 되찾을 수 있겠구나 하는 희망을 품게 되었다.　　　　　　　305
그래서 그들은 그렇게 해달라고 간청하며 얼마가 되든 그 대가를
말하라고 했다. 그녀는 잠시 동안 아무 말도 않고 망설이는 것처럼
보였고, 신중함을 가장하여 간청하는 자들을 마음 졸이게 만들었다.
한참 뜸을 들인 뒤 그녀는 그러겠다고 약속하며 말했다. "그대들이 나의
이 선물을 더욱더 신뢰하도록, 그대들의 양떼 가운데서 가장　　　　　310
나이 많은 길라잡이가 내 약으로 새끼 양이 되는 걸 보여주겠어요."

　그러자 셀 수 없이 나이들어 쇠약해진 털북숭이 숫양 한 마리가 당장에
끌려 나왔다. 양은 움푹 팬 관자놀이 주위로 뿔이 꼬부라져 있었다.
그녀가 하이모니아산 칼로 늙은 양의 앙상한 목을 따자,
워낙 피가 적었던 터라 칼날에 피가 조금밖에 묻지 않았다.　　　　　315

49　메데아는 펠리아스가 아이손의 왕위를 찬탈하고 황금 양모피를 찾아오도록 이아손을 사지
(死地)로 보낸 까닭에 그를 응징하는 것인데, 오비디우스는 그녀가 순전히 악의에서 그렇게 행
동한 것처럼 말하고 있다.
50　2권 249행 참조.

마녀는 가축의 사지를 속이 빈 청동 솥에 넣고는

그와 동시에 효험 있는 영액도 넣었다. 그러자 영액이 양의 사지를

오그라들게 하더니 뿔은 물론이고 뿔과 함께 나이도 태워 없앴다.

그리고 솥 안에서 약하게 매 하고 우는 소리가 들렸다.

그들이 그 소리에 놀라고 있는데 갑자기 새끼 양 한 마리가   320

튀어나오더니 젖을 먹여줄 젖꼭지를 찾아 껑충껑충 뛰어 달아났다.

펠리아스의 딸들은 어안이 벙벙했다. 그녀의 약속이 실제로

이루어지자 그들은 그녀에게 더욱더 간절히 졸라댔다.

포이부스가 히베리아[51]의 강물에 잠겼던 자신의 말들에게서

멍에를 세 번 벗기고, 네 번째 되던 날 밤에 별들이 하늘에서   325

반짝이고 있을 때였다. 그때 아이에테스의 음흉한 딸은 센 불 위에

맹물을 올리고는 그 안에 아무 효험도 없는 약초들을 넣었다.

어느새 죽음과도 같은 잠으로 몸이 완전히 풀어진 왕은 물론이요,

잠이 왕과 더불어 그의 호위병들을 사로잡았으니, 그 잠은

주술과 주문의 권능에 의해 그들에게 주어졌던 것이다.   330

왕의 딸들은 콜키스 여인의 명령에 따라 그녀와 함께 그의 방으로

들어가 그의 침상 가에 둘러섰다. "왜 지금 그대들은 하는 일 없이

꾸물대는 거예요?" 하고 그녀는 말했다. "칼을 빼어 늙은 피를

뽑아내세요. 빈 혈관에 젊은 피를 다시 채울 수 있도록 말이에요.

그대들 아버지의 생명과 청춘은 그대들 손에 달려 있어요.   335

그대들에게 효심이 있고, 그대들이 헛된 희망을 품고

있는 것이 아니라면, 아버지에게 할 도리를 다하여 무기로

---

51 Hiberia. 스페인의 라틴어 이름. 여기서 '히베리아의'는 '서쪽의'라는 뜻이며, '히베리아의
강물'이란 오케아누스를 말한다.

노령(老齡)을 몰아내고 칼을 휘둘러 썩은 피를 쫓아내도록 하세요!"

이 말에 고무되어 펠리아스의 딸들은 효녀일수록 더 먼저

불효를 저질렀고, 죄를 피하는 것인 줄 알고 죄를 지었다.   340

하지만 다들 차마 자신의 칼부림을 볼 수가 없어 눈길을 돌렸다.

그렇게 고개를 돌린 채 그들은 무자비한 손으로 보지도 않고

부상을 입혔다. 노인은 피를 흘리면서도 팔꿈치로 몸을 괴고는

반쯤 난도질당한 채 침상에서 일어서려고 했다.

그러고는 그토록 많은 칼에 둘러싸인 채 창백한 두 팔을 내밀며

"이게 무슨 짓이냐, 내 딸들아? 너희는 어쩌자고   345

무장을 하고는 아버지를 죽이는 게냐?"라고 말했다.

그러자 그들은 사기도 떨어지고 손도 아래로 떨어졌다.

노인이 더 말하려고 하자 콜키스의 여인이 그의 말과 함께 울대를

잘라버리고 그의 토막 난 몸뚱이를 끓는 물속에 담갔다.

메데아의 도주

날개 달린 용들에 실려 하늘로 오르지 않았더라면 메데아는   350

큰 벌을 면치 못했을 것이다. 그녀는 필뤼라[52]의 아들의 고향인

그늘진 펠리온과 오트뤼스와 그 옛날 케람부스[53]의 운명으로

유명해진 지역의 상공을 지나 도망쳤다.

---

52 필뤼라와 키론에 관해서는 2권 630행 참조.

53 Cerambus(그 / Kerambos). 오트뤼스 산의 목자로 데우칼리온의 홍수 때 풍뎅이로 변신하여
익사를 면할 수 있었다고 한다.

케람부스는 무거운 대지가, 내리덮는 바닷물에 잠겼을 때

요정들의 도움으로 날개를 타고 하늘로 실려 올라간 까닭에   355

익사하지 않고 데우칼리온의 홍수를 피할 수 있었다.[54]

　메데아는 기다란 뱀[55]의 석상이 있는 아이올리스[56]의 피타네[57]와,

리베르가 아들의 도둑질을 은폐하기 위하여

황소를 수사슴으로 둔갑시켰던[58] 이다 산의 숲과,

코뤼투스[59]의 아버지가 조그마한 모래 무덤에 묻혀 있는 곳과,   360

마이라[60]가 이상한 울음소리로 두려움에 떨게 했던 들판과,

헤르쿨레스 일행이 물러갔을 때 코스 섬 어머니들의 머리에

뿔이 돋아났던 에우뤼퓔루스의 도시[61]와,

포이부스에게 봉헌된[62] 로도스 섬과, 텔키네스들[63]이 살던

54　케람부스는 자신에게 우호적이던 판 신과 요정들과 다툰 까닭에 그 벌로 풍뎅이로 변했다고 한다. 요정들이 그에게 날개를 달아주어 대홍수를 피할 수 있었다는 이야기는 다른 문헌에는 나오지 않는다.

55　11권 56행 이하에 나오는 뱀을 가리키는 듯하다.

56　소아시아 서북쪽의 해안 지방.

57　아이올리스 지방의 도시.

58　이 전설은 다른 문헌에는 나오지 않는다.

59　여기 나오는 코뤼투스(Corythus 그/ Korythos)는 파리스의 아들이다.

60　마이라(Maera 그/ Maira)라는 이름은 앗티카 사람 이카루스의 개를 연상케 하지만 여기서는 그런 것 같지는 않다.

61　헤르쿨레스 일행이 트로이아에서 그리스로 돌아가던 도중에(11권 212행 이하 참조) 코스 섬에 들렀을 때 그곳의 왕 에우뤼퓔루스(Eurypylus 그/ Eurypylos)는 그들이 해적인 줄 알고 배척하다가 헤르쿨레스의 손에 죽는다. 그러나 그 뒤 그곳 여인들이 뿔 달린 가축으로 변신했다는 이야기는 다른 문헌에는 나오지 않는다.

62　태양신은 다른 도시나 지역에서와는 달리 로도스 섬에서는 숭배의 대상이었다고 한다.

63　로도스 섬에 살던 사악한 정령들로 금속 세공에 능했다고 한다. 그들의 눈길이 사악하다는 이야기는 다른 문헌에는 나오지 않는다.

이알뤼소스[64]를 왼쪽에 끼고 날아 지나갔는데,   365

보기만 해도 모든 것을 시들어 죽게 만드는 텔키네스들의 눈이

보기 싫어 윱피테르가 형[65]의 바닷물에 잠기게 했다.

메데아는 또 케아[66] 섬의 옛 도읍 카르타이아[67]의 성벽 위를

지났는데, 그곳에서 아버지 알키다마스는 딸의 몸에서 유순한

비둘기가 태어날 수 있었던 것에 놀라움을 금치 못할 것이었다.[68]   370

그 뒤 그녀는 휘리에 호수와 퀴크누스가 갑자기 백조로

변한 곳으로 유명한 템페 계곡을 내려다보았다. 그곳에서 퓔리우스는

퀴크누스가 시킨 대로 새들과 사나운 사자를 길들여

소년에게 가져다주었다. 그러다 들소도 길들이라는 명령을 받은

퓔리우스는 들소를 길들이기는 했으나 자신의 사랑이 번번이

무시당하는 것에 화가 나 퀴크누스가 그것을 달라고 요구했을 때   375

마지막 선물인 황소를 거절했다. 그러자 퀴크누스가 화가 나

"그대는 주었더라면 좋았을 것이라고 생각하게 되리라."라고

말하고 높은 바위에서 뛰어내렸다. 모두 그가 떨어진 줄 알았다.

64   로도스 섬에 있는 도시.

65   넵투누스.

66   Cea(그/ Keos). 앗티카의 수니움(Sunium 그/ Sounion) 곶 동쪽에 있는 섬으로 퀴클라데스 군도 가운데 하나.

67   Carthaea(그/ Kartheia). 케아 섬의 도시.

68   이 이야기는 기원전 2세기 이오니아 지방의 콜로폰(Colophon 그/ Kolophon) 시 출신 그리스 시인 니칸데르(Nicander 그/ Nikandros)의 작품에서 빌려와 쓴 듯하다. 아테나이 출신의 헤르모카레스(Hermochares)는 알키다마스(Alcidamas 그/ Alkidamas)의 딸 크테쉴라(Ctesylla 그/ Ktesylla)를 퓌토 제전에서 보고 사과로 유혹한다. 두 사람은 아테나이로 가는데 그곳에서 크테쉴라는 첫아이를 낳다가 죽는다. 사람들이 그녀를 매장하려 하자 시신은 온데간데없고 수의에서 비둘기 한 마리가 날아올랐다고 한다. 오비디우스는 이 이야기의 무대를 케아 섬으로 옮겨 놓고 있다.

하지만 그는 백조로 변하여 눈처럼 흰 날개를 타고 공중에 떠 있었다.

그의 어머니 휘리에는 그가 살아 있는 줄 모르고 눈물로   380

녹아내려 그녀와 이름이 같은 호수가 되었다.[69] 이 근방에는

플레우론[70]이 자리잡고 있는데, 오피우스의 딸 콤베가 해코지하려는

아들들을 피해 푸드덕거리는 날개를 타고 날아올랐다는 곳이다.

  그 뒤 메데아는 라토나에게 봉헌된 섬인 칼라우레아[71]의 들판을

내려다보았는데, 이 섬에서 왕과 왕비가 둘 다 새로 변하는 것을   385

보았다.[72] 메데아의 오른쪽에는 퀼레네[73] 산이 있었는데,

그곳에서 메네프론은 야수처럼 제 어머니와 동침할 것이었다.

그곳으로부터 저 멀리 메데아는 아폴로에 의해 뚱뚱한 물개로 변한

손자의 운명을 눈물로 슬퍼하는 케피소스[74]와,[75] 제 아들이

공중에 사는 것을 슬퍼하던 에우멜루스[76]의 집을 내려다보았다.   390

이윽고 메데아는 용의 날개에 실려 피레네[77] 샘이 있는 에퓌레[78]에

---

69 이 이야기도 니칸데르에 나온다. 그러나 휘리에의 변신은 오비디우스의 창작인 듯하다. 휘
리에 호수는 아이톨리아 지방의 플레우론 근처에 있다.

70 그리스 중서부 아이톨리아(Aetolia 그/ Aitolia) 지방의 도시.

71 Calaurea(그/ Kalaureia). 그리스 아르골리스 지방 앞바다에 있는 섬.

72 이 이야기는 다른 문헌에는 나오지 않는다.

73 1권 217행 참조.

74 3권 19행 참조.

75 이 이야기는 다른 문헌에는 나오지 않는다.

76 테바이 사람 에우멜루스(Eumelus 그/ Eumelos)는 아폴로에게 제물을 바칠 때 이를 방해
하는 아들 보트레스를 죽인다. 그러자 아폴로가 보트레스를 불쌍히 여겨 아에로푸스(Aero-
pus 그/ Aeropos)라는 이름의 새로 변신시켰다고 한다. 보이오스(Boios), 『새들의 기원』
(*Ornithogonia*) 참조.

77 2권 240행 참조.

78 2권 240행 참조.

도착했다. 옛 전설에 따르면, 이곳에서 태초에 비가 온 뒤
돋아난 버섯으로부터 인간의 몸이 생겨났다고 한다.[79]

메데아와 테세우스

하지만 이아손의 새 아내가 콜키스의 독에 타 죽고
왕궁이 불타는 것[80]을 두 바다[81]가 본 뒤에   395
메데아의 불경한 칼은 아들들의 피로 더럽혀졌다.
이런 끔찍한 복수를 하고 나서 어머니는 이아손의 무기를
피해 달아났다.[82] 그곳으로부터 메데아는 티탄[83]의 용들에 실려
팔라스의 성채[84]로 들어갔으니, 그곳은 가장 정의로운 페네여,
그대와, 늙은 페리파스[85]여, 그대가 나란히 날고, 폴뤼페몬의   400

79 이 이야기는 다른 문헌에는 나오지 않는다.

80 에우리피데스의 비극에는 코린투스 왕궁이 불탔다는 이야기는 나오지 않는다. 오비디우스는 메데아란 인물에 관심이 많았던 듯하다. 그는 『메데아』라는 비극을 썼는데, 현재 남아 있지 않은 이 비극에서는 아마 왕궁이 불타는 것으로 되어 있었던 것 같다.

81 '두 바다'란 코린투스 지협의 양쪽에 있는 바다, 즉 서쪽의 코린투스 만과 동쪽의 사로니쿠스 만(sinus Saronicus)을 말한다.

82 메데아가 배신한 남편에게 복수하려고 제 아들들을 죽이고 아테나이로 도망치는 이 이야기는 에우리피데스의 비극 『메데아』를 요약한 것이다.

83 여기서 '티탄'이란 태양신을 말한다. 메데아의 수레는 그녀의 할아버지인 태양신이 준 선물이다.

84 아테나이.

85 페리파스는 앗티카 지방의 옛 왕이고 페네는 그의 아내이다. 이들은 융피테르에 의해 독수리로 변했다고 한다.

손녀[86]도 새로 돋아난 날개로 떠다니는 것을 보았소.

아이게우스[87]가 메데이아를 받아들였는데,

이것이 그가 저지른 유일한 실수였다. 하지만 그는 환대하는 것으로

만족하지 않고 메데이아를 아내로 삼기까지 했다.

    어느새 테세우스는 두 바다 사이의 이스트무스[88]를 용맹으로

평정한 뒤 그 성채에 도착했으나, 아버지는 아들을 알아보지 못했다.   405

테세우스를 죽이려고 메데이아는 전에 스퀴티아[89] 해안에서

가져온 아코닛 독약을 섞었다. 사람들이 말하기를,

그것은 에키드나의 개[90]의 이빨에서 나온 것이라고 한다.

그 해안에는 시커먼 입을 쩍 벌린 동굴이 하나 있는데,

바로 동굴의 내리막길로 해서 티륀스의 영웅[91]은 눈부신   410

햇빛으로부터 얼굴을 돌린 채 발버둥치던 케르베루스를

아다마스로 만든 사슬에 묶어 끌고 나왔던 것이다.

그때 녀석은 미치도록 화가 나 세 목구멍에서

동시에 울려 퍼지는 개 짖는 소리로 대기를 채우며

초록빛 들판에다 흰 거품을 뿌려댔다. 사람들은 이 거품이   415

굳어지며 비옥한 토양에서 양분을 섭취하여

무엇이든 해칠 수 있는 힘을 얻게 된 것이라고 생각하고 있다.

---

86   알퀴오네(Alcyone 그/ Alkyone). 노상강도 폴뤼페몬(Polypemon)에게는 스키론(Sciron 그/ Skiron)이란 노상강도 아들이 있었고, 스키론에게는 알퀴오네라는 딸이 있었는데, 그녀의 품행이 단정하지 못해 아버지가 알퀴오네를 바닷물에 던졌으나 그녀는 물총새로 변했다고 한다.

87   Aegeus(그/ Aigeus). 아테나이 왕으로 테세우스의 아버지.

88   6권 419행 참조.

89   1권 64행 참조.

90   케르베루스. 에키드나에 관해서는 4권 501행 참조.

91   헤르쿨레스. 티륀스에 관해서는 6권 112행 참조.

그것은 딱딱한 바위에서 생겨나 자라는 까닭에 시골 사람들은

그것을 아코니톤[92]이라고 부른다. 아버지 아이게우스는

아내의 계략에 넘어가 적인 줄 알고 이것을 아들에게 손수 건넸다.　　　　420

권하는 잔을 테세우스가 아무 영문도 모르고 오른손으로 받았을 때,

그가 찬 칼의 상아 칼집에서 자기 가문의 문장(紋章)을

알아보고 아버지가 그의 입에서 독이 든 잔을 쳐냈다.

메데아는 자신의 주문으로 불러낸 안개로 몸을 감싸 죽음을 면했다.

　　한편 아버지는 아들이 무사해 기쁘기는 했지만,　　　　425

하마터면 엄청난 범행이 저지러질 뻔했던 것에 아직도

정신이 얼떨떨했다. 그는 제단에 불을 지피고 신들에게 푸짐하게

선물을 바쳤으니, 뿔에 화환을 감은 황소들의 억센 목을 도끼가

내리쳤던 것이다. 에렉테우스[93]의 자손들에게 이보다 더 즐거운　　　　430

날이 밝아온 적은 일찍이 없었다고 한다. 원로들과 일반 백성들이

모여 함께 음식을 먹었고 술기운에 달변이 되어 함께 찬가를 불렀다.

"가장 위대한 테세우스여, 크레테의 황소를 피 흘리며

죽게 한 그대를 마라톤은 찬탄합니다.[94]

크로뮈온[95]의 농부가 암퇘지를 두려워하지 않고 밭을 갈 수 있는　　　　435

것도 그대의 선물이자 위업입니다.[96] 에피다우루스[97] 땅은

92　aconiton. '흙 없이 자라는 것'이라는 뜻.

93　6권 677행 참조.

94　헤르쿨레스가 에우뤼스테우스의 명령에 따라 크레테에서 끌고 왔다가 풀어놓은 황소는 그 뒤 마라톤에 가서 많은 피해를 입히다가 테세우스의 손에 죽는다.

95　Cromyon(그/Krommyon). 코린투스 동쪽, 메가라 서쪽의 해안 지대에 있는 마을.

96　테세우스는 아르골리스 지방의 해안 도시 트로이젠(Troezen 그/Troizen)을 떠나 아버지를 찾아 아테나이로 가던 도중 여러 공적을 쌓는데, 그중 하나가 암퇘지를 기른 노파의 이름을 따 파이아(Phaea 그/Phaia)라고 불리던 사나운 암퇘지를 퇴치한 것이다.

몽둥이를 들고 다니는 불카누스의 아들[98]이 그대의 손에
쓰러지는 것을 보았습니다. 케피소스 강의 둑은 무자비한
프로크루스테스[99]가 죽는 것을 보았고, 케레스의 도시
엘레우신[100]은 케르퀴온[101]의 죽음을 목격했습니다.
갖고 있던 큰 힘을 나쁜 용도로 쓰던 저 악명 높은 시니스[102]도   440
죽었습니다. 그자는 나무 밑동을 구부릴 수 있었는데,
소나무 우듬지들을 땅에 닿도록 끌어내렸다가 우듬지들을
놓아버림으로써 길손의 몸이 찢겨 사방으로 흩어지게 했습니다.
스키론[103]이 제거된 지금 알카토에[104]와
렐레게스족[105]의 성벽으로 가는 길은 안전하게 열렸습니다.
이 날강도의 흩어진 뼈에게는 대지도 바다도 안식처를 거절했으나,   445

---

97 Epidaurus(그/ Epidauros). 아르골리스 지방의 도시로 의술의 신 아이스쿨리피우스에게 봉
헌되었다.
98 페리페테스. 그는 쇠몽둥이로 지나가는 나그네들을 죽이다가 테세우스의 손에 죽는다.
99 Procrustes(그/ Prokroustes) '두들겨 펴는 자'. 일명 다마스테스(Damastes)는 엘레우신과 아
테나이 사이에 살던 노상강도로, 지나가는 나그네를 붙잡아 침대에다 묶고는 침대보다 길면
잘라 죽이고 짧으면 늘여서 죽였다고 한다.
100 Eleusin(그/ Eleusis). 아테나이 서쪽 20킬로미터 지점에 있는 도시로 케레스와 프로세르피
나의 비의로 유명한 곳이다.
101 Cercyon(그/ Kerkyon). 지나가는 나그네들에게 레슬링을 하자고 졸라 자기에게 지는 자들
을 죽였다.
102 Sinis. '도둑'이라는 뜻. 길손을 죽이는 특이한 방법으로 인하여 '소나무를 구부리는
자'(Pityokamptes)라는 별명을 얻는다.
103 Sciron(그/ Skiron). 길손에게 자기 발을 씻기다가 바닷물로 차 넣어 죽였다고 한다.
104 메가라의 별칭으로 펠롭스의 아들이며 이 도시의 전설적 건설자인 알카토우스(Alcathous
그/ Alkathoos)에게서 그 이름이 유래했다.
105 그리스와 소아시아에 흩어져 살던 선주민 부족. 여기서 '렐레게스족의'는 '메가라의'라는
뜻이다.

오랫동안 이리저리 내동댕이쳐지던 그의 뼈는 세월이 흐르며
마침내 바위로 굳어졌다 합니다. 그 바위에는 아직도
스키론이란 이름이 붙어 있습니다.[106] 우리가 그대의 업적과
그대의 나이를 계산하려 한다면, 업적이 나이를 압도할 것입니다.
가장 용감한 자여, 그대를 위하여 우리는 공적으로 감사 기도를
올릴 것이며, 그대를 위하여 건배할 것입니다."   450
궁전은 백성의 갈채와 축복하는 자들의 함성으로
메아리쳤고, 온 도시 어디에도 슬픈 곳은 한 군데도 없었다.

미노스와 아이아쿠스

　하지만 (순수한 즐거움이란 있을 수 없고 우리의 행복은 언제나
근심이 끼어들어 망쳐놓는 법인지라) 아이게우스도 아들을 되찾은
기쁨을 아무 근심 걱정 없이 안심하고 누릴 수만은 없었으니,   455
미노스[107]가 전쟁을 준비하고 있었기 때문이다. 미노스는
군대도 강하고 함대도 강했으나, 그 어느 것도 아들
안드로게오스[108]의 죽음에 대한 그의 분노만큼 강하지는 못했으니,

106 스키론의 뼈가 바위로 변했다는 이야기는 다른 문헌에는 나오지 않는다.
107 윱피테르와 에우로파의 아들로 크레테의 왕.
108 크레테 왕 미노스와 파시파에의 아들로 아테나이에서 열린 운동경기에서 경쟁자를 모두
물리치고 우승한다. 이를 시기한 아이게우스가 황소를 퇴치하라고 안드로게오스를 마라톤으
로 보냈고 안드로게오스는 황소에 떠받혀 죽는다. 일설에 따르면 안드로게오스는 승리한 뒤 테
바이에서 열린 경기에 참가하러 가던 도중 그에게 진 경쟁자들의 손에 죽었다고 한다. 이 소식
을 듣고 미노스는 대군을 일으켜 아테나이를 치기로 결심한다.

그는 정당한 무력으로 아들의 죽음을 복수하려 했던 것이다.

하지만 미노스는 먼저 이 전쟁을 위하여 동맹군을 규합하며

그의 힘의 밑바탕인 날랜 함대를 이끌고 바다를 돌아다녔다.   460

그는 아나페와 아스튀팔라이아[109] 왕국을 자기편으로 끌어들였는데,

아나페는 약속으로, 아스튀팔라이아는 전쟁으로 끌어들였다.

이어서 미노스는 야트막한 뮈코노스와, 키몰루스의 백악질 들판과,

백리향이 만발한 퀴트누스와, 평평한 세리포스와, 대리석 산지로

이름난 파로스와, 불경한 아르네가 배신한 시프노스[110]를   465

자기편으로 끌어들였다.[111] 탐욕스러운 아르네는 자신이 요구했던

황금을 손에 넣자 지금도 황금을 좋아하는 새로,

발도 검고 날개도 검은 갈가마귀로 변했다.[112]

하지만 올리아로스, 디뒤메, 테노스, 안드로스,

귀아로스[113] 및 윤기 있는 올리브가 많이 나는 페파레토스[114]는   470

---

[109] 퀴클라데스(Cyclades 그 / Kyklades '원을 이루는 섬들'이라는 뜻으로 군도 전체가 델로스를 중심으로 하나의 원을 이루기 때문에 붙여진 이름이다) 군도에 속하는 아나페(Anaphe)와 그 서쪽의 스포라데스(Sporades '흩어져 있는 섬들') 군도에 속하는 아스튀팔라이아(Astypalaea 그 / Astypalaia)는 둘 다 크레테에 가깝다.

[110] 앤더슨(W. A. Anderson)의 텍스트에서는 Sithon으로 읽고 이를 잘못된 이름으로 보고 있어, 태런트(R. J. Tarrant)의 텍스트에 따라 Siphnos라고 읽었다.

[111] 뮈코노스(Myconos 그 / Mykonos), 키몰루스(Cimolus 그 / Kimolos), 퀴트누스(Cythnus 그 / Kythnos), 세리포스, 파로스, 시프노스는 모두 퀴클라데스 군도에 속하는 섬들이다.

[112] 아르네의 이야기는 다른 문헌에는 나오지 않는다. 그녀가 갈가마귀로 변신했다는 부분만 제외하면 그녀의 이야기는 황금에 눈이 어두워 조국인 로마를 배신한 타르페이야 이야기(오비디우스, 『로마의 축제들』 1권 259행 이하 참조)와 비슷하다.

[113] 올리아로스, 디뒤메, 테노스, 안드로스 및 귀아로스는 모두 퀴클라데스 군도에 속하는 섬들이다.

[114] Peparethos 지금의 Skopelos. 에우보이아 섬 북쪽, 텟살리아 앞바다에 있는 섬.

그노소스[115]의 함대를 돕지 않았다. 미노스는 거기서 왼쪽으로 뱃머리를

돌려 아이아쿠스[116]의 자손들의 왕국인 오이노피아[117]로 향했다.

옛 사람들은 그곳을 오이노피아라고 불렀으나,

아이아쿠스 자신은 어머니의 이름을 따 아이기나라고 불렀다.

　미노스가 도착하자 그토록 유명한 남자를 보려고 군중이　　　　　　475

떼지어 몰려나왔다. 텔라몬과, 텔라몬보다 더 젊은 펠레우스와,

나이에서 세 번째인 포쿠스가 그를 영접했다. 아이아쿠스 자신도

노령의 무게에 짓눌려 천천히 다가와 찾아온 용건이 무엇인지

미노스에게 물었다. 그러자 일백 도시의 통치자[118]가

아들로 인한 슬픔에 잠겨 한숨을 쉬며 이런 말로 대답했다.　　　　　480

"청컨대 그대는 내가 아들을 위해 든 무구를 도와주시어

이 성전(聖戰)에 참가해주시오. 나는 무덤에 묻힌 자를 위하여

안식을 요구하는 것이오." 그에게 아소푸스의 외손자[119]가

대답했다. "그대의 요구에 응할 수 없소. 이 도시는

그대의 요구를 들어줄 수 없소. 케크롭스[120]의 자손들과　　　　　　485

이 나라보다 더 결속되어 있는 나라는 없소.

115　3권 208행 참조.

116　Aeacus(그/Aiakos). 윱피테르와 아이기나의 아들로 하신 아소푸스의 외손자인데 어머
니의 이름을 따 아이기나라고 불리는 섬에서 태어나 그곳을 다스렸다. '아이아쿠스의 자손
들'(Aeacides)이란 그의 아들들인 펠레우스, 텔라몬, 포쿠스(Phocus 그/Phokos)를 모두 가리키
기도 하고, 그중 한 명을 가리키기도 하며, 때로는 그의 손자인 아킬레스를 가리키기도 한다.

117　아테나이 서남쪽 사로니쿠스 만에 있는 아이기나 섬의 옛 이름.

118　미노스.

119　아이아쿠스.

120　케크롭스에 관해서는 2권 555행 참조. 여기서 '케크롭스의 자손들'은 '아테나이인들'이라
는 뜻이다.

그것이 우리의 동맹 관계요." 미노스는 실망하고 돌아서며

"그대의 동맹 관계로 그대는 값비싼 대가를 치를 것이오."라고

말했으니, 그는 거기서 때 아니게 전쟁을 수행하여 전력을 미리

낭비하느니 전쟁으로 위협하는 편이 더 낫겠다고 생각했던 것이다.

뤽토스[121]의 함대를 오이노피아의 성벽으로부터 아직도   490

볼 수 있었을 때, 앗티카[122]의 배 한 척이 돛을 모두 달고

급히 도착하여 우호적인 포구에 입항하니, 케팔루스가

그 배를 타고 자기 나라의 전언을 가져왔던 것이다.

아이아쿠스의 아들들은 케팔루스를 본 지가 오래되었지만

그를 알아보고 그의 손을 잡고는 아버지의 궁전으로   495

안내했다. 영웅[123]은 뭇 사람이 보는 가운데

여전히 이전 그대로 준수한 용모의 흔적을 지닌 채

자기 조국의 나무인 올리브[124] 가지를 들고 앞으로 나아갔다.

나이 더 많은 그의 좌우로 나이 더 젊은 두 사람

클뤼토스와 부테스가 보위했으니 이들은 팔라스[125]의 아들들이다.   500

서로 인사를 나눈 뒤 케팔루스는 케크롭스의 자손[126]의

전언을 전하고 도움을 청하며 양국 사이의 동맹과

대대로 내려오는 유대 관계를 상기시켰다. 팔라스는 또 미노스가

---

121 Lyctos(그/ Lyktos). 크레테 섬의 도시로 여기서 '뤽토스의'는 '크레테의'라는 뜻이다.

122 Attica(그/ Attike). 그리스 중부 지방의 남동단에 있는 반도로 그 수도가 아테나이이다.

123 케팔루스.

124 6권 6권 80~81행 참조.

125 여기 나오는 팔라스는 아테나이 왕 아이게우스의 아우이다.

126 여기서는 케크롭스의 손자인 아이게우스를 말한다.

온 아카이스[127]의 패권을 노리고 있다는 말도 덧붙였다.

이렇듯 그의 달변이 맡은 바 임무를 수행하는 데 도움이 되자   505
아이아쿠스는 왕홀의 손잡이에 왼손을 얹고 말했다. "도움을
청할 것이 아니라 가져가시구려, 아테나이여! 이 섬이 가지고 있는
힘과, 현재 상태의 내 행운이 제공할 수 있는 모든 것을 주저 없이
그대의 것이라고 부르시구려! 병력이 부족한 일은 없을 것이오.
군사들이라면 나를 지키기 위해서도, 적을 막기 위해서도   510
충분히 있소. 신들 덕분에 지금 우리는 행운을 누리고 있으니
거절할 핑계가 없구려!" "부디 언제까지나 그러하기를!" 하고
케팔루스가 말했다. "그리고 부디 그대의 도시에 인구가 늘어나기를!
아닌 게 아니라 이리로 오는 길에 나는 그토록 잘생긴 같은 또래의
젊은이들이 나를 마중 나오는 것을 보고는 얼마나
기뻤는지 모릅니다. 하지만 내가 지난번에 그대의 도시를   515
방문했을 때 보았던 이들 중에 다수가 보이지 않더군요."

아이기나에서의 역병

그러자 아이아쿠스가 한숨을 쉬며 슬픈 어조로 이렇게 말했다.
"시작은 눈물겨웠으나 나중에는 행운이 따랐소. 처음 일은 빼고
나중 일만 이야기할 수 있다면 좋으련만! 지금 나는 순서대로
이야기하되 장황한 이야기로 그대를 지체시키지 않겠소.   520
지금 그대가 기억했다가 묻는 자들은 뼈와 재가 되어

---

127 5권 577행 참조.

누워 있소. 그들과 더불어 내 왕국의 얼마나 큰 부분이 사라졌던가!

　끔찍한 역병이 불공평한 유노의 노여움 탓에

내 백성을 엄습했는데, 그것은 이 나라가 그녀의 시앗[128]의

이름으로 불리자 유노가 우리를 미워했기 때문이오.

그 재앙이 인간에게 비롯된 것처럼 보이고 피해의 해로운　　　525

원인이 밝혀지지 않은 동안에는 우리는 의술로 싸웠소.

하지만 파멸이 구조(救助)를 제압하자 구조는 패하여 쓰러져버렸소.

처음에는 하늘이 암흑에 싸인 채 대지를 짓누르며 모든 것을

나른하게 만드는 찌는 듯한 더위를 구름으로 가두고 있었소.

달이 네 번이나 그 뿔들을 이어 붙여 원을　　　530

꽉 채웠다가 네 번이나 꽉 찬 원에서 이지러지는 동안,

뜨거운 남풍이 죽음을 가져다주는 열기를 몰고 불어왔소.

다 아는 일이지만 샘과 호수에도 독이 스며들었고,

수천 마리의 뱀이 경작하지 않은 밭을 이리저리

기어다니며 그 독으로 강을 오염시켰소.　　　535

이 갑작스러운 역병의 맹렬한 기세는 처음에는 개와 새와

양떼와 소떼의 죽음과 들짐승들 사이에 국한되어 있었소.

불운한 농부는 자신의 힘센 황소들이 일을 하다 말고

밭고랑 한가운데에 쓰러져 눕는 것을 보고 놀라움을 금치 못했소.

털북숭이 양떼는 애처롭게 울어대는데　　　540

저절로 털이 빠지며 몸이 쇠약해져갔소.

전에 경마장에서 큰 명성을 누리며 씩씩했던 말은

승리의 기상은 어디로 갔는지 지난날의 영광도 잊어버린 채

---

128 아이기나. 윱피테르와 동침한 여인 또는 여신은 모두 유노에게는 시앗이다.

구유 옆에서 신음하며 무기력한 죽음을 기다리고 있었소.

멧돼지는 광란하기를 잊었고, 암사슴은 빠른 자기 발을 믿지 않았으며,   545

곰은 저보다 더 강한 가축 떼를 공격하기를 잊었소.

무기력함이 모든 것을 사로잡았소. 숲속에도 들판에도 길에도

시신이 누워 썩어가고 있었고, 대기는 그 악취로 오염되었소.

이상하게 들리겠지만, 개도 탐욕스러운 새도 잿빛 늑대도

그 시신들을 건드리지 않았소. 시신들은 땅바닥에 누워   550

썩어가며 제 악취로 대기를 오염시켰고 사방으로 역병을 퍼뜨렸소.

역병은 불쌍한 농부들에게 다가가 큰 피해를 주더니

마침내 도시의 성벽 안에서도 주인 행세를 하는 것이었소.

처음에는 내장이 고열로 마르더니, 열이 잠복해 있다는 증거로

살갗이 붉어지고 숨이 가빠졌소. 혀는 열기에 까칠까칠해지며   555

부어올랐고, 두 입술은 뜨거운 바람에 바짝 마른 채

숨막히는 대기를 들이마시려고 헐떡거리는 것이었소.

그들은 침상도, 어떤 종류의 이불도 견디지 못하고 벌거벗은 채

얼굴을 아래로 하고 땅에 누웠소. 하지만 땅바닥으로 인해

몸이 식는 것이 아니라, 몸으로 인해 땅바닥이 데워졌소.   560

역병을 제어할 사람은 아무도 없었소. 그리하여 사나운 재앙이

의사들 자신에게 덤벼드니, 의술이 그 임자들에게 해가 되었던 것이오.

누구든지 더 가까이서 더 성실하게 환자를 돌볼수록

그만큼 더 빨리 죽음의 길로 들어섰소. 그리고 살아날 가망이 없고,

이 역병의 끝은 죽음뿐이라는 걸 알게 되자 그들은   565

제 하고 싶은 대로 하며 무엇이 유익한지 관심도 없었소.

유익한 것은 아무것도 없었으니까요. 그들은 염치 불구하고 도처에서

샘가나 강가나 널찍한 우물가에 매달렸으니, 그들의 갈증은

아무리 마셔도 살아 있는 동안에는 가시지 않았던 것이오.
그들 중 많은 자가 일어설 기력이 없어 바로 그 물속에서   570
죽어갔소. 그런데도 어떤 자들은 그 물을 마셨소.
가증스러운 침상에 넌더리가 날 대로 난 가련한 환자들은
밖으로 뛰어나가거나 일어설 기운이 없을 경우에는
땅바닥에다 몸을 굴려 제 집에서 도망쳤으니, 각자에게는
제 집이 죽음을 가져다주는 곳으로 보였던 것이오. 역병의 원인이   575
밝혀지지 않았던 터라 그 탓을 협소한 공간에 돌렸던 것이지요.
그대는 그들 중 더러는 반죽음 상태로 아직 서 있을 수 있는 동안
길거리를 헤매고, 더러는 땅바닥에 누워 눈물 속에
마지막 몸부림을 치며 흐릿해진 눈을 하늘을 향하여
굴리는 것을 볼 수 있었을 것이오. 그리고 그들은 죽음에게
붙잡힌 바로 그 자리에서 마지막 숨을 거두며   580
낮게 드리운 하늘의 별들을 향해 두 팔을 벌리는 것이었소.
    그때 내 심정이 어떠했겠소? 내가 삶을 증오하고 내 백성과
함께하기를 원했다면 그것은 당연한 일이 아니었을까요?
어느 곳으로 시선을 돌리든 그곳에는 백성이 뻗어 누워 있었는데,
그 모습은 마치 흔들린 가지에서 썩은 사과가 떨어질 때나,   585
바람이 쳐올린 떡갈나무에서 도토리가 떨어질 때와도 같았소.
저기 저 건너편에 계단이 많은 신전이 우뚝 솟아 있는 것이
보이지요? 읍피테르의 신전이오. 그 제단에 분향하지 않은
사람은 없지만 다 소용없는 짓이었소. 남편이 아내를 위하여,
아버지가 아들을 위하여 기도하던 도중에 그 달랠 수 없는   590
제단들 앞에서 아직도 쓰다 남은 향을 손에 든 채
마지막 숨을 거둔 것이 몇 번이었으며,

제물로 바치려고 신전에 끌고 온 황소들이 아직도 사제가

기도하며 뿔 사이에 물 타지 않은 포도주를 붓는 동안

칼로 치는 것도 기다리지 않고 쓰러진 것이 몇 번이었던가! 595

나도 나 자신과 내 나라와 내 세 아들을 위하여 읍피테르께

제물을 바치려는데, 그때 제물이 무시무시하게 울부짖더니

칼로 치지도 않았는데 갑자기 쓰러지며

밑에 들이댄 칼에 적은 양의 피만 묻히는 것이었소.

병든 내장도 진실을 말해주고 신들의 경고를 전해줄 표지를[129] 600

잃어버렸으니, 잔혹한 역병은 내장까지 침범했던 것이오.

나는 시신들이 신전의 문설주 앞에, 아니 죽음으로써 신들을

원망하기 위하여 제단 바로 앞에 던져진 것을 보았소.

더러는 스스로 목매어 죽었으니, 죽음으로 죽음의 공포에서

벗어나고 부르지 않아도 다가오는 자신의 운명을

자진하여 부르는 것이었지요. 605

시신들은 관습에 따라 적절히 매장되지 못했으니,

도시의 성문이 그토록 많은 장례 행렬을 다 받을 수 없었던 탓이지요.

시신들은 매장되지 못한 채 대지를 짓누르고 있거나

아무 명예도 없이 화장용 장작더미 위에 무더기로 쌓여 있었소.

이때에는 이미 죽은 이에 대한 예의 같은 것은 없어진 터라

장작더미를 두고 다투는가 하면 남의 불에 태워지기도 했소. 610

죽음을 애도해줄 사람조차 남지 않았소. 그리하여

아들들과 아버지들의, 젊은이들과 노인들의 혼백이

---

129 예언자들은 제물의 내장 특히 간의 생김새를 보고 점치곤 했다.

곡소리를 듣지 못해 정처 없이 헤매고 있소.[130]

무덤으로 쓸 땅도, 불을 피울 나무도 모자랐지요.

　나는 그토록 엄청난 고통의 회오리바람에 망연자실하여 말했소.

'오오, 융피테르시여! 당신께서 아소푸스의 따님이신 아이기나를　　　　615

껴안으셨다는 말이 빈말이 아니라면, 위대한 아버지시여,

당신께서 제 아버지라는 것을 부끄럽게 여기지 않으신다면,

제게 제 백성을 돌려주시거나 저도 무덤에 묻히게 해주소서!'

그분께서 번개와 천둥소리로 내 기도를 들으셨다는

신호를 보내셨습니다. '받아들이겠나이다. 원컨대

당신의 이러한 마음의 표시가 좋은 징표가 되기를!　　　　　　　　620

당신께서 주신 전조를 저는 언질로 받아들이겠나이다.'라고

나는 말했소. 마침 근처에 사방으로 가지를 뻗은

아주 귀한 참나무 한 그루가 있었는데,

융피테르께 봉헌된 이 나무는 도도나[131]에서 가져온 씨앗을

틔운 것이었소. 그곳에서 우리는 곡식알을 모으는 개미떼가

긴 행렬을 지어 작은 입으로 큰 짐을 나르며 주름진 나무껍질에　　　625

나 있는 자신들의 길을 따라 움직이는 것을 보았소.

나는 그들의 수에 놀라며 '최선의 아버지시여, 제게 저만큼 많은

시민을 주시어 내 빈 성벽을 채워주소서!'라고 말했소.

그러자 높다란 참나무가 떨더니 가지를 흔들어 바람도 없는데

---

130 가족과 친지의 곡소리를 들으며 격식에 맞게 매장되지 못한 혼백은 사후에 정처 없이 떠돌
아다니는 것으로 믿어졌다.

131 Dodona(그/ Dodone). 그리스 에피로스 지방에 있는 도시로 융피테르의 신탁소로 유명했
다. 그리스에서 가장 오래된 그곳의 신탁소에서는 참나무가 바람에 살랑거리는 소리를 듣고 신
의 뜻을 풀이했다고 한다.

살랑거리는 소리를 내는 것이었소. 나는 두려움에 사지가 떨리고   630

머리털이 곤두섰소. 하지만 나는 대지와 참나무에 입맞추었소.

비록 소망이 있다고 고백하지는 않았지만, 그래도 나는

소망이 있었고 내가 원하는 것을 마음속에 꼭 품고 있었소.

밤이 다가오자 근심에 찌든 우리의 육신을 잠이 차지했소.

그러자 내 눈앞에 똑같은 참나무가 서 있는 것 같았소.   635

똑같은 수의 가지가 나서 그 가지 위에 똑같은 수의 개미떼가

붙어 있는 그 참나무는 똑같은 동작으로 흔들리더니

곡식알을 나르는 그 대열을 아래에 있는 들판에 뿌리는 것 같았소.

그 개미떼는 갑자기 무럭무럭 자라 스스로 땅에서

몸을 일으키더니 꼿꼿이 서는 것 같았고,   640

여윈 몸과 수많은 발과 검은 색깔을 벗고

인간의 모습과 인간의 사지를 입는 것 같았소.

    그때 잠이 물러갔소. 잠이 깬 나는 내 환영(幻影)을 우습게 알고

하늘의 신들에게 도움을 받을 수 없다고 투덜댔소. 그때

궁전 안에서 크게 웅성거리는 소리가 나기에 나는 벌써 오랫동안   645

들어보지 못한 사람 소리를 듣는 줄 알았지요.

내가 이것도 꿈이려니 의심하고 있는데 텔라몬이 급히 달려와

문을 열어젖히며 외쳤소. '아버지, 아버지께서는

바라시거나 믿으셨던 것 이상을 보실 거예요.

밖으로 나오세요!' 나는 밖으로 나갔고, 그곳에서 나는

꿈에서 보았던 것과 똑같은 자들이 대열을 짓고 서 있는 것을   650

보고는 곧 알아보았소. 그들은 다가오더니 나를 왕으로 맞이했소.

나는 읍피테르께 서약한 것을 이행했으니, 새 백성에게 도시와

이전의 경작자를 잃은 농토를 나누어주었던 것이오.

나는 그들을 뮈르미도네스족[132]이라고 부르는데,

이는 그들의 근본을 밝혀주는 이름이지요. 그들의 몸은

그대가 이미 보았소. 전에 가졌던 습관을 지금도   655

그대로 갖고 있으니, 그들은 검소하고 노고를 잘 견디고

일단 얻은 것은 잘 지키고 얻은 것을 저축하는 부족이지요.

나이도 용기도 어슷비슷한 이들이 그대를 따라 싸움터로 갈

것이오. 그대를 무사히 이곳으로 데려다준 동풍이(그대를

데려다준 것은 분명히 동풍이었소.) 남풍으로 바뀌면 말이오.”   660

케팔루스와 프로크리스

  그와 같은 그리고 그와 다른 여러 이야기를 하며 그들은

긴 하루를 다 채웠다. 그날 낮의 남은 부분은 잔치에,

밤은 잠에게 바쳐졌다. 황금빛 태양이 햇살을 끌어올린 뒤에도

여전히 동풍이 불어대며 고향으로 돌아가려는 돛을 붙잡고 있었다.

팔라스의 아들들이 연장자인 케팔루스를 찾아가자   665

케팔루스는 팔라스의 아들들을 데리고 왕을 찾아갔다.

하지만 왕은 여태까지 깊은 잠에 붙들려 있었다.

아이아쿠스의 아들 포쿠스가 문턱에서 그들을 맞았으니,

텔라몬과 그의 아우는 전쟁을 위하여 군사를 소집하고

있었던 것이다. 포쿠스는 케크롭스의 자손들을 안뜰을 지나   670

---

132 Myrmidones. 윱피테르가 아이아쿠스의 기도를 듣고 개미떼를 사람으로 변신시킨 부족으로 '개미'라는 뜻의 그리스어 myrmex(복수형 myrmekes)에서 유래했다는 것이다.

아름다운 방으로 안내하더니 그곳에서 그들과 자리를 같이했다.

　그곳에서 포쿠스는 아이올루스의 손자[133]가 창끝은 황금이고
자루는 알 수 없는 나무로 된 투창을 손에 들고 있는 것을 보았다.
잠시 서로 이야기를 주고받다가 포쿠스가 이야기 도중에 말했다.
"숲과 들짐승의 사냥에 관한 일이라면 나도 열성적이오.　　　　　　675
한데 그대가 들고 있는 그 창 자루는 대체 어떤 나무에서
베어온 것인지 한참 동안 의아해하는 중이오. 물푸레나무가
확실하다면 황갈색일 것이고 층층나무라면 마디가 있을 것이오.
그것이 어떤 나무로 만들어졌는지는 말할 수가 없군요.
그보다 더 멋있는 투창을 내 눈으로는 본 적이 없소."　　　　　　680
악테[134] 출신 형제 가운데 한 명이 대답했다.
"그 겉모양보다 그 쓰임새에 그대는 더 놀랄 것이오.
그것은 어떤 목표물이든 맞히고, 우연이 그것을 인도하는 일은
없어요. 그리고 그것은 누가 회수하지 않아도 피투성이가 되어
되날아오니까요." 그러자 네레우스[135]의 젊은 외손자[136]는
그것이 왜 그런지, 어디서 났는지, 누가 그토록　　　　　　　　685
큰 선물을 주었는지 꼬치꼬치 캐물었다. 케팔루스는
그가 묻는 말에 대답해주었으나, 어떤 대가를 치르고
그것을 얻었는지는 말하기가 부끄러웠다. 그는 잠자코 있다가
아내를 잃은 설움이 복받쳐 울음을 터뜨리며 이렇게 말했다.
"여신의 아들이여, (누가 믿을 수 있겠소?) 바로 이 창이 나를　　　　690

---

133 케팔루스. 아이올루스에 관해서는 4권 487행 참조.
134 2권 554행 참조.
135 2권 268행 참조.
136 포쿠스의 어머니 프사마테는 네레우스의 50명의 딸 중 한 명이다.

울게 하고, 또 오랫동안 울게 할 것이오. 내가 오래 살
운명이라면 말이오. 이것이 나와 내 사랑하는 아내를 함께
파멸시켰소. 차라리 내가 이런 선물을 받지 말았더라면!
내 아내 프로크리스는, 혹시 오리튀이아[137]란 이름이 그대에게
더 친숙하다면, 납치당한 오리튀이아의 언니요.   695
그대가 이 두 자매의 용모와 품성을 비교하려고 한다면,
프로크리스가 더 납치당할 만하지요. 프로크리스를 그녀의 아버지
에렉테우스가 나와 결합시켰고, 사랑이 그녀를 나와 결합시켰소.
나는 행복한 사람이라는 말을 들었고 또 실제로 행복했소.
하지만 신들은 생각이 달랐어요. 그렇지 않았더라면 나는 아마 지금도
행복하겠지요. 결혼식을 올린 지 두 달이 지났을 때의 일이오.   700
내가 뿔 난 사슴을 잡으려고 사냥용 그물을 치고 있는데
어둠이 물러간 이른 아침에 사프란색의 아우로라가
언제나 꽃이 만발하는 휘멧투스[138]의 산꼭대기에서 나를 보고는
내 의사와 무관하게 나를 납치해 갔소. 이 사실을 발설하는 것을
여신께서는 용서해주시기를! 여신의 장밋빛 볼은 보기에 아름답고,   705
여신은 낮과 밤의 경계를 다스리고, 여신은 넥타르만
마시는 것이 사실이지만, 내가 사랑하는 이는 프로크리스였소.
내 마음에도 프로크리스가 있었고, 입술에도 늘 프로크리스가 있었소.
나는 신성한 결혼식과 새로 맺은 혼인과 신방(新房)과
버림받은 아내에게 한 지난날의 언약에 관해 말하곤 했소.   710
그러자 여신이 역정을 내며 말했소. '이 배은망덕한 이여,

---

137 6권 683행 참조.
138 Hymettus(그/ Hymettos 또는 Hymessos). 아테나이 남동쪽에 있는 산.

이제 그런 말일랑 작작하고, 그대는 프로크리스를 갖도록 하구려!

하지만 내 마음이 앞을 내다볼 수 있다면, 그대는 그녀를

가졌던 것을 후회하게 되리라!' 결국 여신은 화를 내며

나를 돌려보냈소. 집으로 돌아가는 길에 나는 여신의 경고를

곰곰이 생각해보았소. 그러다가 내 아내가 결혼의 서약을   715

잘 지키지 못하고 있는 것은 아닐까 의구심이 들기 시작했소.

아내의 미모와 젊음은 나더러 아내의 간통을 믿으라 했고

아내의 품성은 그것을 믿지 말라고 했소. 하지만 나는 떠나 있었고

내가 방금 떠나온 여신도 불륜의 본보기가 아니었던가!

사랑하는 이의 마음에는 무엇에든 두려움이 생기지요.

그래서 나는 나 자신을 괴롭히기로, 말하자면 선물로   720

아내의 정절을 떠보기로 결심했소. 내가 그런 두려움을 갖도록

아우로라가 나를 도와주며 내 모습을 바꾸어놓았소.

(나도 그것을 느꼈던 것 같소.) 그리하여 내가 팔라스의 도시인

아테나이로 가서 내 집에 들어도 나를 알아보는 사람은

아무도 없었소. 집안에는 아무 허물도 없었고, 방종한 흔적도

보이지 않았으며, 집안 사람들은 납치된 주인을 위해 걱정하고   725

있을 뿐이었소. 나는 수천 가지 계략을 써 간신히 에렉테우스의 딸에게

접근할 수 있었소. 아내를 보자 나는 정신이 아찔하여

그녀의 정절을 시험해보겠다는 계획을 포기할 뻔했소.

나는 사실을 고백하고, 당연한 일이지만 그녀에게 입맞추고 싶었으나

간신히 이를 억제할 수 있었소. 아내는 슬픔에 잠겨 있었고

(그녀는 슬픔에 잠겨 있었지만 어떤 여자도 그녀보다   730

더 아름다울 수는 없었소.) 납치된 남편을 애타게 그리워하고

있었소. 포쿠스여, 그녀가 얼마나 아름다웠겠는지, 슬픔 자체가

그녀에게 얼마나 어울렸겠는지 한번 상상해보시구려!
얼마나 자주 그녀의 정절이 나의 유혹을 물리쳤는지,
얼마나 자주 그녀가 '나는 한 분을 위해 나를 간직하고 있어요.
그이가 어디 계시든 나는 그 한 분을 위해 내 사랑을   735
간직하고 있어요.'라고 말했는지 내가 군이 말해야겠소?
제 정신이 있는 사람에게는 이만하면 정절의 시험으로는 충분하지
않을까요? 하지만 나는 성에 차지 않아 나 자신에게
부상을 입히려고 싸우기를 계속했소. 나는 그녀와의 하룻밤을 위해
그녀에게 상당한 재산을 주겠다고 약속하고 선물에 선물을
덧붙임으로써 마침내 그녀를 흔들리게 만들었소.   740
그러자 자신을 해치는 사기꾼[139]인 나는 소리쳤소.
'사악한 여인이여, 나는 유혹자인 체했을 뿐 실은 그대의 남편이오.
배신자여, 나는 그대의 부정을 직접 목격했소.' 그녀는 아무 말도
하지 않았소. 아내는 부끄럽고 창피하여 말없이 음흉한 남편과
사악한 집에서 달아났소. 그녀는 내가 미워 모든 남성을   745
증오하며 산속을 헤맸고, 디아나가 하는 일에 열중했소.
    그리하여 나는 혼자 남게 되자 사랑의 불길이 더 맹렬해지며
뼛속까지 스며들었소. 나는 용서를 빌며 내가 죄를 지었음을
인정했고, 그런 큰 선물이 주어진다면 나도 선물의 유혹에
넘어가 비슷한 실수를 저질렀을 것이라고 고백했소.   750
내가 그렇게 고백하자, 그녀는 먼저 자신의 자존심이 모욕당한 것을
복수한 뒤에야 돌아와서 나와 행복하고 화목하게 몇 년을 보냈지요.
아내는 마치 그녀 자신은 하찮은 선물인 양 내게 개 한 마리를 따로

---

139 '사기꾼'(fictor) 대신 '승리자'(victor)로 읽는 텍스트도 있다.

선물로 주었는데, 그녀의 퀸티아[140]가 '이 개는 달리기에서 다른

개들을 모두 앞지를 것이다.'라고 말하며 그녀에게 준 것이었소.   755

그녀는 또 보시다시피 내가 손에 들고 있는 이 투창도 선물로 주었소.

그대는 다른 선물에 얽힌 이야기도 듣고 싶은가요? 놀라운 이야기를

들어보시오. 그 희한한 사건에 그대는 놀라움을 금치 못할 것이오.

　　라이우스[141]의 아들[142]이 그 이전 사람들의 재능으로는

이해할 수 없던 수수께끼를 풀자 그 어두운 예언녀[143]는   760

거꾸로 떨어져 자신의 수수께끼도 잊은 채 누워 있었소.

[물론 자애로운 테미스는 그런 일을 벌하지 않고 그냥 내버려두지

않지요.] 곧장 아오니아[144]의 테바이에 두 번째 재앙이 보내져

많은 시골 백성이 맹수[145] 때문에 겁에 질렸으니, 가축 떼와

자신들의 파멸이 두려웠던 것이오. 그래서 이웃에 사는 우리   765

---

140 2권 465행 참조.

141 Laius(그 / Laios). 테바이 왕으로 오이디푸스의 아버지.

142 오이디푸스(Oedipus 그 / Oidipous).

143 스핑크스. 얼굴은 여자, 가슴과 발은 사자, 날개는 맹금류인 괴물로 오이디푸스 및 테바이 전설권(傳說圈)과 관계가 깊다. 오이디푸스의 아버지 라이우스가 펠롭스의 궁전으로 피난 갔다가 그의 아들 크뤼십푸스(Chrysippus 그 / Chrysippos)에게 반해 — 이때부터 남자들 사이에 동성애가 시작되었다고 한다 — 어린 소년을 납치하자 펠롭스가 라이우스를 저주한다. 그러자 라이우스를 벌주기 위해 유노가 스핑크스를 보낸다. 그녀는 테바이 서쪽에 있는 언덕에 자리잡은 뒤 '목소리는 하나뿐인데 때로는 두 다리로, 때로는 세 다리로, 또 때로는 네 다리로 걷되 다리가 가장 많을 때 가장 허약한 동물이 무엇이냐?' '두 자매가 있는데 서로 번갈아 낳아주는 것이 무엇이냐?'며 수수께끼를 내어 그것을 풀지 못하는 사람들을 잡아먹었다. 첫 번째 수수께끼의 답은 사람이고 두 번째 수수께끼의 답은 낮과 밤이다(그리스어로 낮을 의미하는 hemera와 밤을 의미하는 nyx는 둘 다 여성명사이다). 그 수수께끼를 오이디푸스가 풀자 스핑크스는 절망하여 바위 꼭대기에서 떨어져 죽는다.

144 1권 313행 참조.

145 거대한 여우.

젊은이들이 모여 넓은 들판을 사냥 그물로 에워쌌지요.

하지만 그 짐승은 그물 위를 가볍게 뛰어넘었고,

우리가 애써 쳐놓은 덫을 훌쩍 뛰어 건너는 것이었소.

우리가 개 떼를 풀어놓았지만, 그 짐승은 개 떼의 추격을

따돌리며 새처럼 빠른 속력으로 개 떼[146]를 갖고 놀았소.　　　770

그러자 모두 이구동성으로 나의 라일랍스[147](그것이 아내가 내게

선물로 준 개의 이름이오.)를 풀라고 했소. 녀석은 아까부터 사슬에서

벗어나려고 발버둥치며 붙잡고 있는 가죽끈을 목으로 당기고 있었소.

우리는 녀석이 풀리자마자 도대체 어디 갔는지 알 수가 없었소.

뜨거운 먼지만이 녀석의 발자국을 간직하고 있을 뿐,　　　775

녀석은 시야에서 사라졌소. 창도 그렇게 빠르지는 못하며,

빙빙 돌린 투석기에서 내던진 탄환도, 고르튀나[148]의 활에서

발사된 가벼운 갈대[149]도 그렇게 빠르지는 못하오. 근처에는 높은

언덕이 하나 있었는데, 그 꼭대기에서는 주위의 들판을

내려다볼 수 있었소. 나는 그리로 올라가 그 기이한 달리기 경주를　　　780

구경할 수 있었는데, 야수는 한순간 잡히는 것 같다가도 다음 순간

덥석 무는 개의 입에서 벗어나곤 했지요. 그 교활한 짐승은

일직선으로 곧장 멀리 달아나는 것이 아니라 추격자의 입을

속이고 요리조리 돌면서 적이 공격하지 못하게 했소. 개는

그 짐승의 발꿈치까지 바싹 따라붙어 그것을 잡았다 싶었지만,　　　785

잡기는커녕 허공을 덥석 물 뿐이었소. 창의 도움을 받기로 했소.

---

146 '개 떼'(coetum) 대신 '일백의'(centum)로 읽는 텍스트도 있다.

147 Laelaps(그 / Lailaps). '돌풍'.

148 Gortyna(그 / Gortys). 크레테 섬으로, 여기서 '고르튀나의'는 '크레테의'라는 뜻이다.

149 화살.

고리에 손가락을 집어넣고 오른손으로 창의 균형을 잡는 동안
나는 잠시 거기서 눈을 뗐소. 그리고 그곳으로 다시 시선을
향했을 때(참으로 놀라운 일이었소.) 들판 한가운데에 두 개의
대리석상이 보이는 것이었소. 그대는 하나는 달아나고 있고,   790
다른 하나는 잡으려고 추격하고 있다고 생각했을 것이오.
확실히 그것들이 둘 다 경주에서 지지 않는 것이 어떤 신의
뜻이었던 것 같소. 어떤 신이 그것들을 지켜보고 있었다면 말이오."
    여기까지 이야기하고는 그는 입을 다물었다.
"그대의 창은 무슨 죄를 지었지요?"라고 포쿠스가 말하자
그는 창이 지은 죄를 이렇게 들려주었다.   795

    "포쿠스여, 내 기쁨은 내 고통의 시작이었소. 그러니 내 기쁨을
먼저 이야기하겠소. 아이아쿠스의 아들이여, 내게는 행복했던 시절을
회상하는 것이 얼마나 즐거운 일인지 모르겠소. 그때, 그러니까
신혼 몇 해 동안 나는 아내와 행복했고, 아내도 남편과 행복했소.
우리 두 사람은 서로 염려해주고 서로 사랑하며 함께 살았소.   800
그녀는 윱피테르의 침상을 내 사랑보다 더 선호하지 않았을 것이며,
나는 어떤 여자에게도 홀리지 않았을 것이오. 설령 베누스 자신이
온다 해도 말이오. 우리 가슴속에는 똑같은 불길이 타오르고 있었소.
산꼭대기에 첫 햇빛이 비치는 이른 아침이면 나는
젊은이다운 열성으로 숲속에 사냥하러 가곤 했지요.   805
하인들이나 말들이나 코가 예민한 개 떼나 매듭이 많은
그물 따위는 데려가거나 가져가지 않았소.
창만 있으면 안전했으니까요. 손으로 들짐승을
죽이는 일에 싫증이 나면 나는 서늘한 그늘과,
계곡에서 불어오는 시원한 산들바람을 도로 찾아가곤 했는데,   810

한낮의 더위 속에서 부드러운 산들바람을 찾기도 하고,
기다리기도 했소. 그것은 나를 노고에서 쉬게 해주었으니까요.
'아우라[150]여, (나는 아직도 기억하고 있소.) 오너라!'라고 나는
노래하곤 했소. '나를 기쁘게 해다오! 가장 반가운 이여, 내 품속으로
들어와 늘 그러하듯 나를 불태우고 있는 열기를 진정시켜다오!'   815
아마도 나는 아첨하는 말을 몇 마디 더 덧붙였던 것 같소.
(내 운명이 나를 그렇게 이끌었던 것이오.) '그대는 나의 큰 낙이오.
그대는 내 원기를 돋워주고 나를 애무해주오. 그대 때문에
나는 숲과 한적한 곳을 사랑하오. 내 입술로 언제나
그대의 입김을 느낄 수 있었으면!' 하고 나는 말하곤 했지요.   820
한데 누군가 이 애매모호한 말을 엿듣고 그 뜻을 오해했소.
그는 내가 그토록 자주 부르는 '아우라'란 말이 요정의
이름인 줄 알고 내가 그 요정을 사랑하고 있다고 믿었소.
이 성급한 밀고자는 지체 없이 내가 불륜하다는 이야기를 지어내어
프로크리스를 찾아가 자기가 들었던 것을 그녀에게 속삭였소.   825
사랑하면 쉬이 믿게 되지요. 내가 전해 듣기로는, 그녀는 갑작스러운
고통을 이기지 못해 실신했다고 하오. 한참 뒤에 정신이 돌아오자
프로크리스는 자신을 비참하고 불운한 여인이라고 부르며
나의 불륜을 저주했소. 그러고는 이런 근거 없는 고발에
마음이 산란해져 아무것도 아닌 헛것을, 실체 없이 이름뿐인 것을   830
두려워하며 실제로 자신의 시앗이 생긴 양 괴로워하고 불행해했소.
그러면서도 그녀는 때로는 미심쩍기도 하고
또 참담한 심정에서 자신이 잘못 들었기를 바라며

---

150 라틴어 aura는 '산들바람'이라는 뜻이다.

고자질한 이야기를 믿으려 하지 않았고, 직접 눈으로
확인하기 전에는 남편의 실수를 저주하려 하지 않았소.
　　다음날 아우로라의 빛이 밤을 몰아냈을 때 나는 집을 나서서　　　　835
숲속으로 향했소. 그리고 승리자로서 풀밭에 누워
'아우라여, 와서 내 노고를 진정시켜 다오!'라고 말했소.
그러자 갑자기 내가 말하고 있는 동안 신음 소리 같은 것이
들리는 것 같았소. 하지만 나는 '오라, 내 사랑이여!' 하고 말했소.
다시 나뭇잎이 떨어지며 바스락거리는 소리가 나자　　　　　　　840
나는 그것이 짐승 소리인 줄 알고 창을 날려 보냈소.
그것은 프로크리스였소. 그녀는 가슴의 상처를 부여잡고
'아아 슬프도다!' 하고 외치는 것이었소. 나는 내 성실한 아내의
목소리를 알아듣고 그것이 들려온 쪽으로 정신없이 허둥지둥
달려갔소. 가 보니 그녀는 반죽음 상태에서 옷이 피투성이가 된 채　　845
(맙소사!) 상처에서 자신이 내게 준 선물을 뽑고 있었소.
내게는 내 자신의 몸보다 더 소중한 그녀의 몸을 나는 두 팔로
살며시 들어올려 가슴의 옷을 찢고는 잔인한 상처를 싸매어
피를 멎게 하려고 애쓰며 제발 내 곁을 떠나지 말라고,
나를 그녀를 죽인 죄인으로 만들지 말아달라고 간청했소.　　　　850
그녀는 이미 기진맥진하여 죽어가면서도 억지로 이 몇 마디
말을 짜내는 것이었소. '우리의 결혼과, 하늘의 신들과,
나의 신들이 될 저승의 신들과, 내가 그대에게 해준
모든 것과, 내 죽음의 원인이었지만 내가 죽는 지금도
남아 있는 사랑의 이름으로 내 그대에게 간청하노니,　　　　　　855
제발 아우라가 나 대신 그대의 아내가 되지 않도록 해주세요!'
그제야 나는 이름에서 오해가 비롯되었음을 알아차리고 그녀에게

모든 것을 말해주었소. 하지만 말해준다고 무슨 소용 있겠소?
그녀는 내게서 미끄러져 가고, 얼마 남지 않은 기운마저 피와 함께
그녀에게서 빠져나갔는데. 그녀는 무엇이든 볼 수 있는 순간까지   860
나를 쳐다보며 내 입술에다 자신의 불행한 숨을 마지막으로 내쉬었소.
하지만 그녀는 행복한 표정을 지으며 만족해하며 죽는 것 같았소."

　이런 이야기를 영웅은 눈물을 흘리며 들려주었고, 듣던 사람들도
역시 눈물을 흘렸다. 그때 보라, 아이아쿠스가 두 아들과 새로 모집한
군대를 이끌고 들어오자 용감하게 무장한 그들을 케팔루스가 맞았다.   865

VIII

조지 와츠, 〈미노타우루스〉

스퀼라와 니수스

　어느새 루키페르가 밤을 쫓아버리고 찬란한 낮을
드러냈을 때 동풍이 잦아들면서 눅눅한 구름이 일기 시작했다.
부드러운 남풍이 케팔루스와 아이아쿠스의 전우들을
안전하게 항해할 수 있게 하자, 그들은 남풍에 실려
무사히 항해를 마치고 예상보다 빨리 바라던 항구에 도착했다.　　　　5
그사이 미노스는 렐레게스족[1]의 해안을 쑥대밭으로 만들고
니수스가 다스리던 알카토우스[2]의 도시[3]에 자신의 군사력을
시험하고 있었다. 니수스의 정수리 한복판에는 존경스러운
백발들 사이에 자줏빛으로 빛나는 머리카락이 하나 나 있었는데,
그의 위대한 왕국의 안전은 바로 이 머리카락에 달려 있었다.　　　　10
　어느새 초승달의 뿔들이 여섯 번이나 하늘에 올랐건만
아직도 전세는 백중지세였고, 빅토리아는 오랫동안
미심쩍은 날개로 양군 사이를 오락가락했다.
그곳에는 왕가의 성탑이 하나 있었는데, 그것은 레토의 아들[4]이
황금 뤼라를 걸어두었다는, 노래하는 성벽 위에 세운 것이었다.[5]　　　　15
그래서 그 성벽의 돌들에는 아직도 뤼라의 음악이 들어 있었다.

1　7권 443행 참조.
2　7권 주 102 참조.
3　메가라. 7권 443행 참조.
4　아폴로. 레토는 라토나의 그리스어 이름이다.
5　아폴로가 알카토우스를 도와 성벽을 쌓았을 때 어떤 돌에다 자신의 뤼라를 걸어두었는데
이 돌을 조약돌로 두드리면 마치 현을 치는 듯한 소리가 났다고 한다(파우사니아스(Pausanias),
『그리스 안내』(Periegesis tes Hellados) 1권 42장 1절 참조).

니수스의 딸은 가끔 그 탑에 올라가 조약돌로 그 돌들을
두드려 소리나게 하는 버릇이 있었다. 그것은 평화 시에
있었던 일이다. 전시에도 그녀는 가끔 그곳에서
가차없는 마르스의 전투를 내려다보곤 했다.   20
그리하여 이제 전쟁이 오래 가자 그녀는 장수들의 이름과
무구들과 말들과 갑옷과 퀴도니아[6]의 화살통들도 알게 되었다.
그녀는 누구보다도 그들의 지휘자인, 에우로파의 아들[7]의 얼굴을,
그것도 필요 이상으로 잘 알고 있었다. 미노스가 깃털 장식이 달린
투구로 머리를 가리면, 그녀의 눈에는 투구를 쓴 그의 모습이   25
멋있어 보였다. 그가 번쩍이는 청동 방패를 들면,
방패를 든 모습이 그에게 잘 어울려 보였다.
그가 팔을 뒤로 젖혔다가 나긋나긋한 창을 힘껏 던지면,
소녀는 그의 힘과 재주에 감탄했다. 미노스가 시위에
화살을 얹고 큼직한 원이 되도록 활을 당기면,   30
그녀는 포이부스도 저런 모습으로 화살을 들고 서 있을 것이라고
마음에 새겼다. 그가 투구를 벗고 얼굴을 드러내면,
그가 자포를 입고 알록달록한 말 장식을 걸친 백마의 등에
올라앉아 거품 묻은 재갈을 제어하곤 할 때면, 니수스의 딸은
거의 넋을 잃다시피 했고, 제정신이 아니었다.   35
그가 만지는 창은 행복하겠지, 그가 손에 쥐고 있는
고삐는 행복하겠지 하고 그녀는 생각했다.
그럴 수만 있다면, 그녀는 적군의 대열을 지나

---

6   Cydonia(그/ Kydonia). 크레테 섬의 도시. 여기서 '퀴도니아의'는 '크레테의'라는 뜻이다.
7   미노스.

처녀의 발걸음을 재촉하고 싶은 충동을 느꼈고,
높은 탑에서 그노소스[8]의 진영으로 몸을 던지거나,   40
청동을 입힌 성문을 적군에게 열어주거나, 미노스가 원하는
그 밖의 다른 일을 해주고 싶은 충동을 느꼈다. 그래서 그녀는
앉아서 딕테[9] 왕의 하얀 막사를 바라다보며 말했다.
"이 비참한 전쟁이 일어난 것을 기뻐해야 할지 슬퍼해야 할지
모르겠구나. 내가 사랑하는 미노스가 내 적이란 것이 슬프구나.   45
하지만 전쟁이 일어나지 않았더라면 나는 그를 알지 못했겠지.
나를 볼모로 잡는다면 그는 전쟁을 그만둘 수도 있을 거야.
그러면 그는 나를 동반자로, 평화의 담보로 갖겠지.
왕들 중에 가장 잘생긴 이여, 그대를 낳은 여인이 그대와 같다면,
신이 그 여인에게 사랑으로 불타오른 것은 당연한 일이지요.   50
아아, 날개로 대기 사이로 날아가 그노소스 왕의 진영 안에
자리잡고 서서 내 불타는 사랑을 고백하고는 어떤 지참금을 내면
그를 살 수 있겠는지 물을 수 있다면, 나는 세 배나 더 행복하련만!
다만 내 조국의 성채만은 그가 요구하지 말았으면! 배신을 해야만
가능한 것이라면, 차라리 결혼에 대한 내 희망이 모두   55
사라져버리기를! 하긴 승리자가 온유하여 관용을 베푼다면, 때로는
지는 것이 유리하다고 많은 사람에게 생각될 수도 있겠지만 말이야.
그는 분명 살해된 아들을 위하여 정당한 전쟁을 하고 있어.
그에게는 명분도 있고 명분을 뒷받침해줄 무력도 있어. 아마도
우리는 질 거야. 만약 그런 종말이 이 도시를 기다리고 있다면,   60

---

8   3권 208행 참조.
9   3권 2행 참조.

왜 그의 공격이 우리의 성벽을 열어야 하고 내 사랑이 그것을 열면
안 되는 거지? 살육을 저지르지 않고도, 자신의 피로 대가를
치르지 않고도 지체 없이 이기는 편이 그에게는 더 나을 거야.
그럴 경우, 미노스여, 나는 누가 멍청하게 그대의 가슴에 부상을
입히지나 않을까 두려워할 필요가 없겠지요. 멍청하지 않고서야   65
그대에게 감히 무자비한 창을 던질 만큼 잔혹한 자가 어디 있겠어요?
나는 그 계획이 마음에 들어. 그래서 나는 나와 함께 내 조국을
지참금으로서 넘겨주고, 그렇게 전쟁을 끝내기로 결심했어.
하지만 원하는 것만으로는 부족해. 수비대가 입구들을
지키고 있고, 성문들의 열쇠들은 아버지가 갖고 계셔.
내게 두려운 것은 아버지뿐이고, 내 소원을   70
지연시키는 것도 아버지뿐이니, 나야말로 불행하구나!
신들께서 내게 아버지가 없도록 만들어주신다면 좋으련만! 확실히
인간은 누구나 자기 자신에게는 신이야. 운명의 여신은 비겁자의
기도는 들어주지 않아. 다른 소녀가 이토록 큰 정염에 불타고 있다면
사랑에 방해가 되는 것은 무엇이든 기꺼이 파괴해버렸겠지.   75
그런데 왜 나보다 남이 더 용감해야 하지? 나는 불 사이로도,
칼 사이로도 겁없이 지나갈 수 있어. 하지만 여기서는 불이나
칼 같은 것은 필요 없어. 내게 필요한 것은 아버지의 머리카락이야.
그것이 나에게는 황금보다 귀중해. 그 자줏빛 머리카락은 나를
행복하게 해줄 것이며, 내 소원을 이루게 해줄 테니까.”   80
   그녀가 이런 말을 하는 동안 근심의 가장 위대한 치유자인
밤이 다가왔다. 날이 어두워질수록 그녀는 점점 담대해졌다.
낮 동안의 근심에 지칠 대로 지친 인간의 마음을 첫잠이 감싸주는
고요한 시간이었다. 딸이 소리 없이 아버지의 방에 들어가

아버지의 정수리에서 그의 운명이 달려 있는 머리카락을 빼앗았다.   85
(아아, 이 무슨 범행인가!) 스퀼라는 그 불의한 전리품을 손에 넣은 다음
범죄로 얻은 전리품을 들고 성문 밖으로 나가더니 적군 한가운데를
지나(그만큼 그녀는 자신의 공적을 믿었던 것이다.)
곧장 왕에게 다가갔다. 왕이 놀라자 그녀는 그에게 이렇게 말했다.
"사랑이 이런 짓을 하도록 나를 설득했어요. 나는 니수스 왕의 딸   90
스퀼라로 여기 내 조국과 나의 페나테스 신들을 그대에게 바쳐요.
나는 그대 외에 다른 대가는 원치 않아요. 자, 내 사랑의 담보로
자줏빛 머리카락을 받으세요. 내가 지금 그대에게 바치는 것이
머리카락이 아니라, 아버지의 머리라고 믿어주세요!" 그러고는
죄지은 오른손으로 그에게 선물을 내밀었다. 그러자 미노스는   95
스퀼라가 내민 것을 피했고, 전대미문의 범행에 질겁하며 대답했다.
"오오, 우리 시대의 치욕이여, 신들께서는 자신들의 세계로부터
그대를 추방하시기를! 육지도 바다도 그대를 받아주지 말기를!
잘 알아두어라. 나는 내 세계에, 읍피테르의 요람이었던 크레테에
그대 같은 괴물이 발을 들여놓는 것을 결코 용납하지 않을 것이다."   100
이렇게 그는 말했다. 그리고 가장 정의로운 입법자[10]는
사로잡힌 적군에게 법규를 부과하고 나서 함대의 밧줄을 풀고는
청동을 댄 함선들에 올라 노를 저으라고 명령했다.
    스퀼라는 함선들이 정박해 바닷물 위에 떠 있고,
왕이 자기에게 범죄의 대가를 주지 않는 것을 보자,   105
빌 수 있을 때까지 빌다가 분통을 터뜨렸다.
그녀는 머리를 풀고 두 손을 내민 채 미쳐 날뛰며 소리쳤다.

10   미노스.

"그대는 공을 세울 수 있게 해준 나를 버리고 어디로 가는 거예요?

나는 그대를 내 조국보다도 선호했고, 내 아버지보다 선호했는데도.

어디로 가는 거예요, 이 잔인한 자여! 그대의 승리는 내 범죄이자   110

내 공이었는데도. 내가 그대에게 준 선물도, 그대를 향한 내 사랑도,

오직 그대에게 걸었던 내 희망도 그대를 움직이지 못한 건가요?

버림 받은 나는 대체 어디로 돌아가야 하나요? 내 조국으로?

내 조국은 정복되어 쓰러져 있어요. 내 조국은 아직 남아 있다

하더라도 내 배신으로 나에게는 닫혀 있어요. 아버지의 면전으로?   115

그분을 내가 그대에게 바쳤는데도? 내 동포들은 나를

증오하고 있어요. 당연한 일이지요. 이웃 백성은 내가

본보기가 될까 겁내고 있어요. 나는 온 세상에서 추방되고,

오직 크레테만이 내게 열려 있어요. 만약 그대가 그곳도

나에게 금지하고, 배은망덕한 자여, 나를 이곳에 버린다면,

그대의 어머니는 에우로파가 아니라, 불친절한 쉬르티스[11]거나,   120

아르메니아의 암호랑이거나, 남풍이 매질하는 카륍디스[12]예요.

그대는 윱피테르의 아들이 아니며, 그대의 어머니는 황소의 모습에

속은 것이 아녜요.[13] 그대의 출생에 관한 이야기는 다 거짓말이에요.

그대를 낳은 것은 어떤 암소도 사랑한 적이 없는 사나운

진짜 황소였어요. 나의 아버지 니수스시여, 나를 벌하소서!   125

내가 방금 배신한 성벽들이여, 너희는 내 고통을 기뻐하라!

내 고백하건대 나는 그래도 싸고 죽어 마땅하니까요.

11 북아프리카 해안에 있는 악명 높은 모래톱으로 그곳에서 많은 배가 좌초했다고 한다.
12 7권 63행 참조.
13 윱피테르는 황소로 변신하여 에우로파를 유인한다.

하지만 불경한 내가 해코지한 이들 가운데 누군가가 나를
죽이게 하라! 어찌하여 내 범죄로 승리를 거둔 그대가 내 범죄를
추궁하는 거죠? 아버지와 조국에게 저지른 내 범죄는 그대에게는   130
봉사가 아니었나요! 나무로 만든 암소 안에 들어가 황소를
속이고는 뱃속에 괴물을 차고 다니던 그 간부(姦婦)[14]야말로
진정 그대에게 어울리는 배필이에요. 내 말이 그대의 귀에
들리나요? 아니면 배은망덕한 자여, 그대의 함선들을
날라주는 그 바람이 내 말을 쓸어가 없애버리나요? 이제야말로   135
파시파에가 그대보다 황소를 더 선호했던 것이 이상하지가
않아요. 그대는 황소보다 더 야만적이니까요. 아아, 슬프도다!
그는 서두르라고 명령하는구나! 바닷물은 노에 찢겨 찰싹거리고,
나도 내 나라도 그의 시야에서 뒤로 물러나는구나! 그대가
그래 봐도 소용없어요. 그대가 내 공을 잊었어도 소용없어요.   140
나는 그대의 뜻에 반해 그대를 따라가 구부정한 뱃고물에 매달린 채
바다 위로 저 멀리 끌려갈 테니까요." 이렇게 말하자마자 그녀는
바다로 뛰어들더니 애욕에서 힘이 솟아 그의 배로 헤엄쳐 가서는
가증스러운 일행으로서 그노소스의 배에 매달렸다.
그때 그녀의 아버지가 그녀를 보고는(그는 이제 황갈색 날개를   145
가진 물수리로 변하여 공중을 빙빙 맴돌고 있었다.)
매달려 있던 그녀를 구부정한 부리로 쪼려고 내리덮쳤다.
그녀는 겁이 나서 뱃머리를 놓아버렸다.
그러자 가벼운 대기가 떨어지는 그녀를 떠받쳐주며

---

14 미노스의 아내 파시파에. 그녀는 나무로 만든 암소 안에 들어가 황소의 씨를 받음으로써
사람의 몸에 소의 머리를 가진 괴물 미노타우루스를 낳는다.

바닷물에 닿지 않게 해주는 것 같았다. 떠받쳐준 것은 깃털이었다.
깃털에 의해 그녀는 새로 변해 키리스[15]라 불리는데,   150
아버지의 머리카락을 잘랐기에 이런 이름을 갖게 된 것이다.

미노타우루스

   미노스는 배에서 내려 쿠레테스들[16]의 나라를 밟자
일백 마리의 황소를 바치겠다고 윱피테르에게 한 서약을
이행하고는 왕궁을 장식하고자 전리품을 내걸었다.
이제 그의 가문의 치욕[17]이 무럭무럭 자라나, 아내의 수치스러운   155
간통 사실이 기이한 잡종 괴물에 의해 만천하에 드러났다.
미노스는 이 치욕을 자신의 궁전에서 치우되 통로를
찾을 수 없는 복잡다단한 집[18]에다 가두기로 결심했다.
이름난 건축가인 다이달루스가 이 건축물을 설계하고 지었는데,
그는 표지가 될 만한 것을 모두 뒤헝클어버리고,   160
여러 갈래의 꼬부랑길로 현혹하여 사람들의 눈을 속였다.
마치 마이안드루스[19] 강물이 프뤼기아의 들판에서 노닐며

15　키리스(Ciris)란 이름은 '자르다'는 뜻의 그리스어 keiro에서 유래했다고 한다.
16　Curetes(그/ Kouretes). 크레테 섬의 윱피테르 사제들. 여기서 '쿠레테스들의'는 '크레테의'
라는 뜻이다.
17　미노타우루스.
18　미궁(迷宮 labyrinthus 그/ labyrinthos).
19　마이안드루스(2권 246행 참조)는 소아시아 이오니아 지방의 강으로 대표적인 사행천(蛇行
川)이다.

모호한 수로를 따라 뒤로 흐르는가 하면 앞으로 흐르기도 하고,

자기 자신을 만나 다가오는 물결을 보는가 하면

때로는 원천을 향하여, 때로는 탁 트인 바다를 향하여　　　　　　　165

방향이 불확실한 물을 흘려보내듯이, 그처럼 다이달루스는

수많은 미로를 곳곳에 만드니 그 자신도 가까스로 입구로 돌아올 수

있을 정도였다. 그 건축물은 그만큼 속기 쉽게 되어 있었다.

이곳에 그는 사람의 몸에 소의 머리를 가진 튀기를 가두고 나서

그 괴물에게 두 번이나 악테[20]의 피를 먹여주었다.　　　　　　　170

하지만 구 년마다 요구하는 세 번째 공물이 괴물을 쓰러뜨렸다.[21]

소녀[22]의 도움으로 전에는 아무도 되돌아온 적이 없는 문을,

풀며 들어갔던 실을 되감으며 찾아내자 아이게우스의 아들은

지체 없이 미노스의 딸을 데리고 디아[23] 섬을 향해 돛을 올렸다.

그러고는 잔인하게도 그 해안에다 동행하던 소녀를 남겨두고　　　175

떠났다. 버림 받아 하염없이 비탄에 빠져 있던 소녀를 리베르[24]가

포옹해주고 도와주었다. 그리고 소녀가 영원한 별들 사이에서

20　2권 554행 참조.

21　아테나이는 전쟁에 진 뒤로 미노스에게 9년마다 소년 소녀 각각 7명씩을 미노타우루스의 먹이로 보내기로 했다. 세 번째 공물을 바칠 때 테세우스가 7명의 소년 가운데 한 명으로 자원하여 크레테로 건너가서 그에게 첫눈에 반한 아리아드네 공주의 도움으로 괴물을 죽인 뒤 그녀가 준 실을 되감아 도로 밖으로 나올 수 있었다. 테세우스가 귀향 도중에 그녀를 버리고 떠난 이야기와 그녀가 박쿠스에게 구출되는 이야기는 오비디우스의 『사랑의 기술』(*Ars Amatoria*) 1권 527행 이하 참조.

22　아리아드네(Ariadne).

23　낙소스 섬의 옛 이름.

24　3권 520행 참조.

빛나도록 그는 그녀가 쓰고 있던 관을 이마에서 벗겨 하늘로 보냈다.[25]

그러자 그것은 희박한 대기 사이로 날았고,

그 관이 나는 동안 거기 박힌 보석들은 번쩍이는 불로   180

변하여 아직도 왕관의 모양을 간직한 채

'무릎을 꿇고 있는 이'[26]와 '뱀 주인'[27] 사이에[28] 자리잡고 있다.

다이달루스와 이카루스

   그사이 다이달루스는 크레테와 자신의 긴 추방 생활에

싫증이 나 고향이 그리웠지만 바다에 둘러싸여 있었다. 그는 말했다.

"그가 비록 육지와 바다를 봉쇄한다 하더라도 하늘이   185

열려 있는 것은 확실해. 나는 그 길로 가리라. 미노스가 모든 것을

소유한다 해도 대기는 소유하지 못하지." 이렇게 말하고 그는

그때까지 알려지지 않은 기술에 마음을 쏟으며 자연법칙을 바꾸었다.

말하자면 그는 깃털들을 모아 가장 작은 것에서부터 시작하여

점점 더 긴 것을 붙여나가는 식으로 순서대로 배치했다.   190

그대는 그것이 비스듬하게 자라났다고 생각했으리라. 그 모양은

시골 목적(牧笛)을 만드는 데 쓰인 갈대들이 차츰 길이가 길어지는

것과 같았다. 그는 깃털들을 가운데 부분은 실로 묶고

---

25 그 관이 북쪽 하늘의 왕관자리(Corona 또는 Corona Ariadnes 그 / Stephanos tes Ariadnes)가
되었다고 한다.

26 헤르쿨레스자리(Hercules, Innixus 또는 Engonasin 그 / Herakles 또는 Engonasin).

27 뱀주인자리(Ophiuchus 또는 Anguitenens 그 / Ophiouchos 또는 Asklepios).

28 왕관자리는 사실은 헤르쿨레스자리와 목동자리(Bootes) 사이에 있다.

아래 부분은 밀랍으로 이어 붙였다. 그러고는 그것들을 조금

구부리자 진짜 새 날개처럼 보였다. 소년 이카루스는 옆에 서서   195

자신이 자신의 위험을 가지고 노는 줄도 모르고

명랑한 얼굴로 때로는 지나가는 미풍에 떠다니는 깃털을

잡기도 하고, 때로는 엄지손가락으로 노란 밀랍을 이기면서

자신의 유희로 아버지의 놀라운 작업을 방해하곤 했다.

시작한 일에 마지막 손질을 하고 나서   200

장인(匠人)은 두 날개를 달고 몸의 균형을 잡더니

날개를 아래위로 움직이며 공중에 떠 있었다.

그는 아들에게도 가르쳐주며 말했다. "이카루스야, 내 너에게

일러두거니와, 중간을 날도록 해라. 너무 낮게 날면 네 날개가

물결에 무거워질 것이고, 너무 높이 날면 불에 타버릴 테니까.   205

그 둘의 중간을 날아라! 너에게 명령하노니, 너는 보오테스와

헬리케[29]와 칼을 빼어 든 오리온은 보지 말고 내가 인도하는 대로

진로를 잡도록 해라!" 그러고는 아들에게 나는 법을 가르쳐주며

몸에 익지 않은 날개들을 아들의 양어깨에 맞춰주었다.

일하고 충고하는 동안 노인의 두 볼은 눈물에 젖었고,   210

아버지의 두 손은 떨렸다. 그는 아들에게 입맞추었다. 하지만

두 번 다시 그러지 못할 것이었다. 그러더니 그는 날개를 타고 떠올라

앞장서서 날며 자신의 동행자를 염려했다. 마치 높다란 둥지에서

보들보들한 애송이들을 대기 속으로 데리고 나온 새처럼.

그는 따라오라고 아들을 격려하며 치명적인 기술을 가르쳤고,   215

그 자신은 날개를 퍼덕이며 아들의 날개를 뒤돌아보았다.

29 Helice(그 / Helike). 큰곰자리의 별칭.

떨리는 낚싯대로 고기를 잡던 낚시꾼이든, 지팡이에

기대선 목자이든, 쟁기의 손잡이에 기대선 농부이든 더러는

이들을 보고 놀라움을 금치 못했고, 하늘을 날 수 있는

이들이야말로 신이라고 믿었다. 어느새 유노에게 봉헌된   220

사모스[30]가 왼쪽에 있었고 오른쪽에는 레빈토스와 꿀이 많이 나는

칼륌네[31]가 있었다. (델로스와 파로스는 지난 지 오래였다.)

그때 소년은 대담한 비상(飛翔)에 점점 매료되기 시작하여

길라잡이를 떠나 하늘 높이 날고 싶은 욕망에 이끌려 더 높이

날아올랐다. 얼마나 솟아올랐는지 가까워진 작열하는 태양이   225

그의 날개를 이어 붙인 향내 나는 밀랍을 무르게 만들었다.

밀랍이 녹아버리자 그는 맨 팔들을 아래위로 움직이며

허우적거렸다. 하지만 노가 없어 공중에 떠 있을 수가 없었다.

아버지의 이름을 부르던 그의 입은 검푸른 바닷물에 삼켜졌고,

그 바닷물은 그에게서 이름을 따왔다.[32] 이제 더이상   230

아버지가 아닌 불행한 아버지는 "이카루스야, 이카루스야,

너 어디 있느냐? 내가 어느 곳에서 너를 찾아야 하느냐?

이카루스!" 하고 울부짖고 또 울부짖었다. 그리고 깃털들이 물결에

떠 있는 것을 보고는 자신의 재주를 저주하며 아들의 시신을

무덤에 묻어주니, 이 나라는 묻힌 소년에게서 이름을 따왔다.[33]   235

---

30 소아시아 이오니아 지방 앞바다에 있는 섬.

31 레빈토스(Lebinthos)와 칼륌네(Calymne 그/ Kalymna)는 스포라데스 군도에 속하는 섬들이다.

32 퀴클라데스 군도와 소아시아 서남부 사이에 있는 이카리움 해(mare Icarium 그/ pontos Ikarios)를 말한다.

33 사모스 섬 서쪽에 있는 이카리아(Icaria 그/ Ikaros) 섬을 말한다.

페르딕스

　　그가 불쌍한 아들의 시신을 무덤에 안치하고 있을 때 수다스러운
자고새 한 마리가 진흙 구덩이에서 그를 쳐다보고는 날개를 퍼덕이며
기뻐서 노래를 불렀다. 자고새는 당시에는 그것 한 마리뿐이고
이전에는 눈에 뜨인 적이 없었으니, 근래에야 새가 되어,　　　　　　240
다이달루스여, 그대에게 영구적인 비난이 되었도다.
운명을 알 리 없는 다이달루스의 누이가 태어난 지 이륙 십이,
열두 살 난 총기 있는 자기 아들을 다이달루스에게 보내
배우게 했다. 이 소년은 물고기의 등뼈를 보고는 그것을 본떠　　　　245
가는 쇠 날에 이빨을 내어 톱을 발명했다.
그는 또 처음으로 두 개의 무쇠 다리를 하나의 매듭으로 묶어,
그것들이 서로 똑같이 떨어져 있는 동안
한 다리는 서 있고 다른 다리는 원을 그리게 했다.[34]
다이달루스는 샘이 나서 미네르바의 신성한 성채[35]에서 소년을　　250
거꾸로 떠밀고는 미끄러진 것이라고 거짓말을 했다.
하지만 재주를 사랑하는 팔라스가 소년을 받아 새가 되게 하고는
아직 공중에 있을 때 깃털을 입혀주었다. 소년이 전에 갖고 있던
빠른 재치는 날개와 발로 옮겨지고, 이름만 이전 그대로 남았다.[36]　　255
하지만 이 새는 날 때 몸을 높이 들어올리지도 않고
나뭇가지나 우듬지에 둥지를 틀지도 않으며,

34　처음으로 컴퍼스를 발명했다는 뜻이다.
35　아크로폴리스.
36　그리스어 perdix는 '자고새'라는 뜻이다.

땅바닥 가까이 날며 산울타리에다 알을 낳는데,

이는 옛날의 추락을 기억하여 높은 곳을 두려워하기 때문이다.

칼뤼돈의 멧돼지 사냥

　이제 지칠 대로 지친 다이달루스를 아이트나[37]의 나라가　　　　　260

받아주었고, 탄원자를 위하여 무기를 든 코칼루스[38]는 친절한

사람이란 평을 들었다. 이제 아테나이도 테세우스의 칭찬받아

마땅한 위업 덕분에 눈물겨운 공물을 바치지 않아도 되었다.

신전들은 화환으로 장식되고, 사람들은 전쟁의 여신 미네르바를

윱피테르와 그 밖의 다른 신들과 함께 부르며 그들에게　　　　　265

제물의 피와 선물과 통에 든 향을 바쳤다.

여기저기를 두루 돌아다니는 소문이 아르고스의[39] 온 도시에

테세우스라는 이름을 퍼뜨렸고, 부유한 아카이아[40]의 백성은

큰 위험에 처할 때면 테세우스에게 도움을 청했으며,

칼뤼돈도 비록 멜레아그로스를 갖고 있었지만　　　　　　　　　270

탄원자로서 간절히 그에게 도움을 청했다. 도움을 청한 것은

적대적인 디아나의 하수인이자 복수자인 멧돼지 때문이었다.

37　5권 352행 참조.

38　Cocalus(그/Kokalos). 훗날 다이달루스를 찾으러 온 미노스를 코칼루스가 끓는 물을 끼얹어 죽인 것으로 알려져 있다.

39　여기서 '아르고스의'(Argolicus)는 '그리스의'라는 뜻이다.

40　4권 606행 참조.

사람들이 말하기를, 오이네우스⁴¹는 어느 해 풍년이 들었을 때
케레스에게는 곡식의 만물을, 뤼아이우스⁴²에게는 그분의 포도주를,
금발의 미네르바에게는 그분의 올리브기름을 바쳤다고 한다.   275
농촌의 신들로부터 시작해 하늘의 모든 신들에 이르기까지 고대하던
명예가 주어졌다. 하지만 사람들이 말하기를, 그들은 라토나의 딸의
제단만은 분향도 하지 않고 지나쳤다고 한다. 신들도 노여움을
타는 법이다. "벌하지 않고 그냥 참아 넘기지는 않으리라. 내 비록
공경받는다는 말은 못 들어도 복수하지 못했다는 말은 듣지 않으리라."   280
이렇게 말하고 모욕당한 여신은 올레누스⁴³의 들판에
멧돼지 한 마리를 복수자로서 보내니, 녀석은 풀이 많은 에피로스의
황소만큼이나 컸고, 시킬리아 들판의 황소보다도 더 컸다.
핏발이 선 녀석의 두 눈에서는 불이 이글거렸고, 녀석의 목은 빳빳하고
탄탄했으며, 녀석의 몸에는 창날 같은 센털이 곤두서 있었다.   285
[센털은 성벽처럼, 우뚝한 말뚝처럼 서 있었다.]
사납게 으르렁거릴 때면 넓은 어깨가 뜨거운 거품으로 얼룩졌다.
녀석의 엄니는 인디아산 코끼리의 그것만큼 컸고,
입에서는 번갯불이 뿜어져 나와 그 입김으로 풀이 불길에 싸였다.
녀석은 갓 잎이 나기 시작한 어린 곡식을 짓밟는가 하면,   290
눈물을 흘릴 어느 농부의 익은 곡식을 베어 넘기기도 하고,

---

41   Oeneus(그/ Oineus). 그리스 아이톨리아(Aetolia 그/ Aitolia) 지방의 수도인 칼뤼돈 시의 왕
으로, 알타이아(Althaea 그/ Althaia)의 남편이자 칼뤼돈의 멧돼지 사냥을 주도한 멜레아그로스
(Meleagros)와 테바이를 공격한 일곱 장수 중 한 명인 튀데우스와 헤르쿨레스의 아내가 된 데이
아니라(Deianira 그/ Deianeira)의 아버지이다.
42   4권 11행 참조.
43   아이톨리아 지방의 도시로 여기서 '올레노스의'는 '아이톨리아의'라는 뜻이다.

이삭이 팬 곡식을 가로채기도 했다. 약속된 수확을 기다리다

허탕 치기는 타작마당도, 곳간도 마찬가지였다.

묵직한 포도송이가 기다란 덩굴째 땅바닥에 팽개쳐졌고,

늘 푸른 올리브나무의 열매와 가지도 마찬가지였다.   295

녀석은 가축한테도 미친 듯이 날뛰었다. 목자도 개도

가축을 지킬 수 없었고, 사나운 황소도 제 식구를

지킬 수 없었다. 백성은 뿔뿔이 흩어졌고,

도시의 성벽 안이 아니고는 자신들이 안전하지 못하다고 생각했다.

그러자 마침내 멜레아그로스와 정예의 젊은이 한 무리가

명성을 얻겠다는 욕심에서 한데 모였다.   300

튄다레우스[44]의 쌍둥이 아들,[45] 한 명[46]은 권투에 능하고,

다른 한 명은 마술(馬術)에 능하다. 최초의 배[47]를 만든 이아손,

사이 좋은 친구인 피리토우스[48]와 테세우스, 테스티우스[49]의 두 아들,[50]

---

[44] Tyndareus(그 / Tyndareos). 스파르테 왕으로 레다(Leda)의 남편. 이들 사이에 태어난, 흔히 디오스쿠리(Dioscuri 그 / Dioskouroi '제우스의 아들들')라고 불리는 쌍둥이 아들 카스토르(Castor 그 / Kastor)와 폴룩스(Pollux 그 / Polydeukes), 딸 클뤼타이메스트라(Clytaemestra 그 / Klytaimnestra)와 헬레네(Helene) 가운데 폴룩스와 헬레네는 윱피테르가 백조로 변신하여 레다에게 접근하여 낳은 자식으로 간주된다.

[45] 카스토르와 폴룩스.

[46] 폴룩스.

[47] 아르고호.

[48] Pirithous(그 / Peirithoos). 익시온(Ixion 4권 461행 참조)의 아들로 텟살리아 지방에 살던 라피타이족(Lapithae 그 / Lapithai)의 왕이자 테세우스의 절친한 친구.

[49] 아이톨리아 지방에 있는 플레우론 시의 왕으로 알타이아(Althaea 그 / Althaia)의 아버지.

[50] 플렉십푸스(Plexippus 그 / Plexippos)와 톡세우스. 이들은 알타이아의 오라비로 멜레아그로스의 외삼촌이다.

아파레우스의 아들들인 륑케우스와 날랜 이다스,[51]

전에는 여자였으나 이제 더 이상 여자가 아닌 카이네우스,[52]　　　　　305

용맹스러운 레우킵푸스[53]와 투창의 명수인 아카스투스,[54] 힙포토우스[55]와

드뤼아스,[56] 아뮌토르의 아들 포이닉스,[57] 악토르의 두 아들[58]과

엘리스[59]에서 파견된 퓔레우스[60]가 그들이다. 거기에는 또 텔라몬과

위대한 아킬레스의 아버지[61]도 빠지지 않았다. 그리고 이들과 함께한

자들로는 페레스의 아들,[62] 휘안테스족[63]의 이올라우스,[64]　　　　　310

---

51 펠로폰네수스 반도 남서부에 있는 멧세네의 왕 아파레우스의 아들 가운데 륑케우스 (Lynceus 그/Lynkeus)는 눈이 밝기로 유명하고 이다스(Idas)는 멜레아그로스의 장인이다. 이들 형제는 아르고호 원정대에도 참가한다.

52 카이네우스(Caeneus 그/Kaineus)의 변신에 관해서는 12권 189행 이하 참조.

53 Leucippus(그/Leukippos). 아파레우스의 아우.

54 Acastus(그/Akastos). 이올코스(7권 158행 참조) 왕 펠리아스(7권 297행 이하 참조)의 아들로 아르고호 원정대에도 참가한다.

55 Hippothous(그/Hippothoos). 앗티카 지방의 악명 높은 도둑 케르퀴온(Cercyon 그/ Kerkyon)의 아들. 힙포토우스는 문벌보다는 개인적 능력에 힘입어 이 사냥에 참가한 듯하다.

56 마르스의 아들로 트라키아 왕 테레우스의 아우.

57 Phoenix(그/Phoinix). 텟살리아 지방에 살던 돌로페스족(Dolopes)의 왕 아뮌토르 (Amyntor)의 아들로 훗날 아킬레스의 개인 교사가 된다.

58 쌍둥이 형제 에우뤼투스(Eurytus 그/Eurytos)와 크테아투스(Cteatus 그/Kteatos)로 보인 다. 악토르(Actor 그/Aktor)는 여럿 있는데, '악토르의 아들 또는 손자'(Actorides)는 에뤼투스 (5권 79행 참조)나 아킬레스의 절친한 친구 파트로클루스(Patroclus 그/Patroklos)를 가리키기 도 한다.

59 2권 679행 참조.

60 헤르쿨레스가 그의 외양간을 치운 적이 있는 엘리스 왕 아우게아스(Augeas 그/Augeias)의 아들.

61 펠레우스.

62 아드메투스(Admetus 그/Admetos). 아드메투스는 텟살리아 지방에 있는 페라이(Pherae 그/Pherai) 시의 왕 페레스(Pheres)의 아들이다.

지칠 줄 모르는 에우뤼티온,[65] 달리기에서 져본 적이 없는 에키온,[66]

나뤽스[67]의 렐렉스,[68] 파노페우스,[69] 휠레우스,[70]

용맹스러운 힙파수스[71]와 아직도 한창때인 네스토르,[72]

힙포코온[73]이 옛 도읍 아뮈클라이에서 보낸 자들,

페넬로페[74]의 시아버지, 파르라시아[75]의 앙카이우스,[76]   315

암퓌쿠스의 예언자 아들,[77] 아직은 아내에게 파멸당하기 전의,

63   3권 147행 참조.

64   Iolaus(그/ Iolaos). 이피클레스(Iphicles 그/ Iphikles)의 아들로 헤르쿨레스의 조카이자 전우.

65   여기 나오는 에우뤼티온은 프티아 왕 악토르의 아들로 펠레우스의 처남이 된다.

66   여기 나오는 에키온은 메르쿠리우스의 아들로 아르고호 원정대에도 참가한다.

67   그리스 중부 로크리스(Locris 그/ Lokris) 지방의 도시. 여기서 '나뤽스의'는 '로크리스의'라
는 뜻이다.

68   렐렉스는 나중에 필레몬과 바우키스의 이야기를 들려준다.

69   이복형들인 텔라몬과 펠레우스의 손에 죽은 포쿠스의 아들.

70   그에 관해서는 달리 알려진 것이 없다.

71   에우뤼투스의 아들.

72   넬레우스의 아들로 퓔로스의 왕이다. 『일리아스』에서 그는 노장으로 트로이야 전쟁에 참
가하여 그리스군이 어려운 고비를 맞을 때마다 조언을 해주며 자기도 한창때에는 대단한 전사
였다고 자찬을 늘어놓는다. 그러나 칼뤼돈의 멧돼지 사냥에서 그는 한창때인데도 두각을 나타
내지 못한다. 네스토르는 현존하는 다른 사냥꾼 명단에는 나오지 않는다.

73   Hippocoon(그/ Hippokoon). 스파르테 옆에 있는 오래된 도시 아뮈클라이(Amyclae 그/
Amyklai)의 왕으로 열두 명의 아들 가운데 몇 명을 멧돼지 사냥에 보낸다. 여기서는 그중 에나
이시무스(Enaesimus)만 언급되고 있다.

74   울릭세스의 아내로 '페넬로페의 시아버지'란 라에르테스를 말한다.

75   2권 460행 참조.

76   Ancaeus(그/ Ankaios). 아르카디아 왕 뤼쿠르구스(Lycurgus 그/ Lykourgos)의 아들.

77   몹수스(Mopsus 그/ Mopsos). 암퓌쿠스(Ampycus 그/ Ampykos) 또는 암퓍스(Ampyx)의 아
들로 아르고호 원정대에도 참가한다.

오이클레스의 아들,[78] 뤼카이우스[79] 숲의 자랑거리인

테게아[80]의 소녀가 있었다. 그녀는 광을 낸

브로치로 목 있는 데서 옷깃을 여미고 있었고,

수수하게 땋은 머리는 한데 묶여 있었다.

왼쪽 어깨에 매달린 상아 화살통에서는 그녀가 움직일 때   320

화살들이 덜커덩거렸고, 왼손에는 활이 들려 있었다.

그녀의 얼굴은 소년의 것이라면 소녀 같다고, 소녀의 것이라면

소년 같다고 그대는 진실로 말할 수 있으리라.

그녀를 보자마자 칼뤼돈의 영웅[81]은 당장 그녀를 원했다.

하지만 신이 이를 반대하자 그는 사랑의 불길을 남몰래 들이마시며   325

"저 여자가 누군가를 자기 남편으로 합당하다고 여긴다면

그 사람이야말로 행복하도다!"라고 말했다.

하지만 시간도 예의도 더 이상 말하는 것을 허용하지 않았다.

큰 싸움이라는 더 큰일이 그를 재촉했던 것이다.

　한 번도 사람의 손에 넘어져 본 적이 없는 나무가

빽빽이 들어선 울창한 숲이 평야에서 솟아오르며

---

78 암피아라우스(Amphiaraus 그 / Amphiaraos). 오이클레스(Oecles 그 / Oikles)의 아들 암피아라우스는 예언자인지라 테바이를 공격하는 일곱 장수가 아드라스투스(Adrastus 그 / Adrastos)를 제외하고는 모두 전사할 것임을 알고 참전하기를 거절한다. 하지만 그의 아내 에리퓔레(Eriphyle)가 폴뤼네케스(Polynices 그 / Polyneikes)의 황금 목걸이에 매수되어 그의 참전을 강요하자 마지못해 출전하며 아들 알크마이오(Alcmaeo 그 / Alkmaion)에게 자기가 죽은 뒤 테바이를 재차 공격하고 자기의 죽음을 복수하라고 이른다. 암피아라우스는 테바이를 공격하다가 갈라진 대지에 삼켜져 죽는다.

79 1권 217행 참조.

80 아르카디아 지방의 옛 도읍. 여기서 '테게아의 소녀'란 아탈란타를 말한다.

81 멜레아그로스.

비탈진 들판을 내려다보고 있었다. 330

영웅들은 이 숲에 이르러 더러는 그물을 치고,

더러는 사슬에서 개 떼를 풀어주고, 더러는 갓 눌린 발자국을

뒤쫓으며 자신들의 위험을 찾아내기를 열망하고 있었다.

그곳에는 빗물이 시냇물이 되어 쏟아져 고이곤 하는 우묵한 협곡이

있었는데, 이 늪지대의 맨 밑부분은 나긋나긋한 갯버들과 335

부드러운 사초(莎草)와 늪에서 나는 왕골과 고리버들과 키 큰 부들로

덮여 있었고, 부들 밑에는 작은 방동사니가 자라고 있었다.

멧돼지가 일어나 이곳으로부터 적들 한가운데로 맹렬히 돌진하니,

그 모습은 맞부딪친 구름에서 번갯불이 터져 나올 때와도 같았다.

숲은 녀석의 공격에 쓰러졌고, 녀석에게 채인 나무는 부러지며 340

우지끈 소리를 냈다. 젊은이들은 고함을 지르며 억센 오른손에

넓은 날이 번쩍이는 창을 앞쪽을 향해 겨누었다.

녀석은 달려오더니 자신의 광란을 막으려던 개 떼를

쫓아버리며, 짖어대는 무리를 옆에서 들이받아 흩어버렸다.

　에키온이 맨 먼저 힘껏 던진 창은 목표물을 맞히지 345

못하고 단풍나무 밑동에 가벼운 상처를 냈다.

다음번 창은 던질 때 너무 힘이 들어가지 않았더라면,

그것이 겨누던 녀석의 등에 꽂힐 것처럼 보였다. 하지만 그것은

더 멀리 날아갔다. 창을 던진 것은 파가사이[82]의 이아손이었다.

그러자 암퓌쿠스의 아들이 말했다. "포이부스여, 내가 그대를 350

섬겼고 지금도 섬기고 있다면, 내 창이 어김없이 목표물을

맞히게 해주소서!" 신은 할 수 있는 한 그의 기도를 들어주었다.

82　7권 1행 참조.

창으로 그는 멧돼지를 맞혔으나 부상을 입히지는 못했다.

디아나가 날아가는 창에서 무쇠 창끝을 제거했던 것이다.

그래서 나무 창 자루가 창끝도 없이 멧돼지를 맞혔다.

그러자 야수가 분기탱천하여 번개보다 더 뜨겁게 타올랐다.   355

녀석은 두 눈에서 불길을 번득였고, 가슴에서도 불길을 내쉬었다.

마치 공성(攻城) 무기의 팽팽한 줄에서 내던져진 큰 바윗돌이

성벽이나 군사로 가득찬 성탑을 향해 날아가듯이,

꼭 그처럼 저항할 수 없는 맹렬한 기세로 살인적인 멧돼지는

젊은이들에게 덤벼들더니 오른쪽에 자리잡고 있던 힙팔모스와   360

펠라곤[83]을 쓰러뜨렸다. 누워 있던 그들을 전우들이 끌고 나갔다.

하지만 힙포코온의 아들 에나이시무스는 녀석의 치명적인 공격을

피하지 못했으니, 그가 겁이 나서 도망치려고 돌아설 채비를 하는데

무릎 관절이 끊어져 다리 근육이 말을 듣지 않았던 것이다.

필로스인[84] 역시 트로이야 전쟁이 시작되기도 전에   365

죽을 뻔했다. 하지만 그는 있는 힘을 다해 창 자루를 짚고는

옆에 있던 나뭇가지 위로 훌쩍 뛰어 올라가 거기

안전한 곳에서 자신이 피했던 적을 내려다보았다.

녀석은 참나무 밑동에다 대고 미친 듯이 엄니를 갈더니

새로 간 엄니를 믿고는 죽이겠다고 위협하며 구부정한 주둥이로   370

강력한 에우뤼투스의 아들[85]의 허벅지를 열어젖혔다.

이번에는 하늘의 별자리가 되기 전의 쌍둥이 형제[86]가

---

83 힙팔모스와 펠라곤은 앞서 나온 명단에도 없고 다른 문헌에도 나오지 않는다.

84 네스토르.

85 힙파수스.

86 카스토르와 폴룩스. 이들은 나중에 황도 12궁 중 하나인 쌍둥이자리가 된다.

말을 타고 왔다. 둘 다 준수하고, 둘 다 눈보다 더 흰

말을 타고 있었으며, 둘 다 창끝이 번쩍이는 창을

떨리도록 휘두르다가 허공 사이로 내던졌다.   375

그들은 부상을 입혔을 것이나, 센털이 난 녀석은 창도 들어갈 수

없고 말도 들어갈 수 없는 우거진 숲속으로 들어가버렸다.

텔라몬이 추격하려다 너무 열중한 나머지

조심성 없이 서둘다가 나무뿌리에 걸려 앞으로 넘어졌다.

펠레우스가 그를 일으켜 세우는 동안 테게아의 소녀[87]가   380

날랜 화살을 시위에 얹더니 그것을 구부러진 활에서 날려 보냈다.

화살은 야수의 등 윗부분을 스치고는 녀석의 귀밑에

박히며 뚝뚝 듣는 핏방울로 센털을 붉게 물들였다.

그녀의 성공에 그녀 자신보다 멜레아그로스가 더 기뻐했다.

그가 맨 먼저 피를 발견하고는 맨 먼저 그것을   385

전우들에게 보여주며 "그대는 그대의 용기에 합당한 명예를

얻을 것이오."라고 말한 것으로 여겨지고 있다. 남자들은 부끄러워

얼굴을 붉히며 서로 격려했고, 고함소리로 용기를 북돋우며

무질서하게 창을 던져댔다. 한데 수가 많은 것이 도움이 되기는커녕

오히려 목표물을 맞히는 것을 방해했다. 그러자 보라,   390

양날 도끼를 들고 다니는 아르카디아인[88]이 미쳐 날뛰며 자신의 운명을

거슬러 말했다. "오오! 젊은이들이여, 그대들은 남자의 가격이

여자의 가격보다 얼마나 앞서는지 배우시고, 그것을 보여주는 일은

내게 맡기시오. 라토나의 따님이 손수 자신의 무기로 보호해준다 해도

---

87 아탈란타.

88 앙카이우스.

나는 디아나의 뜻에도 불구하고 내 오른손으로 이 녀석을 죽이겠소." 395

그는 잔뜩 부풀어올라 그렇게 큰소리치고 나서

두 손으로 양날 도끼를 들고는 발끝으로 서서

앞으로 내리칠 자세를 취했다. 하지만 야수가

대담한 자보다 한발 앞서 치명적인 급소인

그의 사타구니 윗부분을 두 개의 엄니로 들이받았다. 400

앙카이우스가 쓰러지자 내장은 피투성이가 되어 쏟아져 내렸고,

대지는 피에 젖었다. 그러자 익시온의 아들 피리토우스가

강력한 손에 사냥용 창을 휘두르며 적을 향해 돌진했다.

그에게 아이게우스의 아들[89]이 소리쳤다.

"나에게는 나 자신보다 더 소중한 자여, 내 영혼의 일부여, 405

거리를 두고 서 있게나! 거리를 두고 싸우는 것은 용감한 자들에게도

허용된다네. 무모한 용기가 앙카이우스를 해치지 않던가!"

이렇게 말하고 그는 청동 날이 박힌 묵직한 층층나무 창을

힘껏 던졌다. 그것은 잘 겨냥한 터라 어김없이 목표물을

맞혔을 것이나 잎이 무성한 참나무 가지가 그 창을 가로막았다. 410

아이손의 아들도 창을 던졌다. 하지만 불운하게도 빗나간 창은

무고한 사냥개에게 치명상을 입히며 그것의 내장을

꿰뚫고는 사냥개를 땅바닥에다 고정시켜버렸다.

하지만 오이네우스의 아들의 손에는 상이한 운이 따랐다.

그는 두 자루의 창을 던졌는데, 먼젓번 것은 땅에 꽂히고 415

두 번째 것은 녀석의 등 한복판에 꽂혔다.

녀석이 미친 듯이 빙빙 돌면서 신선한 피로 범벅이 된

---

89 테세우스.

거품을 씩씩대며 내뿜는 동안, 상처를 입힌 자가

지체 없이 다가가 적을 약올리다가 번쩍이는 사냥용 창을

마침내 정면에서 녀석의 어깨에다 깊숙이 찔러 넣었다.　　　　　420

그러자 전우들이 기뻐서 환호성을 지르며 승리자의 손을 잡으려고

몰려들었다. 그들은 넓은 땅을 차지하고 누워 있는 거대한 야수를

보고는 놀라움을 금치 못했고, 아직도 그것을 건드리는 것은 안전하지

못하다고 생각했다. 하지만 저마다 녀석의 피에 자기 창을 담갔다.

멜레아그로스는 녀석의 파멸을 안겨주던 머리에 한 발을 얹고는　　　425

이렇게 말했다. "노나크리스[90]의 소녀여, 그대는 내게 권리가 있는

전리품을 받아 내 영광을 내가 그대와 나눠 갖게 하시오!"

그 자리에서 그는 센털이 곤두선 가죽과 커다란 엄니들이

유난히 눈에 띄는 머리를 그녀에게 전리품으로 주었다.

그녀는 선물도 그렇지만 선물을 준 사람도 마음에 들었다.　　　　430

하지만 다른 사람들은 시기했고, 무리 전체가 웅성거렸다. 그들 중에서

테스티우스의 아들들이 팔을 내밀며 큰 소리로 고함을 질렀다.

"여인이여, 자, 그것을 내려놓고 우리 몫인 명예를 가로채지 마시오!

그대의 미색을 믿다가 속지 마시오. 사랑의 포로가 된 기증자가

그대에게 아무 도움이 안 되는 일이 없도록 조심하란 말이오!"　　　435

그러고는 그녀에게서는 선물을, 그에게서는 선사하는 권리를 빼앗았다.

마보르스[91]의 아들[92]은 참다못해 분개하여 이를 갈며 "그렇다면,

남의 명예를 빼앗는 자들이여, 그대들은 행동과 말로 하는 위협의

90　　1권 690행 참조.

91　　3권 531행 참조.

92　　일설에 따르면 멜레아그로스는 마르스의 아들이라고 한다.

차이가 얼마나 큰지 배우시오!"라고 말하고는 설마 그럴 줄 모르고
서 있던 플렉십푸스의 가슴을 자신의 불의한 칼로 찔렀다.   440
톡세우스는 형의 원수를 갚고 싶기도 하고 형과 같은 운명이 될까 봐
겁이 나기도 해서 어떻게 해야 할지 망설였다.
하지만 오래 망설이는 것도 허용되지 않았으니, 첫 번째 살인으로
아직도 뜨뜻한 창을 멜레아그로스가 아우의 피로 다시 데웠던 것이다.

알타이아와 멜레아그로스의 죽음

    아들의 승리에 감사드리기 위하여 알타이아는 신들의 신전으로   445
제물을 가져가다가 오라비들이 죽어서 실려 오는 것을 보았다.
그녀는 가슴을 치며 애절한 곡소리로 도시를 가득 채웠고,
황금으로 수놓은 옷을 검은 옷으로 갈아입었다.
하지만 살해자가 누군지 안 뒤 비탄은
모두 사라지고, 눈물은 복수심으로 바뀌었다.   450
장작개비가 하나 있었는데, 테스티우스의 딸이 산욕기에
들었을 때, 세 자매⁹³가 장작개비를 불속에 던져 넣고는
엄지손가락을 눌러 운명의 실을 자으며 말했다.
"방금 태어난 아가야, 우리는 이 나무와 너에게 똑같은
수명을 주노라!" 여신들이 이렇게 노래하고 나가자   455
어머니는 타고 있던 장작개비를 불속에서 낚아채더니
거기에다 흐르는 물을 끼얹었다. 그것은 오랫동안

93 운명의 여신들. 5권 532행 참조.

집안의 가장 깊숙한 곳에 감추어져 있었고, 안전하게
지켜지며, 젊은이여, 그대의 수명을 안전하게 지켜주었소!
한데 지금 어머니가 그것을 꺼낸 다음 관솔과 불쏘시개를   460
쌓으라고 하더니 그 무더기에다 적대적인 불을 붙였다.
그러고는 네 번이나 장작개비를 불속에 던지려다 네 번이나
손을 멈췄다. 그녀 안에서는 어머니와 누이가 싸웠고,
그 두 가지 이름이 하나의 가슴을 반대 방향으로 끌어당겼다.
때로는 일어날 범행에 대한 두려움으로 그녀는 얼굴이 창백해졌고,   465
때로는 타오르는 분노가 그 붉은 빛깔을 그녀의 두 눈에 주곤 했다.
그녀의 얼굴은 어떤 때에는 무자비한 짓을 하겠다고 위협하는 것
같았고, 어떤 때에는 연민의 정을 느끼고 있다고 그대는 믿었으리라.
그녀의 마음속의 사나운 열기가 눈물을 메마르게 했지만
그래도 또 눈물이 흘러나오곤 했다. 바람과 조류가 서로   470
반대쪽으로 낚아채면 배가 두 가지 힘을 느끼고는
갈팡질팡하며 그 둘에게 복종하듯이, 그와 다르지 않게
테스티우스의 딸도 상반된 감정 사이에서 갈팡질팡하며
번갈아 분노를 가라앉혔다가 그것을 다시 돋우곤 했다.
하지만 끝내 누이가 어머니보다 더 우세해지기 시작하자,   475
혈족의 그림자들을 피로 달래고자 그녀는 불경(不敬)을
통하여 경건해지기로 작정했다. 죽음을 가져다주는 불이 세어지자
"저것이 내 혈육을 태우는 장작더미가 되기를!"이라고 그녀는 말했다.
그러고는 끔찍한 손에 운명의 장작개비를 든 채
무덤이 될 제단 앞으로 다가서서 불행히도 이렇게 말했다.   480
"복수의 세 여신들이시여, 자비로운 여신들이시여,⁹⁴
그대들은 얼굴을 돌려 이 의식을 보소서! 내 행위는 복수이자

동시에 불의입니다. 죽음은 죽음으로 속죄되어야 하고,

범죄에는 범죄가, 파멸에는 파멸이 덧붙여져야 합니다.

켜켜이 쌓인 슬픔으로 이 불경한 집이 망하게 하소서! 485

행복하게도 오이네우스는 아들의 승리를 즐기는데 테스티우스는

자식이 없어야 합니까? 그대들 둘 다 슬퍼하는 것이 더 낫겠지요.

오라비들의 망령들이여, 갓 죽은 혼백들이여, 너희만은

내 봉사를 느끼고, 죽은 이를 위해 아낌없이 치른 제물을,

내게 재앙이 되도록 태어난, 내 자궁의 열매를 받아주구려! 490

아아, 나는 어디로 휩쓸려 가는 것인가? 오라비들이여, 어미의 마음을

용서하구려. 이 손이 말을 듣지 않는구나. 그애가 죽어 마땅하다는 것은

인정한다. 하지만 내가 그애의 죽음의 장본인이라는 것이 마음에

들지 않는구나. 그렇다고 그 애가 벌받지 않고 살아남아 승리자로서

자신의 성공에 잔뜩 부풀어올라 칼뤼돈 왕국을 차지해야 하는가? 495

너희는 한줌 재가 되어 싸늘한 그림자로 누워 있는데.

그것만은 용납할 수 없다. 죄인은 죽어서 아비의 희망과

왕국과 폐허가 된 조국을 자신과 함께 가져가거라!

그러면 어미의 마음은, 부모의 자식 사랑은 어디 갔으며,

이오 십, 열 달 동안 견뎠던 내 노고는 어디 갔는가? 500

오오, 네가 어릴 적에 첫 번째 불에 죽었더라면! 그리고 내가

그것을 용납했더라면! 네 삶은 내 선물이었다. 이제 네 과실에 의해

너는 죽게 될 것이다. 너는 네 행동의 대가를 치러라. 너는 나에게서

한 번은 네가 태어날 때, 한 번은 장작개비를 낚아챘을 때

받았던 네 목숨을 돌려주든지 아니면 나도 오라비들의 무덤으로 505

---

94 자비로운 여신들에 관해서는 6권 430행 참조.

보내다오! 하고 싶어도 할 수가 없구나. 어떡하지? 내 눈앞에

오라비들의 상처와 끔찍한 살육의 장면이 보이는가 싶더니,

어느새 어머니의 사랑과 어머니라는 이름이 내 용기를 꺾는구나!

나야말로 불쌍하구나! 오라비들이여, 너희가 이기는 것은 나쁘지만

그래도 너희가 이겨라. 나도 너희를 위로하려고 바칠 그애와   510

너희를 따라갈 수만 있다면!" 이렇게 말하고 그녀는 얼굴을 돌린 채

떨리는 손으로 운명의 장작개비를 불 한가운데에 던져 넣었다.

장작개비는 내키지 않는 불에 휩싸여 활활 타오르며

신음 소리를 냈거나 아니면 내는 것처럼 보였다.

   그 자리에 없던 멜레아그로스도 그 화염에 자신도 모르게   515

타올랐다. 멜레아그로스는 자신의 내장이 은밀한 불에

그을리는 것을 느끼며 마지막 용기를 내어 큰 고통을 참았다.

하지만 그는 자신이 피도 흘리지 않고 비겁하게 죽는 것을

슬퍼하며 부상 당한 앙카이우스를 행복하다고 불렀다.

그리고는 신음하며 연로한 아버지와 형제들과   520

헌신적인 누이들과 아내를 마지막 숨을 거두면서 불렀다.

아마 어머니도 불렀을 것이다. 불과 고통은 커지다가

다시 가라앉았다. 불과 고통이 동시에 사라지자,

차츰 잉걸불에 흰 재가 덮이면서

그의 혼백도 차츰 희박한 대기 속으로 사라졌다.   525

멜레아그로스의 누이들

   높다란 칼뤼돈이 납작하게 누워 있었다. 젊은이도 늙은이도,
평민도 귀족도 슬퍼하며 신음했다. 에우에누스[95] 강변에 사는
칼뤼돈의 어머니들은 머리를 쥐어뜯으며 가슴을 쳤다.
멜레아그로스의 아버지는 땅에 엎드려 자신의 백발과
늙은 얼굴을 먼지로 더럽히며 너무 오래 산 것을 자책했다.   530
멜레아그로스의 어머니가 이제야 자신이 얼마나 끔찍한 짓을 저질렀는지
알고는 칼로 내장을 찌름으로써 제 손으로 자신을 벌했기 때문이다.
신이 나에게 백 개의 입과 백 개의 혀에다 통찰력과 온 헬리콘[96]을
주신다 해도 나는 멜레아그로스의 가련한 누이들의 비참한 운명을
끝까지 다 읊지는 못하리라. 그들은 예의도 잊은 채 퍼렇게   535
멍이 들도록 가슴을 쳤고, 오라비의 시신이 남아 있는 동안
그 시신을 포옹하고 또 포옹했으며, 그 자신에 입맞추고
그가 누워 있는 관대(棺臺)에 입맞추었다.
그가 재가 된 뒤에는 그 재를 거두어 가슴에 안고는
그의 무덤에 몸을 던지더니 그의 이름이 새겨진 묘비를   540
껴안으며 눈물로 그 이름을 적셨다. 마침내 라토나의 딸은
파르타온[97] 집안의 파멸에 만족하고는 고르게와

---

95 칼뤼돈 옆을 흐르는 강.
96 헬리콘에 관해서는 2권 219행 참조. 여기서 '헬리콘'이란 '무사 여신들의 재능'이라는 뜻
이다.
97 Parthaon(그/ Porthaon 또는 Portheus). 아게노르의 아들로 오이네우스의 아버지.

고귀한 알크메네[98]의 며느리[99]만 제외하고는
그들 모두의 몸에서 깃털이 돋아나게 하고,
그들의 팔을 따라 긴 날개가 뻗어나게 하고,   545
딱딱한 부리를 달아주며 변신한 그들을 대기 속으로 보냈다.[100]

아켈로우스와 테세우스

　그사이 테세우스는 전우들의 노고에 참가했다가 전에
에렉테우스[101]가 다스리던 트리토니스의 성채로 돌아가고 있었다.
한데 비에 불어난 아켈로우스[102]가 그의 길을 막고 그의 여행을
지연시키며 말했다. "유명한, 케크롭스[103]의 자손이여, 내 집에   550
드시고, 낚아채는 내 물결에 그대를 맡기지 마시오!
그것은 크게 으르렁거리며 단단한 나무 밑동과 앞을 가로막는
바윗돌도 휩쓸어가곤 하지요. 나는 강가에 있던 높다란 외양간이
가축 떼와 함께 쓸려가는 것을 보았는데, 거기서는 힘센 것이 소에게
도움이 되지 못했고, 날랜 것이 말에게 도움이 되지 못했소.   555
산에 있는 눈이 녹으면 내 이 급류는 수많은

98　암피트뤼온(6권 112행 참조)의 아내로 헤르쿨레스의 어머니.
99　헤르쿨레스의 아내 데이아니라(Deianira 그/ Deianeira).
100　그들은 뿔닭(Meleagris 복수형 Meleagrides)이 되었다고 한다.
101　6권 677행 참조.
102　Achelous(그/ Acheloios). 그리스 아이톨리아 지방과 아카르나니아(Acarnania 그/
Akarnania) 지방 사이를 흐르는 강 및 그 하신.
103　2권 555행 참조.

젊은이의 몸을 빙빙 도는 소용돌이에 빠뜨리지요.

그러니 강물이 익숙한 경계 안에서 흘러가고, 그 강바닥이

가느다란 물줄기를 담을 때까지 쉬는 것이 더 안전할 것이오."

아이게우스의 아들이 이에 수긍하며 "아켈로우스여, 나는 그대의   560

집과 충고를 둘 다 쓸 것이오."라고 대답했고, 또 둘 다 썼다.

　테세우스는 구멍이 많은 속돌과 거친 응회암(凝灰巖)으로 지어진 하신의

컴컴한 동굴 안으로 들어갔다. 땅바닥은 부드러운 이끼로 눅눅했고,

천장은 고등 껍질과 자줏빛 조개껍질로 번갈아 장식되어 있었다.

어느새 휘페리온[104]이 낮의 삼분의 이를 지났을 때   565

테세우스와 그의 사냥 친구들은 안락의자에 기대앉았다.

익시온의 아들[105]은 여기 기대앉고, 트로이젠의 영웅 렐렉스는

저기 기대앉았는데, 그의 관자놀이에는 벌써 백발이

드문드문 나 있었다. 그리고 그토록 고명한 손님을 맞아

더없이 기쁜 아카르나니아인들의 하신[106]이 그러한 명예를 받아

마땅하다고 여긴 다른 자들도 기대앉았다.   570

지체 없이 맨발의 요정들이 식탁을 갖다 놓더니

진수성찬을 차렸고, 식탁을 치운 뒤에는 보석 잔에 든

술을 내왔다. 그때 가장 위대한 영웅이 눈앞에 펼쳐진

바닷물을 바라보다가 (손가락으로 가리키며) 말했다.

"저기가 어떤 곳이오? 저 섬의 이름이 무엇인지   575

가르쳐주시오. 하지만 단 하나의 섬 같지가 않소이다."

104 휘페리온에 관해서는 4권 192행 참조. 여기서 휘페리온은 태양신을 말한다.
105 피리토우스.
106 아켈로우스.

하신이 대답했다. "아닌 게 아니라 그대가 보시는 것은 하나의 섬이

아니오. 다섯 개의 섬으로 이루어졌는데 멀어서 구분이 안 될 뿐이지요.

디아나가 무시당했을 때 취한 행동에 그대가 덜 놀라도록

잘 들어두시오. 저 섬들은 전에는 요정들이었소. 저들은 황소를   580

이오 십, 열 마리나 잡고 다른 농촌의 신들은 모두 제물에

초대하면서도 나만은 잊어버린 채 축제의 춤을 추었지요.

나는 화가 나서 가장 큰 홍수 때만큼이나 부풀어올라

무자비한 마음과 무자비한 물결로

숲에서 숲을 찢고 들판에서 들판을 찢으며,   585

그제야 마침내 나를 생각한 요정들을 그들이 서 있던 장소와

함께 바다로 굴려버렸소. 거기서 내 물결과 바다의 물결이

원래 이어져 있던 땅을 저기 저 바다 한가운데에 보이는

에키나데스[107] 군도만큼이나 많은 부분으로 나눠놓았소.

하지만 그대도 보시다시피, 저 멀리 다른 섬들과 뚝 떨어진 곳에   590

섬 하나가 있는데, 내가 아끼는 그 섬을 선원들은 페리멜레라고

부르지요. 나는 그녀를 사랑하여 그녀에게서 처녀라는

이름을 빼앗았소. 그녀의 아버지 힙포다마스가 이에 격분하여

자신의 딸을 죽일 셈으로 절벽에서 깊은 바다로 밀어버렸소.

나는 그녀를 받아, 헤엄치던 그녀를 떠받쳐주며 말했소.

'제비를 뽑아 우주의 두 번째 몫을,   595

떠돌아다니는 물결을 받으신, 삼지창을 들고 다니시는 신이시여,   596

[우리 신성한 강들은 모두 결국에는 그대에게 달려가거늘,

넵투누스여, 이리 오셔서 조용히 내 기도를 들어주소서!

---

107 아켈로우스 강 하구 앞에 있는 작은 섬들.

내가 들고 있는 이 여자를 해코지한 것은 납니다. 그녀의 아버지
힙포다마스가 관대하고 공평하다면, 또는 그가 덜 불경하다면,   600
그는 그녀를 불쌍히 여기고 나를 용서해야 할 것입니다.
하지만 그녀에게 잔혹한 아버지에 의해 대지가 닫혔으니]
청컨대 잔혹한 아버지에 의해 물에 빠진 그녀를 도와서 그녀에게
장소를 주시든지 그녀 자신이 장소가 되는 것을 허락하소서, 넵투누스여!'
['내가 그녀를 안을 수 있도록.' 바다의 통치자는 이에 동의했고,
그가 머리를 끄덕이자 모든 물결이 뒤흔들렸소.
요정은 겁에 질렸지만 그래도 헤엄을 쳤소. 그녀가 헤엄칠 때   605
나는 두려움에 팔딱거리는 그녀의 가슴을 만졌소.
내가 요정을 애무하는 동안 나는 그녀의 온몸이 딱딱해지며
그녀의 살이 대지에 에워싸이는 것을 느꼈소.]
내가 말하는 사이에 헤엄치고 있던 그녀의 사지를 새 땅이
포옹하자 그녀의 바뀐 사지에서 묵직한 섬이 자라나는 것이었소."   610

필레몬과 바우키스

    하신은 여기서 입을 다물었다. 이 놀라운 기적은 모두를 감동시켰다.
하지만 익시온의 아들은 물불을 가리지 않는 무모한 자인지라
신들을 경멸하며 그들을 귀가 얇다고 비웃었다.
"아켈로우스여, 그대는 동화를 이야기하고 있고 신들의 능력을
과대평가하시는구려." 그는 말했다. "만약 그들이
사물의 형태를 주기도 하고 빼앗기도 한다면 말이오."   615
다른 사람들은 모두 아연실색하며 그런 말에 찬동하지 않았다.

나이도 지긋하고 생각도 원숙한 렐렉스가 누구보다도 먼저

이렇게 말했다.[108] "하늘의 힘은 측량할 수 없고 무한하여,

신들이 원하시는 것은 무엇이든 이루어지는 법이오. 그대가 의심하지

말라고 하는 이야기이지만, 프뤼기아의 언덕에는 보리수 한 그루와   620

참나무 한 그루가 야트막한 담장에 둘러싸인 채 나란히 서 있소.

나는 그곳을 직접 본 적이 있소. 핏테우스[109]가 전에

자기 아버지가 통치하던 펠롭스[110]의 들판으로 나를 심부름 보냈기

때문이오. 그곳에서 멀지 않은 곳에 못이 하나 있는데,

전에는 사람이 살 수 있는 땅이었으나, 지금은 잠수하는 물새와

늪지대의 물닭이 서식하는 물이오. 한번은 윱피테르께서   625

그곳에 인간의 모습을 하고 나타나셨는데,

전령장(傳令杖)을 들고 다니는, 아틀라스의 외손자[111]도 날개를

벗어놓고 동행했소. 일천 채의 집을 찾아가

그분들은 쉬어가게 해달라고 청했으나, 일천 채의 집에

빗장이 질리며 문이 닫혔소. 딱 한 집이 그분들을 맞았는데,

108 다음에 나오는 필레몬과 바우키스의 이야기는 오비디우스의 창작물로서 아마도 소아시아 지방의 동화에다 초라한 집에서 지체 높은 분을 맞아 정성껏 환대한다는, 오래된 문학적 모티 프를 접목한 것으로 생각된다. 특히 헬레니즘 시대에 인기가 있던 이 모티프는 호메로스의 『오 뒷세이아』에서 돼지치기 에우마이오스가 거지로 변장한 주인 오뒷세우스를 환대하는 장면에 서부터 시작하여 오비디우스의 『로마의 축제들』 4권 507행 이하(켈레우스 Celeus 이야기) 및 5 권 499행 이하(휘리에우스 Hyrieus 이야기)와 베르길리우스의 『아이네이스』 8권 364행 이하에 도 나온다.

109 6권 418행 참조.

110 펠롭스에 관해서는 6권 404행 이하 참조. 소아시아 뤼디아 지방에 있는 시퓔루스(Sipylus 그 / Sipylos) 산 일대를 다스린 것은 핏테우스의 할아버지 탄탈루스였다.

111 메르쿠리우스.

그것은 짚과 늪지의 갈대로 지붕을 인 조그마한 집이었소.　　　　　　630
한데 경건한 노파 바우키스와 그녀와 같은 나이의 필레몬은
젊은 나이에 그 오두막에서 결혼하여 그 오두막에서 함께
늙어가고 있었소. 그들은 가난을 숨기지 않았고
평온한 마음으로 참고 견딤으로써 그것을 가볍게 만들었소.
그 집에서 주인을 찾거나 하인을 찾는 것은 소용없는 일이었소.　　635
모두 두 식구뿐이어서, 그들은 동시에 복종하고 명령했던 것이오.
그래서 하늘에 사시는 분들께서 이 조그마한 집에 이르시어
고개를 숙이시고 야트막한 문설주 사이로 들어가셨을 때,
노인은 긴 의자 하나를 내놓으며 그분들더러 사지를 쉬시라 했소.
한편 부지런한 바우키스는 그 긴 의자에 거친 깔개를 깔고 나서,　640
화덕에서 따뜻한 재를 한쪽으로 옮겨놓고 어제의 불기에다
부채질하며 거기에다 나뭇잎과 마른 나무껍질을 얹었더니
노파의 입김으로 불어대어 불길을 살려냈소. 그러고 나서
바우키스는 지붕에서 잘게 쪼갠 장작개비와 마른 가지를 내려
잘게 부러뜨리더니 작은 청동 냄비 밑에 갖다 놓았소.　　　　　645
그러고는 물을 댄 정원에서 남편이 가지고 들어온
양배추의 겉잎을 따냈소. 팔레몬은 두 갈래진 막대기로,
시커멓게 된 대들보에 걸려 있던 훈제 돼지 등심을
내리더니 오랫동안 간직해오던 등심을 조그맣게
한 조각 베어내어 끓는 물에 넣고 끓였소.　　　　　　　　　650
그사이 노부부는 틈틈이 이야기를 꺼내어 지루한 줄을
모르게 했소. 그곳에는 너도밤나무로 만든 물통이 하나 있었는데,
그 구부러진 손잡이는 나무못에 걸려 있었소.
그 물통이 더운물로 채워지더니 손님들의 사지를 받아들여

원기를 회복하게 해주었소. 한가운데에는 뼈대도 다리도　　　　　655

고리버들로 만든 긴 의자 위에 부드러운 왕골 방석이

놓여 있었소. 그들은 그 긴 의자 위에다 축제 때에만 깔곤 하던

천을 덮었소. 하지만 그 천 역시 싸구려에다 낡아빠진 것이어서

고리버들로 만든 긴 의자에는 안성맞춤이었소.

신들께서 기대앉으셨소. 노파가 옷자락을 걷어붙이고 떨리는 손으로　　　　　660

식탁을 내놓았소. 하지만 식탁은 세 다리 가운데 한 다리가 너무 짧았소.

노파는 질그릇 파편으로 평평하게 괴었소. 그것이 식탁을

평평하게 하자 노파는 초록빛 박하로 평평해진 식탁을 닦았소.

이어서 노파는 순결한 미네르바의 과일인 초록빛 올리브와

검은 올리브, 포도주 찌꺼기에 절인 가을철 산딸기,　　　　　665

꽃상추, 무, 치즈, 식어가는 재에 조심스럽게 돌려가며

익힌 달걀을 질그릇에 담아 식탁 위에 내놓았소.

이들 먹을거리에 이어 다른 식기와 마찬가지로 은(銀)이라고는

전혀 쓰지 않은, 돋을무늬가 새겨진 포도주 희석용 동이[112]와 함께

안쪽에 노란 밀랍을 바른 너도밤나무 술잔이 나왔소.[113]　　　　　670

잠시 뒤에 화덕은 더운 음식을 대주었고, 그리 오래되지 않은

포도주가 다시 들어왔다가 후식(後食)을 위한 작은 자리를

마련해주기 위하여 한쪽으로 치워졌소.

거기에는 호두, 무화과, 쭈글쭈글한 대추야자,

---

112 고대 그리스인들과 로마인들은 희석용 동이에다 포도주를 넣고 물을 타서 마셨다.
113 여기 나오는 먹을거리와 식기는 오비디우스 당시 이탈리아 농부의 일상생활을 말해주는
것으로 오비디우스는 이것을 먼 옛날 인류의 황금시대로부터 이어져 내려오는 전통으로 보는
것 같다.

자두, 바구니에 담긴 향긋한 사과, 자줏빛 포도 덩굴에서 갓 딴   675

포도송이가 있었고, 식탁 한가운데에는

반짝이는 꿀이 든 벌집이 있었소. 무엇보다도 거기에는

상냥한 얼굴과 활기차고 넘치는 선의(善意)가 있었소.

그사이 노부부는 포도주 희석용 동이가 빌 때마다 저절로

가득차고, 포도주가 저절로 솟아오른 것을 보았소.   680

이 이상한 광경을 보고 놀랍고 두려워 바우키스와

겁에 질린 필레몬은 두 손을 들고 함께 기도하며 자신들이

진수성찬을 마련하지 못한 데 대하여 용서를 빌었소.

그들에게는 조그마한 집을 지켜주는 거위가 한 마리 있었는데,

주인 내외는 손님으로 오신 신들을 위하여 그 거위를 잡을   685

채비를 했소. 하지만 날개가 빠른 거위는 나이 많아 느린 그들을

지치게 하며 한동안 도망 다니다가 마침내 신들에게 도망칠

것처럼 보였소. 그러자 하늘의 신들께서 거위를 죽이지 말라며

말씀하셨소. '우리는 신이다. 너희 불경한 이웃은 응분의 벌을

받을 것이다. 하지만 너희는 이 재앙을 면할 것이다.   690

지금 당장 너희는 집을 떠나 우리의 발자국을 따라

저기 저 높은 산 위로 함께 오르도록 하라!'

두 사람은 신들께서 시키시는 대로 지팡이를 짚고

긴 산비탈을 한 걸음 한 걸음 힘겹게 오르기 시작했소.

산꼭대기에서 화살 한 바탕 거리만큼 떨어졌을 때   695

그들이 뒤돌아보니, 모든 것이 못에 잠겨 있고

그들의 집만 남아 있는 것이 보였소.

노부부가 그것을 보고 감탄하며 이웃 사람들의 운명을

눈물로 슬퍼하는 동안 두 사람이 살기에도 비좁던

그들의 오래된 오두막이 신전으로 변했소. 서까래 밑에는 대리석   700
열주(列柱)가 서 있었고, 짚은 누렇게 변해 황금 지붕처럼 보였고,
문짝은 돋을새김으로 장식되고 땅바닥은 대리석 보도로 덮였소.
그때 사투르누스의 아드님께서 차분한 목소리로 이렇게 말씀하셨소.
'의로운 노인이여, 의로운 남편에 어울리는 아내여,
너희가 원하는 것을 말하라!' 필레몬은 바우키스와 몇 마디   705
나누고 나서 자신들의 공동의 결정을 하늘의 신들에게 알렸소.
'청컨대 우리는 그대들의 사제가 되어 그대들의 신전을 지키게
해주소서. 그리고 두 사람이 인생을 화목하게 살아온 만큼
한날한시에 죽어 내가 아내의 무덤을 보지 않게 해주시고,
또 아내의 손에 내가 묻히는 일이 없게 해주소서!'   710
그들의 소원은 이루어졌소. 그들은 살아 있는 동안에는
신전지기였소. 어느 날 그들은 세월과 고령에 짓눌려
마침 신성한 계단 앞에 서서 거기서 일어났던 지난 일을
이야기하다가 바우키스는 필레몬에게서, 늙은 필레몬은
바우키스에게서 잎이 돋아나는 것을 보았소. 어느새 두 사람의   715
얼굴 위에 우듬지가 생겨나는 동안, 그들은 아직도 말할 수
있을 때 동시에 서로 '잘 가요, 여보!'라고 말했소. 그리고 동시에
나무껍질이 그들의 입을 가리며 덮어버렸소. 오늘날에도 그곳에서는
튀니아[114]의 농부가 하나의 쌍둥이 밑동에서 자라나
나란히 서 있는 두 그루의 나무를 가리켜주지요.   720
이 이야기를 나는 (속일 이유가 전혀 없는) 신뢰할 수 있는

114 소아시아 흑해 남쪽 기슭에 있는 비튀니아(Bithynia) 지방의 북쪽 지역. 여기서는 '비튀니아'라는 뜻이다.

노인들한테서 들었소. 나는 나뭇가지에 화환이 걸려 있는 것을
내 눈으로 보았소. 그리고 나도 신선한 화환을
갖다 놓으며 말했소. '신들이 돌보는 자들[115]은 신들이 되고,
공경한 자들은 공경받을지어다!'"

에뤼식톤과 그의 딸

    렐렉스는 이야기를 끝냈다. 이야기도 이야기를 한 사람도
모든 사람을 감동시켰다.   725
특히 테세우스를 감동시켰다. 그가 신들의 놀라운 행적을
더 듣고 싶어하자 칼뤼돈의 하신이 팔꿈치로 턱을 괴고
그에게 이렇게 말했다. "가장 용감한 영웅이여, 세상에는 한번
모습이 바뀌면 그 새로운 모습으로 남아 있는 자들이 있는가 하면,
여러 모습으로 바뀔 수 있는 권능을 가진 자들도 있소.   730
대지를 에워싸고 있는 바다에서 사는 그대 프로테우스[116]처럼. 사람들은
그대를 때론 젊은이로 보는가 하면, 때론 사자로 보기 때문이오.
그대는 때론 사나운 멧돼지였고, 때론 만지기 두려운 뱀이었는가 하면,
때론 뿔이 그대를 황소로 만들기도 했소. 그대는 가끔은 돌로,
또 가끔은 나무로 나타날 수 있었는가 하면,   735
간혹은 흐르는 물의 모습을 흉내내어 강물이 되기도 하고,

---

115 라틴어 cura deum을 '신들을 돌보는 자' 즉 '신들에게 봉사한 자'로 해석하는 이도 있다. 나무는 요정이라고 할 수 있는 만큼 신적인 존재라고도 할 수 있다.
116 2권 9행 참조.

간혹은 물과 상극인 불이 되기도 했소.

아우톨뤼쿠스[117]의 아내가 된 에뤼식톤[118]의 딸[119]도 그에

못지않은 권능을 갖고 있었소. 그녀의 아버지는 신들의 신성을

경멸하여 그들의 제단에 분향한 적이 없는 사람이었소.   740

사람들이 말하기를, 게다가 그자는 케레스의 숲을 도끼로 침범하여

여신에게 봉헌된 오래된 나무들을 무쇠로 모독했다고 하오.

그곳에는 이 나무들 한가운데에 오랜 세월 튼튼하게 자란 거대한

참나무가 한 그루 서 있었는데, 그 자체가 하나의 숲이었소. 그 주위로

양털실과 화환과 감사패가 걸려 있었는데, 소원이 성취되었다는   745

증거였지요. 가끔은 이 나무 밑에서 나무의 요정들이 축제를 열어

춤추는가 하면, 가끔은 손에 손잡고 함께 그 밑동을 둘러쌌는데,

그 둘레가 자그마치 삼오 십오, 열다섯 완척(腕尺)[120]이나 되었소.

다른 나무들이 그 아래 있는 풀보다 더 높은 만큼 이 나무는

다른 나무들보다 더 높았소. 한데도 트리오파스의 아들은   750

도끼를 휘두르기를 삼가기는커녕 하인들에게

신성한 참나무를 베어 넘기라고 명령했소.

명령받은 자들이 꾸물대는 것을 보자 이 무도한 자는

그중 한 명에게서 도끼를 낚아채더니 이렇게 말했소.

'이것이 여신이 좋아하는 나무일 뿐 아니라 그 자체가 여신이라   755

---

117 Autolycus(그/ Autolykos). 메르쿠리우스의 아들로 울릭세스의 외할아버지.

118 텟살리아 지방의 왕 트리오파스의 아들로 케레스 여신의 원림에 있던 오래된 참나무를 벤 죄로 평생 허기에 시달리다 죽는다.

119 메스트라. 오비디우스는 그녀의 이름을 직접 말하지 않고 있다.

120 완척의 라틴어 ulna는 '팔꿈치'라는 뜻으로, 팔꿈치에서 가운뎃손가락 끝까지의 길이인 45센티미터 정도를 말한다.

하더라도 이제 곧 잎이 무성한 그 우듬지는 대지에 닿으리라.'

이렇게 말하고 그자가 도끼로 비스듬하게 내리칠 자세를 취하자,

데오[121]의 참나무는 두려워 떨면서 신음 소리를 냈소.

그러자 잎도 동시에 창백해지기 시작했고, 도토리도 동시에

창백해지기 시작했으며, 긴 가지들도 창백한 빛을 띠었소.   760

한데도 그자의 불경한 손이 밑동을 쳐서 상처를 내자,

갈라진 나무껍질에서 피가 흘러나왔는데,

그 모습은 제물로 바친 거대한 황소가 제단 앞에서 쓰러지고

그 갈라진 목에서 피가 쏟아져 나올 때와 다르지 않았소.

모두 아연실색했소. 그리고 그들 가운데 한 사람이 감히   765

무도한 짓을 막고 잔혹한 양날 도끼를 제지하려고 했소.

텟살리아인[122]은 그를 쳐다보며 '네 경건한 마음에 대한 상으로

이것이나 받아라!'라고 말하고는 도끼를 나무 밑동으로부터

그 사람에게로 돌려 그의 머리를 자르더니 다시 참나무를

찍어댔소. 그러자 나무 안에서 이런 소리가 들려왔소.   770

'이 나무 안에 살고 있는 나는 케레스 여신이 가장 사랑하시는

요정이다. 내 너에게 죽어가며 예언하노니, 네가 한 짓에 대한

벌이 임박해 있다. 내 죽긴 죽되 그것으로 위안을 삼으리라!'

하지만 그자는 자신의 범행을 멈추지 않았소. 그 나무는

마침내 수많은 가격에 허약해진 데다 밧줄에 아래로 끌어당겨져   775

넘어지며 그 무게로 주위의 나무를 수없이 땅에 뉘었소.

나무의 요정 자매들은 자신들이 입은 피해와 숲이 입은 피해에

121 6권 114행 참조.
122 에뤼식톤.

상심하여 모두 검은 옷으로 갈아입고 애도하며

케레스를 찾아가 에뤼식톤을 벌주라고 간청했소.

더없이 아름다운 여신은 이를 승낙했고, 그녀가 고개를 끄덕이자   780

익어가는 곡식으로 묵직해진 들판이 떨었소.

여신은 그자가 자신의 소행으로 어느 누구의 동정도 살 수 없게

되지 않았더라면 남의 동정을 살 만도 한 그런 벌을 궁리했으니,

여신은 그자가 허기에 시달리다 죽게 할 참이었소.

하지만 여신은 허기를 몸소 찾아갈 수는 없었기에(케레스와 허기가   785

만나는 것을 운명이 금했기 때문이오.) 산의 여신 가운데

한 명을, 시골에 사는 산의 요정을 불러놓고 이렇게 말했소.

'얼음처럼 차가운 스퀴티아[123]의 가장 먼 변경에는 대지에

곡식도 나지 않고 나무도 나지 않는 황량한 불모지가 있다.

그곳에는 나태한 한기와 해쓱함과 오한과 수척한 허기가   790

살고 있다. 너는 허기에게 저 신성을 모독하는 자의 죄 많은

뱃속에 숨으라고 일러라! 그리고 어떤 풍요함도 그녀[124]를

이기지 못하게 하고, 그녀가 싸움에서 내 힘을 이기게 하라!

길이 멀다고 네가 겁먹지 않도록 너는 내 수레와 용들을 받아

그것들을 고삐로 몰며 하늘을 날아가도록 하라!'   795

여신이 수레를 주자, 요정이 빌린 수레를 타고 하늘을 지나

스퀴티아에 도착하여 (그곳 사람들이 카우카수스[125]라고

부르는) 바위산 꼭대기에서 용들의 멍에를 풀어주었소.

---

123 1권 64행 참조.

124 허기. '허기'의 라틴어 Fames는 여성명사이다.

125 흑해와 카스피 해 사이에 있는 지금의 코카서스 산.

요정은 허기를 찾다가 그녀가 돌투성이의 들판에서

손톱과 이빨로 얼마 안 되는 풀을 뜯는 것을 보았소.   800

머리는 헝클어져 있고, 두 눈은 움푹 들어가 있고, 얼굴은 창백했고,

입술은 말라 갈라졌고, 입안은 설태(舌苔)로 거칠어졌고,

살갗은 딱딱하게 말라 안에 있는 내장이 들여다보였소.

그녀의 앙상한 궁둥뼈는 움푹 들어간 허리 아래로 튀어나와

있었고, 배는 빈 자리에 불과했소. 그대는 그녀의 가슴이 허공에   805

매달려 있고, 척추의 뼈대에 간신히 붙들려 있다고 생각할 것이오.

그녀는 수척하여 관절이 굵어 보였고, 무릎은 부어올랐으며,

복사뼈는 지나치게 큰 혹처럼 툭 튀어나와 있었소.

(그녀에게 가까이 다가갈 용기가 나지 않은) 요정은

멀리서 그녀를 보자 그녀에게 여신의 명령을 전했소.   810

요정은 잠시밖에 머물지 않았는데도, 그리고 그녀에게서 멀리

떨어져 있고 방금 그곳에 도착했는데도 허기가 느껴지는 것 같아,

고삐를 잡고 하늘을 날며 용들을 하이모니아로 되몰고 갔소.

　케레스와 허기가 하는 일은 언제나 상반되었지만, 허기는 이때에는

케레스의 명령에 따라 바람을 타고 대기를 지나 여신이 가리킨   815

집으로 가서는 지체 없이 신성을 모독한 자의 방으로 들어가

깊은 잠에 빠져 있던(때는 밤이었으니까요.)

그자를 두 팔로 껴안았소. 그러고는 그자의 목구멍과 가슴과

입에다 숨을 내쉬어 그자를 그녀 자신으로 가득 채우고,

그자의 빈 혈관들에 허기를 뿌려놓았소.   820

그녀는 임무를 완수하고 나서 풍요로운 세계를 떠나

자신의 결핍의 집으로, 친숙한 동굴로 돌아갔소.

아직도 부드러운 잠이 평화로운 날갯짓을 하며 에뤼식톤을

어루만지고 있었소. 하지만 그자는 자면서도

잔치 꿈을 꾸었으니, 빈 입을 움직이며 지치도록 이를 갈았고,　　　　825

속임을 당한 목구멍을 실체 없는 음식으로 채우며

진수성찬 대신 희박한 공기만을 헛되이 들이켰던 것이오.

그가 잠에서 깨었을 때 불 같은 식욕이 미쳐 날뛰며

그의 탐욕스러운 목구멍과 무한한 내장을 지배하게 되었소.

그는 지체 없이 바다와 대지와 대기가 대줄 수 있는 모든 것을　　　　830

요구했고, 가득 차린 식탁을 마주하고도 배고프다고 불평했으며,

음식을 먹으면서도 음식을 찾았소. 여러 도시에게도, 아니

한 민족에게도 충분할 만한 양이 단 한 사람을 충족시키지 못했소.

그자는 더 많이 뱃속으로 내려보낼수록 더 많이 요구했소.

마치 바다가 온 대지로부터 강물을 받아들여도　　　　835

그 물로는 성에 차지 않아 멀리서 흘러온 강물까지 들이키듯이,

마치 모든 것을 삼키는 불이 영양분을 거절하는 일 없이

무수한 통나무를 불태우고 더 많이 받을수록 더 많이 요구하고

많을수록 그로 인하여 더욱더 탐욕스러워지듯이,

꼭 그처럼 불경한 에뤼식톤의 입은 그 모든 음식을 받아들이면서　　　　840

동시에 더 많은 것을 요구했소. 그에게는 음식이 곧 음식을

먹게 되는 원인이 되었고, 먹을수록 늘 공복감을 느낄 뿐이었소.

　어느새 허기와 깊은 심연과도 같은 배로 인해 선조에게 물려받은

재산은 결딴났소. 그런데도 끔찍한 허기는 결딴나지 않은 채

남아 있었고, 식탐의 불길은 진정되지 않고 기승을 부렸소.　　　　845

전 재산을 먹어치우고 마침내 남은 것은 딸 하나밖에 없었소.

그런 아버지에게는 어울리지 않는 딸이었소.

빈털터리가 된 그는 이 딸을 팔았소. 귀한 집 딸인 그녀는 주인을

받아들이고 싶지 않아 가까운 바다 위로 두 손을 내밀며 기도했소.

'나를 주인에게서 구해주소서! 그 대가로 나는 이미 내 처녀성을   850

그대에게 바쳤나이다.' 그녀의 처녀성은 넵투누스가 빼앗았던 것이다.

그는 그녀의 기도를 귓등으로도 듣지 않고, 뒤따라오던 주인이

잠시 전에 그녀를 보았음에도 그녀를 변신시켜

그녀에게 남자의 모습과 어부에게 맞는 복장을 주었소.

주인이 그녀를 쳐다보며 말했소. '매달린 청동 낚싯바늘을   855

작은 미끼에 숨기고 있는 이여, 낚싯대를 들고 있는 이여,

이렇게 바다가 잔잔하고 의심할 줄 모르는 물고기가 물속에서

낚싯바늘을 덥석 물 때까지는 그것을 느끼지 못하기를!

방금 허름한 옷을 입고 머리가 헝클어진 채 이 바닷가에 서 있던

여자가(그녀가 바닷가에 서 있는 것을 내가 보았기 때문이오.)   860

어디 있는지 말해주시오! 그녀의 발자국이 더 멀리 가지 않았으니 말이오.'

소녀는 그제야 신의 선물이 자기에게 도움이 되고 있다는 것을 알고는

자기에게 자기에 관해 묻는 것을 재미있어하며 묻는 자에게

이렇게 대답했소. '그대가 뉘시든, 용서하시오. 내가 하고 있는 일에

열중하느라 나는 이 심연에서 어느 쪽으로도 눈을 돌린 적이 없소.   865

그대가 의심하지 않도록 말하거니와, 이 바닷가에는 아까부터 나 말고는

아무도 없었고, 어떤 여자도 서 있지 않았소. 그것이 사실인 그만큼

확실히 바다의 신이 내 이 기술[126]을 도와주셨으면 좋으련만!'

그녀의 주인은 그녀의 말을 믿고는 속아서 발걸음을 돌려 모래 위를

걸어갔소. 그러자 그녀에게 본래의 모습이 다시 주어졌소.   870

하지만 그녀의 아비는 자기 딸에게 변신의 능력이 있음을 알아차리고

---

[126] 여기서 '내 이 기술'은 '고기 낚는 기술'과 '변신술'이란 이중적 의미를 갖는다.

트리오파스의 손녀인 자기 딸을 자주 여러 주인에게 팔았소.

그녀는 때로는 암말로, 때로는 새로, 때로는 암소로, 또 때로는

사슴으로 도망쳐 탐욕스러운 아버지에게 정직하지 못한 양식을 대주었소.

마침내 재앙의 힘이 모든 재고를 다 먹어치우고   875

그의 중병(重病)이 더 많은 먹을거리를 요구하자,

그 가련한 자는 제 사지를 찢어 그것을 제 입으로

물어뜯기 시작하더니 제 몸을 먹음으로써 제 몸을 먹었소.

　한데 왜 나는 남의 이야기나 하며 시간을 보내고 있죠?

젊은이여, 그 가짓수는 한정되어 있지만

나도 내 몸을 바꿀 수 있는 능력이 있소. 나는 때로는   880

지금 이대로 보이는가 하면, 때로는 뱀으로 똬리를 틀고, 때로는

소떼의 우두머리로서 뿔들에다 힘을 모으곤 하니까요.[127] 그래요,

뿔들 말이오. 내가 그럴 수 있었던 동안에는. 지금은 그대도 보시다시피

내 한쪽 이마에 있던 무기가 없어졌소." 그의 말에 한숨이 이어졌다.

---

127 하신들은 대체로 뿔을 가진 것으로 상상되었다. 13권 894행 참조.

IX

윌리엄 부그로, 〈뷔블리스의 기도〉

아켈로우스와 헤르쿨레스의 혈투

그러자 넵투누스의 아들인 영웅[1]이 왜 한숨을 쉬는지, 어쩌다가 한쪽
이마를 다쳤는지 하신에게 물었다. 그러자 헝클어진 머리를
갈대로 묶고 있던 칼뤼돈의 하신이 대답했다.
"그대는 내게 괴로운 일을 청하시는구려. 자기가 진 싸움을 이야기하고
싶어할 사람이 세상에 어디 있겠소? 아니 그렇소? 하지만   5
내 순서대로 이야기해보리다. 싸웠다는 영광이 졌다는 수치보다
크고, 그토록 위대한 승리자에게 졌다는 것이 내게는 위안이
되니까요. 그대는 아마 데이아니라라는 이름을 들어보셨겠지요.
그녀는 더없이 아름다운 소녀였고, 지난날 수많은
구혼자의 마음속에 질투와 희망을 불러일으켰지요.   10
그들과 함께 나는 내 장인이 될 분[2]의 집에 몰려가 말했소.
'파르타온의 아드님이시여, 나를 사위로 삼아주십시오!'
또 알카이우스[3]의 손자[4]도 그렇게 말하자, 다른 사람들은
우리 두 사람에게 양보했소. 그는 그녀가 윱피테르의 며느리[5]가
될 것이라는 점과, 자신이 치른 고역[6]의 명성과,

---

1   테세우스. 일설에 따르면 테세우스의 친아버지는 아이게우스가 아니라 넵투누스라고
한다.
2   데이아니라의 아버지 오이네우스.
3   페르세우스의 아들로 헤르쿨레스의 할아버지.
4   '알카이우스의 손자'(Alcides)란 헤르쿨레스를 말한다. 그는 훗날 델피에서 헤르쿨레스란
이름을 받기 전에는 '알키데스'란 이름으로 불렸다.
5   헤르쿨레스는 윱피테르와 알크메네의 아들이다.
6   헤르쿨레스의 12고역을 말한다.

자기는 의붓어머니[7]의 명령을 성공적으로 이행했다는   15

점을 내세웠소. 내가 대답했소. '신이 인간에게(그는 아직은

신이 아니었소.) 양보한다는 것은 창피한 일이오. 그대 앞에 있는

나로 말하면 그대의 왕국을 꾸불꾸불 흘러 내려가는 물의 주인이오.

나는 그대에게 이방의 해안에서 보내진 이방인 사위가 아니라

그대의 동포가 되고, 그대 왕국의 일부가 될 것이오.   20

다만 여왕 유노가 나를 미워하지 않는다는 점과,

유노의 미움을 사지 않아 내게 고역이 부과되지 않았다는 점이

내게 손해가 되어서는 안 될 것이오. 알크메네의 아들이여, 그대는

윱피테르에게서 태어났다고 자랑하는데, 그분은 그대의 아버지가

아니거나, 아버지라면 그대에게 창피한 일이오. 그분을 아버지로

주장한다면 그대는 어머니를 간통한 여자로 만드는 것이 아니겠소.   25

더 좋은 것을 고르시오. 윱피테르는 지어낸 이야기라고 하든지,

그대는 치욕의 아들이라고 인정하든지 하란 말이오.'

그는 한참 동안 나를 노려보더니 끓어오르는 분노를 더이상 억제하지

못하고 이렇게 대답했소. '나는 혀보다는 오른손이 더 쓸모가 있소.

싸움에서는 내가 이길 테니 그대는 언변에서나 이기구려!'   30

7 유노. 결혼의 여신인 유노는 남편 윱피테르가 가까이한 여신과 여인은 물론이고 그 자식들까지 미워하는데 수많은 피해자 중에서도 가장 고통을 받은 것은 헤르쿨레스였다. 그가 뮈케나이 왕 에우뤼스테우스 밑에서 치른 12고역도 유노의 계략에 의한 것이다. 그러나 그는 12고역을 성공적으로 치른 까닭에 훗날 하늘의 신이 되어 유노와도 화해하고 윱피테르와 유노의 딸인 유벤타(Iuventa 그/ Hebe '청춘의 여신')와 결혼한다. 헤르쿨레스의 그리스 이름은 헤라클레스인데 그가 '헤라의 영광'이라는 뜻의 이런 이름을 갖게 된 것은 그가 수행한 고역은 헤라의 영광을 위한 것이기 때문이다. 그러나 헤라가 부과한 고역들을 성공적으로 수행함으로써 그는 결국 신의 반열에 올랐다는 점에서 그 영광은 그 자신의 것이기도 하다.

그러더니 그는 다짜고짜 덤벼들었소. 나는 큰소리를 친 터라

물러설 수가 없었소. 그래서 몸에서 초록색 옷을

벗어던지고는 두 팔을 들어올려 불끈 쥔 두 손을

가슴 앞에다 대고 방어 자세를 취하며 싸울 채비를 했소.

그는 손바닥으로 먼지를 퍼 올리더니 그것을 내게 뿌렸고,[8]　　　　35

그 자신도 내가 던진 황갈색 모래에 온통 누래졌소.

그는 때로는 내 목을, 때로는 번쩍이는 내 다리를 잡으며

또는 잡는 척하며 사방에서 나를 공격해댔소.

하지만 내 무게가 나를 지켜주어 나는 공격당해도 끄떡없었으니,

그 모습은 파도가 노호하며 덤벼들어도 그 무게에 힘입어　　　　40

안전하게 버티고 서 있는 거대한 바위와 같다고 할까.

우리는 잠시 떨어졌다가는 다시 맞붙어 싸웠고, 결코 물러서지

않겠다는 결연한 각오로 그 자리에 딱 버티고 서 있었소.

발에다 발을 갖다붙이고 나는 상체를 앞으로 구부린 채

손가락은 손가락으로, 이마는 이마로 밀어붙였소.　　　　45

그와 다르지 않게 나는 힘센 황소 두 마리가 온 풀밭에서

가장 윤기 나는 암소를 싸움의 상으로 차지하고자 서로

덤벼드는 것을 본 적이 있소. 어느 쪽이 이겨 그토록 큰 지배권을

차지하게 될지 몰라 소떼는 두려움에 떨면서 지켜보고 있었지요.

세 번이나 알카이우스의 손자는 밀어붙이는 내 가슴을 자기 몸에서　　　　50

밀어내려 했으나 성공하지 못했소. 네 번째 시도 끝에 그는

꽉 붙들고 있던 나를 털어내고 꽉 잡고 있던 내 팔을 풀고는

손으로 쥐어박으며 (어차피 사실대로 말하기로 작정했으니까)

8　싸울 때 상대를 잡도록 상대에게 흙이나 모래를 뿌리는 것은 당시의 관행이었다.

나를 빙 돌리더니 체중을 모두 실어 내 등에 매달리는 것이었소.

내 말을 믿으시오. 이야기를 지어내어 명성을 얻으려는 것은   55

아니니까요. 마치 산이 나를 내리누르는 것 같았지요.

나는 땀이 줄줄 흐르는 두 팔을 간신히 집어넣어

그 억센 포옹을 간신히 풀 수 있었소. 그는 다시

힘을 모을 기회를 주지 않으려고, 헐떡이고 있는 나를

계속해서 공격하며 내 목을 감았소. 그리하여 마침내   60

나는 땅에 무릎을 꿇고 모래를 씹어야 했소.

힘으로는 어쩔 도리가 없어서 나는 재주를 부려

긴 뱀으로 둔갑하여 그에게서 빠져나왔소.

하지만 내가 몸으로 똬리를 틀고는 두 갈래진 혀를

날름거리며 무시무시하게 쉭쉭 소리를 내자   65

티륀스⁹의 영웅은 웃으며 내 재주를 조롱했소.

'뱀을 해치우는 것은 요람에 있을 때나 하던 일인데.¹⁰

아켈로우스여, 그대가 다른 뱀들을 능가한다 하더라도

한 마리 뱀에 불과하니 에키드나¹¹의 딸인 레르나의 뱀¹²에 비하면

얼마나 작은가? 그 뱀은 자기가 받은 상처에서 더 불어났고,   70

백 개나 되는 머리¹³ 가운데 어느 것도 그냥 잘리기는커녕 반드시

---

9   6권 112행 참조.

10   헤르쿨레스가 태어난 지 8개월이 되었을 때 유노가 그를 죽이려고 자고 있던 방에 뱀들을
풀어놓았으나 헤르쿨레스가 두 손으로 뱀들을 목 졸라 죽였다고 한다.

11   4권 501행 참조.

12   레르나는 펠로폰네수스 반도 동북부 아르골리스 지방에 있는 동네 및 늪이다. '레르나의
뱀'이란 휘드라를 말한다. 휘드라에 관해서는 4권 501행 에키드나 참조.

13   휘드라의 머리는 5개 또는 6개였다는 설도 있다.

두 개의 머리가 뒤이어 자라나 그의 목은 더 강해졌으니 말이오.

그것은 칼로 베면 뱀들이 또 생겨나 자꾸 가지를 치고

잃으면서도 자라났지만 나는 그것을 제압하여 열어젖혔소.

그대는 가짜 뱀으로 둔갑하여 남의 무기를 쓰며 남에게서 구걸해온   75

형상 속에 숨어 있거늘 그러한 그대가 장차 어찌되리라 생각하시오?'

그러더니 그는 사슬과도 같은 손가락들로 내 목의 윗부분을 죄었소.

마치 부젓가락에 눌린 양 목이 답답하여

그의 손아귀에서 내 목을 빼내려고 나는 버둥거렸소.

또 한 번 진 나에게는 세 번째로 억센 황소의 형상이   80

남아 있었소. 그래서 나는 황소로 둔갑하여 그에게 덤벼들었소.

그는 왼쪽에서 내 목을 두 팔로 감고는 내닫는 나를

끌어당기며 따라오더니 마침내 내 단단한 뿔들을 내리눌러

땅에 박으며 깊은 모래 속에다 나를 뉘었소. 그것으로도

성에 차지 않는지 그는 억센 오른손으로 내 딱딱한 뿔을   85

잡고 부러뜨려서 병신이 된 내 이마에서 떼어내는 것이었소.

그 뿔을 물의 요정들이 집어 과일과 향기로운 꽃으로 채워

봉헌하니, 착한 풍요의 여신[14]은 내 뿔로 부자가 된 것이지요."

이렇게 하신은 말했다. 그러자 그의 시녀 가운데 한 명으로

디아나처럼 차려입은 요정이, 양쪽으로 고수머리를 늘어뜨린 채   90

들어오더니 풍요의 뿔에서 온갖 가을걷이와

맛있는 과일을 후식으로 차려 내놓았다.

---

14 '풍요의 여신'의 라틴어 이름은 Bona Copia이다. 그 임자에게 원하는 음식을 저절로 가득
채워준다는 풍요의 뿔(cornu copiae)은 하신 아켈로우스의 뿔이 아니라, 일설에 따르면 아기 윱
피테르에게 젖을 먹인 염소의 뿔이었다고 한다. 오비디우스, 『로마의 축제들』 5권 111행 이하
참조.

날이 밝아 첫 햇살이 산꼭대기에 내려앉자 젊은이들은
출발했다. 그들은 강물이 평화를 찾아 조용히 흘러가고
홍수가 가라앉을 때까지 기다리지 않았던 것이다.   95
그리고 아켈로우스는 촌스러운 얼굴과 뿔 하나가 떨어져 나간
머리를 물결 한가운데에 감추었다.

넷수스

아켈로우스는 패했다 해도 장식물만 뺏기고 잃었을 뿐
다른 부위는 상한 데가 없었다. 게다가 머리에 입은 손상은
버들잎이나 갈대 관을 써서 얼마든지 감출 수 있었다.   100
하지만 사나운 넷수스여, 그대는 똑같은 소녀에 대한
정염 때문에 날개 달린 화살에 등이 뚫려 죽었소.
말하자면 윱피테르의 아들은 갓 결혼한 아내를 데리고
고향 도시로 돌아가다가 에우에누스[15]의 급류에 이르렀다.
강물은 겨울비[16]로 불어나 여느 때보다 수면이   105
높은 데다 소용돌이가 많아 건널 수가 없었다.
그가 자신보다도 아내 때문에 걱정하고 있을 때
사지가 건장하고 여울을 잘 아는 넷수스가 다가오더니
"알카이우스의 손자여, 이 여인은 내 도움으로 저쪽 강둑에 설 것이오.
그대는 혼자 힘으로 헤엄치도록 하시오!"라고 말했다.   110

15 8권 527행 참조.
16 그리스에서는 겨울이 우기이다.

그래서 아오니아의 영웅은 겁에 질린 칼뤼돈의 여인을 넷수스에게
맡겼다. 그녀는 강도 무섭고 건네주는 자도 무서워 파랗게 질려 있었다.
그는 곧 무거운 화살통과 사자 가죽[17]을 걸친 그대로
(몽둥이[18]와 구부정한 활은 저쪽 강둑에다 던져놓았던 것이다.)
말했다. "내가 일단 시작한 이상 강을 차례차례 이기리라."   115
그는 망설이지도 않았고, 물살이 어디가 가장 완만한지
묻지도 않았으며, 물살의 도움으로 건너가려고도 하지 않았다.
어느새 그가 맞은편 강둑에 닿아 던져놓았던 활을 집어 드는데
아내의 비명소리가 들려왔다. 그는 신뢰를 저버리려고 하는
넷수스에게 소리쳤다. "공연히 그대의 발 빠른 것만 믿고 이게   120
무슨 짓이오, 이 약탈자여? 두 모습의 넷수스[19]여, 내 그대에게
말하고 있는 것이오. 들으시오! 그대는 나와 내 것 사이에 끼어들지
마시오! 나에 대한 존경심이 그대를 움직이지 못한다면,
그대의 아버지[20]의 빙글빙글 도는 수레바퀴가 금지된 교합을
못하도록 그대를 말렸어야 했을 것이오. 그대가 설령
말[馬]의 힘을 믿는다 해도 도망가지 못하리라.   125
나는 발이 아니라 치명상으로 그대를 따라잡을 테니까."
마지막 말을 그는 행동으로 입증했으니, 화살을 날려 보내

---

17 헤르쿨레스는 네메아의 사자를 목 졸라 죽이고 그 가죽을 벗겨 평생 동안 입고 다녔는데,
오비디우스는 여기서 그가 넷수스와 싸우기 전에 이미 12고역을 치른 것으로 보는 것 같다.
18 헤르쿨레스는 에우뤼스테우스 밑에서 봉사할 때 사로니쿠스 만에 있던 야생 올리브나무를
잘라 몽둥이로 만들어 들고 다녔다.
19 넷수스는 원래 텟살리아 지방의 산악 지대에 살았다는 반인반마(半人半馬)의 켄타우루스
(2권 630행 참조) 중 한 명이다.
20 익시온. 4권 461행 참조.

도망치는 자의 등을 꿰뚫었던 것이다. 그러자 미늘 있는 화살촉이
가슴 앞으로 튀어나왔다. 그자가 그것을 뽑자 두 구멍에서는
피가 레르나의 휘드라의 독과 섞여 뿜어져 나왔다. 넷수스는   130
그 피를 받으며 "나는 복수도 못하고 죽지는 않으리라."라고
혼잣말을 하고는 뜨거운 피에 흠뻑 젖은 자신의 옷을
겁탈당할 뻔했던 여인에게 사랑의 묘약이라며 주었다.

헤르쿨레스의 죽음

그사이 여러 해가 지났다. 위대한 헤르쿨레스의 행적들은
온 세상을 메우고 의붓어머니[21]의 미움을 충족시켰다.   135
그는 오이칼리아[22]에서 승리하고 돌아오다가 케나이움[23]에서
윱피테르에게 서약한 제물을 바칠 준비를 했다. 그때 수다스러운 소문이
한발 앞서, 데이아니라여, 그대의 귀에 들어갔으니, 거짓말과 참말을
섞기 좋아하고 처음에는 아주 작지만 거짓말을 통해 커지는 소문은
암피트뤼온의 아들이 이올레[24]를 향한 사랑의 포로가 되었다고   140
알려주었던 것이다. 사랑하는 아내는 그 말을 믿고 새로운 사랑의
소문에 주눅이 들어 처음에는 하염없이 눈물을 흘리며 가련하게도
눈물로 자신의 슬픔을 흘려보내고 있었다. 그 뒤 곧 그녀는 "내가

---

21 유노.
22 Oechalia(그/ Oichalia). 그리스 에우보이아 섬에 있는 도시.
23 Cenaeum(그/ Kenaion). 에우보이아 섬의 북서쪽에 있는 곳.
24 오이칼리아 왕 에우뤼투스(Eurytus 그/ Eurytos)의 딸로 오이칼리아가 함락될 때 헤르쿨레
스의 포로가 된다.

왜 울지?"라고 말했다. "시앗이 내 눈물을 보고 좋아할 텐데.

그녀가 이리로 오고 있으니 서둘러 계략을 짜야지. 145

할 수 있을 때, 다른 여자가 아직 내 침상을 차지하기 전에.

항의할까, 아니면 침묵할까? 칼뤼돈에 돌아갈까, 여기 머물까?

집을 나갈까? 아니 달리 뾰족한 수가 없으니 일단 가로막고 볼까?

멜레아그로스 오라버니, 내가 당신의 누이라는 점을

기억하고는 끔찍한 범행을 준비하여 시앗을 죽임으로써 150

모욕당한 여인의 고통이 얼마나 큰 것인지 입증하면 어떨까요?"

    그녀는 마음속으로 이런저런 궁리를 하다가, 남편의 식어버린

사랑에 힘을 불어넣도록 넷수스의 피에 젖은 옷을 보내는 것이

역시 상책이라고 생각했다. 그녀는 자기가 무엇을

주는지도 모르고 역시 아무 영문도 모르는 리카스[25]에게 155

자신의 미래의 재앙을 제 손으로 건네주었다. 더없이 가련한 여인은

그 선물을 남편에게 갖다주라고 상냥한 말로 일렀다.

영웅은 영문도 모르고 그것을 받아 에키드나의 딸인 레르나의

휘드라의 독을 어깨에 걸쳤다. 그는 불길이 피어오르자 분향하고

기도하며 잔으로 포도주를 대리석 제단에다가 따랐다. 160

그러자 독의 힘이 데워지기 시작하더니, 화염에 의해

자유로워져 헤르쿨레스의 온몸에 몰래 퍼졌다.

그는 할 수 있는 한 몸에 밴 용기로 신음 소리를 참았다.

하지만 참을성이 고통을 감당하지 못하자 그는 제단을 엎으며

숲이 우거진 오이테[26]를 고통의 절규로 가득 채웠다. 165

25 헤르쿨레스의 전령.
26 1권 313행 참조.

그는 죽음을 가져다주는 옷을 지체 없이 당장 뜯어내려 했다.

뜯긴 옷을 따라 살갗까지 뜯겼다. 말하기도 끔찍한 일이지만,

뜯어내려는 시도도 소용없이 옷은 사지에 달라붙거나,

아니면 살이 뜯긴 근육과 굵은 뼈를 드러내 보였다.

그의 피는, 마치 발갛게 단 무쇠를 얼음처럼 차가운 물에   170

담갔을 때처럼, 쉭쉭 소리를 내며 불타는 독에 부글부글 끓어올랐다.

거기에는 절제란 없었다. 탐욕스러운 화염이 내장을 삼키고,

온몸에서 시커먼 땀이 흘러내렸으며, 그의 힘줄은 탁탁 튀는

소리를 내며 타고 있었다. 보이지 않는 독이 퍼져 골수마저

녹아내리자 그는 하늘을 향해 두 손을 들고 소리쳤다.   175

"사투르누스의 따님이여, 내 파멸을 보고 즐기시오! 즐기시란 말이오.

잔인한 분이여, 그대는 높은 곳에서 이 재앙을 내려다보며

잔혹한 마음으로 실컷 좋아하시오! 내가 내 적에게도, 그러니까

그대에게도 동정을 받아야 한다면, 이토록 심한 고통을 당하고 있고

고역을 위해서 태어난 내 이 가증스러운 목숨을 거두어가시오.   180

죽음은 나에게는 선물이오. 의붓어머니가 주기에 알맞은 선물이오.

대체 이러자고 내가 이방인들의 피로 신전을 더럽히던 부시리스[27]를

제압했던가요?[28] 이러자고 내가 잔혹한 안타이우스[29]에게서

어머니의 힘을 빼앗았던가요? 이러자고 내가 세 모습의

---

27 이집트 왕으로, 이방인을 죽여 신전에 제물로 바쳤다.

28 여기서 헤르쿨레스는 자신이 치른 12고역을 나열하며 부시리스와 안타이우스와 켄타우루스들을 제압한 이야기와 아틀라스와 만난 이야기도 들려주고 있다.

29 Antaeus(그/Antaios). 대지의 여신의 아들로 리뷔에에 살던 거인이었는데, 닥치는 대로 나그네에게 싸움을 걸어 죽이다가 헤르쿨레스의 손에 죽는다. 안타이우스가 어머니인 대지를 밟고 있는 동안에는 죽일 수 없어 헤르쿨레스는 그를 들어올려 목 졸라 죽였다.

히베리아[30]의 목자[31]를 겁내지 않았으며, 케르베루스[32]여,

머리가 셋 달린 그대를 겁내지 않았던가? 이러자고, 내 손들이여,   185

너희는 힘센 황소[33]의 뿔을 눌렀던가? 이러자고 엘리스[34]가,

스튐팔루스[35] 호수의 물결이, 파르테니우스[36]의 숲이

너희의 노고를 알았던가? 이러자고 너희의 용기에 힘입어

내가 테르모돈[37]의 황금으로 만든 허리띠[38]를 가져왔으며,

이러자고 잠자지 않는 용이 지키던 사과들[39]을 빼내 왔던가?   190

이러자고 켄타우루스족이 내게 대항할 수 없었고, 이러자고

---

30 7권 324행 참조.

31 게뤼온(Geryon 또는 Geryones 그/ 앞의 두 이름 외에 Geryoneus). 게뤼온은 크뤼사오르 (Chrysaor)와 칼리로에(Kallirhoe)의 아들로 몸과 머리가 각각 셋인 거한이다. 그는 에뤼테이아 (Erytheia '붉은 땅'이라는 뜻으로 남(南)안달루시아 지방의 항구 도시 카디스로 보는 견해도 있다)에 살며 엄청난 소떼를 거느리고 있었는데, 그의 소떼는 목자 에우뤼티온(Eurytion)과 오르 토스(Orthos 또는 Orthros)라는 개가 지키고 있었다. 그러나 헤르쿨레스가 에우뤼스테우스의 명령에 따라 이들을 죽이고 그의 소떼를 티륀스로 몰고 간다.

32 케르베루스에 관해서는 4권 450행 참조. 케르베루스를 끌고 오는 것은 헤르쿨레스의 12고 역 중 하나였다.

33 크레테의 황소를 말한다. 이 황소를 끌고 오는 것은 그의 12고역 중 하나였다.

34 엘리스 왕 아우게아스(Augeas 그/ Augeias)의 여러 해 동안 치우지 않은 외양간을 헤르쿨레 스가 강물을 끌어들여 청소해주었다. 이것도 그의 12고역 중 하나였다.

35 아르카디아 지방의 소도시 및 호수. 헤르쿨레스는 호숫가 숲속에 살며 주위의 가축에게 큰 피해를 주던, 괴상하게 생긴 새를 퇴치했는데, 이는 그의 12고역 중 하나였다.

36 Parthenius(그/ Parthenion). 아르카디아 지방의 산으로 헤르쿨레스는 이곳에서 황금 뿔이 달린 디아나의 암사슴을 생포했는데, 이는 그의 12고역 중 하나였다.

37 2권 249행 참조.

38 헤르쿨레스는 아마존족의 여왕 힙폴뤼테와 싸워 이겨 그녀의 허리띠를 빼앗아 온다. 이는 그의 12고역 중 하나였다.

39 요정 헤스페리데스들(Hesperides)의 사과들을 말한다. 이것들을 가져오는 것은 그의 12고 역 중 하나였다.

아르카디아를 쑥대밭으로 만들던 멧돼지⁴⁰가 내 앞에서 몸을

사렸던가요? 이러자고 잃음으로써 자라나고 힘이 두 배로 늘어나는

휘드라에게도 끄덕없었던가요? 인간의 피를 마시고 살찐

트라키아의 말들과, 시신들로 가득찬 구유를 보고는 그것들을   195

보자마자 내가 그 주인⁴¹과 말들을 메어쳐 죽인 것은 또 어떤가요?

네메아의 거대한 사자는 내 이 팔에 목이 졸려 누워 있었소.

이 목덜미로 나는 하늘을 떠멘 적도 있소.⁴²

윱피테르의 잔인한 아내는 고역을 부과하는 데 지쳐도,

나는 그것을 이행하는 데 지치지 않았소. 하지만 지금 용기로도

대항할 수 없고 어떤 무기로도 대항할 수 없는 이상한 역병이   200

나를 엄습하고 있소. 무엇이든 먹어치우는 불이 내 허파 속

깊숙한 곳을 돌아다니며 내 사지를 날름날름 먹어치우고 있소. 하지만

에우뤼스테우스⁴³는 건강하게 잘 지내고 있소. 그러니 신들이 있다고 믿을

사람이 어디 있겠소?” 이렇게 말하며 그가 부상 당한 채 높은 오이테 산

위를 돌아다니니, 그 모습은 마치 부상을 입힌 자는 도망치고   205

황소가 사냥용 창을 몸에 꽂고 돌아다니는 것과 다르지 않았다.

그대는 그가 때로는 신음 소리를 내고, 때로는 괴로워 울부짖으며

---

40 에뤼만투스(Erymanthus 그 / Erymanthos) 산의 멧돼지를 퇴치하는 것은 헤르쿨레스의 12
고역 중 하나였다. 헤르쿨레스는 이 멧돼지를 추격하던 중 켄타우루스족과 시비가 붙어 본의
아니게 현자 키론(2권 630행 참조)을 죽인다.

41 트라키아 왕 디오메데스. 인육을 먹던 디오메데스의 말들을 끌고 오는 것은 그의 12고역
중 하나였다.

42 헤르쿨레스는 아틀라스가 황금 사과들을 가지러 간 사이에 잠시 그를 대신해서 하늘을 떠
멘 적이 있다.

43 페르세우스의 손자이자 스테넬루스(Sthenelus 그 / Sthenelos)의 아들로 뮈케나이와 티륀스
의 왕으로 있을 때 헤르쿨레스에게 12고역을 부과했다.

입고 있던 옷을 자꾸만 갈기갈기 찢으려 하고, 나무 밑동을
뽑아 누이고, 산에다 분풀이를 하거나 아버지가 계시는
하늘을 향해 두 손을 드는 모습을 볼 수 있었으리라.   210

　보라, 그때 그는 리카스가 속이 빈 바위 안에 떨면서 숨어 있는 것을
보고는 괴로운 나머지 쌓이고 쌓였던 분통을 터뜨리며 말했다.
"리카스, 네가 나에게 이 죽음의 선물을 가져다주었더냐?
네가 내 살해자가 된 것이란 말인가?" 리카스는 파랗게 질린 채
부들부들 떨며 주눅이 들어 변명의 말을 늘어놓으려 했다.   215
리카스가 아직도 무슨 말을 하며 그의 무릎을 안으려 하는 동안
알카이우스의 손자는 그를 움켜잡고 서너 바퀴를 돌린 다음
투석기보다 더 힘차게 에우보이아의 바닷물 속으로 내던졌다.
리카스는 아직도 공중에 매달려 있는 동안 딱딱하게 굳었다.
사람들이 말하기를, 빗방울은 찬바람에 굳어져   220
눈이 되고 눈송이는 빙글빙글 돌다가
덩어리로 굳어져 결국 우박으로 뭉친다고 하듯이,
꼭 그처럼 리카스도 강력한 팔에 의해 허공에 내던져지자
겁이 나 피가 마르고 몸안의 물기가 없어져,
옛이야기에 따르면, 단단한 바위로 변했다고 한다.   225
지금도 에우보이아의 바다에는 사람의 모습을 닮은
자그마한 바위가 물위로 나와 있는데, 선원들은
그 바위가 감각이라도 있는 양, 밟기를 꺼리며
리카스[44]라고 부른다. 한편 윱피테르의 이름난 아들이여,

---

[44]　이 섬을 리카데스 군도 가운데 사람의 모습과 비슷하게 생긴 바위섬을 가리키는 것으로 보
는 이들도 있다.

그대는 높은 오이테 산이 입고 있던 나무들을 베어   230

화장용 장작더미를 쌓고는 포이아스의 아들[45]에게

자신의 활과 널찍한 화살통과 트로이야 왕국을 두 번째로

보게 될[46] 화살들을 가지라고 명령했소. 그러자 그가 장작더미에

불을 놓아주었소. 장작더미가 탐욕스러운 불길에 사로잡히자

그대는 그 나무 더미 맨 위에다 네메아의 사자 가죽을 깔고   235

몽둥이를 머리 밑에 베고 누우니, 그 얼굴 표정은

마치 그대가 잔치 자리에서 머리에 화관을 쓰고

가득찬 술잔들 사이에 기대앉아 있는 것 같았소.

　어느새 불길이 강해져 탁탁 소리를 내며 사방으로 번지더니,

자기를 무시하는 자의 태평스러운 사지를 핥았다.   240

신들은 대지의 수호자[47]가 염려되었다.

그러자 사투르누스의 아들 윱피테르가 그들의 생각을 알고

---

45 ‘포이아스(Poeas 그/ Poias)의 아들’이란 트로이야 전쟁 때 그리스군의 명궁(名弓)이었던 필록테테스(Philoctetes 그/ Philoktetes)를 말한다.

46 헤르쿨레스는 아마존족의 나라에서 돌아오는 길에 트로이야에 상륙한다. 트로이야는 라오메돈 왕이 넵투누스와 아폴로에게 성벽을 쌓아준 대가를 주지 않아 이들 신이 보낸 역병과 바다 괴물에 시달리고 있었다. 라오메돈이 딸 헤시오네를 바다 괴물에게 제물로 바치지 않으면 재앙에서 벗어날 수 없을 것이라는 신탁에 따라 헤시오네가 바닷가 바위에 묶여 괴물의 밥이 되려는 순간 헤르쿨레스가 그녀를 구해준다. 그러나 라오메돈은 딸을 구해주면 가뉘메데스를 하늘로 데려간 대가로 윱피테르가 트로스 왕에게 준 불사의 말[馬]들을 주겠다던 약속을 지키지 않는다. 헤르쿨레스는 12고역에서 벗어나자 군대를 이끌고 가서 트로이야를 함락한 뒤 라오메돈과 그의 아들들을 죽이고 헤시오네는 큰 공을 세운 텔라몬에게 아내로 준다. 라오메돈의 아들 중 포다르케스는 헤시오네의 간청으로 목숨을 구하여 훗날 프리아무스란 이름으로 트로이야를 통치한다. 11권 215행 참조.

47 헤르쿨레스를 ‘대지의 수호자’라고 하는 것은 그가 지상의 괴물들을 퇴치한 업적 때문인 것 같다.

흐뭇한 마음으로 그들에게 말했다. "하늘의 신들이여,
그대들이 염려해주니 나는 기쁘오. 나는 내가 그렇게 의리 있는
신족(神族)의 통치자이자 아버지라고 불리는 것을, 그리고 그대들의   245
호의에 의해서도 내 아들이 안전하다는 것을 진심으로 자축하오.
비록 그 자신의 엄청난 업적 때문에 그대들이 그러는 것이겠지만,
그래도 나는 그대들에게 신세를 지는 것이오. 하지만 그대들은
의리 있는 마음으로 공연히 두려워할 필요가 없소. 오이테 산의
화염일랑 무시하시오! 모든 것을 정복한 그는 그대들이 보고 있는   250
저 불도 정복할 것이오. 그는 어머니에게서 받은 부분에서만
불카누스의 힘을 느낄 것이오. 그가 나에게서 받은 것은
영원하여 죽음에서 안전하게 벗어나 있고, 화염으로도 제압할 수 없소.
그 부분이 지상에서의 삶을 마치고 나면 나는 그것을 하늘나라로
받아들일 것인즉, 나의 이러한 행동이 모든 신을 기쁘게 하리라 믿소.   255
하지만 누군가 헤르쿨레스가 신이 되는 것을 못마땅히 여기거나
그에게 그런 상이 주어지는 것을 원치 않는다면, 그래도 그는 상이
정당하게 주어진다는 것을 알고는 괴롭더라도 찬동할 것이오."
　　신들은 찬성했다. 윱피테르의 여왕다운 아내도 다른 말은 모두
온화한 표정으로 받아들이는 것 같았으나, 그의 마지막 말에는   260
얼굴을 찌푸리며 자기를 지목해서 말하는 것을 불쾌히 여겼다.
그사이 화염에 파괴될 수 있는 것은 물키베르[48]가 모두 없애버렸다.
그러자 헤르쿨레스의 모습 가운데 알아볼 수 있는 것은
아무것도 남지 않았으니, 그의 어머니가 준 것은 아무것도
남지 않고 오직 아버지의 모습만 간직하고 있었던 것이다.   265

48　2권 5행 참조.

마치 뱀이 허물과 더불어 나이를 벗고는 새 생명을

즐기며 새 비늘로 갈아입고 반짝반짝 빛나듯이,

꼭 그처럼 티륀스의 영웅은 필멸의 사지를 벗자

자신의 더 나은 부분에서 힘이 강해져 더 커 보였고,

위엄 있는 모습으로 존경스러워진 것 같았다.   270

전능하신 그의 아버지가 그를 자신의 사두마차에 태워 속이 빈

구름 사이로 채어 가더니 반짝이는 별들 사이에 머물게 했다.

헤르쿨레스의 탄생과 갈란티스

아틀라스는 그의 무게를 느꼈다. 하지만 아직도 스테넬루스의 아들

에우뤼스테우스는 분이 풀리지 않아 아버지[49]를 향한 잔혹한

분노를 그 자식들에게 터뜨렸다. 오랜 근심에 시달리던   275

아르고스의 알크메네는 이올레를 붙들고 그녀에게 늘그막의

고통을 하소연하며 온 세상이 다 아는 아들의 노고와

자신의 불행에 관해 이야기해주었다. 헤르쿨레스의 명령에 따라

휠루스[50]가 이올레를 아내로 마음과 집안에 받아들이고 그녀의 자궁을

고귀한 씨로 채웠기 때문이다. 그녀에게 알크메네가 이렇게   280

말하기 시작했다. "신들께서 너에게만이라도 자비를 베푸시어,

달이 다 차서 산고(産苦)의 여신인 일리튀이아[51]를 부를 때

---

49   헤르쿨레스.

50   휠루스(Hyllus 그/ Hyllos)는 헤르쿨레스와 데이아니라의 아들로 아버지의 유언에 따라 이
올레와 결혼한다.

51   Ilithyia(그/ Eileithyia). 그리스의 출산의 여신으로 로마의 루키나에 해당한다.

재빨리 해산할 수 있게 해주시면 좋으련만!

이 여신은 유노의 간섭으로 나에게는 매우 가혹했지.

그러니까 노고를 참고 견딘 헤르쿨레스가 태어날 때가 되고   285

태양이 하늘의 제10궁을 지났을 때, 무거운 짐이

내 자궁을 늘어뜨리고 내 뱃속에 든 것이 어찌나 묵직하던지

아이의 아버지가 읍피테르라는 것을 알 수 있을 정도였지.

더 이상 진통을 참고 견딜 수가 없었어.

그 이야기를 하려니 지금도 등골이 오싹하고,   290

생각만으로도 고통이 새로워진다니까.

나는 이레 밤 이레 낮을 시달리다가 고통에

지칠 대로 지쳐 하늘을 향하여 두 팔을 뻗고 큰 소리로

루키나[52]와 출산을 돕는 신들인 닉시들[53]을 불렀어.

루키나가 오긴 했지만 뇌물을 받은 그녀는 일찌감치   295

내 머리를 잔혹한 유노에게 넘길 심산이었지.

루키나는 거기 문 앞의 제단 위에 앉아

내 신음 소리를 들으며 오른 무릎을 왼 무릎 위에 얹고

손가락을 깍지 낀 채 출산을 저지하고 있었지.

게다가 나직이 주문을 외워대며 이미 시작된   300

내 출산을 저지했어. 나는 용을 쓰다가 까무러치고

그러다가 배은망덕한 읍피테르에게 공연히

욕설을 퍼부었지. 나는 차라리 죽고 싶었고, 단단한 바위도

---

52 5권 304행 참조.
53 출산하는 여인을 보호해주는 (세 명의?) 신들로, 무릎을 꿇고 있는 그들의 조각상이 로마의 카피톨리움 언덕 위에 있었다고 한다.

움직일 수 있는 말로 하소연했지. 카드무스[54]의 어머니들도

와서 서약을 하며 괴로워하는 나를 격려했지.　　　　　　　　305

내 시녀 중에 갈란티스라는 평민 출신 금발 소녀가 있었는데,

늘 내 말을 잘 알아듣고 싹싹하게 봉사한 까닭에

내 귀염을 받는 애였지. 그애는 잔혹한 유노가

뭔가 음모를 꾸미는 것임을 알아차렸어. 심부름을 하며

집안을 들락거리다가 여신이 두 팔과 깍지 낀 손가락으로　　310

무릎을 안고 제단 위에 앉아 있는 것을 보고 말했지. "그대가

누구시든 우리 안주인을 축하해주세요. 아르고스의 알크메네께서

아이를 낳았어요. 기도한 보람이 있어 아들을 낳으셨다고요."

출산의 여신은 놀란 나머지 벌떡 일어나면서 깍지 낀 손을 풀었고,

그 바람에 주술에서 풀려난 나는 해산을 했지.　　　　　　　315

들리는 소문에 의하면, 갈란티스는 자기에게 속은 여신을 보고

깔깔댔나 봐. 그애가 웃자 잔인한 여신은 그애의 머리채를 잡고

땅바닥으로 끌어당기더니, 일어서려는 그애를

제압하여 그애의 두 팔을 앞발로 바꿔버렸어.

그런데도 그애는 옛날처럼 싹싹했고, 등도 제 색깔[55]을　　320

잃지 않았어. 하지만 이전과는 다른 모습이었어.[56]

그애는 입으로 거짓말을 하여 내 출산을 도운 까닭에

입으로 새끼를 낳으며,[57] 여전히 우리집을 들락거리지."[58]

54　카드무스에 관해서는 3권 3행 참조. 여기서 '카드무스의'는 '테바이의'라는 뜻이다.

55　금발의 색깔.

56　족제비(그리스어로 galee)로 변했던 것이다.

57　고대인들은 족제비가 입으로 새끼를 낳는 줄 알았다.

드뤼오페의 변신

　이렇게 말하고 그녀는 옛날 시녀를 생각하며
감동의 한숨을 쉬었다. 그녀가 괴로워하자 며느리가 말했다.　　　　325
"어머니, 그 아이가 제 모습을 잃어버렸다고 어머니께서 슬퍼하시지만
그래도 그 아이는 피붙이는 아니잖아요. 제가 제 언니의 놀라운
운명을 말씀드려볼까요? 고통과 눈물이 말하지 못하도록
내 앞을 가로막네요. 우리 언니 드뤼오페는 그녀의 어머니의
무남독녀로(나와 언니는 어머니가 다르거든요.)　　　　330
오이칼리아의 소녀 가운데 가장 예뻤지요. 델피와 델로스를
다스리시는 신[59]에게 겁탈당해 처녀는 아니었지만,
언니를 데려간 안드라이몬은 처복이 있다는 말을 들었어요.
그 동네에 못이 하나 있는데, 완만하게 경사진 둑은 비스듬한 해변
모양을 하고 있었고, 물가에는 도금양 숲이 우거져 있었어요.　　　　335
드뤼오페는 자신의 운명도 모르고 그곳으로 갔어요.
더욱더 화가 나는 것은 언니가 그곳에 간 이유는 요정들에게 바칠
화환을 모으기 위해서였다는 거예요. 한 살도 채 안 된 아들을
달콤한 짐으로 가슴에 안고 따뜻한 젖을 먹이고 있었어요.
호수에서 멀지 않은 곳에 꽃 색깔이 튀로스산(産) 자줏빛과도 같은　　　　340
수련이 자라고 있었는데 막 열매를 맺으려는 즈음이었어요.
드뤼오페는 아들을 기쁘게 해주려고 그 꽃을
몇 송이 꺾었지요. 나도 따라 꽃을 꺾으려는데

58　고양이가 보급되기 전에는 족제비가 귀염을 받았다고 한다.
59　아폴로.

(나는 그녀와 동행했거든요.) 꽃에서 핏방울이 떨어지며

가지가 두려움에 떠는 것이 보였어요.   345

한발 늦게 농부들이 들려준 이야기에 따르면, 요정 로티스가

음탕한 프리아푸스⁶⁰를 피해 달아나다가 이 나무로 변신했는데,

모습은 바뀌었어도 이름은 그대로 간직하고 있다고 했어요.

언니는 그걸 몰랐던 거예요. 언니가 깜짝 놀라 뒷걸음질치며

요정들에게 기도를 올리고 그곳에서 물러나려는 순간,   350

언니의 두 발이 단단하게 뿌리를 내렸어요. 떨어져 나오려고

버둥댔지만 움직이는 것은 상체뿐, 밑으로부터는 나무껍질이 조금씩

자라 올라오더니 언니의 허리를 완전히 덮어버렸어요. 그것을 보며

드뤼오페는 손으로 머리털을 뜯으려 했으나, 손에 가득한 것은

나뭇잎이었어요. 벌써 머리가 나뭇잎으로 완전히 덮였던 거예요.   355

젖먹이 암핏소스는 (외할아버지 에우뤼투스가 지어준 이름이었어요.)

어머니의 젖가슴이 굳어지는 것을 느꼈어요.

아무리 빨아도 젖이 나오지 않았으니까요.

언니, 나는 그 옆에서 언니의 비참한 운명을 구경이나 할 뿐

언니를 도울 방법이 없었어요. 나는 꼭 껴안음으로써   360

되도록이면 밑동과 가지가 자라는 것을 늦추고,

고백하건대 나도 같은 나무껍질에 덮이기를 바랐어요.

보세요, 그녀의 남편 안드라이몬과 가장 불쌍한 아버지께서

오셔서 드뤼오페를 찾으셨어요. 드뤼오페를 찾는 그분들에게

---

60 Priapus (그 / Priapos). 소아시아의 포도밭과 정원의 신. 발기한 거대한 남근을 가진 상(像)으로 정원에 세워져 새떼와 도둑을 막았다고 한다. 프리아푸스가 요정 로티스에 반해 겁탈하려고 하자 로티스가 도망치다가 수련으로 변했다고 한다. 오비디우스도 『로마의 축제들』 1권 415행 이하에서 이에 관해 이야기하고 있지만 로티스가 변신했다는 말은 하지 않고 있다.

나는 수련을 가리켰지요. 그분들은 아직도 따뜻한 나무에   365
입맞추시고는 땅에 엎드려 자신들이 사랑하는 나무의 뿌리에
매달렸어요. 사랑하는 언니는 이제 얼굴만 빼고 나머지는 모두
나무가 되었어요. 언니의 가련한 몸에서 자라난 잎은 눈물에
젖었고, 말을 할 수 있는 동안, 아직도 입에 목소리가 지나갈 길이
열려 있는 동안, 언니는 대기 속으로 이런 불평을 쏟아냈어요.   370
'불쌍한 사람의 말도 믿을 만하다면, 신들의 이름으로 맹세하거니와,
나는 이런 끔찍한 변을 당해 마땅한 짓을 한 적이 없어요.
나는 죄도 없이 벌받고 있어요. 나는 무해(無害)하게 살았어요.
내 말이 거짓이라면, 나는 바싹 말라 가진 잎을 모두 잃고
도끼에 베어져 불타게 되기를! 하지만 이애는 제 어미의   375
가지에서 받아 유모에게 맡기시되, 가끔 내 나무 밑에 찾아와
젖을 먹게 해주시고 내 나무 밑에서 놀게도 해주세요. 그리고
말을 배우게 되거든 제 어미한테 인사하며 〈이 나무 밑동 안에는
우리 엄마가 숨어 있어!〉라고 애처롭게 말하게 해주세요!
이애는 못을 두려워하고 나무에서 꽃을 따지 않게   380
해주시고, 모든 덤불을 여신들의 몸으로 여기게 해주세요!
안녕히 계세요, 사랑하는 남편이여! 내 아우도 잘 있고, 아버지도
안녕히 계세요! 아직도 그대들이 나를 사랑한다면, 내 잎이 예리한
낫에 상처 입지 않고 양떼에게 뜯어 먹히지 않도록 해주세요.
이제 그대들에게 몸을 구부릴 수가 없으니, 그대들이   385
몸을 위로 뻗어 내 입술을 만질 수 있는 동안이나마 내가
그대들에게 입맞추게 해주시고 내 어린 아들도 들어 올려주세요!
더이상은 말할 수가 없어요. 어느새 내 하얀 목 위로 부드러운
나무껍질이 기어 올라오고 위에서는 우듬지가 나를 덮고 있어요.

400 변신 이야기

그대들은 내 눈에서 손을 치우세요. 그대들이 도와주지 않더라도   390
나무껍질이 기어 올라와 죽어가는 내 눈을 감겨주고 있으니까요!'
그녀의 입은 말하기도 존재하기도 동시에 멈추었어요.
몸이 바뀐 뒤에도 새로 생겨난 가지는 한동안 따뜻했어요.”

이올라우스와 칼리로에의 아들들

　이올레가 이 놀라운 일을 이야기하는 동안, 알크메네가
감동하여 (저 자신도 울면서) 에우뤼투스의 딸의 눈물을   395
엄지손가락으로 닦아주는데 놀라운 일이 두 사람의
슬픔을 쫓아버렸다. 높은 문턱 위에 한 젊은이가,
아니 두 볼이 부드러운 솜털로 덮인 한 소년이 버티고 섰는데,
바로 그 모습이 한창때의 젊음을 되찾은
이올라우스[61]였기 때문이다. 그것은 유노의 딸 헤베[62]가
남편의 간청을 이기지 못해 그에게 준 선물이었다.   400
그녀가 그 뒤로는 어느 누구에게도 그런 선물을
주지 않겠다고 맹세할 채비를 하는데, 테미스[63]가
이를 막으며 말했다. “테바이는 벌써 내전에 말려드는데,[64]

61　8권 310행 참조.
62　청춘의 여신 유벤타의 그리스어 이름. 헤베는 유노의, 아버지 없이 태어난 딸로 신격화된
헤르쿨레스와 결혼한다.
63　1권 321행 참조.
64　아이스퀼로스의 비극『테바이를 공격한 일곱 장수』(Hepta epi Thebas) 참조.

윱피테르 말고는 아무도 카파네우스[65]를 이길 수 없을 것이고,

두 형제는 서로 부상을 입힘으로써 함께 죽게 될 것이며,[66]   405

예언자[67]는 대지에 삼켜져 살아서 자신의 망령을 보게 될 것이오.

그의 아들[68]은 어머니에게 아버지의 원수를 갚음으로써

같은 행위에 의해 효자도 되고 범인도 될 것이오.

그는 장차 자신의 불행에 기가 꺾여 제정신을 잃고 고향에서 추방된 채

자비로운 여신들[69]의 얼굴과 어머니의 그림자[70]에 쫓길 것이오.   410

마침내 그의 아내가 그에게 치명적인 황금 목걸이[71]를

요구하게 되어 페게우스의 칼이 인척[72]의 옆구리를 찌를 것이오.

---

65 Capaneus(그 / Kapaneus). 테바이를 공격한 일곱 장수 중 한 명으로 테바이의 성벽에 기어
올랐다가 윱피테르의 벼락에 맞아 죽는다.

66 오이디푸스(Oedipus 그 / Oidipous)의 두 아들 에테오클레스(Eteocles 그 / Eteokles)와 폴뤼
니케스(Polynices 그 / Polyneikes)는 아버지가 왕위에서 물러난 뒤에 서로 1년씩 통치하기로 합
의한다. 하지만 에테오클레스가 약속을 지키지 않자 폴뤼니케스가 아르고스로 가서 그곳의 왕
아드라스투스(Adrastus 그 / Adrastos)의 사위가 되어 그의 도움으로 일곱 장수를 모아 테바이를
공격하던 중 형제끼리 일대일로 결투하다가 둘 다 죽는다.

67 암피아라우스. 8권 317행 참조.

68 알크마이온. 알크마이온은 아버지 암피아라우스가 시킨 대로 어머니를 죽인 뒤 복수의 여
신들에게 쫓겨 다니다가 아르카디아 지방 프소피스(Psophis) 시의 왕 페게우스의 딸 알페시보
이아(Alphesiboea 그 / Alphesiboia)와 결혼한다. 그러나 그녀를 버리고 하신 아켈로우스의 딸 칼
리로에와 결혼하여 알페시보이아에게 주었던 목걸이를 찾으러 갔다가 처남들의 손에 살해된
다. 칼리로에는 아버지의 원수를 갚도록 어린 아들들을 어른으로 만들어달라고 윱피테르에게
기도했는데, 그 기도가 이루어졌다고 한다.

69 '자비로운 여신들'에 관해서는 6권 430행 참조.

70 망령.

71 카드무스와 하르모니아의 결혼식 때 불카누스가 하르모니아에게 결혼 선물로 준 이 황금
목걸이는 그것을 가진 사람들에게 빠짐없이 파멸을 안겨주다가 결국 델피의 아폴로 신전에 봉
헌되었다.

72 알크마이온.

결국 아켈로우스의 딸 칼리로에가 위대한 윱피테르에게

자신의 어린 아들들이 순식간에 장성해서 아버지를 죽인 자들에게

서둘러 복수할 수 있게 해달라고 간청할 것이오. 그러면 윱피테르께서는   415

그녀의 간청에 감동하여 당신의 의붓딸[73]이자 며느리인 그대의

이 선물을 미리 요구하여 어린아이들을 어른으로 만드실 것이오.”

　　미래사를 아는 테미스가 예언하는 입으로 말하자

하늘의 신들이 요란하게 떠들어대며 어째서 다른 이들에게는

똑같은 선물이 주어져서는 안 되는 것이냐고 웅성거렸다.   420

팔라스[74]의 딸[75]은 자기 남편이 고령이라고

불평했고,[76] 인자한 케레스는 이아시온[77]이 백발이 되어간다고

불평했다. 불키베르[78]는 에릭토니우스[79]가 도로 젊어지게

해달라고 요구했고, 베누스도 미래사가 염려되어 앙키세스[80]가

도로 젊어지게 해달라고 요구했다.   425

73　헤베. 헤베는 대개 윱피테르의 딸로 알려져 있다.

74　여기 나오는 팔라스는 티탄 신족으로 크리오스와 에우뤼비에의 아들이다. 팔라스는 여기
서 새벽의 여신 아우로라의 아버지라고 하는데, 아우로라는 대개 휘페리온과 테이아의 딸로
알려져 있다.

75　아우로라.

76　티토누스(Tithonus 그 / Tithonos)는 트로이야 왕 라오메돈의 아들로 트로이야의 마지막 왕
프리아무스와는 형제간이다. 새벽의 여신 아우로라는 미남 청년인 티토누스를 보고 반해 납치
해 가서는 두 아들을 낳는다. 아우로라는 그가 죽지 않게 해달라고 윱피테르에게 간청하여 승
낙 받았으나 영원한 청춘을 간청하기를 잊은 까닭에 티토누스가 점점 오그라들어 나중에는 거
의 목소리만 남게 되자 아우로라는 그를 매미로 변신시켜 해마다 허물을 벗게 했다고 한다.

77　윱피테르와 엘렉트라의 아들로, 케레스의 애인이었다.

78　2권 5행 참조.

79　2권 553행 참조.

80　카퓌스(Capys 그 / Kapys)의 아들로, 베누스와 교합하여 아이네아스의 아버지가 된다.

모든 신에게는 저마다 편애하는 자가 있었다. 이러한 편애로

소동이 벌어지자 마침내 윱피테르가 입을 열고 말했다.

"오오, 그대들이 조금이라도 내게 존경심을 갖고 있다면,

대체 어디로 달려가는 게요? 그대들 중에는 자신이 운명조차

이길 수 있을 만큼 강하다고 생각하는 자라도 있나요?

이올라우스가 젊음을 되찾은 것은 운명의 뜻이오.   430

칼리로에의 아들들이 갑자기 아이에서 어른이 된 것도

운명 탓이지, 청탁이나 무기를 사용한 때문이 아니란 말이오.

그대들은 운명의 지배를 받고 있소. 그대들에게는 위안이 되겠지만,

나도 그 점에서는 마찬가지요. 내가 운명을 바꿀 수 있다면,

나의 아이아쿠스[81]는 고령에 허리가 휘지 않을 것이며,   435

라다만투스[82]는 영원한 젊음을 누릴 것이오. 지금 노령의

비참한 무게 때문에 경멸받고 있고 이전처럼 질서정연하게

통치하지 못하는 나의 미노스도 그 점에서는 마찬가지일 것이오."

윱피테르의 말이 신들의 마음을 움직였다. 라다만투스와

아이아쿠스와 미노스가 고령에 지친 것을 보고는 누구도   440

감히 불평하지 못했다. 미노스는 한창때에는 그 이름만으로

위대한 민족들을 두려움에 떨게 했건만, 그때는 쇠약해진

나머지 데이오네와 포이부스의 아들로 청춘의 힘과

고귀한 가문을 자랑스럽게 여기는 밀레투스[83]를 두려워했고,

그가 자신의 왕국에 반란을 일으키리라고 믿으면서도   445

---

81 7권 474행 참조.

82 Rhadamanthus(그 / Rhadamanthys). 윱피테르와 에우로파의 아들로 미노스와 형제간이다.

83 여기서 밀레투스(Miletus 그 / Miletos)는 아폴로와 데이오네의 아들로 소아시아로 건너가
밀레투스 시를 세우고 카우누스(Caunus 그 / Kaunos)와 뷔블리스의 아버지가 된다.

감히 그를 조국에서 추방하지 못했다. 하지만 밀레투스여,

그대는 자진해서 망명하여 날랜 배를 타고

아이가이움[84] 해를 건너가 아시아 땅에다 도시를 세우니,

그 도시는 아직도 창건자의 이름을 갖고 있소.

뷔블리스

  그곳에서 가끔 이전 수로를 따라 거꾸로 흐르기도 하는   450

마이안드루스 강의 딸 퀴아네에가 아버지의 꾸불꾸불한

강둑을 거닐다가 밀레투스에게 알려져, 빼어나게 잘생긴

뷔블리스와 카우누스라는 쌍둥이 남매를 낳아주었다.

뷔블리스는 아폴로의 손자인 자기 오라비에게 걷잡을 수 없는

연정을 품었으니, 뷔블리스야말로 소녀들은 허용된 것만을   455

사랑해야 한다는 것을 가르쳐준다. 오라비를 향한 그녀의 사랑은

오누이간의 사랑이 아니라, 해서는 안 될 사랑이었다.

처음에는 뷔블리스도 사랑의 불길을 알아차리지 못했고,

가끔 입맞추고 제 팔로 그의 목을 껴안는 것을

죄짓는 짓이라고 여기지 않았다. 그녀는 그것이   460

남매간의 우애와 비슷하여 오랫동안 속았던 것이다.

하지만 그러한 사랑은 차츰 빗나가 그녀는 치장을 해야만 오라비를

만나러 갔고, 지나칠 정도로 오라비에게 예쁘게 보이기를 원했으며,

그곳에 자기보다 더 예쁜 여자가 있으면 질투를 했다.

---

84 Aegaeum(그/Aigaion). 에게 해의 라틴어 이름.

아직까지는 그녀는 자신을 잘 들여다보지 못했고,

사랑하면서도 자신의 감정을 말로 표현하지 못했다.

하지만 안으로는 사랑이 불타고 있었다.   465

그녀는 혈족이란 말을 싫어했으며, 어느새 그를 여보라고 부르며

그가 누이라고 부르기보다는 뷔블리스라고 불러주기를 원했다.

하지만 그녀는 깨어 있는 동안에는 마음속에 감히 불순한 욕망을

품지는 않았다. 그러나 부드러운 잠에 사지가 풀리면 그녀는

자기가 사랑하는 것을 가끔 보았다. 오라비의 품에 안겨 있는   470

자신의 모습을 보고는 잠들어 누워 있는데도 얼굴을 붉혔던 것이다.

잠에서 깨어난 뷔블리스는 한동안 말없이 누워 꿈에서 본 것을

되새기며 갈팡질팡했다. "아아, 나처럼 불쌍한 애가 있을까!

이 고요한 밤의 환영이 원하는 것이 대체 무엇일까?

그런 일은 일어나지 말았으면! 왜 나는 이런 꿈을 꾸는 것일까?   475

그를 곱지 않게 보는 눈에도 그가 미남인 것은 사실이야. 나도 그가

마음에 들어. 오라비만 아니라면 그를 사랑할 수 있을 테지. 그는

나에게 딱 어울리는 상대였겠지. 하지만 불행히도 나는 그의 누이야.

내가 깨어 있을 때 그런 짓을 하려고 시도하지만 않는다면야,

가끔 잠이 그와 비슷한 꿈과 함께 돌아왔으면 좋겠어.   480

꿈에는 증인도 없고, 그렇다고 쾌감을 느끼지 못하는 것도 아니니까.

오오, 베누스여, 그리고 부드러운 어머니와 함께하는

쿠피도여, 나는 얼마나 행복했던가! 얼마나 실감나는 쾌감에

나는 사로잡혔던가! 누워 있었을 때 나는 골수가 모두

녹아내리는 것 같았어. 생각만 해도 즐거워.

비록 그것이 짧은 쾌감에 지나지 않고,   485

밤은 우리가 시작한 일을 시기하여 허둥지둥 달려갔지만 말이야.

오오, 내가 이름을 바꾸어 그대와 결합할 수 있다면,

카우누스여, 나는 그대의 아버지에게 정말 좋은 며느리가

될 수 있을 것이며, 카우누스여, 그대는 나의 아버지에게

정말 좋은 사위가 될 수 있을 텐데. 신들께서는 우리가

모든 것을 공유하게 하시되 조상만은 예외로 해주셨더라면!   490

원컨대 나보다 더 고귀한 가문에서 그대가 태어났더라면!

그러지 못하니, 더없는 미남이여, 그대는 누군가 다른 여인을 맞아

어머니로 만들겠죠. 불행히도 그대와 같은 부모를 제비로 뽑은 나에게는

오라비로만 남겠죠. 우리를 가로막는 것만을 우리는 공유하겠죠.

그렇다면 내 꿈은 내게 무엇을 의미하는 걸까? 한데 꿈이   495

뭐 그리 중요해? 아니, 꿈도 중요한 게 아닐까? 설마 그럴 리가!

확실히 신들도 누이를 사랑하지 않았던가!

그리하여 사투르누스는 혈족인 옵스[85]와, 오케아누스는

테튀스와, 올륌푸스의 통치자는 유노와 결혼하지 않았던가!

하지만 하늘의 신들에게는 자신들의 법도가 있어. 어째서 나는   500

전혀 다른, 하늘의 법도로 인간의 처신을 재려고 하지?

나는 이 금지된 정염을 내 가슴에서 몰아낼 거야. 그럴 수 없다면,

원컨대 그전에 내가 죽어 침상에 주검으로 눕게 되기를!

거기 누워 있는 나에게 오라비가 입맞춰주기를!

일이 그렇게 되자면 두 사람의 마음이 맞아야 해.   505

나에게는 그것이 마음에 들어도 그에게는 범죄로 여겨질 테니까.

---

[85] 이탈리아의 오래된 풍요의 여신으로, 사투르누스가 크로노스와 동일시되듯이 흔히 크로노스의 누이이자 아내인 레아와 동일시된다.

하지만 아이올루스[86]의 아들들은 누이들의 침상을 꺼리지 않았어.[87]
내가 어떻게 이들을 알게 됐지? 왜 내가 이런 예를 드는 거지?
내가 어디로 가고 있지? 어그러진 사랑이여, 여기서 멀리 꺼져라!
오라비를 사랑하되 누이에게 허용된 범위 내에서만 사랑해야 해.   510
하지만 그가 먼저 나를 향한 사랑의 포로가 되었다면 나는 아마도
그의 광기에 기꺼이 응했을 거야. 내가 그의 구애를
거절하지 않았을 것이라면, 왜 내가 먼저 구애하면 안 되지?
네가 그걸 말할 수 있겠니? 네가 그걸 고백할 수 있겠니?
사랑이 강요할 테니 나는 할 수 있을 거야. 혹시 부끄러워   515
말 못 한다면, 그때는 비밀 편지로 내 숨은 정염을 고백할래.”

　이것이 그녀의 마음에 들었다. 그렇게 결정하자 흔들리던 마음도
진정되었다. 그녀는 비스듬히 몸을 일으키고는 왼손으로
턱을 괴고 말했다. “판단은 그에게 맡기자. 나는 이 미친 정염을
고백할래. 아아, 나는 어디로 미끄러지는 것인가?
내 마음은 어떤 정염을 품고 있는가?” 그녀는 마음속으로 곰곰이   520
생각한 말들을 떨리는 손으로 적기 시작했다. 그녀는 오른손에는
철필을 쥐고 왼손에는 빈 밀랍 서판(書板)을 들고 있었다.

　뷔블리스는 시작하다가는 망설였고, 쓰다가는 쓴 것이 마음에
들지 않았고, 적다가는 지우기도 하고 고치기도 하고 나무라기도 하고
칭찬하기도 했다. 그녀는 손에 쥐었던 서판을 놓는가 하면 놓아둔   525
서판을 다시 쥐곤 했다. 그녀는 자신이 뭘 원하는지 알지 못했으니,

86　1권 262행 참조.
87　호메로스에 따르면(『오뒷세이아』 10권 첫머리 참조), 바람을 다스리는 아이올로스는 여섯
아들을 여섯 딸과 결혼시켰는데 이들은 모두 아버지의 집에서 행복하게 살고 있다고 한다.

무엇이든 일단 시작하면 마음에 들지 않았던 것이다. 그녀의
얼굴에는 대담성과 부끄럼이 드러나 있었다. 그녀는
"그대의 누이가"라고 적었다가 누이란 말을 지우는 것이 좋겠다고
여기고 밀랍 표면을 문지른 다음 이런 말들을 적었다. "여기 그대를
사랑하는 사람이 그대가 안녕하기를 빌고 있어요. 하지만 그녀는   530
그대가 허락하지 않으면 안녕하지 못할 거예요. 아아, 그녀는
이름을 밝히기를 부끄러워해요. 내가 원하는 것이 무엇인지
그대가 물으신다면, 내가 원하는 것은 이름을 밝히지 않고
내 용건을 말하고, 내 희망이 확실히 이루어지기 전에는
내가 뷔블리스라는 것이 알려지지 않는 거예요.
그대는 내가 마음의 상처를 받았다는 것을   535
알 수 있었을 거예요. 창백하고 마른 내 얼굴,
가끔 눈물이 글썽이는 내 두 눈, 뚜렷한 이유도 없는 내 한숨,
잦은 포옹, 그리고 그대가 알아챘는지 몰라도 도무지 누이가
하는 것이라고는 느낄 수 없는 내 입맞춤이 그 증거예요.
내가 비록 마음에 큰 상처를 받기는 했지만, 내 내면에   540
불 같은 광기가 활활 타오르고 있기는 하지만 건강을
회복하려고(신들께서 내 증인이세요.) 안 해본 짓이 없어요.
가련한 나는 쿠피도의 맹렬한 공격에서 벗어나려고 오랫동안 싸웠으며,
한 소녀가 참고 견딜 수 있으리라고 그대가 생각하는 것보다
더 많이 참고 견뎠어요. 하지만 나는 졌다고 시인하지 않을 수 없고,   545
소심하게 기도하며 그대에게 도움을 청하지 않을 수 없게 됐어요.
그대를 사랑하는 이를 그대만이 살릴 수 있고, 그대만이 죽일 수 있어요.
어떻게 할 것인지 선택하세요! 그대에게 이렇게 간청하는 것은
그대의 적이 아니라, 그대와 더없이 가깝지만 더 가까워지고,

더 견고한 인연으로 그대와 맺어지기를 바라는 여인이에요.　　　　550
노인이나 법도를 알고, 무엇이 허용되고, 무엇이 그르고,
무엇이 옳은지 묻고, 법규를 따지며 지키라 하세요!
경솔한 사랑이 우리 또래에게는 어울려요. 우리는 무엇이
허용되는지 아직 알지 못하며, 모든 것이 허용된다고 믿어요.
그 점에서 우리는 위대한 신들의 본보기를 따르고 있지요.　　　　555
엄하신 아버지도, 소문에 대한 거리낌도, 두려움도 우리를 가로막지
못할 거예요. 두려워할 만한 이유가 있다면, 은밀한 사랑의 즐거움을
남매라는 이름으로 가릴 거예요. 그러면 나에게는 그대와 은밀히
이야기를 나눌 자유가 주어질 것이며, 우리는 남들이 보는 앞에서
포옹하고 입맞추어도 좋을 거예요. 그만하면 부족한 게 뭐죠?　　　　560
그대는 그대에게 사랑을 고백하는, 극단적인 정염이
강요하지 않았더라면 고백하지 않았을 여인을 불쌍히 여기세요. 그대는
내 무덤에 내 죽음의 원인으로 그대의 이름이 새겨지지 않게 하세요!"
　　그녀가 아무 소용없을 이런 말을 적어넣었을 때
서판이 가득차 맨 마지막 줄은 가장자리에 매달렸다.　　　　565
뷔블리스는 지체 없이 사실상 자신의 범죄를 고발하는 이 편지에다
이름을 새긴 보석 반지로 도장을 찍었는데, (입에 침이 말라) 눈물로
그것을 적셨다. 그녀는 부끄러워하며 하인 한 명을 부르더니
소심하고 상냥한 목소리로 "가장 충실한 하인이여, 이것을 전하게,
내…"라고 말하고 한참 뒤에야 "오라버니께!"라고 덧붙였다.　　　　570
건네주는데 서판이 그녀의 손에서 미끄러져 바닥에 떨어졌다.
그 전조에 불안해하면서도 그녀는 서판을 보냈다. 하인은 적당한
때를 보아 그녀의 오라비에게 다가가 감추어진 말을 전했다.
마이안드루스의 외손자는 서판을 받아 대충 읽어보고 깜짝 놀라

화를 벌컥 내며 내동댕이치더니 벌벌 떠는

하인의 멱살을 잡은 손을 가까스로 놓으며 말했다.

"도망칠 수 있을 때 도망쳐, 금지된 쾌락의 못된 뚜쟁이야!

네 죽음으로 내가 창피당하지 않을 것이라면,

너는 이런 짓을 한 죗값으로 죽음을 면치 못했으리라."

하인은 놀라 도망쳐 안주인에게 카우누스의 거친 대답을

전했다. 뷔블리스여, 그대는 퇴짜 맞았다는 말을 듣자

얼굴이 창백해지며 얼음 같은 한기에 온몸을 떨었소.

하지만 다시 정신이 돌아오자 그녀의 광기도 돌아와,

그녀의 혀는 대기 속으로 간신히 이런 말을 내뱉었다.

"내가 당해도 싸지! 어쩌자고 그렇게 경솔하게

내 이 상처를 드러냈던가? 어쩌자고 내가 감춰야 할

말들을 그렇게 서둘러 서판에 넘겨주었던가?

먼저 애매모호한 말로 의중(意中)을 떠보았어야 했어.

순풍이 부는지 확인하기 위하여 돛을 조금만 올리고

어떤 바람인지 시험한 뒤 안전한 바다 위로

항해했어야 했어. 지금 나는 돛을 활짝 폈다가

뜻밖의 바람을 만난 꼴이 되고 말았구나.

그리하여 암초에 부딪혀 좌초하며 끝없는 바다 밑에

가라앉았으니, 내 돛도 나를 도로 집으로 데려다주지 못하겠지.

아니, 더없이 분명한 전조가 나더러 내 사랑에 탐닉하지 말라고

경고하지 않았던가! 서판을 전하라고 명령한 손에서

서판이 떨어지며 내 희망도 사라질 것을 알려주었을 때 말이야.

날짜를 바꾸든지 계획을 모두 바꿨어야 했던 게 아닐까?

그래, 계획보다는 역시 날짜를 바꿨어야 해.

신께서 친히 경고하시며 확실한 전조를 주셨어.

내가 정신을 잃지 않았더라면 말이야. 역시 직접   600

말했어야 했어. 내 의중을 밀랍에 맡길 것이 아니라

직접 만나 면전에서 내 광적인 정염을 털어놓았어야 했어.

그러면 그는 사랑하는 여인의 눈물과 얼굴을 보았겠지.

나는 서판이 담을 수 있는 것보다 더 많은 말을 할 수 있었겠고.

또 그가 싫다 해도 두 팔로 그의 목을 끌어안을 수 있었을 것이고,   605

퇴짜 맞으면 죽는 시늉을 하며 그의 두 발을 껴안으며

거기 무릎을 꿇고 엎드려 살려달라고 간청할 수 있었겠지.

나는 가능한 모든 짓을 다 했어야 했어. 개별적으로 그럴 수는 없겠지만

한꺼번에 그것들을 다 썼다면 그의 완고한 마음을 돌릴 수 있었을 거야.

어쩌면 내가 보낸 하인이 무슨 실수를 저질렀는지도 모르지.   610

그에게 서투르게 다가갔거나, 생각건대, 적합하지 않은 시기를 골랐거나,

그의 마음이 한가롭지 않은 시간에 그를 찾았는지도 모르지.

이런 것들로 인해 내가 실패했던 거야. 그는 암호랑이의 자식도 아니고,

가슴속에 단단한 바윗덩이나 견고한 무쇠나 아다마스의 심장을

달고 다니는 것도 아니고, 암사자의 젖을 빨아 마신 것도 아니니까.   615

그는 정복될 거야! 다시 해보아야 해. 일단 시작한 일에 나는 결코

싫증 내지 않을 거야. 내 몸에 숨결이 남아 있는 한. 내가 시작한 일이

취소할 수 있는 것이라면, 아예 시작하지 않는 것이 최선책이겠지.

일단 시작한 이상 차선책은 그것을 끝까지 쟁취하는 거야.

내가 여기서 구애를 그만둔다 해도 그는 내 대담한 행동을   620

두고두고 기억할 거야. 내가 여기서 그만둔다면 그 때문에

오히려 나는 경솔하게 변덕을 부렸거나 그를 시험해보았거나

그에게 덫을 놓은 것처럼 보이겠지. 내 마음을 부추기고

불태우는 것은 사실 사랑의 신인데도 그는

틀림없이 내가 애욕에 제압되어 그러는 줄 알겠지.   625

간단히 말해, 죄를 짓고도 짓지 않은 것으로 할 수는 없어.

편지도 썼고 구애도 했어. 나는 내 욕망을 드러냈어.

더 이상 아무 짓 않는다 해도 죄 없다 할 수는 없어.

앞으로 남은 일은 희망은 키울지언정 죄는 키우지 않는 것이겠지.”

　그녀는 말했다. 그리고 (그만큼 그녀는 마음이 갈팡질팡했다.)   630

시도한 것을 후회하면서도 다시 시도하고 싶어 했다.

그녀는 절도를 잃었고, 불행히도 거듭해서 퇴짜를 맞았다.

그 뒤 곧 그녀의 구애에 끝이 보이지 않자, 카우누스는

고향과 죄악에서 도망쳐 이국땅에다 새 도시[88]를 건설했다.

사람들이 전하는 말에 따르면, 밀레투스의 딸은   635

슬픔을 이기지 못하고 정신을 잃었다고 한다. 그녀는 그때

가슴에서 옷을 찢고는 미쳐 날뛰며 자신의 두 팔을 쳤다.

뷔블리스는 이제 모두가 보는 앞에서 미쳐 날뛰며 금지된

사랑의 희망을 고백하다가 고향과 싫어진 집을 떠나,

도망친 오라비의 발자국을 뒤쫓았다. 그리고,   640

세멜레의 아들이여, 그대의 튀르수스[89] 지팡이에 미쳐

이스마루스[90]의 박쿠스 여신도들이 삼 년마다 돌아오는 축제를

개최하듯, 그와 다르지 않게 뷔블리스가 소리를 지르며

---

88 소아시아 카리아 지방의 남서부에 있는 카우누스 시를 말한다.

89 thyrsus(그/ thyrsos). 머리 부분에 솔방울을 달고 포도 덩굴 또는 담쟁이덩굴을 감은 지팡이로, 박쿠스 축제 때 박쿠스와 그의 여신도들이 들고 다녔다.

90 이스마루스에 관해서는 2권 257행 참조. 여기서 ‘이스마루스의’는 ‘트라키아의’라는 뜻이다.

넓은 들판을 헤매는 것을 부바수스[91] 여인들은 보았다.

이 들판을 뒤로하고 그녀는 카리아인들과

무장한 렐레게스족[92]의 나라와 뤼키아를 돌아다녔다.　　　　645

그녀는 어느새 크라구스[93]와 리뮈레[94]와 크산투스[95] 강물과,

사자의 가슴과 얼굴에, 뱀의 꼬리를 가진 채 몸통에서

불을 내뿜는 괴물 키마이라가 살던 산등성이를 뒤로했다.

숲이 끝났을 때, 뷔블리스여, 그대는 뒤쫓느라 지쳐

쓰러졌고, 딱딱한 땅바닥에 머리가 흘러내리는 가운데　　　　650

낙엽 속에 얼굴을 묻고 거기 누워 있었소.

렐레게스족의 나라에 사는 요정들은 때로는 부드러운 팔로 그녀를

들어올려보려고도 했고, 때로는 상사병을 고치라고 충고하며

위로해주었으나 그들의 말이 그녀의 귀에는 들리지 않았다.

뷔블리스는 말없이 누운 채 손톱으로 초록빛 풀을 움켜쥐고는　　　　655

냇물처럼 흘러내리는 눈물로 풀밭을 적시고 있었다.

전하는 이야기에 따르면, 물의 요정들이 그녀의 눈물을 위해

결코 마르지 않는 실개천을 내주었다고 한다. 그들로서는 이것이

가장 큰 선물이었다. 그러자 마치 소나무 껍질을 베면 송진이

흘러나오듯이, 묵직한 대지에서 끈적거리는 역청이 배어나듯이,　　　　660

또는 부드럽게 불어대는 서풍이 불어오면 추위에 얼어붙은 물이

햇빛에 녹듯이, 그렇게 포이부스의 손녀 뷔블리스도

91　Bubasus(그 / Bubassos). 카리아 지방의 소도시.

92　7권 443행 참조.

93　뤼키아 지방의 산.

94　Limyre(그 / Limyros). 뤼키아 지방의 강.

95　2권 245행 참조.

즉시 제 눈물에 녹아내려 샘으로 변했는데,
그 샘은 지금도 그 골짜기에서 여주인의 이름을
지닌 채 시커먼 떡갈나무 밑에서 솟아나고 있다.   665

이피스

　이 놀라운 기적에 관한 소문은 아마도 크레테의 일백 도시에서도
온통 화제가 되었을 것이다. 만약 크레테에서 이피스의 변신이라는,
자신들과 더 가까운 기적이 최근에 일어나지 않았다면 말이다.
그노소스⁹⁶ 왕국에서 가까운 파이스투스⁹⁷ 땅에
전에 별로 알려진 것이 없는 릭두스라는 사람이 태어났다.   670
그는 평민 가정에서 태어난 자유민으로, 재산도
그의 신분보다 별로 나을 게 없었다. 하지만 생활방식과
신용은 나무랄 데가 없었다. 임신 중인 그의 아내가
해산할 날이 다가오자 그는 이런 말로 아내에게 경고했다.
"내게 두 가지 소원이 있는데, 하나는 되도록 진통을 덜 겪고   675
당신이 해산하는 것이고, 하나는 아들을 낳는 것이오. 딸은 내게
더 부담스럽고, 행운은 내게 재력을 거절했소. 따라서 제발 그런 일이
없기를 바라지만, 혹시 당신이 딸을 낳는다면 (나는 본의 아니게
명령하오. 자식 사랑이여, 나를 용서해다오!) 그애는 죽어야 하오."
그렇게 그는 말했다. 명령을 하는 그나, 명령을 받은 그녀나,   680

96　3권 208행 참조.
97　Phaestus(그/ Phaistos). 크레테의 도시.

둘 다 쏟아지는 눈물에 두 볼이 흠뻑 젖었다. 텔레투사는

자신의 기대를 반감(半減)하지 말아달라고 남편에게

거듭해서 간청하고 애원했다. 하지만 소용없는 일이었다.

릭두스의 결심은 확고했다. 어느새 때가 되어 그녀가

뱃속의 짐을 더이상 가지고 다니기가 어렵게 되자   685

한밤중에 이나쿠스의 딸⁹⁸이 신성한 무리를 거느리고

자신의 침대 앞에 서 있는 꿈을 꾸었다. 또는 그런 꿈을 꾼 것 같았다.

여신은 이마에 초승달의 뿔들을 달고 있었는데, 거기에는

번쩍이는 황금으로 만든 누런 곡식 이삭 화관이 달려 있었다.

여신은 여왕답게 차려입고 있었다. 그녀의 옆에는 개의 머리를 한   690

아누비스,⁹⁹ 신성한 부바스티스¹⁰⁰와 얼룩무늬의 아피스¹⁰¹와

입술에다 손가락을 갖다 대고 침묵을 명하는 이¹⁰²가 있었다.

거기에는 또 딸랑이와, 아무리 찾아도 성에 차지 않는 오시리스¹⁰³와

잠들게 하는 독이 가득 들어 있는 이국의 뱀들도 있었다.

텔레투사는 자신이 잠에서 깨어난 것 같았고,

주위의 모든 것이 뚜렷이 보이는 것 같았다.   695

그때 여신이 그녀에게 말했다. "내 숭배자 중 한 명인

텔레투사여, 네 무거운 근심일랑 벗어버리고,

---

98 이오. 그녀는 훗날 이집트에서 이시스 여신으로 숭배받았다. 이나쿠스는 1권 583행 참조.

99 사람의 몸에 개의 머리를 한 이집트의 신.

100 이시스와 오시리스의 딸로 고양이 또는 고양이 머리를 한 여자로 그려지던 이집트의 여신.

101 이집트인들이 신으로 숭배하던 황소.

102 이집트의 침묵의 신 하르포크라테스(Harpocrates).

103 이집트의 풍요의 여신인 이시스의 남편. 아우인 세트(Seth)가 오시리스를 죽여 갈기갈기 찢은 다음 온 이집트 땅에 흩어버리자, 이시스가 그를 찾아 떠돌아다니다가 마침내 찾아내어 부활시켰다.

네 남편의 명령을 속이도록 하라. 루키나[104]가 네 짐을 덜어주거든,
그것이 무엇이 됐든 너는 주저하지 말고 네 아이를 기르도록 하라.
나는 도움을 청하는 자들에게 도움을 주는 여신이다.
너는 배은망덕한 신을 숭배했다고 불평하지는 않으리라."   700
이렇게 충고하고 여신은 방에서 나갔다.

　크레테의 여인은 침대에서 기쁜 마음으로 일어나
정결한 두 손을 하늘을 향해 들고는 꿈이 이루어지게 해달라고
간청하고 기도했다. 그녀의 진통이 심해지며 뱃속의 짐이
저절로 대기 속으로 밀고 나왔다. 딸이 태어났다.
하지만 아버지는 모르고 있었고, 어머니는 아들이라고   705
속이고는 기르라고 명령했다. 사람들은 그녀의 말을 믿었고,
그것이 속임수임을 아는 사람은 유모뿐이었다. 아버지는 서약을
이행하고 할아버지의 이름을 따서 아이의 이름을 지었는데,
할아버지는 이름이 이피스였다. 어머니도 이 이름이 마음에 들었다.
이 이름은 남녀에 두루 쓸 수 있어 그녀는 어느 누구도
속이는 것이 아니었기 때문이다. 그리하여 경건한 기만으로   710
시작된 속임수는 그 뒤로 들키지 않았다. 아이는 소년처럼
차려입었고, 아이의 얼굴은 그대에게 소녀의 것으로
보이든 아니면 소년의 것으로 보이든 간에 예쁘장했다.
그사이 십삼 년이란 세월이 지나갔다. 그러자, 이피스여,
그대의 아버지가 금발의 이안테를 그대의 배필로 정했으니,   715
딕테[105]의 텔레스테스의 딸인 그녀는 파이스투스의 여인들

104 5권 304행 참조.
105 3권 2행 참조.

사이에서 미모라는 지참금 때문에 가장 칭찬받던 소녀였다.
두 사람은 나이도 같고 똑같이 예뻤으며, 같은 선생들 밑에서
자신들의 나이에 맞는 초보 교육을 받았다. 사랑이 두 사람의
아직도 순진한 마음을 건드려 두 사람에게 똑같은   720
상처를 주었다. 하지만 그들의 희망은 같지 않았다. 이안테는
결혼을 바라보고 결혼식이 올려질 날을 고대하며 자신이
남자로 여기고 있는 이피스가 곧 자기 남편이 될 것이라고 믿었다.
한편 이피스는 성취될 희망도 없이 사랑했고, 그래서 더 열렬히
사랑했다. 그녀는 소녀의 몸으로 소녀에게 달아오르고 있었다.   725
그녀는 눈물을 간신히 억제하며 말했다. "어느 누구도 들은 적이
없는 놀랍고도 불가사의한 사랑에 사로잡힌 나를 대체 어떤 종말이
기다리고 있는 것일까? 신들이 나를 살릴 작정이라면, 나를 완전하게
살려주었어야지. 그게 아니고 신들이 나를 죽일 작정이라면,
내게 적어도 자연스럽고 통상적인 재앙을 보내주었어야지.   730
암소는 암소에게, 암말은 암말에게 달아오르지 않는 법이야.
암양은 숫양에게 달아오르고, 암사슴은 수사슴을 따라다니지.
새들도 그렇게 짝을 짓지. 그리고 모든 동물 중에
암컷이 암컷에 대한 사랑에 사로잡히는 경우는 없어.
내가 태어나지 말았더라면! 하긴 크레테에는 온갖 괴물이   735
태어나고, 태양신의 딸[106]은 황소를 사랑했지. 하지만 틀림없이
암컷으로서 수컷을 사랑하지 않았던가! 사실을 말하자면,
내 사랑은 그보다 더 광적이야. 그래도 그녀에게는 사랑이 이루어질
희망이 있었고, 그래도 그녀는 계략과 가짜 암소에 힘입어 황소와

---

106 파시파에. 8권 132행 참조.

교합했고, 간통한 황소는 거기에 속아 넘어가지 않았던가!　　　　　740

설령 온 세상의 재주꾼이 이곳에 다 몰려온다 해도,

다이달루스 자신이 밀랍 날개를 타고 도로 날아온다 해도,

그가 무엇을 할 수 있겠는가? 그가 배운 온갖 재주로 나를 소녀에서

소년으로 만들 수 있을까? 이안테여, 너를 바꿀 수 있을까?

이피스야, 왜 너는 마음을 굳게 먹고 정신을 가다듬어　　　　　745

이 부질없고 어리석은 정염을 털어버리지 못하는가?

너 자신마저 속이지 않으려면 네가 무엇으로 태어났는지 보고 나서

도리에 맞는 것을 추구하고 여자로서 사랑해야 하는 것을 사랑해야지.

사랑을 낳는 것도 희망이고 사랑을 키우는 것도 희망이야.

하지만 현실은 너에게서 희망을 빼앗고 있어. 네가 그녀와 포옹하지　　　　　750

못하게 막는 것은 파수꾼도 아니고, 남편의 세심한 주의도 아니고,

엄격한 아버지도 아니야. 그녀도 네 구애를 거절하지 않고 있어.

그래도 너는 그녀를 가질 수 없어. 설령 모든 일이 네 뜻대로 되고,

설령 신들과 인간들이 너를 위해 일한다 해도 너는 행복할 수 없어.

지금도 내 소원 가운데 헛된 것은 하나도 없어. 신들은　　　　　755

주실 수 있는 것은 기꺼이 다 내게 주셨고, 내가 원하는 것은

아버지도, 그녀도, 내 장인이 되실 분도 원하시니까 말이야.

하지만 그들 모두보다 더 강력한 자연(自然)은 그러기를 원치 않아.

자연만이 내게 적대적이야. 보라, 고대하던 때가 다가왔고,

혼례일이 임박했어. 이안테는 곧 내 사람이 될 거야.　　　　　760

아니, 내 사람이 될 수 없어. 물속에 있으면서도 나는 갈증을

느끼겠지. 신부의 여신 유노여, 결혼의 신

휘메나이우스[107]여, 신랑은 없고 우리 둘 다 신부인

이 결혼식에 그대들이 왜 오시겠어요?"

   여기서 이피스는 하던 말을 중단했다. 다른 소녀도 그에 못지않게

뜨겁게 달아올라, 휘메나이우스여, 그대더러 어서 오라고 기도했소.   765

텔레투사는 이안테가 그토록 바라는 것이 두렵기만 하여

자꾸 혼인 날짜를 연기했는데, 때로는 병이 들었다는 핑계를 댔고,

때로는 전조와 꿈자리가 좋지 않다는 이유를 내세웠다.

하지만 이제는 핑곗거리도 다 써먹은 데다 연기했던

혼례일이 바싹 다가와 단 하룻밤에 남지 않았다.   770

텔레투사는 자신과 딸의 머리에서 머리띠를 벗겨

머리를 푼 채 제단을 부여안고 말했다. "이시스여,

파라이토니움[108]과 마레오티스[109]의 들판과 파로스[110]와

일곱 하구로 갈라진 닐루스 강에 사시는 분이시여, 바라옵건대,

우리를 도와주시고 우리의 두려움을 치료해주소서! 여신이시여,   775

나는 전에 그대와 여기 있는 그대의 상징들을 보고는 모두

알아보았나이다, 그대의 수행원들도, 딸랑이 소리도, 횃불도.

나는 그대의 명령을 마음속에 명심했나이다.

이애가 햇빛을 보는 것도, 내가 벌받지 않은 것도, 보십시오,

다 그대 조언이자 선물이옵니다. 우리 두 모녀를 불쌍히 여기시고   780

그대의 도움으로 구해주소서!" 이렇게 말하고 그녀는 눈물을 흘렸다.

---

107 4권 758행 참조.

108 Paraetonium (그 / Paraitonion). 북아프리카의 작은 항구 도시로 알렉산드리아에서 멀지 않
은 곳이다.

109 알렉산드리아에서 멀지 않은 도시 및 호수.

110 알렉산드리아 앞바다에 있는 작은 섬.

여신은 자신의 제단을 움직이는 것처럼 보였다. 아니, 움직였다.

신전의 문이 흔들렸고, 여신의 달 모양의 뿔들이 번갯불을

번쩍였으며, 딸랑이 소리가 요란하게 울려 퍼졌다.

아직 안심이 되지는 않아도, 좋은 전조에 마음이 흐뭇해져   785

어머니는 신전을 나섰다. 그 뒤를 이피스가 여느 때보다 더 큰

보폭으로 수행원인 양 뒤따라갔다. 한데 이피스는 얼굴빛이

더 검어 보였다. 힘은 더 강해졌고, 얼굴 표정은 더 날카로워졌으며,

아무 치장도 하지 않은 머리털은 더 짧아졌다.

이피스의 근력[111]은 여인들이 보통 갖고 있는 것보다 더 강했다.   790

잠시 전만 해도 소녀였던 그대가 지금은 소년이기 때문이다.

그대들은 신전에 제물을 바치고 안심하고 즐기도록 하라!

그들은 신전에 제물을 바치고 감사패를 덧붙였는데,

감사패에는 이런 짤막한 글귀가 새겨져 있었다.

이 제물은 이피스가 소녀로 서약하였으나 소년으로서 바치나이다.

다음날 아침 햇살이 넓은 세상을 드러냈을 때 베누스와   795

유노와 휘메나이우스가 결혼식 횃불이 켜져 있는 곳으로

모여들었고, 소년 이피스는 자신의 이안테를 차지했다.

111 이피스란 이름은 '근력'(vigor)이라는 뜻의 그리스어 is에서 유래했다.

X

아니발레 카라치, 〈베누스와 아도니스〉

오르페우스와 에우뤼디케

　그곳으로부터 휘메나이우스는 사프란 빛 외투를 입고
무한한 대기를 지나 키코네스족[1]의 해안으로 향했다.
그곳으로 오르페우스가 그를 불렀으나 소용없는 일이었다.
휘메나이우스는 결혼식에 나타나기는 했으나 축복의 말도
해주지 않았고, 즐거운 표정도, 길조도 보이지 않았던 것이다.　　　　5
그가 들고 있던 횃불도 계속해서 바지직거리며 연기를
내뿜어 눈물을 흘리게 할 뿐 아무리 휘둘러도
활활 타오르지 않았다. 결과는 전조보다 더 나빴다.
물의 요정들을 데리고 풀밭을 거닐던 신부가
뱀 이빨에 복사뼈를 물려 죽어 넘어졌기 때문이다.　　　　10
지상에서 마음껏 아내를 애도한 로도페[2]의 가인(歌人)[3]은
타이나루스[4]의 문을 지나 감히 스튁스[5]까지 내려갔으니,
그는 망령들조차도 시험해볼 참이었다.
그는 무게 없는 무리와 무덤에 묻혔던 망령들 사이를 지나
페르세포네와, 이 사랑스럽지 못한 왕국을 다스리는,　　　　15
그림자들의 주인[6]에게 다가가 뤼라의 현을 치며 이렇게 노래했다.
"오오, 필멸의 존재로 태어난 우리 모두가 되돌아오는

1　6권 710행 참조.
2　2권 222행 참조.
3　오르페우스. '가인'의 라틴어 vates에는 '예언자'라는 뜻도 있다.
4　2권 247행 참조.
5　1권 139행 참조.
6　플루토.

이 지하 세계를 다스리시는 신들이시여, 거짓말과

애매모호한 말은 집어치우고 사실대로 말하는 것이 허용되고

또 그대들이 허락해주신다면, 내가 이리로 내려온 것은   20

어두운 타르타라[7]를 구경하려는 것도 아니고, 메두사 같은 괴물[8]의,

뱀들이 친친 감고 있는 세 개의 목에 사슬을 채우려는 것[9]도 아닙니다.

내가 이리로 온 것은 아내 때문입니다. 발에 밟힌 독사가

그녀에게 독을 퍼뜨려 그녀의 꽃다운 청춘을 앗아갔으니까요.

나는 참고 견딜 수 있기를 바랐고, 아닌 게 아니라 또 그렇게 하려고   25

노력도 해보았습니다. 하지만 아모르가 이겼습니다.

그분은 여기서는 어떤지 모르겠지만 위쪽 세계에서는

잘 알려진 신이지요. 아마 여기서도 그럴 겁니다.

그리고 옛날의 납치[10] 이야기가 거짓말이 아니라면

아모르는 그대들도 맺어주었습니다. 공포로 가득찬 이 장소들과,

이 거대한 카오스와, 이 광대한 침묵의 왕국의 이름으로 청하옵건대,   30

너무 일찍 풀린 에우뤼디케의 운명의 실을 다시 짜주십시오.

우리는 모두 그대들에게 귀속됩니다. 잠시 지상에서

머문다 해도 머지않아 우리는 한곳으로 달려갑니다. 우리 모두는

이곳으로 향하고, 이곳이야말로 우리의 마지막 거처이니

그대들이 인간 종족을 가장 오랫동안 통치합니다.   35

그녀도 명대로 살다가 때가 되면 그대들의 지배를 받게 될 것입니다.

7   1권 113행 참조.
8   저승의 출입문을 지키는 괴물 개 케르베루스. 케르베루스는 메두사와 혈통상으로는 상관
이 없으므로 이들의 공통점이라면 하도 무섭게 생겨 보는 이를 주눅들게 한다는 점일 것이다.
9   헤르쿨레스도 그렇게 사슬을 채웠다. 9권 185행 참조.
10   플루토가 프로세르피나를 납치하여 아내로 삼았던 일을 말한다.

나는 그녀를 선물로 달라는 것이 아니라 빌려달라는 것입니다.

운명이 내 아내에게 그런 특혜를 거절한다면 나는 단연코 돌아가지

않을 것입니다. 두 사람이 죽게 되니 그대들은 기뻐하시겠지요!"

그가 뤼라를 연주하며 이렇게 노래했을 때 핏기 없는 망령들도   40

눈물을 흘렸다. 탄탈루스는 도망치는 물결을 잡지 않았고,[11]

익시온의 바퀴도 놀라 멈춰 섰으며,[12] 새들은 간(肝)을 쪼지 않았고,[13]

벨루스의 손녀들은 항아리를 내려놓았으며,[14]

시쉬푸스여, 그대는 그대의 돌덩이 위에 앉아 있었소.[15]

그때 처음으로, 소문에 따르면, 자비로운 여신들[16]도 노래에   45

압도되어 볼이 눈물에 젖었다고 한다. 왕비도, 지하 세계를 다스리는

이도 차마 탄원자의 청을 거절할 수가 없었다.

그들은 에우뤼디케를 불렀다. 그녀는 막 도착한 그림자들

사이에 있다가 상처 때문에 절룩거리며 천천히 앞으로 나왔다.

그러자 로도페의 영웅[17]은 아내를 받았는데, 그가 아베르누스[18]의   50

골짜기를 떠날 때까지는 뒤돌아보지 않겠다는 조건도 아내와 함께

받았다. 뒤돌아본다면 그 선물은 무효가 될 것이었다.

  그들은 소리 없는 적막을 지나 오르막길로 올라갔다.

그 길은 가파르고, 식별이 안 되고, 짙은 안개에 싸여 있었다.

---

11 탄탈루스가 받은 벌에 관해서는 4권 458행 참조.

12 익시온이 받은 벌에 관해서는 4권 461행 참조.

13 티튀오스가 받은 벌에 관해서는 4권 457행 참조.

14 벨루스의 손녀들, 즉 다나우스의 딸들이 받은 벌에 관해서는 4권 463행 참조.

15 시쉬푸스가 받은 벌에 관해서는 4권 460행 이하 참조.

16 '자비로운 여신들'에 관해서는 6권 430행 참조.

17 오르페우스.

18 5권 540행 참조.

이제 그들은 대지의 맨 바깥 표면에서 그리 멀지 않은 곳에 있었다.　55

그곳에서 사랑하는 남자는 아내가 힘이 달리지 않을까 걱정도 되고

아내를 보고 싶기도 하여 뒤돌아보고 말았다. 그 순간 그의 아내도 도로

미끄러졌다. 그는 팔을 내밀어 그녀를 잡고 자기는 잡히려 했으나,

불행히도 그의 손에 잡히는 것은 뒤로 물러나는 바람뿐이었다. 그리하여

그녀는 이제 두 번 죽으면서 남편에게는 아무 불평도 하지 않았다.　60

(하긴 그녀로서는 사랑받은 것말고 무슨 불평이 있겠는가?)

그녀는 남편의 귀에 들릴락 말락 하게 마지막으로 "안녕."이라고

말하고는 자신이 떠나왔던 곳으로 도로 미끌어져 갔다.

오르페우스는 아내의 두 번째 죽음에 제정신이 아니었다.

그는 가운데 목에 사슬을 맨, 머리 셋 달린 개가 끌려오는　65

것을 보고는 사지가 돌로 변해 그 본래의 성질을

버린 뒤에야 두려움에서 벗어날 수 있는 겁쟁이나,[19]

아내의 죄를 뒤집어쓰고는 제 자신이 죄인처럼 보이려 했던

올레노스와, 불행한 레타이아여, 자기 미모를 과신했던

그대와 다르지 않았소. 그대들은 전에는 서로 더없이 가까운　70

가슴이었으나 지금은 물기 많은 이다 산 위에서 두 돌이 되었소.[20]

　　오르페우스는 또다시 강을 건너고 싶어 간청해보았으나 소용없었다.

뱃사공[21]이 거절했던 것이다. 하지만 오르페우스는 누추한 모습으로

19　헤르쿨레스가 사슬에 매어 끌고 온 케르베루스를 보고는 겁이 나 돌로 변한 사람이 있다는 이야기는 다른 문헌에서는 확인되지 않는다. 헤르쿨레스에게 12고역을 시킨 에우뤼스테우스는 에뤼만투스 산의 멧돼지가 끌려오는 것을 보고 겁이 나 독 안에 숨었다고는 하나 돌로 변하지는 않았다.

20　아내 레타이아가 어떤 여신보다 제가 더 잘났다고 자랑하자 남편인 올레노스가 그 죄를 자신이 덮어쓰고는 둘 다 돌이 되었다는 이야기는 다른 문헌에는 나오지 않는다.

이레 동안 케레스의 선물[22]도 즐기지 않고 거기 강가에
앉아 있었다. 근심과 마음의 괴로움과 눈물이 그의 양식이었다.   75
에레부스[23]의 신들은 잔인하다고 불평하며 그는
높은 로도페와 북풍에 채찍질당하는 하이무스[24]로 돌아갔다.

　티탄[25]이 한 해를 마감하는, 물 많은 물고기자리[26]에
세 번이나 이르렀다. 그동안 오르페우스는 사랑에 성공하지
못했기 때문이든, 아니면 언약을 했기 때문이든 여자와의   80
사랑은 일절 피했다. 하지만 많은 여인이 가인과 결합하기를
열망했고, 많은 여인이 퇴짜를 맞고 비탄에 잠겼다.
게다가 그는 트라키아의 백성에게 부드러운 소년들을
사랑하는 법과 아직 성년이 되기 전의 짧은 봄과
청춘의 첫 꽃을 따는 법을 가르쳐주었다.[27]   85

나무들의 목록, 퀴파릿수스

　그곳에는 언덕이 하나 있는데, 그 언덕 위에는 푸른 풀이
무성하게 자라고 있는 탁 트인 평평한 땅이 있었다.

21　카론.
22　음식.
23　카오스의 아들로 암흑의 신. '저승'이라는 뜻으로도 쓰인다.
24　2권 219행 참조.
25　태양신. 1권 10행 참조.
26　Pisces. 황도 12궁 가운데 맨 마지막 궁으로 태양이 이 별자리에 이르렀다 함은 겨울이 끝났
다는 뜻이다.
27　그리스의 다른 지방이나 신들 사이에서는 미소년을 향한 사랑이 널리 퍼져 있었다.

그곳에는 그늘이 없었다. 하지만 신들에게서 태어난[28] 가인이

그곳에 앉아 뤼라의 소리 나는 현들을 연주한 뒤로는 그늘이

그곳으로 옮겨왔다. 카오니아[29]의 참나무도 빠지지 않았고,　　　　　　90

헬리아데스들[30]의 숲[31]도, 잎이 높다랗게 달린 상수리나무도,

부드러운 보리수도, 너도밤나무도, 처녀 나무[32]인 월계수도,

잘 부러지는 개암나무도, 창 자루로 쓰이는 물푸레나무도,

옹이가 없는 전나무도, 도토리가 매달려 가지가 휜 떡갈나무도,

너그러운[33] 플라타너스도, 다채로운 단풍나무도,　　　　　　95

강가에 사는 버드나무도, 수련도, 늘 푸른 회양목도,

가냘픈 위성류도, 두 가지 색깔[34]의 도금양도,

검푸른 열매가 여는 까마귀밥나무도 그곳으로 옮겨왔다.

또한 발이 나긋나긋한 담쟁이덩굴이여, 너희도 왔고,

너희와 함께 포도 덩굴과, 포도 덩굴이 감긴 느릅나무와,　　　　100

산물푸레나무와, 가문비나무와, 빨간 열매가 주렁주렁 달린

산딸기나무와, 승리자의 상(賞)인 나긋나긋한 종려나무와,

밑동은 벗었지만 우듬지에는 잎이 무성한 소나무도 왔다.

퀴벨레[35]의 애인 앗티스[36]가 사람의 모습을 벗고

28　오르페우스는 오이아그루스(2권 219행 참조)와 무사 여신인 칼리오페(5권 339행 참조)의
아들이다. 또 일설에 따르면 그는 아폴로의 아들이라고 한다. 11권 8행 참조.

29　에피로스 지방의 한 지역. 여기서 '카오니아의'는 '에피로스의'라는 뜻이다.

30　2권 340행 이하 참조.

31　미루나무 숲.

32　1권 557행 이하 참조.

33　그 아래에서 사람들이 쉴 수 있도록 그늘을 드리우기 때문인 듯하다.

34　도금양은 검은 열매가 여는 것과 흰 열매가 여는 것, 이 두 종류가 있다고 한다.

35　소아시아 프뤼기아 지방의 지모신(地母神).

소나무가 되어 그 밑동으로 굳어졌기에 소나무는

신들의 어머니[37]가 좋아하는 나무이다. 105

　이들 사이에는 원뿔 모양의 삼나무[38]도 서 있었는데,

그것은 지금은 나무지만 전에는 현으로 키타라를 제어하고,

시위로 활을 다스리는 저 신[39]의 사랑을 받던 소년이었다.

큰 수사슴 한 마리가 있었는데, 카르타이아[40]의 들판에 사는

요정들에게 바쳐진 이 수사슴은 사방으로 뻗어나간 110

뿔로 제 머리 위에 그늘을 드리웠다.

그것의 뿔은 황금으로 번쩍였고, 그것의 둥근 목에 매인,

보석을 박은 목걸이는 어깨 아래로 매달려 있었다.

이마 위에는 태어났을 때부터 차고 다니는,

은으로 만든 부적이 가는 노끈에 매인 채 흔들렸고, 115

양쪽 귀에 매단 구슬은 움푹 들어간 관자놀이 주위에서

반짝였다. 수사슴은 타고난 소심함도 잊어버리고

겁도 없이 가끔 사람이 사는 집을 찾아와 낯선 사람에게도

쓰다듬어달라고 목을 내밀곤 했다. 하지만 그 수사슴은

케아[41]의 백성 가운데 가장 잘생긴 퀴파릿수스여, 120

어느 누구보다도 그대를 좋아했으니, 그대가 그 수사슴을

---

36 프뤼기아 지방의 미남 목동으로 퀴벨레 여신의 사랑을 받아 그녀의 사제가 되었으나, 순결의 약속을 어긴 까닭에 미쳐서 제 손으로 자신을 거세했다.

37 퀴벨레.

38 삼나무의 라틴어 이름은 cupressus이다.

39 아폴로.

40 7권 368행 참조.

41 케아에 관해서는 7권 368행 참조.

신선한 풀밭과 맑은 샘물가로 데려가곤 했던 것이오.

그대는 때로는 그것의 뿔을 위해 여러 꽃을 엮기도 하고,

때로는 기수(騎手)로서 그것의 등에 올라앉아 자줏빛 고삐로

그것의 부드러운 입을 신이 나서 이리저리 인도하곤 했소.   125

어느 여름날 한낮이었다. 바닷가를 좋아하는 게자리의

구부정한 다리들이 태양의 열기에 타오르는데

수사슴은 지칠 대로 지쳐 풀이 우거진 대지에

몸을 뉘고는 시원한 나무그늘에서 쉬고 있었다.

소년 퀴파릿수스는 그런 줄도 모르고 날카로운 투창으로 그것을   130

꿰뚫었다. 수사슴이 무자비한 상처를 입고 죽어가는 것을 보고

소년은 자기도 죽기로 결심했다. 포이부스는 온갖 위로의 말을

다하며 그에게 상황에 맞게 적당히 슬퍼하라고 충고해주었다.

하지만 소년은 신음하며 하늘의 신들에게 마지막 선물로

자기가 언제까지나 슬퍼할 수 있게 해달라고 요구했다.   135

그러자 하염없이 운 까닭에 어느새 생명의 피가 모두

빠져나가 그의 사지는 초록색으로 바뀌기 시작했다.

잠시 전만 해도 눈처럼 흰 그의 이마를 덮고 있던 머리털이

헙수룩하게 흐트러지며, 그는 가녀린 우듬지로 별 많은

하늘을 쳐다보는 꼿꼿한 나무가 되었다. 신이 슬픔을   140

이기지 못해 신음하며 말했다. "나는 너를 위해 슬퍼하지만

너는 남을 위해 슬퍼하며 애도하는 자들과 함께하리라."[42]

---

42 삼나무는 애도의 나무이다.

미소년 가뉘메데스

　가인은 그토록 큰 숲을 끌어들인 뒤 떼지어 모여든 들짐승과
새떼 한가운데에 앉아 있었다. 엄지손가락으로 현을　　　　　　145
충분히 시험해보고 나서 음의 높이는 서로 달라도 음정이
조화를 이룸을 느끼고 그는 목청을 돋우어 노래했다.
　"내 어머니 무사 여신이시여, 나의 노래를 읍피테르와 더불어
시작하게 하소서! 읍피테르의 왕권 앞에서는 모든 것이 물러서나이다.
전에도 나는 읍피테르의 권능을 노래했고 더 무거운 가락으로　　　150
기가스[43]들과 플레그라[44] 들판에 뿌려졌던 승리의 벼락을 노래했나이다.
하오나 지금은 더 가벼운 뤼라가 필요하옵니다. 내가 노래하고자
하는 것은 하늘의 신들의 사랑을 받은 소년들과, 금단의 정염에
홀려 애욕의 죗값을 치러야 했던 소녀들이기 때문이옵니다.
　하늘의 신들의 왕께서는 전에 프뤼기아의 가뉘메데스를 열렬히　155
사랑하신 적이 있사옵고, 그래서 당신께서는 평소의 모습보다는
되고 싶은 모습이 되도록 그 무엇인가를 생각해내셨소.
하지만 당신께서는 당신의 벼락을 나를 수 있는 새[45]말고 다른 새는
되려 하시지 않으셨소. 당신께서는 지체 없이 가짜 날개로 대기를
가르시며 일리온[46]의 소년을 납치하셨소. 그리하여 소년은 지금도　160
유노의 뜻에 반하여[47] 넥타르[48]를 희석하여 읍피테르께 술잔을 올리오.

43　1권 152행 참조.
44　마케도니아 팔레네 반도의 옛 이름으로 올륌푸스의 신들이 기가스들에게 승리를 거둔 곳.
45　독수리.
46　트로이야의 별칭. 여기서 '일리온의 소년'은 가뉘메데스를 말한다.
47　유노는 일부일처제를 옹호하는 결혼의 여신이다.

휘아킨투스

　아뮈클라스[49]의 아들[50]이여, 그대도 포이부스께서 하늘에
갖다 놓으셨을 것이오. 그대를 거기 갖다 놓을 시간을 슬픈 운명이
그분께 주었더라면. 하지만 그대에게 가능한 방법으로 그대는
영원히 살아가오. 봄이 겨울을 몰아내고 양자리가 물기 많은　　　　　　165
물고기자리를 뒤따를 때마다 그대는 일어나 푸른 잔디밭에서
꽃피기 때문이오. 그대를 내 아버지[51]께서는 어느 누구보다도 사랑하셨고,
그리하여 세상의 중심에 자리잡고 있는 델피[52]를 돌보시는 신께서는
그곳에 계시지 않았소. 신께서 키타라도 화살도 소홀히 하신 채
에우로타스[53]와 성벽을 쌓지 않은[54] 스파르테를 자주 찾으시는　　　　　170
동안에는. 그분께서는 당신의 본분도 잊으신 채 사냥용 그물을
들고 다니고 개 떼를 끌고 다니고 울퉁불퉁한 산등성이를

48　신들이 마시는 신비로운 술. 고대 그리스인들과 로마인들은 포도주에 물을 타서 희석하여
마셨는데 신들도 술을 그렇게 마신다고 생각했다.

49　스파르테 남쪽 5킬로미터 지점에 있는 옛 도읍인 아뮈클라이의 창건자.

50　휘아킨투스, Hyacinthus(Hyakinthos). 이 이름의 어간 '-nth-'가 말해주듯 휘아킨투스는 원
래 선주민들의 신 또는 영웅이었으나, 아뮈클라이가 스파르테에 정복되면서 아폴로의 연동(戀
童)으로 아폴로 숭배에 포함된 것으로 추정된다.

51　아폴로가 오르페우스의 아버지라는 데 관해서는 10권 89행 참조.

52　윱피테르가 동쪽 끝과 서쪽 끝에서 날려보낸 새 두 마리가 만난 곳이라 하여 델피는 세상
의 중심으로 생각되었고, 그곳에 있는 달걀 모양의 바윗덩이 옴팔로스(Omphalos '배꼽')가 이
를 입증한다고 보았다. 옴팔로스에는 윱피테르가 날려보낸 새 두 마리가 델피에서 만나는 장면
이 새겨져 있었다고 한다.

53　2권 247행 참조.

54　스파르테인들은 자신들의 용기로 능히 적을 격퇴할 수 있다고 믿고 도시에 성벽을 두르지
않았다.

따라다니기를 마다하지 않으셨소. 그렇게 오래 사귀다 보니
정(情)도 깊어갔소. 어느새 티탄[55]이 다가올 밤과 물러간 밤의
중간에 이르러 양쪽 끝에서 똑같은 거리만큼 떨어져 있었을 때[56]   175
그들은 옷을 벗고는 번쩍거리도록 몸에 올리브기름을 듬뿍 바른 뒤
널따란 원반으로 원반던지기 시합을 하기 시작했소.
먼저 포이부스께서 자세를 취하시더니 원반을 대기 사이로
힘껏 날려보내 가로막는 구름을 그 무게로 가르셨소.
한참 뒤에야 무거운 원반은 도로 단단한 땅 위에 떨어지며,   180
던진 이의 힘과 결합된 기술을 보여주었소.
그러자 즉시 타이나루스의 젊은이[57]가 경기에 열중한 나머지
조심성 없이 원반을 집으러 달려나갔소.
하지만 단단한 땅이 원반을 도로 튀기며, 휘아킨투스여,
그대의 얼굴에다 원반을 내던졌소. 신께서도 소년만큼이나 안색이   185
창백해지시더니 그의 흐늘흐늘한 사지를 추스르시며 그대를
따뜻하게 해주시는가 하면, 그대의 치명상을 말려 주기도 하시고,
약초를 붙여 도망가는 목숨을 제지하려고도 하셨소.
하지만 그분의 의술도 소용없었소. 그의 상처는 치료할 수 없었소.
마치 정원에서 제비꽃이나 빳빳한 양귀비나 노란 수술이   190
곤두서 있는 백합이 누군가에게 한번 줄기를 꺾이고 나면
더이상 똑바로 서지 못하고 늘어지며 시들어가는 고개를
아래로 숙인 채 우듬지로 땅바닥을 내려다볼 때와 같이,

55 태양.
56 '한낮에'라는 뜻이다.
57 휘아킨투스.

434 변신 이야기

꼭 그처럼 죽어가는 얼굴은 앞으로 쓰러져 있었고,

힘 빠진 목은 제 무게를 감당하지 못해 어깨 위로 내려앉았소.   195

'오이발루스[58]의 자손이여, 그대는 한창때의 청춘을

빼앗기고 쓰러져 있구려!' 하고 포이부스께서 말씀하셨소.

'내가 보고 있는 그대의 상처가 나를 고발하고 있구나.

그대는 내게 슬픔과 자책의 원인이오. 그대의 죽음은 내 손 탓으로

돌려질 것이오. 내가 그대를 죽게 했으니까. 하지만 대체

내 죄는 무엇인가? 그대와 시합한 것을 죄라고 할 수 없고,   200

그대를 사랑한 것을 죄라고 할 수 없다면 말이오.

아아, 내가 그대를 위하여, 아니면 그대와 함께 목숨을 버릴 수

있었으면! 하지만 운명의 법칙이 그러지 못하게 하니 그대는 늘

나와 함께할 것이며, 나는 그대를 기억하고는 입에 올릴 것이오.

내 손으로 연주하는 뤼라도, 내 노래도 그대를 찬미할 것이오.   205

내 그대를 새 꽃[59]으로 만들어 내 신음 소리를 그 꽃잎에

아로새길 것이오. 그리고 때가 되면 가장 용감한 영웅[60]도 그 꽃으로

변신하여 똑같은 꽃잎에서 제 이름을 읽을 수 있을 것이오.'

아폴로께서 거짓을 모르는 입으로 그런 말씀을 하시는 동안,

보라, 바닥에 쏟아져 풀에 흔적을 남기던 피는 더 이상   210

피가 아니었으니, 그 대신 그곳에 튀로스산 자줏빛 염료보다

더 빛나는 꽃이 피어났던 것이오. 그것은 백합 모양을 하고 있었는데,

---

58 Oebalus(Oibalos). 튄다레우스의 아버지로 스파르테의 왕.

59 지금의 히아신스와 다른 꽃인 것은 확실하나 어떤 꽃인지 확실치 않다.

60 아이약스. 아이약스는 트로이야 전쟁에 참전한 그리스군 장수로 아킬레스가 죽은 뒤 그의 무구들이 울릭세스에게 돌아가자 자존심이 상하여 자살한다. 그러나 꽃으로 변한 것은 그 자신이 아니라 그가 흘린 피라고 한다.

백합이 은빛인 데 반해 그것의 색깔은 자줏빛이었다.

포이부스께서는 그것으로 만족하시지 않고

(이런 명예를 수여하는 것은 그분이셨기 때문이오.)

당신의 신음 소리를 손수 꽃잎에 적어넣으시니, 그 꽃에는   215

애도의 뜻을 나타내는 글자인 '아이 아이'[61]가 쓰여 있소.

스파르테는 휘아킨투스를 낳은 것을 부끄럽게 여기지 않았고,

그의 명예는 오늘날까지도 지속되고 있으니,

해마다 휘아킨투스제(祭)[62]가 돌아오면 아직도

그들은 선조의 관습에 따라 엄숙하게 축제를 거행하오.

케라스타이족, 프로포이티데스들

혹시 그대가 광물이 많은 아마투스[63]에게   220

프로포이티데스들[64]을 낳은 것을 자랑스럽게 여기느냐고 묻는다면

그 도시는 아니라고 할 것이오. 그리고 이마에 보기 싫게

한 쌍의 뿔이 나 있어 실제로 케라스타이족[65]이라는 이름을 가진

자들에 대해서도 그 도시는 같은 말을 할 것이오.

61 그리스어로 AI AI.
62 아뮈클라이에서 해마다 3일 동안 거행되던 축제.
63 Amathus(Amathous). 퀴프루스, Cyprus(Kypros) 섬의 남해안에 있는, 베누스에게 봉헌된 도시.
64 Propoetides(Propoitides). 아마투스 출신의 처녀들로 베누스의 신성을 부인하다가 창녀가 되었으나 나중에는 석상으로 변했다.
65 그리스어로 '뿔난 자들'이라는 뜻으로 베누스의 노여움을 사 황소로 변했다.

이들의 문 앞에 손님의 보호자이신 윱피테르의 제단이 있었소.

이 제단이 피로 물든 것을 이들의 범행을 모르는 어떤 이방인이   225

보았더라면, 그곳에서 젖먹이 송아지나 아마투스의 양이

제물로 바쳐진 줄 알았으리라. 하지만 그것은 이들에게 살해된

손님들의 피였소. 이들의 무도한 제물에 격분한 자애로운

베누스는 자신의 도시들과 오피우사[66]의 들판을 떠날 채비를 했소.

'아니, 이 쾌적한 곳이 무슨 죄가 있으며, 내 도시들이   230

무슨 죄가 있지?' 그녀는 말했소. '도대체 무슨 죄가 있다고?

차라리 이 불경한 족속이 추방이나 죽음, 아니면 죽음과 추방 사이

그 무엇으로 죗값을 치르게 하는 편이 낫겠어. 그러자면

모습을 바꿔버리는 벌 말고 더 좋은 게 있을까?'

그들을 무엇으로 바꿀까 망설이다가 그녀는 마침 그들의 뿔이   235

눈에 띄자 문득 그들에게 뿔만 남겨두자는 생각이 들었소.

그리하여 그녀는 그들의 육중한 사지를 사나운 황소로 바꿨소.

　　그런데도 음란한 프로포이티데스들은 감히 베누스가

여신임을 부인했소. 그 결과 그들은 여신의 노여움을 사게 되어

자신들의 몸과 아름다움을 파는 최초의 매춘부가 되었다고 하오.   240

차차 부끄럼이 사라지고 얼굴의 피가 굳어지자

그들은 거기서 조금 더 변하여 단단한 돌로 바뀌었소.

66 퀴프루스의 옛 이름.

퓌그말리온의 기도

　퓌그말리온은 이 여인들이 죄악 속에서 살아가는 것을 보자

자연이 여자의 마음에 드리운 수많은 약점이 역겨워 아내도 없이 　　　　245

홀아비로 살고 있었고, 오랫동안 동침할 아내도 들이지 않았소.

그사이 그는 눈처럼 흰 상아를 놀라운 솜씨로 성공적으로

조각했는데, 이 세상에 태어난 어떤 여인도 그렇게 아름다울

수는 없었소. 그는 자신의 작품에 그만 반해버리고 말았소.

그 얼굴은 진짜 소녀의 얼굴이었소. 그대는 그녀가 살아 있다고, 　　　　250

곧은 행실이 막지 않는다면 움직이고 싶어한다고 믿었으리라.

그만큼 그의 작품에는 기술이 들어 있었소. 퓌그말리온은 자기 작품을 보고

감탄했고, 자신이 만든 형상을 마음속으로 뜨겁게 열망했소.

가끔 살인지 상아인지 알아보려고 손으로 자신의 작품을 만져보았소.

그러고도 그는 그 작품이 상아라는 것을 인정하려 들지 않았소. 　　　　255

그는 그것에 입맞추었고, 그러면 그것이 이에 화답하는 것 같았소.

이제 그것에 말을 걸기도 하고 쓰다듬기도 했소.

그러면 그의 손가락에 그것의 살이 눌리는 것 같았소.

그러면 거기에 멍이 들지 않을까 두려웠소.

그는 그것에게 때로는 아첨하기도 하고, 때로는

소녀들이 선호하는 조개껍질과, 반질반질한 조약돌과, 　　　　260

작은 새와, 갖가지 색깔의 꽃과, 백합과, 색칠한 공과,

나무에서 떨어진, 헬리아데스들의 눈물[67]을

선물하기도 했소. 그는 또 그것의 사지를 옷을 입혀 장식하고,

67　호박(琥珀). 2권 340행 이하 참조.

손가락에 보석반지를 끼워주고, 목에 긴 목걸이를 걸어주었소.

두 귀에는 진주가, 가슴에는 펜던트가 매달렸소.   265

이 모든 것이 잘 어울렸소. 그것은 장식하지 않았을 때가

그에 못지않게 아름다웠소. 그래서 그는 그것을 시돈[68]의

자줏빛 염료로 물들인 잠자리에 뉘고는

잠자리 반려자라고 부르며, 느낄 수 있기라도 한 양 그것의

기울어진 목덜미 밑에 부드러운 솜털 베개를 받쳐주곤 했소.

　온 퀴프루스가 참가하려고 몰려드는 베누스의 축제일이 다가왔소.   270

구부정한 뿔에 금박을 두른 암송아지들이 눈처럼 흰 목을

가격당하여 쓰러졌고, 제단에서는 향 연기가 피어올랐소.

퓌그말리온은 제물을 바치고 나서 제단 앞으로

다가서서 더듬거리며 '신들이시여, 그대들이 무엇이든

다 주실 수 있다면, 원컨대 내 아내가 되게 해주소서.'   275

'내 상아 소녀가'라고는 차마 말하지 못하고 '내 상아 소녀를 닮은

여인이'라고 말했소. 친히 축제에 참석하고 있던 황금의 베누스는

그 기도가 바라는 것이 무엇인지 알아차렸소. 그래서 여신이 호의를

품고 있다는 전조로 세 번이나 불길이 타오르며 대기 속으로 혀를

날름거렸소. 그는 집으로 돌아오자 곧장 자기 소녀의 상(像)을 찾아가서   280

침상 위로 머리를 숙이고 입맞추었소. 소녀가 따뜻하게 느껴졌소.

그는 다시 입을 가져가며 손으로는 가슴을 만져보았소.

그가 만지자 상아는 물러지기 시작하더니 딱딱함을 잃고는

손가락에 눌렸소. 그 모습은 마치 휘멧투스[69]의 밀랍이

68　2권 840행 참조.
69　7권 702행 참조.

햇볕에 물러지기 시작하며 손가락에 주물러져 여러 형상으로   285
만들어지고 그렇게 쓰임으로써 쓸모 있게 될 때와도 같았소.
그는 깜짝 놀랐고, 의심하면서도 기뻤고, 착각이 아닐까 두려웠소.
사랑하는 남자는 소망하던 것을 다시 또다시 손으로 만져보았소.
그것은 사람의 몸이었소. 그의 손가락 아래 혈관이 고동쳤소.
그러자 파포스[70]의 영웅[71]은 베누스에게 수없이   290
감사 기도를 올리고 나서 마침내 또다시 자신의 입술로
진짜 입술을 눌렀소. 소녀는 그의 입맞춤을 느끼고는
얼굴을 붉히며 그의 눈을 향해 수줍게 눈을 들더니
하늘과 사랑하는 남편을 동시에 쳐다보았소. 여신은 자신이
맺어준 결혼식에 참석했소. 어느새 초승달의 뿔들이   295
차서 아홉 번이나 둥근 달이 되었을 때 그들에게 파포스라는
딸이 태어났으니, 섬[72]은 그녀에게서[73] 이름을 따왔소.

뮈르라의 광기

파포스의 아들이 키뉘라스인데, 자식이 없었더라면
키뉘라스는 행복한 사람 축에 끼었을 것이오.
내가 노래하려는 것은 끔찍한 일이니 딸들은 이곳을 떠나시고,   300

70   퀴프루스의 도시로 베누스 신전으로 유명했다.
71   퓌그말리온.
72   '섬'이 아니라 '도시'라고 말해야 정확할 것이다.
73   '그녀에게서'(de qua) 대신 '그에게서'(de quo)로 읽는 텍스트도 있다. 그럴 경우 파포스는
퓌그말리온의 딸이 아니라 아들이 된다.

아버지들도 이곳을 떠나시오! 혹시 내 노래가 그대들의 마음을

어루만져준다면, 이 이야기는 믿지 말고 그런 일은 없었다고

생각하시고, 혹시 믿는다면 그 행위가 받은 벌도 믿어주시구려!

자연이 그런 범죄가 일어나는 것을 허용한다면,

이스마루스[74]의 백성과 이 땅과 이 나라가 그런 무도한 짓을   305

낳은 지역으로부터 멀리 떨어져 있다는 것은 얼마나

다행스러운 일인가! 팡카이아[75] 땅은 육두구가 많이 나고,

육계와 봉아술과 나무에서 배어나오는 유향(乳香)과 온갖 꽃이

나는 곳이라 해도, 거기서 몰약[76] 나무도 자라는 한 부러움을

사지는 못하리라. 이 새 나무는 그럴 만한 가치는 없었소.   310

뮈르라여, 쿠피도도 자신의 화살이 그대를 맞히지 않았다고 부인하며

자신의 횃불이 그대의 범죄와는 무관하다고 주장하고 있소.

세 자매들[77] 가운데 한 명이 스튁스의 화염과 독으로 부어오른 독사로

그대를 덮쳤던 것이오.[78] 아버지를 증오하는 것도 죄가 되지만

이런 종류의 사랑은 증오보다도 더 큰 죄가 되기 때문이오.   315

사방으로부터 내로라하는 귀족들이 그대를 원했고,

온 동방의 젊은이들이 나타나 다투어 그대에게 장가들려고 했소.

뮈르라여, 그 모든 이 중에서 한 명을 남편으로 고르되,

---

74 이스마루스에 관해서는 2권 257행 참조. 여기서 '이스마루스의'는 '트라키아의'라는 뜻
이다.

75 아라비아 동쪽 홍해에 있는 전설적인 섬.

76 몰약의 라틴어는 murra 또는 myrrha이다.

77 복수의 여신들.

78 일설에 따르면 뮈르라가 아버지에게 연정을 품게 된 것은 그녀가 베누스 여신을 무시했기
때문이라고 한다.

한 명[79]만은 그들 중에 포함시키지 마시라!

사실 그녀는 자신의 사랑이 사악한 것임을 알고 그것과 싸우며

혼잣말을 했소. '내 마음이 어디로 향하는 거지? 내 의도가 뭐야?   320

제발 신들과 자식 된 도리와 부모님의 신성한 권리는

이 무도한 짓을 막아주고, 이 범죄를 제지해주세요,

이것이 정말로 범죄라면! 하지만 자식 된 도리가 반드시 이런 사랑을

저주하는 것은 아니라고 하지 않는가! 다른 동물은 마음대로

교합하지 않는가! 암송아지는 제 아비를 등에 태우는 것을   325

수치스러운 짓으로 여기지 않으며, 수말에게는 제 딸이 아내가 되며,

숫양은 제가 낳은 암양과 짝짓기를 하며, 새는 그 씨에서

제가 잉태되었던 수컷한테서 저도 잉태하지 않는가!

그런 사랑이 허용되는 것들은 행복하도다! 인간의 세심함이

악의적인 법을 제정하여, 자연이 허용하는 것을 시기심 많은   330

법이 금하는구나. 그런데도 어머니가 아들과 결혼하고

딸이 아버지와 결혼하는, 그리하여 이런 이중의 사랑으로 가족간의

유대가 더욱 공고해지는 그런 부족도 있다지 않는가!

나야말로 불행하구나! 그런 곳에서 태어나는 행운도 잡지 못했고

단순히 출생지로 인해 방해를 받고 있으니 말이야.

한데 내가 왜 자꾸 이런 생각을 하는 거지?   335

금지된 희망들이여, 너희는 사라져버려라! 그분은 사랑받을 만하지.

하지만 아버지로서 그렇지. 내가 위대한 키뉘라스의 딸이

아니라면 키뉘라스와 잠자리를 같이 할 수 있었겠지. 그분은

내 것이기 때문에 내 것이 될 수 없어. 가깝다는 것이 나에게는

---

79 그녀의 아버지.

오히려 방해만 돼. 오히려 낯선 여자라면 더 힘을 쓸 수 있으련만.　　　　340

범행에서 벗어날 수 있다면 나는 조국의 국경을 뒤로하고

이곳에서 멀리 떠나고 싶어. 하지만 사악한 정염이 가지 못하게

막는구나. 다른 것이 허용되지 않는다면 키뉘라스를 가까이서

보고 만지고 대화하고 입이라도 맞추라고 말이야.

그 이상의 것은 바랄 수 없겠지? 이 불효한 소녀여,　　　　345

네가 얼마나 많은 권리와 이름을 혼동하고 있는 줄 알아?

너는 어머니의 시앗이 되고 아버지의 첩이 되겠다는 거니?

너는 네 아들의 누이라고, 네 오라비의 어머니라고 불리겠다는 거니?

너는 머리털이 올올이 시커먼 뱀인 자매들[80]이 무섭지도 않니?

죄지은 자들의 마음 앞에 나타나 무자비한 횃불로　　　　350

그들의 눈과 얼굴을 공격한다지 않니? 그러니 너는 아직

몸으로 죄를 짓지 않았을 때, 마음속으로 죄를 꾀하지 말고

금지된 동침으로 위대한 자연의 계약을 어기지 마!

네가 간절히 원해도 현실이 이를 금하고 있어.

그분은 경건하고 도의를 아시는 분이야. 아아,

그분에게도 나와 같은 광기가 깃들어 있었으면 좋으련만!’　　　　355

　　이렇게 그녀는 말했소. 하지만 키뉘라스는 수많은 구혼자가

몰려온 까닭에 어떻게 해야 좋을지 몰라 이들의 이름을 열거하며

누구를 남편으로 삼기를 원하느냐고 딸에게 물었소.

그녀는 말없이 아버지의 얼굴을 응시했고,

마음을 정하지 못하고 갈팡질팡하다가 눈물을 떨구었소.　　　　360

키뉘라스는 그것이 소녀의 수줍음 탓이라 믿고 그녀에게

80　복수의 여신들.

울지 말라며 볼을 닦아주고 입맞춰주었소. 그가 입맞춰주자
뮈르라는 너무나 좋아하며, 어떤 남편을 원하느냐는 물음에
'아버지 같은 남편을요.' 하고 말했소. 그는
그녀의 말뜻을 이해하지 못하고 칭찬해주며 '그래, 언제나   365
그렇게 효성이 깊기를!' 하고 말했소. 효성이란 말에
소녀는 자신의 죄를 의식하고는 고개를 숙였소.
　때는 한밤중이어서, 잠이 인간의 근심 걱정과 육신을
늦춰주었소. 하지만 키뉘라스의 딸은 밤새도록 잠 못 이루고
제어할 수 없는 정염에 사로잡혀 광적인 욕망을 되살리며   370
때로는 절망하는가 하면 때로는 시험해보기로 작정했고,
부끄러워하면서도 원했고, 어떻게 해야 할지 알지 못했소.
마치 도끼에 부상 당한 거목이 마지막 일격을 기다리며
어느 쪽으로 넘어질까 망설이며 사방을 위협하듯이,
꼭 그처럼 그녀의 마음은 수많은 고통에 허약해져 불안정하게   375
흔들리며 이쪽으로 기울어졌다 저쪽으로 기울어졌다 했소.
죽지 않고서는 자신의 사랑에 절제도, 안식도 찾을 수 없었소.
그녀는 죽기로 결심했소. 그녀는 목매어 죽기로 결심하고 일어나
대들보에 자신의 허리띠를 매며 '안녕히 계세요, 사랑하는
키뉘라스여! 그리고 내가 죽은 까닭을 알고 계세요!'라고 말하고는   380
이미 핏기라고는 없는 목에다, 고를 낸 매듭을 매고 있었소.
　사람들이 말하기를 그녀가 중얼거리던 말소리가 문밖에서
방을 지키던 충직한 유모의 귀에 들어갔다고 하오.[81]

---

81 여기 나오는 뮈르라의 유모는 에우리피데스의 비극 『힙폴뤼토스』(*Hippolytos*)에 등장하는
파이드라의 유모를 연상케 한다.

노파가 일어서서 방문을 열자 뮈르라가 죽을 채비를 하고

있는 것이 보였소. 노파는 비명을 지르고 가슴을 치고

옷을 찢으며 동시에 고를 낸 매듭을 잡아 소녀의 목에서 벗겼소.

그러고 나서 마침내 노파는 짬을 내어 눈물을 흘리며

그녀를 껴안고는 죽으려고 한 까닭을 물었소.

소녀는 입을 다문 채 말없이 꼼짝 않고 방바닥만 응시하며,

꾸물대다가 자살하려던 시도가 들키고 말았다고 괴로워했소. 390

노파는 자신의 백발과 시들어버린 젖가슴을 보여주며

요람에서부터 소녀를 양육해준 공을 봐서라도

괴로워하는 까닭을 자기에게 털어놓으라고 집요하게 간청했소.

소녀는 간청하는 노파에게서 얼굴을 돌리며 한숨을 쉬었소.

유모는 기어코 알아내야겠다고 결심하고 비밀을 지키는 것 이상을

약속했소. '말해주세요.' 하고 그녀는 말했소. 395

'그리고 내가 아씨를 돕게 해주세요. 늙었어도 나태하지는 않아요.

광기에 휩싸인 것이라면, 주문과 약초로 그것을 치료해줄 여인이

있어요. 누가 마법을 걸었다면, 마법 의식으로 정화될 수 있어요.

신들께서 노여워하시는 것이라면, 노여움은 제물로 달래면 돼요.

그 밖에 또 무엇을 생각할 수 있겠어요? 확실히 아씨의 운과 400

집안은 안전하고 번창하며, 어머님도 아버님도 다 살아 계시잖아요.'

뮈르라는 아버지란 말을 듣고는 가슴 맨 밑바닥으로부터 한숨을 쉬었소.

유모는 소녀가 마음속으로 무도한 짓을 생각하고 있는 줄은 꿈에도

몰랐지만, 그래도 사랑 때문이라는 예감은 들었소. 그래서 유모는

그것이 무엇이든 자기에게도 말해달라고 고집스레 간청했소. 405

유모는 눈물을 흘리고 있는 소녀를 자신의 늙은 품에 안고는

허약한 두 팔로 소녀를 껴안으며 말했소.

'알아요. 아씨께서는 사랑하고 계세요. (걱정하지 마세요.)

이 일에도 나는 성심껏 아씨에게 봉사할 거예요.

아버지께서는 전혀 눈치채지 못하게 말이에요.'

그러자 뮈르라가 미친 듯이 노파의 품에서 일어서더니 침상에   410

얼굴을 묻으며 '제발 나가든지, 아니면 나를 비참하고 부끄럽게

만들지 말아요!'라고 말했고, 그런데도 유모가 졸라대자 '나가든지, 아니면

왜 내가 괴로워하는지 묻지 말아요. 그대가 알려 하는 것은 범죄예요.'라고

말했소. 노파는 겁이 나서 나이와 두려움 때문에 떨리는 두 손을 내밀고는

자기가 기른 소녀의 발 앞에 탄원자로서 무릎을 꿇고 엎드려   415

때로는 감언이설로 꼬이는가 하면 때로는 겁을 주며, 자기에게

알려주지 않으면 올가미 사건과 죽으려고 했던 일을 알리겠다고

위협했고, 사랑에 관해 털어놓으면 도와주겠다고 약속했소.

소녀는 고개를 들어 솟아오르는 눈물을 유모의 젖가슴에다 쏟았소.

소녀는 몇 번이나 고백하려고 했으나 매번 말문이 막혔소.   420

마침내 소녀는 부끄럼 타는 얼굴을 옷으로 가리며 말했소.

'아, 어머니, 우리 어머니는 참 남편 복도 많으시지!'

거기까지만 말하고 소녀는 한숨을 내쉬었소. 유모는 등골이 오싹했소.

(그녀는 알아챘던 것이오.) 그녀의 온 머리 위에는 눈처럼 흰

머리카락이 쭈뼛쭈뼛 섰소. 유모는 그 끔찍한 사랑을   425

몰아내기 위하여 많은 말을 더 했소, 혹시 그것이 가능할까 해서.

소녀는 그 충고가 옳다는 것을 인정했소. 그러면서도 사랑하는 것을

갖지 못할 바엔 죽겠다는 결심을 비쳤소. '그렇다면 살아서' 하고

유모가 말했소. '가지세요, 아씨의…' 유모는 차마 '아버지를'이란 말이

나오지 않아 입을 다물고는 신들의 이름으로 자신의 약속을 다짐했소.   430

    해마다 열리는 케레스의 축제가 돌아왔소. 이때에는 경건한

어머니들이 몸에 눈처럼 흰옷을 두르고 그 해에 거둔

수확의 만물로 곡식 이삭으로 만든 화환을 갖다 바쳤소.

그들은 아흐레 밤 동안 사랑과 남자와의 접촉을

금기 사항에 포함시켰소. 그 무리들 사이에는 왕비 켕크레이스도   435

있었는데, 그녀는 열심히 신성한 비밀 의식에 참가했소.

그리하여 왕의 침상에 합법적인 아내의 자리가 비었을 때,

키뉘라스가 거나하게 취한 것을 보고는 지나치게 열성적인 유모가

가짜 이름을 대며 왕을 진심으로 사랑하는 소녀가 있는데

인물이 일색이라고 전했소. 소녀의 나이를 묻자 유모는 '뮈르라와   440

동갑이에요.'라고 말했소. 왕이 그녀를 데려오라고 명령하자

유모는 돌아와 '기뻐하세요, 아씨! 우리가 이겼어요!'라고 말했소.

불행한 소녀는 온 마음으로 기뻐하지 못했소.

그녀의 가슴은 슬픈 예감으로 가득찼소. 그래도 그녀는 기뻤소.

그만큼 그녀는 마음이 갈팡질팡했소.   445

　때는 만물이 침묵하고, 보오테스[82]가 트리오네스들[83] 사이에서

수레 채를 기울여 자기 짐수레를 아래로 향하는 시간이었소.

그녀는 자신의 범행을 향해 나아갔소. 금빛 달은 하늘에서

도망치고, 별들은 검은 구름 뒤에 숨어 있었소. 그리하여 밤에는

불빛이라고는 없었소. 맨 먼저 얼굴을 가린 것은, 이카루스[84]여,   450

82　2권 176행 참조.

83　2권 171행 참조.

84　Icarus 또는 Icarius(그/Ikaros 또는 Ikarios). 아테나이 사람으로 박쿠스에게서 포도나무를
받아 그리스에 포도나무와 포도주를 소개했으나 이카루스가 주는 포도주를 마신 목자들이 술
에 취하자 독을 마신 줄 알고 그를 쳐 죽인다. 이카루스는 죽은 뒤 하늘로 올려져 보오테스 별
자리가 되었다고 한다.

그대와, 아버지를 향한 효성으로 하늘로 올려진 에리고네[85]였소.

뮈르라는 세 번이나 발에 걸려 비틀거리자 이 전조에 멈춰 섰고,

세 번이나 무덤의 새인 올빼미가 죽음의 노래로 불길한 전조를 보냈소.

그런데도 나아갔으니, 어둠과 캄캄한 밤이 그녀의 부끄럼을 덜어주었던

것이오. 그녀는 왼손으로는 유모의 손을 잡고 오른손으로는 어둠을   455

더듬으며 나아갔소. 이미 그녀는 문턱에 이르렀고, 이미 문은

열렸으며, 이미 안으로 인도되었소. 하지만 무릎이 떨리며 오금이

내려앉았고, 얼굴에서는 핏기가 가시어 그녀는 제 안색이 아니었으며,

걸음을 떼면서도 정신이 오락가락했소. 자신의 범죄를 향해

다가가면 다가갈수록 그만큼 더 떨렸고, 자신의 대담한 짓이   460

후회되어 정체가 드러나기 전에 돌아설 수 있기를 원했소.

그녀가 머뭇거리자 노파가 그녀의 손을 잡고 높다란 침상으로

데려가더니 그녀를 넘겨주며 '키뉘라스 전하, 받으소서! 이 여인은

전하의 것이옵니다.'라고 말하고 저주받을 두 육신을 결합시켜주었소.

　아버지는 제 혈육을 근친상간의 침상으로 받아들이며 그녀의   465

소녀다운 두려움을 진정시키려 했고 겁에 질린 그녀를 격려했소.

그는 그녀를 나이에 걸맞게 '딸'이라고 불렀으며, 그녀는 그를

'아버지'라고 불렀으니, 그들이 지은 죄에 어찌 이름이 없을 수 있겠는가!

그녀는 아버지로 가득차 방을 나왔고, 저주받을 자궁에

근친상간의 씨앗을 범죄로 잉태한 채 품고 있었소.   470

다음날 밤에도 범행은 되풀이되었고, 그것이 끝이 아니었소.

마침내 키뉘라스는 그토록 여러 번 동침한 뒤에

자신의 애인이 누군지 알고 싶어 등불을 가지고 왔다가

85　6권 125행 참조.

자신의 범행과 딸을 보게 되었소. 그는 너무나 괴로워

말문이 막힌 채 벽에 걸려 있던 칼집에서 번쩍이는 칼을 뺐소.　　　　475

뮈르라는 도망쳤고, 캄캄한 밤의 어둠 덕분에 죽음을 면했소.

그녀는 넓은 들판을 이리저리 떠돌아다니다가

아라비아의 종려나무와 팡카이아 나라를 떠났소.

초승달의 뿔들이 아홉 번 돌아오는 동안 그녀는 여전히 헤매는

신세였고 지칠 대로 지쳐 사바이이족[86]의 땅에 주저앉았소.　　　　480

이제 그녀는 자궁 안의 짐을 간신히 넣고 다닐 정도였소.

그때 그녀는 무엇을 기원해야 할지 알지 못한 채 죽음의 공포와

삶의 혐오 사이에서 이런 말로 기도했소. '신들이시여, 혹시 이 기도를

들어주시는 분이 계신다면, 아뢰옵건대, 나는 벌받을 짓을 했으니

벌받기를 거절하지 않겠나이다. 하오나 내가 살아남아 산 자들을　　　　485

모욕하고, 죽어서 죽은 자들을 모욕하지 않도록 두 영역에서 나를

내쫓으시고, 나를 변하게 하시되 살지도, 죽지도 않게 해주소서!'

어떤 신이 그녀의 기도를 들었소. 아무튼 그녀의 마지막 간청을

들어주는 신들이 있었소. 그렇게 말하는 그녀의 다리를

대지가 덮으며 그녀의 발톱에서 뿌리가 옆으로 뻗어 나와　　　　490

높다란 나무줄기의 튼튼한 받침대가 되어주었기 때문이오.

그녀의 뼈는 단단한 나무가 되고, 가운데의 골수는

그대로 남고, 피는 수액이 되고, 팔은 큰 가지가 되고, 손가락은

잔가지가 되고, 살갗은 딱딱한 나무껍질이 되었던 것이오.

자라나는 나무는 어느새 그녀의 무거운 자궁을 감고 그녀의　　　　495

가슴을 덮고 나서 그녀의 목을 덮을 채비를 하고 있었소.

86　Sabaei(그 / Sabaioi). 서남 아라비아의 사바(Saba) 지역에 살던 부족.

그녀는 기다리고 싶지 않아 커 올라오는 나무를 마중 나가

아래로 내려앉으며 그 나무껍질에다 얼굴을 묻었소.

그녀는 몸을 잃으면서 옛날의 감정도 잃어버렸으나, 그래도

여전히 눈물이 흘러 나무에서 뜨거운 방울이 뚝뚝 떨어졌소.   500

그녀의 눈물에도 명예가 주어졌으니, 나무껍질에서 방울져 떨어지는

몰약[87]은 안주인의 이름을 간직한 채 영원토록 기억될 것이오.

    하지만 범죄에 의해 잉태된 아이는 나무 안에서 자라나서

어머니를 떠나 바깥으로 나올 수 있는 길을 찾고 있었소.

잉태한 나무는 몸이 무거워져 배가 불룩했고, 어머니에게는   505

뱃속의 짐이 힘에 부쳤소. 산모는 진통이 와도 말로 이를

표현할 수 없었고, 목소리로 루키나를 부를 수 없었소.

그래도 나무는 해산하는 여인처럼 몸을 구부린 채

연방 신음 소리를 내며 떨어지는 눈물에 젖었소.

자애로운 루키나가 괴로워하는 나뭇가지에 다가서서   510

그 위에 손을 얹으며 출산을 돕는 주문을 외웠소.

그러자 나무가 벌어지며 갈라진 나무껍질 사이로 살아 있는 짐을

내려놓으니 남자아이가 울음을 터뜨렸소. 그러자 물의 요정들이

그 아이를 부드러운 풀밭에 뉘고 어머니의 눈물을 발라주었소.

시기심조차도 그 아이의 잘생긴 얼굴을 칭찬했을 것이오.   515

그 아이는 화폭에 그려진 발가벗은 아모르[88] 중 한 명과

같았기 때문이오. 하지만 차림새에서도 차이가 나지 않으려면,

가벼운 화살통을 그에게 주거나 그들에게서 빼앗아야 할 것이오.

87   몰약의 라틴어 murra는 뮈르라에게서 유래했다는 것이다.

88   4권 758행 참조.

아도니스와 베누스

　날개 달린 시간은 우리가 모르는 사이 어느덧 지나가니,
세월보다 빠른 것은 없소. 제 누이의 아들이자 제 할아버지의 　　　　520
아들이기도 한 그는 얼마 전에 나무 안에 숨고, 얼마 전에
태어났건만, 그 뒤 곧 더없이 아름다운 소년이 되더니 어느새
청년이 되고 어느새 어른이 되며 이전의 자신보다 더 아름다웠소.
그는 어느새 베누스의 애인이 되어 그녀가 어머니에게
정염을 심어준 것에 앙갚음했소. 화살통을 멘 소년[89]이
어머니에게 입맞추다가 툭 튀어나온 화살로 　　　　525
뜻하지 않게 어머니의 가슴에 생채기를 낸 것이오.
여신은 부상 당하자마자 손으로 아들을 밀쳤지만 상처는
겉보기보다 깊었고, 여신도 처음에는 그런 줄 몰랐소.
　그리하여 남자의 아름다움에 사로잡힌 그녀는 더 이상
퀴테레아의 해안[90]에도 관심이 없었고, 깊은 바다에 둘러싸인 　　　　530
파포스도, 물고기가 많은 크니도스[91]도, 광물이 많이 나는
아마투스도 찾지 않았소. 그녀는 하늘도 멀리했으니,
아도니스가 하늘보다 더 좋았던 것이오. 그녀는 그의 곁을
떠나지 않고 따라다녔고, 전에는 늘 그늘에서 하릴없이
아름다움이나 가꾸곤 하는 것이 일이었으나, 지금은
디아나처럼 무릎까지 옷을 걷어올린 뒤 허리띠로 동여맨 채 　　　　535

89　쿠피도.
90　'퀴테레아의 해안'이란 라코니케 지방 앞바다에 있는 퀴테라 섬의 해안을 말한다. 퀴테라
에 관해서는 4권 190행 참조.
91　Cnidos(그 / Knidos). 소아시아 카리아 지방의 도시.

산등성이와 수풀과, 덤불이 우거진 바위 사이를 돌아다녔소.
그러면서 그녀는 사냥개를 부추겨 사냥하기 안전한 짐승인
허겁지겁 도망치는 토끼와 뿔이 우뚝한 수사슴과
노루를 추격했소. 강력한 멧돼지는 멀리했고,
약탈자인 늑대와 발톱으로 무장한 곰과 소떼를 죽여 포식하는   540
사자는 피했소. 그녀는, 아도니스여, 그대에게도 이들
짐승을 두려워하라고 충고했소. 혹시 자신의 충고가 무슨
도움이 될까 해서 말이오. '도망치는 것들에게는 용감하라.' 하고
그녀는 말했소. '하지만 대담한 것들에게 대담한 것은 안전하지 못하다.
젊은이여, 내가 위험해질 수 있으니 무턱대고 덤비지 말고,   545
자연이 무기를 준 야수는 도발하지 말라. 그대의 영광을 위해
내가 큰 대가를 치르는 일이 없도록 말이다. 그대의 젊음도,
그대의 미모도, 그 밖에 베누스를 움직인 것들도 사자와
센털의 돼지와, 야수의 눈과 마음을 움직이지는 못한다.
날카로운 멧돼지의 구부정한 엄니에는 벼락이 들어 있고,   550
황갈색 사자에는 충동과 엄청난 분노가 들어 있어,
나는 그런 것들이 싫구나.' 그가 그 까닭을 묻자 그녀가 말했소.
'말해주지. 그러면 옛날에 있던 과오의 끔찍한 결과에 놀라겠지.
하지만 나는 익숙하지 않은 노고에 지쳤다. 보라,
마침 미루나무가 그 그늘 속으로 우리를 초대하고 있고,   555
잔디가 누울 자리를 내주는구나. 거기서 그대와 쉬고 싶다,
(그리고 그녀는 쉬었소.) 땅바닥 위에서.' 그녀는 풀밭과
그의 위에 누워서 젊은이의 가슴을 베고는
이야기 도중에 간간이 입맞추며 이렇게 이야기했소.

아탈란타와 힙포메네스

'어떤 소녀가 달리기 경주에서 발 빠른 남자들을 이겼다는 말을   560
그대도 아마 들었겠지. 그 소문은 지어낸 이야기가 아니다.
(실제로 그녀가 그들을 이겼으니까.) 그녀의 빠른 발과 미모 중
어느 것이 더 칭찬받아 마땅한지 그대는 단언할 수 없을 것이다.
그녀가 남편에 관해 물었을 때 신이 대답했어. 〈아탈란타[92]야,
너는 남편이 필요 없다. 너는 남편과의 결혼을 피하도록 하라.   565
하지만 네가 피하지 못하고 살게 된다면 너 자신을 잃게 되리라.〉[93]
그녀는 신탁에 놀라 결혼도 하지 않고 우거진 숲속에 살면서
치근대는 구혼자들의 무리를 가혹한 조건을 걸어 물리치곤 했어.
〈먼저 경주에서 나를 이기기 전에는 나를 차지할 수 없어요.〉
하고 그녀는 말했지. 〈그대들은 나랑 달리기 경주를 해요!   570
발 빠른 이에게는 상으로 아내와 신방이 주어지지만 그렇지 못한
이의 상은 죽음이에요. 그것이 경주의 조건이 되게 하세요!〉
그녀는 사실 무자비했지만 워낙 아름답고 매력적인지라
성급한 구혼자들은 그런 조건에도 아랑곳하지 않고 몰려왔어.
힙포메네스는 이 잔인한 경주의 구경꾼으로서 앉아 있다가   575
〈아니, 그토록 큰 위험을 무릅쓰고 아내를 구한단 말인가?〉
하고 젊은이들의 지나친 사랑을 비난했지. 하지만 그는
그녀의 얼굴과 옷 벗은 몸[94]을 보자마자 ― 그녀의 몸은

---

92   8권 380 및 426행 참조.
93   아탈란타가 결혼에 관해 신탁에 물었다는 이야기는 다른 문헌에는 나오지 않는다.
94   아탈란타는 도자기에서 옷을 벗고 경주하는 것으로 그려져 있다. 고전시대에 그리스 남자
들은 알몸으로 연습도 하고 경기도 했다.

내 몸 또는 그대가 여자가 되었더라면 그대의 몸과 같았으니까—
아연실색하여 두 손을 내밀며 말했어.   580
〈조금 전 그대들을 비난한 나를 용서하시오. 그대들이 다투는
상의 가치를 여태 몰랐지 뭐요.〉그는 이제 정념의 포로가 되어,
젊은이 가운데 그녀보다 더 빨리 달리는 이가 없기를 바랐고,
혹시 그런 이가 있을까 시기심에서 두려워했지. 그러다 〈한데 왜 나는
이 경기에서 행운을 시험해보면 안 되지?〉하고 말했어.   585
〈신도 용감한 자들은 돕는 법이지!〉 힙포메네스가 마음속으로
이런 생각을 하고 있는 사이에 소녀는 날개 달린 발걸음으로
나는 듯이 지나갔어. 아오니아의 젊은이에게는 소녀가 스퀴티아의
화살 못지않게 빨리 달리는 것 같았지만, 그래도 그는 소녀의
우아함에 점점 더 빠져들었어. 달리기 자체가 그녀를 우아하게   590
만들었지. 그녀가 신은 샌들의 빠른 발바닥으로부터 끈⁹⁵이
미풍에 나부꼈고, 상아 같은 어깨 위로 출렁거리는 머리 하며,
가장자리에 수를 놓은 무릎 끈도 나부꼈어. 그리고 그녀의
소녀다운 하얀 살갗이 발그레한 색을 띠기 시작하니,
그 모습은 하얀 대리석 현관 위에 쳐놓은 자줏빛 차일(遮日)이   595
거기에 본래의 것과 다른 색조의 그늘을 드리울 때와 다르지 않았어.
나그네가 이런 것들을 눈여겨보고 있는 사이에 마지막
한 바퀴를 돈 아탈란타가 승리자로서 축제의 화관을 썼어.
패배자들은 한숨을 쉬며 약속대로 벌을 받았지.
    젊은이는 이들의 운명에도 겁먹지 않고 한가운데에   600
자리잡고 서서 처녀에게 시선을 고정한 채 말했어.

95 발목에 맨 가죽끈을 말하는 것으로 생각된다.

〈왜 그대는 게으른 자들을 이김으로써 쉽게 명성을 얻으려 하시오?

자, 나와 겨루시오! 행운이 내게 승리를 준다면, 그토록

위대한 적에게 지는 것은 그대에게 치욕이 되지 않을 것이오.

내 아버지는 옹케스투스⁹⁶의 메가레우스이고, 그분의 할아버지는   605

넵투누스라오. 그러니까 나는 바다의 왕의 증손이오.

내 용기도 내 가문 못지않소. 행여 내가 진다면, 그대는

힙포메네스를 이겼으니 기억에 남을 큰 명성을 얻을 것이오.〉

스코이네우스의 딸⁹⁷은 부드러운 눈길로 그를 바라보다가,

질까 아니면 이길까 망설이며 이렇게 혼잣말을 했어.   610

〈잘생긴 젊은이를 시기하는 신이 누구시길래 저 사람을

죽게 하려고 소중한 목숨을 걸고 내게 구혼하라고

명령하는 것일까? 내가 판단하기에, 내게 그런 가치는 없어.

나를 감동시키는 것은 그의 미모가 아니라

(물론 그것도 나를 감동시킬 수 있겠지만) 그가 아직

소년이라는 점이야. 나를 감동시키는 것은 그 자신이 아니라   615

그의 나이야. 그에게는 용기와 죽음을 두려워하지 않는 기백이 있어.

혈통을 따지자면 해신의 4대손이 아닌가? 또 가혹한 운명이

그에게 나를 허락하지 않을 경우 죽을 각오를 할 만큼

나와의 결혼을 가치 있는 일로 여기고 있지 않은가? 나그네여,

할 수 있을 때 피투성이가 된 결혼을 뒤로하고 이곳을 떠나세요!   620

나와의 결혼은 잔혹한 파멸이 될 거예요. 그대와의 결혼을 거절할

소녀는 아무도 없을 것이며, 현명한 소녀라면 오히려 그대 같은

---

96   Onchestus(그/Onchestos). 보이오티아 지방의 도시.

97   아탈란타.

신랑을 바랄 거예요. 아니, 이미 여럿이 죽었는데

내가 왜 그런 걱정을 하고 있지? 그런 걱정은 그가 해야지.

그는 수많은 구혼자의 죽음에도 이를 무시하고

사는 것에 싫증을 내고 있으니 죽으라고 해!   625

그렇다면 그는 나와 살기를 원했기 때문에 죽게 되고,

사랑한 죄로 부당한 죽음을 감수하게 될 것인가?

내가 승리한다면 감당할 수 없는 미움을 사게 될 거야.

하지만 그게 어디 내 잘못인가! 그대가 포기하거나, 아니면

그대가 제정신이 아니니 나보다 더 빠르다면 좋으련만!   630

아아, 그의 소년 같은 얼굴은 꼭 소녀의 얼굴 같구나.

아아, 가련한 힙포메네스여, 그대가 나를 보지 않았더라면!

그대는 살 가치가 있었는데! 내가 더 복을 타고나고

무뚝뚝한 운명이 내게 결혼을 거절하지 않았다면, 그대야말로

내가 잠자리를 같이하고 싶었을 유일한 남자일 텐데!〉   635

　　그녀는 순박한 데다 처음으로 사랑의 포로가 되어

이렇게 말하면서도 그것이 사랑이라는 것을

느끼지 못했어. 벌써 백성과 그녀의 아버지가

통상적인 경주를 요구하자 넵투누스의 자손인

힙포메네스가 걱정스러운 목소리로 나를 부르며 말했지.

〈퀴테레아[98]여, 바라옵건대, 내가 감행하는 일을 도와주시고,   640

그녀가 지른 사랑의 불꽃이 활활 타오르게 해주소서!〉

부드러운 미풍이 그의 듣기 좋은 기도를 내게 실어다주었을 때, 솔직히

나는 감동했어. 하지만 그를 돕자면 지체할 시간이 없었지.

98　4권 190행 참조.

토착민들이 타마수스[99] 들판이라고 부르는 들판이 있는데,

퀴프루스 땅에서 가장 풍요로운 지역인 이곳을 옛 원로들이   645

내게 봉헌하며 내 신전에 선물로 덧붙여주라고 명령했지.

그 들판 한가운데에는 황금 잎이 반짝이는 나무 한 그루가 서 있는데,

그 황금가지는 바람에 딸랑딸랑 울리고 있지.[100]

그곳에서 오는 길에 나는 마침 거기서 딴 황금 사과[101] 세 개를

손에 들고 있었어. 힙포메네스 외에는 누구에게도 보이지 않게   650

나는 그에게 다가가 사과들을 어디다 쓰는 것인지 가르쳐주었어.

나팔이 출발하라는 신호를 울리자, 두 사람은 웅크린 자세로 출발점에서

내달았고, 모래의 표면을 빠른 발로 가볍게 스쳤지. 그대는 그들이

마른 발로 바다의 수면 위를 스쳐지나가고,[102] 서 있는 곡식의

누런 이삭 위로 내달릴 수 있다고 생각했을 것이다.   655

사람들은 큰 소리로 젊은이를 응원하며 이런 말로 격려했어.

〈이제야말로, 이제야말로 힘을 낼 때야. 힙포메네스, 앞으로 내달아!

이제야말로 있는 힘을 다해! 꾸물대지 마! 넌 꼭 이길 거야!〉

이런 말을 듣고 더 좋아하는 것이 메가레우스의 영웅다운

아들인지 아니면 스코이네우스의 딸인지는 확실히 알 수 없었어.   660

오오, 그녀는 그를 앞지를 수 있는데도 얼마나 자주 머뭇거리며

---

99 Tamasus(그 / Tamassos). 퀴프루스 섬의 중앙에 있는 도시.

100 직역하면 '가지는 노란 황금으로 딸랑딸랑 소리를 내고 있다'가 될 것이다. 이 문장은 베르길리우스의 '황금가지'(『아이네이스』 6권 209행 참조)를 연상케 한다.

101 이 사과들은 대개 대지의 서쪽 끝에 있는 헤스페리데스들의 정원에서 유래한 것으로 알려져 있다.

102 베르길리우스의 카밀라처럼 스쳐지나가는 것을 말한다. 『아이네이스』 7권 808행 이하 참조.

그의 얼굴을 보다가 주춤하며 마지못해 그를 뒤에 남겨두었던가!

그의 지친 목구멍에서는 메마르고 거친 숨소리가 나는데

결승점은 아직도 멀었어. 마침내 넵투누스의 자손은

세 개의 나무 열매 가운데 하나를 던졌어.   665

그것을 보자 놀란 소녀는 반짝이는 사과가 탐이 나

주로(走路)에서 벗어나더니 굴러가는 황금을 집었어.

힙포메네스가 앞지르자 관중들이 박수갈채를 보냈지.

하지만 그녀는 재빨리 달려, 지체하느라 놓친 시간을 만회하고는

다시 젊은이를 등뒤에 남겨두었지.   670

두 번째 사과를 던지자 그녀는 다시 지체하다가 뒤따라와

남자를 앞질렀어. 이제는 주로의 마지막 부분만이 남아 있었지.

〈이제 선물을 주신 여신이시여, 오셔서 나를 도와주소서!〉라고

말하고 젊은이는 반짝이는 황금을, 그녀가 돌아오자면 시간이

걸리도록, 있는 힘을 다해 들판의 한쪽으로 비스듬히 던졌다.   675

소녀는 그것을 주우러 갈까 말까 망설이는 것 같았어.

나는 그것을 줍도록 강요하고 그녀가 주운 사과를 무겁게 함으로써

짐의 무게와 시간 손실로 똑같이 그녀를 방해했지.

하지만 내 이야기가 경주 자체보다 더 길어지는 일이 없도록,

소녀는 추월당했고 승리자는 자기 몫의 상을 데리고 갔지.   680

　　그만하면, 아도니스여, 나는 그에게서 감사하다는 인사를 받고,

분향의 명예를 받을 만하지 않은가? 한데 그는 배은망덕하게도

감사하다는 인사도, 분향도 하지 않았지. 나는 갑자기 화가 났어.

무시당한 것이 괴롭고, 또 앞으로 무시당하는 일이 없도록 나는 그 둘을

응징했으니, 사람들이 그들을 교훈으로 삼게 하려는 것이지.   685

그들이 우거진 숲속의 신전 옆을 지나가고 있었는데,

그 신전은 유명한 에키온[103]이 전에 서약을 이행하느라 신들의
어머니[104]에게 지어주었지. 먼 길을 온 그들은 쉬어가고 싶었어.
힙포메네스는 때 아니게 그곳에서 동침하고 싶은 욕망에
사로잡혔는데, 그것은 내 신성(神性)이 불러일으킨 것이었지.   690
신전 가까운 곳에 햇빛이 거의 들지 않고 지붕이 자연석으로 된,
흡사 동굴 같은 구석진 곳이 있었어.
예로부터 성소로 여겨지던 이곳에 사제들이 옛 신들의
목상(木像)을 모셔놓았지. 그는 이곳으로 들어가
금지된 욕망을 채움으로써 성소를 더럽혔어.   695
그러자 신성한 상(像)들은 시선을 돌렸고, 탑 모양의 관(冠)을 쓴
어머니[105]는 그들을 스튁스의 물결에 담글까 하고 망설였어.
하지만 그 벌은 가벼워 보였어. 그래서 잠시 전만 해도 부드럽던
그들의 목덜미는 황갈색 갈기로 덮이고, 손톱은 구부러져
짐승의 발톱이 되고, 팔은 다리가 되고, 체중이 대부분   700
가슴에 실리면서 그들은 꼬리로 모래 바닥을 쓸게 되었어.
그들은 얼굴에 성난 빛을 띠고 말하는 대신 울부짖고,
신방 대신 수풀을 자주 찾곤 하지. 그들은 이제 다른 자들이 다
두려워하는 사자가 되어 길들여진 입으로 퀴벨레의 재갈을 문단다.
사랑하는 소년이여, 그대는 이들뿐 아니라, 도망치려고 등을   705
돌리지 않고 싸우려고 가슴을 들이미는 야수는 모두 피하라!
그대의 용기가 우리 둘에게 파멸이 되지 않도록 말이다.'

103 3권 126행 참조.
104 퀴벨레.
105 탑 모양의 관을 쓴 퀴벨레에 관해서는 오비디우스, 『로마의 축제들』 4권 219행 참조.

아도니스의 죽음

　여신은 충고를 마치고 백조들이 끄는 수레를 타고
대기를 지나갔소. 하지만 그의 용기는 충고를 따르려 하지 않았소.
마침 그의 사냥개들이 확실한 발자국을 뒤쫓다가 은신처에   710
숨어 있던 멧돼지 한 마리를 들쑤시자, 숲 밖으로 나오려던
녀석을 키뉘라스의 젊은 아들이 옆에서 창을 던져 맞혔소.
사나운 멧돼지는 구부정한 주둥이로 제 피로 물든 사냥용 창을
금세 뽑아버리고 겁에 질려 안전을 위해 도망치던 그를
뒤쫓아가 엄니들을 그의 사타구니 사이로 깊숙이 찔러 넣어   715
죽어가는 그를 황갈색 모래 위에 길게 뉘었소.
퀴테레아는 날개 달린 백조들이 끄는 가벼운 수레를 타고
대기 한가운데를 지나가다가 아직 퀴프루스에 이르기도 전에
죽어가는 젊은이의 신음 소리를 멀리서 알아듣고 하얀 새들을
그쪽으로 돌렸소. 그가 숨이 끊어진 채 여전히 제 피 속에서   720
허우적거리는 것을 높은 하늘에서 보고는 그녀는
뛰어내리더니 옷을 찢고 머리를 쥐어뜯으며 손바닥으로
죄 없는 가슴을 쳤소. 그녀는 운명에 시비를 걸며
'하지만 모든 것이 그대들의 지배 아래 들지는 않으리라.'라고 말했소.
'아도니스여, 내 슬픔을 기념하는 축제106는 언제까지나   725
지속되어, 해마다 되풀이되는 그대의 죽음의 장면에서
사람들은 그대를 향한 내 애도를 흉내낼 것이다.

---

106 매년 6월 말에 열리는 아도니스제의 행렬에서는 베누스와 아도니스의 상이 운반되었다
한다.

하지만 그대의 피는 꽃으로 변할 것이다. 페르세포네여, 전에
그대에게는 한 여인[107]의 사지를 향기로운 박하로 바꾸는 것이
허용되었거늘, 내가 키뉘라스의 영웅다운 아들을   730
변신시킨다고 해서 시샘을 사지는 않겠지요?'
그녀는 향기로운 넥타르를 그의 피에다 뿌렸소. 넥타르가 닿자
피가 부풀어올랐는데, 그 모습은 마치 누런 진흙[108]에서
투명한 거품이 솟아오를 때와도 같았소. 한 시간도 채 안 되어
핏빛 꽃 한 송이가 피어났는데, 그 색깔은 마치 질긴 껍질 아래   735
씨를 숨겨두는 석류나무의 열매와 같았소.
하지만 그 꽃은 오래 즐길 수는 없소. 약하게 매달려 있는 데다
너무나 가벼워 쉬이 떨어지는 그 꽃을 바로 그 꽃에 이름을
대준 바람[109]이 흔들어 떨어뜨리기 때문이오."

---

107 요정 민테.
108 앤더슨의 텍스트에 따라 caelo('하늘에서')로 읽지 않고 뵈머(Bömer)의 텍스트에 따라
caeno('진흙에서')로 읽었다. 둘 다 뜻이 모호하지만 그래도 caeno로 읽어야 다소나마 뜻이 통
할 듯하다.
109 아네모네(anemone)란 꽃 이름이 '바람'이라는 뜻의 그리스어 anemos에서 유래했다는 주장
은 오비디우스 이전의 문헌에서는 확인되지 않는다.

XI

존 워터하우스, 〈오르페우스의 머리를 발견한 요정들〉

오르페우스의 죽음

  트라키아의 가인이 그런 노래로 숲과, 야수들의 마음과,

바위들을 뒤따라오도록 인도하는 동안

보라, 가슴에 야수의 가죽을 걸친 채 광란하던,

키코네스족[1] 여인들이 언덕 꼭대기에서

뤼라 현의 반주에 맞춰 노래하는 오르페우스를 보았다.   5

그러자 그중 한 명이 미풍에 머리털을 흔들어대며 "저것 봐요.

저기 우리를 경멸하는 자가 있어요!"라고 말하더니 아폴로의

가인의 낭랑한 입을 향해 창을 던졌다. 하지만 나뭇잎을 감은

창[2]은 목표물을 맞히긴 했어도 상처를 입히지는 못했다.

또 다른 여자가 돌을 던졌는데, 그것은 공중을 날다가   10

목소리와 뤼라의 화음에 제압되어 마치 그런 미친 짓을

감행한 데 대해 사죄라도 하는 듯 그의 발 앞에 굴러떨어졌다.

앞뒤를 헤아리지 않는 공격이 더욱 거세지며 절제가 사라지자,

광기 어린 복수의 여신이 그곳을 지배했다. 그런데도

그들의 모든 무기가 그의 노래의 마력 앞에 무력해졌을 것이나,   15

엄청난 소음과, 구부정한 뿔이 달린, 베레퀸테스족[3]의

피리 소리와, 북소리와, 박수 소리와, 박쿠스 신도들의 울부짖는

소리가 키타라 소리를 압도해버렸다. 그리하여 결국 더이상 그 목소리를

---

1   6권 710행 참조.

2   튀르수스 지팡이.

3   Berecyntes(그 / Berekyntes). 소아시아 프뤼기아 지방에 살던 부족으로, '베레퀸테스족의'는 흔히 '프뤼기아의'라는 뜻으로 쓰인다.

들을 수 없는 가인의 피로 돌멩이들이 붉게 물들었다.

마이나스⁴들은 먼저 여전히 가인의 목소리에 넋을 잃은   20

헤아릴 수 없이 많은 새와, 뱀과, 야수의 무리를

잡아 죽였는데, 이것들은 오르페우스의 명성이자 청중이었다.

이어서 그들은 피투성이가 된 손을 오르페우스에게 향하며

그의 주위로 몰려드니, 그 모습은 밤의 새⁵가 낮에 돌아다니는 것을

보았을 때의 새떼와 같았고, 이른 아침 원형극장의 모래밭에서   25

죽게 된 수사슴이 개 떼의 먹이가 될 때와 같았다. 그들은

가인에게 달려들어 그에게 푸른 덩굴이 감긴 튀르수스 지팡이를

던졌는데, 그것은 이런 용도로 쓰라고 만들어진 것이 아니었다.

이 여인들은 흙덩이를, 저 여인들은 나뭇가지를 꺾어 던졌으며,

일부는 돌멩이를 던졌다. 그리고 그들의 광기에 무기를   30

대주려고 마침 소들이 쟁기를 깊숙이 끌며 땅을 갈고 있었고,

거기서 멀지 않은 곳에 건장한 농부들이 비지땀으로

수확을 늘리려고 단단한 땅을 파고 있었다.

이들은 여인들의 무리를 보자 일하던 도구를 버려둔 채

줄행랑을 쳤다. 빈 들판에는 괭이와 묵직한 쇠스랑과   35

기다란 곡괭이가 여기저기 흩어져 있었다. 난폭한 여인들은

농기구를 집어 들고 우선 뿔로 자기들을 위협하는

소를 갈기갈기 찢고 나서 가인을 죽이러 갔다.

두 손을 내밀며 그는 살려달라고 애원해보았지만,

난생 처음으로 그의 말은 아무 소용없었고, 그의 목소리는   40

---

4   '광란하는 여자'라는 뜻으로 박쿠스의 여신도를 말한다.

5   부엉이. 2권 564행 참조.

누구도 움직이지 못했다. 신성을 모독하는 여인들이 그를 죽이자,

맙소사, 바위도 귀기울이고 야수도 알아듣던 그 입술 사이로

목숨이 빠져나오더니 바람 속으로 흩어졌다.

오르페우스여, 슬퍼하는 새도, 야수의 무리도,

단단한 바위도, 종종 그대의 노래를 쫓아다니던 숲도   45

그대를 위해 울었소. 나무는 잎을 벗고 삭발한 채

그대를 위해 슬퍼했소. 사람들이 말하기를, 강물도 제 눈물로

불어났고, 물의 요정들과 나무의 요정들도 검은 상복을 입고

머리를 풀어헤쳤다고 한다. 가인의 사지는 사방에 흩어졌으나,

그의 머리와 뤼라는, 헤브루스⁶여, 그대가 받았소. 그리고   50

(놀라운 일이 벌어졌다.) 그것들이 강 한복판을 떠내려가는 동안

뤼라는 뭔지 알 수 없는 슬픈 소리를 냈고, 숨이 끊어진

혀는 슬피 중얼거렸으며, 강둑은 이에 슬피 화답했다.

어느새 그것들은 고향의 강물을 떠나 바다로 떠내려가서

메튐나⁷시 근처의 레스보스⁸ 해안에 닿았다.⁹   55

그곳에서 이방의 모래 위에 드러난 그의 얼굴과

바닷물이 뚝뚝 듣는 그의 머리털을 사나운 뱀이 공격했으나

마침내 포이부스가 나타나, 물려고 하던 뱀을

몰아내더니 뱀의 쩍 벌어진 입을 돌로 변하게 하고

---

6   2권 257행 참조.

7   레스보스 섬의 주요 도시 가운데 하나.

8   2권 591행 참조.

9   그래서 레스보스 섬은 삽포(Sappho), 알카이오스(Alkaios) 등 뛰어난 시인을 배출했다고
한다.

열린 턱을 그대로 굳어지게 했다.[10]   60

그의 그림자는 대지 아래로 내려가 전에 보았던 장소를

모두 알아보았다. 복 받은 자들의 들판[11]을 찾아 헤매다가 그는

에우뤼디케를 발견하고는 두 팔로 힘껏 껴안았다.

지금 그들은 그곳에서 나란히 함께 거닐고 있다. 때로는 앞서가는

그녀를 오르페우스가 뒤따르기도 하고 때로는 그가 앞서가며   65

지금은 안전하게 에우뤼디케를 뒤돌아보기도 한다.[12]

　　하지만 뤼아이우스[13]는 그런 범행을 벌하지 않고 그냥

내버려두지 않았으니,[14] 자신의 비의(秘儀)[15]를 노래하던

가인을 잃은 것을 슬퍼하여, 만행을 본 에도니족[16]의

모든 여인을 즉시 나무뿌리를 꼬아 숲속에다 묶고는,   70

그들의 발가락을 그들 각자가 그때 오르페우스를 추격한 거리만큼

길게 늘어뜨린 다음 그 끝을 단단한 대지에 박아버렸다.

마치 새가 교활한 사냥꾼이 쳐놓은 올가미에 다리가 걸리면

걸렸다는 것을 느끼고 날개를 퍼덕거려 보지만

버둥대면 버둥댈수록 올가미의 끈이 더 단단히 죄어들듯이,   75

꼭 그처럼 이 여인들도 땅에 단단히 들러붙자 질겁하고

10　이 텍스트에만 나오는 이야기이다.

11　'복 받은 자들의 들판'(arva piorum)은 그리스신화의 '엘뤼시온 들판'(Elysion pedion) 또는 '복 받은 자들의 섬들'(makaron nesoi)을 말한다. 신의 사랑을 받는 소수의 사람은 죽는 대신 대지의 서쪽 끝에 있는 이곳으로 보내져 행복하게 사는 것으로 여겨졌다.

12　오르페우스와 에우뤼디케 신화의 이러한 해피엔딩은 오비디우스의 창작이다.

13　4권 11행 참조.

14　이 에피소드는 다른 문헌에서는 확인되지 않는다.

15　오르페우스 비의도 박쿠스 신이 주재한다.

16　Edoni(그/ Edonoi 또는 Edones). 트라키아의 스트뤼몬 강변에 살던 부족.

저마다 달아나려 안간힘을 썼으나 소용없었다. 단단한 뿌리가
꼭 붙들고는 아무리 몸부림쳐도 놓아주지 않았던 것이다.
그리고 손가락은 어디 있고, 발은 어디 있으며, 손톱은 어디
있느냐고 묻는 사이에 나무껍질이 날씬한 장딴지를 타고   80
올라오는 것이 보였다. 속이 상해 허벅지를 치려고 했으나,
그들이 친 것은 참나무였다. 가슴도 참나무가 되었고,
어깨도 참나무였다. 그대가 그들의 긴 팔을 나뭇가지라고
생각한다면, 그대의 그런 생각은 틀린 것이 아닐 것이오.

미다스

　박쿠스는 그것으로 성에 차지 않았다. 그는 그곳의 들판을   85
떠나 더 선량한 무리를 거느리고 티몰루스¹⁷ 산의 포도밭과
팍톨로스¹⁸ 강을 찾아갔다. 하지만 이 강은 당시만 해도
금이 나지 않았고, 값진 모래 때문에 시샘을 사지도 않았다.
평소에 그를 따르던 무리인 사튀루스들과 박쿠스의 여신도들이
그의 주위에 모여들었으나, 실레누스¹⁹는 없었다. 나이가 많은 데다   90
술에 취해 비틀거리는 실레누스를 프뤼기아의 농부들이
사로잡아 화환으로 묶은 다음 미다스 왕에게 데려갔던 것이다.

17　티몰루스에 관해서는 2권 217행 트몰루스 참조.
18　팍톨로스에 관해서는 6권 16행 참조. 이 강은 사금(砂金)이 많이 나기로 유명한 곳이다.
19　4권 주 17 참조.

미다스에게 트라키아의 오르페우스는 케크롭스[20]의 에우몰푸스[21]와
함께 박쿠스 의식을 가르쳐준 적이 있었다. 미다스는
실레누스가 박쿠스의 일행이자 비의에 참가하는 자임을
알아보고는 그런 손님이 온 것을 축하하려고   95
이오 십, 열흘 밤 열흘 낮을 잇달아 잔치를 벌였다.
어느새 열한 번째로 루키페르[22]가 하늘에서 별들의 무리를
몰아냈을 때, 왕은 흐뭇한 마음으로 뤼디아의 들판으로 나가
실레누스를 그의 젊은 양자(養子)에게 돌려주었다. 그러자 신은
양부가 무사히 돌아온 것을 기뻐하며 왕에게 원하는 것을   100
마음대로 고를 수 있게 해주었는데, 그것은 즐겁기는 하지만
무익한 선물이었다. 선물을 악용할 운명을 타고난 왕은 "내 몸에
닿는 것은 무엇이든 누런 황금이 되게 해주소서!"라고 말했다.
리베르는 그의 소원대로 해악을 가져다줄 선물을 주며
그가 더 나은 것을 구하지 않은 것을 안타까워했다.   105
베레퀸테스족의 영웅[23]은 흐뭇한 마음으로 떠나며 자신의 재앙을
기뻐했고, 이것저것 만짐으로써 약속이 과연 진실인지
시험해보았다. 그는 반신반의하며 키가 크지 않은 떡갈나무에서
푸른 가지를 하나 꺾어보았다. 가지는 황금이 되었다.
그는 땅에서 돌멩이를 하나 집어 들었다. 돌멩이가 금빛으로 빛났다.   110
흙덩이를 만졌다. 그의 기운 찬 접촉으로 흙덩이는
금괴가 되었다. 익은 곡식 이삭을 꺾자, 그가 거둬들인 것은

---

20 6권 70행 참조.
21 Eumolpus(그/ Eumolpos). 오르페우스의 제자로 엘레우시스 비의의 창설자.
22 2권 115행 참조.
23 미다스.

황금이었다. 그는 나무에서 사과를 하나 따서 손에 들었다. 그대는
헤스페리데스들[24]이 그것을 주었다고 생각했으리라.[25] 그가 높다란
기둥들에 손가락을 갖다 대자 기둥들이 빛을 발하는 것처럼 보였다.   115
흐르는 물에 손을 씻을 때 그의 손 위로 흘러내리는
물은 다나에[26]도 속일 수 있을 정도였다.
모든 것이 황금으로 변하는 상상을 하자 그는 마음속으로
자신의 희망을 감당할 수 없을 지경이었다. 그가 기뻐하고
있을 때 하인들이 진수성찬을 차려 내놓았고, 거기에는 빵도   120
빠지지 않았다. 그가 케레스의 선물[27]에 손을 뻗치자,
케레스의 선물은 굳어졌다. 그리고 탐욕스러운 이빨로
진수성찬을 먹으려고 하면 그의 이빨에 씹히는 것은 얇은
황금 조각뿐이었다. 그는 이런 선물을 준 박쿠스 신의
포도주를 깨끗한 물로 희석했다.[28] 그대는 녹은 금이   125
그의 목구멍 사이로 흘러 내려가는 것을 볼 수 있었으리라.

24 '서쪽의 요정들'이라는 뜻으로 헤시오도스에 따르면 밤의 딸들이지만, 후기에는 윱피테
르와 테미스의, 또는 포르쿠스(Phorcus 그/ Phorkys)와 케토(Keto)의, 또는 아틀라스와 헤스
페리스(Hesperis)의 딸들이다. 헤스페리데스들은 아이글레(Aigle '광휘' '광채')와 에뤼테이아
(Erytheia '붉은색')와 헤스페라레투사(Hesperarethousa '저녁놀의 붉게 타는 빛'), 이 3명으로
알려져 있으나 헤스페라레투사는 헤스페리아(Hesperia)와 아레투사(Arethousa)로 나뉠 때도 있
다. 그들은 서쪽 끝에 있는 오케아누스 옆 아틀라스 산기슭에 살며, 유노가 윱피테르와 결혼할
때 대지의 여신이 그녀에게 선물로 준 황금 사과나무를 라돈이라는 용의 도움으로 지키고 있었
다. 훗날 헤르쿨레스가 찾아와 용을 죽이고 황금 사과들을 가져가자 그들은 절망한 나머지 느
릅나무와 미루나무와 버드나무로 변했다고 한다.
25 그가 든 사과가 황금 사과가 되었다는 말이다.
26 다나에에 관해서는 4권 611행 및 4권 610행의 페르세우스 참조.
27 빵.
28 고대 그리스인들과 로마인들은 포도주에 물을 타서 희석하여 마셨다.

이 이상한 재앙에 깜짝 놀라, 부자이면서도 비참한 그는 자신의
재산에서 벗어나고 싶었고 방금 전에 기원했던 것이 싫어졌다.
아무리 많은 음식도 그의 허기를 채워주지 못했다. 목 안은
타는 듯이 말랐다. 그는 제 잘못으로, 가증스러운 황금으로   130
고통 받자 하늘을 향해 두 손과 번쩍이는 두 팔을 들고 말했다.
"아버지 레나이우스여, 용서해주소서. 제가 죄를 지었나이다.
바라옵건대, 저를 불쌍히 여기시어 이 번쩍이는 저주에서 구해주소서!"
신들은 자비로우신 법이다. 그가 죄를 지었음을 시인하자
박쿠스는 그를 복원시켜주고 계약과 선물을 무효로 하며 말했다.   135
"그대가 잘못 기원한 황금에 온통 싸여 있지 않도록
강력한 사르데스²⁹에 인접해 있는 강으로 가되
그 강의 발원지에 이를 때까지 굴러 내려오는
물결을 거슬러 산등성이 위로 오르도록 하라.
거기 샘물이 거품을 일으키며 가장 많이 솟아나오는 곳에   140
그대의 머리와 몸을 담가 그대의 죄를 씻어내도록 하라!"
왕은 명령받은 대로 물속에 잠겼다. 그러자 사물을 황금으로
변하게 하는 힘은 사람의 몸에서 강물로 옮겨가 물 빛을
바꿔놓았다. 이 오래된 광맥의 씨를 받은 들판은 지금도
황금으로 굳어지고 그 축축한 흙덩이는 금빛으로 번쩍인다.   145
    미다스는 부(富)에 진저리가 나서 숲과 들판을
찾아다니며 언제나 산속 동굴에 사는 판³⁰을 숭배했다.
하지만 그는 여전히 미련한 사람인지라, 그의 어리석은 생각은

---

29 Sardes(그/ Sardeis). 뤼디아 지방의 수도.
30 1권 699행 이하 참조.

또다시 이전처럼 그 주인에게 해를 끼쳤다.

트몰루스 산은 저 멀리 바다를 내다보며 가파르게 우뚝   150

솟아 있는데, 그 산비탈은 한쪽으로는 사르데스에 닿아 있고,

다른 쪽으로는 소도시 휘파이파³¹에 접해 있다.

그곳에서 판은 부드러운 요정들 앞에서 제 노래를 뽐내며

밀랍으로 이어 붙인 갈대로 가벼운 곡을 연주하는 동안

아폴로의 음악이 자신의 음악만 못하다고 감히 헐뜯다가   155

트몰루스³²를 심판관으로 삼고 고르지 못한 시합을 했다.

연로한 심판관은 제 산꼭대기에 자리잡고 앉더니 두 귀에서

나무를 치웠다. 그의 검푸른 머리털에만 참나무 관이 둘러져

있었고, 움푹 팬 관자놀이 주위에는 도토리가 매달려 있었다.

그는 양떼의 신³³을 바라보며 말했다. "심판으로 인해   160

지체할 일은 없소." 그러자 판이 시골의 갈대를 연주하여

야만적인 노래로 미다스의 마음을 녹였다. (그는 우연히 거기서

노래를 듣게 되었던 것이다.) 판이 노래를 마치자 신성한 트몰루스는

포이부스 쪽으로 얼굴을 돌리니 그의 숲도 얼굴을 따라 돌았다.

포이부스의 금발에는 파르나수스 산의 월계수 관이 씌워 있었고,   165

튀로스의 자줏빛 염료로 물들인 그의 외투는 땅바닥을 쓸었다.

포이부스는 보석과 인디아의 상아(象牙)를 박아 넣은 현악기를

왼손에 들고 있었고, 다른 손에는 채를 들고 있었다.

---

31 6권 13행 참조.

32 산신(山神)으로서의 트몰루스를 말한다. 아켈로우스가 강이자 하신(河神)이듯이(8권 549
행 이하 참조) 트몰루스도 산이자 산신이다. 이런 기법은 베르길리우스의 아틀라스 묘사(『아이
네이스』 4권 246행 이하 참조)에 영향을 받은 것으로 보인다.

33 판.

그 자세는 그가 예술가임을 말해주었다. 이어서 그가

숙련된 엄지손가락으로 현을 뜯자, 트몰루스는 그 달콤한 가락에 　　　170

매혹되어 판더러 그의 갈대를 키타라에 복종시키라고 명령했다.

신성한 산신(山神)의 판정과 판단은 모든 이의 마음에 들었다.

하지만 단 한 사람 미다스의 목소리는 거기에 이의를 제기하며

공정하지 못하다고 주장했다. 델리우스가 그런 아둔한

귀가 인간의 모습을 하고 있는 것을 참다못해 　　　175

그 귀를 길게 늘이고는 굵고 거친 잿빛 털로 채우고 나서

귀뿌리를 안정성 없이 만들어 움직일 수 있게 했다.

미다스는 다른 부분에서는 모두 인간이었으나 한 부분에서만

벌을 받아, 느릿느릿 걷는 당나귀의 귀를 갖게 되었다.

그는 이 사실을 감추고 싶었고, 자줏빛 모자[34]로 　　　180

자신의 관자놀이에게 수치와 치욕을 덜어주려고 했다.

하지만 무쇠로 그의 긴 머리털을 잘라주곤 하던 하인이

그 귀를 보았다. 자기가 본 수치스러운 광경을 차마

누설할 수가 없었지만, 그래도 하인은 발설하고 싶었고,

침묵을 지킬 수가 없었다. 그래서 하인은 외딴곳으로 가서 땅에 　　　185

구덩이를 파고는 나직한 목소리로 그 구덩이에 대고

자신의 주인이 어떤 귀를 갖고 있는지 본 대로 속삭였다.

그러고는 흙을 던져 넣어 자신의 목소리의 증언을

묻고 구덩이를 도로 채운 다음 말없이 그곳을 떠났다.

그런데 그곳에 속삭이는 갈대숲이 우거지기 시작하더니, 　　　190

그 해가 끝날 무렵 키가 다 자라자 그것을 심은 자가 누군지

---

34 '모자'의 라틴어 tiara는 엄밀히 말해 턱 밑에서 끈을 매는 모자를 말한다.

누설했다. 그것이 부드러운 미풍에 흔들리자 하인이 묻었던 말을
되풀이하며 그의 주인의 귀에 관한 비밀을 폭로했던 것이다.

라오메돈

　　라토나의 아들은 복수를 끝내고 트몰루스를 떠났다.
그는 맑은 대기를 가르며 날다가 네펠레의 딸인 헬레의　　　　　　195
좁은 바다[35]를 건너지 않고 라오메돈[36]의 들판에 멈춰 섰다.
오른쪽으로 시게움[37] 곶과 왼쪽으로 로이테움[38] 곶 사이에
천둥 신 파놈파이우스[39]에게 바쳐진 오래된 제단이 하나 있었다.
그곳에서 아폴로는 라오메돈이 새 도시 트로이야의 성벽을
쌓기 시작하는데 이 대역사(大役事)가 힘들게 진행되고　　　　　200
적잖은 재원을 요구하는 것을 보았다. 그래서 아폴로는 성벽을
쌓아주는 대가로 황금을 받기로 계약하고 나서 부풀어오른 바다의,
삼지창을 들고 다니는 아버지[40]와 함께 인간의 모습을 입고는
프뤼기아의 왕[41]을 위해 성벽을 쌓아주었다.

35　헬레스폰투스(Hellespontus 그 / Hellespontos). '헬레의 바다'라는 뜻으로 지금의 다다넬즈
해협을 말한다.

36　6권 96행 참조.

37　Sigeum(그 / Sigeion). 소아시아 서북부 트로아스 지방에 있는 곳.

38　Rhoeteum(그 / Rhoiteion). 트로아스 지방의 곶.

39　Panomphaeus(그 / Panomphaoios). '모든 신탁의 창시자'라는 뜻으로 예언의 신으로서의 윱
피테르의 별칭.

40　넵투누스.

41　라오메돈.

대역사가 완성되었으나 왕은 대가를 지불하기는커녕   205

배신의 극치로서 거짓말에다 위증까지 덧붙였다.

그러자 바다의 지배자가 "어디 벌받지 않고 견디나 보자!"라고

말하고는 자신의 모든 물을 탐욕스러운 트로이야의 해안으로 기울였다.

그리하여 바다처럼 보일 때까지 땅을 물로 채워 농부들의

농사를 쓸어가고 농토를 물 아래 묻어버렸다. 이 정도의 벌로도   210

성에 차지 않자, 그는 왕의 딸까지 바다 괴물에게 제물로 바치게 했다.

거기 단단한 바위에 묶여 있던 그녀를 알카이우스의 손자[42]가

풀어주고 나서 약속한 선물을, 주기로 합의한 말들을 달라고 요구했다.

하지만 그토록 큰 역사의 보수가 또다시 거절되자 그는 트로이야를

정복하고 두 번이나 약속을 어긴 그 성벽을 함락했다. 이 싸움에   215

참가한 텔라몬[43]도 명예의 선물을 받지 않고는 물러가지 않았으니,

그에게는 헤시오네[44]가 주어졌던 것이다.[45] 펠레우스는 이미

여신[46]의 남편으로 유명했고, 할아버지[47]의 이름 못지않게 장인[48]의

이름에 긍지를 느끼고 있었다. 그만이 윱피테르의 손자는 아니었으나,

여신을 아내로 삼은 것은 그 혼자뿐이었기 때문이다.   220

---

42 헤르쿨레스.

43 7권 476행 참조.

44 라오메돈의 딸로 텔라몬에게 아이약스의 이복동생으로 트로이야 전쟁 때 그리스군의 명궁이었던 테우케르(Teucer 그 / Teukros)를 낳아준다.

45 9권 주 46 참조.

46 바다의 신 네레우스의 딸 테티스.

47 윱피테르. 펠레우스와 텔라몬의 아버지 아이아쿠스는 윱피테르의 아들이다.

48 네레우스.

펠레우스와 테티스

　연로한 프로테우스[49]가 언젠가 테티스에게 "물결의 여신이여,
잉태하시오. 그대는 성년이 되면 아버지의 업적을 능가하고
아버지보다 더 위대하다고 칭송받을 젊은이의 어머니가
될 것이오."[50]라고 말한 적이 있었다. 그래서 윱피테르는
이 세상이 자신보다 더 위대한 자를 갖지 못하도록, 가슴속에　　　　225
미지근하지 않은 정염을 느끼면서도 바다의 여신 테티스와의
결혼을 피하고 자신의 손자인, 아이아쿠스의 아들[51]에게
자신이 바라던 자리를 차지하고 바다 처녀와 포옹하라고 명령했다.
하이모니아 땅에는 낫처럼 굽은 만(灣)이 하나 있는데, 두 팔을
앞으로 쑥 내밀고 있어 물이 깊었으면 항구가 될 만한 곳이다.　　　　230
하지만 모래 바닥 위로 바닷물이 얕게 펼쳐져 있었다.
그곳 해변은 딱딱하여 지나가도 발자국이 생기지 않았고
통행을 방해하는 일이 없었으며 해조류에 덮여 있지도 않았다.
가까이에는 두 색깔의 열매가 주렁주렁 달린 도금양 숲이 있고,
그 한가운데에는 자연이 만들었는지 사람이 만들었는지 확실치　　　　235
않지만 사람이 만든 것 같은 동굴이 하나 있었다. 테티스여, 그대는
고삐를 맨 돌고래를 타고는 옷을 벗은 채 그리로 가곤 했소.
그곳에서 그대가 잠에 제압되어 누워 있을 때 펠레우스가
그대를 덮쳤소. 아무리 간청하고 애원해도 그대에게 거절당하자

49　2권 9행 참조.
50　이런 예언을 한 이는 대개 테미스 여신으로 알려져 있다.
51　펠레우스.

그는 두 팔로 목을 껴안으며 폭력을 쓸 준비를 했소. 240

그대가 자꾸 모습을 바꿔가며 익숙한 기술[52]에

도움을 청하지 않았더라면 그는 목적을 달성했을 것이오.

그대는 새가 되었소. 그래도 그는 새를 잡았소.

이번에 그대는 튼튼한 나무가 되었소. 그러자 펠레우스가

나무에 달라붙었소. 그대의 세 번째 모습은 점박이 암호랑이였소. 245

그것이 겁나 아이아쿠스의 아들이 그대의 몸에서 두 팔을 풀었소.

그리고 나서 그가 바다의 신들에게 기도하며 바닷물 위에

포도주를 부어드리고 양의 내장을 제물로 바치며 분향하자,

마침내 카르파토스[53]의 예언자[54]가 심해 한가운데에서 말했다.

"아이아쿠스의 아들이여, 그대는 바라던 신부를 얻을 것이오. 250

다만 그대는 그녀가 잠들어 동굴 안에서 쉬고 있을 때 올가미와

튼튼한 밧줄로 그녀를 몰래 묶도록 하시오. 그대는 그녀가

백 가지 가짜 모습을 취하더라도 속지 말고 본래 모습으로

돌아올 때까지, 그녀가 무엇이 되든지 꼭 붙드시오."[55]

프로테우스는 물밑에 얼굴을 감추며 255

자신의 마지막 말이 자신의 물결 아래 묻히게 했다.

---

52 테티스는 변신술에 능했다고 한다. 핀다로스, 『네메아 송시』(*Nemeonikai*) 4가(歌) 60행 이하 참조.

53 Carpathos(그/ Karpathos). 로도스와 크레테 사이에 있는 섬.

54 프로테우스. 그는 대개 이집트 앞바다에서 활동하는 것으로 알려져 있는데(호메로스, 『오뒷세이아』 4권 349행 이하 참조), 오비디우스는 여기서 베르길리우스에 따라(『농경시』*Georgica* 4권 387~388행 참조) 그의 거처를 지중해 남동부로 옮겨놓고 있다.

55 펠레우스에게 계략을 일러준 이는 대개 켄타우루스족인 키론으로 알려져 있다. 펠레우스가 바다의 여신을 겁탈하면서 바다의 신들에게 기도하는 것이나, 바다의 신인 프로테우스가 자진하여 바다의 여신을 겁탈할 계략을 펠레우스에게 일러주는 것은 납득이 가지 않는다.

이제 티탄[56]이 아래로 기울어지며 자신의 기울어진 수레를
서쪽 바다로 향했을 때, 아리따운 네레우스의 딸[57]은
바다를 떠나 늘 찾아가던 잠자리를 향해 다가가고 있었다. 그곳에서
펠레우스가 처녀의 사지에 본격적으로 덤벼들자 그녀는 모습을   260
바꾸다가, 마침내 자신의 사지가 붙들리고, 두 팔이 서로 다른
방향으로 뻗어 있는 것을 느꼈다. 그러자 그녀는 한숨을 쉬며
"신의 도움 없이는 그대가 나를 이기지 못했을 것이오."라고 말하고
테티스로서 모습을 드러냈다. 영웅은 본래 모습을 드러낸 그녀를
껴안고 소원을 이루며 그녀를 위대한 아킬레스로 가득 채웠다.   265

다이달리온

    펠레우스는 아들 복도 있고 처복도 있었을 뿐더러
만사가 형통했다. 그대가 펠레우스에게서 포쿠스를 살해한 죄만
걷어낼 수 있다면 말이오. 손에 아우의 피를 묻힌 채
아버지의 집에서 쫓겨난 그를 트라킨[58] 땅이 받아주었다.
그곳은 얼굴에 아버지의 광휘를 지닌, 루키페르[59]의 아들   270
케윅스가 폭력도 쓰지 않고 살육도 저지르지 않으며
통치하고 있었다. 그 당시 케윅스는 그답지 않게 슬픔에
잠겨 있었으니, 아우를 잃은 것을 애도하고 있었던 것이다.

---

56   태양신.
57   테티스.
58   Trachin(그 / Trachis). 텟살리아 지방의 도시.
59   2권 115행 참조.

아이아쿠스의 아들은 여행과 근심에 지친 몸으로

케윅스를 찾아와서는 수행원 몇 명만 거느리고 시내로 들어갔고,   275

양떼와 함께 몰고 온 소떼는 성벽에서 멀지 않은

그늘진 골짜기에 남겨두었다. 펠레우스는 왕을

알현하는 것이 허락되자 탄원자로서 양털실을 감은

올리브 가지를 앞으로 내밀며 자신이 누구며,

누구의 아들인지 아뢰었으나, 자신의 범죄만은 숨겼고,   280

망명한 까닭에 관해서도 거짓말을 하며 도시에서든 시골에서든

살아갈 수만 있게 해달라고 간청했다. 그에게 트라킨인은

상냥하게 대답했다. "펠레우스여, 우리 왕국에서는 평범한

백성에게도 기회가 주어지며, 내가 다스리는 이 왕국은 손님을

홀대하지 않소이다. 우리의 이런 정서에다 그대는 명성과   285

윱피테르의 손자라는 유력한 동기를 덧붙여보시오. 자, 간청을 위해

시간을 낭비하지 마시오! 그대는 구하는 것을 다 얻을 것이며, 예서 그대가

보는 것은 그것이 어떠하든 그대의 것이라 여기시오. 그대가 더 나은 것을

본다면 좋으련만!" 그는 눈물을 흘리며 말을 마쳤다. 펠레우스와

일행이 그토록 슬퍼하는 까닭을 묻자 케윅스는 그들에게   290

대답했다. "그대들은 아마도 약탈로 살아가고 모든 새를 두려워

떨게 하는 여기 이 새가 애초부터 깃털을 달고 있었다고 생각하겠지요.

아니오, 그 새는 사람이었소. (성격이 아주 단호한 사람이었소.)

그때도 그것은 사납고, 호전적이고, 폭력을 행사할 준비가 되어 있었소.

그것은 이름이 다이달리온이었소.[60] 우리는 형제간으로, 새벽의 여신을   295

깨우고 나서 마지막으로 하늘을 떠나는 신[61]의 아들들이오.

---

60 다이달리온 이야기는 이 작품에 처음 나온다.

나는 평화를 숭상했고, 평화를 유지하고 아내를 돌보는 것이

관심사였으나, 내 아우는 잔혹한 전쟁이 마음에 들었소.

그의 용기는 여러 왕과 부족을 굴복시켰고,

변신한 지금도 티스베[62]의 비둘기를 쫓고 있소. 그에게는   300

키오네라는 딸이 하나 있었는데, 그애는 미모라는 지참금을

가장 많이 받은 터라 결혼할 나이인 열네 살이 되자 천 명의 구혼자가

줄을 섰소. 그런데 마침 포이부스와, 마이야의 아들[63]이

한 분은 델피에서, 다른 한 분은 퀼레네[64]의 산꼭대기에서 돌아오다가

둘이 동시에 그애를 보고 둘이 동시에 정염에 사로잡혔소.   305

아폴로는 자신의 사랑의 희망을 밤 시간으로 연기했으나,

다른 분은 연기하는 것을 참지 못하고 잠을 가져다주는 지팡이로

소녀의 얼굴을 건드렸소. 그래서 그애는 그분의 힘 있는 접촉에

드러누워 신의 폭력을 참았소. 밤이 하늘에

별을 뿌리자 포이부스가 노파로 둔갑하고,   310

선수를 빼앗겼지만 그녀에게서 기쁨을 맛보았소.

그리하여 달이 차 해산할 때가 되자 발에 날개가 달린 신에게

온갖 꿈수에 능한 교활한 아들 아우톨뤼쿠스가 태어나니,

그는 능히 검은 것을 희게 할 수 있고 흰 것을 검게 할 수 있어

아버지의 재주에 손색없는 후계자였소.   315

포이부스에게도 낭랑한 노래와 키타라로 유명한

필람몬이 태어났소. (그애는 쌍둥이를 낳았으니까요.)

61　루키페르.

62　보이오티아 지방의 소도시로, 야생 비둘기가 많기로 이름난 곳이다.

63　메르쿠리우스.

64　1권 217행 참조.

하지만 쌍둥이를 낳고, 두 분 신의 마음에 들고, 용감한 아버지와

천둥 신 할아버지에게서 태어났다는 것이 그애에게 대체 무슨 득이

되었을까요? 많은 사람에게 영광도 해가 되느냐고요?   320

그애에게 해가 된 것은 확실해요. 그애는 디아나보다 자기가

더 낫다며 감히 여신의 얼굴을 헐뜯었소. 여신이 크게

역정을 내며 "그러면 내 행동이 네 마음에 들게 해주지!"라고 말했소.

지체 없이 여신은 활을 구부리더니 시위에서 화살을

날려보내 그런 벌을 받아 마땅한 혀를 화살대로 꿰뚫었소.   325

혀는 침묵을 지켰고, 말을 하려 해도 목소리가 따르지 않았으며,

말을 해보려는 그녀에게서 피와 함께 목숨이 빠져나갔소.

나는 비참하게도 마음속에 그애의 아비의 슬픔을 느끼며

그애를 껴안았고, 내 아우에게는 위로의 말을 해주었소.

하지만 그애의 아비는 마치 암벽이 바다가 속삭이는 소리를 듣듯   330

내 말을 들으며, 잃어버린 딸을 위해 하염없이 울기만 했소.

그는 딸이 화장되는 것을 보자 네 차례나 장작더미로

뛰어들려 하다가 네 차례나 뒤로 밀쳐졌소.

다이달리온은 미친 듯이 달아나며, 말벌의 침에 목덜미를 쐰

황소 모양 길도 없는 곳으로 내달았소. 내가 보기에 그는   335

그때 벌써 인간이 달릴 수 있는 것보다 더 빨리 달리고 있었고,

그대는 그의 발에 날개가 생겼다고 생각했을 것이오.

그렇게 그는 우리 모두에게서 도망쳐 죽기를 바라고 재빨리

파르나수스 산꼭대기에 이르렀소. 다이달리온이 높은 바위에서

몸을 던졌을 때, 아폴로가 그를 불쌍히 여겨 새가 되게 하여   340

갑자기 돋아난 날개로 떠 있게 했으며 구부러진 부리와

구부정한 발톱을 주었소. 그에게는 또 옛날의 용기와,

제 몸보다 더 큰 힘이 주어졌소. 그리하여 매가 된 지금도
그는 누구에게도 호의적이지 않고 모든 새에게
분통을 터뜨림으로써 저도 괴로워하고 남도 괴롭히고 있답니다.” 345

펠레우스의 소떼를 짓밟은 늑대

  루키페르의 아들이 자기 아우에 관한 놀라운 이야기를
들려주고 있는데, 펠레우스의 소떼를 지키던 포키스 사람 오네토르가
헐레벌떡 달려오더니 “펠레우스님, 펠레우스님, 그대에게
큰 재앙이 일어났다는 소식을 전하러 왔습니다.”라고
소리쳤다. 펠레우스는 무슨 소식을 가져왔든 말하라고 명령했고, 350
트라킨의 왕도 불안한 안색으로 두려움에 떨고 있었다.
목자가 말을 이었다. “태양신이 중천(中天)의 가장 높은 곳에
이르러 뒤돌아보는 거리가 남은 거리와 같았을 때, 저는
지칠 대로 지친 소떼를 구부정한 해안으로 몰고 갔습니다.
소떼의 일부는 황갈색 모래 위에 무릎을 꿇고는 그곳에 355
누운 채 넓고 평평한 바닷물을 바라보고 있었고, 일부는
느린 걸음으로 여기저기 어슬렁거렸으며, 다른 일부는
헤엄쳐 나가 바닷물 위로 목을 우뚝 쳐들고 있었습니다.
바닷가에 신전이 하나 있었는데, 대리석과 황금으로 번쩍이는
것이 아니라 묵직한 목재로 지은 것으로 오래된 원림의 그늘에 360
가려 있었습니다. 그곳은 네레우스와 네레우스의 딸들의 거처였습니다.
해변에서 그물을 말리던 어부가 그곳의 신들을 알려주었습니다.
신전 바로 옆에는 버드나무가 빼곡히 들어선 늪이 있었는데,

빠져나가지 못한 바닷물이 늪을 이룬 것이었습니다.

그곳으로부터 거대한 괴수가, 늑대가 요란한 포효로 365

그 인근을 두려움에 떨게 하며 늪지대의 덤불에서 나왔는데,

불길과도 같은 쩍 벌린 입에는 거품과 피가 묻어 있었고,

두 눈에는 시뻘건 불이 활활 타오르고 있었습니다.

녀석은 광기와 허기로 인해 미쳐 날뛰었는데, 광기로

더 사나워졌습니다. 녀석은 소를 죽이되 끔찍한 허기와 식욕은 370

채울 생각도 않고 적개심을 품고 모든 소에게 상처를 입혀

그 모두를 땅바닥에 눕혔으니까요. 우리 목자 가운데 일부도

녀석을 막다가 치명적인 입에 물려 죽음에 넘겨졌습니다.

해안과, 물가와, 소떼의 울부짖는 소리가

울려 퍼지는 늪은 피로 붉게 물들었습니다. 375

지체는 해악을 가져다줄 것인즉 머뭇거릴 시간이 없습니다.

아직 몇 마리가 남아 있을 때 우리 모두 함께 달려가 무기를,

그래요, 무기를 들고서 합세하여 창을 던져야 합니다!"

　펠레우스는 농부가 말하는 피해에도 동요하지 않았으니,

자신의 범행을 기억하고는 자식을 잃은 네레우스의 딸[65]이 죽은 380

포쿠스를 위한 제물로서 자기에게 이런 재앙을 보낸다는 것을

알았던 것이다. 오이테[66]의 왕[67]은 부하들에게 무구를 입고

사나운 창을 들라고 명령했다. 그는 자신도 그들과

동행할 채비를 했다. 그의 아내 알퀴오네가 떠들썩한 소리에

65　프사마테. 그녀는 아이아쿠스에게 아들 포쿠스(7권 477행 참조)를 낳아주었으나 포쿠스는
이복형인 텔라몬과 펠레우스에게 살해된다.

66　1권 313행 참조.

67　케윅스. 트라킨 시는 오이테 산에서 가깝다.

놀라 방에서 뛰어나오더니 아직 다 손질하지 않은 머리를
풀어헤친 채 남편의 목을 끌어안고는 몸소 가지 말고
원군을 보내라고, 그리하여 한 목숨을 구함으로써
두 목숨을 구하도록 하라고 기도와 눈물로 간청했다.
아이아쿠스의 아들이 그녀에게 말했다. "왕비님, 그대의 아름답고
경건한 두려움일랑 잊어버리시오. 나를 도와주시겠다는 그대의   390
약속에 깊이 감사드리지만 괴이한 괴물을 치려고 무기를 드는 것은
내 뜻이 아니오. 나는 바다의 여신에게 기도해야 합니다!"
성채에는 가파른 탑이 있었는데, 성채 꼭대기에 있는 이 봉화는
지친 함선들에게는 반가운 표적이었다. 펠레우스 일행은 그곳으로
올라가 한숨을 쉬며, 해안에 쓰러져 누워 있는 소떼와
사나운 약탈자를 보았다. 약탈자의 입에는 핏방울이 들었고,   395
텁수룩한 긴 털은 피투성이가 되어 있었다.
그곳에서 펠레우스는 탁 트인 바다의 해안을 향해 두 손을
내밀고는 검푸른 바다의 요정 프사마테에게 이제는 노여움을 거두고
도와달라고 기도했다. 프사마테는 간청하는 아이아쿠스의 아들의
목소리에 움직이지 않았으나, 테티스가 남편을 위해 탄원하여   400
그녀의 용서를 받아냈다. 늑대는 잔혹한 살육에서 물러서라는
명령을 받았는데도 달콤한 피맛을 보고 사나워져 살육을 계속했다.
마침내 녀석이 찢긴 암송아지의 목에 매달렸을 때
여신이 녀석을 대리석으로 변하게 했다. 녀석의 몸은 색깔 말고는
모든 점에서 전과 같았다. 하지만 돌의 색깔은 녀석이 이제 더이상   405
늑대가 아니고, 더이상 두려움의 대상이 아님을 말해주고 있었다.
운명은 추방당한 펠레우스가 이 나라에 자리잡는 것을

허용하지 않았다. 그래서 떠돌이 추방자는 마그네시아[68]인들에게로 가서
그곳에서 하이모니아 왕 아카스투스[69]에게서 살인죄를 정화받았다.

케윅스와 알퀴오네[70]

그사이 케윅스는 아우의 운명과 그 뒤에 일어난 놀라운   410
일에 마음이 불안하고 어지러워, 괴로울 때 인간에게
위안이 되는 신탁에 물어보려고 클라로스[71]의 신[72]을 찾아갈
채비를 했다. 신을 모독하는 포르바스가 플레귀아이족[73]과 더불어
델피의 신전으로 가는 길을 지나다닐 수 없게 만들었기 때문이다.
그는 출발하기 전에, 가장 성실한 아내인 알퀴오네여,   415
그대에게 자신의 뜻을 알렸소. 그녀는 당장 뼛속까지
얼어붙었고, 얼굴은 회양목처럼 창백해졌으며, 두 볼은
쏟아지는 눈물에 젖었소. 세 번이나 그녀는 말하려 했으나,
세 번이나 흐르는 눈물이 말을 막았다. 그러다가 마침내
흐느끼느라 몇 번씩이나 중단하며 사랑의 불평을 털어놓았다.   420

68 텟살리아의 옷사 산 남동쪽에 있는 반도.
69 Acastus(그 / Akastos). 텟살리아 왕으로 펠리아스(7권 297행 이하 참조)의 아들.
70 케윅스와 알퀴오네의 이야기는 이 작품에서 가장 길고 아마도 가장 감동적인 이야기일 것
    이다. 일설에 따르면 이들 부부가 물총새로 변신한 것은 자신들을 윱피테르와 유노라고 불렀기
    때문이라고 한다.
71 클라로스에 관해서는 1권 516행 참조. 클라로스의 아폴로 신탁은 델피의 그것에 버금갈 만
    큼 유명했다.
72 아폴로.
73 텟살리아 지방의 도둑 떼.

"여보, 대체 내가 뭘 잘못했기에 당신이 내게서 마음을 돌리시는

거예요? 나를 우선으로 여기는 당신의 배려는 어디로 갔지요? 벌써

당신은 아무 가책도 없이 나를 멀리 떠나 있을 수 있나요?

벌써 먼길을 떠나는 것이 마음에 드세요? 벌써 나는 떨어져 있을 때

그대에게 더 소중한가요? 생각건대, 당신이 뭍길로 가신다면   425

나는 슬프기만 할 뿐 불안하지는 않고, 걱정은 돼도 두렵지는

않을 거예요. 나는 바닷물이, 바다의 침울한 모습이 무서워요.

얼마 전에 나는 바닷가에서 부서진 널빤지를 보았으며,

가끔은 시신 없는 빈 무덤에서 죽은 이들의 이름을 읽곤 했어요.

강력한 바람들을 감옥에 가두어두시고, 원하시기만 하면   430

바닷물을 잔잔하게 하실 수 있는, 힙포테스의 아드님[74]께서

당신의 장인이시라고 해서[75] 마음속으로 너무 자신하지

마세요. 바람들이 한번 풀려나 바닷물에 이르고 나면 바람들에게

금지된 것은 아무것도 없어요. 모든 육지와 모든 바다가 바람들에게

내맡겨지지요. 아니, 바람들은 하늘의 구름도 못살게 구는가 하면,   435

서로 맹렬하게 충돌하여 붉은 번개를 일으키기도 하지요.

나는 알면 알수록(나는 어릴 적에 아버지의 집에서

보았기 때문에 바람들을 알고 있어요.) 바람들이 더 무섭게 생각돼요.

내가 아무리 간청해도 당신이 뜻을 굽힐 수 없다면,

가겠다는 당신의 결심이 너무나 확고하다면, 여보, 나도 함께   440

데려가세요! 그러면 적어도 우리는 함께 폭풍에 시달릴 것이며,

나는 내가 겪는 것만 두려워하겠지요. 우리는 무슨 일이

---

74 바람의 신 아이올루스. 4권 663행 참조.

75 알퀴오네는 아이올루스의 딸이다.

일어나든 함께 견디며 넓은 바다 위로 함께 실려갈 테니까요.”

아이올루스의 딸의 이런 말과 눈물에 별에서 태어난[76]

그녀의 남편은 감동을 받았다. 그의 마음속의 사랑도

그녀의 사랑 못지않았기 때문이다. 하지만 그는   445

한번 마음먹은 바다 여행을 포기하고 싶지 않았고

알퀴오네를 위험에 끌어들이고 싶지도 않아, 여러 위로의 말로

그녀의 불안한 마음을 달래보려 했으나, 그녀의 승낙을

받아내지 못했다. 그는 이런 위안의 말을 덧붙임으로써

간신히 사랑하는 아내의 마음을 굽힐 수 있었다.   450

“얼마를 기다리든 기다리는 시간은 우리에겐 모두 길게 느껴지겠지요.

내 아버지의 불빛에 걸고 맹세하겠소. 운명이 나를 돌려보내주기만

한다면 나는 달이 두 번 원을 채우기 전에 당신 곁으로 돌아오겠소.”

이러한 약속으로 그가 돌아올 것이라는 희망을 그녀가 갖게 되자

그는 지체 없이 자신이 타고 갈 배를 바다 위에 띄우고   455

필요한 선구(船具)를 갖추라고 명령했다.

알퀴오네는 배를 보자 닥쳐올 일을 예감이라도 한 듯

또다시 떨기 시작했다. 그녀는 비 오듯 눈물을 쏟으며

남편을 포옹하더니 마침내 더없이 비참한 심정이 되어

슬픈 목소리로 “잘 가세요!”라고 말하곤 기절했다.   460

케윅스는 출발을 늦출 핑계를 찾았으나, 젊은이들은

두 줄로 앉아서 억센 가슴께까지 노를 뒤로 당기며

규칙적인 노젓기로 바닷물을 갈랐다. 알퀴오네는 눈물에 젖은

두 눈을 들어 남편이 구부정한 고물에 서서 자기에게

---

76 케윅스의 아버지는 헤스페루스, 즉 샛별이다.

손을 흔드는 것을 보았다. 그녀도 그에게 손짓으로   465
화답했다. 그에게서 육지가 더 멀리 물러나 더이상
그의 얼굴을 알아볼 수 없게 되자, 그녀는 사라져가는
소나무 배를 가능한 동안 눈으로 뒤쫓았다. 배도 멀리 사라져
더이상 볼 수 없게 되자, 그녀는 그래도 돛대의 꼭대기에서
펄럭이는 돛을 바라보았다. 돛마저 보이지 않자,   470
그녀는 침통한 마음으로 외로운 침실로 가서 침상에 누웠다.
알퀴오네는 침실과 침대를 보자 또다시 눈물을 흘렸으니,
자기에게서 사라진 부분을 그것들이 일깨웠던 것이다.

  그들이 항구를 떠나자 미풍에 돛대 밧줄이 흔들렸다.
선장이 노를 끌어올리고   475
활대를 돛대의 맨 꼭대기로 올린 다음
돛을 모두 펼쳐 불어오는 미풍을 받게 했다.
배는 바다를 반쯤 또는 그보다 좀 덜 건넜고,
육지는 양쪽 모두 멀리 떨어져 있었다.
그때 밤이 되며 물결이 부어올라 바닷물이 하얘지기   480
시작하더니 거센 동풍이 더욱 세차게 불어왔다.
그러자 "당장 활대를 아래로 내리고 돛을 모두
활대에 단단히 감도록 하라!"고 선장이 소리쳤다.
그의 명령에도 불구하고 맞바람이 그의 명령을 방해했고,
바다가 울부짖는 소리는 어떤 목소리도 들리지 않게 했다.   485
선원들은 자진하여 더러는 서둘러 노를 배 안으로
끌어올리고, 더러는 배의 측면을 막고, 더러는 돛을 감았다.
여기서는 물을 퍼내어 바닷물을 도로 바닷물에다 쏟아부었고,
저기서는 활대를 잡아당겼다. 이런 일들이 무질서하게

진행되는 사이에도 폭풍은 거세어졌으니, 세찬 바람이　　　　　　　490
사방에서 공격해와서는 성난 파도를 휘저어놓았다.
선장 자신도 겁에 질려, 사태가 어떻게 돌아가며,
무엇을 명령하고 무엇을 금해야 할지 모르겠다고 실토했다.
파멸이 그만큼 무겁게 짓눌렀고, 그만큼 그의 기술보다 더 강력했다.
사람들은 고함을 질렀고, 돛대 밧줄은 덜커덩거렸고,　　　　　　　495
파도는 파도를 덮쳤으며, 대기는 천둥을 쳤다.
바다는 제 파도를 타고 솟아올라 하늘에 닿아서는,
낮게 드리운 구름에 물보라를 뿌리는 것처럼 보였다.
바닷물은 때로는 밑바닥에서 황갈색 모래를 쓸어 올려 모래와
한 색깔이 되는가 하면, 때로는 스튁스 강물보다 더 검었으며,　　　500
그러다가 다시 흰 거품을 이고는 쉭쉭 소리와 함께 넓게 퍼졌다.
트라킨의 배도 그처럼 오르내리며 앞으로 나아가고 있었으니,
어떤 때에는 높이 들어올려져 산꼭대기에서 저 아래로
골짜기와 아케론의 가장 깊은 곳을 내려다보는 것 같았고,
어떤 때에는 아래로 내려앉아 바닷물에 둘러싸인 채　　　　　　505
지하의 심연에서 하늘 꼭대기를 쳐다보는 것 같았다.
배는 가끔 파도에 옆구리를 맞고는 엄청난 굉음을 냈는데,
맞았을 때 나는 소리는 가끔은 무쇠로 된 충차(衝車)나
노포(弩砲)가 허물어져가는 성채를 칠 때보다 작지 않았다.
마치 사나운 사자가 힘을 모은 다음 자신을 겨누고 있는　　　　　510
무기와 창에 가슴으로 덤벼들곤 하듯이,
꼭 그처럼 파도도 내닫는 바람에 쫓기게 되자
배의 높은 부분에 덤벼들며 그것을 훌쩍 뛰어넘었다.
어느새 나무못이 느슨해지고, 배를 덮었던 밀랍 층이

씻겨나가며 이음새들이 벌어져 치명적인 물결에 길을 내주었다.   515
보라, 갈라진 구름에서 비가 억수같이 쏟아졌다.
그대는 하늘 전체가 바다로 내려오고 있고, 부풀어오른
바다는 하늘나라로 올라가고 있다고 믿었으리라.
돛은 비에 흠뻑 젖었고, 바다의 파도는 하늘의
물과 섞였다. 하늘에는 별빛도 없었고, 캄캄한 밤은   520
그 자체의 어둠과 폭풍의 어둠에 짓눌려 있었다.
하지만 번쩍이는 번갯불이 어둠을 가르며 빛을 비춰주자
번개의 불빛에 바닷물도 붉게 타올랐다.
어느새 배의 빈 선체 안으로 파도가 뛰어들어 왔다.
마치 가끔 포위된 도시의 성벽을 공격할 때면   525
모든 전우 중에서 빼어난 한 전사가
마침내 뜻을 이루고는 칭찬받고 싶은 열정에 불타올라
일천 명의 전사 가운데 혼자 승리자로서 성벽 위에 서 있듯이,
꼭 그처럼 파도가 아홉 번이나 배의 높은 옆구리를
쳤을 때 열 번째 파도가 더 높이 일며 돌진해오더니   530
말하자면 함락된 배의 성벽 안으로 뛰어들기 전에는
지칠 대로 지친 배를 공격하기를 그만두지 않았다.
그리하여 바다의 일부는 여전히 소나무 배 안으로 들어오려 했고,
일부는 이미 들어와 있었다. 모두 바삐 우왕좌왕하니,
그 형국은 일부는 바깥에서 성벽을 파서 허물려 하고 일부는   535
안에서 지키려 할 때 한 도시가 우왕좌왕할 때와도 같았다.
손쓸 재주도 없고, 사기도 떨어졌다. 파도가 몰려올 때마다
죽음이 쳐들어와 그들을 덮치는 듯했다.
이 사람은 눈물을 억제하지 못했고, 저 사람은 망연자실했고,

또 다른 사람은 장례식을 기다리는 자들을 행복하다고 했다.   540

또 어떤 사람은 서약을 하며 보이지 않는 하늘을 향해 헛되이

팔을 들고 도와달라고 기도했다. 이 사람은 부모 형제가 생각났고,

저 사람은 집과 자식들과 집에 두고 온 것이 생각났다.

케윅스는 알퀴오네를 떠올렸다. 케윅스의 입에는 알퀴오네 외에는

아무도 없었다. 그는 그녀만을 그리워하면서도 그녀가   545

멀리 떨어져 있어 기뻤다. 그는 고향의 바닷가를 뒤돌아보며

자기 집 쪽으로 얼굴을 돌려 마지막 눈길을 주고 싶었겠지만,

그곳이 어디쯤인지 알지 못했다. 바다가 그만큼 크게

소용돌이치며 끓어오르고, 역청 같은 구름의 그림자에

온 하늘이 가려져 밤이 곱절로 어두웠기 때문이다.   550

세찬 회오리바람에 돛대가 부러지더니 배의 키도 부러졌다.

끝까지 살아남은 마지막 파도가 제 전리품에 의기양양해하며

승리자인 양 몸을 구부리고는 다른 파도를 내려다보았다.

마치 누가 아토스[77] 산과 핀두스[78] 산을 뿌리째

뽑아 통째로 열린 바닷속으로 던지기라도 한 듯,   555

그 파도는 거꾸로 곤두박질치며 그 무게와 떨어지는 기세로

배를 맨 밑바닥에 가라앉혔다. 배와 더불어 선원

대부분은 묵직한 소용돌이에 빨려 들어가 다시는 대기로

돌아오지 못하고 죽었다. 다른 사람들은 배의 파편을

붙잡고 있었다. 케윅스 자신은 왕홀을 잡곤 하던 손으로 배의   560

파편을 붙잡고는 아아, 하릴없이 장인과 아버지를 불렀다.

---

77 2권 217행 참조.
78 1권 570행 참조.

하지만 헤엄치던 그가 가장 자주 부른 이는 아내 알퀴오네였다.

그는 아내를 기억하고는 아내의 이름을 되풀이해서 부르며,

자신의 시신이 그녀의 눈앞으로 파도에 떠밀려가서 죽긴 죽되

자신이 아내의 사랑하는 손에 묻히기를 바랐다. 헤엄치는 동안   565

그는 입을 벌리는 것을 파도가 허락할 때마다 멀리 있는

알퀴오네의 이름을 불렀고, 파도가 입을 막아도 그녀의 이름을

속삭였다. 보라, 바닷물의 시커먼 아치가 주위의 물결을 덮치더니

물에 잠긴 그의 머리를 부서지는 파도 아래 묻어버렸다.

그날 아침 루키페르는 희미하여 알아볼 수 없었다.   570

루키페르는 하늘을 떠나는 것이 허용되지 않았기 때문에

짙은 구름으로 자기 얼굴을 가렸다.

    그사이 아이올루스의 딸은 그토록 큰 재앙이 일어난 줄도 모르고,

지나간 밤을 세면서 때로는 그가 입을 옷을, 때로는

그가 돌아올 때 자신이 입을 옷을 서둘러 지었고,   575

그가 돌아올 것이라고 자신에게 이루어질 수 없는 약속을 했다.

그녀는 하늘의 모든 신에게 경건하게 분향했다. 하지만

그녀는 모든 신 중에서 유노의 신전을 가장 공경했고,[79]

이미 이 세상에 없는 자기 남편을 위해 제단 앞으로 다가가

그가 무사히 돌아오게 해달라고 기도했고, 그가 다른 여인을   580

자기보다 더 사랑하는 일이 없기를 바랐다. 그러나 그녀에게는

모든 기도 중에서 이 기도만이 이루어질 수 있었다.

    여신은 죽은 이를 위해 이렇게 간청하는 것을 참다못해

애도의 손으로부터 자신의 제단을 지키기 위해,

---

[79]   유노는 결혼의 신이기 때문이다.

"이리스[80]여, 내 목소리의 가장 충실한 여사자(女使者)여,   585
그대는 잠을 가져다주는 잠의 신 솜누스의 궁전으로 가서
죽은 케윅스의 모습으로 알퀴오네에게 꿈을 하나 보내
그의 운명을 사실대로 알려주라고 그에게 명령하라!"고 말했다.
여신이 이렇게 말하자, 이리스는 천 가지 색깔의 외투를
걸치고는 하늘에 무지개 곡선을 그리며   590
명령대로 구름에 가려진 잠의 신의 왕궁을 찾아갔다.

잠의 신 솜누스

　킴메리이족[81]의 나라 근처에는 속이 빈 산속에 깊숙한 동굴이
하나 있는데, 그곳이 게으른 잠의 신 솜누스의 집이자 안방이다.
그곳으로는 포이부스[82]도 해 뜰 때든, 한낮이든, 해 질 때든,
결코 햇살로 다가갈 수 없다. 안개가 김과 섞여 땅에서 발산되고,   595
어둑어둑한 어스름이 그곳을 덮고 있기 때문이다.
그곳에서는 잠들지 않는, 볏이 달린 수탉이 울음소리로
아우로라를 불러내지도 않고, 경비견이나 개보다
더 예민한 거위[83]가 목소리로 정적을 깨는 일도 없다.
야수나, 가축 떼나, 바람에 살랑거리는 나뭇가지 소리도   600

80　1권 271행 참조.
81　Cimmerii(그 / Kimmerioi). 서쪽 끝의 영원한 어둠 속에 산다는 전설적인 부족.
82　여기서 포이부스는 '태양'이라는 뜻이다.
83　기원전 390년 카피톨리움 언덕을 지키던 로마인들은 거위들이 우는 소리를 듣고는 잠에서
　　깨어나 한밤에 공격해온 갈리아인들을 물리칠 수 있었다.

들리지 않고, 서로 다투는 사람들 소리도 들리지 않는다.
그곳에는 무언의 정적이 깃들어 있을 뿐이다. 바위 맨 밑에서는
망각의 강이 흘러나와, 그 물결이 자갈 바닥 위를
졸졸거리고 미끄러지듯 지나가며 잠자기를 청한다.
동굴의 입구 앞에는 양귀비꽃과 수많은 약초가 무성하게   605
자라고 있는데, 이슬에 젖은 밤의 여신은 그것들의 즙에서
졸음을 모아 가지고는 어둠에 싸인 나라들에 뿌린다.
돌쩌귀가 돌면서 소음을 내지 않도록, 온 집안에 문이라고는
하나도 없고, 문턱에는 문지기도 없다. 동굴 한가운데에는
흑단(黑檀)으로 만든, 깃털처럼 부드럽고 한 색깔로 된 높다란   610
침상이 하나 있는데, 그 위에는 검은 이불이 펴져 있다.
잠의 신은 그곳에 누워 있는데, 나른하여 사지가 풀려 있었다.
그의 주위에는 여러 모습을 흉내낸 공허한 꿈들이
사방에 누워 있는데, 수확기의 이삭이나, 숲속의 나뭇잎이나,
바닷가에 흩어져 있는 모래알만큼이나 그 수가 많았다.   615
처녀신이 그곳으로 들어가서 길을 막는 꿈들을 두 손으로
옆으로 밀어냈을 때, 그 신성한 집은 그녀가 입고 있던
의상으로 환해졌다. 그러자 신이 잠의 무게에 짓눌린
두 눈을 간신히 뜨더니 자꾸만 자꾸만 도로 넘어지고
끄덕이는 턱으로 제 가슴을 치다가 마침내 자신에게서   620
자신을 털어내고는 그녀에게(그는 그녀를 알아보았던 것이다.)
찾아온 용건이 무엇이냐고 물었다. 그녀가 대답했다.
"만물의 휴식인 잠의 신이여, 신들 중에서 가장 온유한 잠의 신이여,
근심을 내쫓고, 힘겨운 봉사에 지친 육신을 어루만져주며,
노고를 위해 육신을 다시 준비시켜주는, 그대 마음의 평화여,   625

그대는 진짜 모습을 똑같이 흉내내는 꿈들에게 명하여
케윅스 왕의 모습을 하고는 헤르쿨레스의 트라킨[84]으로 알퀴오네를
찾아가서 그녀에게 난파당한 자의 모습을 그려 보여주라고 하세요.
유노의 분부입니다.” 이리스는 임무를 수행하고 나서 그곳을
떠났으니, 졸음의 힘을 더이상 견딜 수 없었기 때문이다.   630
그녀는 잠이 자신의 사지 속으로 살그머니 스며드는 것을
느끼자, 방금 전에 지나왔던 무지개를 따라 되돌아갔다.

　　한편 아버지는 일천 명이나 되는 자기 아들들의 무리 중에서
모르페우스[85]를 깨우니, 그는 인간의 모습을 교묘히 모방하는 자이다.
걸음걸이와 얼굴 표정과 말하는 목소리를 그보다   635
더 교묘하게 재현할 자는 달리 아무도 없다.
거기에다 그는 각자의 옷차림과 흔히 쓰는 말까지 덧붙인다.
그는 사람들만 흉내내는 데 반해, 둘째 아들은 야수가
되기도 하고, 새가 되기도 하고, 몸이 긴 뱀이 되기도 한다.
둘째 아들을 하늘의 신들은 이켈로스[86]라고 부르고, 인간의 무리는   640
포베토르[87]라고 부른다. 셋째 아들은 판타소스[88]인데,
그는 또 다른 재주에 능하다. 그는 땅이나 바위나
물이나 나무나 온갖 무생물로 둔갑한다.
이들 꿈은 밤에 왕이나 장군에게 자기 모습을

84　헤르쿨레스와 그의 아내 데이아니라는 그녀의 고향 칼뤼돈을 떠나 트라킨에 머문 적이
있다.
85　Morpheus. ‘형태’ 또는 ‘모습’이라는 뜻의 그리스어 morphe에서 유래한 이름이다.
86　Icelos. ‘비슷한’ 또는 ‘닮은’이라는 뜻의 그리스어 eikelos에서 유래한 이름이다.
87　Phobetor. ‘겁주는 자’라는 뜻.
88　Phantasos. ‘상상력’이라는 뜻의 그리스어 phantasia에서 유래한 이름이다.

드러내고, 다른 꿈들은 서민 대중들 사이에 출몰한다.   645

연로한 잠의 신 솜누스는 이들은 모른 체하고 지나치고

모든 형제 중에서 모르페우스 한 명만을 골라 타우마스의 딸[89]의 명령을

이행하게 했다. 그러고는 부드러운 나른함에 풀려

도로 고개를 숙이더니 높다란 침상 위에 머리를 뉘었다.

모르페우스는 소리 없는 날개를 타고는 어둠을 헤치고   650

날아가 얼마 안 있어 하이모니아의 도시[90]에 도착했다.

모르페우스는 몸에서 날개를 벗어놓은 다음 케윅스의

얼굴과 모습을 취하고는 죽은 사람처럼 파리한 안색으로

옷도 입지 않은 채 가련한 아내의 침상 앞으로 다가섰다.

모르페우스의 수염은 젖어 있는 것 같았고,   655

흠뻑 젖은 그의 머리에서는 물이 줄줄 흘러내렸다.

그는 볼 위로 눈물을 쏟으며 그녀의 침상 위로 몸을 구부리고

이렇게 말했다. "가장 비참한 아내여, 나를 알아보겠소?

아니면 내가 죽으며 얼굴도 변했나요? 나를 보시오. 그러면 당신은

나를 알아보고는 당신의 남편 대신 남편의 그림자를 발견할 것이오.   660

알퀴오네여, 당신의 기도는 내게 도움도 되지 못했소.

나는 죽었으니까. 나에 대해 헛된 희망을 품지 마시오!

구름을 데려다주는 남풍이 아이가이움[91] 해에서 내 배를 덮치더니

엄청나게 센 입김으로 이리저리 흔들다가 산산이 부숴버렸고,

헛되이 당신 이름을 부르던 내 입은 파도로 가득찼소.   665

89   이리스. 4권 480행 참조.
90   트라킨.
91   9권 448행 참조.

이 소식을 당신에게 전하는 것은 믿지 못할 사자도 아니며,

당신은 뜬소문으로 이 소식을 듣는 것도 아니오. 난파당한 내가

몸소 예까지 와 그대에게 내 운명을 전하는 것이오.

자, 일어나서 나를 위해 곡을 하고 상복을 입어요.

나를 위해 울어주는 이도 없이 공허한 타르타라로 보내지 말고!"   670

  이런 말을 모르페우스는 그녀가 남편의 것이라고 믿을 수 있는

목소리로 말했다. 그는 또 실제로 눈물을 흘리는 것처럼 보였으며,

그의 손짓도 케윅스의 손짓이었다. 알퀴오네는

눈물을 흘리며 신음했고, 자면서도 두 팔을 내밀어

그의 몸을 찾았지만 허공만을 껴안으며 외쳤다.   675

"멈춰 서세요. 어디로 그리 급히 가세요? 우리 함께 가요!"

그녀는 제 목소리와 남편의 모습에 놀라 잠에서 깨어,

우선 방금 본 그이가 그 자리에 있는지 보려고

주위를 둘러보았다. 그녀의 목소리를 듣고 하인들이

등불을 가져왔던 것이다. 그를 아무데서도 찾을 수 없자   680

알퀴오네는 제 손으로 제 얼굴을 치고 가슴에서 옷을 찢더니

가슴을 쳤다. 그녀는 먼저 머리를 풀 생각은 않고

그냥 쥐어뜯으며, 비통해하는 까닭을 묻는 유모에게 말했다.

"이제 알퀴오네는 없어, 없단 말이야. 그녀는 그녀의

케윅스와 함께 죽었다. 위로의 말은 집어치워!   685

그이는 난파당해 죽었다. 나는 그이를 알아보고

떠나가는 그이를 붙들려고 두 손을 내밀었지. 그이는

그림자였어. 하지만 분명히 내 남편의 또렷한 그림자였어.

그대가 묻는다면, 그이는 안색이 여느 때와 같지 않았고,

얼굴에도 이전처럼 화색이 돌지 않았어. 그이는 파리한 얼굴로   690

옷도 벗고 있었고, 머리에서는 아직도 물방울이 뚝뚝
떨어지고 있었지. 그것이 내가 본 가련한 그이의 모습이야.
가련한 그이는 여기, 봐, 바로 이곳에 서 있었어."
그녀는 혹시 발자국이라도 남아 있나 하고 찾았다.
"나는 마음에 짚이는 바가 있어, 그것이, 바로 그것이 두려워서
내 곁을 떠나 바람을 따라가지 말라고 당신에게 간청한 거예요.   695
당신이 이왕 죽으러 갈 바에는 나도 함께 데려갔더라면
정말 좋았을 거예요. 나에게는 당신과 함께 가는 것이 훨씬
유익했을 거예요. 그랬더라면 나는 내 인생의 일부를
당신 없이 보내지 않았을 것이고, 우리는 죽어도 함께
죽었을 테니까요. 나는 지금 거기 없지만 죽었고, 거기 없지만
역시 파도에 내던져졌으며, 거기 없지만 바다가   700
나를 붙들고 있어요. 내 마음이 내게는 바다보다도
더 잔인하겠지요, 만약 내가 더 오래 살려고 노력한다면,
그토록 큰 슬픔에서 살아남으려고 싸운다면 말이에요.
나는 싸우지 않을 것이며, 가련한 이여, 당신 곁을 떠나지도
않을 거예요. 지금이라도 나는 당신에게 동반자로 다가가려 해요.   705
그러면 유골 항아리가 아니더라도 무덤가 비문이나마 우리를
결합시켜줄 것이며, 뼈끼리는 아니라도 이름이라도 서로 닿겠지요."
그녀는 슬픔에 말을 잇지 못했고, 말끝마다 가슴을 쳤으며,
놀란 가슴에서는 신음 소리만 새어나왔다.
    아침이 되었다. 그녀는 바닷가로 가서는 그가 떠나가는 것을   710
지켜보았던 장소를 비통한 마음으로 찾았다. 그녀가 거기 머무는 동안,
그녀가 "여기서 그이는 밧줄을 풀었지. 이 해안에서 떠나가며
그이는 내게 입맞춰주었지."라고 말하는 동안,

그리고 그녀가 그의 행동을 일일이 그것이 일어난 장소에서
회상하며 바다를 내다보고 있는 동안 저 멀리 맑은 바닷물 위에   715
시신 같은 것이 눈에 띄었다. 처음에는 그것이 무엇인지 확실치
않았다. 그것이 물결에 조금씩 밀려오자, 비록 멀리 떨어져
있기는 했어도, 시신임이 분명했다. 그녀는 그것이 누구의 시신인지
알지 못했으나, 난파당한 자였기에 불길한 전조에 놀라 마치 알지 못하는
자를 위해 눈물을 흘리는 양 말했다. "아아, 그대가 뉘시든 참   720
안됐구려. 그대의 아내도. 그대에게 아내가 있다면 말이에요."
그사이 시신이 물결에 더 가까이 밀려왔고, 그녀는 그것을
오래 보면 볼수록 그만큼 더 제정신이 아니었다.
어느새 시신이 육지 가까이 다가오자 이제야 그녀는
그것이 무엇인지 알 수 있었다. 그녀는 보았다.
그것은 그녀의 남편이었다. "그이다!"라고 소리치며 그녀는   725
두 볼과 머리털과 옷을 동시에 찢었고, 떨리는 두 손을 케윅스에게
내밀며 "오오! 이런 모습으로, 더없이 사랑하는 낭군이여,
이런 모습으로 당신은 내게 돌아오시나요, 가련한 이여?"라고 말했다.
바닷가에는 사람 손으로 만든 방파제가 하나 있었는데,
그것은 노도를 막으며 달려드는 물결의 예봉을 꺾어놓았다.   730
그 위에서 그녀는 물속으로 뛰어들었다. 그러자 ― 그녀가 그럴 수
있었다는 것은 기적이었다 ― 그녀는 가련하게도 한 마리 새가 되어
방금 돋아난 날개로 가벼운 대기를 치며 수면 위를 스치듯 날았다.
날아다니며 방금 전까지 입이었던 가느다란 부리에서
애도하는 자의 목소리와도 같은, 원망으로 가득찬 소리로   735
쩍쩍거렸다. 하지만 말없고 핏기 없는 시신 곁에 이르자 알퀴오네는
새로 돋은 날개로 사랑하던 사지를 껴안으며 딱딱한 부리로

그의 싸늘한 입술에 헛되이 입맞추려 했다.
케윅스가 그것을 느꼈는지, 아니면 물결에 밀려 얼굴을 든 것처럼
보였는지 사람들은 확실히 알지 못했다. 하지만 그는 그것을   740
느꼈던 것이다. 하늘의 신들마저 이들을 불쌍히 여겨,
이들은 둘 다 새로 변했다.⁹² 똑같은 운명을 겪은 뒤에도
이들의 사랑은 여전히 변함없었고, 새가 된 뒤에도 이들의 결혼
서약은 깨지지 않았다. 그들은 여전히 교합하여 부모가 된다.
그리하여 알퀴오네는 겨울철의 평온한 이레 동안 바닷물 위에   745
떠다니는 둥지에서⁹³ 알을 품는다. 그때는 바다의 파도도
잔잔해진다. 아이올루스가 바람을 지키며 밖으로 나가지
못하게 하고 외손자들에게 바다를 내맡기기 때문이다.⁹⁴

아이사쿠스

　나란히 넓은 바다 위를 날아다니는 이 새들을 보며
한 노인이 끝까지 변함없는 그들의 사랑을 칭찬했다.   750
그러자 옆에 있던 사람이, 아니면 아마도 같은 사람이 말했다.
"그대도 보시다시피, 가느다란 다리를 끌며 바닷물 위를

92　그들은 물총새가 되었다.
93　고대 그리스인들과 로마인들은 물총새가 바닷가 절벽 위에 걸려 있는 둥지가 아니라 바닷
물 위에 떠다니는 둥지에서 알을 품는 것으로 믿었던 것 같다.
94　동지 전후의 2주간(이 책에서는 1주간)의 좋은 날씨, 이른바 'halcyon days'에 관한 오비디
우스의 기원 설명(aition)은 그의 창작으로 여겨진다.

스쳐지나가는 저 새도" (그러면서 목이 긴 잠수조[95]를 가리켰다.)

"왕가의 자손이오. 그대가 윗대로부터 그에 이르기까지 쭉

대(代)를 따진다면 그의 선조는 일루스[96]와, 앗사라쿠스[97]와,　　　　755

윱피테르에게 납치된 가뉘메데스[98]와, 노왕 라오메돈과,

트로이야의 최후를 볼 운명을 타고난 프리아무스[99]이지요.

저기 저 새는 헥토르의 아우였지요.

그가 만약 초년에 기이한 운명을 겪지 않았더라면

아마도 헥토르[100] 못지않은 명성을 얻었을 것이오.　　　　760

헥토르는 뒤마스의 딸[101]이 낳았으나, 아이사쿠스는

뿔 둘 달린 하신(河神) 그라니쿠스[102]의 딸 알렉시로에가

그늘이 많은 이다[103]의 산기슭에서 몰래 낳았다고 하더군요.

그는 도시를 싫어하여 번쩍이는 궁전을 멀리하며

한적한 산기슭이나 소박한 시골에서 살았고,　　　　765

일리온[104]의 군중을 찾는 일은 드물었어요.

95　잠수조(潛水鳥)의 라틴어 mergus는 '잠수하다'는 뜻의 mergo에서 유래했다.

96　Ilus(그/Ilos). 트로이야 왕 트로스(Tros)의 아들로 일리온의 건설자.

97　Assaracus(그/Assarakos). 트로스의 아들로 카퓌스(Capys 그/Kapys)의 아버지이며, 앙키세스(9권 425행 참조)의 할아버지이다.

98　10권 155행 참조.

99　트로이야의 마지막 왕으로 헤쿠베(Hecube 그/Hekabe)의 남편이며 헥토르, 파리스, 헬레누스, 폴뤼도루스, 데이포부스, 캇산드라, 폴뤽세나 등의 아버지이다.

100　프리아무스의 아들로, 트로이야 전쟁 때 용맹을 떨치던 트로이야군 제일의 맹장.

101　헤쿠베.

102　Granicus(그/Granikos). 소아시아 뮈시아 지방의 강 및 하신.

103　2권 218행 참조.

104　4권 95행 참조.

하지만 고루하거나 사랑에 무관심한 자는 아니어서,

가끔 온 숲을 지나 케브렌[105]의 딸 헤스페리에를 뒤쫓곤 했지요.

그러다가 그는 어느 날 그녀가 아버지의 강둑에서 어깨 위로

흘러내리는 머리털을 햇볕에 말리고 있는 것을 보았어요.   770

그에게 들킨 요정은 도망쳤는데, 그 모습은 마치 겁에 질린 암사슴이

황갈색 늑대 앞에서, 또는 야생 오리가 제 못에서 멀리 떨어진 곳에서

습격을 받고 매 앞에서 도망치는 것 같았소. 두려운 만큼 빠른 그녀를,

사랑하는 만큼 빠른 트로이야의 영웅이 뒤쫓았지요.

보시오, 그때 뱀 한 마리가 풀숲에 숨어 있다가 도망치던   775

그녀의 발을 옥니로 물어 그녀의 몸에 독을 남겼소.[106] 숨이 멈추며

그녀의 도주도 멈추었소. 사랑하는 애인은 정신을 잃고

숨이 끊어진 그녀를 껴안으며 외쳤소. '그대를 쫓아간 게 후회되고

또 후회되오. 이리 될 줄은 몰랐소. 이기는 게 그토록 중요한 것은

아니었는데. 우리 둘이서 가련한 그대를 죽였소. 뱀은 부상을 입었고,   780

나는 그 원인을 제공했으니, 나는 뱀보다 책임이 크오.

나는 내 죽음으로 그대의 죽음을 위로할 것이오.'

그는 노호하는 파도에 밑이 갉아먹힌 절벽에서

바다로 뛰어들었소. 하지만 테튀스[107]가 그를 불쌍히 여겨

그가 떨어질 때 부드럽게 받아 물위로 헤엄치던 그를 깃털로   785

덮어주었소. 바라던 죽음의 기회가 그에게는 주어지지 않았소.

사랑에 빠진 애인은 자신의 의지와 달리 살도록 강요받은 것에,

---

105 Cebren(그/ Kebren). 트로아스 지방의 강 및 하신.
106 그녀의 죽음은 에우뤼디케의 죽음(10권 8행 이하 참조)을 연상케 한다.
107 2권 69행 참조.

자신의 영혼이 비참한 처소를 떠나려다 방해받은 것에 화가 났소.

그래서 그는 어깨에 새 날개가 돋아나자마자 높이 날았다가

다시 한번 제 몸을 물속으로 내던졌소. 하지만 깃털은 그의 추락을   790

가볍게 해주었소. 아이사쿠스는 미쳐 날뛰며

물속 깊숙이 곤두박질치며 끊임없이 죽음에 이르는 길을

찾으려 했소. 사랑은 그렇게 그를 여위게 만들었소.

그러는 사이 관절 사이의 다리는 길어지고, 긴 목은 여전히 길었으며,

머리는 몸에서 멀리 떨어졌소. 그는 전과 같이 바다를 사랑하여

그 밑으로 잠수하기에 잠수조란 이름을 갖게 되었소.”   795

XII

르동, 〈켄타우루스족에게 끌려가는 여인〉

이피게니아

　그의 아버지 프리아무스는 아이사쿠스가 새가 되어
살아 있는 줄도 모르고 아들의 죽음을 애도했다.
헥토르 형제들도 그의 이름이 새겨진 시신 없는 빈 무덤가에서
헛되이 죽은 이를 위한 제물을 바쳤다. 파리스[1]만이
그 장례식에 참석하지 않았는데 그는 얼마 뒤 아내[2]를 　　　　　　5
납치해옴으로써 조국에 기나긴 전쟁을 가져왔다.
일천 척의 함선과 펠라스기족[3] 연합군이 일시에 파리스를 추격했다.
그리하여 복수는 지연되지 않았을 것이다. 강풍이 바다를
지나다닐 수 없게 만들고, 보이오티아 땅이 출항 준비가 다 된 함선들을
물고기가 많은 아울리스[4]에다 붙들어놓지 않았더라면. 　　　　　　10
이곳에서 그들은 선조의 관습에 따라 윱피테르에게 바칠 제물을
준비했다. 오래된 제단 위에 불길이 활활 타고 있을 때,
다나이족[5]은 검푸른 뱀 한 마리가 자신들이 제물을 바치기 시작한
장소 옆에 서 있던 플라타너스 나무로 기어 올라가는 것을 보았다.
나무 우듬지에는 이사 팔, 새끼 새 여덟 마리가 든 　　　　　　15

1　프리아무스와 헤쿠베의 아들로 헥토르의 아우이다. 파리스가 스파르테 왕 메넬라우스의
아내 헬레네를 데려옴으로써 트로이야 전쟁이 일어난다.
2　메넬라우스의 아내 헬레네.
3　7권 49행 참조.
4　그리스 보이오티아 지방의 항구로 트로이야 전쟁 때 그리스 연합 함대는 트로이야로 출항
하기 전에 이곳에 집결했다.
5　넓게는 여기서처럼 그리스인들 특히 트로이야 전쟁에 참전한 그리스인들을, 좁게는 아르
고스에 사는 그리스인들을 말한다.

둥지 하나가 있었는데, 뱀의 탐욕스러운 입은 새끼 새들과 함께,

잃어버린 새끼들 주위를 날아다니던 어미 새마저 잡아 삼켰다.

모두 어안이 벙벙한데, 진실을 예견하는 예언자, 테스토르의

아들[6]이 말했다. "기뻐하시오, 우리는 이길 것이오. 펠라스기족이여!

트로이야는 함락되오. 하지만 우리의 노고는 오래 지속될 것이오."   20

그는 아홉 마리의 새를 구 년 동안 이어지는 전쟁으로 풀이했다.

한편 뱀은 나무의 푸른 가지를 감고 있던 그대로 돌이 되니,[7]

그 돌은 오늘날까지도 뱀의 형상을 간직하고 있다.

   하지만 네레우스[8]는 여전히 아오니아의 바다에서 맹위를 떨치며

전쟁을 건네주지 않았다. 그들 중에는 넵투누스가 그 도시의   25

성벽을 쌓았기에 트로이야를 아끼는 것이라고 믿는 자들도 있었다.

그러나 테스토르의 아들은 그렇게 믿지 않았다. 그는 처녀신[9]의 노여움은

처녀의 피로 달래야 한다는 것을 모르지 않았고, 또 침묵하지도

않았던 것이다. 공공의 이익이 부정(父情)을 이기고 왕이 아버지를

이긴 뒤 이피게니아는 자신의 순결한 피를 바치기 위해   30

눈물을 흘리는 사제들에 둘러싸인 채 제단 앞에 섰다.

그러자 여신이 져서 그들의 눈앞에 안개를 펼쳤다. 의식이

진행되고 제물이 바쳐지고 탄원자들이 고함을 지르는 와중에

여신은 뮈케나이 여인[10]을 암사슴으로 바꿔치기했다고 한다.

그리하여 적절한 제물에 의해 디아나가 달래져   35

---

6 칼카스. 트로이야 전쟁 때 그리스군의 예언자.

7 이 일화에 관해서는 『일리아스』 2권 308행 이하 참조.

8 네레우스는 여기서 '바다'라는 뜻이다. 1권 187행 참조.

9 디아나.

10 이피게니아.

포이베[11]의 노여움과 바다의 노여움이 동시에 진정되자,

일천 척의 함선은 등뒤로 바람을 받으며

천신만고 끝에 프뤼기아의 바닷가 모래밭에 닿았다.

소문의 여신 파마

세상의 한가운데에, 대지와 바다와 하늘의 중간에,

세 겹의 우주가 서로 만나는 장소가 있다.   40

그곳에서는 아무리 멀리 떨어져 있어도 무엇이든 다 보이고,

열린 귀로는 무슨 소리든 다 들린다.

그곳에 소문의 여신 파마가 살고 있다. 그녀는

맨 꼭대기에다 거처를 고른 다음 그 집에 수많은 입구와

일천의 통로를 냈으나 문턱에 문을 달지는 않았다.   45

그 집은 밤낮으로 열려 있다. 그 집은 온통 울리는

청동으로 되어 있어 전체가 울리고, 메아리치고,

들은 것을 되풀이하여 들려준다. 그 안에는 고요도,

정적도 없다. 요란한 소음도 없고, 누가 멀리서 들을 때

바다의 파도 소리와 같은, 또는 윱피테르가 먹구름을   50

맞부딪칠 때 들리는 천둥소리의 울림과 같은, 나지막한

목소리의 속삭임이 있을 뿐이다. 군중이 홀을 메우고 있다.

경박한 무리가 오가고, 참말과 뒤섞인 거짓말이

도처에 돌아다니고, 수천 가지 소문과 혼란스러운 말이 떠돈다.   55

11 1권 476행 참조.

그들 가운데 더러는 한가한 귀를 수다로 채우고,

더러는 들은 것을 퍼뜨린다. 그리하여 지어낸 이야기는

자꾸 커지고, 새로 전하는 자마다 들은 것에다 무엇인가를 보탠다.

그곳에는 경박한 믿음이 있고, 그곳에는 부주의한 실수와

근거 없는 기쁨과 걷잡을 수 없는 두려움이 있으며,   60

그곳에는 갑작스러운 선동과 출처를 알 수 없는 속삭임이 있다.

소문의 여신은 하늘과 바다와 대지에서 일어나는 일을

모두 지켜보고 있고, 온 세상에서 새로운 소식을 찾는다.

퀴그누스

　그라이키아[12]의 함대가 용감한 전사들을 태우고 다가오고

있다고 알린 것도 소문의 여신이었다. 그리하여 무장한 적군이   65

뜻밖에 나타난 것은 아니었다. 트로이야인들은 해안을 지키며

적군의 상륙을 막았다. 프로테실라우스[13]여, 운명의 뜻에 따라

그대가 맨 먼저 헥토르의 창에 쓰러져 죽었소. 이 전투에서 다나이족은

비싼 대가를 치렀고, 용감한 영웅의 죽음으로 헥토르의 용맹을

알게 되었다. 프뤼기아인들도 적잖은 피를 흘리고는 아카이아[14]의 손이   70

얼마나 힘센지 느꼈다. 벌써 시게움[15]의 해안은 붉게 물들었고,

12　4권 16행 참조.

13　Protesilaus(그/ Protesilaos). 텟살리아 출신의 장수로 트로이야 전쟁 때 그리스인 중에서 맨
먼저 상륙하다가 맨 먼저 전사한다.

14　4권 606행 참조.

15　11권 197행 참조.

넵투누스의 아들 퀴그누스[16]는 일천 명의 전사를 죽음에
넘겨주었으며, 벌써 아킬레스는 전차를 타고는 펠리온 산에서
자란 나무로 자루를 박은 창으로 온 대열을 눕히고 있었다.
그는 전투의 대열을 헤치며 퀴그누스나 헥토르를 찾다가   75
퀴그누스와 만났다. (헥토르는 십 년째 되는 해에 죽게 되어 있었다.)
아킬레스가 빛나는 목덜미에 멍에를 메고 있던
말들을 격려하며 적을 향해 전차를 몰더니
떨리는 창을 팔로 힘껏 휘두르며 말했다.
"젊은이여, 그대가 누구든, 죽어도 하이모니아의   80
아킬레스 손에 죽은 것을 위안으로 삼도록 하라!"
여기까지 아이아쿠스의 손자는 말했다. 그의 말에 무거운 창이
뒤따랐다. 그의 확실한 창에 아무 잘못이 없었음에도,
날아간 무쇠 창끝은 아무 효과도 없이 마치 무딘 창으로
친 것처럼 적의 가슴에 타박상만을 입혔을 뿐이었다.   85
퀴그누스가 말했다. "여신의 아들이여, 소문을 통해 나는 그대를
익히 알고 있소. 그대는 내가 부상 당하지 않았다고 놀라시는 거요?
(아킬레스는 실제로 놀랐다.) 그대가 보는 말총 장식이 달린 이 황갈색
투구나 내 왼팔을 누르고 있는 이 오목한 둥근 방패가 나를 지켜준
것이 아니오. 그것들은 장식일 뿐이오. 마르스가 그런 이유에서   90
무구를 입고 다니는 것처럼. 이런 호신용 덮개를 벗어던진다 해도,
나는 상처 하나 없이 이곳을 떠날 것이오. 네레우스의 딸의
아들이 아니라, 네레우스와 그의 딸들과 바다 전체를
다스리시는 분[17]의 아들이라는 것은 역시 어떤 의미가 있는 것이라오."

16   2권 367행 참조.

그러더니 그는 아이아쿠스의 손자를 향해 창을 던졌다.   95

창은 볼록한 방패에 박히고 말았으니, 그것은 청동과

그다음의 황소 가죽 아홉 겹은 뚫었지만 열 번째 원에서

멈춰 섰던 것이다. 영웅[18]은 그것을 뽑아내 강력한 손으로

떨리는 창을 다시 한 번 힘껏 던졌다. 또다시 그의 적의 몸은

부상도 입지 않고 온전했다. 세 번째 창도 퀴그누스가   100

가리지 않은 채 몸을 내미는데도 부상조차 입히지 못했다.

그러자 아킬레스가 불같이 화를 내니, 그 모습은 황소가 넓은 모래밭에서

자신을 약올리는 자줏빛 외투를 향해 무시무시한 뿔로 돌진하지만

부상을 입히려는 시도가 수포로 돌아갔음을 느낄 때와 다르지 않았다.

그는 혹시 창에서 무쇠 날이 떨어져나간 것이 아닌지 살펴보았다.   105

창날은 나무 자루에 제대로 박혀 있었다. "그러면 내 손이 약해졌나?

전에 갖고 있던 힘을 이번 경우에만 잃어버린 것일까?" 하고

아킬레스는 말했다. "내 손은 확실히 힘이 있었으니까. 내가 앞장서서

뤼르네수스[19]의 성벽을 함락했을 때에도, 내가 테네도스[20]와,

에에티온[21]의 테바이[22]를 그들 자신의 피로 가득 채웠을 때에도,   110

카이쿠스[23]가 그 유역에 사는 백성이 살육되어 자줏빛으로

---

17   넵투누스.

18   아킬레스.

19   Lyrnesus(그/ Lyrnessos). 트로아스 지방의 소도시.

20   1권 516행 참조.

21   소아시아 뮈시아 지방에 있는 테바이 시의 왕으로 헥토르의 아내 안드로마케의 아버지.

22   여기서 테바이는 보이오티아 지방의 수도가 아니라, 소아시아 뮈시아 지방에 있는 도시를
말한다.

23   2권 243행 참조.

흘렸을 때에도, 텔레푸스[24]가 두 번이나 내 창의 힘을 느꼈을 때에도.
내가 그토록 많은 자를 죽여 그 시신들을 바닷가에 쌓아올리게 했고,
또 쌓여 있는 것을 보고 있는 이곳에서도 내 오른팔은 힘이 있었고
또 여전히 힘이 있지 않은가!" 그는 자신의 이전 무훈이   115
믿어지지 않는 양 뤼키아의 병사 가운데 한 명인 메노이테스를
향해 창을 던져 흉갑과 그 밑의 가슴을 동시에 꿰뚫었다.
적이 죽어가며 머리로 무거운 대지를 쾅 하고 치자 아킬레스가
뜨거운 상처에서 창을 뽑으며 말했다. "이것이 내가 방금
이겼던 그 손이고, 그 창이다. 나는 저자에게도 같은 손과 창을   120
쓸 것인즉 바라건대, 저자에게도 같은 결과가 나오기를!"
그는 다시 창을 던졌다. 물푸레나무 창은 빗나가지 않고,
피하지 않은 그의 왼쪽 어깨를 쾅 하고 맞혔으나,
마치 담벼락이나 단단한 바위에 맞은 것처럼 도로 튀어나왔다.
아킬레스는 퀴그누스가 창을 맞았던 곳에 핏자국이   125
나 있는 것을 보고 기뻐했다. 그러나 소용없는 일이었다.
상처는 한 군데도 없고 그것은 메노이테스의 피였던 것이다.
아킬레스는 화가 나 씩씩거리며 높다란 전차에서
급히 뛰어내려 번쩍이는 칼로 부상 당하지 않는 적과
백병전을 벌였다. 그는 적의 방패와 투구가 칼에 뚫린 것을   130

---

24 Telephus(그/ Telephos). 소아시아 뮈시아 지방의 왕으로 헤르쿨레스와 요정 아우게의 아
들. 트로이아인 줄 잘못 알고 뮈시아에 그리스 함대가 상륙했을 때, 텔레푸스는 그리스군을 격
퇴하다가 아킬레스의 창에 상처를 입는다. 그 뒤 상처가 낫지 않자 그는 상처를 입힌 자가 상처
를 낫게 해줄 것이라는 신탁에 따라, 일단 그리스로 후퇴했다가 아울리스에 재집결한 그리스
군 진영을 찾아가 아킬레스의 창에 슨 녹을 긁어 붙인다. 상처가 완쾌되자 그는 약속대로 그리
스 함대를 트로이아로 인도한다.

보았으나, 적의 단단한 몸에서는 칼도 무디어지고 말았다.

아킬레스는 더이상 참지 못하고, 방패를 뒤로 당겼다가 그것으로

서너 번 적의 얼굴을 치고 움푹 팬 관자놀이를 칼자루로 때렸다.

그는 물러서는 적을 따라가며 압박하고 불안하게 하고

덤벼들었고, 당황한 적에게 숨 돌릴 틈을 주지 않았다.   135

퀴그누스는 겁이 났고 눈앞이 캄캄했다. 그가 뒷걸음질칠 때

들판 한가운데에 놓여 있던 돌덩이가 그의 뒷걸음질을 막았다.

아킬레스는 퀴그누스를 몸이 뒤로 젖혀질 때까지 돌덩이 뒤로

밀어붙이더니 있는 힘을 다해 빙글빙글 돌리다가 땅에다 내팽개쳤다.

그러고는 방패와 단단한 무릎으로 적의 가슴을 누르며   140

투구 끈을 당기니, 그 끈이 적의 턱밑을 죄며

목구멍과 기도를 막고 숨길을 끊어버렸다. 그는 패배한 적의 무구를

벗길 채비를 했다. 한데 그는 무구들 안이 비어 있는 것을 보았다.

바다의 신이 퀴그누스의 몸을 흰 새[25]로 변신시켰던 것이다.

그리하여 퀴그누스는 지금도 그 새의 이름을 쓰고 있다.   145

    이 노고와 이 격전이 끝난 뒤 여러 날 동안 소강상태가

계속되었고, 양측은 무기를 놓고 휴식을 취했다.

깨어 있는 파수병들이 프뤼기아의 성벽을 지키고,

깨어 있는 파수병들이 아르고스인들의 해자(垓字)를 지키는 사이

축제일이 다가와, 퀴그누스에게 이긴 아킬레스가   150

암송아지 한 마리를 잡아 그 피로 여신 팔라스를 달랬다.

그것의 내장이 활활 타는 제단 위에 올려져 신들이

좋아하는 냄새가 일단 대기 속으로 오르고 난 뒤에,

---

25 백조. 퀴그누스 또는 퀴크누스는 '백조'라는 뜻이다.

의식에 필요한 부분은 의식에 쓰이고 나머지는 식탁에 올려졌다.

장수들은 긴 의자에 비스듬히 몸을 기대고는 구운 고기를   155

배불리 먹으며 포도주로 근심을 쫓고 갈증을 식혔다.

그들을 즐겁게 해주려고 키타라 소리도, 노랫소리도, 구멍을 여러 개

뚫은, 회양목으로 만든 기다란 피리의 소리도 울려 퍼지지 않았다.

그들은 이야기로 밤을 보냈고, 용기가 이야기의 주제였다.

그들은 적군과 자신들의 전투에 관해 이야기했고,   160

자신들이 겪고 견뎌냈던 위험에 관해 번갈아가며 이야기하며

즐겼다. 사실 아킬레스가 그 밖의 어떤 다른 이야기를 하겠으며,

위대한 아킬레스 면전에서 그들이 어떤 다른 이야기를 꺼내겠는가?

무엇보다도 그가 퀴그누스를 제압하고 거둔 최근의 승리가

화제가 되었다. 젊은이가 어떤 창으로도 뚫을 수 없고,   165

부상 당하지 않으며, 무쇠를 무디게 하는 몸을 가졌다는 것은

그들 모두에게 기적처럼 보였던 것이다.

카이네우스의 성전환

　　이에 대해서는 아이아쿠스의 손자도, 아키비족[26]도 놀라움을

금치 못했다. 이때 네스토르[27]가 말했다. "그대들의 세대에서는

칼을 경멸하고 아무리 쳐도 뚫을 수 없는 것은 퀴그누스   170

한 사람뿐이었소. 하지만 나는 옛날에 몸을 다치지 않고 일천 번의

26　7권 56행 참조.
27　8권 313행 참조.

가격을 견뎌내던 페르라이비아²⁸ 사람 카이네우스를 직접 본
적이 있소. 페르라이비아 사람 카이네우스는 오트뤼스 산에 살았는데
무훈으로 이름을 날렸지요. 더욱 놀라운 것은 태어날 때 그는
여자였다는 것이오.” 그 자리에 있던 사람들은 너나없이 이 신기하고   175
놀라운 일에 마음이 끌려 이야기해주기를 청했다. 그들 사이에서
아킬레스가 말했다. “자, 이야기해주시오. 달변의 노인이여,
우리 세대의 지혜여! 우리 모두 하나같이 원하는 것은,
카이네우스가 누구이며, 왜 그가 성전환을 했으며, 어떤 싸움
또는 누구와의 전투에서 그대가 그를 알게 되었으며,   180
그도 누군가에게 졌다면 그 누군가가 어떤 사람인지 듣는 것이오.”

　　그러자 노인이 말했다. “비록 노령이 내 기억력을 흐리게 하고,
내가 젊을 적에 보았던 많은 것이 내게서 달아나버렸지만,
그래도 나는 아직 더 많은 것을 기억하고 있소.
전시와 평화시의 그토록 많은 행적 가운데   185
이보다 더 깊이 내 가슴에 새겨진 일은 없었으니까.
그리고 고령이 될수록 많은 일을 볼 수 있는 것이라면,
나는 두 세기를 살았고, 지금은 세 번째 세기를 살고 있소.
엘라투스²⁹의 딸 카이니스는 소문난 미인으로, 텟살리아의 소녀
가운데 가장 예뻤소. 그녀는 인근의 모든 도시와 그대의 도시에서   190
(아킬레스여, 그녀는 그대와 같은 도시 출신이었소.)
수많은 구혼자에게 동경의 대상이었소. 하지만 소용없는 일이었소.
아마 펠레우스도 그녀와 결혼하려고 했을 것이오. 그러나 그는

28　북텟살리아의 한 지역으로 흔히 텟살리아를 말한다.
29　Elatus(그 / Elatos). 라피타이족(Lapithae 그 / Lapithai)의 한 명으로 카이네우스의 아버지.

이미 그대의 어머니와 결혼했거나 아니면 그대의 어머니는

그에게 약속되어 있었을 것이오. 카이니스는 어떤 남자와도   195

결혼하지 않았소. 그녀는 외딴 바닷가를 거닐다가 바다의 신에게

겁탈당했고(소문이 그러했소.) 넵투누스는 새 사랑의 기쁨을 얻은 뒤

말했소. '그대는 거절당할까 두려워 말고 소원을 말하시오. 무엇이든

그대가 원하는 것을 선택하시오.' (이 역시 같은 소문이 전한 말이오.)

그러자 카이니스가 말했소. '그대가 내게 행한 이런 비행은   200

앞으로는 내게 더이상 그런 일이 일어날 수 없었으면 하는 크나큰

소원을 일깨워주는군요. 그대는 내가 여자가 아니게 해주세요!

그러면 그대는 내게 다 주시는 거예요.' 그녀는 마지막 말을 굵은

목소리로 말했는데, 그것은 남자나 낼 수 있을 것 같은 목소리였소.

아닌 게 아니라 사실이 그러했소. 왜냐하면 깊은 바다의 신은   205

어느새 그녀의 소원을 들어주고, 그 밖에도 그녀가 어떤 상처에도

안전하고 결코 무쇠에 쓰러지는 일이 없도록 해주었기 때문이오.

아트락스[30] 사람[31]은 자신이 받은 선물을 기뻐하며 그곳을 떠나

페네오스[32]의 들판을 누비며 남자들이 하는 일로 소일했소.

30 텟살리아 지방의 도시.

31 카이네우스.

32 1권 주 66 참조.

켄타우루스족과 라피타이족의 싸움

  대담한 익시온[33]의 아들[34]은 힙포다메[35]와 결혼하여, 구름의 아들들인
야수들[36]을 초대하고 나무로 가려진 동굴 안에 가지런히   210
차려놓은 식탁들 앞에서 비스듬히 몸을 기대도록 했소.
하이모니아의 귀족들도 거기에 참석했는데, 나도 마찬가지였소.
축제가 벌어진 왕궁에는 군중이 질러대는 함성이 울려 퍼졌소.
보시오, 사람들은 축혼가를 부르고 불을 피워놓은 홀은 연기로   215
가득찼는데, 소녀가 어머니들과 여인들의 무리에 둘러싸여
들어오니 빼어난 미인이었소. 우리는 저런 아내를 얻어
행복하겠다고 피리토우스를 축하했는데, 그로 인해 우리가
축하한 좋은 전조를 하마터면 그르칠 뻔했소. 왜냐하면
야만적인 켄타우루스족 중에서도 가장 야만적인 에우뤼투스여,
그대의 가슴은 술도 술이지만 그녀의 모습에 뜨겁게 달아올라,   220
욕정으로 배가된 술기운의 지배를 받았기 때문이오.
당장 식탁이 뒤엎어지며 잔치는 난장판이 되고, 갓 결혼한
신부는 머리채를 잡힌 채 질질 끌려갔소. 에우뤼투스는 힙포다메를
끌고 가고, 그밖의 다른 자들은 각자 원하는 대로 또는 할 수 있는 대로
여인을 한 명씩 끌고 가니, 그것은 함락된 도시의 모습이었소.   225
온 집안에 여인들의 비명이 울려 퍼졌소. 우리는 지체 없이

---

33 4권 461행 참조.
34 피리토우스(8권 303행 참조).
35 Hippodame(그/ Hippodameia). 대개 힙포다미아(Hippodamia)로 알려져 있으며 피리토우
스의 아내이다.
36 켄타우루스족. 4권 주 72 참조.

일어섰으나, 맨 먼저 테세우스가 말했소. '에우뤼투스여, 이게 대체
무슨 미친 짓인가? 내가 아직 살아 있는데 피리토우스에게 도전하여
한 사람을 모욕함으로써 멋모르고 두 사람을 모욕하는 것인가?'[37]
[고매한 영웅은 자신의 위협이 빈말이 되지 않도록, 덤벼드는   230
켄타우루스족을 옆으로 밀치고 미친 자들에게서 납치된 신부를 구출했소.]
에우뤼투스는 아무 대꾸도 않고(그는 말로는 자신의 행위를
옹호할 수 없었으니까요.) 파렴치한 두 손으로 그녀의
복수자에게 덤벼들더니 그의 얼굴과 너그러운 가슴을 쳤소.
마침 가까운 곳에 울퉁불퉁하게 돋을새김을 한 오래된   235
포도주 희석용 동이[38]가 하나 있었소. 그 큰 동이를 그보다 더 큰
아이게우스의 아들이 번쩍 들어올려 곧장 그자의 얼굴에다
내던졌소. 그자는 상처와 입에서 핏덩이와 골과 술을
동시에 토하며 뒤로 벌렁 나자빠지더니 발뒤꿈치로
피에 젖은 모래를 두들겼소. 그자의 반인반마 형제들은
그자의 죽음에 분기탱천하여 이구동성으로 외쳤소.   240
'무장하라! 무장하라!' 술이 그들의 용기를 북돋워주었소.
싸움이 처음 시작되었을 때에는 술잔이 내던져지고
깨지기 쉬운 항아리와 배가 부른 대야가 날아다녔는데,
방금 전 잔치에 쓰였던 것이 이제 전쟁과 살육의 도구가 된 것이오.
   맨 먼저 오피온의 아들 아뮈쿠스가 궁전 안의 성소에서 거기에   245
바쳐진 선물들을 약탈하기를 주저하지 않았소. 그자는

---

37 테세우스와 피리토우스는 절친한 친구로(8권 405행 참조) 둘이서 어린 헬레네를 납치한
적도 있고, 나중에는 프로세르피나를 납치하려고 함께 저승에 갔다가 붙들리기도 했다.
38 고대 그리스인들과 로마인들은 동이에다 포도주를 붓고 물로 희석하여 마셨다.

또 맨 처음으로 사당에서 휘황한 초들이 빼곡히 꽂힌
촛대를 낚아챘소. 마치 제물 바칠 때 쓰는 도끼로
황소의 흰 목을 꺾으려는 사제처럼 그자는 그것을
번쩍 쳐들더니, 라피타이족인 켈라돈의 이마를 내리쳐   250
박살난 뼈를 더이상 알아볼 수 없는 얼굴에다 남겨두었소.
켈라돈의 두 눈은 밖으로 튀어나왔고, 광대뼈는 으깨졌으며,
코는 주저앉아 입천장 안에 붙어 있었소. 펠라[39] 사람
펠라테스가 단풍나무 식탁에서 다리를 뽑아내어 아뮈쿠스를
땅바닥에 뉘었소. 그자가 턱이 가슴 쪽으로 밀려 들어간 채   255
시커먼 피와 범벅이 된 이빨을 뱉어내자, 펠라테스가
두 번째 가격으로 그자를 타르타라의 그림자들에게로 보냈소.
   그러자 그뤼네우스가 무서운 눈길로 바로 옆에 있던 제단에서
연기가 피어오르는 것을 보고 있다가 '왜 우리가 이것을
몰랐지?' 하고는 거대한 제단을 불과 함께 번쩍 들어올리더니   260
라피타이족 무리 한가운데로 내던져 그들 중 두 명을,
브로테아스와 오리오스를 깔아뭉개버렸소.
오리오스의 어머니는 뮈칼레였는데, 사람들이 말하기를, 그녀는
가끔 주문으로 초승달의 뿔들을 싫다는데도 끌어내렸다고 하오.
'그대는 벌받지 않고는 달아나지 못하리라, 내 손에   265
무기가 잡히기만 하면!'이라고 말하고 엑사디우스는
키 큰 소나무에 봉헌물로 걸려 있던 사슴뿔을 무기로 썼소.
그뤼네우스는 사슴뿔 양끝에 눈을 찔려 눈알이 둘 다
빠져나왔소. 그중 한쪽 눈알은 뿔에 박혀 있었고, 다른 눈알은

39 5권 302행 참조.

수염 위로 굴러떨어져 피투성이가 된 채 거기 매달려 있었소.   270
　보시오, 로이투스가 불타고 있던 자두나무 장작을
제단 한가운데에서 낚아채더니 황갈색 머리로 덮인
카락수스의 관자놀이를 오른쪽에서 후려쳤소.
그의 머리털은 게걸스러운 불길에 사로잡히자 마른 곡식 밭처럼
타올랐고, 상처 안에서 그슬린 피는 무시무시하게 지글지글   275
끓는 소리를 냈소. 그 모습은 마치 발갛게 단 쇠막대를
대장장이가 구부정한 집게로 끄집어내 물통에 담그면
그것이 물에 잠기며 데워지는 물속에서
부글부글 끓으며 쉭쉭 소리를 낼 때와도 같았소.
부상 당한 자는 텁수룩한 머리털에서 탐욕스러운 불을   280
털어내더니 문지방 돌 하나를 땅에서 뽑아내어 어깨에 멨소.
그것은 달구지가 나를 짐이었소. 하지만 바로 그 무게가,
그것을 던져도 적에게 이르지 못하게 했소. 그리하여 커다란
돌덩이는 가까이 서 있던 전우 코메테스를 깔아뭉개버렸소.
로이투스는 기쁨을 억제하지 못하고 '그대 진영의 나머지   285
무리도 제발 그렇게 용감했으면!' 하고 말했소.
로이투스가 반쯤 타다 남은 장작개비로 또다시 카락수스의 상처에
달려들어 두개골의 이음새를 세 번 네 번 둔중하게 내리치니,
결국 카락수스의 뼈가 물렁해진 골속으로 내려앉고 말았소.
승리자는 에우아그루스와 코뤼투스와 드뤼아스에게로 향했소.   290
그중에서 이제 막 솜털이 볼을 덮기 시작한 코뤼투스가 앞으로
고꾸라지자 '소년을 죽이는 게 뭐 그리 대단한 영광인가?'라고
에우아그루스가 말했소. 하지만 로이투스는 더이상 그런 말을 하게
내버려두지 않고, 말하고 있는 그의 입으로 발갛게 단 장작개비를

맹렬한 기세로 쑤셔넣더니 가슴속까지 그것을 밀어넣었소.   295

그러고는 불을 머리 위로 휘두르며, 사나운 드뤼아스여,

그대도 추격했소. 그대에 대한 공격은 결과가 같지 않았으니,

잇달아 성공한 살육에 기고만장한 로이투스를 그대는 불에 단단해진

말뚝으로 목덜미와 어깨가 연결되는 부위를 찔렀던 것이오.

로이투스는 신음하며 간신히 단단한 뼈에서 말뚝을 뽑더니   300

제 피에 흥건히 젖은 채 도망을 쳤소.

오르네우스와 뤼카바스도 도망쳤고, 오른쪽 견갑골을 다친

메돈과 타우마스와 피세노르도 도망쳤소. 얼마 전

달리기 경주에서 모두를 이겼던 메르메로스는 부상을 당한

탓에 느릿느릿 떠나가고 있었소. 폴로스와 멜라네우스와   305

멧돼지 사냥꾼 아바스와, 싸우지 말라고 헛되이 친구들을

말렸던 점쟁이 아스튈로스도 도망쳤소. 그는 또 부상 당할까

두려워하던 넷수스에게 '그대는 도망치지 마시오!

그대는 헤르쿨레스의 화살을 위해 살아남을 것이오.'라고 말했소.

하지만 에우뤼노무스와 뤼키다스와 아레오스와 임브레우스는   310

죽음에서 도망치지 못했소. 그들이 맞섰을 때 드뤼아스의 팔이

그들 모두를 쓰러뜨렸던 것이오. 그리고 크레나이우스여,

그대도 비록 도망치려고 등을 돌렸으나 앞쪽을 다쳤소.

그대는 뒤를 돌아보다가 두 눈 사이, 코가 이마의

맨 아랫부분과 만나는 곳에 묵직한 무쇠를 받았기 때문이오.   315

    이토록 소란한 가운데서도 아피다스는 깨어나지 않고

혈관이 모두 늘어진 채 끝없는 잠에 빠져 누워 있었소.

그는 물 탄 포도주가 든 술잔을 여전히 축 늘어진 손에 든 채

옷사 산에 살던 곰의 털북숭이 모피 위에 뻗어 있었던 것이오.

함께 싸우지 않는 것이 아피다스에게 아무 도움이 되지 않았으니,   320
포르바스가 멀리서 그자를 보고 투창의 가죽끈에 손가락을 집어넣으며
'포도주에다 스튁스 강물을 타 마시게!'라고 말한 것이오.
그렇게 말하고 지체 않고 젊은이에게 창을 힘껏 던지자,
등을 대고 누워 있던 그대로 무쇠 날을 단 물푸레나무가
아피다스의 목을 뚫었소. 아피다스는 죽는 줄도 모르고 죽었소.   325
그자의 목구멍에 가득한 검은 피가 긴 의자와 술잔으로 흘러내렸소.
   나는 페트라이우스가 도토리가 열린 참나무를 땅에서 뽑으려 하는
것을 보았소. 페트라이우스가 두 팔로 참나무를 껴안고는
이리저리 흔들어 흔들리는 밑동을 들어올리려 하는 동안,
피리토우스의 창이 그자의 갈빗대 사이를 꿰뚫어   330
그자의 버둥대는 가슴을 단단한 참나무에 고정시켰소. 사람들이
말하기를, 뤼쿠스는 피리토우스의 용기에 쓰러졌다고 하며,
피리토우스의 용기에 크로미스도 쓰러졌다고 하오.
이들 둘보다는 딕튀스와 헬롭스가 승리자에게 더 큰 명성을 주었소.
헬롭스는 투창에 꿰뚫렸는데, 창은 관자놀이들을 관통하며   335
오른쪽 귀로 들어가 왼쪽 귀로 나왔던 것이오.
딕튀스는 뒤쫓아오던 익시온의 아들을 피해 도망치다가
가파른 산의 벼랑에서 미끄러져 아래로 곤두박질치며
제 몸무게로 거대한 물푸레나무를 꺾는 바람에
그 부러진 가지에 내장을 찔렸소.   340
아파레우스가 그 원수를 갚겠다고 나서서 산에서 바위를
뜯어내 던지려 했소. 하지만 그자가 그것을 던지려는 순간
아이게우스의 아들[40]이 참나무 몽둥이로 제압하여 그자의
굵은 팔꿈치 뼈를 박살냈소. 그는 그자의 쓸모없어진 몸뚱이를

죽음에 넘겨줄 시간도 의사도 없었던 터라 평소 자신 외에는   345
아무도 태우지 않던 키 큰 비에노르의 등에 훌쩍 뛰어올랐소.
그러고는 무릎으로 그자의 옆구리를 누르고 왼손으로는
머리채를 움켜쥐고는 그자의 얼굴과 위협의 말을 내뱉는 입과
단단한 관자놀이를 옹이투성이의 몽둥이로 박살냈소.
테세우스는 몽둥이로 네뒴누스와 창 잘 던지는 뤼코페스와,   350
흘러내리는 수염으로 가슴을 가리고 다니던 힙파수스와,
숲속의 나무 우듬지보다 키가 큰 리페우스와,
하이모니아의 산에서 곰을 잡아 그 곰이 반항하는데도
산 채로 집으로 둘러메고 가곤 하던 테레우스를 뉘었소.

　데몰레온은 테세우스가 싸움에서 잇달아 성공을   355
거두는 것을 보고 더이상 참을 수가 없어 짙은 덤불에서
오래된 소나무 한 그루를 뽑아내려 안간힘을 썼소.
나무가 끄떡도 하지 않자 그자는 그것을 꺾어 적에게 던졌소.
그것이 날아오자 테세우스는 멀리 떨어져 피했는데, 팔라스가
그렇게 조언한 것이오. 아무튼 그는 그렇게 믿어주기를 원했소.   360
하지만 나무가 헛되이 떨어진 것은 아니었으니, 그 나무는 키 큰
크란토르의 목을 베어 가슴과 왼쪽 어깨로부터 떼어놓았던 것이오.
크란토르는 그대 부친의 무구를 들고 다니는 시종이었소, 아킬레스여.
돌로페스족⁴¹의 통치자 아뮌토르⁴²가 전쟁에서 지자 그를
아이아쿠스의 아들⁴³에게 화친을 청하는 믿음직한 볼모로 맡겼던 것이오.   365

40　테세우스.
41　텟살리아 지방에 살던 부족.
42　8권 307행 참조.
43　펠레우스.

조금 떨어진 곳에서 크린토르가 끔찍한 부상으로 찢기는 것을 본
펠레우스가 '가장 사랑스러운 젊은이 크란토르여,
장례 제물이라도 받아 가게나!'라고 말하고 억센 팔로
있는 힘을 다하여 데몰레온에게 물푸레나무 창을 던졌소.
창은 흉곽을 뚫고 지나가 갈비뼈에 매달린 채 떨고 있었소.　　　　　　370
데몰레온은 나무로 된 창 자루를 창끝은 남겨둔 채 뽑아냈소
(창 자루도 겨우 따라 나왔소). 창끝은 폐 안에 그대로 남아 있었소.
고통 자체가 그자에게 광적인 용기를 주었으니, 부상 당했으면서도
그자는 뒷발로 일어서더니 말발굽으로 적을 짓밟았던 것이오.
하지만 펠레우스는 요란하게 울리는 가격을 투구와 방패로 받아　　　375
어깨를 가리며 자신의 무기를 앞으로 내밀어 그자의 견갑골을
뚫고는 한 번의 가격으로 그자의 두 가슴[44]을 찔렀소.
펠레우스는 그전에 플레그라이우스와 휠레스를 멀리서
창을 던져, 그리고 이피노우스와 클라니스를 근접전에서 죽음에
넘겨주었소. 이들에게 도륄라스가 덧붙여졌는데, 그자는 머리에　　　380
늑대 모피 모자를 쓰고는 사나운 무기 대신 수많은 피로
발갛게 물든 멋있게 구부러진 황소 뿔 한 쌍을 들고 다녔소.
　　그자에게 나는 '보라, 그대의 뿔들이 내 무쇠보다 얼마나
못한지!'라고 말하고 창을 힘껏 던졌소. (용기가 내게 힘을 주었소.)
그자는 창을 피할 수 없자 부상을 막으려고 오른손을　　　　　　385
이마에 갖다댔소. 그리하여 그자는 손이 이마에
고정된 채 크게 비명을 질렀소. 그자가 쓰라린 부상에
제압되어 꼼짝 못 하고 서 있는 동안 펠레우스가(그가 더 가까이

44　켄타우루스의 가슴은 아래쪽의 말의 형체와 위쪽의 사람의 형체가 만나는 곳이다.

서 있었으니까요.) 칼로 그자의 배 한가운데를 찔렀소.

그자는 사납게 앞으로 뛰며 땅바닥 위로 제 창자를 끌었소. 390

끌리는 창자를 밟고, 밟히는 창자를 찢다가 그자는

제 창자에 제 다리가 걸려 뱃속이 빈 채 땅에 넘어졌소.

  퀼라루스여, 그날의 싸움에서는 그대의 아름다움도 그대를 구해주지

못했소. 우리가 그대의 종족에게도 아름다움이 있음을 인정한다면 말이오.

그자의 수염은 이제 갓 나기 시작한 황금빛 수염이었고, 395

양어깨에는 금발이 견갑골 한가운데까지 늘어져 있었소.

그자의 얼굴에는 우아한 활기가 넘쳤소. 그자의 목덜미와

어깨와 손과 가슴과 사람의 모습을 한 부분은 모두

예술가의 칭찬받는 걸작품에 가장 가까웠소. 그자의 말의

모습도 나무랄 데 없었고, 사람의 모습도 그에 못지않았소.

그대는 그자에게 말의 목과 머리를 줘보시오. 그러면 그자는 400

카스토르[45]가 타기에도 손색이 없을 것이오. 그자의 등은 그만큼

앉기 좋고, 가슴은 그만큼 근육이 솟아 있었소. 그자는 온몸이

역청보다 더 검었소. 하지만 꼬리는 희었고, 다리도 흰색이었소.

그자의 종족 가운데 많은 암컷이 그자를 갈망했소. 휠로노메 한 명만이

그자의 마음을 끌었으니, 깊은 숲속에 사는 반인반마 가운데 405

그녀보다 더 아리따운 암컷은 한 명도 없었기 때문이오.

그녀만이 달콤한 말과 사랑과 사랑의 고백으로 퀼라루스의 마음을

사로잡았소. 그리고 꽃단장으로도. 그런 사지에도 꽃단장이 가능한

범위 내에서 말이오. 그녀는 윤이 나게 머리를 빗질하는가 하면,

때로는 로즈메리로, 때로는 제비꽃이나 장미꽃으로 화관을 410

---

45 카스토르에 관해서는 8권 301 및 372행의 '튄다레우스의 아들들' 참조.

엮어 썼고, 간혹 흰 백합을 꽂고 다녔소.
휠로노메는 하루에도 두 번씩이나 파가사이[46]의 숲 언덕에서
흘러내리는 샘에 얼굴을 씻고, 두 번씩이나 시냇물에
멱을 감았으며, 자신에게 잘 어울리는, 정선된 짐승의
모피가 아니라면 어깨나 왼쪽 옆구리에 걸치지 않았소.   415
그들 둘은 똑같이 사랑했소. 그들은 함께 산속을 돌아다니다가
함께 동굴로 돌아오곤 했으니 말이오. 이번에도 그들은
나란히 라피타이족의 궁전에 왔다가 나란히 격전을 치렀소.
누구의 소행인지 확실치 않지만, 왼쪽에서 창 하나가 날아와,
퀼라루스여, 그대의 가슴이 위쪽의 목과 이어지는 곳을   420
맞혔소. 경미한 부상이었으나, 창을 뽑아내자
다친 심장이 온몸과 함께 싸늘하게 식었소.
그러자 당장 휠로노메가 죽어가는 사지를 받아
손으로 상처를 쓰다듬고 입에 입을 갖다 대며
도망가는 목숨을 도망가지 못하게 막으려 했소.   425
그자가 죽은 것을 보자, 그녀는 주위가 소란하여 내 귀에는
들리지 않는 몇 마디 말을 하더니 그자를 꿰뚫었던 창 위에
몸을 던져 죽어가면서 제 남편을 끌어안았소.
   눈에 선한 자가 또 한 명 있소. 파이오코메스 말이오.
그자는 여섯 장의 사자 가죽을 노끈으로 한데 꿰매어   430
사람인 상반신과 말인 하반신을 동시에 가리고 다녔소.
그자는 두 쌍의 소가 간신히 움직일 수 있을 만한 통나무를
내던져 올레누스의 아들 텍타포스의 두개골을 박살냈소.

<hr />

46 7권 1행 참조.

[텍타포스의 머리의 둥근 뚜껑이 사방으로 박살나며 입과
빈 콧구멍과 눈과 귀로 물렁한 골이 흘러나오니, 그 모습은   435
마치 응고된 우유가 참나무로 엮어 만든 바구니에서 똑똑 들을 때나,[47]
끈적이는 액체가 무거운 것을 올려놓은 성긴 체에서 흘러내리며
촘촘한 구멍 사이로 진하게 짜질 때와도 같았소.]
하지만 나는 쓰러져 누워 있는 자의 무구를 그자가 벗길 채비를
하는 동안(이것은 그대의 부친이 알고 있소.) 칼을 약탈자의   440
아랫배로 깊숙이 밀어넣었소. 크토니우스와 텔레보아스도
내 칼에 쓰러졌소. 그중 한 명은 두 갈래로 나뉜 나뭇가지를 들고 다녔고,
다른 한 명은 창을 들고 다니며 그 창으로 내게 부상을 입혔소.
보시구려, 그 흔적을! 오래된 흉터가 아직도 또렷이 보이는구려.
그때 내가 페르가마[48]를 함락하도록 보내졌어야 하는 건데!   445
그때라면 나는 위대한 헥토르의 무구를 내 무구로 이기지는
못하더라도 제지할 수는 있었을 것이오. 하지만 그때는 헥토르는
태어나지 않았거나 소년이었을 것이오. 이제 나는 늙어 힘이 달리오.
페리파스가 어떻게 반인반마의 퓌라이투스를 이겼으며, 암퓍스가
어떻게 날이 빠진 층층나무 창 자루로 네발 달린 에켈루스의   450
얼굴을 정면에서 쳤는지 그대에게 이야기해서 뭣하겠소?
마카레우스는 펠레트로니온[49] 출신 에릭두푸스의 가슴을
지렛대로 쳐서 뉘었소. 넷수스의 손이 던진 사냥용 창이
퀴멜루스의 아랫배에 묻힌 일도 생각나는구려. 그대는

---

[47] 치즈 만드는 과정을 묘사한 것으로 보인다.

[48] Pergama(그/ Pergamos, Pergamon 또는 Pergama). 트로이야의 성채.

[49] 펠리온 산의 서쪽 비탈에 있는 계곡 또는 동네.

암퓌쿠스의 아들 몹수스가 미래사를 노래하는 예언자일 뿐이라고   455
생각지 마시오. 몹수스가 던진 창에 반인반마의 호디테스가
쓰러졌다오. 그자는 말하려 했으나 소용없었으니,
혀는 턱에 고정되고 턱은 목구멍에 고정되었기 때문이오.

카이네우스의 최후

　카이네우스는 벌써 다섯 명을 죽음에 넘겨주었는데 스튀펠루스와
브로무스와 안티마쿠스와 엘뤼무스와 도끼로 무장한 퓌라크모스가   460
그들이오. 그들의 부상은 기억나지 않지만 그 수와 이름은
잘 알고 있소. 에마티아[50] 출신 할레수스를 죽이고 그에게서
빼앗은 무구들로 무장한 라트레우스가 앞으로 뛰어나왔는데,
사지와 덩치가 엄청나게 컸소. 그자는 관자놀이 위의
머리털이 희끗희끗한 중년의 나이에 힘은 젊은이였소.   465
투구를 쓰고 방패와 마케도니아의 장창(長槍)을 든 모습은
보기에도 장관이었소. 그자는 양군을 향해 번갈아 얼굴을 돌리며
무기를 흔들었고, 발굽을 달카닥대며 좁은 원을 그리면서
허공 속으로 수없이 큰 소리를 내뱉었소. '카이니스여,
나는 그대에게도 당해야 하는가? 그대는 내게 언제나 여자이고,   470
카이니스일 테니까 말이오. 그대의 근본이 그대에게 경고하지 않던가?
그대가 어떤 행위를 하고 그 대가를 받았는지, 어떤 대가를 치르고
남자의 가짜 모습을 마련했는지 생각나지 않는가?

50　Emathia(그/Emathie). 마케도니아의 남부 지방.

그대가 무엇으로 태어났는지, 어떤 일을 당했는지 명심하라!

자, 집에 가 물레와 양털실을 담는 바구니를 끼고 엄지손가락으로   475

실을 잣고, 전쟁은 남자들에게 맡겨두시지!' 그자가 이렇게 큰소리치자

달리느라고 쭉 늘어진 그자의 옆구리를 카이네우스가 창을 던져 맞히니,

그곳은 사람의 형상과 말의 형상이 이어지는 곳이었소. 그자가 괴로워

미친 듯이 날뛰며 퓔로스[51] 출신 젊은이의 드러난 얼굴을 장창으로 쳤소.

하지만 장창이 도로 튀어나오니, 그 모습은 용마루에서 우박이 튈 때나,   480

속이 빈 북에서 조약돌이 튈 때와 다르지 않았소. 그러자 그자는

가까이서 공격하며 카이네우스의 뚫리지 않는 옆구리를

칼로 찌르려고 안간힘을 썼소. 칼도 들어갈 자리가 없었소.

'그대는 벗어나지 못하리라. 비록 칼끝이 무디기는 해도

그대를 죽이리라.'라고 말하고 그자는 칼을 비스듬하게   485

쳐들었다가 카이네우스의 아랫배를 향해 오른팔을 길게 뻗었소.

그의 몸에서는 마치 대리석이 맞았을 때 나는 소리가 났고,

딱딱한 껍질을 친 칼날은 산산조각이 났소.

카이네우스는 놀라움을 금치 못하는 적에게

자신의 부상 당하지 않는 사지를 충분히 오랫동안 드러냈다가

'자, 이제는 내 칼로 그대의 몸을 시험해보리라!'라고   490

말하고 죽음을 가져다주는 칼을 손잡이 있는

데까지 그자의 옆구리에 찔러 넣고는 보이지 않는 손을 거기

내장 속에서 비틀고 휘저어 상처 안에다 또 상처를 입혔소.

보시오, 반인반마의 괴물들이 격분하여 크게 함성을 지르며

달려들더니, 그 한 사람을 향해 무기를 던지고 휘둘렀소.   495

---

51 텟살리아 지방의 소도시.

창들은 무디어지며 떨어졌고, 엘라투스의 아들 카이네우스는

아무리 가격해도 뚫리지 않고 피에 물들지 않은 채

그대로 서 있었소. 이 놀라운 광경에 그자들은 아연실색했소.

그때 모뉘쿠스가 소리쳤소. '이 무슨 큰 창피란 말이오!

온 무리가 남자라고 말할 수도 없는 한 사람에게 지다니!

아니, 저자는 남자이고, 우리는 나태하게 행동함으로써 저자의   500

이전의 상태[52]가 되어버렸소. 우리에게 거대한 덩치와 갑절의 힘이

무슨 소용이란 말이오? 그리고 우리의 이중의 본성이

숨쉬는 것 가운데 가장 용감한 것을 우리 안에다

결합시켜준 것이 무슨 소용이란 말이오? 생각건대, 우리는

여신[53]의 아들들도 아니고, 익시온의 아들들도 아니오.

익시온은 위대한 유노를 얻기를 바랄 만큼 포부가 크셨는데,   505

우리는 반쪽만 남자인 한 명의 적에게 지고 말았으니 말이오.

그대들은 바위와 나무 밑동과 산을 통째로 저자 위에 굴리시오!

그대들은 숲을 내던져 저자의 끈질긴 목숨을 끊어버리시오!

숲이 저자의 숨통을 누르게 하고, 무게가 부상을 대신하게 하시오!'

이렇게 말하고 그자는 광란하는 남풍의 위력에 뽑혀나간 나무 밑동이   510

마침 눈에 띄자 그것을 집어 들어 강력한 적에게 내던졌소.

그것이 본보기가 되었소. 그리하여 순식간에

오트뤼스 산은 나무를 벗고, 펠리온 산은 그늘을 잃고 말았소.

거대한 무더기에 묻히자 카이네우스는 나무의 무게에 눌려

몸부림치며 튼튼한 어깨로 나무 더미를 떠받치고 있었소.   515

52 여자.
53 구름의 여신.

그러나 짐이 그의 입과 머리 위로 자라자 그는 공기가 없어

숨을 쉴 수가 없었고, 그사이 그는 기운이 떨어졌소.

그는 때로는 헛되이 공기 있는 곳으로 머리를 들고

자신에게 내던져진 나무를 굴려보려 했고,

때로는 그것들을 움직이니, 그 모습은 마치, 보시오, 우리 눈앞에   520

보이는 저기 저 높은 이다 산이 지진에 흔들리는 것 같았소.

그의 최후는 확실치 않소. 어떤 이들의 주장에 따르면, 그의 몸은

나무의 무게에 의해 공허한 타르타라로 내던져졌다고 하오.

하지만 암퀴쿠스의 아들은 이를 부인했으니, 무더기 한가운데로부터

황갈색 날개를 가진 새 한 마리가 맑은 대기 속으로 날아오른 것을   525

그는 보았던 것이오. 나도 그 새를 그때 처음이자 마지막으로 보았소.

몹수스는 그 새가 부드럽게 날며 자기 편 진지 위를

돌아다니는 것이 보이고 그것의 요란한 날갯소리가 귀에 들리자,

마음과 눈으로 똑같이 그것을 뒤쫓으며 말했소.

'반갑구려, 카이네우스여, 라피타이족의 영광이여, 전에는 가장   530

위대한 전사였으나, 지금은 하나뿐인 새[54]가 된 카이네우스여!'

예언자의 이야기인 만큼 우리는 그 이야기를 믿었소. 우리는

괴로운 나머지 화가 치밀었으니, 한 사람이 그토록 많은 적에게

핍박당한 것에 분개한 것이오. 그래서 우리는 그자들이

반은 죽고, 반은 어둠을 틈타 도주할 때까지

칼로 분풀이하기를 그만두지 않았소."   535

---

54 그의 변신은 다른 문헌에 의해서는 확인되지 않는다.

네스토르와 헤르쿨레스

   필로스인[55]이 라피타이족과 상반신만 사람인 켄타우루스족
사이의 싸움에 관해 이야기를 하자, 틀레폴레무스[56]는
그가 알카이우스의 손자[57]를 묵살하고 넘어가는 것이
못마땅해서 참다못해 말했다. "노인장, 그대가 헤르쿨레스의 행적을
칭찬하지 않고 넘어가다니 놀라운 일이 아닐 수 없군요.
나의 아버지께서는 분명히 당신께서 제압하신 구름의 아들들에   540
관하여 가끔 내게 이야기해주시곤 했답니다."
그러자 필로스인이 비탄에 젖으며 대답했다. "어쩌자고 그대는
내게 불행을 떠올리고, 세월에 묻힌 슬픔을 다시 들춰내고,
그대의 부친을 미워하게 만든 모욕들을 다시 내 입으로
말하도록 강요하는 것이오? 신들도 아시다시피
그는 믿을 수 없는 일들을 해냈고 세상을 자신의 공적으로   545
가득 채웠소. 그것을 내가 부인할 수 있다면 좋겠소.
하지만 우리는 데이포부스[58]도, 폴뤼다마스[59]도, 심지어 헥토르도
칭찬하지 않소. 그도 그럴 것이 누가 자기 적을 칭찬한단 말이오?
그대의 부친은 전에 멧세네[60]의 성벽을 뉘었고,

---

55   네스토르.
56   Tlepolemus(그/Tlepolemos). 헤르쿨레스의 아들로 로도스인들의 장수.
57   헤르쿨레스.
58   Deiphobus(그/Deiphobos). 프리아무스의 아들로 헥토르의 사후 가장 용감한 트로이야 장
수 중 한 명.
59   헥토르의 친구로 트로이야의 장수 중 한 명.
60   6권 417행 참조.

아무 잘못도 없는 도시 엘리스⁶¹와 퓔로스를 파괴하고,   550

칼과 불로 내 집을 쑥대밭으로 만들었소. 그가 죽인 다른 사람들에

관해서는 말하지 않겠소. 우리 넬레우스⁶²의 아들들은

이륙 십이, 열두 명이었는데, 모두 빼어난 젊은이었소.

한데 그 열두 명이 나만 빼고 모두 헤르쿨레스의 힘에 쓰러졌소.

다른 형제들의 패배는 받아들이지 않을 수 없다 해도   555

페리클뤼메누스⁶³의 죽음은 받아들이기 힘들었소. 그에게는

넬레우스 왕가의 시조이신 넵투누스께서 무엇이든

원하는 모습을 취했다가 도로 벗을 수 있는 능력을 부여하셨다오.

그는 온갖 모습으로 변신해도 아무 소용없자

구부정한 발톱으로 벼락을 나르곤 하는, 신들의 왕⁶⁴께서   560

가장 사랑하시는 새⁶⁵의 모습으로 변했소.

그는 독수리로서 날개의 힘과 구부정한 부리와

갈고리 같은 발톱으로 영웅의 얼굴을 마구 할퀴었소.

티륀스⁶⁶의 영웅⁶⁷은, 하늘 높이 날아올라가

구름 사이를 떠돌던 그에게 너무나도 확실한 활을 겨누더니   565

날개와 옆구리가 만나는 곳을 맞혔소.

상처는 깊지 않았소. 하지만 상처로 힘줄들이 끊어져 제구실을

61 2권 679행 참조.

62 2권 689행 참조.

63 Periclymenus(그 / Periklymenos). 넬레우스의 아들로 네스토르의 형.

64 윱피테르.

65 독수리.

66 6권 112행 참조.

67 헤르쿨레스.

못하자 힘줄들은 더이상 날개를 움직여 날려 하지 않았소.
날개가 허약해져 더이상 대기를 잡을 수 없자 그는
땅 위로 떨어졌소. 그러자 가볍게 날개에 꽂혀 있던 화살이   570
땅에 떨어진 그의 몸무게 때문에 안으로 밀려 들어가
가슴의 윗부분을 지나 왼쪽 목구멍을 뚫고 들어갔소.
이러한데도 지금, 로도스 함대의 가장 미남인 지휘자여, 그대는
내가 그대의 부친 헤르쿨레스를 칭찬해야 한다고 생각하시오?
나는 그의 업적을 묵살하는 것 이상으로는 내 형들의   575
원수를 갚지 않겠소. 그대와 나 사이의 우의는 돈독하니까."
　넬레우스의 아들은 감미로운 입으로 이렇게 이야기했다.
노인이 이야기를 끝내자 박쿠스의 선물[68]이 또 한 순배 돈 뒤에
그들은 자리에서 일어섰고, 남은 밤은 잠자는 데 바쳐졌다.

아킬레스의 죽음

　한데 삼지창으로 바다의 물결을 다스리는 신[69]은   580
아들[70]이 퀴그누스[71]와 같은 새[72]로 변신한 것을
속상해하며 잔인한 아킬레스를 미워했고,

68　포도주.
69　넵투누스.
70　퀴그누스.
71　2권 367행 이하 참조.
72　백조.

그 일을 잊지 못하여 지나치게 노여워했다.[73]

어느새 전쟁이 이오 십, 십 년 가까이 이어졌을 때 그는

장발(長髮)의 스민테우스[74]에게 이런 말을 했다.   585

"조카 중에서도 내가 가장 아끼는 그대여, 그대는 나와 함께

헛되이 트로이야의 성벽을 쌓았거늘 머지않아 무너질

저 성채를 보고도 한숨이 나오지 않는단 말이오?

그대는 저 성벽을 지키다가 수천 명이 쓰러졌는데도 괴롭지

않단 말이오? 일일이 다 거명하지는 않겠소만, 자신의 페르가마   590

주위로 끌려다닌[75] 헥토르의 망령이 떠오르지 않는단 말이오?

전쟁 자체보다 더 잔인한 그 사나운 자는 여전히 살아 있소.

우리가 해놓은 일을 파괴하는 아킬레스 말이오. 어디 내 손안에

들기만 해봐라. 그때는 내가 삼지창으로 무엇을 할 수 있는지

느끼게 해줄 것이오. 하지만 나는 내 적과 맞서 싸우는 것이 허용되지   595

않는 만큼 그대가 보이지 않는 화살로 그를 급작스레 죽게 해주시오!"

그러자 델리우스가 승낙하고 숙부의 소망과 자신의 소망[76]을

똑같이 만족시키며 구름으로 몸을 가린 채 일리온의 대열로 갔다.

그는 거기 전사들의 피비린내 나는 살육 한가운데에서 파리스가

무명의 아키비족[77]에게 간간이 화살을 날리는 것을 보고는 자신이   600

---

73 오비디우스는 여기서 특이하게도 넵투누스가 아킬레스의 죽음에 관여한 것으로 그리고
    있다.
74 아폴로의 별칭 중 하나로 '쥐의 박멸자'라는 뜻이다.
75 아킬레스는 일대일 결투에서 헥토르를 죽인 뒤 그 시신을 전차에 매달고 그리스군 진영으로
    로 끌고 간다.
76 아폴로는 언제나 트로이야 편이었다.
77 7권 56행 참조.

신임을 밝히고 말했다. "어째서 평범한 병사들의 피로
화살을 낭비하는가? 그대의 백성을 염려한다면 아이아쿠스의
손자를 겨누어 그대의 죽은 형제들의 원수를 갚도록 하라!"
신은 무쇠로 트로이야인들의 몸을 땅에 뉘고 있던
펠레우스의 아들을 가리키며 그를 향해 활을 돌리더니   605
죽음을 가져다주는 손으로 화살을 확실하게 인도했다.
헥토르가 죽은 뒤 노왕 프리아무스가 기뻐할 수 있었던 것은 이번이
처음이었다. 그리하여, 아킬레스여, 그토록 위대한 자들을 이겼던
그대가 그라이키아인 아내를 비겁하게 납치한 자에게 지고 말았구려!
만약 그대가 한 여인[78]의 손에 전사할 운명이었다면,   610
그대는 차라리 테르모돈[79]의 양날 도끼에 죽기를 바랐으리라!

    프뤼기아인들의 공포의 대상이었고, 펠라스기족이란 이름의
자랑이자 보루였으며, 불패의 우두머리였던 아이아쿠스의 손자는
이제 불태워졌다. 똑같은 신[80]이 그를 무장시켜주고 화장해주었다.
전에는 그토록 위대했던 아킬레스가   615
항아리 하나도 다 채울 수 없을 만큼의 재로 남았다.
하지만 그의 명성은 온 세상을 채우고도 남을 만큼 살아 있다.
온 세상이야말로 그에게 어울리는 척도이며, 그곳에서만 펠레우스의
아들은 진정한 자신이기에 공허한 타르타라를 느끼지 못한다.[81]

---

78 겁쟁이 파리스를 비하하는 말이다.
79 테르모돈에 관해서는 2권 249행 참조. 여기서 '테르모돈의'(Thermodontiacus)는 '아마존족
의'라는 뜻이다.
80 불카누스. 불의 신이자 대장장이 신인 불카누스는 아킬레스의 어머니 테티스의 간청을 받
아들여 그를 위해 새 무기를 만들어주었다.
81 여기서는 아킬레스가 엘뤼시움 들판 또는 축복받은 자들의 섬으로 옮겨진 것으로 되어 있

전에 누구의 것이었는지 그대가 알 수 있도록 그의 방패는   620

전쟁을 일으켰고, 그의 무구를 차지하려고 사람들은 무기를 들었다.

튀데우스의 아들[82]도, 오일레우스의 아들 아이약스[83]도,

아트레우스의 작은아들[84]도, 더 용감하고 나이 많은 큰아들[85]도,

그 밖의 다른 장수도 감히 그 무구를 요구하지 못했다. 오직 텔라몬의

아들[86]과 라에르테스의 아들[87]만이 그토록 큰 영광을 요구할   625

자신이 있었던 것이다. 탄탈루스의 자손[88]은 이 가증스러운

짐을 벗기 위해 아르고스의 대장들을 진영 한가운데에 모이라고

명령하더니 분쟁의 중재역을 그들 모두에게 떠넘겼다.

으나, 호메로스의 작품에서는 저승으로 간 것으로 되어 있다.

[82] '튀데우스의 아들'이란 디오메데스를 말한다.

[83] '오일레우스의 아들'이란 이른바 '작은 아이약스'를 말한다.

[84] 메넬라우스.

[85] 아가멤논.

[86] 이른바 '큰 아이약스'.

[87] 울릭세스.

[88] 아가멤논.

XIII

라파엘로, 〈갈라테아의 승리〉

아킬레스의 무구를 두고 벌이는 아이약스와 울릭세스의 설전

대장들이 자리에 앉고 병사들이 그들 주위에 빙 둘러서자
일곱 겹 방패의 임자인 아이약스가 자리에서 일어섰다.
성미가 급한 그는 찌푸린 얼굴로 시게움 해안과
거기 자리잡은 함대들을 노려보더니 그것들을 가리키며 말했다.
"읍피테르의 이름으로 나는 이들 함선 앞에서   5
소송을 제기하는 바요. 내 소송 상대는 울릭세스요!
헥토르가 우리 함대에 불을 질렀을 때 나는 그 앞에서 버텼고
아니, 함대로부터 그것을 물리쳤지만,[1] 그는 그 앞에서 주저 없이
물러섰소. 손으로보다는 거짓말로 싸우는 편이
더 안전하다는 것이겠지요. 그가 행동하는 데 민첩하지 못한 그만큼   10
나는 말하는 데 민첩하지 못하고, 그가 말하는 데 능한 그만큼
나는 격전과 전투 대열에 능하오. 하지만 펠라스기족이여,
내 무훈에 관해서는 더 언급할 필요가 없다고 생각하오.
여러분이 다 보았으니까요. 울릭세스에게나 자기 무훈을
말하게 하시오. 그것은 증인도 없고, 그것을 알고 있는 것은   15
밤뿐이니까요. 내가 큰 상을 바란다는 것을 인정합니다. 하지만
내 경쟁자가 그 명예를 떨어뜨렸소. 울릭세스가 바라는 것이 아무리
큰 것이라 하더라도, 그것을 얻는 것은 아이약스에게는 자랑거리가
되지 못하니까요. 울릭세스는 이미 이번 경쟁에서 상을 받았소.
그가 지더라도 사람들은 그가 나와 겨뤘다고 말할 테니까요.   20
설령 내 용기가 의심스럽다 하더라도 나는 가문에서

---

1   『일리아스』15권 674행 이하 참조.

그보다 더 우위에 있소. 나는 용감한 헤르쿨레스와 함께

트로이아의 성벽을 함락하셨고, 파가사이의 배²를 타고

콜키스의 해안으로 가셨던 텔라몬의 아들이오.

텔라몬의 아버지는 무거운 바윗돌이 아이올루스의 아들 시쉬푸스³를   25

재촉하는 저 침묵의 나라에서 판결을 내리시는 아이아쿠스⁴올시다.

아이아쿠스로 말하자면 최고신 윱피테르께서 당신의 아들로

인정하신 분이시오. 그러니까 아이약스는 윱피테르의 증손이오.

아키비족이여, 나는 이번 사건에서 이런 혈통을 나를 위해

이용하지 않았을 것이오. 만약 내가 그것을 위대한 아킬레스와   30

공유하고 있지 않다면 말이오. 아킬레스는 내 사촌이고, 나는 사촌의 것을

요구하는 것이오. 시쉬푸스의 아들⁵이여, 도둑질과 속임수에서 그자를

쏙 빼닮은 그대가 어째서 아이아쿠스의 집안일에 다른 가족의 이름을

끼워 넣는 것이오? 나에게 이 무구 주기를 거절하는 것은, 내가 고발자⁶

없이 먼저 무기를 들었기 때문인가요? 울릭세스보다 더 영리했으나   35

그것이 자신에게는 이익이 되지 못한 나우플리우스의 아들 팔라메데스가

비겁한 자의 속임수를 폭로하여 그가 피하려 한 무구들이 있는 곳으로

---

2 아르고호.

3 4권 460행 참조.

4 아이아쿠스는 후기 신화에 따르면 라다만투스와 더불어 저승에서 죽은 이들의 심판관 노
릇을 한다고 한다.

5 울릭세스는 일설에 따르면 라에르테스의 아들이 아니라 시쉬푸스의 아들이라고 한다.

6 팔라메데스. 팔라메데스는 전쟁터에 가기 싫은 울릭세스가 말과 소를 함께 묶어 밭을 갈면
서 고랑에 씨앗 대신 소금을 뿌리며 미친 체하자 울릭세스의 갓난 아들 텔레마쿠스(Telemachus
그 / Telemachos)를 그의 아내 페넬로페의 품에서 낚아채어 밭고랑에 내려놓는다. 쟁기질을 멈춘
울릭세스는 발각되고 그는 훗날 이에 앙심을 품고 트로이아 앞에서 팔라메데스의 막사 안에다
황금을 숨겨두고 편지를 조작한 다음 그를 적과 내통한다고 무고하여 돌에 맞아 죽게 만든다.

끌고 갈 때까지 그는 미친 체하며 전쟁을 회피했거늘,

맨 마지막에 무기를 든 자를 더 용맹한 사람으로 보아야 하나요?

울릭세스는 무기를 들려 하지 않았기 때문에 가장 훌륭한 무구를   40

가져야 하나요? 그리고 나는 맨 먼저 위험에 맞섰기 때문에

수모를 당하고 내 사촌의 선물을 빼앗겨야 하나요?

그 광증이 사실이거나 아니면 사실로 믿어졌더라면 좋았을 것을!

그리하여 저 범죄를 사주한 자가 우리 일행으로서 프뤼기아의 성채로

오지 않았더라면 좋았을 것을! 그랬더라면, 포이아스의 아들[7]이여,   45

렘노스가 그대를 갖게 되는 죄를 우리는 범하지 않았을 것이오.

듣자 하니, 지금 그대는 숲과 동굴에 숨어 살며 한숨 소리로

바위를 감동시키고, 라에르테스의 아들에게 당연한 일이지만

저주를 퍼붓는다고 하는데, 신들이 계신다면 그대의 저주는

결코 헛되지 않을 것이오. 지금 같은 전쟁을 위해   50

우리와 동맹을 맺은 아아! 우리의 장수 중 한 명인 그가,

헤르쿨레스에게 화살들을 물려받은 그가 병과 허기에 시달려

새의 깃털을 입고 새의 고기를 먹으며, 운명이 트로이야의

함락을 위해 정해놓은 화살들로 새를 맞히고 있소.

하지만 그는 울릭세스와 동행하지 않았기에 아직 살아 있소.   55

불운한 팔라메데스도 뒤에 남기를 원했을 것이오.

그랬더라면 그는 살아 있거나 적어도 불명예스럽게 죽지는

---

7   필록테테스(9권 233행 참조). 트로이야로 가던 도중에 렘노스 섬에서 독사에 물려 심한 악취를 풍기며 끔찍한 비명을 지르는 그를 그리스군이 울릭세스의 조언에 따라 그 섬에 버리고 간다. 전쟁이 발발한 지 10년째 되는 해 그가 헤르쿨레스의 화장용 장작더미에 불을 질러준 대가로 받은 활 없이는 트로이야가 함락되지 않을 것이라는 신탁에 따라, 울릭세스가 렘노스로 가서 혼자 비참하게 살아가는 필록테테스를 그리스군에 합류하도록 설득한다.

않았을 것이오. 저기 저자가 자신의 광증이 불운하게도 발각된 것에

마음속 깊이 앙심을 품고 있다가 다나이족의 이익을

배신한다고 그를 무고하며 날조된 죄의 증거로,

자신이 미리 묻어둔 황금을 보여주었던 것이오. 그리하여 60

울릭세스는 추방이나 살인에 의해 아키비족의 힘을 약화시켰소.

그는 그런 식으로 싸우며, 그래서 공포의 대상인 것이오.

　　그가 설령 웅변에서 성실한 네스토르를 능가한다 해도

네스토르를 버린 것[8]이 범죄가 아니라고 나를 설득하지 못할 것이오.

네스토르는 말이 다쳐 지체되고 노령으로 지쳐 65

울릭세스에게 도움을 호소했으나 전우에게 배신당했소.

이 범행이 내가 날조한 것이 아니라는 것은 튀데우스의 아들이

잘 알고 있소. 그는 몇 번씩이나 이름을 부르며 비겁한 친구를

도망친다고 나무랐으니까요. 하지만 하늘의 신들께서는

인간이 하는 일을 정의로운 눈으로 굽어보고 계시오. 70

보시오, 남에게 도움을 주지 않던 그가 도움이 필요했소.[9]

그가 남을 버렸듯이 그도 버림받았어야 했을 것이오. 자신이 남긴

선례대로 말이오. 그러나 그는 전우들을 불렀소. 내가 가서 보니,

그는 파랗게 겁에 질려 있었고 임박한 죽음 앞에 떨고 있었소.

나는 거대한 방패를 앞으로 내밀어 거기 누워 있던 그를 75

가려주며 그의 비열한 목숨을 구했소만, 그것은 조금도

칭찬받을 만한 일이 못 되오. 그대가 나와 경쟁하기를 고집한다면,

8　『일리아스』 8권 97행 이하 참조. 네스토르가 헥토르의 공격을 피할 수 없게 되었을 때 디오메데스가 도움을 청하지만 울릭세스는 못 들은 척하고 도망친다.

9　『일리아스』 11권 428행 이하 참조.

우리 그곳으로 돌아갑시다. 그대는 적과 상처와 습관적인 두려움을

도로 불러낸 뒤 내 방패 뒤에 숨어 그 밑에서 나와 겨루도록 하시오!

내가 그를 구해주자 부상 때문에 서 있을 힘도 없던 그는   80

부상[10]에도 전혀 방해받지 않고 언제 그랬느냐는 듯이 도망쳤소.

그곳에는 헥토르가 있었소. 헥토르는 신들을 싸움터로 끌어들였고,[11]

그자가 내닫는 곳에서는, 울릭세스여, 그대뿐 아니라

용감한 자들도 겁에 질렸소. 그만큼 그자는 공포를 불러일으켰소.

피비린내 나는 살육에 성공하여 기고만장한 그자를 내가 멀리서   85

엄청나게 무거운 돌덩이를 던져 벌렁 나자빠지게 했소.

그자가 일대일 결투를 요구했을 때 유일하게 그자에게 대항한

것이 나였소. 아키비족이여, 여러분은 내가 제비에 뽑히기를 기도했고,[12]

여러분의 기도는 이루어졌소. 여러분이 이 결투의

결과를 묻는다면, 나는 그자에게 지지 않았소. 보시오,   90

트로이야인들은 다나이족의 함대를 향해 칼과 불과 윱피테르[13]를

날라 왔소. 그때 말재주 좋은 울릭세스는 어디 있었지요?

하지만 나는 여러분의 귀향의 희망인 일천 척의 함선을

내 가슴으로 지켰소. 여러분, 그토록 많은 함선을 지켜준 대가로

이 무구들을 내게 주시오! 사실을 말해도 된다면,

---

10 호메로스의 작품에서 울릭세스는 이때 아테나의 도움으로 중상은 면한다. 『일리아스』 11
권 437행 이하 참조.

11 아폴로가 윱피테르의 지시에 따라 헥토르에게 용기를 불어넣어준 일은 『일리아스』 15권
220행 이하 참조. 이어지는 주장은 『일리아스』 7권 14행 및 15권에 나오는 일화이다.

12 헥토르가 일대일 결투를 하자고 도전하자 여러 명의 그리스군 장수가 자원하는데, 제비뽑
기에 의해 아이약스가 선발된다.

13 윱피테르는 아킬레스의 어머니 테티스의 부탁을 받아들여 아킬레스가 참전하지 않는 동안
에는 헥토르를 앞세운 트로이야군이 승승장구하게 해준다.

더 큰 명예를 요구하는 것은 나보다는 이 무구들이오.

그것들의 명예와 내 명예는 불가분의 관계요. 이 무구들이 아이약스를

요구하는 것이지, 아이약스가 이 무구들을 요구하는 것이 아니오.

　이타카인[14]더러 나의 이러한 공적에다 레수스[15]와, 싸울 줄도 모르는

돌론[16]과, 포로로 잡힌 프리아무스의 아들 헬레누스[17]와,

훔친 팔라디움[18]을 견주라고 하시오! 하지만 낮에 행해지거나,

14　울릭세스.

15　Rhesus(그/Rhesos). 트라키아 왕으로 그의 말들이 크산투스 강물을 마시면 트로이야는 함락되지 않는다는 신탁을 받는다. 울릭세스와 디오메데스는 레수스가 원군을 이끌고 도착하던 날에 야습을 감행하여 그를 죽이고 그의 말들을 그리스군 진영으로 끌고 간다. 『일리아스』 10권 참조.

16　트로이야군의 정탐꾼. 정탐이 성공할 경우 아킬레스의 말들을 받기로 하고 밤에 그리스군 진영을 정탐하러 가다가 울릭세스와 디오메데스에게 붙잡혀 기밀만 누설하고 살해된다. 『일리아스』 10권 참조.

17　Helenus(그/Helenos). 프리아무스의 아들로 예언자이다. 헬레누스는 울릭세스와 디오메데스에게 생포되어 트로이야를 함락시킬 조건들을 일러준다. 아킬레스의 아들 네옵톨레무스가 참전하고, 헤르쿨레스의 활과 화살을 갖고 있는 필록테테스를 렘노스 섬에서 데려와야 한다는 것, 그것이 있는 한 트로이야가 함락되지 않을 팔라스 아테나, 즉 미네르바 여신의 신상인 팔라디움(Palladium 그/Palladion)을 훔쳐야 한다는 것 등이다. 헬레누스는 트로이야 함락 후 헥토르의 아내 안드로마케와 함께 네옵톨레무스의 포로가 되어 에피로스로 갔으나 네옵톨레무스가 죽자 안드로마케와 결혼하여 그곳을 다스리며 산다. 아이네아스가 유랑하다가 그곳에 왔을 때 헬레누스는 그의 미래의 진로에 관해 조언해준다.

18　Palladium(그/Palladion). 읍피테르가 트로이야의 창건자인 다르다누스 또는 그의 증손자 일루스에게 하늘에서 내려보낸 팔라스 아테나, 즉 미네르바의 신상. 트로이야는 그것을 가지고 있는 한 함락되지 않게 되어 있었으나, 그리스 영웅 울릭세스와 디오메데스가 그것을 가져가버렸기 때문에 트로이야가 함락되었다고 한다. 이 여신상은 나중에 아테나이, 아르고스, 또는 스파르테로 옮겨졌다고 한다. 로마인들은 기원전 390년 갈리아인들의 공격으로부터 로마를 지켜준 것으로 믿어졌던, 신전에 모셔두었던 여신상이 바로 팔라디움으로서, 트로이야가 함락될 때 그곳에서 도망쳐 이탈리아로 건너온 트로이야의 장수 아이네아스가 갖고 온 것이라고 주장한다.

디오메데스와 떨어져 행해진 것은 하나도 없소.　　　　　　　　　　　100
만약 여러분이 그런 싸구려 공적에 이 무구들을 줄 것이라면,
그것들을 나누어 그중 더 큰 몫은 디오메데스에게 주시오!
하지만 언제나 무장하지 않은 채 몰래 일을 하고 방심한 적을
계략으로 속이는 이타카인에게 이 무구들이 무슨 소용 있겠소?
번쩍이는 황금 투구의 광채는 그의 매복을 노출시키고　　　　　　105
숨어 있는 그를 드러낼 뿐이오. 그리고 둘리키움인[19]의 정수리는
아킬레스의 투구를 쓰면 그토록 무거운 것을 감당할 수 없을 것이며,
펠리온 산에서 베어 온 창 자루는 전쟁도 할 줄 모르는
그의 팔에는 무거운 짐밖에 더 되겠소! 광대한 우주를
새겨넣은 방패도[20] 도둑질하도록 만들어진 그의 왼팔에는　　　110
맞지 않을 것이오. 이 불량배여, 어쩌자고 그대의 힘에
부치는 선물을 구하는 것이오? 아키비 백성이 잘못 판단하여
그것이 그대에게 주어진다면, 적이 그로 인해 그대를
두려워하는 것이 아니라 그대를 약탈하는 빌미가 될 것이오.
가장 비겁한 자여, 도망치는 데는 그대가 모두를 능가하지만　　115
저토록 무거운 짐을 끌고서는 재빨리 도망치지 못할 것이오.
게다가 전장에서 그다지 자주 사용하지 않아 말짱한 그대의
그 방패와는 달리 내 방패는 뚫고 들어오는 창을 받느라
수천 군데나 구멍이 나 있어 새로운 후계자가 필요한 형편이오.
끝으로 (말할 필요가 어디 있소?) 행동으로 각자를 보여줍시다!　120
용감한 영웅의 무구들을 적군의 한가운데 갖다 놓고

19　울릭세스. 둘리키움(Dulichium 그 / Doulichion)은 이타카 섬 가까이에 있는 작은 섬이다.
20　『일리아스』 18권 478행 이하 참조.

그것들을 찾게 하되 찾아오는 자를 찾아온 것으로 장식하는 것이오!"

  텔라몬의 아들이 말을 마쳤다. 그의 마지막 말에
박수갈채가 터져 나왔다. 이윽고 라에르테스의 아들인 영웅이
일어서더니 잠시 땅바닥을 내려다보다가[21] 장수들 쪽으로   125
눈을 들어 그들의 기다림에 말문을 여니,
그가 하는 말은 유창하면서도 세련되기까지 했다.

  "펠라스기족이여, 내 기도와 여러분의 기도가 이루어졌더라면,
이토록 큰 경쟁에서 후계자로 인한 분쟁은 없었을 것이오. 그대는,
아킬레스여, 그대의 무구를 갖고, 우리는 그대를 갖고 있겠지요.   130
하지만 공정하지 못한 운명이 나와 여러분에게 그를 거절한
마당에"(그러면서 그는 손으로 눈물을 닦는 시늉을 했다.)
"위대한 아킬레스로 하여금 다나이족을 따라 나서게 한 자[22]보다
대체 누가 위대한 아킬레스의 후계자로 더 적합하겠소? 저 사람에게는
실제로 그렇기도 하지만 아둔해 보인다는 것이 이득이 되지 않고,   135
나에게는, 아키비족이여, 내 재능이 여러분에게 늘

---

21 『일리아스』 3권 216행 참조.
22 울릭세스. 울릭세스가 뤼코메데스의 궁전에 가서 여자들의 장신구들 사이에 창과 방패를
섞어두고는 나팔을 불며 고함을 지르게 하자 아킬레스는 적군이 쳐들어온 줄 알고 입고 있던
여자 옷을 벗어던지고 창과 방패를 집어 들었다고 한다. 휘기누스(Hyginus), 『이야기 모음집』
(Fabulae) 96편 참조. 또 일설에 따르면 여자들의 장신구들을 창과 방패와 섞어 아킬레스와 그
의 여자 친구들 앞에 내놓자 아킬레스가 본능적으로 무구들을 집어 들었다고 한다(『일리아스』
19권 326행에 대한 고(古)주석 참조). 그러나 호메로스의 작품에서 아킬레스는 아버지 펠레우
스의 집에 머물러 있었고 네스토르와 울릭세스가 그와 파트로클루스를 데리러 갔을 때 트로이
야 전쟁에 참전하기를 열망한다(『일리아스』 11권 769행 이하 참조). 아킬레스는 헬레네에게
구혼하기에는 너무 어렸기에, 헬레네에게 구혼한 그리스의 대부분의 다른 장수처럼 헬레네의
남편의 권리를 지켜주겠다고 맹세한 적이 없었다. 그래서 그는 아가멤논에게 모욕당하자 귀향
하겠다고 위협할 수 있었던 것이다(『일리아스』 1권 169행 이하 참조).

이익이 되었다는 것이 손해가 되지 않기를! 내게 말재주가 있다면,

지금은 주인을 위해 말하지만 여러분을 위해서도

자주 말했던 나의 이 말재주가 남의 원한을 사지 않기를!

그리하여 저마다 자기 장기(長技)를 거절하지 않기를! 가문과,

선조와, 우리가 몸소 행하지 않은 공적을 나는 진정한 의미에서   140

우리 자신의 것이라고 보지 않소. 아이약스가 자신은 윱피테르의

증손이라 하니 하는 말이지만 사실은 우리 혈통의 창시자도

윱피테르이시고, 나도 그분의 증손자요. 내 아버지는

라에르테스이시고, 그분의 아버지는 아르케시우스이시고,

또 그분의 아버지는 윱피테르이시기 때문이오.

그분들 중에 죄를 짓고 추방된 자는 없소.[23]   145

외가 쪽으로 봐도 나는 퀼레네 출신의 신[24]과 통하는

고귀한 집안의 자손이라고 주장할 수 있소.[25] 나의 부모님은

두 분 다 신의 자손들이시오. 하지만 내가 여기 놓여 있는

무구들을 요구하는 것은, 외가 쪽으로 더 고귀한 가문에서

태어났기 때문도 아니고, 내 아버지께서

형제의 피를 보는 죄를 짓지 않았기 때문도 아니오.   150

그대들은 공적에 따라 이 사건을 판결하시되, 텔라몬과 펠레우스가

형제였다는 것이 아이약스의 공적이 되게 하지 마시고, 이토록 큰

상을 놓고서는 촌수가 아니라 무공을 따지도록 하시오!

23 텔라몬과 펠레우스가 이복동생 포쿠스를 죽이고 아버지 아이아쿠스에 의해 아이기나 섬에서 추방된 일을 말한다. 11권 266행 이하 참조.

24 메르쿠리우스.

25 울릭세스의 어머니 안티클레아(Anticlea 그 / Antikleia)는 아우톨뤼쿠스(8권 738행 참조)의 딸이고 아우톨뤼쿠스는 메르쿠리우스의 아들이다.

혹은 그대들이 가장 가까운 친척과 첫 번째 상속자를 찾는다면,

펠레우스가 아킬레스의 아버지이시고, 퓌르루스[26]가 그의 아들이올시다.　　155

어디 아이약스가 끼어들 자리가 있겠소? 이 무구들을 프티아[27]나

스퀴루스[28]로 보내시오! 테우케르[29]도 그에 못지않게 아킬레스의

사촌이오. 한데 테우케르가 이 무구들을 요구합디까? 그가 요구한다고

얻겠습니까? 그래서 이 경쟁에는 순전히 공적만이 문제가 될 것인즉,

나는 이 자리에서 당장 열거할 수 있는 것보다 더 많은　　160

공적을 올렸소. 나는 그것들을 순서대로 하나씩 말해보겠소.

　아킬레스의 어머니인 네레우스의 딸[30]은 아들이 죽을 것임[31]을

미리 알고는 그를 여자처럼 차려입혔는데,

이러한 변장술에 아이약스를 비롯하여 모두가 속아 넘어갔소.[32]

한데 나는 여인들이 쓰는 물건들 사이에 남자의 마음을　　165

움직일 만한 무구들을 끼워 넣었소. 영웅이 여자처럼 차려입은 채

손에 방패와 창을 들었을 때 나는 그에게 말했소.

'여신의 아들이여, 페르가마가 함락되기 위해 그대를 기다리고 있소.[33]

26　Pyrrhus. '빨강머리 남자'라는 뜻. 아킬레스의 아들 네옵톨레무스의 별명.

27　텟살리아 지방의 소도시로 아킬레스의 고향.

28　Scyrus(그 / Skyros). 에우보이아 섬의 북동쪽에 있는 섬. 어머니의 뜻에 따라 전쟁에 나가지 않으려고 여장을 하고 그곳에 숨어 지내던 아킬레스를 울릭세스가 찾아낸다. 그곳에 있는 동안 아킬레스는 데이다미아(Deidamia 그 / Deidameia) 공주를 사랑하게 되어 아들 네옵톨레무스를 얻는다.

29　뛰어난 명궁 테우케르는 텔라몬과 헤시오네의 아들로 아이약스의 이복동생이다.

30　테티스.

31　아킬레스는 헥토르를 죽인 뒤 저도 죽을 운명을 타고났다. 『일리아스』 18권 94행 이하 참조.

32　이 일화는 호메로스의 작품에는 나오지 않는다.

33　트로이아는 아킬레스가 참전하지 않으면 함락되지 않게 되어 있었다.

어째서 그대는 거대한 트로이아를 전복하기를 망설이시오?'

이렇게 나는 손을 써서 용감한 영웅을 용감한 행동으로 내몰았소.　　170

따라서 그의 공적은 나의 공적이오.[34] 싸움을 걸어오던

텔레푸스[35]를 창으로 제압하고, 나는 싸움에 져서 애걸하던 그를

치료해주었소. 테바이[36]가 함락된 것도 나의 공적이오.

여러분은 레스보스[37]와, 테네도스[38]와, 아폴로의 도시인

크뤼세[39]와 킬라[40]와 스퀴루스[41]를 함락한 것은　　175

나였다고 믿어주시오! 여러분은 뤼르네수스[42]의 성벽이

오직 내 손에 흔들려 땅에 넘어졌다고 여기시오!

다른 사람들에 관해서는 말할 것도 없이, 사나운 헥토르를

죽일 수 있었던 전사를 여러분에게 준 것은 바로 나였소.

저 유명한 헥토르가 누워 있는 것은 내 덕분이오. 아킬레스를

찾을 수 있게 해준 그 무구들 대신 나는 여기 이 무구들을

요구하는 것이며, 산 사람에게 준 것을 사후에 돌려달라는 것이오.　　180

　한 사람의 슬픔[43]이 온 다나이족에게 미쳐 일천 척의 함선이

34　울릭세스는 계속해서 남의 공적을 다 자기 것이라고 주장하고 있다.

35　12권 112행 참조.

36　12권 110행 참조.

37　2권 591행 참조.

38　1권 516행 참조.

39　소아시아 뮈시아 지방의 도시.

40　Cilla(그/ Killa). 소아시아 트로아스 지방의 도시.

41　여기서 스퀴루스는 소아시아 프뤼기아 지방의 도시이다.

42　12권 108행 참조.

43　아내를 빼앗긴 메넬라우스의 슬픔을 말한다.

에우보이아 섬 맞은편의 아울리스[44] 항을 가득 메웠을 때,

함대를 위해 학수고대하던 바람은 전혀 불지 않거나 불어도

역풍만 불어왔소. 그때 가혹한 신탁이 아가멤논에게 명령하기를,

죄 없는 딸을 무자비한 디아나 여신에게 제물로 바치라고 했소.[45]   185

아버지는 이를 거절하며 신들을 향해 화를 냈고, 왕인데도

불구하고 부정(父情)을 품고 있었소. 이때 아버지의 상냥한 마음을

설득하여 모두에게 이로운 길로 돌아서게 한 것도 바로 나였소.

(이렇게 고백하는 나를 아트레우스의 아들은 용서하시오. 고백컨대)

재판관인 아가멤논이 내게 편견을 갖고 있었던 만큼 그것은 참으로   190

어려운 사건이었소. 하지만 백성의 이익과, 아우의 명예와,

아가멤논에게 부여된 최고사령관 직책이 명예와 피를 저울질해보도록

그를 움직였소. 그래서 내가 어머니[46]에게 보내졌는데,

그녀는 권유해서 될 여자가 아닌지라 꾀로 속이지 않으면 안 되었소.[47]

텔라몬의 아들이 그녀에게 갔더라면

우리의 돛은 지금까지도 바람을 안지 못했을 것이오.   195

나는 또 대담한 사절로서 일리온의 성채에 파견되어

높다란 트로이야의 원로원을 방문하여 그 안으로 들어간 적이 있소.

그곳은 전사들로 가득차 있었소. 나는 겁내지 않고

그라이키아가 공동으로 내게 맡긴 일을 대변했고, 파리스를

고발하며 헬레네와 그녀가 가져간 것을 되돌려달라고 요구하여   200

---

44 12권 10행 참조.
45 12권 28행 이하 참조.
46 클뤼타이메스트라.
47 그녀는 이피게니아가 아킬레스와 결혼하게 될 것이라는 말에 속아 넘어갔던 것이다.

프리아무스와 그의 곁에 있던 안테노르의 마음을 움직였소.

하지만 파리스와 그의 형제들과 그와 함께 도둑질한 자들은

내게서 마지못해 불의의 손을 뗐소. (메넬라우스여, 그대도 알고 있소.)

그것이 내가 그대와 함께한 수많은 위험 중 첫 번째 위험이었소.

여러분의 이익을 위해 기나긴 전쟁 기간 동안 내가 지략과 손으로   205

행한 일들을 일일이 다 이야기하자면 오랜 시간이 걸릴 것이오.

처음에 몇 차례 교전이 있은 다음, 적군은 오랫동안 도시의

성벽 안에 틀어박혀 있었고 우리는 공개적으로 싸울 기회조차 없었소.

그러다가 마침내 십 년째 되는 해에 우리는 싸웠소. 그사이

할 줄 아는 것이라고는 싸움밖에 없는 그대는 무엇을 하고 있었소?   210

그대는 무슨 쓸모가 있었소? 내가 무엇을 하고 있었느냐고

그대가 묻는다면, 나는 적군을 잡으려고 매복하고,

방벽에 해자를 두르고,[48] 지루하고 긴 전쟁을 편안한 마음으로

참고 견디도록 전우들을 격려하고, 우리가 군량과 무구를 공급받을

방법을 가르쳐주었으며, 필요한 곳에 사절로 가곤 했소.   215

　　보시오, 읍피테르의 명령으로 꿈의 환영(幻影)에 속아 왕은

우리더러 이미 시작한 전쟁의 근심을 털어버리라고 명령했소.[49]

왕은 그 출처를 밝힘으로써 자신의 주장을 옹호할 수 있었소.

그때 아이약스는 그것을 제지했어야 했을 것이며, 페르가마를

파괴하자고 요구하며 싸웠어야 했소. 그게 그가 할 수 있는

48　방벽을 쌓고 해자를 두르도록 조언한 이는 네스토르였다(『일리아스』 7권 337행 이하 참조).

49　아가멤논은 읍피테르가 거짓 꿈을 보내 트로이야를 함락할 수 있을 것이라고 하자 그 말을 믿고 트로이야를 공격하기로 작정하고는 군사들의 마음을 떠보기 위해 일부러 철군하자고 제안한다. 『일리아스』 2권 73행 이하 참조.

일이니까요. 왜 그는 귀향하려는 자들을 붙잡지 않았지요? 220

왜 무기를 들고는, 우왕좌왕하는 무리에게 자기를 따르라고

하지 않았지요? 그것은 입만 벙긋해도 큰소리치는 그에게는 결코

무리한 요구가 아니었소. 한데 그 자신도 도망을 쳤소. 아이약스 그대가

등을 돌리고 창피하게도 돛을 펼칠 채비를 했을 때, 나는 그것을 보았고,

심히 보기가 민망했소. 나는 지체 없이 말했소. '여러분, 이게 무슨 225

짓이오? 전우들이여, 그대들은 무슨 광기의 사주를 받아 다 함락된

트로이야를 버리려 하시오? 그대들은 십 년 만에 치욕 말고 무엇을

집으로 가져가고 있지요?' 이런 말과 그 밖에 괴로움이 불어넣어주는

다른 말로 나는 그들을 돌려세워, 도망칠 채비를 하고 있던

함대에서 도로 데리고 갔소. 그때 아트레우스의 아들이

아직도 겁에 질려 있던 전우들을 소집했소.[50] 230

그때도 텔라몬의 아들은 감히 단 한 마디 말도 하지 못했소.

테르시테스[51]조차도 감히 파렴치한 말로 왕들에게 대들었는데

말이오. 물론 그러다가 나에게 벌받기는 했지만 말이오.

나는 일어서서, 적군을 공격하도록 겁에 질린 전우들을 격려했고,

그들의 잃어버린 용기를 내 말로 되찾아주었소. 그때 이후로, 235

저기 저 나의 경쟁자가 어떤 용감한 행동을 행한 것처럼 보이더라도

그것은 내 것이오. 등을 보인 그를 도로 끌고 온 사람이 나였으니까요.

끝으로 다나이족 가운데 그대를 칭찬하거나 함께하기를 원하는

---

50 『일리아스』 2권 188행 이하 참조. 회의를 소집한 것은 아가멤논이 아니라 그의 권위를 빌린 울릭세스였다.

51 테르시테스는 그리스군에서 가장 못생긴 험담가로 회의장에서 아가멤논을 비난하다가 울릭세스에게 매를 맞는다.

제13권 **553**

이가 있나요? 튀데우스의 아들은 자신이 행하는 모든 행동을

나와 함께 행하고, 나를 인정하고, 전우로서의 울릭세스를

언제나 믿음직하게 여기고 있소. 그토록 많은   240

그라이키아 군사 중에서 유일하게 디오메데스에 의해

선택된다는 것은 상당한 것이오. 그리고 나더러 가라고 명령한 것은

제비뽑기가 아니었소. 나는 밤과 적군의 위험을 무시하고 가서

우리와 똑같은 일을 감행하러 오던 프뤼기아인 돌론을 죽였소만,

그자가 알고 있던 것을 다 털어놓도록 강요하여, 믿지 못할   245

트로이야가 무엇을 준비하고 있는지 알아내기 전에는 죽이지 않았소.

나는 모든 것을 알아냈고, 더이상은 정탐할 것이 없었소.

그래서 나는 이제 약속된 명성을 얻고 돌아올 수 있었소.

나는 거기에 만족하지 않고 레수스의 막사를 찾아가

바로 그의 진영 안에서 그와 그의 시종들을 죽였소.   250

그리하여 나는 소원을 다 이루고 승리자로서 빼앗은 전차를 타고는

신나는 개선 행렬을 흉내내며 돌아왔소. 돌론은 자신의 밤일에 대한

대가로 아킬레스의 말들을 요구했거늘 여러분이 내게 아킬레스의

무구를 거절한다면, 아이약스가 더 너그러운 사람이 될 것이오.[52]

　내가 뤼키아인 사르페돈[53]의 대열을 내 칼로 도륙한 일을   255

굳이 이야기해야 하겠소? 피비린내 나는 전투 중에 나는

이피투스의 아들 코이라노스와, 알라스토르와, 크로미우스와,

알칸데르와, 할리우스와, 노에몬과, 프뤼타니스를

52　아이약스는 위 101~102행에서 아킬레스의 무구들을 울릭세스에게 주려면 차라리 그와 디오메데스에게 나누어주라고 제안한 바 있다.

53　뤼키아인들의 장수로 윱피테르와 에우로파의 아들이다. 그는 트로이야 전쟁 때 파트로클루스의 손에 죽는다.

땅에 뉘었고, 케르시다마스와, 토온과, 카롭스와,

무자비한 운명이 몰고 온 엔노무스를 죽음에 넘겨주었소.　　　　260

덜 유명한 그 밖의 다른 자도 도시의 성벽 밑에서

내 손에 쓰러졌소. 전우들이여, 나도 몇 군데 부상을 당했소만,

자랑스러운 곳에 부상 당했소. 여러분은 공허한 말만 믿지 말고

자, 보시오!"라고 하더니 울릭세스는 손으로 옷을 열어젖히며 말했다.

"여기 이 가슴은 언제나 여러분을 위해 고통 받았소이다!　　　　265

하지만 텔라몬의 아들은 그 긴긴 세월 동안 전우들을 위해

피 한 방울 흘리지 않았고, 그의 몸에는 상처라고는 없소이다.[54]

　　그리고 그가 자신은 펠라스기족의 함대를 위해 트로이야인들과

읍피테르에 대항해 무기를 들었다고 말한다면, 그게 무에 그리 대단한

일이지요? 나도 그가 그랬다고 인정하오. 나는 선행을 악의적으로　　　270

폄하하는 사람이 아니니까요. 하지만 그는 여러 사람의 것을 혼자

차지하지 말고 여러분에게도 약간의 명예를 나눠줘야 할 것이오.

내버려두었더라면 그 방어자들과 함께 불타버렸을 함선들로부터

트로이야인들을 몰아낸 것은 안전하게 아킬레스로 변장한,

악토르의 아들[55]이었소. 그는 자기 혼자만 감히 헥토르의 창에　　　275

맞섰다고 믿고 있으며, 왕도 다른 장수들도 그리고 나도 잊고 있소.

54　아이약스는 『일리아스』에서는 실제로 부상 당한 적이 없다.

55　파트로클루스. 읍피테르의 뜻에 따라 트로이야인들이 헥토르를 앞세우고 그리스군의 방벽을 돌파하여 함대에 불을 지르려 하자 아킬레스는 죽마고우인 파트로클루스의 청을 받아들여 그가 자신의 무구들로 무장하고 출전하게 한다. 그러나 파트로클루스는 트로이야군을 함대에서 몰아낸 뒤에는 돌아오라는 아킬레스의 당부를 잊고 트로이야 성벽 밑까지 추격하다가 헥토르의 손에 죽는다. 아킬레스는 친구의 원수를 갚기 위해 불카누스 신이 만들어준 새 무구들로 무장하고는 출전하여 헥토르를 죽인다.

하지만 그는 아홉 번째[56] 지원자였고, 제비뽑기에 의해 선호되었던

것뿐이오. 한데, 가장 용감한 자여, 그대들의 결투의 결과는

어떠했지요? 헥토르는 상처 하나 없이[57] 떠나가버렸소.

　아아, 슬프도다! 그라이키아인들의 보루였던 아킬레스가　　　　　　280

쓰러지던 때를 회고하자니 얼마나 괴로운지 모르겠소!

눈물과 슬픔과 두려움에도 나는 망설이지 않고 그의 시신을

땅에서 들어올렸소. 이 어깨 위에, 그렇소, 이 어깨 위에 나는

아킬레스의 시신을 그의 무구들과 함께 둘러메고 왔소.[58]

그래서 나는 지금도 그 무구들을 입으려고 애쓰는 것이오.　　　　　285

내게는 그 무구들의 무게를 능히 감당할 수 있는 힘이 있고,

여러분이 내게 주실 명예를 평가할 수 있는 마음이 있소이다.

검푸른 바다의 여신인 그의 어머니가 자기 아들을 위해 그토록

공명심을 품었던 것은, 그러한 하늘의 선물을, 그토록 위대한

예술품을 저 무식하고 멍청한 병사가 입게 하려는 것이었을까요?　　290

그는 방패에 새겨놓은 돋을새김을 알지 못하오. 오케아누스와,

여러 나라와, 별이 총총한 높은 하늘과, 플레이야데스 성단과,

휘아데스 성단과, 바닷물에 멱감지 않는 큰곰자리와,

여러 도시와, 오리온의 번쩍이는 칼을 알지 못한단 말이오.

56　아이약스는 헥토르의 결투 신청에 응하겠다고 자원한 그리스의 아홉 장수 중 한 명이지 '아홉 번째'는 아니었다.

57　헥토르는 아이약스의 창에 목을 다쳤고, 아이약스가 던진 돌덩이에 맞아 뒤로 넘어지기도 했다(『일리아스』 7권 262행 및 270~271행 참조). 그들은 전령들의 제지로 결투를 그만두고 서로 선물을 교환한 다음 헤어졌다.

58　서사시권 서사시 『아이티오피스』(*Aethiopis* 그 / *Aithopis*)에 따르면 아이약스가 아킬레스의 시신을 어깨에 메고 운반하고 울릭세스는 뒤에서 엄호했다고 한다.

그는 알지도 못하는 무구들을 달라고 요구하고 있소.   295

　어째서 그는 내가 가혹한 전쟁의 의무를 기피하려다가

전쟁이 시작된 뒤에야 왔다고 나를 나무라는 것이오?

그는 자신이 고매한 아킬레스를 비방하고 있다는 것을 느끼지

못하는 것인가? 그대가 위장한 것을 죄라고 한다면 우리는 둘 다

위장했소이다. 지체한 것이 죄라면 그보다는 내가 좀 빨리 왔소.   300

나는 사랑하는 아내가, 아킬레스는 사랑하는 어머니가

만류했소이다. 전쟁의 첫 시간을 우리는 그들에게 바쳤으나

나머지 시간은 여러분에게 바쳤소이다. 설령 변명의 여지가 없다

하더라도 그토록 위대한 영웅과 함께한 죄라면 회피하지 않겠소.

하지만 아킬레스는 울릭세스의 기지에 의해 발각되었어도,

울릭세스는 아이약스의 기지에 의해 발각되지는 않았소.   305

우리는 아이약스가 어리석은 혀로 나에게 욕설을 퍼붓는다고 해서

놀랄 필요는 없을 것이오. 아이약스는 여러분도 부끄러운 짓을

했다고 비난하고 있으니까요.[59] 내가 팔라메데스를 날조된 죄로

고소한 것이 비열한 짓이었다면, 여러분이 그에게

유죄판결을 내린 것은 자랑거리이겠소?

나우플리우스의 아들[60]은 그토록 크고 그토록 명백한 범죄를   310

정당화할 수 없었고, 여러분은 그에 대한 고소를 듣기만 한 것이 아니라

보았소이다. 그가 뇌물을 받은 사실이 백일하에 드러났으니까요.

포이아스의 아들[61]을 불카누스의 섬인 렘노스가 붙들고 있는 것을

59　울릭세스는 아이약스를 자꾸 고립시키려 하고 있다.

60　팔라메데스.

61　필록테테스.

내 죄라고 해서는 안 될 것이오. (여러분의 행위는 여러분이
변호하시오! 여러분이 동의했으니까요.) 나는 그에게 전쟁과   315
여행의 노고에서 물러나 심한 고통을 휴식으로 진정시켜보라고
설득했음을 부인하지 않겠소.[62] 그는 복종했고
그래서 살아 있소. 나의 이 조언은 진솔했을 뿐 아니라
성공적이었소. 진술한 것만으로도 충분했겠지만 말이오.
한데 우리의 예언자는 페르가마를 함락하자면 그가 필요하다고   320
말하고 있소. 그 일은 내게 맡기지 마시오. 텔라몬의 아들이
가는 게 낫겠소. 그는 병과 원한으로 미쳐 날뛰는 영웅을
웅변으로 달래거나, 노련하게도 그 밖의 다른 재주로
도로 데리고 올 테니 말이오. 하지만 나의 이 가슴이
여러분을 위해 일하기를 멈추는데, 멍청한 아이약스의 재주가
다나이족에게 도움이 되는 일은 없을 것이오. 그러기 전에   325
시모이스[63] 강이 역류하고, 이다 산이 나뭇잎을 벗고 서 있고,
아카이아[64]가 트로이야에 원군을 약속할 것이오.
완고한 필록테테스여, 그대가 전우들과 왕과 나에게 원한을
품고 있다 하더라도, 그대가 내 머리 위에 끝없이 저주를 퍼붓고,
고통 받고 있는 그대의 손아귀에 우연히 내가 들어 그대가 내 피를   330
마시기를 바란다 하더라도, 그리고 내가 그대에게 했듯이
그대가 나에게 할 수 있는 수단을 갖기를 바란다 하더라도,
나는 그대에게 다가가 그대를 데려오려고 노력할 것이며,

---

62 악취와 끔찍한 비명소리 때문에 그리스군은 필록테테스를 강제로 하선시킨 것으로 알려져
있다.
63 Simois(그/ Simoeis). 트로이야 근처의 강.
64 4권 606행 참조.

그대의 화살들을 ― 포르투나께서 호의를 베풀어주시기를! ―

손에 넣을 것이오. 내가 다르다누스[65]의 예언자[66]를 사로잡아   335

손에 넣었듯이, 내가 신들의 신탁과 트로이야의 운명을 알아냈듯이,[67]

내가 적의 한복판에서 성소에 모셔놓은 프뤼기아의 미네르바의 신상을

빼돌렸듯이 말이오. 아이약스가 나와 겨루겠다는 거요?

   운명은 그 신상 없이는 트로이야가 함락될 수 없다고 했소.

그때 용감한 아이약스는 어디 있었소? 위대한 영웅의 호언장담은   340

어디 있었소? 왜 그때 그대는 두려워했지요? 왜 울릭세스는

감히 파수병들 사이를 통과하여 밤에다 자신을 맡기고는

무자비한 칼들 사이를 지나 트로이야인들의 성벽뿐 아니라

성채 꼭대기까지 들어가서는 여신을 신전에서 빼돌린 다음

빼돌린 신상을 적군 사이로 해서 가져왔지요?   345

내가 그러지 않았다면 텔라몬의 아들은 일곱 겹의

쇠가죽 방패를 왼손에 헛되이 들고 다녔을 것이오.

그날 밤 나는 트로이야에게서 승리를 쟁취했소.

페르가마가 지도록 만든 그때 나는 트로이야를 이겼던 것이오.

   그대는 얼굴을 찌푸리고 중얼거리며 우리에게 튀데우스의 아들을   350

상기시키기를 그만두시오! 그도 그 공적에 나름대로 한몫했지요.

그대도 전우들의 함대를 위해 방패를 들고 있었을 때

혼자가 아니었소. 그대 주위에는 전우들 무리가 있었으나,

---

65 Dardanus(그/Dardanos). 트로이야 왕가의 시조로, 여기서 '다르다누스의'는 '트로이야의'
라는 뜻이다.

66 헬레누스.

67 필록테테스가 갖고 있는 헤르쿨레스의 활과 화살들 없이는 트로이야가 함락되지 않을 것
이라는 신탁을 말한다.

나에게는 한 사람밖에 없었소. 싸우는 자가

지혜로운 자만 못하고, 제압할 수 없는 오른손에게만

상이 주어지는 것이 아니라는 것을 알지 못했다면,   355

디오메데스도 이 무구들을 요구했을 것이오.

더 겸손한 다른 아이약스[68]와, 용맹스러운 에우뤼필루스와,

유명한 안드라이몬의 아들[69]도 요구했을 것이며,

그에 못지않게 이도메네우스와, 그와 동향인인 메리오네스와,

아트레우스의 맏아들의 아우[70]도 요구했을 것이오.

하지만 그들은 손이 강하고 전투에서 나만 못하지 않지만   360

내 지혜에 양보했소이다. 그대의 오른손은 전쟁에서 그대에게

유용하지만 지혜에 관한 한 그대에게는 내 지도가 필요하오.

그대는 힘은 있으되 지혜가 없고, 나는 미래사에 관심이 있소.

그대는 싸울 수 있으나, 아트레우스의 아들은 나와 더불어

싸울 때를 선택하오. 그대는 몸으로 도움을 주지만   365

나는 정신으로 도움을 주오. 키잡이가 노 젓는 자보다

더 위대하고, 장수가 졸병보다 더 위대한 만큼

나는 그대보다 더 우월하오. 우리 몸에서는 가슴[71]이 손보다

더 유능하고, 우리의 모든 힘은 거기 있기 때문이오.

  장수들이여, 여러분은 여러분의 파수꾼에게 상을   370

주십시오! 그토록 여러 해 동안 여러분을 위해

노심초사한 보답으로, 나의 모든 봉사를 보상한다는 뜻에서

---

68 이른바 '작은 아이약스'.

69 토아스. 그와 여기서 언급되는 다른 사람들은 헥토르의 결투 도전에 자원한 장수들이다.

70 메넬라우스.

71 지성.

이 명예를 내게 주십시오! 이제 내 임무는 끝났소이다.
나는 운명의 장애물들을 제거했고, 높다란 페르가마를
함락될 수 있게 함으로써 그것을 함락했소이다. 이제
우리 모두의 희망에 걸고, 곧 함락될 트로이야인들의 성벽에 걸고,   375
얼마 전에 우리가 적군에게서 빼앗아온 신들에 걸고, 그리고
아직도 지혜롭게 처리해야 할 일이 남아 있다면 그것에 걸고
부탁하노니, 만약 아직도 위험천만한 곳에서 대담하게
무엇을 구해 와야 한다면, 만약 아직도 트로이야의 파멸에
무엇이 부족하다고 여기신다면, 여러분은 나를 기억하시오!
여러분이 이 무구들을 내게 주시지 않는다면   380
여기에다 바치십시오!" 그러면서 그는 숙명적인 여신상을 가리켰다.
　　장수들의 집단은 감동했다. 결과는 달변이 무엇을
할 수 있는지 명백히 보여주었다. 용감한 영웅의 무구들은
말 잘하는 자가 가져갔던 것이다. 그토록 자주 혼자서
헥토르에게 대항하고, 칼과 불과 읍피테르에 대항하던 자도
분노라는 단 한 가지에게만은 대항하지 못했으니,   385
아무도 이기지 못하던 영웅을 괴로움이 이겼던 것이다. 아이약스는
칼을 빼들고는 말했다. "여기 이것은 확실히 내 것이다. 울릭세스는 이것도
내놓으라고 요구할까? 이것은 내가 나를 위해 써야겠다. 프뤼기아인들의
피에 자주 젖곤 하던 이 칼은 이제 제 임자의 피에 젖으리라.
아이약스 외에는 아무도 아이약스를 이길 수 없도록 말이다."   390
그러더니 그는 그때까지 부상 당한 적이 없는 가슴에,
칼이 들어갈 수 있는 곳에다 죽음의 칼을 찔러 넣었다.
어떤 손도 깊이 박힌 무기를 뽑아낼 수 있을 만큼 강하지는
못했다. 하지만 피가 그것을 밀어냈다. 피로 빨갛게 물든

대지가 초록빛 잔디밭에서, 전에 오이발루스의 자손[72]의 상처에서   395
태어났던 자줏빛 꽃 한 송이를 피어나게 했다. 그 꽃잎 한가운데에는
영웅과 소년[73]에게 똑같이 적용되는 글자[74]가 새겨져 있었는데,
여기서는 이름을 나타내고, 거기서는 곡하는 소리를 나타낸다.

트로이야의 함락

   한편 승리자 울릭세스는 그 옛날 남편들을 살해한 곳으로 악명 높던
나라인, 휩시퓔레[75]와 유명한 토아스의 고국을 향해 돛을 올렸으니,   400
티륀스의 영웅[76]의 무기였던 화살들을 가져오기 위함이었다.
울릭세스가 그 화살들을 그 임자와 함께 그라이키아인들에게 도로
가져온 뒤에야 마침내 그 잔혹한 전쟁에서 최후의 일격이 가해진다.[77]
트로이야와 프리아무스는 동시에 쓰러진다.
프리아무스의 불행한 아내는 모든 것을 잃은 뒤   405

72 휘아킨투스. 10권 196행 참조.

73 휘아킨투스.

74 아이 아이(AI AI). 이것은 아이약스의 이름을 연상시키는 동시에 곡할 때 내는 그리스어로 우리말의 '아이고, 아이고'에 해당한다.

75 렘노스 섬의 왕 토아스의 딸. 이 섬의 여인들이 베누스 숭배를 거절하자 여신은 그들의 몸에서 심한 악취가 나게 하여 남편들에게 외면받게 만든다. 그러자 여인들이 이 섬의 남자들을 모두 살해하고 휩시퓔레를 여왕으로 삼는데, 그녀는 훗날 아버지 토아스를 죽이지 않고 살려준 것이 발각되어 추방된다.

76 헤르쿨레스. 7권 410행 참조.

77 필록테테스는 트로이야에 도착하자 헤르쿨레스의 화살로 파리스를 쏘아 죽임으로써 트로이야의 함락을 앞당긴다.

사람의 모습조차 잃고는 기다란 헬레스폰투스가 해협으로

좁아지는 곳에서 이상하게 짖는 소리로 낯선 대기를 놀라게 했다.

　일리온은 불타고 있었다. 아직도 불이 꺼지지 않았던 것이다.

윱피테르의 제단은 노왕 프리아무스의 얼마 안 되는 피를 다 마셔버렸다.

포이부스의 여사제[78]는 머리채를 잡힌 채 끌려 나와　　　　　　　　　　410

하늘을 향해 두 손을 내밀었으나 소용없는 몸짓이었다.

다르다누스의[79]여인들은 그렇게 할 수 있는 동안에는 조국의 신들의

신상을 껴안고 불타는 신전을 떠나지 않았으나 승리자인

그라이키아인들이, 부러움을 살 만한 전리품인 그 여인들을 끌고 갔다.

아스튀아낙스는, 어머니가 가리켜주는 대로 자신과 조상의 영토를　　　　415

지키기 위해 싸우던 아버지를 가끔 바라다보곤 하던 그 성탑에서

아래로 내던져졌다. 어느새 북풍의 신 보레아스가 출항하도록 설득했고,

순풍이 불어오자 돛이 요란하게 펄럭였으며, 선원들은 바람을

이용하라고 재촉했다. 트로이야의 여인들은 "잘 있거라,

트로이야여! 우리는 끌려간다!"라고 외치고　　　　　　　　　　　　　420

조국 땅에 입맞추고는 연기에 싸인 지붕을 뒤로했다.

마지막으로 배에 오른 것은 (그것은 안타까운 광경이었다!)

아들들의 무덤 사이에서 발각된 헤쿠베였다. 그곳에서 그녀는

아들들의 무덤에 매달려 그 유골에 입맞추려다가

둘리키움인[80]의 손에 끌려왔던 것이다. 하지만 그녀는 헥토르의　　　　425

유골만을 수습하여 수습한 유골을 품속에 넣어 가져가고 있었다.

78　캇산드라.

79　여기서 '다르다누스의'는 '트로이야의'라는 뜻이다. 13권 335행 참조.

80　울릭세스. 둘리키움에 관해서는 13권 107행 참조.

그리고 그녀는 헥토르의 무덤 위에 죽은 이에게 바치는
보잘것없는 제물로 자신의 머리에서 백발 한 다발을,
백발과 함께 수많은 눈물을 남겨두고 떠나왔다.

헤쿠베, 폴뤽세나, 폴뤼도루스

　트로이아가 있던 프뤼기아 땅 맞은편에 비스토네스족[81]이 살던
나라가 있었다. 그곳에 폴뤼메스토르[82]의 부유한 궁전이 있었는데,
폴뤼도루스여, 그대의 아버지[83]는 그대를　　　　　　　　　　　430
프뤼기아의 전쟁터에서 멀리 떨어진 폴뤼메스토르에게
몰래 맡겼소. 그것은 현명한 계획이었소. 범죄의 대가가
될 수도 있고 탐욕스러운 마음에는 유혹이 될 수도 있는
큰 재물을 그대와 함께 보내지 않았더라면 말이오.
프뤼기아인들의 행운이 기울자 트라키아인들의 불경한 왕은　　435
칼을 빼어 자신의 양자 폴뤼도루스의 목구멍을 찔렀다.
그러고는 피해자의 육신이 없어지면 범죄도 없어지는 양
시신을 절벽에서 파도 아래로 내던졌다.
아트레우스의 아들은 바다가 잔잔해지고 바람이 더 우호적으로
바뀔 때까지 트라키아의 해안에 함대를 정박시켰다.　　　　　440
그곳에서 갑자기 땅이 쩍 갈라지더니 아킬레스가 생전에

81　트라키아 지방에 살던 부족.
82　트라키아의 왕으로 프리아무스의 딸 일리오네의 남편.
83　프리아무스.

그랬던 것처럼 거대한 모습으로 솟아올랐다. 그는 위협하는
것처럼 보였고, 손에 칼을 들고 부당한 아가멤논에게
거칠게 대들던 때의 얼굴 표정을 하고 있었다.

"아카비족이여, 그대들은 나를 잊고 떠나가는구려,   445
내 용기에 감사하는 마음은 나와 함께 묻어버리고!
그럴 수는 없지요. 내 무덤에 적절한 명예가 빠지지 않도록
폴뤽세나를 제물로 바쳐 아킬레스의 망령을 달래시오!"
그의 말에 전우들은 무자비한 그림자가 시키는 대로 했다.
용감하고 불행한 소녀는 어머니에게 거의 유일한 위안이었건만   450
어머니의 품에서 낚아채어져 여자 이상으로 당당하게 무덤으로
끌려가 무자비한 화장용 장작더미가 쌓인 곳에 제물로 쓰러졌다.
무자비한 제단 앞으로 끌려간 그녀는 자신을 제물로 바치는
끔찍한 의식이 준비되고 있음을 알면서도 차분하고 침착했다.
그녀는 네옵톨레무스가 칼을 들고 서서 자기 얼굴을   455
뚫어지게 바라보고 있는 것을 보고는 말했다.

"이제 고귀한 피를 쓰도록 하시오! (나는 준비가 다 되었소.)
그대는 내 목이나 가슴에다 그대의 무기를 묻으시오."
(그리고 그녀는 목과 가슴을 동시에 드러냈다.)
"알아두시오. 나 폴뤽세나는 누구의 종노릇도 하고 싶지 않고   460
이따위 의식으로 그대들은 어떤 신도 달랠 수 없을 것이오.
내 죽음을 어머니께서 몰랐으면 하는 것이 내 유일한 소망이오.
어머니가 마음에 걸려, 죽는 기쁨이 감소되니 말이오. 어머니께서는
내가 죽는 것을 슬퍼하실 것이 아니라 당신께서 살아 계시는 것을
슬퍼하실 것이오. 내 요구가 정당하다면, 내가 자유민으로서   465
스튁스의 망령들에게 갈 수 있도록 그대들은 뒤로 물러서고,

남자의 손이 내 처녀의 몸에 닿지 않게 하시오! 그대들이
나를 죽여 달래려고 하는 자가 누구든 그도 자유민의 피가
더 반가울 거요. 내 마지막 말이 그대들 가운데 누군가를
감동시킨다면(그대들에게 간청하는 것은 프리아무스의 딸이지   470
여자 포로가 아니오.) 그대들은 내 어머니에게 몸값을 받지 않고
내 시신을 돌려주어, 어머니께서 매장의 슬픈 특권을
황금이 아니라 눈물로 사게 해주시오. 어머니께서는
그것이 가능할 때는 황금을 주고 사기도 했지요. "84

    이렇게 그녀는 말했다. 그녀는 눈물을 참고 있었으나,
백성들은 눈물을 억제할 수 없었다. 사제도 눈물을 흘리며   475
마지못해, 그녀가 앞으로 내민 가슴을 칼로 깊숙이 찔렀다.
그녀는 무릎이 말을 안 들어 땅에 쓰러지면서도 마지막 순간까지
두려움을 모르는 대담한 얼굴 표정을 유지했다. 그리고 그녀는
쓰러지고 나서도 가려야 할 부분을 옷으로 가리고,
정숙과 품위를 지키려고 안간힘을 썼다. 트로이야의 여인들은   480
그녀를 들어올렸고, 자신들이 애도한, 프리아무스의 자녀들을
일일이 세며 한 집안에서 얼마나 많은 피를 흘렸는지 회고했다.
그들은, 소녀여, 그대를 위하여, 그리고 얼마 전까지도 왕비라고,
왕자들의 어머니라고 불렸고 번영하는 아시아의 정수였으나
지금은 포로치고도 가혹한 운명을 겪고 있으며,
헥토르를 낳지 않았더라면 승리자 울릭세스도 원치 않았을   485
그대85를 위해 슬퍼하고 있는 것이오. 그렇다면 헥토르가

---

84 프리아무스는 아킬레스에게 거액의 몸값을 주고 헥토르의 시신을 돌려받았다.
85 헤쿠베.

자기 어머니를 위해 간신히 주인을 찾아낸 셈이다.

그녀는 그토록 용감한 혼이 떠나고 없는 시신을 껴안고는

그토록 자주 조국과 아들들과 남편을 위해 흘리던 눈물을

딸을 위해서도 흘렸다. 그녀는 딸의 상처에 눈물을 쏟으며   490

딸의 입에 입맞추었고, 매질에 익숙해진 자신의 가슴을 쳤다.

그러고는 피가 엉겨붙은 머리카락을 쥐어뜯고,

가슴을 찢으며 이런저런 하소연을 하며 이런 말을 했다.

　"내 딸아, 이 어미의 마지막 (내게 남은 게 뭐란 말인가?) 슬픔이여,

내 딸아, 너는 누워 있고, 나는 내 것이기도 한 네 상처를 보고 있구나!   495

보라, 내 자식들 중 아무도 살해되지 않고 죽는 일이 없도록

너마저 부상을 당했구나. 나는 네가 여자라서 칼로부터

안전할 줄 알았더니, 여자임에도 칼에 쓰러졌구나.

트로이야를 파괴하고 나를 자식 없는 어미로 만든 아킬레스가,

그토록 많던 네 오라비들을 죽인 바로 그자가 너마저 죽였구나!   500

그자가 파리스와 포이부스의 화살에 쓰러지고 난 뒤에 나는

'이제는 분명 아킬레스를 두려워할 필요가 없겠지.' 싶었다.

하지만 나는 여전히 그를 두려워해야 했다. 매장된 그의 유골이

우리 집안을 향해 미쳐 날뛰고 있고, 무덤에 들었어도 그자를

우리는 적으로 느꼈으니 말이다. 내가 자식들을 많이 낳은 것은   505

아이아쿠스의 손자를 위해서였다. 거대한 일리온은 쓰러져 누워 있고,

백성의 재앙은 비극적인 종말로 끝났지만, 그래도 아무튼 끝났다.

오직 나에게만 페르가마는 아직도 살아남고, 내 괴로움은 계속해서

이어지는구나! 얼마 전만 해도 나는 그토록 많은 사위와 아들과

며느리와 남편의 힘을 업고 나라에서 제일가는 여자였는데   510

지금은 무일푼의 추방자로서 가족들의 무덤을 뒤로하고

페넬로페의 전리품으로 끌려가는구나! 페넬로페는 할당된
양털실을 잣고 있는 나를 가리키며 이타카의 여인들에게 말하겠지.
'이 여자가 헥토르의 유명한 어머니이자 프리아무스의 아내이다.'
그토록 많은 자식을 잃은 뒤 네 어미의 괴로움을 위로하도록 남겨진
너마저 이제 적의 무덤에 제물로 바쳐졌구나! 나는 죽은 적에게   515
바칠 제물을 낳은 거야. 왜 나는 이렇게 모질게도 살아 있지?
왜 나는 머뭇거리지? 비참한 노령이여, 나를 왜 살려두는 것이냐?
잔인한 신들이시여, 어떤 새로운 재앙을 더 보게 하려고 이 노파의 수명을
늘리시는 거예요? 페르가마가 허물어졌을 때 프리아무스가
행복하다는 말을 들을 수 있으리라고 누가 생각이나 했겠느냐?   520
그이는 죽었기에 행복하지. 내 딸아, 그이는 이렇게
죽어 누워 있는 너를 볼 필요 없이 목숨과 왕국을 동시에 뒤로하고
떠났으니까. 너는 공주이니까, 생각건대, 너에게는 장례식이
지참금으로 주어지고, 네 시신은 조상의 무덤에 묻히겠지.
하지만 집안의 형편이 그렇지 못하구나. 너에게는 장례 선물로   525
이 어미의 눈물과 낯선 해안의 모래 한줌이 주어지겠지.
우리는 모든 걸 다 잃었다. 하지만 아직도 한 가지 희망이 남아 있고,
나는 그 때문에 잠시나마 살기를 원하는 거야. 이 어미의 귀염둥이이자
지금은 하나뿐인 자식이지만 전에는 내 아들들 가운데 막내였던
폴뤼도루스 말이야. 그애는 이 해안으로 이스마루스[86] 왕에게   530
맡겨졌지. 한데 왜 나는 그사이 네 잔인한 상처와 무자비하게도
피가 끼얹어진 얼굴을 물로 닦아주기를 미루고 있는 거지?"
　　이렇게 말하고 그녀는 노파의 비틀거리는 걸음걸이로

---

[86]　2권 257행 참조.

바닷가로 가며 백발을 쥐어뜯었다. 불행한 여인은

"트로이아의 여인들이여, 항아리를 하나 갖다다오!"라고 말했으니,

맑은 바닷물을 퍼 담으려는 것이었다. 그때 그녀는 바닷가로   535

떠밀려온 폴뤼도루스의 시신과, 트라키아의 무기에 난자당해

쩍 벌어진 상처들을 보았다. 트로이아의 여인들은

비명을 질렀으나 그녀는 괴로움에 말이 나오지 않았다.

그녀의 괴로움이 목소리와 눈물을 삼켜버렸던 것이다.

눈물은 안으로 흘러내렸다. 그녀는 단단한 바위처럼 꼼짝 않고 서서   540

앞쪽의 땅바닥에다 시선을 고정하더니 이따금 하늘을 향해

무서운 얼굴을 들었다. 그러고는 거기 누워 있는 아들의 얼굴을

보기도 하고 상처를 보기도 했는데, 특히 상처를 유심히 보았다.

그러면서 그녀는 자신을 분노로 단단히 무장했다.

분노가 활활 타오르자 그녀는 자기가 아직도 왕비인 양 복수하기로   545

결심하고는 어떻게 처벌할 것인가 하는 생각에 완전히 몰두해 있었다.

마치 암사자가 젖먹이 새끼를 빼앗기면 미쳐 날뛰며

눈에 보이지 않는 적의 발자국을 찾아내 뒤쫓듯이,

꼭 그처럼 헤쿠베는 분노와 괴로움을 뒤섞으며

자신의 나이는 잊되 결심은 잊지 않고 끔찍한 살인의   550

장본인인 폴뤼메스토르를 찾아가 대담을 청했다.

그녀는, 폴뤼메스토르가 자기 아들에게 건네줄 수 있도록,

자기가 몰래 숨겨두고 온 황금이 있는 곳을 그에게 알려주고 싶다고 했다.

오드뤼사이족[87]은 그녀의 말을 믿고 늘 그랬듯이 전리품에 대한

탐욕에 이끌려 은밀한 장소로 갔다. 그는 상냥한 표정으로 말했다.   555

---

87   폴뤼메스토르. 오드뤼사이족에 관해서는 6권 490행 참조.

"헤쿠베여, 지체 말고 아들에게 줄 선물을 내게 주시오.

하늘의 신들께 맹세코, 그대가 지금 주시는 것과 전에 주신 것은

모두 그의 것이 될 것이오." 그가 말하며 거짓 맹세를 하는 동안

그녀는 그를 무섭게 노려보았다. 그러다가 분노가 끓어넘치자,

그녀는 포로가 된 여인들을 부르며 그를 붙잡더니 배신자의   560

두 눈에 손가락을 쑤셔넣어 눈구멍에서 눈알을 빼냈다.

(분노가 그녀를 그토록 강하게 만들었던 것이다.) 그러고는

두 손을 집어넣어 죄지은 자의 피에 더럽혀진 채, 눈이 아니라

(눈은 남아 있지 않았다.) 눈이 있던 곳을 뜯어냈다.

그러자 트라키아인들의 부족이 자신들의 왕의 재앙에 격분하여   565

무기와 돌을 던지며 트로이야의 여인[88]을 공격하기 시작했다.

그녀는 사납게 짖어대며 그들이 던져대는 돌들을

덥석 물었고, 입을 벌려 말할 채비를 했으나 말하려고 하면

그녀의 입에서 나오는 것은 말이 아니라 개 짖는 소리였다.

그 장소는 아직도 남아 있고, 이 사건에서 이름을 따왔다.[89]

그 뒤 그녀는 지난날의 불행을 오랫동안 잊지 못하고   570

여전히 슬피 짖어대며 시토니이족[90]의 들판을 돌아다녔다.

그녀의 슬픈 운명은 트로이야인들과, 그녀의 적인

펠라스기족과, 모든 신도 움직였다. 그리하여 모든 신이,

심지어 읍피테르의 아내이자 누이인 유노마저[91]

헤쿠베가 그런 종말을 맞는 것은 합당하지 않다고 했다.   575

---

88 헤쿠베.

89 그곳의 지명 퀴노스세마(Cynossema 그 / Kynos sema)는 '개의 무덤'이라는 뜻이다.

90 6권 588행 참조.

91 유노와 미네르바는 트로이야 전쟁 때 트로이야인들에게 늘 적대적이었다.

멤논의 주검에서 나온 새

아우로라도 트로이야의 무구들을 편들어주었지만, 그녀에게는
트로이야의 함락과 헤쿠베의 재앙을 슬퍼할 겨를이 없었다.
더 가까운 근심이, 아들 멤논[92]을 잃은 집안의 슬픔이
여신을 괴롭히고 있었으니, 그의 금빛 찬란한 어머니인 그녀는
그가 아킬레스의 창에 죽어 프뤼기아의 들판에
누워 있는 것을 보았던 것이다.   580
여신이 그것을 보자, 아침나절을 붉게 물들이는 여신의 밝은
얼굴빛은 창백해졌고, 맑은 대기는 구름 속에 숨어버렸다.
그의 사지가 마지막 화염 위에 올려졌을 때,
그의 어머니는 차마 그것을 보고 있을 수가 없었다.
그래서 여신은 산발한 그대로 위대한 윱피테르의 무릎에   585
쓰러져 눈물을 흘리며 애원하기를 주저하지 않았다.
"나는 황금빛 하늘이 떠받쳐주는 모든 여신보다 지위가 낮지만
(나는 온 세상에 매우 적은 수의 신전만을 갖고 있으니까요.)
그래도 여신은 여신이에요. 내가 온 것은, 신전과, 제물 바치는 날[93]과,
불로 데워질 제단을 달라고 간청하려는 것이 아녜요.   590
내 비록 한낱 여신에 불과하지만 날이 밝아올 때마다 밤의 경계
지대를 지킴으로써 내가 그대에게 얼마나 봉사했는지 떠올리신다면,
그대는 내가 보답받아 마땅하다고 생각하실 거예요.

---

92 새벽의 여신 아우로라와 티토누스의 아들로 트로이야 전쟁 때 원군을 이끌고 왔다가 아킬
레스의 창에 전사한다.
93 축제일.

하지만 받아 마땅한 명예를 요구하는 것은

이 아우로라의 관심사도 아니고, 나는 지금 그럴 처지도 아녜요.

내가 온 것은 내 멤논을 잃었기 때문이에요. 그애는 숙부[94]를   595

위해 용맹스러운 무기를 들었다가 보람 없이 초년에 용감한 아킬레스의

손에 쓰러지고 말았어요. (그것이 그대들의 뜻이었으니까요.)

청컨대 그대는 그애에게 죽음에 대한 위안으로 명예를 좀 나눠주시고,

어미의 상처를 달래주소서, 신들의 가장 높으신 지배자이시여!"

윱피테르는 승낙의 뜻으로 고개를 끄덕였다. 그러자 멤논의   600

높다란 화장용 장작더미가 솟아오르는 불길에 싸여 내려앉으며

소용돌이치는 시커먼 연기가 날을 어둡게 하니, 그 모습은 마치

물의 요정이 강에서 안개를 내뿜어 햇빛이 그것을 뚫고 내려오지 못할

때와도 같았다. 시커먼 재가 날아 올라가 하나의 덩어리로 똘똘 뭉치며

하나의 형상을 취하더니 불에서 열기와 생명의 숨결을 빨아들였다.   605

그 자체의 가벼움이 그것에게 날개를 주었다.

그것은 처음에는 새처럼, 잠시 뒤에는 진짜 새가

되어 날개를 퍼덕였다. 그와 동시에 무수히 많은 자매도

날개를 퍼덕였는데, 이들도 모두 같은 방법으로 태어났던 것이다.

세 번이나 그것들은 화장용 장작더미 위를 맴돌며, 세 번이나   610

한목소리로 대기 속에서 울어댔다. 네 번째로 날다가 무리가

나뉘어 두 패로 갈리더니 서로 다른 방향에서 사납게 덤벼들며

부리와 발톱으로 분통을 터뜨렸고, 서로 싸우느라 날개와 가슴을

지치게 만들었다. 결국 그것들은 자기들이 용감한 전사에게서

태어났음을 기억하고는 자신들의 친족인 재 위에   615

---

94 프리아무스. 멤논의 아버지 티토누스와 프리아무스는 형제간이다.

장례식 제물로서 떨어졌다. 갑작스러운 새들에게 자신들을 생기게 해준
장본인이 이름을 주었으니, 그의 이름에서 따와 그것들은
멤노니데스들[95]이라고 불린다. 태양이 황도 12궁을 다 돌고 나면
여전히 멤노니데스들은 죽은 아버지를 기념하여 애처로이 소리지르며
서로 싸우다가 죽는다. 다른 사람들은 뒤마스의 딸[96]이 짖는 것을   620
보고 눈물을 흘렸으나 아우로라는 자신의 슬픔에 빠져 있었다.
지금도 여신은 모정의 눈물을 흘려 온 대지를 눈물[97]로 적신다.

아이네아스의 방랑

   하지만 운명은 트로이아의 희망이 그 성벽과 함께 사라지는 것을
허락하지 않았으니, 퀴테레아의 아들인 영웅[98]은 신성한 상(像)들과
또 다른 성물(聖物)로 존경스러운 짐인 아버지를 양어깨에   625
떠메고 갔던 것이다. 그토록 많은 재물 중에서 그는 경건하게도
이러한 짐과 아들 아스카니우스만 택했다. 그러고는
도망치는 함대를 이끌고 안탄드루스[99]를 출발하여
트라키아인들의 죄 많은 집들과 폴뤼도루스의 피가 듣는
땅을 뒤로하고 순풍과 유리한 조수에 힘입어   630
전우들을 데리고 아폴로의 도시[100]에 들어갔다.

95 멜빌(A. D. Melville)은 이들을 목도리도요로 보고 있다.
96 헤쿠베.
97 이슬.
98 아이네아스.
99 Antandrus(그/ Antandros). 소아시아 트로아스 지방의 도시.

왕으로서 사람들을 다스리고, 사제로서 포이부스에게 봉사하던
아니우스가 그를 자신의 신전과 집으로 맞아들이더니
그에게 도시와 이름난 신전과, 전에 라토나가 출산할 때
꼭 붙잡았던 두 그루의 나무[101]를 보여주었다.   635
그곳에서 그들은 화염에 향을 뿌리고 향 위에 포도주를
부어드리고 나서 관습에 따라 소를 잡아 그 내장을 태워드렸다.
그러고는 왕궁으로 가서 높다란 긴 의자에 기대 누워
케레스의 선물과 박쿠스의 음료를 즐겼다. 이어서 경건한
앙키세스가 말했다. "오오! 포이부스의 가려 뽑힌 사제여,   640
내가 처음에 이 성벽을 보았을 때 그대에게는 아들 하나와 딸 넷이
있었던 것으로 기억하는데, 혹시 내가 착각한 것인가요?"
　　그러자 아니우스가 눈처럼 흰 머리띠를 맨 머리를 흔들며 슬픈 어조로
대답했다. "가장 위대한 영웅이여, 그대가 착각하는 것이 아니오.
그대는 나를 다섯 아이의 아버지로서 보았으나, 지금 그대는 자식을   645
거의 잃다시피 한(그만큼 인간의 운명이란 변화무쌍한 것이지요.)
나를 보고 있소. 그도 그럴 것이 내 곁을 떠나 그애 이름에서 따와
안드로스라고 불리는 섬에 살고 있는 내 아들이 내게 무슨
도움이 되겠소? 그애가 제 아비 대신 그곳을 다스리고 있으니 말이오.
델리우스께서 그애에게 예언의 능력을 주셨소. 하지만 내 딸애들에게   650
리베르[102]는 그애들이 기구하거나 기대할 수 있는 것 이상의 다른
선물들을 주셨소. 내 딸애들이 만지기만 하면 모든 것이 곡식과

---

100 델로스 섬.
101 6권 335~336행 참조.
102 3권 520행 참조.

물 타지 않은 포도주와 푸르스름한 미네르바 나무의 기름[103]으로
변하니, 그애들은 내게 큰 이익을 가져다주었지요.
트로이야의 약탈자인, 아트레우스의 아들이 이 사실을 알고는   655
(그대들을 덮친 재앙의 회오리바람을 우리도 어느 정도
느꼈다는 것을 알아두시오.) 싫다는 딸애들을 무력을 써서
아비의 품에서 억지로 끌고 가서는 하늘의 선물로
아르고스의 함대를 먹여 살리라고 명령했소.
하지만 딸애들은 저마다 할 수 있는 대로 도망쳤소. 두 명은   660
에우보이아로 가고, 두 명은 오라비가 있는 안드로스로 갔소.
군사들이 뒤쫓아와서, 그애들을 넘겨주지 않으면 전쟁을 하겠다고
위협했소. 두려움이 남매간의 우애를 이기자, 그애는 누이들을
벌받도록 내주었소. 그대는 겁 많은 오라비를 용서해줄 수
있을 것이오. 이곳에는 안드로스를 지켜줄 아이네아스도,   665
그대들이 그에 힘입어 십 년을 버텼던 헥토르도 없었으니까요.
벌써 사로잡힌 그애들의 팔에 사슬을 채울 채비를 하고 있을 때,
그애들은 아직도 자유로운 팔을 하늘을 향해 뻗으며
'아버지 박쿠스여, 도와주소서!' 하고 말했소. 그러자 그애들에게
선물을 주신 분이 도움을 주셨소. 불가사의한 방법으로 본성을   670
잃는 것을 도움이라고 할 수 있다면 말이오. 그애들이 어떻게
본성을 잃었는지 나는 알 수 없고 지금도 말할 수 없으니까요.
하지만 내 불행의 결과는 잘 알려져 있소. 그애들은 깃털이 나더니
그대의 아내[104]의 새들인 눈처럼 흰 비둘기로 변한 것이오."

103 올리브기름.
104 베누스.

연회가 진행되는 동안 그들은 이런 이야기와 그 밖의 다른   675
이야기를 하느라 시간 가는 줄도 모르다가 잔치가 파하자 잠을 자러 갔다.
그리고 날이 밝는 대로 일어나 그들이 포이부스의 신탁소를
찾아가자, 신은 그들에게 옛 어머니[105]와, 선조의 해안[106]을 찾으라고
명령했다. 그들이 출발하자 왕은 그들을 바래다주며 작별 선물을
주었는데, 앙키세스에게는 왕홀을, 그의 손자에게는 외투와   680
화살통을, 아이네아스에게는 포도주 희석용 동이를 주었다. 그 동이는
이스메노스[107]의 테르세스가 전에 친구로서 아오니아의 해안에서
왕에게 선물한 것이었다. 테르세스가 보내긴 했으나 그것은 휠레[108] 출신
알콘이 제작한 것으로, 그 위에는 긴 이야기가 조각되어 있었다.
도시가 하나 있었는데, 그대는 일곱 성문을 가리킬 수 있었으리라.   685
그 성문이 이름을 대신하고 있어,[109] 그곳이 어딘지 말해주고 있었다.
도시 앞에서는 장례식이 거행되고 있었는데, 무덤과,
화장용 장작더미의 불과, 머리를 풀고 가슴을 드러낸 여인들이
슬픔을 말해주고 있었다. 요정들도 눈물을 흘리며 자신들의 샘이
말랐다고 비통해하는 것이 보였다. 나무는 잎도 없이 발가벗고   690
서 있고, 염소 떼는 말라버린 바위를 갉아먹고 있었다. 보라,
알콘은 테바이의 한복판에 오리온의 딸들[110]을 만들어 넣었는데,

---

105 『아이네이스』 3권 94행 이하 참조. 아폴로가 아이네아스에게 한 이 말은 사실은 이탈리아의 라티움 지방을 의미하는데도 앙키세스는 크레테로 오해한다.
106 일설에 따르면 트로이야를 건국한 다르다누스는 이탈리아를 떠나 트로이야로 건너갔다고 한다(『아이네이스』 7권 205행 이하 참조).
107 2권 244행 참조.
108 보이오티아 지방의 소도시.
109 테바이 성은 일곱 성문을 갖고 있었다.

한 명은 여자답지 않게 자신의 드러난 목을 찌르고 있었고,

한 명은 용감한 가슴에 무기를 밀어넣고 있었다.

그리하여 그들이 백성을 위해 쓰러져 죽자, 화려한 장례 행렬이   695

따르는 가운데 도시를 지나 운구되어 번화가에서 화장되고 있었다.

그러자 그들의 집안이 없어지지 않도록 그들의 처녀의 재에서

두 젊은이가 나왔는데,[111] 전하는 이야기에 따르면, 그들은 이름이

코로나이라고 한다. 이들이 어머니의 유골을 모시는 행렬을 선도하고

있었다. 오래된 청동에서는 이런 형상들이 번쩍이고 있었다.   700

포도주 희석용 동이의 위쪽 가장자리에는 아칸서스가 황금으로

거칠게 조각되어 있었다. 트로이야인들은 답례로 그에 못지않은

선물을 주었으니, 사제에게 향을 담아두는 상자와 제물을

올려두는 접시와 황금과 보석이 반짝이는 관을 주었던 것이다.

　　그곳으로부터 그들은 테우케르 백성이 테우케르의 피에서   705

비롯되었음을 기억하고는 크레테를 향해 항해했다. 하지만 그들은

그곳의 기후를 오래 견딜 수가 없어 그곳의 일백 도시를 뒤로하고

아우소니아[112]의 항구들에 도착하기를 열망했다. 그러나 폭풍이 미쳐

날뛰며 전사들을 이리저리 흔들어댔다. 스트로파데스[113]의 음흉한

항구들에 닿았을 때 날개 달린 아엘로[114]가 그들을 놀라게 했다.   710

110 오리온의 두 딸 메니욥페와 메니케는 나라를 역병에서 건지기 위해 신탁에 따라 자진하여
자신들을 제물로 바쳤다고 한다.
111 일설에 따르면 오리온의 두 딸은 별자리가 되어 코로니데스라는 이름으로 경배받았다고
한다.
112 5권 350행 참조.
113 펠로폰네수스 반도 서쪽 이오니아 해의 남동부에 있는 섬들. 그곳에서 아이네아스 일행은
반인반조(半人半鳥)의 괴물인 하르퓌이아들을 만난다.

그들은 어느새 둘리키움의 항구들과 이타카와 사모스[115]와,

기만적인 울릭세스의 왕국인, 네리토스[116]의 집들 옆을 지나

항해했다. 그들은 신들이 영유권을 다투던 암브라키아[117]와,

변신하기 전의 재판관 모습을 하고 있는 바위를 보았다.[118]

암브라키아는 지금은 악티움의 아폴로[119]로 유명해졌다.   715

그 밖에 그들은 말하는 참나무가 있는 도도나[120] 땅과,

카오니아[121] 만을 보았는데, 그곳은 몰롯시족[122]의 왕[123]의 아들들이

새로 돋아난 날개를 타고 불경한 자들이 놓은 불에서 도망쳤던 곳이다.[124]

---

114 아이네아스 일행에게 굶주린 나머지 자신들의 식탁까지 먹게 될 것이라고 끔찍한 예언을
한 것은 베르길리우스에 따르면 아엘로(Aello, 헤시오도스, 『신들의 계보』 267행 참조)가 아니
라 켈라이노(Celaeno)라는 하르퓌이아였다(『아이네이스』 3권 209~269행 참조).

115 울릭세스가 다스리던 섬으로, 이타카 근처에 있다.

116 이타카 섬의 산. 여기서 '네리토스의'는 '이타카의'라는 뜻이다.

117 Ambracia(그/Amprakia). 그리스 북서부 에피로스 지방의 도시.

118 아폴로와 디아나와 헤르쿨레스가 암브라키아 시의 영유권을 두고 다툰 적이 있었는데, 이때
재판관으로 임명된 현명하고 공정하기로 소문난 목자 크라갈레우스(Cragaleus 그/Kragaleus)가
헤르쿨레스에게 유리하게 판정하자 판결을 내린 그 자리에서 아폴로가 그를 바위로 변하게 했
다고 한다.

119 악티움은 암브라키아 만 남쪽 입구에 있는 곳으로 그곳에 아폴로의 오래된 신전이 있었다.
아우구스투스는 기원전 31년 악티움 해전에서 안토니우스와 클레오파트라의 연합 함대를 이
긴 것을 기념하여 그 맞은편 곳에다 니코폴리스(Nicopolis '승리의 도시')란 소도시를 건설하고
아폴로 신전을 증축한 다음 4년마다 경기를 개최하도록 했다고 한다.

120 7권 623행 참조.

121 에피로스 지방의 해안 지대.

122 1권 226행 참조.

123 무니쿠스(Munichus 그/Mounichos).

124 몰롯시족의 왕 무니쿠스는 탁월하고 정의로운 예언자로 아내와 아들 셋과 딸 하나와 살고
있었는데, 어느 날 도둑 떼가 그의 집에 불을 지르자 윱피테르가 그런 경건한 가족이 죽어 없어
지는 것을 원치 않아 그들을 모두 새로 변신시켜 죽음을 모면하게 했다고 한다.

그다음 그들은 풍요한 과수원이 많은, 파이아케스족[125]의 들판을 향했다. 다음으로 그들은 에피로스와, 프뤼기아의 예언자[126]가 다스리고 있던 부트로토스[127]를 향했는데,[128] 그곳은 트로이야를 본떠 만든 도시였다. 그곳에서 그들은 자신들의 모든 미래를 확실히 알고 ─ 프리아무스의 아들 헬레누스가 성실하게 예언해주었던 것이다 ─ 시카니아[129]로 갔다. 이 나라에는 세 개의 곶이 바닷물 속으로 달리고 있는데,[130] 그중 파퀴노스[131]는 비를 가져다주는 남풍을 향하고 있고, 릴뤼바이움[132]은 부드러운 서풍을 마주하고 있고, 펠로로스[133]는 바닷물에 잠기지 않는 큰곰자리와 북풍을 바라보고 있다. 이곳으로 테우케르 백성들은 왔고, 노와 유리한 조수에 힘입어 함대는 해 질 무렵 장클레[134]의 모래 해안에 도착했다. 스퀼라[135]는 오른쪽 해안을,

720

725

125 Phaeaces(그 / Phaiakes). 스케리아(Scheria)에 산다는 전설적인 부족. 울릭세스가 그들을 방문한 이야기는 『오뒷세이아』 7권에 자세히 나온다. 스케리아는 고대에는 이오니아 해의 코르퀴라(Corcyra 그 / Korkyra 또는 Kerkyra 지금의 Corfu) 섬으로 여겨졌다.
126 프리아무스의 아들 헬레누스. 13권 99행 참조.
127 에피로스 지방의 도시.
128 오비디우스는 여기서 베르길리우스의 『아이네이스』 3권 294~547행을 간단히 요약하고 있다.
129 5권 464행 참조.
130 그래서 시킬리아는 트리나크리스 또는 트리나크리아('세 모서리의 섬'. 5권 347행·476행 참조)라고도 불린다.
131 5권 351행 참조.
132 5권 351행 참조.
133 5권 350행 참조.
134 시킬리아 북동부에 있는 도시 멧사나(Messana 지금의 Messina)의 옛 이름.
135 7권 65행 참조.

쉬지 않는 카립디스[136]는 왼쪽 해안을 불안하게 했다.   730
후자는 함선들을 붙잡아 삼켰다가 도로 토해내고,
전자는 시커먼 허리에 사나운 개 떼를 두르고 있다.
스퀼라는 처녀의 얼굴을 갖고 있으며, 시인들이 전한 말이 모두
거짓말이 아니라면, 그녀는 한때는 소녀였다. 수많은 구혼자가
스퀼라를 찾았으나, 그녀는 그들에게 퇴짜를 놓고는   735
바다의 요정들을 찾아가— 그녀는 바다의 요정들에게도 더없이
사랑받았던 것이다— 젊은이들의 사랑을 어떻게 농락했는지
이야기해주곤 했다. 한번은 갈라테이아가 스퀼라에게 자기 머리를
빗기게 하고는 잇달아 한숨을 쉬며 이런 말을 건넸다.
    "소녀여, 그대의 구혼자들은 역시 인간이고 불친절하지는 않아요.   740
그래서 그대는 지금처럼 벌받지 않고 퇴짜를 놓을 수 있는 거예요.
한데 나는 아버지가 네레우스이시고 어머니가 검푸른 도리스이시며,
수많은 자매의 보호를 받고 있기는 하지만 퀴클롭스[137]의 사랑을
고통 없이는 피할 수 없었어요." 그녀는 눈물에 목이 메어
말을 잇지 못했다. 그러자 소녀가 대리석처럼 흰 손가락으로   745
눈물을 닦아주고 여신을 위로해주며 말했다.
"가장 소중한 이여, 그대가 슬퍼하는 까닭을 숨기지 말고
내게 이야기해주세요. 나를 믿어도 좋으니까요." 그러자 네레우스의
딸이 크라타이이스[138]의 딸에게 이런 말로 대답했다.

---

136 7권 63행 참조.
137 1권 259행 참조.
138 스퀼라의 어머니.

아키스와 갈라테아[139]

"아키스는 파우누스[140]와, 쉬마이투스[141]의 딸인 요정의 아들로,   750
자기 아버지와 어머니에게 큰 낙(樂)이었지만, 나에게는
더 큰 낙이었어요. 그는 나를, 나만을 사랑했으니까요.
그는 미남이었고, 이팔 십육, 열여섯 살이 되자
부드러운 턱에 보일 듯 말 듯 솜털이 나기 시작했지요.
나는 그를 사랑했지만 퀴클롭스가 끊임없이 나에게 구혼했어요.   755
내 마음속에서 퀴클롭스에 대한 미움과 아키스에 대한 사랑 가운데
어느 쪽이 더 강했는지 그대가 묻는다면, 나는 말할 수 없어요.
둘 다 어슷비슷했으니까요. 아아, 자애로우신 베누스여,
그대의 권세는 얼마나 강한 것입니까? 그 앞에서는 숲도
무서워 떨고, 나그네가 벌받지 않고는 쳐다보지 못했으며,   760
위대한 올륌푸스와 그 신들조차 경멸하던[142] 그 야만적인 자도
사랑이 무엇인지 느끼기 시작하자 강렬한 정념에 사로잡혀
활활 달아오르며 제 양떼와 동굴들[143]을 잊어버렸으니까요.
폴뤼페무스여, 이제 그대는 외모와 남의 호감을 사는 일에
관심을 가졌고, 이제 그대는 갈퀴로 센 머리털을 빗었으며,   765

---

139 퀴클롭스족 폴뤼페무스(Polyphemus 그 / Polyphemos)가 요정 갈라테아(Galatea 그 / Galateia)를 사랑한 이야기는 기원전 3세기 초반의 그리스 서정시인 테오크리투스(Theocritus 그 / Theokritos)의 『전원시』(Eidyllia) 6번과 9번의 주제이지만 갈라테아와 아키스의 사랑 이야기는 여기서 처음 발견된다.
140 1권 193행 참조.
141 시킬리아 섬의 강 및 하신.
142 『오뒷세이아』 9권 275~276행 참조.
143 폴뤼페무스는 호메로스의 작품에서는 하나의 동굴에 살고 있다.

낮으로 뻣뻣한 수염을 베고, 물에 비친 사나운 제 얼굴을
유심히 살펴보며 얼굴 표정을 지어보이는 일이 즐거웠어요.
살육을 원하는 욕구와 야만성과 피를 구하는 한없는
갈증이 사라지고, 함선들은 무사히 왔다가 무사히 갔어요.
그사이 텔레무스가, 어떤 새[144]도 속이지 못한, 에우뤼무스의 아들   770
텔레무스가 시킬리아의 아이트나 산에 왔다가
무시무시한 폴뤼페무스에게 말했어요. '그대가 이마
한복판에 달고 다니는 하나뿐인 눈은 울릭세스가 빼앗아갈 것이오.'
하지만 그자는 웃으며 말했어요. '오오! 가장 멍청한 예언자여,
그대가 틀렸소. 다른 여자가 이미 그것[145]을 빼앗아갔으니 말이오.'
헛되이 진실을 알려주려고 하는 사람을 이렇게   775
조롱하더니 그자는 거대한 발걸음으로 해안을 무겁게
내리누르거나 지쳐서 그늘진 동굴로 돌아오곤 했어요.
　긴 등성이가 쐐기 모양 바다 쪽으로 툭 튀어나온 언덕이 하나
있었는데, 그것의 양옆구리는 바닷물에 씻기고 있었지요.
사나운 퀴클롭스는 이곳에 올라 그 한복판에 앉았고,   780
그자의 털북숭이 양떼는 돌보는 이도 없는데 그자의 뒤를
따랐지요. 퀴클롭스는 배의 돛대로 쓸 만했지만
지팡이로 쓰이던 소나무를 발 앞에 내려놓더니
일백 개의 갈대로 엮은 갈대 피리를 손에 들었어요.
모든 산이 그자의 목가적인 피리 소리를 들었고,   785
파도도 들었어요. 나는 바위 뒤에 숨어 나의 아키스의 품에

144 여기서 '새'란 '전조'라는 뜻이다.
145 우리말로는 '눈'보다는 '마음'을 빼앗아갔다는 표현이 더 적절할 것이다.

안겨 쉬며 멀리서 다음과 같은 그자의 노랫소리를
귀로 듣고는 그것을 마음속에 새겨놓았지요.

　'백설 같은 쥐똥나무의 잎보다 더 희고, 풀밭보다
더 꽃이 만발하고, 오리나무보다 더 훤칠하고,　　　　　　　790
수정보다 더 찬란하고, 부드러운 새끼 염소보다 더 제멋대로이고,
바닷물에 끊임없이 닦인 조가비보다 더 부드럽고,
겨울철의 햇빛이나 여름철의 그늘보다 더 반갑고,
사과보다 더 고귀하고, 키 큰 플라타너스보다 더 훤하고,
얼음보다 더 투명하고, 잘 익은 포도송이보다 더 달콤하고,　　　795
백조의 깃털과 치즈보다 더 부드러운 갈라테아여,
내게서 도망치지 않는다면 그대는 물 댄 정원보다 더 아름다우련만!
갈라테아여, 또한 그대는 길들이지 않은 송아지보다 더 팔딱거리고,
오래된 참나무보다 더 단단하고, 파도보다 더 잘 속이고,
버들가지나 희끄무레한 열매가 열리는 포도 덩굴보다 더 질기고,　800
여기 이 바위보다도 더 요지부동이고, 급류보다 더 사납고,
칭찬받는 공작보다 더 거만하고, 불보다 더 잔인하고,
가시보다 더 날카롭고, 새끼 낳은 암곰보다 더 거칠고,
바닷물보다 더 귀가 멀고, 발에 밟힌 뱀보다 더 무자비하오.
무엇보다도 내가 그대에게서 가장 빼앗고 싶은 것은,　　　　　805
그대는 도망칠 때 시끄럽게 짖어대는 개 떼에게 쫓기는 사슴뿐
아니라, 바람이나 날개 달린 미풍보다 더 날래다는 점이오.
(하지만 나를 알게 되면 도망친 것을 후회할 것이고,
꾸물댄 것을 자책할 것이고, 나를 붙잡으려고 애쓸 것이오.)
내게는 산기슭이 있고 자연 그대로의 바위 안에 깊은 동굴이　　810
있어, 그 안에서는 한여름에도 태양을 느낄 수 없고, 겨울도

제13권　**583**

느낄 수 없소. 내게는 가지를 내리누르는 사과가 있고,

기다란 덩굴에 황금과도 같은 포도송이가 있고,

자줏빛 포도송이도 있소. 나는 이것들과 저것들을 그대를 위해

간직하고 있소. 그대는 그대의 손으로 손수 숲 그늘에서 자라는   815

감미로운 딸기와, 가을철의 버찌와, 즙이 많이 나는 검푸른

종류뿐 아니라 새 밀랍같이 노르스름한 정선된 종류의 자두를

따 모을 것이오. 그대는 밤도 많이 가질 것이고, 산딸기나무의

열매도 많이 가질 것이오. 내가 그대의 남편이 된다면 말이오.

모든 나무가 그대를 섬길 것이오. 이 양떼도 모두 내 것이오.   820

이 밖에도 많은 양떼가 골짜기를 돌아다니고 있고,

많은 양떼가 숲으로 가려져 있으며, 많은 양떼가 동굴의

우리 안에 있소. 그대가 혹시 그것들이 얼마나 많으냐고 묻는다면

나는 대답할 수가 없소. 양떼를 세는 것은 가난한 사람들이나

하는 일이오. 그대는 그것들에 대한 내 칭찬의 말을

믿으려 할 필요가 없소. 그대는 그것들이 젖이 불어   825

간신히 걸어 지나가는 것을 육안으로 직접 볼 수 있으니까요.

그보다 더 어린 가축도 있어, 따뜻한 우리 안에는 새끼 양들이

들어 있고, 또 다른 우리에는 같은 또래의 새끼 염소들이 들어 있소.

내게는 눈처럼 흰 젖이 늘 풍족하오. 그중 일부는 마실 용도로

보관되고, 일부는 응유효소(凝乳酵素)가 치즈로 굳혀주지요.   830

그대는 구하기 쉽지 않은 애완동물과 널리 보급된

선물도 가질 것이오. 사슴과 산토끼와 숫양이나,

한 쌍의 비둘기나, 나무 우듬지에서 내린 새의 둥지 말이오.

산꼭대기에서 나는 그대와 놀아줄 수 있는, 털북숭이 어미 곰의

새끼 두 마리를 발견했는데, 녀석들은 너무 닮아 그대는   835

구별하기가 쉽지 않을 것이오. 나는 녀석들을 발견하고는

〈녀석들을 내 안주인을 위해 간수해야지!〉라고 말했지요.

갈라테아여! 자, 이제는 검푸른 바다에서 그대의 빛나는 머리를

드시오! 자, 이제는 내 선물을 무시하지 말고 이리로 오시오!

나는 나 자신을 확실히 알고 있소. 얼마 전에 맑은 물에 비친   840

내 모습을 보았으니까요. 내 모습을 보고 있었을 때

나는 그 모습이 마음에 들었소. 그대는 내가 얼마나 큰지 보시구려!

하늘에 있는 윱피테르도 이보다 몸이 크지는 않소.

그대들은 윱피테르인가 뭔가 하는 자가 그곳에서

다스리고 있다고 늘 말하곤 하기에 하는 말이오.

숱이 많은 머리털이 내 준엄한 얼굴 위로 돌출하여 숲처럼   845

내 양어깨에 그늘을 지워주고 있소. 그대는 내 몸에 뻣뻣한 센털이

빽빽이 나 있는 것을 추하다고 여기지 마시오. 나무는 잎이 없으면

추하며, 말도 황갈색 목을 덮어줄 갈기가 없으면 추한 법이오.

깃털이 새를 덮고 있고, 양에게는 자신의 털이 치장이 되고 있소.

그래서 수염과 몸에 난 텁수룩한 털은 남자에게 잘 어울리는   850

법이라오. 나는 이마 한복판에 눈이 하나밖에 없으나,

그것은 거대한 방패만큼이나 크오. 그게 어쨌다는 거요?

위대한 태양신은 하늘에서 여기 이 지상의 만물을 보지 않소?

하지만 태양신의 눈은 하나뿐이오. 게다가 내 아버지[146]는

그대들의 바다를 지배하시오. 그분을 나는 그대의 시아버지로

만들어주려는 것이오. 그대는 부디 나를 불쌍히 여기고   855

이 탄원자의 기도를 들어주시오! 나는 오직 그대에게만

---

146 폴뤼페무스는 해신 넵투누스의 아들이다.

굴복하는 것이오. 나는 읍피테르와, 하늘과, 모든 것을 꿰뚫는
벼락도 경멸하지만 그대는 두렵소, 네레우스의 따님이여!
그대의 노여움은 벼락보다 더 잔혹하니까요. 그대가 모두에게
퇴짜를 놓는다면 나는 그대의 이러한 멸시를 더 잘 견딜 수 있겠지요.
한데 그대는 왜 퀴클롭스는 거절하면서 아키스는 사랑하며,   860
내 포옹보다도 아키스를 더 선호하시오? 그자는
자기 자신에게, 그리고 나로서는 원치 않는 일이지만,
갈라테아여, 그대에게도 마음에 들 테면 들라지.
내게 기회가 주어진다면 그자는 내가 덩치가 큰 만큼
힘도 세다는 것을 느낄 것이오. 나는 산 채로 그자의 내장을 꺼내고,
그자의 사지를 찢어 들판과 그대의 파도 위에 흩어버릴 것이오.   865
그렇게 그자는 그대와 살을 섞기를! 나는 불타고 있고,
그대의 거절로 내 정염은 더 맹렬히 타오르고 있소. 나는 마치
아이트나 산과 그것의 모든 힘[147]을 내 가슴속에 지니고 다니는 느낌이오.
한데도 갈라테아여, 그대는 거들떠보지도 않는구려!'
　　이런 불평을 보람 없이 늘어놓더니 (나는 그 모든 것을
보고 있었으니까요.) 그자는 일어섰는데, 그 모습이   870
마치 암소를 빼앗기자 발광하여 가만히 서 있지 못하고
숲과 낯익은 골짜기를 헤매는 황소와도 같았어요. 그 사나운 자는
아무 영문도 모르고 그런 운명을 당하리라고는 꿈에도 생각지 않던 나와
아키스를 발견하고는 '내 너희를 찾아냈구나! 너희의 사랑의 결합도
이번이 마지막이 되게 해주겠다.'라고 소리쳤어요.   875
그자의 목소리는 성난 퀴클롭스의 목소리답게 우렁우렁했어요.

147 화산의 화염과 용암을 말한다.

아이트나 산도 그 요란한 소리에 두려워 떨었으니까요.

나는 혼비백산하여 가까이 있는 바닷물 속에 뛰어들었어요.

나의 쉬마이투스의 영웅[148]은 등을 돌려 도망치며 소리쳤어요.

'날 좀 도와줘요, 갈라테아, 부탁이에요. 부모님, 도와주세요.   880

죽게 되어 있는 나를 당신들의 왕국[149]으로 데려다주세요!'

퀴클롭스는 뒤쫓아가며 산의 일부를 뜯어내어 던졌어요.

바위의 한쪽 모서리가 아키스에게 닿았을 뿐인데도

그를 완전히 깔아뭉개버렸어요. 그러자 나는

― 그것만은 할 수 있도록 운명이 허락하여 ―   885

아키스가 조상의 힘을 가지게 해주었지요.

바윗덩이 밑에서 진홍색 피가 듣더니 잠깐 사이에

붉은색이 사라지기 시작하며 처음에는 비에 불어난

강물의 색깔로 변하다가 잠깐 사이에 맑아졌어요.

이어서 던져진 바윗덩이가 갈라지며 그 갈라진 틈 사이로   890

싱싱하고 키 큰 갈대가 한 포기 돋아나더니 바위의 속 빈

입에서 물이 솟아오르는 소리가 들리는 것이었어요.

그러더니 기적이 일어났어요. 갑자기 한 젊은이가 새로 돋아난

뿔들에 갈대 관을 쓰고는 허리까지 물에서 떠오르는 것이었어요.

그는 더 크고 얼굴 전체가 검푸르다는 것 말고는 아키스였어요.   895

그렇다 하더라도 그는 하신으로 변한 아키스였어요.

그리고 그의 강물은 옛 이름을 그대로 간직하고 있어요."[150]

148 아키스.
149 강. 아키스의 어머니는 하신 쉬마이투스의 딸이다.
150 아키스(Acis 그 / Akis)는 아이트나 산 기슭에서 발원하여 시킬리아의 동해안으로 흘러드는
강으로 그 물이 차기로 유명하다고 한다.

스퀼라를 사랑한 글라우쿠스

갈라테아가 이야기를 끝내자 네레우스의 딸들의 무리는
뿔뿔이 흩어져 잔잔한 바다 위를 헤엄쳐 떠나갔다.
스퀼라는 난바다에 자신을 맡길 용기가 나지 않아   900
걸어서 돌아갔다. 그녀는 옷도 입지 않고 목마른 모래 위를
거닐기도 하고, 지치면 외딴 만(灣)을 찾아내어 거기
안전한 물속에서 사지에 생기를 돋워주기도 했다.
보라, 글라우쿠스가 깊은 바다의 새 거주자로서 바닷물을 가르며
나타났으니, 그는 얼마 전에야 에우보이아의 안테돈[151]에서   905
변신한 것이다. 그는 소녀를 보자 애욕의 포로가 되어
멈춰 서서는, 도망치는 소녀를 멈추게 할 수 있다고 생각되는
말이면 무엇이든 말했다. 하지만 소녀는 도망쳤고, 두려움에
걸음이 더욱 빨라져 해변 가까이 있는 산꼭대기로 올라갔다.
그것은 바닷물과 마주보는 큰 산으로 하나의 봉우리로 솟아 있었고,   910
그것의 숲이 우거진 정상부는 바닷물 위로 멀리 뻗어 있었다.
스퀼라는 거기 안전한 곳에 멈춰 서서 그가 괴물인지 신인지
알지 못한 채 그의 피부색과, 양어깨와 등을
덮고 있는 머리털과, 구부정한 물고기 꼬리로 끝나는
그의 하반신을 보고는 놀라움을 금치 못했다. 글라우쿠스는   915
그것을 느끼고는 바로 옆에 있는 바위에 기댄 채 말했다.
"소녀여, 나는 괴물이나 야수가 아니오. 나는 바다의 신이오.

---

151 7권 232행 참조.

바닷물에서는 프로테우스[152]도 트리톤[153]도 아타마스의 아들

팔라이몬[154]도 나보다 권세가 더 크지 않소.

그러나 나는 전에는 인간이었소. 나는 깊은 바다와   920

인연이 있던 터라 그때도 바다에서 하는 일에 종사했소.

나는 때로는 물고기를 잡는 그물을 당기기도 하고,

때로는 바위에 앉아 낚싯대로 낚싯줄을 조절하기도 했으니까요.

초록빛 풀밭과 맞닿은 해안이 있는데, 한쪽은 파도에,

다른 한쪽은 풀에 둘러싸인 그 풀밭에서는 뿔난 암소들도   925

풀을 뜯어 해코지한 적이 없고, 평화스러운 양떼나

털북숭이 암염소 떼도 거기서 풀을 뜯은 적이 없소.

그곳에서는 부지런한 벌도 꽃에서 모은 것을

가져간 적이 없고,[155] 그곳에서는 머리에 쓸 축제의 화관이

엮어진 적도, 낫을 든 손이 풀을 벤 적도 없었소.   930

내가 처음으로 그 잔디밭에 앉아 물에 젖은 그물을 말렸고,

기회가 내 그물로 몰아주거나 아무 의심 없이

구부정한 낚싯바늘에 걸려든 물고기들을 세어볼 양으로

잔디밭에 나란히 널어놓았소. 지어낸 이야기처럼 들리겠지만,

이야기를 지어내 내가 무슨 덕을 보겠소?   935

내가 잡은 물고기들은 풀에 닿자 꼼지락거리기 시작하더니

몸을 뒤척이며 뭍에서도 마치 물에서처럼 이리저리 움직였소.

152 2권 9행 참조.
153 1권 333행 참조.
154 4권 542행 참조.
155 이 행에서는 앤더슨(W. S. Anderson)의 텍스트에 따라 collecto semine로 읽는 대신 태런트 (R. J. Tarrant)의 텍스트에 따라 colletos sedula라고 읽었다.

내가 놀라 머뭇거리는 사이에 물고기들은 모두

새 주인과 해안을 버리고 자신들의 고향인 물속으로 도망쳤소.

나는 어리둥절해하며 한동안 그 까닭을 알아보려고 생각에 잠겼소.　　　　940

'어떤 신이 그런 걸까, 아니면 그것은 풀의 액즙 탓일까?

어떤 풀이 그런 효능을 가지고 있는 걸까?'라고 말하고

나는 손으로 풀을 뜯어서 뜯은 것을 이빨로 씹었소.

알 수 없는 액즙을 목구멍으로 삼키자마자

갑자기 안에서 가슴이 떨리며 마음이　　　　945

다른 세계에 대한 그리움에 사로잡히는 것을 느꼈소.

나는 오래 버티지 못하고 '다시는 찾지 못할 대지여,

안녕!'이라고 말하고 바닷물에 몸을 담갔소.

그러자 바다의 신들이 자신들 축에 낄 자격이 있다고 여기고

나를 받아주었고, 내가 지니고 온 인간 세상의 요소를 모두　　　　950

제거해달라고 오케아누스와 테튀스[156]에게 요청했소.

나는 그분들에 의해 정화되었는데, 그분들은 아홉 번이나

주문을 되풀이하며 내 죄를 정화해주더니 일백의 강물에

가슴을 담그라고 내게 명령했소. 지체 없이 사방에서

강물이 흘러오더니[157] 내 머리 위에 그 물을 모두 쏟았소.　　　　955

여기까지 나는 생각나는 대로 그대에게 이야기할 수 있고,

여기까지 나는 기억할 수 있소. 그 이상은 기억하지 못했소.

의식이 돌아온 뒤 나는 이미 온몸이 이전의 내가 아니었고,

마음 또한 전과 같지 않았소.

156　2권 69행 참조.

157　일백의 강을 일일이 찾을 필요가 없었던 것이다.

그때 처음으로 나는 이 암녹색 수염과, 긴 파도 사이를   960
쓸고 다니는 이 머리털과, 거대한 어깨와, 검푸른 팔과,
구부정해지며 끝이 물고기 지느러미가 되어버린 이 다리들을
보았소. 하지만 이런 모습이, 내가 바다의 신들의 마음에
들었다는 것이, 내가 신이라는 것이 내게 무슨 도움이
된단 말이오? 그것들이 그대를 움직이지 않는다면 말이오."   965
이렇게 그는 말했다. 그가 더 말하려 했지만 그때 스퀼라는
신에게서 도망쳤다. 그러자 그는 퇴짜 맞은 것에 미치도록
화가 나 티탄158의 딸 키르케의 마법의 궁전을 찾아갔다.

158 태양신.

XIV

벨라스케스, 〈마르스〉

마녀 키르케와 스퀼라

　그리고 어느새 부풀어오른 바닷물에 사는, 에우보이아 출신
거주자[1]는 기가스[2]의 목구멍 위에 쌓여 올려진 아이트나 산과,
써레와 쟁기가 무엇인지 알지 못하고 한 멍에 밑에 맨 한 쌍의 황소에게
아무런 신세도 지지 않은, 퀴클롭스족의 들판을 뒤로했다.
그는 또 장클레[3]와, 그 맞은편에 있는 레기온[4]의 성벽과,　　　　　　5
배를 난파시키는 해협을 뒤로했는데, 두 해안 사이에 갇힌
이 해협이 아우소니아[5] 땅과 시킬리아 땅의 경계이다.
그곳으로부터 글라우쿠스는 강력한 팔로 튀르레니아 해[6]를
헤엄쳐 건너 태양신의 딸 키르케의 약초가 많은 언덕과
온갖 야수가 득실대는 그녀의 궁전[7]에 도착했다.　　　　　　　　10
글라우쿠스는 키르케를 만나 인사를 주고받은 다음 말했다.
"여신이여, 제발 신을 불쌍히 여기시오! 그대만이 내 이 상사병을
고칠 수 있기 때문이오. 내가 그럴 자격이 있어 보인다면 말이오.
티탄의 따님이여, 약초가 어떤 효능을 지녔는지는 어느 누구도
나만큼 더 잘 알지 못하오. 나는 약초에 의해 변신했으니까요.　　　15

1　글라우쿠스.
2　튀포에우스. 3권 303행 및 5권 321행 이하 참조.
3　13권 729행 참조.
4　이탈리아 반도 발끝 부분의 시킬리아 해협에 있는 도시.
5　5권 350행 참조.
6　이탈리아의 서남해.
7　아름답기로 유명한 마녀 키르케가 살고 있다는 아이아이아 섬을, 로마인들은 티베리스 강
하구에 있는 로마 외항 오스티아(Ostia)에서 남쪽으로 약 100킬로미터 지점에 있는 키르케이
이 곳 근처에 있는 것으로 생각했다.

그대도 알도록 내 이 상사병의 원인을 이야기하겠소.

나는 멧사나[8]의 성벽 맞은편 이탈리아의 해안에서

스퀼라를 보았소. 내가 한 약속과 간청과 감언이설과 그녀에게

거절당한 내 말을 또다시 이야기하기가 쑥스럽군요.

그대의 주문(呪文)에 어떤 힘이 있다면 그대는 신성한 입으로   20

주문을 외우시거나, 아니면 약초가 더 효험이 있다면

효험 있는 약초의 검증된 힘을 사용해주시오. 내가 바라는 것은

그대가 내 이 상처를 치료하거나 고쳐주는 것이 아니오.

그대는 내 정염을 끝내지 말고 그녀가 그것을 나눠 갖도록 하시오!"

하지만 키르케는 (그 원인이 그녀 자신에게 있든 아니면   25

그녀의 아버지의 고자질[9]에 화가 난 베누스가 그렇게 만들었든 그녀는

어느 누구보다도 그런 정염에 약한 까닭에) 이런 말로 대답했다.

"그대는 그대와 같은 것을 원하고 바라며 같은 애욕에 사로잡힌 여자를

따라다니는 편이 더 나을 거예요. 그대는 구애받을 자격이 있으며,

틀림없이 구애받을 수 있었을 거예요. 내 말 믿으세요.   30

그대는 희망을 주기만 하면 지금도 구애받을 거예요.

그대는 이를 의심하지 말고 그대의 외모에 자신감을 갖도록 하세요.

보세요, 나는 여신이고, 찬란한 태양신의 딸이고, 주문과 약초로

그토록 큰 힘을 발휘할 수 있지만 그대의 것이 되는 게 소원이에요.

경멸하는 여자를 경멸하고, 따르는 여자를 그대도 따르세요!   35

그리하여 하나의 행동으로 두 여자[10]가 마땅한 보답을 받게 하세요!"

---

8   시킬리아 북동부에 있는 도시.

9   4권 171~172행 참조.

10   키르케와 스퀼라.

이런 말로 유혹하는 여신에게 글라우쿠스가 말했다.

"스퀼라가 살아 있는 동안 그녀를 향한 내 사랑이 변하기 전에 먼저
바닷물에서 나뭇잎이 돋아나고 산꼭대기에서 해초가 자랄 것이오."
여신은 분개했다. 그러나 그녀는 신 자신은 해칠 수 없었기에   40
(또 그를 사랑하는 터라 해치고 싶지 않았기에) 자기보다 선호된
소녀에게 분풀이를 했다. 자신의 구애가 거절당한 것에
앙심을 품고 그녀는 지체 없이 무시무시한 즙이 우러나오는
악명 높은 독초들을 한데 빻으며 빻은 것에다 헤카테의 주문을
섞었다. 그러고는 검푸른 옷을 입고, 아양을 떠는   45
야수들 무리 사이를 지나 궁전을 떠나더니
장클레의 암벽들 맞은편에 있는 레기온으로 향했다.
여신은 끓어오르는 파도 위를 마치 단단한
땅 위에서 발걸음을 옮겨놓듯 거닐었고,
바닷물의 수면 위를 마른 발로 내달았다.   50

　활처럼 굽은 조그마한 만이 하나 있었는데, 스퀼라가 휴식을 위해
즐겨 찾던 곳이었다. 태양이 중천에 올라 정상에서
가장 강하게 비추며 그림자를 가장 짧게 만들 때면
스퀼라는 바다와 하늘의 열기를 피해 그곳으로 물러가곤 했다.
이 만을 여신은 소녀가 오기 전에 괴물을 만들어내는 독약으로   55
오염시켰다. 그러고는 그 위에다 해로운 뿌리에서 짜낸
독액을 뿌리더니 알아들을 수 없는 놀라운 말로 된 주문을
마법에 능한 입술로 아홉 번씩 세 차례 읊조렸다.
그러자 스퀼라가 왔다. 그녀는 허리까지 물속에 들어갔을 때
자신의 하반신이 멍멍 짖어대는 괴물들에 의해 일그러져 있는 것을   60
보았다. 처음에는 그것들이 자신의 신체의 일부라는 것이

믿어지지 않아 그녀는 파렴치한 개들의 주둥아리가 무서워
도망치며 쫓아버리려 했다. 하지만 그녀는 자신이 피하는 것들을
함께 끌고 갔고, 자신의 허벅지와 다리와 발을 더듬어 찾다가
그것들 대신 케르베루스처럼 쩍 벌린 개의 주둥아리들을 발견했다.   65
그녀는 미쳐 날뛰는 개 떼 위에 서 있었고, 불구가 된 하반신과
위로 솟은 아랫배로 밑에 있는 개 떼의 등을 통솔하고 있었다.

    그녀를 사랑하는 글라우쿠스는 눈물을 흘렸고, 약초의 효능을
너무 적대적으로 사용한 키르케와의 교합을 피해 달아났다.
스퀼라는 그곳에 그대로 남아 있다가 키르케에게 분풀이할 수 있는   70
기회가 주어지자 울릭세스에게서 전우들을 약탈했다.[11]
그녀는 그 뒤 곧 테우케르 백성의 함선들도 침몰시켰을 것이나,
그러기 전에 그녀는 암초로 변했고 그 뒤에도 선원들은 암초가 된
그녀를 피한다. 그 바윗돌들은 오늘날에도 그곳에 솟아 있다.

운명의 뜻에 따라 떠나는 아이네아스

    트로이야의 함선들이 이 괴물과 탐욕스러운 카륍디스[12] 옆을   75
노를 저어 무사히 통과하여 어느새 아우소니아의 해안에 거의 다
닿았을 때, 바람이 함선들을 리뷔에의 해안으로 도로 몰고 갔다.

11 울릭세스는 메르쿠리우스가 준 몰뤼(moly)라는 약초를 먹고는 키르케의 마술에서 벗어날
수 있었다. 그는 1년 동안 키르케에게 환대와 사랑을 받다 다시 귀향길에 올라 스퀼라와 카디
스 사이를 지나가다가 스퀼라에게 전우들을 잃는다(『오뒷세이아』 12권 245~246행 참조).
12 7권 63행 참조.

그곳에서 시돈[13]의 여인[14]은 아이네아스를 자기 집과 마음속으로

받아들였으나, 그녀는 프뤼기아 출신 남편[15]과의 이별을 잘 견디지

못할 운명을 타고났다. 그녀는 의식을 치른다는 핑계로 장작더미를   80

쌓게 하더니 거기서 칼 위에 쓰러졌다. 그리하여 그녀는 저도 속고

모두를 속였다. 아이네아스는 해변의 모래땅에 세워진 새 도시[16]를

떠나 에뤽스[17]의 거처와 믿음직한 아케스테스[18]에게로 되돌아가

제물을 바치고 아버지의 무덤에 경의를 표했다.[19] 그러고는

유노의 여사자 이리스가 하마터면 불태울 뻔한[20] 함선들의 닻을   85

올려 힙포테스의 아들[21]의 왕국인, 뜨거운 유황 연기가 나는

---

13   2권 840행 참조.

14   포이니케에서 망명하여 카르타고 시를 건설한 디도를 말한다. 디도는 풍랑에 밀려온 아
이네아스와 재혼했으나 아이네아스가 신들의 지시를 받고 그녀의 곁을 떠나자 절망하여 자살
한다.

15   아이네아스.

16   카르타고.

17   베누스의 아들로 아이네아스와 아버지가 다른 형제간이다. '에뤽스의 거처'란 시킬리아 서
북부에 있는 에뤽스 시를 말한다(2권 221행 참조).

18   트로이야 출신의 시킬리아 왕.

19   아이네아스는 시킬리아에서 아버지 앙키세스를 여의고 이탈리아로 향하다 풍랑을 만나 카
르타고를 표류한다. 그는 다시 이탈리아로 가는 길에 시킬리아에 들려 제사를 지내고 죽은 아
버지를 위해 성대한 장례식을 올린다.

20   유노는 트로이야 전쟁이 끝난 뒤에도 아이네아스와 함께하는 트로이야인들을 집요하게 괴
롭히는데, 그들이 이탈리아에 왕국을 세우고는 자신이 보호해주는 도시인 카르타고를 먼 훗날
멸망시킬 것임을 알았던 것이다. 아이네아스 일행이 앙키세스를 위해 장례식 경기를 개최하
고 있을 때 유노는 자신의 여사자인 이리스(1권 271행 참조)를 트로이야의 여인들에게 내려보
내 이제는 7년 동안의 유랑을 끝내기 위해 함선들에 불을 지르라고 선동하게 한다. 이 화재로
함선 네 척을 잃은 아이네아스는 시킬리아에 남기를 원하는 자들과 노약자들을 남겨두고 이탈
리아로 출발한다.

21   '힙포테스의 아들'이란 바람의 신 아이올루스를 말한다(4권 664행 참조).

나라들²²과 아켈로우스의 딸들인 시렌 자매들²³의 바위들²⁴을

뒤로했다. 그 뒤 그의 소나무 배는 키잡이²⁵를 잃어버리고

이나리메²⁶와, 프로퀴테²⁷와, 불모의 언덕 위에 자리잡고 있는

피테쿠사이²⁸ 옆을 따라 항해했는데 이 섬은 그 거주자들에게서   90

이름을 따왔다. 신들의 아버지가 전에 케르코페스족²⁹의

기만과 거짓 맹세와, 이 음흉한 부족이 저지른 범죄를 미워하여

그들을 사람에서 보기 싫은 동물로 바꾸어 그들이 사람과

같지 않으면서도 같아 보이게 만들었던 것이니,

그는 그들의 사지를 짤막하게 만들고, 코를 납작코에   95

들창코로 만들고, 얼굴에다 노년의 주름을 깊숙이 파고,

온몸에 황갈색 털을 입힌 다음 이 거주지에 보냈던 것이다.

그전에 그는 먼저 말과, 사악한 거짓 맹세를 위해

태어난 혀를 쓸 수 있는 능력을 그들에게서 빼앗아버리고

거친 목소리로 불평할 수 있는 능력만 그들에게 남겨놓았다.   100

---

22 시킬리아 북동쪽에 있는 일곱 개의 화산섬인 아이올루스 섬들을 말한다.

23 '시렌 자매들'에 관해서는 5권 552행 이하 참조.

24 '시렌 자매들의 바위들'이란 이탈리아 캄파니아 지방 앞바다에 있는 세 개의 작은 바위섬
을 말한다. 시렌 자매들은 그곳에서 고운 목소리로 지나가는 선원들을 유혹하여 파멸케 했다고
한다.

25 팔리누루스.

26 캄파니아 지방 앞바다의 섬.

27 캄파니아 지방 앞바다의 섬.

28 Pithecusae. 지금의 Ischia와 Procida. 쿠마이 시에서 멀지 않은 섬으로 그 이름은 '원숭이'라
는 뜻의 그리스어 Pithekos에서 유래했다.

29 Cercopes. '꼬리'라는 뜻의 그리스어 kerkos에서 유래한 이름이다.

사랑받았던 여자 시뷜라

아이네아스는 이곳들을 뒤로하고 오른쪽으로는 파르테노페[30]의
성벽 옆을, 왼쪽으로는 나팔수인, 아이올루스의 아들[31]의 무덤과
갈대가 무성한 늪지대 옆을 지나 쿠마이[32]의 해안에
도착한 다음, 오래 사는 시뷜라[33]의 동굴로 들어가서는
아베르나[34]를 지나 아버지의 망령을 만날 수 있게 해달라고   105
간청했다. 시뷜라는 한참 동안 땅바닥에 시선을
고정하고 있다가 마침내 신이 들려 눈을 들며 말했다.
"그대는 큰 것을 요구하시는구려, 그 손은 칼에 의해,
그 경건함은 불에 의해 검증된 위대한 행적의 영웅이여.
하지만 두려워하지 마시오, 트로이야인이여! 그대는 소원을 이루어   110
내 인도 아래 엘뤼시움의 거처와, 우주의 마지막 왕국[35]과,
아버지의 소중한 환영을 볼 것이오.
미덕이 갈 수 없는 길은 없어요." 시뷜라는

---

30 나폴리 시의 옛 이름.
31 미세누스. 그는 아이네아스 일행의 나팔수였는데, 어느 날 함선들이 나폴리 근처 해안에
정박했을 때 스스로 천하 제일가는 나팔수로 자처하며 신들에게 도전하다가 역시 나팔수인 해
신 트리톤이 샘이 나서 바닷물로 끌고 들어가는 바람에 익사한다. 그곳은 그의 이름에서 따와
미세눔 곶이라고 불린다.
32 Cumae(그/ Kyme). 그리스 에우보이아 섬의 칼키스(Chalcis 그/ Chalkis) 시민들이 기원전
8세기에 나폴리 서쪽 해안에 세운, 이탈리아에서 가장 오래된 그리스 식민시이다.
33 쿠마이 시에 있는 아폴로 신전의 여사제.
34 5권 540행 참조.
35 저승.

아베르나의 유노³⁶의 숲에서 황금으로 빛나는 가지를

가리키며 그것을 줄기에서 꺾으라고 명령했다.   115

　　아이네아스는 시키는 대로 하여 무시무시한 오르쿠스³⁷의

부(富)와, 자신의 선조와, 고매한 앙키세스의 연로한 그림자를

보았다. 또한 그는 그곳의 법과, 새로운 전쟁에서

자신이 어떤 위험을 겪어야 하는지도 배웠다.

그곳으로부터 지친 발걸음으로 되돌아오는 동안 그는   120

쿠마이의 안내자와 대화하면서 노고를 덜었다.

그는 어두침침한 어스름을 지나 무시무시한 길을 걸으며 말했다.

"그대가 여신으로서 내 곁에 있든 신들에게 가장 사랑받는

소녀든 간에, 나는 그대를 언제나 신성으로 여길 것이며,

내 모든 것이 그대 덕분이라고 고백할 것이오. 그대의 뜻에 따라   125

나는 죽음의 세계에 다가가 그것을 보고 나서 그 세계에서 무사히

벗어났기 때문이오. 그 대가로 나는 지상의 대기로 돌아가면

그대를 위해 신전을 세우고, 그대의 명예를 위하여 분향할 것이오."

　　그러자 예언녀가 그를 돌아다보더니 한숨을 쉬며 말했다.

"나는 여신이 아니며, 인간의 머리는 그 누구도 분향의 명예를   130

받을 자격이 없어요. 그대가 몰라서 실수하는 일이 없게 하려고

하는 말이지만, 나는 끝이 없는 영원한 생명을 주겠다는 제의를

받았어요. 만약 내 처녀성이 포이부스의 사랑을 받아들인다면 말이에요.

그분은 그것을 바라며 선물로 미리 나를 매수하고 싶어 말했어요.

'쿠마이의 소녀여, 그대가 원하는 것을 고르도록 하라!   135

36　'아베르나의 유노'는 프로세르피나를 말한다.
37　저승 또는 저승의 왕인 플루토의 별칭.

그러면 그대는 원하는 것을 가지리라.' 나는 한줌의
먼지 무더기를 가리키며 어리석게도 그 먼지 알갱이 수만큼
많은 생일을 갖고 싶다고 했어요. 하지만 그 세월이 줄곧
청춘이어야 한다는 요구를 깜빡했어요. 그러나 그분은
그 세월뿐 아니라 영원한 청춘도 주시려고 했어요. 내가 그분의   140
사랑을 감수하기만 한다면 말이에요. 하지만 나는 포이부스의 선물을
무시하고 여태 미혼으로 남아 있어요. 어느새 행복한 시절은 내게
등을 돌리고 병약한 노령이 떨리는 걸음으로 다가오고 있는데,
그것을 나는 오랫동안 참고 견뎌야 해요. 나는 벌써 일곱 세기를
보냈지만, 내 나이가 먼지 알갱이 수와 같아지려면 아직도   145
삼백 번의 수확기와, 삼백 번의 포도 수확을 더 보아야 해요.
긴긴 세월이 이 내 몸을 왜소하게 만들고 노령에 시든
내 사지가 최소의 무게로 오그라들 때가 오겠지요.[38]
그러면 나는 사랑받았던 여자로 보이지도 않을 것이고,
신의 마음에 들었던 여자로도 보이지 않겠지요. 포이부스 자신도   150
아마 나를 몰라보거나 나를 사랑한 적이 없다고 하시겠지요.
나는 그만큼 변해 눈에 보이지도 않겠지만, 운명이 내게 목소리를
남겨놓아 사람들은 그 목소리로 나를 알아보게 될 거예요."

[38] 시뷜라는 만년에 병 안에 든 채 매달려 있었는데, 소년들이 그녀에게 원하는 것이 무엇이
냐고 물으면 그녀는 죽는 것이 소원이라고 말했다고 한다. 페트로니우스(Petronius), 『풍자시』
(*Satyrica*) 48장 8절 참조.

아카이메니데스

경사진 길을 따라 올라오며 시뷜라가 이런 이야기를 하는 동안
그들은 에우보이아의 식민시[39] 근처에서 스뤽스의 거처로부터   155
나왔다. 트로이야의 아이네아스는 그곳에서 관습에 따라 제물을
바치고 나서 아직은 자기 유모의 이름을 갖고 있지 않던 해안[40]으로
향했다. 또한 그곳에는 시련을 많이 겪은 울릭세스의 전우인 네리토스[41]의
마카레우스가 길고도 힘겨운 노고 끝에 정착해 있었다. 마카레우스는
전에 아이트나의 바위들 사이에 버려졌던 아카이메니데스를   160
알아보고는 그가 뜻밖에 아직도 살아 있는 것에 놀라며 말했다.
"어떤 우연이, 어떤 신이 그대를 구해주었소, 아카이메니데스?[42]
어찌하여 그라이키아인이 이방인의 배를 타고 있는 것이오?
그대들의 배는 어느 나라로 향하고 있는 것이오?"
그의 물음에 이미 더이상 누더기를 걸치지도 않고,   165
더이상 가시로 옷깃을 여미지도 않고 자신의 옛 모습을 되찾은
아카이메니데스가 대답했다. "나는 폴뤼페무스와, 사람의 피가
흘러내리는 그자의 쩍 벌어진 아가리를 다시 만나도 좋소.
만약 내가 여기 이 배보다 내 집과 이타카를 더 소중히 여긴다면,
만약 내가 아이네아스를 내 아버지보다 덜 존경한다면 말이오.   170
내 모든 것을 다 바친다 해도 내가 아직도 살아 숨쉬며 하늘과
태양의 별자리들을 보고 있는 이 은혜를 다 갚을 수는 없소.

---

39 쿠마이.
40 라티움 지방의 항구도시 카이예타(Caieta)를 말한다.
41 13권 712행 참조.
42 아카이메니데스가 아이네아스에게 구출되는 이야기는 『아이네이스』 3권 588행 이하 참조.

한데 내가 어찌 배은망덕하게도 그것을 잊을 수 있겠소?

내 이 목숨이 퀴클롭스의 아가리 안으로 들어가지 않은 것은

그분 덕분이오. 나는 지금 당장 생명의 빛을 떠난다 해도   175

무덤에 묻히거나 적어도 그자의 뱃속에 묻히지는 않을 것이오.

내가 뒤에 남아 그대들이 높은 바다로 향하는 것을 보았을 때

두려움이 내 모든 감각과 감정을 앗아가버렸기에 망정이지

내 심정이 어떠했겠소? 나는 소리지르고 싶었지만 적에게

들킬까 두려웠소. 그대들이 타고 있던 배도 울릭세스의 고함소리에   180

부서질 뻔했으니 말이오.[43] 나는 그자가 산기슭에서 거대한

바위를 뜯어내어 바다 한가운데로 던지는 것을 보고 있었소.

나는 그자가 또다시 큰 바윗덩이들을 거대한 팔로

마치 투석기에서 쏘듯 힘차게 던지는 것을 보고는

내가 그 배에 타고 있지 않다는 것도 어느새 잊어버리고   185

너울과 바윗덩이에 배가 가라앉지 않을까 두려웠소.

그대들이 확실한 죽음에서 도망쳐 벗어나자

그자는 신음 소리를 내며 온 아이트나 산을 싸돌아다녔소.

그자는 숲속을 손으로 더듬어 나아가다가, 눈을 잃은 탓에 바위에

부딪히자 피투성이가 된 팔을 바다 쪽으로 내밀며 이런 말로   190

아카비족을 저주했소. '아아, 어떤 기회가 울릭세스나

그자의 전우 가운데 한 명을 내게 돌려준다면 좋으련만!

그러면 그자에게 분통을 터뜨리며 그자의 내장을 씹어 먹고,

---

43 울릭세스 일행이 술에 곯아떨어진 폴뤼페무스를 불에 달군 말뚝으로 눈멀게 한 다음 동굴에서 도망쳐 배를 타고 바다로 나갔으나, 울릭세스가 큰 소리로 폴뤼페무스를 모욕하자 화가 난 폴뤼페무스가 바위를 던져 하마터면 배가 부서질 뻔한 일이 있었다. 『오뒷세이아』 9권 475행 이하 참조.

그자의 살아 있는 사지를 내 이 오른손으로 찢고, 그자의 피를
내 목구멍에 흘러들게 하고, 그자의 망가진 사지들이   195
내 이빨들 사이에서 버둥대게 해주련만! 그렇게만 된다면
눈을 잃은 것은 얼마나 보잘것없고 경미한 손실이 될 것인가!'
그 난폭한 자는 이런 말과 그 밖의 다른 말을 내뱉었소.
아직도 피에 젖은 그자의 얼굴과 무자비한 손과
눈이 없는 눈구멍과 사람의 피가 들러붙은 수염을   200
보자 나는 겁이 나 새파랗게 질렸소. 죽음이 내 눈앞에
어른거렸소. 하지만 죽음의 공포는 약과였소.
그자가 당장이라도 나를 붙잡을 것만 같았고, 당장이라도
내 내장을 제 내장 속으로 삼켜버릴 것만 같았소.
나는 그자가 내 전우 중 두 명을 붙잡아 서너 번   205
땅바닥에다 패대기치더니 그 자신은 털북숭이 사자 모양
그들 위에 올라앉아 그들의 내장과 살코기와 골수가 가득 든
뼈와 살아서 아직도 따뜻한 사지를 탐욕스러운 뱃속으로
삼키는 것을 보았는데, 그 광경을 마음에서 떨쳐버릴 수가 없었소.
나는 전율하기 시작했으며, 겁에 질려 핏기가 가신 채 서서   210
그자가 씹어대고 피투성이가 된 음식물을 뱉어내고 포도주와
범벅이 된 음식 덩어리를 게우는 것을 괴로운 마음으로 보고 있었소.
나도 그런 운명을 당할 것이라고 상상하며 여러 날을
숨어서 지냈소. 무슨 소리만 나도 떨면서, 죽음을 두려워하면서도
죽기를 바라면서 말이오. 도토리와 풀과 나뭇잎으로 나는   215
허기를 달랬소. 나는 외로웠고, 의지가지도 없었고, 희망도 없이
죽음과 고통에 내맡겨져 있었소. 그때 나는 오랜만에 멀리서
여기 이 배를 보고는 손짓으로 구해달라고 간청하며 해안으로

달려가 그들의 마음을 움직였소. 트로이야의 배가

그라이키아인을 받아주었던 것이오. 가장 사랑하는 전우여,   220

그대도 그대 자신과, 그대들의 지도자와, 그대와 함께 자신을

바다에 맡겼던 무리가 어떤 일을 당했는지 이야기해주시구려!"

울릭세스의 모험

　그러자 마카레우스가 어떻게 힙포테스의 아들 아이올루스가

에트루리아 해[44]를 다스리며 바람들을 가두는지 이야기했다.

둘리키움의 지도자는 소가죽 부대에 넣은 이 바람들을   225

기억에 남을 선물로 받은 다음 순풍에 돛을 달고 아흐레 동안

항해하여 그들이 찾던 땅을 눈앞에 보았다는 것이었다.

그러나 열 번째 새벽이 밝아왔을 때 그의 전우들은 시기심과,

전리품을 갖고 싶은 욕망에 사로잡혀 가죽부대 안에 황금이 들어 있는

줄 알고 바람들을 붙들고 있던 노끈을 풀었다는 것이었다.   230

그러자 배가 바람들에 밀려 그들이 방금 지나왔던 바다 위로

되돌아가 다시 아이올루스 왕의 항구로 들어갔다는 것이었다.

"그곳으로부터 우리는" 하고 그는 말했다. "라이스트뤼곤족[45]인

라무스[46]의 오래된 도시로 갔는데 그 나라는 안티파테스가

다스리고 있었소. 두 명의 전우와 함께 나는 그에게 보내졌소.   235

44　튀르레니아 해(14권 8행 참조)를 말한다. 튀르레니아는 로마 북서쪽에 있는 에트루리아의
그리스어 이름이다.

45　식인 거한들.

46　Lamus(그/Lamos). 라이스트뤼곤족의 전설적인 왕.

전우 한 명과 나는 구사일생으로 도망쳐 목숨을 건졌으나,

우리 가운데 세 번째 전우는 자신의 피로 라이스트뤼곤족의

불경한 입을 물들였소. 안티파테스는 도망치는 우리를 추격하며

자신의 무리를 부추겼소. 그들은 떼지어 몰려와 바윗덩이와

나무 밑동을 내던져 우리의 대원과 함선들을 침몰시켰소.   240

하지만 그중 나와 울릭세스 자신을 싣고 있던 배 한 척은

도망칠 수 있었소. 우리는 잃어버린 전우들을 애도하며

비통한 마음으로 저기 저 멀리 보이는(내 말 믿으시오.

나도 저 섬을 멀리서 보았어야 했을 것이오!) 저 나라에 도착했소.

가장 정의로운 트로이야인이여, 여신의 아들이여! (이제 전쟁도   245

끝나 아이네아스여, 그대는 더 이상 적이라고 불려서는 안되기

때문이오.) 경고하노니 그대는 키르케의 해안을 피하시오!

키르케의 섬

우리도 키르케의 해안에 배를 댔을 때 안티파테스와 야만적인

퀴클롭스를 기억하고는 더 멀리 나아가기를 거절했지요.

하지만 제비뽑기를 하자 알지 못하는 지붕 밑을 찾아가도록   250

내가 뽑혔으니, 제비는 나와 폴리테스와 에우륄로쿠스와

술을 너무나 좋아하는 엘페노르와, 그 밖에 이구 십팔,

열여덟 명의 다른 전우를 키르케의 성벽으로 보냈던 것이오.

우리가 그곳에 도착하여 그 집의 문턱 안에 섰을 때

수천 마리의 늑대와 암곰과 암사자가 한데 몰려와 우리를   255

놀라게 했소. 하지만 그것들을 두려워할 필요는 없었소.

그것들은 우리 몸에 조금도 상처를 입히려 하지 않았으니까요.

아니, 그것들은 꼬리를 치는가 하면 우리를 따라다니며

아양을 떨기까지 했소. 마침내 하녀들이 우리를 맞이하더니

대리석으로 덮인 홀을 지나 자신들의 여주인 앞으로   260

안내했소. 그녀는 거기 아름다운 방안에 있는

당당한 옥좌에 앉아 있었는데 번쩍이는 옷 위에

황금으로 수놓은 외투를 걸치고 있었소.

네레우스의 딸들과 요정들도 그녀와 함께했는데,

그들은 민첩한 손가락으로 양모를 빗질하거나 잘 늘어나는 실을   265

잣는 것이 아니라, 무질서하게 쌓여 있는 풀들을 분류하여

꽃과 색깔이 서로 다른 약초를 따로따로 바구니에 담았소.

그녀 자신은 그들이 하는 일을 감독하고 있었는데, 그녀는

잎사귀 하나하나의 효능이 무엇이며, 어떻게 섞어야 가장 좋은지

알고 있었고, 약초의 무게를 달 때 꼼꼼히 살펴보았소.   270

그녀는 우리를 보자 인사말을 주고받은 다음 얼굴 표정이

밝아지기에 우리는 그녀가 소원을 다 들어주는 줄 알았소.

그녀는 지체 없이 하녀들을 시켜 볶은 보릿가루와 꿀과

독한 술과 응고된 우유를 섞어 음료를 만들게 하더니,

그 달콤한 맛 속에 은밀히 숨어 있도록 거기에다 자신의 액즙을   275

짜 넣었소. 우리는 여신이 손수 건네는 잔을 받았소.

목이 말랐던 우리가 타는 입으로 그것을 들이키자마자

무시무시한 여신이 지팡이로 우리의 머리털 끝을 건드렸소.

그러자 (말하기 부끄럽지만, 그래도 말하겠소.) 나는 몸에 센털이

돋아나기 시작하더니 더이상 말을 할 수가 없었소.   280

말 대신 거친 목소리로 꿀꿀거리는 소리를 낼 뿐이었소.

나는 온 얼굴이 땅을 향하기 시작했소. 내 입은 길쭉한

주둥아리로 굳어지고 목이 근육으로 부풀어오르는 것을 느꼈소.

또한 잠시 전에 잔을 들었던 손으로 나는 땅바닥에 발자국을

남겼소. 나는 같은 일을 당한 다른 자들과(약효가 그만큼 강했다오.)   285

우리에 갇혔소. 우리는 에우륄로쿠스만이 돼지의 모습을

하고 있지 않은 것을 보았소. 그만이 권하는 잔을 피했으니까요.

만약 그마저 피하지 않았더라면 나는 지금도 센털이 난 가축의 일부로

남아 있을 것이고, 울릭세스도 그에게서 그토록 큰 재앙에 관해 전해

듣고 우리의 원수를 갚기 위해 키르케를 찾아오지 못했을 것이오.   290

　평화를 가져다주는 퀼레네 출신의 신[47]은 울릭세스에게 하얀 꽃을 한 송이

주었는데, 하늘의 신들이 몰뤼라고 부르는 이 꽃은 검은 뿌리에서

자라나지요. 울릭세스는 이 꽃과 하늘의 신이 주신 조언의 보호를 받으며

키르케의 궁전으로 들어가 그녀가 음흉한 잔을 권하며 지팡이로

자신의 머리털을 쓰다듬으려 하자 옆으로 밀치며 칼을 빼어 들고   295

겁에 질린 그녀를 위협했소. 그리하여 서로 맹약을 맺고

악수를 한 다음 그녀가 울릭세스를 남편으로서 침실로 받아들이자,

그는 결혼 지참금으로서 전우들의 몸을 원상 복구해줄 것을 요구했소.

키르케가 더 약효가 센 불가사의한 약초 액즙을 우리에게

뿌리더니 지팡이의 다른 쪽 끝으로 우리의 머리를 쓰다듬으며   300

이전의 주문을 풀어줄 또 다른 주문을 외웠소.

그녀가 주문을 외울수록 우리는 그만큼 더 똑바로 일어섰고,

센털이 빠져나가고 갈라진 발에서 갈라진 틈이 사라지며,

어깨와 위팔과 아래팔이 돌아왔소.

---

47 메르쿠리우스.

우리 자신은 울면서 역시 울고 있던   305
우리 지도자의 목에 매달렸고,
우리가 맨 먼저 한 말은 고맙다는 인사말이었소.

피쿠스와 카넨스

그곳에서 우리는 일 년 동안 머물렀소. 그토록 긴 기간 동안
나는 본 것도 많고 들은 것도 많소. 이것은 앞서 말한[48]
그런 의식을 위해 임명된 네 명의 하녀 가운데 한 명이   310
내게 몰래 들려준 이야기 가운데 하나요.
키르케가 우리 지도자하고만 시간을 보내는 동안 이 하녀는
내게 머리에 딱따구리를 이고 있는, 한 젊은이의 눈처럼 흰
대리석상을 보여주었소. 그것은 신전 안에 안치되어 있었는데
수많은 화환이 걸려 있어 대번에 이목을 끌었소.   315
그가 누구이며, 왜 신전 안에서 경배받고 있으며, 왜 그런 새를
이고 있는지 궁금해서 묻자 그녀가 말했소.
'마카레우스여, 그대는 이 이야기를 듣고 우리 여주인의 권세가
얼마나 대단한지 깨닫고, 내가 하는 말을 명심하세요!
　피쿠스[49]는 사투르누스[50]의 아들로 아우소니아 땅의 왕이었는데   320
전쟁에 쓸모 있도록 군마를 조련하는 것이 그의 취미였어요.

48　14권 266행 이하 참조.
49　Picus. '딱따구리'라는 뜻.
50　1권 113행 참조.

그 영웅의 외모는 그대가 보고 있는 그대로였어요. 그대는 스스로

이 외모를 보며, 지어낸 모습을 보고 참모습을 칭찬할 수 있을 거예요.

그의 기백 또한 외모 못지않았어요. 그는 아직 그라이키아의 엘리스에서

오 년마다 열리는[51] 제전[52]을 네 번은 볼 수 없었을 거예요.[53]   325

벌써 그의 외모는 라티움[54]의 산들에서 태어난

나무의 요정들의 이목을 끌었고, 샘의 요정들이 그를 사모했으며,

알불라[55]와, 누미키우스[56]의 강물과, 아니오[57]의 강물과,

길이가 가장 짧은 알모[58]와, 곤두박질치는 나르[59]와,

짙은 그늘이 드리워져 있는 파르파루스[60]에 사는 요정들과,   330

스퀴티아[61]의 디아나[62]의 숲이 우거진 못[63]과 인근 호수들에

사는 요정들도 그를 사모했어요. 하지만 그는 모두에게

---

51 실제로는 4년마다 열리는데 로마인들은 햇수를 계산할 때 앞 단위의 마지막 해를 다음 단
위에도 포함하여 계산했다.

52 올륌피아 제전. 올륌피아는 그리스 엘리스 지방의 소도시이다.

53 아직 스무 살이 되지 않았을 것이라는 뜻이다.

54 1권 560행 참조.

55 티베리스 강의 옛 이름.

56 라티움 지방의 작은 강.

57 라티움 지방의 강.

58 티베리스 강으로 흘러드는 작은 강.

59 로마 북동쪽에 있는 움브리아 지방의 강으로, 티베리스 강으로 흘러든다.

60 티베리스 강의 작은 지류로 사비니인들의 땅에서 합류한다.

61 1권 64행 참조.

62 '스퀴티아의 디아나'(Scythica Diana)란 말은 지금의 크림 반도에 살던 스퀴타이족의 일파
인 타우리족의 나라, 즉 타우리케에 디아나의 신전이 있었던 것에서(에우리피데스, 『타우리케
의 이피게네이아』(Iphigeneia he en Taurois) 참조) 비롯된 것으로 생각된다.

63 라티움 지방의 아리키아(Aricia)에 있는 못을 말한다.

퇴짜를 놓고, 전에 팔라티움[64] 언덕에서 베닐리아가

이오니아의[65] 야누스[66]에게 낳아주었다는 요정만을 숭배했어요.

이 소녀는 성장하여 결혼할 나이가 되자 라우렌툼[67]의 피쿠스에게   335

주어졌는데, 그가 모든 구혼자보다 선호되었던 것이지요.

소녀는 용모도 빼어났지만 노래 부르는 재주는 더 빼어나 카넨스[68]라고

불렸어요. 그녀의 노래는 숲과 바위도 움직이고,

야수들도 온순하게 만들고, 긴 강물도 지체하게 했으며,

떠돌아다니는 새들도 날개를 멈추게 하곤 했지요.   340

한번은 카넨스가 여자의 고운 목소리로 노래를 부르고 있는 사이에

피쿠스가 집에서 라우렌툼의 들판으로 나갔는데 그곳에 사는

멧돼지들을 사냥하려는 것이었지요. 그는 기운 넘치는

말의 등에 올라타고는 왼손에 투창 두 자루를 들고,

노란 황금 브로치로 여민 자줏빛 외투를 입고 있었어요.   345

태양신의 딸[69]도 기름진 언덕에서 신선한 약초를

따 모으기 위해 그녀의 이름을 따 키르케의 들판이라

불리는 들판을 떠나 같은 숲속으로 들어갔어요.

키르케는 덤불에 가려진 채 젊은이를 보는 순간 그만 넋을

잃고 말았어요. 키르케가 따 모은 약초는 손에서 떨어졌고,   350

64 로마의 일곱 언덕 중 하나.
65 여기서 '이오니아의'(Ionius)는 '그리스의'라는 뜻으로 추정된다. 일설에 따르면 야누스는
    그리스에서 건너왔다고 하기 때문이다.
66 Ianus. '통로' '아치 길'이라는 뜻. 시작과 출입문의 신으로 머리가 둘 달려 있다.
67 라티움 지방의 옛 도읍.
68 Canens. '나는 노래하다'는 뜻의 cano의 현재분사로서 '노래하는 이'라는 뜻이다.
69 키르케.

화염이 그녀의 온 골수 속을 떠돌아다니는 것 같았어요.

그녀는 격렬한 정염으로부터 마음을 가다듬자마자 자기가

원하는 것을 고백하려 했으나, 그의 질주하는 말과 주위에

모여 있는 부하들 무리 때문에 다가갈 수가 없었어요.

〈설령 바람이 그대를 낚아챈다 해도〉하고 그녀는 말했어요.   355

〈그대는 나를 피하지 못할 거예요. 내가 나를 알고 있고,

내 약초의 효능이 완전히 사라지지 않고, 내 주문이 나를

버리지 않는 한!〉이렇게 말하고 그녀는 가짜 몸으로

멧돼지의 허깨비를 하나 만들어, 왕의 눈앞을 지나서

나무가 빼곡히 들어서 있어 말이 통과할 수 없는   360

우거진 숲속으로 사라지게 했어요. 그러자 피쿠스는

영문도 모르고 지체 없이 전리품의 그림자를 뒤쫓았고,

거품이 묻은 말의 등에서 재빨리 뛰어내리더니

공허한 희망을 좇아 깊은 숲속을 헤매고 다녔어요.

키르케는 기도와 탄원의 말을 읊기 시작하며   365

알 수 없는 신들을 알 수 없는 주문으로 경배했는데,

바로 그 주문으로 그녀는 눈처럼 흰 루나의 얼굴을 묻고,[70]

아버지의 머리를 눅눅한 구름으로 가리곤 했어요.

그때도 그녀가 주문을 외우자 하늘이 캄캄해지고,

대지는 짙은 안개를 내뿜고 수행원들은 눈먼 길 위를   370

헤매고 돌아다니느라 왕을 호위하지 못했어요.

그녀는 때와 장소가 적합하다 싶어 말했어요. 〈오오, 내 눈을

사로잡은 그대의 눈에 걸고, 여신조차 그대에게 탄원하게 만든,

---

70   월식.

가장 미남인 자여, 그대의 그 외모에 걸고 말하노니,

내 정염을 돌봐주시고, 만물을 보시는 태양신을 장인으로　　　　375

삼으시고, 티탄의 딸인 키르케를 가혹하게도 멸시하지 마세요!〉

이렇게 키르케는 말했어요. 하지만 그는 잔혹하게도 그녀 자신과

그녀의 기도를 물리치며 말했어요. 〈그대가 뉘시든 나는

그대의 것이 아니오. 다른 여인이 나를 차지하고 있고,

그 여인이 오래오래 차지하기를 나는 빌고 있소.

나는 다른 여자와 사랑으로 맺은 혼인 서약을 어기지 않을 것이오,　　380

운명이 야누스의 딸 카넨스를 나를 위해 지켜주는 동안에는!〉

몇 번이고 간청해도 소용없자 티탄의 딸이 말했어요.

〈그대는 대가를 치를 것이며, 카넨스는 다시는 그대를

돌려받지 못하리라. 사랑하는 여자가 모욕당하면

무엇을 할 수 있는지 그대는 배우리라.

키르케야말로 사랑하다 모욕당한 여자란 말이다!〉　　　　385

　그리고 나서 키르케는 서쪽으로 두 번, 동쪽으로 두 번 돌아서더니,

젊은이를 지팡이로 세 번 건드리며, 세 번 주문을 외었어요.

피쿠스는 돌아서서 도망쳤으나, 여느 때보다 더 빨리 달리는 자신에게

놀라움을 금치 못했어요. 그제야 자기 몸에서 깃털들이 돋아나는

것을 보았지요. 그는 자신이 라티움의 숲속에서 갑자기 이상한 새로　　390

변한 것에 어리둥절해 딱딱한 부리로 껍질이 거친 참나무들을 쪼며

분을 삭이지 못하고 그것들의 긴 가지들에 상처를 입혔어요.

그의 날개는 입고 있던 외투의 자줏빛을 띠었고,

옷깃을 여미고 있던 황금 브로치는 깃털이 되어

그의 목에 노란 황금 띠를 둘렀어요. 피쿠스에게　　　　395

이름 말고는 이전 것은 아무것도 남은 것이 없었어요.

그사이 그의 수행원들은 헛되이 들판을 누비며 피쿠스를

부르고 또 불렀으나 어디에서도 그를 찾지 못하다가

키르케를 발견하고는(어느새 그녀가 대기를 희박하게 하며

바람과 해에 의해 안개가 흩어지게 했기 때문이지요.)　　　　　　　　400

그녀 탓이라고 정당하게 그녀를 나무라며 왕을 돌려달라고

요구했고, 폭력을 쓰겠다고 위협하며 매서운 창으로 덤벼들

채비를 했어요. 하지만 키르케는 그들에게 해로운 약제와 독이 든

액즙을 뿌리며 밤과 밤의 신들을 에레부스[71]와 카오스[72]에서

불러냈고, 길게 비명을 지르며 헤카테에게 도움을 청했어요.　　　　405

그러자 (말할 수 없이 놀라운 일이었어요.) 숲이 제 자리에서

뛰어오르고, 땅바닥이 신음하고, 근처의 나무들이 창백해지고,

액즙을 끼얹은 풀에서는 핏덩이가 뚝뚝 떨어졌어요.

돌들이 거친 목소리로 울부짖고, 개 떼가 짖어대고,

땅바닥에서는 시커먼 뱀 떼가 우글거리고, 실체 없는　　　　　　410

혼백들이 말없이 날아다니는 것 같았어요. 그런 괴물들을

보고 무리는 혼비백산했어요. 두려워하기도 하고

놀라기도 하는 그들의 얼굴을 그녀가 지팡이로 건드렸어요.

그러자 젊은이들은 갖가지 야수의 괴물 같은

모습으로 변했고, 원래의 모습이 남아 있는 것은 아무도 없었어요.　　415

　　서쪽으로 지는 포이부스[73]가 타르텟수스[74]의 해안에 빛을

71　10권 76행 참조.

72　1권 7행 참조.

73　태양.

74　Tartessus(그 / Tartessos). 스페인 남서부 바에티스(Baetis 지금의 Guadalquivir) 강의 하구에
있는 도시. 여기서는 '먼 서쪽 지방'이라는 뜻이다.

뿌리고 나자,[75] 카넨스는 눈과 마음으로 남편을 기다렸으나

소용없었어요. 하인들과 백성들이 그를 만날 수 있을까 해서

횃불을 들고 온 숲을 누비며 뛰어다녔어요.

요정은 눈물을 흘리고 머리를 쥐어뜯고 가슴을 쳐보았지만   420

그것으로는 성에 차지 않아 집에서 뛰쳐나가더니

라티움의 들판을 정신없이 돌아다녔어요.

엿새 밤과, 햇빛이 다시 돌아오는 엿새 낮이

그녀가 자지도 먹지도 않고 우연이 인도하는 대로

산등성이와 골짜기를 돌아다니는 것을 보았어요.   425

그녀를 마지막으로 본 곳은 튀브리스[76]인데, 그녀는 슬픔과

방랑에 지칠 대로 지쳐 어느새 긴 강가에 몸을 뉘고 있었어요.

그곳에서 카넨스는 눈물을 흘리며 가냘픈 목소리로 슬픔에

가락을 맞춰 비탄의 말을 쏟아내고 있었는데, 그 모습은 마치

죽어가는 백조가 가끔 제 장송곡을 부를 때와도 같았어요.   430

그녀는 결국 슬픔에 소진되어 부드러운 골수가 녹아내리며 차츰차츰

희박한 대기 속으로 사라졌어요. 하지만 그녀에 대한 기억은

그 장소가 잘 간직하고 있어요. 오래된 카메나 여신들[77]이 그곳을

적절하게도 요정의 이름에서 따와 카넨스라고 불렀기 때문이지요.'

---

75 '해가 지자'라는 뜻이다.

76 티베리스 강의 그리스어 이름으로, 주로 시에서 사용된다.

77 앤더슨의 텍스트에 따라 coloni로 읽지 않고 태런트의 텍스트에 따라 Camenae로 읽었다. 카메나(Camena 복수형 Camenae) 여신들은 예언의 능력을 가진 이탈리아의 오래된 샘의 요정들로 나중에는 그리스의 무사 여신들과 동일시되었다. 오비디우스는 여기서 Camena라는 이름이 '노래'라는 뜻의 라틴어 carmen에서 유래한 것으로 보는 듯한데 오늘날 대부분의 학자는 이에 동의하지 않는다.

기나긴 한 해 동안 나는 그런 것들을 많이도 듣고 보았소.   435
우리는 활동을 하지 않은 탓에 게으르고 굼떠졌으나,
다시 바다로 나가 다시 돛을 올리라는 명령을 받았소.
티탄의 딸은 우리에게 불확실한 여로와 기나긴 여행과
우리가 겪어야 할 사나운 바다의 위험을 이야기해주었소.
고백하건대 나는 겁이 나 이 해안에 닿자 눌러앉아버렸소."   440

디오메데스의 전우들

마카레우스는 이야기를 끝냈다. 그 뒤 아이네아스의 유모는[78]
대리석 항아리에 묻혔고, 무덤에는 짤막한 묘비명이 새겨져 있었다.

이곳에서 나 카이예타를, 경건하기로 이름난 양자가
아르고스의 화염[79]에서 구출하여 적법하게 화장해주었도다.

아이네아스 일행은 풀이 무성한 둑에 매어두었던 함선의 밧줄을   445
풀고는 악명 높은 여신의 음모와 지붕을 멀리 떠나,
그늘이 짙게 드리워진 튀브리스 강이 누런 모래와 함께
바다로 쏟아지는 원림들로 향했다.
그곳에서 아이네아스는 파우누스의 아들 라티누스[80]의 궁전과

78 이 이야기는 14권 157행에 연결된다.
79 트로이야가 함락되었을 때의 화재를 말한다.
80 라티움 지방의 옛 도읍 라우렌툼 시의 왕이며 라비니아의 아버지.

딸[81]을 차지했다. 하지만 싸우지 않은 것은 아니었다.   450

사나운 부족[82]과 싸워야 했는데, 투르누스[83]는 약혼녀를 위해

미친 듯이 싸웠다. 온 튀르레니아[84]가 라티움과 싸웠고,[85]

아이네아스 일행은 길고도 격렬한 전투 끝에 힘겹게 승리를 쟁취했다.

양군은 외부로부터의 원군으로 군세를 늘렸다. 많은 사람이

루툴리족[86]을, 많은 사람이 트로이아의 진영을 지켜주었다.   455

아이네아스는 에우안데르[87]의 성벽을 찾은 것이 허사가 되지

않았으나, 베눌루스[88]는 망명자인 디오메데스[89]의 도시를 찾았어도

허사였다. 디오메데스는 이아퓌기아[90]의 다우누스[91]의 영토 안에

큰 도시[92]를 세우고 지참금으로 받은 들판을 다스리고 있었다.

베눌루스가 투르누스에게서 지시받은 대로 그에게   460

---

81 라비니아.

82 루툴리족.

83 루툴리족의 왕으로 아이네아스의 가장 강력한 적이었다.

84 3권 576행 참조.

85 타르콘이 이끄는 에트루리아인들은 아이네아스 편에서 싸운다.

86 라티움 지방에 살던 부족으로 그들의 수도는 아르데아(Ardea)이다.

87 Euander(그 / Euandros). 카르멘티스(Carmentis)의 아들로 트로이아 전쟁이 일어나기 전에
그리스 아르카디아 지방의 도시 팔란티움에서 이주하여 라티움 지방에 팔란테움이란 도시를
세웠는데, 투르누스에 맞서 아이네아스에게 원군을 보내준다.

88 투르누스가 디오메데스에게 보낸 사절.

89 튀데우스의 아들로 트로이아 전쟁 때 가장 용감한 그리스군 장수 중 한 명으로 울릭세스와
함께 많은 무공을 세운다.

90 이탈리아 반도의 발뒤꿈치 윗부분에 해당하는 아풀리아 지방의 남부를 말한다.

91 아풀리아 지방의 옛 왕.

92 아르피(Arpi). 일명 아르귀리파(Argyripa)를 말한다.

도움을 청하자 아이톨리아[93]의 영웅[94]은 병력이 부족하다고
변명하며, 자기는 장인[95]의 백성을 전쟁으로 내몰고 싶지 않으며
자기 부족 가운데 전투를 위해 무장시킬 만한 자들은
없다고 했다. "그대들이 내 변명을 거짓 핑계라고 생각지 않도록,
비록 이야기하는 것 자체가 지난날의 쓰라린 고통을 되살리겠지만   465
그래도 나는 참고 이야기하겠소. 높다란 일리온이 잿더미가 되고
페르가마가 다나이족이 지른 불길의 먹이가 된 뒤에,
그리고 나뤽스[96]의 영웅이 처녀를 겁탈한 죄[97]로 처녀신[98]으로부터
그 혼자 받아 마땅한 벌을 우리 모두에게 돌린 뒤에,
우리 다나이족은 뿔뿔이 흩어져 바람에 의해 적대적인 바다로   470
내몰리며 벼락과, 밤과, 비와, 하늘과 바다의 노여움과,
설상가상으로 카페레우스[99] 곶을 겪어야 했소. 우리가 당한 고통을
일일이 늘어놓아 그대를 지체시키지 않기 위해 하는 말이지만,
그때 그라이키아는 프리아무스에게도 눈물겨워 보였을 것이오.[100]
하지만 무구를 갖고 다니시는 미네르바께서 나를 염려하시어   475

93 Aetolia(그/ Aitolia). 그리스 중서부에 있는 지방.
94 디오메데스.
95 다우누스.
96 8권 312행 참조.
97 오일레우스의 아들인 '작은 아이약스'는 미네르바 여신상 뒤에 숨어 있던 캇산드라를 겁탈
하려다 미네르바 여신의 노여움을 사 귀향 도중 익사하고 다른 그리스인들도 폭풍에 큰 피해를
입는다.
98 미네르바.
99 Caphereus(그/ Kaphereus). 에우보이아 섬 남동단에 있는 곳으로 트로이야에서 귀향하던
그리스 함대가 이곳에서 큰 피해를 입는다. 아들 팔라메데스가 울릭세스의 모함으로 살해된 것
에 앙심을 품고 나우플리우스가 밤에 횃불을 밝혀 유인했기 때문이라고 한다.
100 베르길리우스, 『아이네이스』 259행 참조.

파도에서 구해주셨소. 하지만 나는 다시 조국의 들판에서 쫓겨났으니,

자애로운 베누스가 옛날의 상처[101]를 기억하시고는

벌을 내리셨던 것이지요. 나는 높은 바다와

육지의 전투에서 하도 많은 고초를 겪었는지라,

모두가 겪은 폭풍과 잔혹한 카페레우스가 바닷물에   480

익사시킨 자들을 가끔 행복하다고 부르며 나도 그중

한 명이었더라면 좋았을 것이라고 생각했소.

이제 내 전우들은 전쟁과 바다에서 고생이 극에 달하자

낙담하여 방랑을 끝내자고 간청했소. 그러나 원래 성미가

급한 데다 이제는 고생을 한 탓에 거칠어진 아크몬이 말했소.   485

'전사들이여, 그대들의 인내력이 참고 견디기를 마다할 만한 것이

또 뭐가 남았으며, 퀴테레아[102]가 설령 그러기를 원한다 해도

우리에게 위해를 가할 만한 것이 또 뭐가 남았겠소? 더 나쁜 일이

일어날까 두려운 동안에는 기도할 여지가 있소. 하지만 최악의 제비를

뽑았을 때에는 두려움이 없어지고, 극단적인 불행을 당하면   490

근심이 사라지는 법이오. 그녀 자신이 듣는다 해도, 사실이 그러하듯

그녀가 디오메데스의 부하들을 모두 미워한다 해도 우리는 모두

그녀의 증오를 무시할 것이오. 그녀의 위대한 힘은 우리에게는

위대하지 않소.' 이런 모욕적인 말로 플레우론[103]의 아크몬은

베누스를 자극하여 그녀의 묵은 원한을 되살려놓았소.   495

그의 말이 마음에 드는 자들은 소수였고, 그의 친구인

---

101 디오메데스가 트로이야 전쟁 때 베누스에게 입힌 상처에 관해서는 『일리아스』 5권 334행
이하 참조.
102 4권 190행 참조.
103 7권 382행 참조.

우리는 대부분 아크몬을 나무랐소. 그가 대답하려고
하는데 그의 목소리와 목구멍이 동시에 가늘어졌소.
머리털이 깃털로 변하더니 새로 생긴 목과 가슴과 등은
깃털로 덮였소. 그의 두 팔에는 더 굵은 깃털이 났고,   500
팔꿈치는 구부러져 가벼운 날개가 되었소. 그의 발가락은
물갈퀴가 달린 발로 바뀌었고, 입은 뿔처럼 단단해지더니
끝이 뾰족한 부리로 끝났소. 뤼쿠스와 이다스와
테우스와 렉세노르와 아바스가 그를 보고 놀랐소.
그들 또한 놀라고 있는 동안 똑같은 모습이 되었소.   505
내 전우들은 대부분 날아오르더니 날개를 퍼덕이며
함선들 주위를 맴돌았소. 그렇게 갑작스레 생겨난
새들의 모양이 어떠했느냐고 그대가 묻는다면, 그것들은 백조는
아니지만 눈처럼 흰 백조와 가장 유사했소. 나는 지금
이아퓌기아의 다우누스의 사위로서 얼마 남지 않은 내 전우들과   510
더불어 이 거주지와 메마른 들판을 간신히 지키고 있소.”

야생 올리브나무

   오이네우스[104]의 손자[105]는 거기까지 말했다. 그러자 베눌루스는
칼뤼돈[106]의 영토와 페우케티아[107] 만과 멧사피아[108]의 들판을 떠났다.

104 8권 273행 참조.
105 디오메데스.
106 6권 415행 참조.
107 아풀리아 지방의 남동 지역으로 ‘페우케티아 만’은 타렌툼 만을 말한다.

이곳에서 그는 울창한 숲이 그늘을 드리우고 작은 물방울이
졸졸 흘러내리는 동굴을 보았는데, 그것을 지금은 몸의 반이 양인   515
판[108] 신이 차지하고 있으나 전에는 요정들이 차지하고 있었다.
아풀리아 출신의 한 목자가 그곳으로부터 요정들을 몰아냈는데,
그는 처음에 그들을 갑자기 놀라게 하여 도망치게 만들었던 것이다.
요정들은 곧 정신이 돌아오자 자신들을 추격하는 자를
무시하고 박자에 맞춰 발을 움직이며 윤무를 추기 시작했다.   520
목자는 여전히 요정들을 놀려대며 세련되지 못한 발놀림으로
그들의 춤을 흉내냈고, 거기에다 음담패설과 촌스러운 욕설까지
늘어놓았다. 그러고는 나무가 자신의 목구멍을 덮을 때까지
입을 다물지 않았다. 이제 목자는 나무가 되었던 것이다.
그것의 과즙에서 그것의 품성을 알 수 있을 것이다.
야생 올리브나무의 쓰라린 열매가 그의 혀의 특성을   525
드러내기 때문이다. 그의 말의 쓴맛이 그 열매로 옮겨갔던 것이다.

아이네아스의 함선들

   사절단은 돌아가 아이톨리아인들이 무구로 도와주기를 거절했다는
소식을 전했다. 하지만 루툴리족은 그 병력 없이도 일단 시작한
전쟁을 계속했다. 그리하여 양군은 많은 피를 흘렸다. 한데, 보라,
투르누스는 소나무로 만든 함선들 쪽으로 탐욕스러운 횃불을   530

---

108 이탈리아 반도의 발뒤꿈치에 해당하는 지역.
109 1권 699행 참조.

가져갔고, 파도에서 살아남은 함선들은 화염이 두려웠다.

어느새 물키베르[110]가 송진과 역청과, 그 밖의 다른 화염의 먹이를

불태우며 높다란 돛대를 타고 돛으로 올라갔다. 그리하여 구부러진

함선들을 가로지른 긴 의자들이 연기에 싸였을 때, 신들의 신성한

어머니[111]는 이 소나무들이 이다 산의 꼭대기에서 베어진 것들임을   535

기억하고는 청동 바라 부딪치는 소리와 회양목으로 만든

피리의 요란한 소리로 대기를 메웠다. 그러고는

길들인 사자들이 끄는 수레를 타고 희박한 대기를 가르며 말했다.

"투르누스여, 너는 신을 모독하는 손으로 그 화염을

던진다마는 다 소용없는 짓이다. 나는 함선들을 구할 것이며,

결코 내 숲의 일부이자 지체였던 것을 게걸스러운   540

화염이 삼키도록 내버려두지 않을 것이다."

여신이 그렇게 말하는 동안 천둥소리가 들렸고, 천둥소리에 이어

튀어 오르는 우박과 함께 비가 억수같이 쏟아지기 시작했다.

아스트라이우스[112]의 아들 형제들인 바람들은 갑자기

맞부딪혀서 대기와 부풀어 오른 바닷물을 휘저으며 서로 싸웠다.   545

자애로운 어머니[113]는 그중 한 바람의 힘을 이용하여

프뤼기아 함대의, 삼으로 꼰 밧줄들을 끊더니

함선들이 곤두박질치며 바닷물 아래 잠기게 했다.

그러자 선재(船材)가 부드러워지며 나무는 살로 변하고,

---

110 2권 5행 참조.

111 퀴벨레.

112 Astraeus(그 / Astraios). 티탄 신족으로 아우로라의 남편이며 바람들의 아버지이다. 헤시오도스, 『신들의 계보』 375행 이하 참조.

113 퀴벨레.

구부정한 이물은 머리 모양으로 변했으며,　　　　　　　　　　　　550

노는 손가락과 헤엄치는 다리가 되었다.

전에 옆구리였던 것은 그대로 옆구리로 남고,

배 아래쪽 한가운데에 있던 용골은 척추로 쓰이도록 변하고,

삭구(索具)는 부드러운 머리털이 되고 활대는 팔이 되었다.

검푸른 색깔은 이전 그대로였다. 함선들은 이제는 물의 요정으로서　　　555

전에는 두려워하던 파도 속에서 처녀들이 그러하듯 신나게

놀고 있었다. 그들은 비록 딱딱한 산속에서 태어났지만

자신들의 출신에 구애받지 않고 부드러운 바닷물에서 살고 있었다.

하지만 그것들은 자신들이 가끔 바다에서 겪었던 수많은 위험을

기억하고는 폭풍이 쳐올린 함선들 밑으로, 거기에 아키비족이　　　　560

타고 있지 않는 한, 가끔 도움의 손길을 내밀곤 했다.

그것들은 아직도 프뤼기아의 재앙을 기억하고는

펠라스기족[114]을 미워하여 네리토스[115]의 배[116]의 파편을

보고 좋아하는가 하면, 알키노우스의 배가 굳어져

선재가 돌로 변하는 것을 보고 좋아했다.[117]　　　　　　　　　　565

114　7권 49행 참조.
115　13권 712행 참조.
116　윱피테르가 부순 울릭세스의 배(『오뒷세이아』 12권 403행 이하 참조)를 말한다.
117　알키노우스 왕이 울릭세스를 그의 고향 이타카로 태워다주었던 쾌속선은 돌아오는 길에
　　항구의 입구에서 넵투누스에 의해 돌로 변한다. 『오뒷세이아』 13권 159행 이하 참조.

아르데아

　함대가 바다의 요정들로 생명을 얻은 뒤 루툴리족이 그 기적에 놀라
전쟁을 그만둘 법도 했다. 하지만 전쟁은 계속되었고, 양군에게는 저마다
도와주는 신들이 있었다. 또한 그들은 신들 못지않은 것으로서 용기도
있었다. 이제 그들은 더이상 지참금으로 내놓은 왕국을 위해서나,
장인의 왕홀을 위해서나, 그리고 라비니아 아씨여, 그대를　　　　　　570
위해서가 아니라 승리하기 위해서 싸웠고, 그만두기가 창피해서
전쟁을 계속했다. 마침내 베누스는 자기 아들의 무구가
이기는 것을 보았고, 투르누스는 쓰러졌다. 투르누스의 생전에는
강력하다고 일컬어지던 아르데아 시도 쓰러졌다. 이방의 칼[118]이
그것을 앗아간 뒤, 지붕들이 열려 있고 아직도 재가 따뜻한 동안　　　575
그 폐허 더미 한가운데에서 전에는 본 적이 없는 새 한 마리가
날아오르더니 날개를 퍼덕이며 타다 남은 재를 털어냈다.
울음소리와 수척한 모습과 창백한 안색과 함락된 도시에
어울릴 만한 모든 것이, 심지어 도시의 이름조차
그 새[119]에게 그대로 남아 있었다. 그리하여 아르데아는
제 날개로 가슴을 치며 자신을 애도하는 것이다.　　　　　　　　580

---

118 투르누스는 아이네아스의 칼에 죽는다.
119 왜가리. 아르데아 시가 왜가리로 변신했다는 이야기는 다른 문헌에는 나오지 않는다.

아이네아스의 죽음

　이제 아이네아스의 용기는 모든 신과 심지어
유노조차 움직여 묵은 원한을 풀도록 만들었다.
자라나는 이울루스[120]의 행운이 튼튼하게 기반이 닦였으니,
퀴테레아의 영웅 아들[121]이 하늘로 들 때가 무르익었다.
베누스는 하늘의 신들에게로 다가가 아버지[122]의 목을 껴안고　　　　585
말했다. "내게 단 한 번도 거칠게 대하신 적이 없으신
아버지이시여, 부디 이번에는 가장 다정하게 대해주소서!
내 핏줄에서 태어나 그대를 할아버지로 만들어준 아이네아스에게,
주시기만 한다면 아무리 작은 것이라도 상관없으니 신성을
주십시오, 가장 탁월하신 분이시여! 사랑스럽지 못한 왕국[123]을　　　　590
보는 것은, 스튁스의 강물을 건너는 것은 한 번으로 족합니다."[124]
모든 신이 이에 동의했고, 왕비인 아내[125]도 얼굴 표정이
굳어지지 않은 채 평온한 얼굴빛으로 고개를 끄덕여 승낙했다.
그러자 아버지가 말했다. "너희는 하늘의 선물을 받을
자격이 있다. 기도하는 너도, 네가 기도해주는 그도.
내 딸아, 네가 원하는 것을 받아라!"　　　　595

---

120 아이네아스의 아들 아스카니우스(Ascanius)의 별칭. 율리우스 카이사르와 아우구스투스가
속하는 로마의 귀족 가문인 율리아(Iulia)가(家)는 자신들이 이울루스의 후손이라고 주장했다.
121 아이네아스.
122 윱피테르.
123 저승.
124 아이네아스는 시뷜라의 안내로 저승에 내려가서 아버지의 혼백을 만나본 적이 있다.
125 유노.

이렇게 그는 말했다. 베누스는 기뻐하며 아버지에게
고맙다는 인사를 했다. 그러고는 비둘기들이 끄는
수레를 타고 희박한 대기 사이를 날아가, 누미키우스[126] 강이
갈대숲에 가려진 채 가까운 바다로 꾸불꾸불 흘러드는
라우렌툼의 해안으로 다가갔다. 그녀는 하신(河神)에게 명하여,
아이네아스에게서 죽음에 속하는 것은 무엇이든   600
씻어내어 침묵의 흐름으로 바다 밑으로 싣고 가게 했다.
뿔이 나 있는 하신은 베누스가 시킨 대로 아이네아스 안에 있는,
죽음에 속하는 것은 무엇이든 자신의 물로 끼얹어 정화했다.
그러자 최선의 부분만이 아이네아스에게 남았다.
그렇게 정화된 그의 몸에 그의 어머니가 하늘의 향유를   605
바른 다음 달콤한 넥타르와 섞은 암브로시아로 그의 입술을
건드려 그를 신으로 만들어주니, 퀴리누스[127]의 백성들[128]은
그를 인디게스[129]라 부르며 신전과 제단을 바쳐 경배했다.

---

126 누미키우스에 관해서는 14권 328행 참조. 아이네아스는 이 강가에서 죽은 것으로 믿어
졌다.
127 공화정 말기에는 신격화된 로물루스와 동일시되었으나 원래는 사비니인들의 전쟁의 신으
로 왕정 초기에는 윱피테르 및 마르스와 더불어 3대 신 가운데 한 명이었다. 기원전 293년 로마
의 퀴리날리스 언덕 위에서 퀴리누스에게 신전이 봉헌되었다.
128 '퀴리누스의 백성들'이란 로마인들을 말한다.
129 Indiges. '토착민' '토착 신'이라는 뜻.

라티움의 왕들

    그 뒤 두 이름의 아스카니우스[130]가 알바[131]와 라티움의

나라를 다스렸다. 실비우스가 그의 뒤를 이었다.   610

그의 아들 라티누스가 이름[132]과 오래된 왕홀을

물려받았고, 유명한 알바가 라티누스의 뒤를 이었다.

그다음이 에퓌투스였다. 그다음이 카페투스와 카퓌스인데,

카페투스가 먼저였다. 그들 다음으로 티베리누스가 왕국을

이어받는데, 그는 투스쿠스[133]강물에 익사하여 그 강에   615

자신의 이름을 주었다.[134] 레물루스와 용맹스러운 아크로타는

그에게서 태어난 아들들이다. 형인 레물루스는

벼락을 흉내내다가 벼락을 맞아 죽었다.

형보다 더 절제가 있는 아크로타는 용감한 아벤티누스에게

왕홀을 넘겨주었다. 아벤티누스는 자신이 다스리던   620

바로 그 언덕에 묻히며 그 언덕에 자신의 이름을 주었다.[135]

---

130 아스카니우스는 이울루스라고 불리기도 한다.

131 로마에서 동남쪽으로 20킬로미터쯤 떨어져 있는 알바 산 북쪽 비탈에 자리잡고 있는 옛 도읍 알바 롱가(Alba Longa)를 말한다. 아이네아스의 아들 아스카니우스는 처음에 아버지가 세운 라비니움을 통치하다가 알바 롱가를 세워 그곳으로 옮겼으며, 그로부터 300년 뒤에 로물루스가 태어나 티베리스 강가에 도시를 세우고 자신의 이름에서 따와 로마라고 불렀다.

132 라티누스는 라티누스 실비우스라고 불리기도 한다.

133 티베리스 강의 별칭. 티베리스 강은 이탈리아의 압펜니누스 산맥에서 발원하여 서쪽의 에트루리아와 동쪽의 움브리아 및 사비니인들의 나라와 남쪽의 라티움 사이로 400킬로미터를 흘러 오스티아 항(港)에서 바다로 흘러든다. 로마는 티베리스 강의 왼쪽 기슭에 자리잡고 있는데, 오스티아 항에 있는 하구로부터 상류로 25킬로미터쯤 떨어져 있다. 투스쿠스는 에트루리아의 형용사이다.

134 티베리스 또는 튀브리스 또는 티베리누스 강은 그전에는 알불라라고 불렸다.

포모나와 베르툼누스[136]

    그리고 이제는 프로카가 팔라티움[137]의 백성들을 다스리고 있었다.
이 왕의 치세 때 포모나가 살았는데, 라티움의 나무의 요정 가운데
그녀보다 더 솜씨 있게 정원을 가꾸거나, 그녀보다 더 열심히
과일나무를 돌보는 이는 달리 아무도 없었다.   625
거기서 그녀의 이름이 유래했다. 그녀는 숲과 강[138]은
사랑하지 않고, 농촌과 탐스러운 과일이 열린 나뭇가지를 사랑했다.
그녀는 손에 투창이 아니라, 구부정한 가지치기용 낫을 들고 다니며,
그것으로 너무 웃자란 것을 잘라주기도 하고 사방으로 뻗는
가지를 가지런히 골라주기도 하고 나무껍질을 열고 작은 가지를   630
접붙인 다음 그 낯선 가지에 영양분을 대주기도 했다.
또한 그녀는 나무가 목마르도록 내버려두지 않고 목마른 뿌리의
꼬부라진 인피(靭皮)를 졸졸 흐르는 시냇물로 적셔주었다.
이것이 그녀의 낙(樂)이자 일이었다. 그녀는 애정에는 아무런 욕구도
느끼지 못했다. 하지만 시골 주민들의 폭행이 두려워 그녀는   635
과수원 문을 안에서 걸어 잠금으로써 남자들의 접근을 막고 피했다.
춤 잘 추는 젊은이들의 무리인 사튀루스[139]들과,

---

135 로마의 일곱 언덕 중 하나인 아벤티눔 언덕(Aventinum 또는 mons Aventinus)을 말한다.
136 포모나(Pomona)란 이름은 '과일'이라는 뜻의 라틴어 pomum에서 유래한 것으로, 그리고
베르툼누스(Vertumnus)란 이름은 '바꾸다' '변하다'는 뜻의 라틴어 verto에서 유래한 것으로 계
절의 변화와 관계가 있는 것으로 생각된다. 이들을 하나로 결합시킨 것은 오비디우스의 발상으
로 추측된다.
137 로마의 일곱 언덕 중 하나. 여기서 '팔라티움의'는 '라티움의'라는 뜻이다.
138 숲과 강은 나무의 요정들과 물의 요정들뿐 아니라 모든 요정의 생활 터전이다.
139 1권 193행 참조.

뿔에 소나무 관을 쓰고 다니는 판들과, 언제나 나이보다
더 젊어 보이는 실레누스[140]와, 낫과 남근으로 도둑을
놀라게 하는 그 신[141]은 그녀를 차지하기 위해   640
별의별 짓을 다했다. 사랑에서는 베르툼누스가 이들을 능가했다.
그러나 그가 그들보다 더 운이 좋았던 것은 아니었다.
오오, 얼마나 자주 그는 거친 수확자의 복장을 하고 바구니에다
곡식 이삭을 운반했던가! 그는 정말이지 수확자를 쏙 빼닮았다.
베르툼누스는 가끔 관자놀이에 갓 벤 풀로 띠를 엮어 쓰고 왔는데,   645
베어놓은 풀을 뒤집다가 온 것처럼 보일 수도 있었다.
또 가끔 못 박인 손에 소몰이 막대기를 들고 나타났으니,
그가 방금 지친 황소들을 멍에에서 풀었다고 그대는 맹세했으리라.
그는 손에 낫을 들고 나뭇잎을 베거나 포도 덩굴을 가지치는 이가
되기도 했다. 그는 사다리를 메고 왔는데, 그대는 그가 과일을   650
따려는 줄 알았으리라. 그는 칼을 가진 군인이 되기도 했고,
낚싯대를 든 어부가 되기도 했다. 한마디로 그는 다양한 변장술
덕분에 자주 그녀에게 접근하여 그녀의 미모를 보고 즐길 수 있었다.
그는 또 한번은 수놓은 두건을 백발이 된 관자놀이 위에
쓰고 지팡이에 기댄 채 노파로 변장하고는   655
잘 손질된 정원으로 들어가 과일을 보고 경탄한 다음
"그렇지만 그대가 훨씬 더 예뻐요."라고 그녀를 칭찬하며
몇 번씩이나 그녀에게 입맞추었는데, 그것은 실제 노파가
할 법한 그런 입맞춤이 아니었다. 꼬부랑 할머니는

---

140 4권 주 17 참조.
141 프리아푸스. 9권 347행 참조.

풀밭에 앉아 가을의 무게에 아래로 휜 가지를 쳐다보았다.　　　　　660
맞은편에는 포도송이가 매달려 반짝이는, 잘생긴 느릅나무가 한 그루
있었다. 그는 느릅나무와 함께 그것의 동반자인 포도 덩굴을
칭찬하고 나서 말했다. "만약 저 나무가 포도 덩굴 없이 홀아비로
서 있다면, 그것에게는 사람들이 찾을 만한 것은 잎밖에 없을 거예요.
느릅나무와 결합하여 편안히 쉬고 있는 저 포도 덩굴도　　　　　665
결혼을 하지 않았더라면, 땅 위에 기대 누워 있을 거예요.
하지만 그대는 저 나무의 교훈에도 아랑곳하지 않고
결혼을 피하며 남자와 결합할 생각을 하지 않는구려.
그대가 그러기를 원한다면 좋을 텐데! 그러면 그대는
헬레네[142]보다도, 라피타이족의 전쟁을 일으킨 그녀[143]보다도,　　　670
대담한[144] 울릭세스의 아내[145]보다도 구혼자가 더 많을 거예요.
그대가 그들을 피하며 그들의 구혼을 거절하고 있는
지금도 일천 명의 남자와 반신(半神)들과 신들과,
알바 산에 사는 모든 신격이 그대를 원하고 있어요.
하지만 그대가 현명하다면, 그대가 좋은 배필을 원하고,　　　　675
그들 모두 보다도 더, 아니 그대가 믿을 수 있는 것보다도 더
그대를 사랑하는 나 같은 노파의 말에 귀를 기울이겠다면,
그대는 평범한 구혼은 물리치고 베르툼누스를 결혼 침대의
동반자로 선택하세요. 그를 위해서라면 내가 보증을 서겠어요.

---

142 헬레네는 결혼하기 전에 그리스의 거의 모든 왕에게서 구혼받는다.
143 힙포다메. 12권 210행 이하 참조.
144 텍스트가 확실치 않다.
145 페넬로페. 페넬로페에 관해서는 8권 315행 참조. 그녀는 남편이 돌아오기 전 마지막 3년
동안 일백 수십 명의 젊은이에게서 구혼받는다.

나는 그를 그 자신 못지않게 잘 알아요. 그는 온 세상을 공연히   680
떠돌아다니는 것이 아니라, 이 넓은 지역을 가꾸고 있어요.
대부분의 구혼자처럼 그는 첫눈에 반한 소녀라고 누구든 사랑하지 않아요.
그에게는 그대가 처음이자 마지막 정염이 될 것이며, 그대에게만
자신의 인생을 바칠 거예요. 게다가 그는 젊고, 타고난
매력이라는 복을 받았으며 온갖 모습으로 쉬이 변신할 수 있어,   685
무엇이든 그대가 명령만 하면 명령받은 모습이 될 거예요.
그대들은 또 취향도 같아요. 그대가 가꾸는 과일은 그가 맨 먼저
가지며, 그는 그대의 선물을 손에 쥐고는 흐뭇해하니까요.
하지만 그가 바라는 것은 그대의 나무에서 딴 과일도 아니고,
그대의 정원이 가꾸는 달콤한 액즙의 약초도 아니에요.   690
그는 아무것도 바라지 않아요, 그대 말고는. 그대는 그의 정염을
불쌍히 여기고, 그가 자신이 바라는 것을 내 입을 통해
몸소 간청하고 있다고 믿으세요! 그대는 복수하는 신들과,
매정한 마음을 미워하는 이달리에[146]와, 람누시스[147]의
잊지 않는 노여움을 두려워하세요! 그대가 더욱더 두려워하도록   695
(나는 오래 살다 보니까 많은 것을 알게 되었어요.)
내가 온 퀴프루스에 가장 잘 알려진 이야기를 들려줄게요.
그러면 그대는 쉬이 설득되고 마음이 누그러질 거예요.

---

146 Idalie. 베누스의 별칭 중 하나로 베누스의 성소가 있던 퀴프루스 섬의 이달리움(Idalium)
산에서 유래한 이름이다.
147 Rhamnusis. 일명 람누시아에 관해서는 3권 406행 참조.

이피스와 아낙사레테

　지체가 낮은 가문에서 태어난 이피스는 유서 깊은
테우케르[148] 가문의 고귀한 공주인 아낙사레테를 보게 되었어요.
그녀를 보는 순간 그는 모든 뼈가 뜨거워지는 것을 느꼈어요.　　　　700
그는 열기와 오랫동안 싸웠으나, 이성으로는 그 광적인 사랑을
극복할 수 없자 탄원자로서 그녀의 문턱을 찾아갔어요.
이피스는 그녀의 유모에게 자신의 불행한 사랑을 고백하고는
그녀의 양녀의 행운에 걸고 제발 자기를 구박하지 말라고
간청하는가 하면, 그녀의 하녀들을 일일이 감언이설로 꾀어　　　705
걱정스러운 목소리로 자기에게 호의를 베풀라고 애원했어요.
때로는 그는 그들에게 상냥한 전언을 써놓은 서판을 주며
그녀에게 전하게 하는가 하면, 간간이 눈물에 젖은 꽃다발을
그녀의 문설주에 걸어두고는 딱딱한 문턱에 부드러운
옆구리를 뉘고 인정머리 없는 빗장을 저주하곤 했어요.　　　　710
하지만 새끼염소들[149]이 질 때 이는 파도보다 더 인정머리 없고,
노리쿰[150]의 불이 벼리는 무쇠나 아직도 살아서 뿌리를
내리고 있는 바위보다 더 단단한 그녀는 그를 무시하고
조롱했어요. 게다가 그녀는 잔인하게도 매정한 행동에
거만한 말을 덧붙이며 사랑하는 남자에게서 희망마저　　　　　715
빼앗아버렸어요. 이피스는 오랜 고통의 고문을 참다못해

148　여기서는 텔라몬과 헤시오네의 아들로 큰 아이약스의 이복동생이다.
149　Haedi(그 / Eriphoi). 마차부자리(Auriga 그 / Heniochos) 안에 있는 두 작은 별로 봄에 이들
이 뜰 무렵과 9월 말 질 무렵에는 폭풍이 불기 시작한다고 한다.
150　동(東)알프스의 속주로 지금의 오스트리아 지방이다. 이곳은 당시 철 산지로 유명했다.

그녀의 문 앞에서 마지막으로 이런 말을 했어요.

'아낙사레테여, 그대가 이겼소. 나는 이제 더이상 그대를

귀찮게 하지 않을 것이오. 즐거운 개선 행렬을 준비하시구려!

머리에 번쩍이는 월계관을 쓰고 파이안[151]을 부르시구려!   720

그대는 이겼고, 나는 기꺼이 죽으니까요. 자, 무쇠 같은 여인이여

기뻐하시구려! 확실히 그대는 내 사랑에도 무엇인가 그대의 마음에

드는 것이 있다는 것을 시인할 것이고, 내 공로를 인정할

것이오. 하지만 그대에 대한 내 사랑이 내 목숨보다 먼저 나를

떠나지 않고, 내가 두 가지 빛[152]을 동시에 잃었음을 기억하시오!   725

내 죽음을 전하기 위해 소문이 그대에게 다가가는 일은

없을 것이오. 나 자신이, 그대는 의심하지 마시오, 몸소 나타나 그대에게

보일 것인즉 죽은 내 시신으로 그대의 잔인한 눈을 즐겁게 해주시구려!

하늘의 신들이시여, 인간이 하는 짓을 그대들이 보고 계신다면,

나를 기억해주시고(내 혀는 이제 더이상 기도드릴 수 없나이다.)   730

내 이야기가 긴긴 세월 사람의 입에 오르내리게 해주소서!

그리고 그대들이 내 목숨에서 빼앗은 시간을 내 명성에 덧붙이소서!'

    그는 자신이 가끔 화환으로 장식하곤 하던

문설주를 향해 눈에 눈물을 머금고 창백한 두 팔을 들더니

문 위에다 고를 낸 매듭을 매면서 말했어요. '여기 이 화환이   735

그대의 마음에 드시오, 잔인하고 불경한 여인이여?'

그는 그때도 얼굴을 그녀 쪽으로 향한 채 매듭 안에

머리를 밀어넣고는 목구멍이 졸린 채 불쌍한 짐으로 매달렸어요.

---

151 Paean(그/ Paian). 여기서는 '전승가'라는 뜻이다.

152 햇빛과 사랑의 빛.

그의 버둥대는 발에 맞아 문이 신음 소리를 내는 듯하더니
활짝 열리며 거기서 벌어진 일을 드러냈어요.　　　　　　　　740
하인들이 놀라 소리지르며 그를 내렸으나 소용없는 짓이었어요.
그들은 (그의 아버지가 죽은 까닭에) 그를 어머니의 집으로
날랐어요. 어머니는 그를 품에 안고 아들의 차가운 사지를
껴안았어요. 그녀는 애도하는 부모들이 하는 말을 하고,
애도하는 어머니들이 하는 짓을 하고 나서 도심을 지나　　　745
눈물겨운 장례 행렬을 이끌며 창백한 시신을 관대에 실어
화장용 장작더미로 나르고 있었어요.
아낙사레테의 집은 마침 그 행렬이 지나가는 길
가까이 있어 매정한 그녀의 귀에까지 곡소리가 들려왔으니,
복수하는 신이 벌써 그녀를 몰아대었던 것이지요.　　　　　750
한데도 그녀는 마음이 움직여 '비참한 장례식을 보아야지!'라고
말하고 창문이 활짝 열린 다락방으로 올라갔어요.
그녀는 이피스가 거기 관대 위에 누워 있는 것을 응시하는 순간
두 눈이 굳어지고 몸에서 더운 피가 빠져나가며 얼굴이
창백해지기 시작했어요. 그녀는 뒤로 물러서려 했으나 발이　　755
꼼짝도 하지 않았어요. 그녀는 얼굴을 돌리려 했으나 이 역시
할 수 없었어요. 이미 오래전에 그녀의 매정한 가슴속에
들어 있던 돌덩이가 차츰차츰 그녀의 사지를 차지한 것이지요.
그대는 이것을 지어낸 이야기라고 생각지 마세요. 살라미스[153]에는
아직도 공주의 상(像)이 남아 있으며, 그녀는 또 그곳에　　　760

153 여기서 살라미스는 살라미스 섬에서 이주해온 텔라몬의 아들 테우케르가 퀴프루스 섬에
세운 도시를 말한다.

앞을 보는 베누스[154]라는 이름으로 신전도 갖고 있어요. 나의 요정이여,

부디 이들을 기억하시고는 무심함과 오만을 버리고 사랑하는 남자와

결합하시오. 그리하여 봄 서리가 그대의 싹트는 과일을 얼리지 않고,

거센 바람이 그대의 꽃피는 과일을 흔들어 떨어뜨리지 않기를!"

    온갖 모습으로 변할 수 있는 신이 이런 말을 해도 소용없자   765

노인의 복장을 벗어버리고 다시 젊은이로 돌아가

소녀 앞에 나타나니, 그 모습은 마치 가장 찬란한 태양의

얼굴이 가로막는 구름을 이기고 아무 방해도 받지 않고

다시 비칠 때와도 같았다. 그는 폭력을 쓸 준비를 했으나,

폭력은 필요 없었다. 요정이 신의 모습에 매료되어   770

그와 똑같이 사랑의 상처를 느꼈기 때문이다.

로물루스와 헤르실리에

    그다음에는 불의한 아물리우스[155]가 군사의 힘으로 아우소니아를

다스렸다. 하지만 늙은 누미토르는 잃어버린 왕위를 외손자의

도움으로 되찾았다. 그 뒤 팔레스[156]의 축제일[157]에 도시[158]의

---

154 라틴어로 Venus Prospiciens는 '앞을 보는 베누스'라는 뜻이다.

155 알바 롱가의 프로카 왕의 아들로, 형 누미토르의 왕위를 찬탈한 뒤 그 아들들을 죽이고 딸 레아 실비아는 결혼하지 못하도록 화로의 여신 베스타의 여사제가 되게 한다. 그러나 레아 실비아와 마르스 사이에서 태어난 쌍둥이 형제 로물루스와 레무스가 아물리우스를 죽이고 외조부 누미토르에게 왕위를 돌려준다.

156 목자와 가축 떼의 여신.

157 팔레스의 축제일(Palilia)은 매년 4월 21일에 열렸는데(오비디우스, 『로마의 축제들』 4권 807~862행 참조), 기원전 753년 바로 이날 로물루스에 의해 로마의 성벽이 세워졌다고 한다

성벽이 세워졌다. 타티우스[159]와 사비니인들의 원로들이 전쟁을   775

걸어오자, 타르페이아[160]가 성채로 가는 길을 적군에게 열어주고

방패 더미에 눌려 목숨을 잃으니, 당연한 죗값이었다.

　　그러고 나서 쿠레스[161]에서 태어난 자들[162]은 침묵하는 늑대들처럼

목소리를 누르고 잠에 제압당한 육신들에게 다가가며 일리아[163]의

아들[164]이 튼튼한 빗장을 질러놓은 문을 공격했다.   780

하지만 사투르누스의 딸[165]이 소리 없이 돌쩌귀를

돌려 그중 하나를 벗겼다. 베누스만이 문의 빗장이 벗겨진 것을

알고 그것을 걸었을 것이나, 신들에게는 신들의 행위를

(리비우스, 『로마 건국 이후의 역사』(*Ab urbe condita*) 1권 7장 1∼3절 참조).

158 로마 시.

159 로마 북쪽의 산악 지방에 살던 사비니인들의 왕으로, 처음에는 로물루스와 전쟁을 했으나 나중에는 화친을 맺고 그와 공동으로 로마를 다스렸다.

160 로마를 배신한 소녀로, 사비니인들이 왼팔에 차고 다니는 금팔찌를 받기로 하고 사비니인들에게 카피톨리움 언덕의 성채로 올라가는 길을 열어주었으나 금팔찌가 아니라 그들이 왼팔에 들고 다니던 방패들에 눌려 죽는다.

161 사비니인들의 수도.

162 사비니인들.

163 Ilia. 일리움, 즉 '트로이야의 여인'이라는 뜻으로, 로물루스와 레무스의 어머니가 된 레아 실비아의 별칭. 로물루스의 어머니 레아 실비아, 일명 일리아는 알바 롱가의 마지막 정통 왕 누미토르의 딸로 누미토르가 아우 아물리우스에게 축출되면서 베스타 여신을 모시는 여사제가 되어 결혼할 수 없게 되지만 군신(軍神) 마르스에 의해 쌍둥이 아들 로물루스와 레무스를 낳는다. 어머니는 갇히고 아이들은 티베리스 강에 버려졌으나 나중에 로마가 세워질 곳으로 떠내려가서 암 늑대의 젖을 먹고 연명하다가 목자 파우스툴루스에게 발견되고 양육된다. 그들은 장성하여 아물리우스를 축출하고 왕권을 누미토르에게 돌려준다. 그 뒤 자신들이 강물에 떠내려가다 닿았던 곳에 도시를 세우는데, 이때 의견 충돌로 레무스는 로물루스 또는 그의 동료의 손에 죽는다. 로물루스는 자기 이름에서 따와 새 도시를 로마라고 이름 짓고 로마의 초대 왕이 된다.

164 로물루스.

165 유노.

원래 상태로 돌리는 것이 허용되지 않는다. 아우소니아의

물의 요정들은 야누스의 사당 근처에 살고 있었는데,   785

그곳에는 찬 샘물이 솟아오르고 있었다.

이들에게 베누스가 도움을 청하자, 요정들은 여신의 정당한

청을 거절하지 않고 자신들의 샘의 흐르는 수맥을

불러올렸다. 그래도 여전히 야누스의 출입문은

열려 있었고, 길은 물로 막히지 않았다.   790

그리고 나서 요정들은 부글부글 솟는 샘물 밑에다 노란 유황을

깔고는 속이 빈 수맥에 연기가 나는 역청으로 불을 놓았다.

이런 힘과 다른 힘에 의해 뜨거운 김이 샘물의 맨 밑바닥까지

스며들자, 잠시 전만 해도 감히 알페스의 추위와도 겨루던

물들이여, 너희는 열기에서 불 자체에도 양보하지 않는구나!   795

그리하여 양쪽 문설주에서 뜨거운 김이 연기처럼 피어오르니,

가차없는 사비니인들에게 헛되이 약속되었던[166] 문은

새로운 샘물로 막혔고, 그사이 마르스의[167] 군사는

무구를 입을 수 있었다. 이어서 로물루스가 도리어

공세를 취하자 로마 땅은 사비니인들의 시신뿐 아니라   800

그들 자신의 시신으로 덮였고, 불경한 칼은

사위들의 피를 장인들의 피와 뒤섞었다.[168]

하지만 결국 칼로 끝장을 보지 않고 전쟁을 평화롭게 끝내되

---

166 타르페이야에 의해 약속되었다는 말이다.

167 여기서 '마르스의'는 '로물루스의'라는 뜻이다.

168 당시 로마인들은 로물루스의 계략에 의해 축제 때 구경하러 온 사비니인들의 딸들을 약탈
하여 아내로 삼았는데, 이로 인해 두 부족 사이에 전쟁이 벌어졌던 것이다. 여기서 '사위들'이
란 로마인들을, '장인들'이란 사비니인들을 말한다.

타티우스를 공동의 통치자로 삼기로 합의했다.

　타티우스가 죽은 뒤, 로물루스여, 그대는 두 백성에게　　　　　805
동등한 법을 적용했소이다. 그때 마보르스가 투구를 벗고
신들과 인간의 아버지에게 말했다.
"아버지, 로마라는 국가가 튼튼한 토대 위에 서서
더이상 한 사람의 힘에 의존하지 않게 되었으니, (나와,
그대의 그럴 만한 가치가 있는 손자에게 약속하신) 상을 내리시어　　　810
그를 대지에서 데려와 하늘에 앉힐 때가 되었습니다.
그대는 전에 신들이 모인 자리에서(나는 그 자애로운 말씀을
명심하고 있다가 그대에게 일깨워드리는 것입니다.)
'네가 푸른 하늘로 들어올릴 자가 태어나리라!'라고
말씀하셨습니다. 이제 그대의 그 말씀이 이루어지게 해주소서!"　　　815
전능한 신[169]이 승낙의 뜻으로 고개를 끄덕이더니 온 하늘을
먹구름으로 가리고 온 대지를 천둥과 번개로 놀라게 했다.
그라디부스[170]는 그것이 약속대로 아들을 채어오라는 확실한
신호임을 알아차리고 창 자루에 기대어, 피투성이가 된 멍에 밑에서
말들이 끄는 전차에 대담하게 뛰어오르더니 요란하게 울리는　　　820
채찍을 휘둘렀다. 그러고는 대기 사이로 곤두박질치듯
미끄러져 내려가 숲이 우거진 팔라티움[171] 언덕의 꼭대기에
멈춰 서더니, 그곳에서 퀴리스[172]들에게 이미 왕의 것이 아닌

169　윱피테르.
170　6권 427행 참조.
171　14권 332행 참조.
172　퀴리스(Quiris 대체로 복수형 Quirites를 쓴다)들이란 시민적·비군사적 기능의 로마인들을
말하며 '남자들 또는 사람들의 모임'이라는 뜻의 옛말 covirites에서 유래했을 것으로 추측된다.

판결을 내리고 있던, 일리아의 아들[173]을 채어갔다.

그의 필멸의 육신은 희박한 대기 사이에서 소멸되었는데,

그 모습은 넓은 투석기가 쏜 납탄이   825

하늘 한가운데에서 녹아내리곤 할 때와도 같았다.

그에게는 신상을 모시는 방석에 더 어울리는 외모가 주어졌는데,

그것은 신들의 옷을 입은 퀴리누스[174]의 모습과 같았다.

    그의 아내는 그를 잃은 줄 알고 애도했다. 그러자 여왕 유노가

이리스에게 명하여 아치형의 길[175]을 타고 헤르실리에에게   830

내려가 혼자된 왕비에게 이렇게 자신의 말을 전하게 했다.

"오오! 라티니족과 사비니인들의 빼어난 자랑거리여,

전에는 그토록 위대한 남자의 아내가 되기에, 지금은

퀴리누스의 아내가 되기에 가장 어울리는 부인이여,

눈물을 멈추라! 그대가 남편을 보고 싶다면,   835

나를 따라 퀴리누스의 언덕[176] 위에서 푸르게 자라며

로마 왕의 신전에 그늘을 선물하는 원림으로 가요!"

이리스는 시키는 대로 다채로운 무지개를 타고 대지로

미끄러지듯 내려가 명령받은 말을 헤르실리에에게 전했다.

그녀는 간신히 눈을 들어 공손한 낯빛으로 말했다.   840

"오오! 여신이시여, (나는 그대가 누군지 말씀드릴 수 없지만,

그대가 여신이라는 것은 확실하니까요.) 자, 나를 인도하여

---

173 일리아의 아들에 관해서는 14권 781행 참조.

174 14권 607행 참조.

175 무지개.

176 '퀴리누스의 언덕'(collis Quirini)이란 로마의 일곱 언덕 가운데 하나인 퀴리날리스 언덕을 말한다.

내 남편의 얼굴을 보여주세요! 내가 한 번이라도 그이를

보는 것을 운명이 허락한다면, 나는 하늘을 얻었다고 말할 거예요.”

헤르실리에는 지체 없이 타우마스의 딸[177]인 소녀와 함께   845

로물루스의 언덕[178]으로 갔다. 그곳에 이르자 하늘에서 별 하나가

대지로 미끄러지듯 떨어졌다. 그 빛에 헤르실리에가

머리털이 불타며 그 별과 함께 대기 속으로 사라졌다.

그녀를 로마 시의 건설자가 전부터 친숙한 손으로 맞으며

그녀의 육신과 이전의 이름을 바꾸고 그녀를 호라라고 불렀다.   850

그리하여 그녀는 이제 여신으로서 퀴리누스와 결합했다.

---

177 이리스.

178 퀴리날리스 언덕.

XV

뮈스켈로스

그사이 사람들은 그토록 큰 업무의 짐을 감당할 만하고,

그토록 위대한 왕의 뒤를 이을 만한 사람을 찾고 있었다.

그러자 미래의 진실한 예언녀인 소문의 여신이 왕위를 위해

유명한 누마¹를 뽑았다. 그는 사비니인들의 관습을

아는 것으로 만족하지 않고 넓은 마음속에 더 큰 뜻을 품고   5

사물의 본성이 무엇인지 규명하려 했다.

그런 일을 좋아한 나머지 누마는 고향인 쿠레스를 떠나

전에 헤르쿨레스를 환대한 적이 있는 도시²를 찾아가게 되었다.

그곳에서 누마가 이탈리아의 해안에다 이 그라이키아의 성벽을

쌓은 자가 누구냐고 물었을 때, 고사(故事)에 밝은, 그곳의   10

나이 많은 토착민 한 명이 그에게 이렇게 대답했다.

"전하는 이야기에 따르면, 윱피테르의 아들³이 히베리아⁴의

소떼⁵로 부자가 되어 오케아누스에서 돌아오다가 운 좋게

라키니움⁶의 해안에 닿은 다음, 가축 떼가 부드러운 풀을

뜯는 동안 그 자신은 위대한 크로톤의 집과 환대하는   15

지붕 밑으로 들어가 그곳에서 쉬며 긴 노고로부터 원기를

---

1   로물루스의 뒤를 이은 로마의 제2대 왕.
2   남이탈리아 브룻티움 지방의 동해안에 있는 크로토나(Crotona, Croto 또는 Croton)를 말
한다.
3   헤르쿨레스.
4   7권 324행 참조.
5   히베리아의 소떼, 즉 게뤼온의 소떼에 관해서는 9권 184행 참조.
6   크로토나 시 근처에 있는 곳.

회복하고 떠나며 '그대의 손자 대에는 이곳에 도시가

설 것이오.'라고 말했는데, 그 약속이 실현되었다고 하오.

뮈스켈로스라는 사람이 있었는데, 그는 아르고스 사람 알레몬의

아들로 그 당시 신들의 사랑을 가장 많이 받았지요.   20

그가 깊은 잠에 곯아떨어졌을 때 몽둥이를 들고 다니는 이[7]가

그의 위에 몸을 구부리고는 '가서 머나먼 아이사르[8]의 돌이 많은

강바닥을 찾도록 하시오! 자, 선조의 거처를 떠나시오!'라고

말하며 시키는 대로 하지 않으면 무서운 일을 당하게

하겠다고 위협했소. 그러고는 잠과 신이 함께 사라졌소.   25

알레몬의 아들은 일어나 방금 본 환영을 혼자 말없이 되새기며

어떻게 할까 망설이며 오랫동안 자신과 싸웠소.

신은 떠나라고 명령했으나 국법은 떠나는 것을 금했소.

조국을 바꾸려 하는 자는 사형에 처하게 되어 있었지요.

찬란한 태양신이 빛나는 머리를 오케아누스에 감추고,   30

가장 짙은 밤의 여신이 별이 총총한 머리를 들었을 때,

같은 신이 그에게 나타나 같은 지시를 내리며 시키는 대로 하지 않으면

더 나쁜 일을 더 많이 당하게 하겠다고 위협하는 것 같았소.

그는 깜짝 놀라 아버지에게서 물려받은 화로와 가정을 낯선 곳으로

옮길 채비를 했소. 그리하여 시내에 소문이 퍼지자,   35

뮈스켈로스는 범법자로 재판을 받게 되었소. 심리가 끝나고

증인 없이도 유죄가 명백히 입증되자, 형색이 남루한

피고인이 하늘의 신들을 향해 얼굴과 손을 들고 말했소.

7   헤르쿨레스.
8   남부 이탈리아의 강.

'열두 고역으로 하늘에 오를 권리를 부여받으신 분이시여,

부디 나를 도와주소서! 내 죄는 그대가 시키신 것이니까요.'   40

옛날에는 흰 돌과 검은 돌을 쓰는 관습이 있었는데,

검은 돌은 피고인에게 유죄 선고를, 흰 돌은 무죄 선고를

하는 데 쓰였지요. 이때에도 그런 식으로 가혹한 판결이 내려졌으니,

무자비한 항아리 속으로 던져진 돌은 모두 검은 것이었소.

그러나 항아리를 뒤집어 세어보기 위해 돌을 쏟았을 때,   45

돌의 색깔은 모두 검은색에서 흰색으로 변했소.

그리하여 헤르쿨레스의 뜻에 따라 유리한 판결이

내려져 알레몬의 아들은 석방되었소. 그는 수호신인,

암피트뤼온의 아들[9]에게 고맙다는 인사를 하고 나서 순풍에

돛을 달고 이오니움 해[10]를 항해했소. 그는 라케다이몬[11]의   50

타렌툼[12]과, 쉬바리스[13]와, 살렌티니족[14]이 세운 네레툼[15]과,

투리이[16] 만과, 네메세[17]와, 이아퓌기아[18]의 들판들[19] 옆을 지났소.

그는 바다를 내려다보고 있는 나라들을 간신히 지난 뒤에

---

9 헤르쿨레스.

10 4권 535행 참조.

11 스파르테의 별칭.

12 이탈리아 칼라브리아 지방의 서해안에 라케다이몬인들이 세운 항구도시.

13 타렌툼 근처의 강 및 도시.

14 타렌툼 시 근처에 살던 부족.

15 이탈리아 반도의 발뒤꿈치에 해당하는 칼라브리아 지방의 도시.

16 Thurii(그/ Thourioi). 남부 이탈리아 타렌툼 만의 도시로, 파괴된 쉬바리스가 있던 자리에 아테나이인들이 다시 세웠다.

17 남부 이탈리아 브룻티움 지방의 소도시.

18 14권 458행 참조.

19 아풀리아 지방을 말한다.

운명이 정해준 아이사르 강 하구를 발견했고,

거기서 멀지 않은 곳에서 크로톤의 신성한 뼈가 묻힌 　　　　　　　55

무덤을 발견했소. 거기 신이 명령한 땅에다 그는 성벽을 세우고

그곳에 묻힌 사람의 이름을 따서 도시 이름을 지었지요. ”

확실한 전승(傳承)에 따르면, 그곳의 내력과

이탈리아 땅에 도시가 세워진 내력은 그러했다.

퓌타고라스의 철학

　그곳에는 사모스[20] 출신의 한 남자[21]가 살고 있었다. 　　　　　60

그는 사모스와 그 통치자들[22]을 피해 도망쳤고, 참주에 대한

증오심 때문에 자진하여 망명생활을 하고 있었다. 그는 비록

하늘에서 멀리 떨어져 있었지만, 사상으로 신들에게 다가갔고,

자연이 인간에게 보지 못하게 한 것을 마음의 눈으로 보았다.

그는 정신과 깨어 있는 근면으로 모든 것을 꿰뚫어보고 나서 　　　65

이를 대중에게 가르쳤다. 그는 자기가 한 말을 경탄하며 묵묵히 듣는

군중에게 광대한 우주의 기원과, 사물의 원인과, 자연은 무엇이며,

신은 무엇이며, 눈은 어디서 오며, 번개의 원인은 무엇이며,

천둥을 치는 것은 윱피테르인지 아니면 구름을 찢는

20　8권 221행 참조.

21　그리스의 철학자이자 수학자인 퓌타고라스. 누마가 퓌타고라스의 사상을 도입했다는 것은 받아들이기 어렵다. 누마는 기원전 700년경에, 퓌타고라스는 기원전 500년경에 활동했기 때문이다.

22　폴뤼크라테스(Polykrates)와 그 형제들.

바람인지, 지진의 원인은 무엇이며, 별들은 어떤 법칙에 따라 70

운행하는지, 숨겨져 있는 그 밖의 모든 것을 가르치곤 했다.

그는 처음으로 동물의 고기를 우리네 식탁에 올리는 것에

항의했을 뿐 아니라 지혜롭지만 남이 믿어주지 않는 입을

열어 처음으로 이런 말을 하기도 했다.

"오오! 인간들이여, 죄 많은 음식으로 그대들의 육신을 더럽히지 75

마시오. 그대들에게는 열매가 있고, 그 무게로 가지가 휠 만큼의

과일이 있으며, 포도 덩굴에는 부풀어오른 포도송이가 있소.

그대들에게는 감미로운 약초가 있고, 불로 익히면 연하고

부드러워지는 야채가 있소. 그대들은 또 흐르는 우유와

백리향 꽃향기가 나는 꿀도 빼앗기지 않았소. 그대들에게 80

대지는 아낌없이 자신의 부와 자애로운 양식을 공급하며

살육을 저지르고 피를 흘리지 않아도 먹을거리를 대주고 있소.

짐승이나 고기로 허기를 달래는 겁니다. 하지만 짐승이라고

다 그런 것도 아니오. 말과 양떼와 소떼는 풀을 뜯어먹고

살지 않소. 사납고 길들일 수 없는 짐승인 85

아르메니아의 호랑이와 광포한 사자와 곰과 늑대나

피투성이가 된 먹이를 즐긴다오.

아아, 고기가 고기를 삼키다니 이 얼마나 큰 죄악이며,

남의 육신을 먹어 탐욕스러운 제 육신을 살찌우고, 한 생명이

다른 생명의 죽음으로 살아가다니 이 얼마나 큰 죄악인가요! 90

어머니 중에서도 가장 훌륭한 대지가 생산하는 그토록 큰 풍요

한가운데에서도 비참하게 죽은 짐승의 고기를 잔인한 이빨로 씹어

퀴클롭스들의 관습[23]을 되풀이하는 것 말고는 아무것도 그대들을
즐겁게 하지 못하며, 남을 죽이지 않고는 그대들은 게걸스럽고
만족할 줄 모르는 배의 허기를 달랠 수 없단 말이오?   95
　　우리가 황금시대라고 이름 지은 옛 시대는
나무의 열매와 땅에서 나는 약초로 축복받아
입을 피로 더럽히지 않았소. 그때는 새들도
날갯짓을 하며 안전하게 하늘을 날았고, 산토끼도
아무 두려움 없이 들판 한가운데를 돌아다녔으며,   100
물고기도 의심하지 않는 탓에 낚싯바늘에 걸리는 일이 없었소.
그때는 음흉한 덫도 없고, 속임수를 두려워할 필요도 없었으며,
이 세상 어딜 가나 평화가 가득했소.
하지만 누군가 사자의 음식을 부러워하여 고기를
먹을거리로 탐욕스러운 뱃속에 삼켜 나쁜 선례가 되면서   105
죄악의 길은 열렸소. 아마도 처음에 칼은 살해된
맹수의 피로 더럽혀지며 데워졌을 것이오.
(그것으로 만족했어야 했소.) 우리의 생명을 위협하는
동물을 죽이는 것은 죄가 아니라고 우리는 말하기 때문이오.
하지만 그것을 죽이기는 해도 먹지는 말았어야 했소.   110
　　거기서 무도한 짓은 한 걸음 더 나아갔소. 생각건대, 처음에는
당연히 돼지가 제물로서 죽음을 맞았던 것 같소. 그것은 녀석이
구부정한 주둥이로 씨를 파헤쳐 한 해의 희망을 앗아갔기 때문이오.
숫염소는 박쿠스의 포도 덩굴을 뜯어먹은 탓에 복수하는
신의 제단에 제물로 바쳐져야 한다고 여겨졌소.

23　14권 194행 이하 참조.

이들 둘은 죗값을 치른 셈이오. 하지만 사람에게   115
봉사하도록 태어난 평화로운 작은 가축인 양떼여,
너희가 무슨 죄를 지었단 말이냐? 너희는 가득찬 젖통으로
음료를 주고, 부드러운 옷을 지어 입으라고 우리에게
양털을 주며, 죽어서보다 살아서 우리에게 더 많은 도움을
주지 않느냐? 속임수와 음모를 모르고, 무해하고, 순진하고,   120
노고를 견디도록 태어난 소는 또 무슨 죄를 지었단 말이오?
인간은 곡식의 선물을 받을 자격이 없는 참으로 배은망덕한 자요.
구부정한 쟁기의 무거운 짐을 벗기자마자 감히 제 농사꾼[24]을
죽일 수 있는 자는, 단단한 땅을 그토록 자주 새로 갈아엎어
그토록 많은 수확을 거둬들이게 해주던, 자기를 위해   125
일하다 지친 그 목덜미를 도끼로 내리칠 수 있는 자는!

   그런 무도한 짓을 저지르는 것으로 만족하지 못하고,
인간은 신들까지 자신의 범죄에 끌어들여 하늘의 신들은
노고를 견디는 황소를 죽이는 것을 좋아한다고 믿고 있소.
아무 흠이 없고 더없이 잘생긴 제물은(잘생겼다는 것이   130
황소에게는 재앙이오.) 머리띠와 금박으로 장식된 채
제단 앞에 세워져 뜻도 모르고 사제의 기도를 들으며
자신이 가꾼 곡식이 자기 두 뿔 사이 이마에 뿌려지는 것[25]을
지켜보다가, 아마도 맑은 물속[26]에 비치는 것을

---

24 소.
25 제물을 바칠 때에는 먼저 제물의 뿔에 화환을 두르고 금박을 입힌 다음 털을 조금 잘라 제
단 위의 불에 던져 넣고 소금을 섞은 곡식(주로 보리) 가루를 뿔 사이에 뿌리고 나서 칼로 목을
따는데, 소같이 큰 제물은 먼저 도끼로 목덜미를 내리친다.
26 제사 때 쓰는 대야 같은 그릇에 담긴 물을 말한다.

미리 보았을 그 칼을 제 피로 붉게 물들이오. 그러면 인간들은   135

지체 없이 그것의 살아 있는 가슴에서 내장을 꺼내어

유심히 살펴보며 거기서 신들의 뜻을 알아내려고 하지요.[27]

그러고 나면 오오! 인간 종족이여, 그대들은 감히 그것을 먹어치우오!

(금지된 먹을거리를 향한 인간의 욕구는 그만큼 큰 것이오.)

그대들은 제발 그러지 말고, 내 충고에 귀를 기울이시오!   140

그대들이 죽은 소의 사지를 입에 넣을 때, 그대들은

자신의 동료 농사꾼을 먹는다는 것을 알고 느끼도록 하시오!

　　지금 신이 내 입을 움직이니 나는 내 입을 움직이는 신을 충실히

따를 것인즉, 내가 본 델피의 진실과 하늘의 모든 비밀과

숭고한 정신의 신탁을 나는 밝힐 것이오.

옛 사람들의 재능에 의해 규명된 적 없이 오랫동안   145

감추어져 있던 위대한 일들에 관해 나는 노래할 것이오.

높은 별들 사이를 다닌다는 것은 즐거운 일이며,

대지와 그 권태로운 거처를 뒤로하고 구름을 타고 다니다가

건장한 아틀라스의 어깨 위에 자리잡고는 저 밑에서 인간들이

이성을 갖지 못하고 불안하게 죽음의 두려움에 사로잡힌 채   150

정처 없이 떠돌아다니는 것을 내려다보며 이렇게 격려하고

운명의 두루마리를 펼쳐 보인다는 것은 즐거운 일이오.

　　오오! 싸늘한 죽음의 공포에 어리둥절해진 인간 종족이여,

어째서 그대들은 스튁스를, 암흑과 공허한 이름들을, 시인들의

소재를, 실재하지도 않는 세계의 위험들을 두려워하는 것이오?   155

27　제물의 내장을 꺼내어 보고 전조를 알아내는 것은 그리스인들과 에트루리아인들의 관습이
다. 15권 558~559행 참조.

그대들의 육신은, 화장용 장작더미가 화염으로 파괴했든 긴 세월이

썩게 했든, 어떤 불행도 당할 수 없다고 그대들은 생각하시오!

우리의 혼은 죽지 않으며, 이전 거처를 떠나면 언제나 새집으로

받아들여져 거기서 생명을 유지하며 살아간다오.

나는 (분명히 기억하오.) 트로이야 전쟁 때 판토우스의 아들   160

에우포르부스[28]였는데, 전에 아트레우스의 작은 아들[29]의

무거운 창을 맞아 그것이 가슴에 꽂혀 있었소.

얼마 전 나는 아바스[30]의 도시 아르고스에 있는 유노의 신전에서

내가 전에 왼팔에 들고 다니던 방패를 알아보았소.

만물은 변하며, 소멸하는 것은 아무것도 없소. 혼은 저기서   165

여기로, 여기서 저기로 방황하다가 아무것이나 마음에 드는

사지를 차지하지요. 혼은 짐승에서 사람의 몸으로,

우리 몸에서 짐승으로 옮겨다닐 뿐 결코 소멸하는 법이 없소.

마치 말랑말랑한 밀랍이 새로운 형상으로 만들어지면

이전 상태로 남아 있지도 않고 같은 모양을 유지하지도 않지만   170

그래도 똑같은 밀랍이듯이, 그와 마찬가지로 혼도 여러 형상 속으로

옮겨다녀도 언제나 똑같다는 것이 내 가르침이오.

그래서 경건함이 뱃속 욕망에 제압되지 않도록 예언자로서

---

28 판토우스(Panthous 그 / Panthoos)의 아들 에우포르부스(Euphorbus 그 / Euphorbos 『일리아스』 14권 454~455행, 16권 807~808행, 17권 1행 이하 9·81행 참조)는 트로이야 전쟁 때 아킬레스의 전우 파트로클루스에게 맨 처음으로 부상을 입히는 큰 공을 세웠으나 메넬라우스의 창에 맞아 죽는다(『일리아스』 17권 43행 이하 참조). 메넬라우스는 그의 방패를 빼앗아 아르고스에 있는 유노 신전에 걸어두었다. 파우사니아스, 『그리스 안내』 2권 1장 3절 참조.

29 메넬라우스.

30 4권 607행 참조.

이르노니, 그대들은 무도한 살육으로 동족인 혼들을 몰아내는

짓을 삼가고, 피가 피를 먹고 자라는 일이 없게 하시오!   175

　나는 이미 넓은 바다를 항해하고 있고, 바람을 받아 돛을 활짝

폈으니 하는 말이지만,[31] 온 세상에 영속하는 것은 아무것도 없소.

만물은 흐르고,[32] 모든 형상은 변화함으로써 생성되는 것이오.

시간 자체도 끊임없이 움직이며 흘러가는 것이니, 강물과 다르지

않소. 강물도, 덧없는 시간도 멈춰 설 수 없기 때문이오.   180

하지만 마치 물결이 물결에 밀리고, 모든 물결이

뒤에 있는 물결에 쫓기면서 앞에 있는 물결을 쫓듯이,

그와 마찬가지로 시간도 달아나며 동시에 뒤쫓으니

언제나 새로운 것이오. 전에 있었던 것은 지나가고

전에 없었던 것은 생겨나, 매 순간이 새롭기 때문이오.   185

　그대들도 보시다시피, 밤이 지나가면 햇빛을 지향하며,

눈부신 햇살은 밤의 어둠 뒤를 이으오. 하늘의 색깔은,

만물이 지쳐 누워 밤중에 휴식을 취할 때 다르고,

찬란한 루키페르가 백마를 타고 나타날 때 다르며,

햇빛의 전령인 팔라스의 딸[33]이 포이부스에게   190

넘겨줄 온 세상을 물들일 때 또 다르오.

신의 둥근 방패[34] 자체도 아침에 대지 밑에서 떠오를 때에도

다시 대지 아래로 숨을 때에도 붉지만,

31　'기왕 말이 나왔으니 말이지만'이라는 뜻이다.

32　cuncta fluunt. 이 말은 기원전 500년경에 활동한 그리스 철학자 헤라클레이토스(Herakleitos)
의 명언 panta rhei를 라틴어로 옮긴 것이다.

33　아우로라. 9권 421행 참조.

34　태양.

중천에 떠 있을 때에는 흰데, 그것은 그곳의 대기는 더 순수하고
대지의 불순물로부터 멀리 떨어져 있기 때문이오.

밤의 여신 디아나[35]도 언제나 같거나 동일한 모습을
유지할 수가 없어, 찰 때에는 내일보다는 오늘이 더 작고,
이울 때에는 내일보다 오늘이 더 큰 법이오.

　어떻소, 그대들은 한 해가 우리 인생살이를 모방하여
네 가지 모습으로 이어진다는 것이 보이지 않으시오?
초봄은 젖먹이처럼 부드러워 소년 시절과 가장 비슷하오.
그때는 초목이 싱그럽고 물이 오르지만 연약하고 무르며,
희망으로 농부들을 즐겁게 해주지요.
그때는 만물이 꽃을 피우고, 풍요로운 들판은 온갖 꽃의 색깔과
유희하지만 아직도 나뭇잎에서는 힘을 느낄 수가 없어요.
봄이 지나고 나면 더 건장해진 한 해는 여름으로 넘어가
힘센 젊은이가 되지요. 어떤 나이도 이보다 건장하지 못하고,
이보다 풍요롭지 못하며, 이보다 더 열기가 넘치지 못하오.
젊음의 열기가 사라지고 나면 그 뒤를 가을이 잇는데,
그것은 성숙하고 원숙하며, 시기적으로 젊은이와 노인
사이에 있으며, 관자놀이가 희끗희끗한 계절이지요.
이어서 노인인 겨울이 떨리는 걸음걸이로 비틀거리며 다가오지요.
머리가 다 빠졌거나, 남아 있다면 백발이 되어서 말이오.

　우리의 육신도 언제나 쉴 새 없이 변하며,
과거의 우리나 오늘의 우리가 내일의 우리는 아닐 것이오.
우리는 단지 씨로서 그리고 인간의 첫 희망으로서

195

200

205

210

215

35　여기서는 달의 여신으로서의 디아나를 말한다.

어머니의 자궁 속에 살았던 적이 있었소.

그 뒤 자연은 교묘하게 손을 썼으니, 자연은 우리의 육신이

부푼 어머니의 뱃속에서 눌리는 것을 원치 않아

그 집에서 자유로운 대기 속으로 내보낸 것이오.   220

이렇게 햇빛 속으로 내보내진 갓난아이는 힘없이 누워 있소.

하지만 곧 그것은 짐승처럼 네 발로 기기 시작하다가

아직은 튼튼하지 못한 떨리는 무릎으로 차츰차츰

똑바로 일어서지요. 무언가 다른 것에 의지하고서 말이오.

그 뒤 그것은 강하고 날쌔져 청년기를 통과하지요.   225

인생의 중년도 할 일을 다 마치고 나면, 그것은

저물어가는 노년의 내리막길로 미끄러져 내려가오.

노년은 초년의 힘을 무너뜨리고 파괴하는 법이오. 그래서 밀론[36]은

늙자 헤르쿨레스의 팔처럼 우람한 근육 덩어리였던

자신의 두 팔이 힘없이 축 늘어진 것을 보고는   230

눈물을 흘리는 것이며,[37] 튄다레우스의 딸[38]도

거울에 비친 노년의 주름살을 보고는 눈물을 흘리며,

어째서 자기가 두 번씩이나 납치되었는지[39] 자문하는 것이오.

모든 것을 먹어치우는 시간이여, 그리고 시기심 많은 노년이여,

너희는 모든 것을 파괴하고 세월의 이빨로 갉아먹으며 그것들이   235

천천히 다가오는 죽음 속에서 차츰차츰 소멸하게 하는구나!

---

36   퓌타고라스의 제자로, 올륌피아 제전과 퓌토 제전에서 가끔 우승을 하던 레슬링 선수였다.

37   오비디우스는 이 일화를 키케로의 『노년에 관하여』(*De Senectute*, 27절 참조)에서 읽은 것
으로 추측된다.

38   헬레네.

39   헬레네는 처음에는 테세우스에게, 나중에는 파리스에게 납치된다.

우리가 원소(元素)[40]라고 부르는 것들도 불변하지는 않소.
그것이 어떻게 변하는지 내가 말할 테니 그대들은 귀를
기울이시오. 영원한 우주에는 네 가지 생성 요소가 들어 있소.
그중 두 가지인 흙과 물은 무거워 자체의 무게에 의해   240
더 낮은 곳으로 가라앉지요. 그리고 그중 또 다른 둘인
공기와, 공기보다 더 순수한 불은 무게가 없어
그것들을 내리누르는 것이 없으면 위로 올라가지요.
이들 원소는 비록 서로 멀리 떨어져 있지만 모두 다른 것에서
비롯되고 다른 것으로 돌아가오. 흙은 풀어지면 흐르는 물로   245
희박해지고, 물기는 희박해지면 대기와 바람으로 변하지요.
공기는 원래 가장 희박한 터라 무게를 빼앗기면
가장 높은 곳에 있는 불을 향해 솟아오르지요.
그리고 나면 그것들은 거꾸로 순서를 밟아 되돌아오지요.
불은 농축되어 진해지면 공기가 되고, 공기는 물이 되며,   250
물은 또 한데 응축되면 흙으로 굳어지기 때문이오.
　　본래 모습을 유지하는 것은 아무것도 없소. 위대한 발명가인
자연은 끊임없이 다른 형상에서 새 형상을 만들어내오.
그대들은 내 말을 믿으시오! 온 세상에 소멸하는 것은 아무것도
없소. 단지 그것이 변하고 모습을 바꿀 뿐이오. 태어난다 함은   255
이전과는 다른 것으로 존재하기 시작하는 것이고, 죽는다 함은
같은 것이기를 그만두는 것이오. 혹시 사물이 저기서 여기로,
여기서 저기로 옮긴다 하더라도, 사물의 합(合)은 불변이오.
같은 모양으로 오랫동안 지속되는 것은 아무것도 없다고 나는

---

40   1권 21행 이하 참조.

확신하오. 그래서, 시대들이여, 너희도 황금시대에서 철의 시대로   260

넘어왔고, 그래서 그토록 자주 장소의 행운도 바뀌는 것이오.

전에는 더없이 단단한 육지였던 것이 바다로 변한 것을

나는 보았고, 바다에서 만들어진 육지도 나는 보았소.

바다의 조가비가 바다에서 멀리 떨어진 곳에 있는가 하면,

산꼭대기에서 옛날 닻이 발견되기도 한다오.   265

전에는 들판인 곳을 흘러내리는 물이 골짜기로

만드는가 하면, 산이 홍수에 씻겨나가 평지가 되기도 했소.

전에는 늪지였으나 말라 메마른 모래밭이 되는가 하면,

전에는 갈증에 시달리던 곳이 못이 되어 축축한 늪이 되었소.

자연은 이곳에 새 샘을 내보내는가 하면, 저곳에서는   270

닫아버리오. 대지 깊숙한 곳에서 일어나는 지진으로 강이

솟아 나오기도 하고 마르며 시야에서 사라지기도 하오.

    그와 같이 뤼쿠스[41]는 입을 쩍 벌린 대지에 삼켜졌다가

그곳에서 멀리 떨어진 곳에서 다른 얼굴로 다시 태어나오.

그와 같이 에라시누스[42]는 때로는 삼켜지고,   275

때로는 숨은 수로를 미끄러지듯 흐르다가 아르고스의 들판에서

당당하게 다시 나타나오. 사람들이 말하기를,

뮈시아[43] 지방의 카이쿠스[44]도 발원지와 이전의 강둑에

싫증이 나서 지금은 다른 길로 흐른다고 하오.

---

41 Lycus(그 / Lykos). 소아시아 파플라고니아 지방의 강.

42 Erasinus(그 / Erasinos). 그리스 아르골리스 지방의 강.

43 소아시아 서북부에 있는 지방.

44 2권 243행 참조.

시카니아의 모래를 굴리는 아메나누스[45]도 지금은 흐르지만,

때로는 수원(水源)이 고갈되어 말라버리기도 하지요.   280

아니그로스[46]는 전에는 마실 수 있는 물이었지만, 지금은 그대가

만지기도 싫어할 물을 쏟아내고 있소. 시인들의 말이 다 믿을 수 없는

것이 아니라면, 몽둥이를 들고 다니는 헤르쿨레스의 활에 반인반마의

켄타우루스족이 상처를 입고 거기서 상처를 씻은 뒤 그랬다 하오.

어떻소? 스퀴티아 지방의 산에서 발원하는 휘파니스 강물도   285

전에는 단맛이 났으나, 지금은 쓰디쓴 소금 맛이 난다 하지 않소?

안팃사[47]와 파로스[48]와 포이니케[49]의 튀로스[50]는 전에 바닷물에

둘러싸여 있었소. 그러나 지금은 어느 것도 섬이 아니오.

그곳의 원주민이 말하기를, 레우카스[51]는 본토의 일부였다고

하나 지금은 바닷물에 둘러싸여 있소. 장클레[52]도 이탈리아에   290

연결되어 있었다고 하오. 바다가 공동의 경계를 허물고 둘 사이로

바닷물을 밀어넣어 육지를 뒤로 밀어낼 때까지는 말이오.

만약 그대가 전에 아카이아의 도시였던 헬리케와 부리스를

찾는다면 그것들을 그대는 바다 밑에서 발견할 것이오. 지금도

선원들은 기울어진 도시와 물속에 잠긴 성벽을 가리키곤 하지요.   295

---

45 시킬리아 섬의 강.

46 그리스 엘리스 지방의 작은 강.

47 레스보스 섬에 있는 소도시.

48 이집트의 알렉산드리아 앞바다에 있는 작은 섬.

49 3권 46행 참조.

50 2권 845행 참조.

51 Leucas(그/Leukas). 그리스 중서부 아카르나니아 지방 앞바다에 있는 섬.

52 13권 729행 참조.

핏테우스[53]가 다스리던 트로이젠[54] 근처에는 가파르고 나무 한 그루 없는

언덕이 있는데, 전에는 더없이 평평한 들판이었으나 지금은 언덕이라오.

왜냐하면 (말하기도 끔찍한 일이지만) 캄캄한 동굴들에 갇혀 있던

바람들의 사나운 힘이, 어디로든 밖으로 나가 하늘의 자유를 누리려고   300

아무리 애써도 소용없고 자신들이 갇혀 있던 감옥 어디에서도

불고 나갈 수 있는 틈을 찾을 수 없자 땅을 잡아 늘이고

부풀렸기 때문이지요. 마치 사람이 방광이나 뿔 달린 염소의

가죽으로 만든 자루를 입김으로 부풀릴 때처럼 말이오.

부풀어오른 돌출부는 그곳에 그대로 머물며 높은 언덕과 같은   305

모양이 되더니 세월이 지나면서 단단하게 굳어졌지요.

　　내가 들었거나 알고 있는 많은 예가 머리에 떠오르지만

몇 가지만 더 말하겠소. 어떻소, 물도 새로운 형상을 주거나

받아들이지 않나요? 뿔 달린 암몬[55]이여, 그대의 샘물은

한낮에는 차지만, 해 뜰 때와 해 질 때에는 따뜻해진다오.   310

사람들이 말하기를, 아타마네스족[56]은 달이 이울어

그 원이 가장 작아지면 물을 부어 나무가 불타게 한다 하오.[57]

키코네스족[58]은 강물을 마시는 사람의 내장을 돌로 변하게 하는

강을 갖고 있는데, 강물에 닿기만 하면 무엇이든 대리석이 되지요.

53　6권 418행 참조.

54　6권 418행 참조.

55　4권 671행 참조.

56　그리스 에피로스 지방에 살던 부족.

57　플리니우스(Gaius Plinius Secundus)의 『박물지』(*Naturalis Historia*)에 따르면 에피로스 지방의 도도나에 있는 윱피테르의 샘물은 횃불을 담그면 불이 꺼지고 꺼진 횃불을 갖다 대면 불이 켜진다고 한다.

58　6권 710행 참조.

여기 우리 해안에 이웃해 있는 크라티스[59]와 쉬바리스[60]는   315
머리털에서 호박(琥珀)색이나 황금색이 나게 만들지요.
더 놀라운 것은 육신뿐 아니라 사람의 마음까지 바꿀 수 있는
능력을 가진 물이 있다는 것이오. 살마키스[61]의 음란한 물결과
아이티오피아의 호수에 관해 들어보지 못한 사람이 어디 있겠소?   320
그 물을 한 모금 마시는 사람은 누구나 미치거나, 아니면 깊은
혼수상태에 빠지지요. 클리토르[62]의 샘물로 갈증을 식힌 사람은
누구든 술을 멀리하고 검소하게도 물만 즐겨 마시지요.
아마도 더운 술에 대항하는 어떤 힘이 물속에 들어 있거나,
아니면 그곳 토착민들 말처럼 아뮈타온의 아들[63]이 제정신이 아닌,   325
프로이투스[64]의 딸들을 주문과 약초로 광기에서 치유한 뒤
정신을 맑게 하는 약물을 그 물속에 던지는 바람에
술에 대한 혐오감이 그 샘물에 그대로 남았다고 하오.
륑케스타이족[65]의 강은 이와는 정반대되는 효과를 갖고 있소.
그 물을 과하게 마신 사람은 누구든 물 타지 않은 포도주를   330
마셨을 때와 다르지 않게 비틀거리기 때문이오.
아르카디아에 (옛 사람들이 페네오스라고 부르던) 곳이 있는데,
그곳의 물은 두 가지 성질 때문에 불신을 받았소. 밤에는 그 물을

59 남부 이탈리아 루카니아 지방의 작은 강.
60 15권 51행 참조.
61 4권 286·306행 이하 참조.
62 그리스 아르카디아 지방의 도시.
63 '아뮈타온의 아들'이란 예언자이자 의사인 멜람푸스를 말한다.
64 프로이투스에 관해서는 5권 238행 이하 참조.
65 마케도니아 지방에 살던 부족.

피하시오. 밤에 마시면 해롭다오. 낮에는 마셔도 해롭지 않소.

이렇듯 호수와 강도 때로는 이런 효과를, 때로는 저런 효과를   335

갖는다오. 오르튀기에[66]가 물결 위를 떠다니던 적이 있었소만,[67]

지금은 앉아 있소. 아르고[68]호(號)는 물보라를 뿜어대며

맞부딪히는 쉼플레가데스[69] 바위를 두려워했으나,

그것들은 지금은 꼼짝 않고 버티고 서서 바람에 대항하고 있소.

지금은 유황 화덕으로 불타고 있는 아이트나 역시   340

언제나 불타지는 않을 것이며, 언제나 불탔던 것도 아니오.

그도 그럴 것이 만약 대지가 살아 있는 동물이고

여러 곳에 불을 내뿜는 숨구멍을 갖고 있다면,

그것은 숨길을 바꿀 수 있을 것이고 몸부림칠 때마다

이 구멍은 막고 저 구멍은 열 수 있을 것이기 때문이오.   345

또는 만약 날랜 바람이 지하 깊숙한 곳에 있는 동굴들에 갇혀서

바위로 바위와 불씨를 내포하고 있는 물질을 치는 까닭에

이 물질이 바위와 마찰되면서 불붙는 것이라면,

바람이 잔잔해지면 동굴들은 다시 식어버릴 것이오.

또는 만약 화염을 일으키는 것이 역청의 힘이고   350

노란 유황이 연기를 조금씩 내며 불타고 있는 것이라면,

대지가 긴 세월이 지난 뒤 힘이 소진되어 더이상 화염에

먹을거리와 양분을 대주지 못할 경우,

탐욕스러운 자연은 양분이 떨어져 허기를 참지 못하고

---

66 1권 694행 참조.

67 6권 주 70 참조.

68 이아손 일행이 황금 양모피를 구하기 위해 타고 갔던 배 이름.

69 7권 62행 참조.

스스로 버림 받은 까닭에 틀림없이 제 불을 버릴 것이오!   355

소문에 따르면, 휘페르보레이족[70]의 팔레네[71]에는 트리토니아[72]의

못에 아홉 번 들어갔다 나오면 몸이 가벼운 깃털로 덮이는

남자들이 있다고 하오. 곧이곧대로 믿지는 않지만,

사람들이 말하기를, 스퀴티아의 여인들도 몸에

마법의 액즙을 뿌려 똑같은 재주를 부릴 수 있다고 하오.   360

　하지만 실제로 검증된 일에 또 증거를 대야 한다면,

그대는 사체가 시간의 흐름과 액화시키는 열의 힘에 의해

부패하면서 작은 동물로 변하는 것을 보지 못하시오?

(이것은 잘 알려진 사실이오.) 그대는 구덩이를 파고 제물로 바친

황소의 사체를 묻어보시오. 그러면 부패한 내장 곳곳에서   365

꽃가루를 모으는 벌들이 태어나는데,[73] 그것들은 제 부모처럼

농촌을 사랑하고 일하기를 좋아하고 희망을 갖고 노력하지요.

전쟁을 좋아하는 말은 땅에 묻히면 말벌들을 만들어내지요.

만약 그대가 바닷가에 사는 게의 구부정한 집게발을 뜯어내고

나머지를 땅에 묻으면, 그 묻힌 부분에서 전갈이 나와   370

구부정한 꼬리로 그대를 위협할 것이오.[74]

나뭇잎에다 하얀 고치를 짓곤 하는 시골의

70　Hyperborei(그 / Hyperboreoi). '북풍 너머에 사는 자들'이라는 뜻으로 먼 북쪽에 산다는 전설적 부족. 여기서 '휘페르보레이족의'는 '북쪽의' '트라케의'라는 뜻이다.

71　트라케 지방의 도시 및 반도.

72　2권 783행 참조.

73　고대인들은 실제로 그렇게 믿었다. 베르길리우스, 『농경시』 4, 281행 이하 참조.

74　플리니우스, 『박물지』 9권 99절 참조.

애벌레는 무덤의 비석을 장식하는 나비[75]로 변하지요.

(이것은 농부들이 잘 알고 있는 사실이오.)

진흙에는 청개구리를 만들어내는 씨앗이 들어 있소.   375

청개구리는 처음에는 다리 없이 태어나지만

곧 헤엄치기에 알맞은 다리를 갖지요. 게다가 멀리뛰기에

알맞도록 뒷다리가 앞다리보다 길다오.

어미 곰이 갓 낳은 새끼 곰은 새끼 곰이 아니라 간신히

살아 있는 살덩이에 불과하오. 하지만 어미는 새끼 곰을 핥아   380

사지를 만들어주고, 제가 갖고 있는 곰의 모양을 갖게 해주지요.

육각형의 밀랍 벌집에 든, 꿀을 날라 오는 벌의 유충이

사지도 없는 몸으로 태어나서는 나중에야

발과 날개를 갖는 것을 그대는 보지 못했소?

꼬리에 별들을 달고 다니는 유노의 새[76]와,   385

융피태르의 무기를 나르는 새[77]와, 퀴테레아의 비둘기와,

그 밖의 온갖 새의 종족이 알에서 태어날 수 있다고

누가 믿겠소? 그러한 사실을 모르고 있다면 말이오.

사람의 척추가 좁은 무덤 속에서 썩으면

골수가 뱀으로 변한다고 믿는 사람도 있지요.   390

　　이것들은 모두 다른 동물로부터 생겨나오.

그러나 자신을 재생하고 자신을 다시 낳는 새가 한 가지 있소.

---

75 당시 영혼은 흔히 비석에 나비로 그려지곤 했는데 그것은 나비의 탈바꿈을 일종의 부활로 보았기 때문이다.

76 공작. 1권 722~723행 참조.

77 독수리. 12권 560~561행 참조.

앗쉬리아인들은 그것을 포이닉스[78]라 부르오. 그것은 열매나

풀이 아니라 유향의 눈물과 발삼나무의 즙을 먹고 산다오.

이 새는 오 세기의 한살이를 마치고 나면 떡갈나무 가지나   395

물결치는 종려나무의 우듬지에다 발톱과

깨끗한 부리를 이용해 자신을 위해 둥지를 짓지요.

거기에다 계피나무 껍질, 가벼운 감송(甘松) 열매,

부러진 육계나무 가지와 노란 몰약을 깔고 나서 포이닉스는

그 위에 자리잡고 앉아 향기 속에서 생을 마감하지요.   400

그러고 나면, 사람들이 말하기를, 아버지의 몸에서 작은 포이닉스가

다시 태어나는데, 그것도 똑같은 햇수를 산다고 하오.

새끼 포이닉스는 나이들어 힘이 생겨 짐을 나를 수

있게 되면 키 큰 종려나무 가지에서 제 요람이자

아버지의 무덤인 둥지를 효성스럽게 들어올린 다음   405

희박한 대기를 지나 휘페리온[79]의 도시[80]로 그것을 날라 가

휘페리온 신전의 신성한 문 앞에다 내려놓지요.

　이런 일이 모두 이상하고 놀랍기만 하다면, 우리는

하이에나[81]의 변화에도 놀랄 거요. 방금 전만 해도

수컷과 교미하던 암컷이 이번에는 수컷이 되니 말이오.   410

바람과 대기를 먹고 살면서 어떤 색깔에 닿든 당장 거기에

---

78 포이닉스는 헤로도토스(『역사』 2권 73장 참조) 이후로 널리 알려졌는데 이교도와 기독교
도에게 부활과 불사를 상징하는 새가 되었다.

79 휘페리온에 관해서는 4권 192행 참조. 휘페리온은 여기서는 다음 행에서와 마찬가지로 태
양신의 아버지가 아니라 태양신 자신이다.

80 이집트에 있는 헬리오폴리스(Heliopolis 그리스어로 '태양의 도시')를 말한다.

81 라틴어로는 휘아이나(hyaena)이다.

동화되는 동물[82]도 있지요. 정복당한 인디아는
포도송이 관을 쓰고 다니는 박쿠스에게 살쾡이를
몇 마리 선물했는데, 사람들이 말하기를, 이것들의 오줌은
모두 돌로 변하고 공기에 닿는 즉시 굳어진다고 하오.   415
이와 같이 산호도 공기에 닿는 즉시 굳어지지만
물밑에 있을 때에는 부드러운 식물이었소.

　새로운 모습으로 변하는 것을 일일이 열거하려고 한다면,
그러기 전에 날이 저물 것이고 포이부스는 헐떡거리는 말들이
깊은 바닷물 속에 잠기게 할 것이오. 그와 같이 우리는   420
시대도 바뀌어 어떤 민족은 힘이 강해지고 다른 민족은
쇠퇴하는 것을 본다오. 그와 같이 트로이야는 재물도 많고
남자도 많아 십 년 동안 그토록 많은 피를 내줄 수 있었지만,
지금은 낮추어져 오래된 폐허밖에 보여줄 것이 없고
부(富) 대신 선조의 무덤만 보여주고 있소. 스파르테도 한때는   425
이름을 날렸고, 위대한 뮈케나이도 강성했으며,
케크롭스[83]의 성채[84]와 암피온[85]의 성채[86]도 그러했지요.
지금 스파르테는 보잘것없는 땅이고, 높다란 뮈케나이는 넘어졌으며,
오이디푸스[87]의 테바이는 이름 말고 무엇이며,

82　카멜레온.
83　2권 555행 참조.
84　아테나이.
85　6권 176행 이하 참조.
86　테바이.
87　7권 759행 참조.

판디온[88]의 아테나이에 이름 말고 무엇이 남았단 말이오?   430

소문에 따르면, 지금은 다르다누스[89]의 로마가 일어나

압펜니누스[90]에서 태어난 튀브리스의 물결 바로 옆에다

엄청난 노력을 들여 통치의 기틀을 닦고 있다고 하오.

따라서 로마는 자람으로써 모양을 바꾸며, 언젠가는

광대한 대지의 수도가 될 것이오. 예언자들과 운명을 알려주는   435

신탁이 그렇게 말한다고들 하오. 내가 기억하기로,[91]

트로이야가 흔들릴 때 프리아무스의 아들 헬레누스는

자신의 안전을 의심하며 눈물을 흘리던 아이네아스에게 말했소.

'여신의 아들이여, 그대가 내 예언을 깊이 명심하겠다면,

그대가 안전한 한 트로이야가 완전히 멸망하지는 않을 것이오.   440

그대 앞에서는 칼과 불이 길을 내줄 것이오. 그대는 떠나가며

페르가마[92]를 구출하여 가져갈 것이오. 그대의 조국보다도

트로이야와 그대에게 더 우호적인 이국땅을 발견할 때까지 말이오.

내게는 벌써 보이오, 프뤼기아인들의 자손들에게 정해진 도시가.

그것은 현재의, 미래의, 그리고 과거의 어떤 도시보다 크오.   445

이 도시를 여러 세기 동안 다른 지도자들이 강력하게

만들 것이지만 이울루스의 혈통에서 태어난 이[93]가 이 도시를

---

88 6권 426행 참조.

89 13권 335행 참조.

90 2권 226행 참조.

91 퓌타고라스는 전생에 트로이야인 판토우스의 아들 에우포르부스였기 때문이다.

92 여기서 페르가마란 트로이야 성채 안에 모셔놓은 도시의 수호신 페나테스(Penates) 신을 말한다. 13권 624~625행 및 15권 450행 참조.

93 아우구스투스.

세계의 여주인[94]으로 만들 것이오. 대지가 그를

다 누리고 나면 하늘의 거처가 그를 누릴 것인즉 하늘이

그의 목적지가 될 것이오.'[95] 페나테스 신을 나르던 아이네아스에게

헬레누스가 이런 예언을 했음을 나는 기억하고 있소.   450

나는 나와 동족인 성벽이 다시 자라고 있고, 펠라스기족의 승리가

프뤼기아인들에게 전화위복이 된 것이 기쁘오.

　　하지만 내가 주로에서 너무 벗어나지 않도록, 그리고 내 말(馬)들이

목표를 향해 내닫기를 잊지 않도록, 이제 본론으로 돌아가겠소.

하늘과 그 아래 있는 모든 것은 형태를 바꾸며, 대지와 그 안에 있는   455

모든 것도 마찬가지요. 세계의 일부인 우리도 육신일 뿐 아니라

날개 달린 혼이기도 하므로 들짐승이라는 집안으로

들어갈 수도 있고 가축 떼의 가슴속에 숨어들 수도 있는 것이오.

이들 짐승의 육신 속에는 우리 부모님이나, 형제나,

다른 인연에 의한 친인척이나, 적어도 인간의 혼이 살고   460

있을 수 있으므로, 우리는 그것들이 안전하고 존경받도록

해야 하며 튀에스테스[96]의 잔치로 우리 배를 채워서는 안 될 것이오.

칼로 송아지의 목을 따면서 그것의 애처로운 울음소리를 듣고도

마음이 움직이지 않는 자는, 어린아이처럼 비명을 지르는

새끼 염소를 죽일 수 있는 자는, 손수 모이를 준 새를   465

먹을 수 있는 자는 얼마나 나쁜 습관을 들이는 것이며,

---

94 로마. 로마는 여성명사이다.

95 15권 868행 이하 참조.

96 펠롭스의 아들로 아트레우스의 아우. 아트레우스는 튀에스테스가 자기 아내와 내통했음을
알고 그의 자식들을 죽여 그 고기로 진수성찬을 차려 접대하는데, 튀에스테스는 나중에야 제
자식들의 고기를 먹었음을 알고 형을 저주한다.

얼마나 사악하게 사람의 피를 쏟을 준비를 하는 것이오!

그런 행위가 실제 살인과 얼마나 거리가 멀다 하겠소?

그리로 가면 결국 이르게 되는 것은 그것밖에 더 있겠소?

그대들은 황소는 밭을 갈게 하되 늙어서 죽게 하시오.　　　　470

양은 소름 끼치도록 찬 북풍을 막아줄 무기[97]를 대주게 하고,

암 염소는 젖을 짜라고 가득찬 젖통을 내밀게 하시오!

그물과 올가미와 덫과 속임수는 집어치우시오!

끈끈이를 칠한 가지로 새들을 속이지 말 것이며,

깃털로 겁주어[98] 사슴을 몰아넣지 말 것이며,　　　　475

속이는 미끼로 낚싯바늘을 감추지 마시오!

해로운 짐승을 죽이되 그 짐승들도 죽이기만 하시오!

그것의 고기를 입에 넣지 말고 정결한 양식을 구하시오!"

힙폴뤼투스

　사람들이 말하기를, 누마는 이러한 가르침과 그 밖의 다른

가르침을 마음속으로 배운 뒤 고향으로 돌아가서는　　　　480

백성들의 청을 받아들여 라티움의 통치권을 장악했다고 한다.

그는 요정[99]의 행복한 남편으로, 그리고 카메나[100] 여신들의

97　양털.
98　고대인들은 밧줄에다 밝은 색 깃털을 꽂아 사슴에게 겁을 줌으로써 미리 그물을 쳐놓은 쪽
　　으로 몰아넣었다고 한다.
99　에게리아.
100　14권 434행 참조.

지도를 받아 제물 바치는 의식을 가르쳤고, 잔혹한 전쟁에

익숙해 있던 민족을 인도하여 평화의 예술로 나아가게 했다.

그가 연로하여 통치와 삶을 마감하자 라티움의 여인들과 485

백성과 아버지들은 모두 그의 죽음을 애도했다.

그의 아내는 도시를 떠나 아리키아[101] 계곡의 우거진 숲속에

은둔하고 숨어서 신음 소리와 곡소리로, 전에 오레스테스가

시작한 디아나의 의식[102]을 방해했다. 아아, 얼마나 자주

숲과 호수의 요정들은 그녀더러 그러지 말라고 충고하며 490

위로의 말을 했던가! 얼마나 자주 테세우스의 아들인 영웅[103]은

눈물을 흘리는 그녀에게 말했던가! "이제 그만 진정하시오.

슬퍼해야 마땅한 것은 그대의 운명만이 아니오.

비슷한 일을 당한 다른 사람들 생각도 한번 해보시오!

그대의 슬픔을 위로해줄 수 있는 것이 내 경험이 아니라 남의 495

경험이었으면 좋겠소만, 내 경험도 그대를 위로할 수 있을 것이오.

그대는 아마 힙폴뤼투스란 사람이 남의 말을 곧이듣는 아버지의

---

101 압피아 가도(via Appia) 변에 있는 라티움 지방의 도시로 디아나 여신과 영웅 비르비우스의 사당과 원림이 있었다.

102 아가멤논의 아들 오레스테스가 누나 이피게니아와 함께 타우리족이 갖고 있던 디아나 여신의 신상을 갖고 그리스로 도망친 이야기는 에우리피데스의 비극 『타우로이족 사이에서의 이피게네이아』를 통하여 잘 알려져 있다. 그런데 일설에 따르면 오레스테스는 그 여신상을 라티움 지방의 아리키아에다 세웠다고 한다.

103 힙폴뤼투스. 그는 테세우스와 아마존족인 힙폴뤼테(Hippolyte)의 아들로 계모인 파이드라(Phaedra 그/ Phaidra)의 유혹을 물리쳤다가, 힙폴뤼투스가 오히려 자신을 유혹하려 했다고 파이드라가 그의 아버지에게 무고한 탓에 억울하게 누명을 쓰고 추방된다. 그는 전차를 타고 바닷가를 지나다가 바다에서 괴물 황소가 나타나 말들이 놀라 발광하는 바람에 목숨을 잃는다. 에우리피데스의 비극 『힙폴뤼토스』 참조. 힙폴뤼투스(Hippolytus)는 '말에 의해 해체된 남자'라는 뜻이다.

성격과 저주받을 계모의 계략으로 죽음을 맞았다는 이야기를
들어봤을 것이오. 그대는 놀라고 나도 증거를 대기가 어렵지만,
내가 바로 힙폴뤼투스요. 전에 파시파에[104]의 딸[105]이 아버지의
침상을 더럽히자고 나를 유혹하려 해도 소용이 없자 자신이 원한 것을
되레 내가 원했다고 죄를 거꾸로 뒤집어 (내가 알릴까 봐 겁이 난
것일까요, 아니면 거절당한 것에 모욕감을 느꼈을까요?)
나를 모함했소. 아버지는 아무 죄 없는 나를 도시에서 내쳤고,
떠나가는 내 머리 위에 저주의 말을 퍼부었소.
나는 추방되어 전차를 타고 핏테우스[106]의 도시인 트로이젠[107]으로
향했는데, 어느새 코린투스 만의 해안을 따라가고 있었소.
그때 갑자기 바다가 일기 시작하고 거대한 물 덩어리가
산같이 부풀어오르며 자라나더니 울부짖으며
맨 꼭대기 부분에서 갈라지는 것이 보였소.
그러자 물결 사이가 벌어지며 뿔 달린 황소 한 마리가
튀어나오더니 부드러운 대기 속으로 가슴께까지 똑바로
일어서며 콧구멍과 넓은 입으로 바닷물 일부를 토해냈소.
일행은 두려움에 심장이 떨렸으나 나는 추방 생각에 몰두하느라
두려운 마음도 들지 않았소. 그때 성질이 사나운 네발짐승들이
갑자기 바다 쪽으로 머리를 돌려 그 괴물을 보더니
귀를 세우고는 두려움에 떨며 안절부절못하다가
전차를 끌고 가파른 바윗길 아래로 돌진했소. 나는 흰 거품이

500

505

510

515

104 8권 132행 이하 참조.
105 파이드라.
106 6권 418행 참조.
107 6권 418행 참조.

묻은 고삐로 말들을 제지하려 했고, 뒤로 비스듬히 젖히며

질긴 가죽끈을 팽팽하게 당기며 안간힘을 썼소.   520

말들이 미칠 듯이 용을 썼어도 내 힘을 능가하지는 못했을 것이오,

만약 굴대 주위를 쉴 새 없이 맴돌던 바퀴 하나가 툭 튀어나온

나무 밑동에 부딪혀 부서지며 빠져나가지 않았다면 말이오.

나는 전차에서 나가떨어졌고 내 다리는 고삐에 감겨 있었소.

살아 있는 내장이 끌려가고, 힘줄이 나무 밑동에 잡히고,   525

사지가 일부는 끌려가고 일부는 붙들려 처지고, 뼈가 부러지며

둔탁한 소리를 내는 것을 그대는 볼 수 있었을 것이오.

나는 지쳐 숨을 거두었고 내 몸에서 그대가 알아볼 수 있는 부분은

하나도 없었소. 몸 전체가 하나의 거대한 상처였으니까요.

그래도, 요정이여, 그대는 그대의 재앙을 내 재앙에 감히   530

견줄 수 있겠소? 게다가 나는 햇빛이 없는 왕국을 보았고,

플레게톤[108]의 물결에 내 찢긴 몸을 목욕시켰소.

아폴로의 아드님[109]의 효험 있는 약이 아니었다면 나는

생명을 돌려받지 못했을 것이오. 효과 있는 약초와 파이안[110]의

도움 덕분에 디스[111]의 뜻에 반해 내가 생명을 돌려받았을 때,   535

내가 눈에 띄어 이런 선물로 인해 시기를 사지 않도록

퀸티아[112]가 짙은 구름으로 나를 가려주었소.

내가 눈에 띄어도 안전하고 벌받는 일이 없도록

108 5권 544행 참조.
109 아이스쿨라피우스.
110 1권 566행 참조.
111 4권 438행 참조.
112 2권 465행 참조.

여신은 내 나이를 늘려주고 내 얼굴을 알아보지 못하게
만들었소. 여신은 내 거처로 크레테를 줄 것인지   540
델로스를 줄 것인지 한동안 망설였소. 그러다가 델로스와
크레테에 대한 미련을 버리고 나를 이곳에 갖다 놓으며, 내 말들을
상기시킬 수 있는 이름을 버리라고 명령하며 '전에 힙폴뤼투스였던
그대는 이제는 비르비우스[113]가 될지어다!'라고 말했소.
그 뒤 나는 격이 낮은 신들 중 한 명으로 내 여주인의 보호 아래   545
이 원림에 숨어 살며 그녀의 추종자로 받아들여졌지요."

키푸스

  하지만 에게리아의 슬픔은 남의 슬픔으로 진정될 수 있는 것이
아니었다. 그녀는 산기슭 맨 아래쪽에 누운 채 눈물로 녹아내리고
있었다. 마침내 포이부스의 누이가 그녀의 열녀다운 슬픔에
감동하여 그녀의 몸을 차가운 샘으로 만들고, 그녀의 사지를   550
가느다랗게 하여 마르지 않는 샘물로 만들어주었다.
이 놀라운 일에 요정들도 감동했고, 아마존족의 아들[114]도
아연실색했으니, 그 모습은 튀르레니아의 농부가 들판
한가운데에서 운명의 흙덩이가 처음에 누가 손대지 않는데도
저절로 움직이다가 곧 흙의 모양을 버리고   555
사람의 모양을 취하더니 새로 생긴 입을 열어 미래사를

---

113 Virbius. '두 번 영웅' 또는 '되살아난 영웅'이라는 뜻.
114 힙폴뤼투스.

예언하는 것을 보았을 때와 다르지 않았다.

토박이들은 그를 타게스[115]라고 불렀는데, 그가 처음으로

에트루리아인들에게 미래사를 읽는 법을 가르쳐주었다.

또는 그 모습은 로물루스가 전에 팔라티움 언덕에 꽂아둔   560

창 자루에서 갑자기 잎이 돋아나며, 그것이 땅에 박아둔 무쇠 날이

아니라 새로 자라난 뿌리 위에 서서는, 이제는 창이 아니라

나긋나긋한 가지가 돋아난 한 그루 나무[116]로서 감탄하는 자들에게

뜻밖의 그늘을 만들어주는 것을 보았을 때와 다르지 않았다.

또는 그 모습은 키푸스가 강물에 비친 제 뿔들을 보았을 때와   565

다르지 않았다. (그는 실제로 보았던 것이다.) 물에 비친 것이

도무지 믿어지지가 않아 그는 자꾸만 손가락을 이마로 가져갔다.

하지만 자신이 본 것이 만져지자 그는 더이상 제 눈을

나무라지 않고, 적을 무찌르고 승리자로서 돌아오는 행렬을

멈춰 세우고는 하늘을 향해 눈과 뿔들을 들며 말했다.   570

"하늘의 신들이시여, 이 괴상한 일이 알려주는 전조가 무엇이든

길조라면 나의 조국과 퀴리누스[117]의 백성들[118]에게 길조가 되게 하시고,

흉조라면 내 것이 되게 하소서!" 그러더니 그는 푸른 뗏장을 떠서

제단을 만든 다음 신들을 달래기 위해 향기로운 향을 태우고

잔에 술을 부어드리고 두 살배기 양을 잡아 제물로 바치고 나서,   575

아직도 떨고 있는 그 내장이 무엇을 알리는지 예언자에게 물었다.

튀르레니아 출신 예언자는 내장을 보자마자 거기서 나라에

---

115 타게스의 이야기는 키케로의 『예언에 관하여』(*De Divinatione*) 2장 50절에 나온다.

116 이 나무는 오비디우스 시대에도 남아 있었다고 한다.

117 14권 607행 참조.

118 '퀴리누스의 백성들'에 관해서는 14권 607행 참조.

큰 변고가 있을 것임은 알아냈으나 그것이 무엇인지는
확실치 않았다. 하지만 예언자는 양의 내장에서 눈을 들어
키푸스의 뿔로 향하는 순간 소리쳤다. "만세, 국왕 만세!   580
그대에게, 키푸스여, 그대에게, 그리고 그대의 뿔에게 이 장소와
라티움의 성채가 복종할 것이기 때문이오. 다만 그대는
지체 말고 열려 있는 성문 안으로 서둘러 들어가도록 하시오!
이것이 운명의 명령이오. 그대는 도시[119] 안으로 받아들여지면
왕이 되어 안전하게 영원토록 왕 홀을 차지할 것이오."   585
키푸스는 놀라 뒷걸음질치며 도시의 성벽에서 험악한 얼굴을
돌린 채 말했다. "그런 전조라면 신들께서 나에게서 멀리,
아아, 제발 멀리 있어주시기를! 카피톨리움이 나를 왕으로 보느니
내가 추방자로서 세월을 보내는 편이 훨씬 더 정의로울 것이오."[120]
그는 바로 백성들과 존엄한 원로들을 불러모았다.   590
그전에 그는 먼저 평화의 상징인 월계수 잎으로 자신의 뿔들을
가렸다. 그러고는 자신의 용감한 군사들이 쌓은 둔덕 위에
자리잡고 서서 관습에 따라 오래된 신들에게 기도하고 나서 말했다.
"여기 그대들이 도시에서 내쫓지 않으면 왕이 될 사람이
한 명 있소. 그가 누군지 나는 이름이 아니라 징표로 말하겠소.   595
그는 이마에 뿔들을 달고 다니오. 예언자가 말하기를, 그가 로마에
들어가면 그대들을 노예로 만들 법을 제정할 것이라 했소.
그는 열려 있는 성문을 지나 쳐들어갈 수도 있었소.
하지만 내가 막았소. 나보다 그와 더 가까운 사람은 아무도 없지만

---

119 로마.
120 키푸스는 철저한 공화주의자이다.

말이오. 퀴리스[121]들이여, 그대들은 그 사람을 도시에   600
못 들어오게 막거나, 그래 마땅하다면, 무거운 사슬로 묶거나,
그를 죽여 운명적 폭군에 대한 두려움을 끝내도록 하시오.”
그러자 백성들 사이에서 웅성거리는 소리가 일기 시작하니,
그것은 사나운 동풍이 요란하게 불어오면 훤칠한 소나무들
사이에서 들리는 소리나, 멀리서 들을 때 바다의 파도가   605
부서지는 소리와 같았다. 웅성거리는 백성들의
뒤죽박죽이 된 말 사이로 “그가 누구요?”라는
하나의 목소리가 또렷이 들렸다. 그들은 서로 이마를
쳐다보며 예고된 뿔을 찾았다. 그러자 키푸스가
또다시 그들에게 “그대들이 찾는 사람은 여기 있소!”라고
말했다. 그러고는 백성들이 만류하는데도 머리에서 관을 벗어   610
두 뿔이 또렷이 나 있는 자신의 관자놀이를 보여주었다.
모두 눈을 내리깔고 신음하다가 (하긴 누가 그것을 믿을 수 있겠는가?)
공을 세워 본의 아니게 그토록 유명해진 머리를 올려다보았다.
그러다가 그들은 그가 아무 명예도 없이 거기 서 있는
것을 보다 못해 축제의 관을 도로 머리에 씌워주었다.   615
키푸스여, 그대는 성벽 안으로 들어가는 것이 금지된 까닭에
원로들은 그대가 한 쌍의 황소에 멍에를 메우고는
해 뜰 때부터 해 질 때까지 쟁기를 누르며 둘러쌀 수 있는
만큼의 땅을 그대에게 명예의 선물로 주었소이다.
그의 놀라운 뿔들을 기리고자 원로들은 성문의 청동   620
문설주에다 뿔들을 새겨넣어, 그곳에 오래오래 머물게 했다.

---

121 14권 823행 참조.

아이스쿨라피우스

이제는, 무사 여신들이시여, 언제나 시인들을 도와주시는
분들이시여, (그대들은 알고 계시고, 긴 세월이 지나도
그대들의 기억은 흐려지지 않습니다.) 깊은 튀브리스의 강물에
둘러싸인 섬이 어디서 코로니스[122]의 아들[123]을 데려와
로물루스의 도시의 신들에 보냈는지 밝혀주소서!   625
옛날[124]에 끔찍한 역병이 라티움의 대기를 오염시켜 육신들이
병으로 핏기를 잃고는 창백하게 쓰러져 누워 있은 적이 있었다.
수많은 장례식에 지칠 대로 지친 그들은 인간의 노력은
아무것도 아니며 의사의 기술은 아무것도 할 수 없다는 것을
안 뒤에야, 하늘의 도움을 구하고자 대지의 한복판을   630
차지하고 있는 델피로 가서 포이부스의 신탁소를 찾았다.
그들은 신에게 구원을 가져다주는 말씀으로 자기들을 비참한
고통에서 구해주시고 그토록 위대한 도시의 재앙을 끝내달라고
빌었다. 그러자 성소와, 월계수와, 신이 몸소 갖고 다니는
화살통이 한꺼번에 떨리며 성소의 가장 깊은 곳으로부터   635
세발솥[125]이 이런 말로 두려움에 떠는 그들의 가슴을 뒤흔들었다.
"로마인이여, 그대가 이곳에서 구하는 것을 더 가까운 곳에서

---

122 2권 542행 참조.
123 아이스쿨라피우스.
124 기원전 293년.
125 '세발솥'이라고 옮긴 라틴어 cortina는 엄밀히 말해 음식을 익히기 위한 솥이다. 아폴로의
대변자 격인 예언녀 퓌티아가 어떻게 해서 다리가 긴 삼각대에 올려놓은 솥 위에 앉아 신탁을
전하게 되었는지는 아직도 밝혀지지 않고 있다.

구했어야 했을 것이다. 고통을 줄이기 위해 그대들에게
필요한 것은 아폴로가 아니라 아폴로의 아들이다.
그대들은 좋은 전조와 더불어 가서 내 아들에게 부탁해보아라!”   640
그리하여 지혜로운 원로원은 신의 명령을 듣고 나더니
포이부스의 아들이 어느 도시에 살고 있는지 탐문하고 나서
배편으로 사절단을 보내 에피다우루스[126]의 해안을 찾게 했다.
구부정한 배가 그곳에 닿자마자 사절단은 그라이키아
장로들의 회의장으로 가서, 친히 임하셔서 아우소니아인들의   645
죽음의 고통을 끝낼 수 있는 신을 내달라고 간청했다.
신탁이 확실히 그렇게 명령했다는 것이었다. 장로들은 서로 생각이
달랐고 의견이 엇갈렸다. 일부는 도움을 거절해서는 안 된다고
생각했다. 하지만 대부분은 자신들의 보물을 내보내지 말고
간직하라고, 자신들의 신을 남에게 넘기지 말라고 충고했다.   650
그들이 결정을 내리지 못하는 동안, 황혼이 마지막 햇빛을
몰아내며 어둠이 온 대지 위에 그 그림자를 끌어들였다.
그때, 로마인이여, 그대는 구원을 가져다주는 신이 그대의
침상 앞에 서 있는 꿈을 꾸었소. 여느 때 자신의 신전 안에
서 있는 모습 그대로, 신은 왼손에는 시골 지팡이를 들고   655
오른손으로는 흘러내리는 긴 수염을 쓰다듬으며
차분한 목소리로 이런 말을 했다.
“그대는 두려워 마라! 나는 갈 것이고 내 신상들을 떠날 것이다.
다만 그대는 내 지팡이를 감고 있는 이 뱀을 잘 보아두었다가
나중에 그것을 알아볼 수 있도록 마음에 잘 기억해두도록 하라!   660

---

126 3권 278행 참조.

나는 이 뱀으로 변할 것이다. 하지만 나는 더 클 것이고,

천상(天上)의 몸이 변하면 가질 법한 그런 크기로 보일 것이다."

목소리와 더불어 신은 즉시 사라졌고, 목소리와 신과 더불어

잠도 사라졌다. 잠이 달아나자 그 뒤를 이어 자애로운 날이 밝아왔다.

　아우로라가 불타는 별들을 달아나게 한 뒤 지도자들은　　　　　　665

여전히 어찌해야 할지 알지 못해 로마인들이 요구하는 신의

화려한 신전으로 모여들어, 신 자신은 어느 곳에 머물기를

원하시는지 하늘의 징조로 드러내주십사고 간청했다.

그들이 말하기를 그치자 황금의 신이 볏이 꼿꼿이 선

뱀의 모습을 하고 미리 경고하는 뜻으로 쉭쉭 소리를 냈고,　　　　　670

신이 나타나자 신상과 제단과 문짝과 대리석 바닥과

도금한 박공지붕이 흔들리기 시작했다. 신은

신전 한가운데에 멈춰 서더니 바닥에서 가슴을 들고는

불이 번쩍이는 두 눈으로 주위를 둘러보았다.

무리는 두려움에 떨었으나 머리털에 흰 머리띠를 매고 있던　　　　　675

사제는 신성을 알아보고 말했다. "신이시여. 보시오, 신이시여!

여기 있는 분들은 모두 나쁜 마음과 나쁜 말을 삼가시오! 오오!

가장 아름다운 분이시여, 그대의 현현(顯現)이 백성들에게

유익하게 하시고, 그대의 사당에서 경배하는 이들에게 복을 내리소서!"

그곳에 있는 자들은 모두 시키는 대로 사제의 말을　　　　　　　　680

되풀이하며 신성을 경배했고, 아이네아스의 백성들도

마음과 목소리로 적절히 경의를 표했다.

신은 머리를 끄덕이더니 호의의 표시로 볏을

움직이고 혀를 날름거리며 세 번이나 쉭쉭 소리를 냈다.

그러고는 번쩍이는 계단을 미끄러져 내려가다가　　　　　　　　　685

머리를 돌려 자기가 떠나려는 오래된 제단을 돌아다보았고,

정든 집과 지금까지 살았던 신전에 작별 인사를 했다.

그곳으로부터 그는 꽃을 뿌려놓은 땅바닥 위를 거대한 몸을

구부리며 구불구불 기어 갔고 도시의 한복판을 지나

구부정한 방파제를 쌓아놓은 항구로 향했다.　　　　　　　　690

그곳에 멈춰 서서 신은 자신을 따르는 경건한

추종자들의 무리에게 상냥한 얼굴로 작별 인사를 하는 것 같더니

아우소니아의 배에 몸을 실었다. 배는 신의 무게를 느꼈고

용골은 신의 무게로 깊숙이 잠겼다.

아이네아스의 백성들은 기뻐하며 바닷가에서 황소 한 마리를　　695

제물로 바친 뒤 화환으로 장식된 배의 꼰 밧줄을 풀었다.

부드러운 미풍이 배를 날라주었다. 신은 우뚝 서서

구부정한 고물에 머리를 묵직하게 기댄 채 검푸른 바닷물을

내려다보고 있었다. 신은 순풍에 힘입어 이오니움 해127를 건너

팔라스의 딸128이 여섯 번째로 나타났을 때　　　　　　　　700

이탈리아에 도착하여, 여신129의 신전으로 유명해진

라키니움130과 스퀼라케움131의 해안을 지나갔다.

그러고는 이아퓌기아132를 뒤로하고 노를 저어 왼쪽으로는

127　4권 545행 참조.

128　새벽의 여신 아우로라. 9권 421행 참조.

129　유노.

130　15권 15행 참조.

131　이탈리아 반도 앞 발바닥 부분인 브룻티움 지방의 도시이자 곶.

132　14권 458행 참조.

암프뤼시아 바위들[133]을, 오른쪽으로는 켈레니아[134] 낭떠러지를

피했고, 로메티움[135]과 카울론[136]과 나뤼키아[137]를 스쳐지나갔다.   705

그리고 나서 신은 시킬리아의 바다와 펠로로스[138] 해협을

극복하고 왕인, 힙포테스의 아들[139]의 집과 테메세[140]의 구리 광산과

레우코시아[141]와 따뜻한 파이스툼[142]의 장미 정원으로 향했다.

그곳으로부터 그는 카프레아이[143]와 미네르바의 곶과

포도나무가 많은 수르렌툼[144]과 헤르쿨레스의 도시[145]와   710

스타비아이[146]와 휴양지로 태어난 파르테노페[147]를 스쳐지나,

그곳으로부터 쿠마이의 시뷜라의 신전으로 향했다.

그 뒤 그는 온천(溫泉)[148]과 유향 나무가 많이 자라는 리테르눔[149]과

그 소용돌이 아래에 있는 많은 모래를 휩쓸어가는

---

133 '암프뤼시아 바위들'에 관해서는 남부 이탈리아에 있다는 것 외에는 달리 알려진 것이 없다.

134 켈레니아에 관해서는 남부 이탈리아에 있다는 것 외에는 달리 알려진 것이 없다.

135 어딘지 알 수 없다.

136 브룻티움 지방의 도시.

137 브룻티움 지방에 그리스의 로크리스인들이 세운 도시.

138 5권 350행 참조.

139 바람의 신 아이올루스. 4권 663행 참조.

140 7권 207행 참조.

141 파이스툼 옆의 작은 섬.

142 루카니아 지방의 도시.

143 나폴리 만에 있는 지금의 카프리(Capri) 섬.

144 나폴리 만에 있는 소도시로 지금의 소렌토(Sorrento).

145 헤르쿨라네움.

146 나폴리 만에 있는 도시.

147 네아폴리스, 즉 나폴리의 옛 이름.

148 캄파니아 지방의 해수욕장 바이아이에 있는 온천을 말한다.

149 캄파니아 지방의 도시.

볼투르누스[150]와 눈처럼 흰 비둘기[151]의 고장 시누엣사[152]와   715

공기가 답답한[153] 민투르나이[154]와 양자[155]가 유모를 묻어준 곳[156]과

안티파테스[157]의 궁전과 늪지로 둘러싸인 트라카스[158]와

키르케의 나라와 해안이 단단히 굳어진 안티움[159]으로 갔다.

뱃사공들이 돛을 단 배를 이곳으로 돌렸을 때

(어느새 바다가 거칠어졌기 때문이다.) 신은 똬리를 풀고   720

구불구불 크게 굽이치며 미끄러지듯 나아가더니

황갈색 해안에 세워놓은 아버지[160]의 신전으로 들어갔다.

바다가 잠잠해지자 에피다우루스의 신은 친족 신들의 환대를 받았던,

아버지의 제단을 떠나 해안의 모래에다 자국을 내며

사각대는 소리가 나는 비늘을 끌고 가더니 키를 타고   725

기어 올라갔다. 그러고는 우뚝한 뱃고물에 머리를 뉘인 채

카스트룸[161]과 라비니움[162]의 신성한 성역과

티베리스의 하구에 이를 때까지 그대로 있었다.

150 캄파니아 지방의 강.
151 colubris('뱀들')로 읽지 않고 태런트의 텍스트에 따라 columbis('비둘기들')로 읽었다.
152 캄파니아 지방의 소도시.
153 늪지가 많기 때문에 답답하다는 말이다.
154 캄파니아 지방에 가까운 라티움 지방의 도시.
155 카이예타. 14권 157·443행 이하 참조.
156 아이네아스.
157 14권 233행 이하 참조.
158 라티움 지방의 소도시.
159 라티움 지방의 소도시.
160 아폴로.
161 Castrum 또는 Castrum Inui. 라티움 지방에 있는 루툴리족의 옛 도읍.
162 아이네아스가 세운 라티움 지방의 도시.

그곳으로 사방에서 온 백성이, 아버지들과 어머니들과,

베스타 여신이여, 트로이아에서 모셔온 그대의 화염을　　　　　　730

보살피는 소녀들이 그를 맞으러 떼지어 몰려와 환호성을 올리며

신을 영접했소. 날랜 배가 강물을 거슬러 올라가는 곳에서는

어디서나 질서정연하게 양쪽 강가에 세워놓은 제단에서

향이 타는 소리가 났고, 공기는 향 연기로 가득했으며,

제사에 쓴 칼은 가격당한 제물의 피로 데워졌다.　　　　　　735

이제 배는 세계의 수도인 로마에 들어섰다. 뱀은 일어서더니

돛대 맨 위에 머리를 기댄 채 머리를 이리저리 돌려

자기에게 맞는 거처를 찾았다. 강은 두 갈래로 갈라져

어떤 지점을(그곳은 섬이라고 불린다.)

감돌아 흐르는데, 강은 그 사이에 있는 육지를　　　　　　740

껴안으려고 양쪽으로 똑같이 팔을 벌리고 있다.

포이부스의 뱀 아들은 라티움의 소나무 배에서 이곳으로

내려 자신의 천상의 모습으로 되돌아가더니

백성의 고통을 끝내고 도시에 구원자로 다가갔다.

카이사르의 신격화

　　아이스쿨라피우스는 우리 신전에 이방의 신으로 다가왔다.　　　　　　745

그러나 카이사르는 자기 도시에서 신이셨다. 그분이 비록

전쟁과 평화에서 탁월하셨지만, 그분을 하늘의 별로,

새 혜성으로 만든 것은 개선식으로 끝난 전쟁과 국내에서

이룬 업적과 신속히 얻은 영광이라기보다는 오히려

그분의 아드님이셨다. 왜냐하면 카이사르의 업적 가운데   750

이분의 아버지라는 것보다 더 큰 업적은 없기 때문이다.

그분은 바다로 둘러싸인 브리탄니아[163]인들을 길들이시고,

파퓌루스가 자라는 닐루스의 일곱 하구의 흐름을 거슬러

승승장구하는 함대를 인솔하시고, 누미디아[164]의 반역 무리와

키뉩스[165] 강의 유바[166]와 미트리다테스[167]란 이름에 우쭐해진   755

폰투스[168]를 퀴리누스의 백성들[169]에게 복속시키시고, 몇 번 개선식을

올렸으나 더 많이 올릴 만한 공적을 세우셨소. 하지만 그게 과연 그토록 위대한

아드님의 아버지가 된 것보다 더 크다 할 수 있겠는가? 이분의 치세 때,

하늘의 신들이시여, 그대들은 인류에 큰 축복을 내리셨던 것입니다.

　　그리하여 이분이 인간의 씨에서 태어나시는 일이 없도록   760

그분은 신이 되시지 않을 수 없었던 것이다. 아이네아스의 황금 같은

어머니는 그것을 꿰뚫어보자, 그리고 자신의 사제[170]에게 비참한

---

163 Britannia. 영국제도(British Isles)의 라틴어 이름.

164 지금의 동(東)알제리와 튀니지에 자리잡고 있던 나라.

165 5권 124행 참조.

166 누미디아의 왕.

167 소아시아 폰투스 지방의 왕. 이 이름을 가진 왕들이 여섯 명이나 폰투스 지방을 통치했다.

168 여기서 폰투스는 흑해가 아니라 흑해 남쪽 기슭의 폰투스 지방을 말한다.

169 ‘퀴리누스의 백성들’에 관해서는 14권 607행 참조.

170 사제(pontifex)는 로마의 국교 전반을 관장했는데, 그들의 수장(首長)이 대사제이다. 원래 3명이었으나 기원전 300년경에는 9명으로 늘어났고 율리우스 카이사르 때에는 16명이었다. 카이사르에 이어 아우구스투스와 다른 로마 황제들이 모두 대사제로 선출되었다. 사제라는 뜻의 라틴어 pontifex는 ‘다리를 만드는 사람’이라는 뜻인데 로마에서 가장 오래된 수블리키우스 다리(pons Sublicius ‘말뚝 다리’)에서 특정 의식을 거행한 것과 연관이 있다고 한다. 그러나 pontifex는 매우 오래된 말로 ‘길’이라는 뜻의 초기 인도유럽어 pont(pont-)에서 유래한 것으로 보는 이들도 있다.

죽음이 마련되고 있고 무장한 음모가 꾸며지고 있음을 꿰뚫어보자

파랗게 질려 신들을 만날 때마다 그들에게 말하곤 했다.

"보시오, 얼마나 엄청난 음모가 내게 꾸며지고 있는지,   765

얼마나 큰 속임수가 다르다니아의 이울루스 혈통으로부터

내게 하나밖에 남지 않은 목숨을 노리고 있는지 말이오!

근거 있는 근심 걱정에 언제까지 내가 시달려야 하오?

나는 이미 튀데우스의 아들의 칼뤼돈[171]의 창에 부상 당했는가 하면,

트로이야가 성벽을 지키는 데 실패하자 크게 당황했으며,   770

내 아들이 오랜 세월 방랑하며 바다 위로 이리저리 내던져지다가

침묵하는 망령들의 거처로 들어가고 투르누스,

아니 사실대로 말하자면 유노와 전쟁을 하는 것을 보아야만 했다오!

한데 내가 왜 내 가족이 당한 과거의 고통을 떠올려야 하오?

지금의 이 두려움은 지난날의 고통을 회고하는 것을   775

허용하지 않소. 보시오, 저들이 범죄에 쓸 칼을 갈고 있다오.

부탁이오, 저들을 막아주시고, 범죄를 예방해주시고,

사제의 피로 베스타의 불이 꺼지는 일이 없게 해주시오!"

　　안절부절못하는 베누스는 온 하늘에서 이런 불평을 늘어놓았으나

소용없는 일이었다. 하늘의 신들은 마음이 움직였지만,   780

오래된 자매들[172]의 무쇠 같은 결정을 번복할 수는 없었다.

하지만 이들 자매는 다가올 슬픔의 확실한 전조는 보여주었다.

사람들이 말하기를, 먹구름 사이에서 무기들이 부딪히는 소리와

---

171 칼뤼돈에 관해서는 6권 415행 참조. 디오메데스의 할아버지 오이네우스는 칼뤼돈의 왕이
었다.
172 운명의 여신들.

무시무시한 나팔 소리와 하늘에서 들리는 뿔피리 소리가

범죄를 예고해주었다고 한다. 태양의 얼굴도 어두워져   785

불안에 싸인 대지에 흐릿한 빛을 비췄다.

가끔은 별들 사이에서 횃불이 불타고 있는 것이 보였고,

가끔은 시커먼 비구름 사이에서 핏방울이 떨어지곤 했다.

루키페르는 검푸른 빛을 띠고 그의 얼굴에는 녹 색깔의 반점이

나 있었으며, 루나[173]의 마차는 피투성이가 되어 있었다.   790

수없이 많은 곳에서 스튁스의 올빼미가 슬픈 전조를 주었고,

수없이 많은 곳에서 상아로 만든 상이 눈물을 흘렸으며,

신성한 원림들에서는 곡소리와 위협하는 소리가 들렸다고 한다.

제물도 좋은 결과를 약속하지 않았다. 간은 큰 소요가 임박했음을

경고했고, 간엽(肝葉)은 내장 안에서 갈라진 채 발견되었다.   795

사람들이 말하기를, 광장에서는 그리고 민가와 신전 주위에서는

개 떼가 밤새도록 짖어대고, 침묵하는 망령들의 그림자가 이리저리

돌아다니고, 도시는 여러 차례 지진으로 흔들렸다고 한다.

신들의 거듭된 경고도 음모와 다가올 운명을

　제지할 수는 없었다. 칼집에서 뺀 칼들이 신성한 회의장[174]으로   800

운반되었다. 그 범죄와 그 끔찍한 살인에게는 온 도시에서

그곳 외에 어떤 장소도 마음에 들지 않았던 것이다. 퀴테레아는

두 손으로 가슴을 치며, 지난날 파리스가 적대적인 아트레우스의

아들로부터 구출되고,[175] 아이네아스가 디오메데스의 칼에서   805

---

173 2권 208행 참조.

174 원전에는 '신전'(templum)으로 되어 있으나 원로원 회의가 열리던 curia Hostilia를 말한다.

175 『일리아스』 3권 380행 이하 참조.

도망쳤을 때처럼[176] 아이네아스의 자손을 구름으로 가리려 했다.

그때 아버지가 그녀에게 말했다. "내 딸아, 너 혼자서

아무도 이길 수 없는 운명을 바꾸려는 것이냐? 너는 세 자매의

집에 들어갈 수 있으니, 그곳에서 청동과 견고한 무쇠로 된

엄청난 규모의 운명의 서판(書板)을 발견할 것이다.   810

그것들은 하늘의 충돌도 벼락의 노여움도 그 밖의 어떤 파괴도

두려워하지 않으니, 안전하고 영원한 까닭이다. 그곳에서 너는

영속하는 아다마스에 네 자손의 운명이 새겨져 있는 것을 발견할

것이다. 나는 직접 그것들을 읽고 마음에 새겨두었으니,

네가 미래사에 관해 무지하지 않도록 너에게 말하고자 한다.   815

퀴테레이아여, 그 때문에 네가 괴로워하는 네 자손은

주어진 기간을 다 채웠고, 그가 대지에 빚진 세월은 다 끝났다.

이제 그가 신으로서 하늘에 다가오고 지상의 신전에서 경배받게

하는 것은 너와 그의 아들의 몫이다. 그의 아들은 그의 이름을

계승하며 주어진 짐을 혼자서 질 것이며 살해된 아버지의   820

가장 용감한 복수자로서 우리를 전쟁에서 제 편으로 삼게 될 것이다.

그[177]의 지휘 아래 포위된 무티나[178]가 성벽이 함락되면 화친을

청할 것이고, 파르살리아[179]는 그의 힘을 느낄 것이며,

---

176 『일리아스』 5권 311행 이하 참조.

177 이하 839행까지 '그'는 아우구스투스를 말한다.

178 Mutina. 지금의 Modena. 북부 이탈리아의 도시로 기원전 43년 그곳에서 옥타비아누스군과 안토니우스군 사이에 전쟁이 일어나 안토니우스가 패퇴한다.

179 그리스 남부 텟살리아 지방의 파르살루스(Pharsalus 그 / Pharsalos) 시의 주변 지역. 그곳에서 기원전 48년 카이사르가 폼페이유스를 이겼다.

에마티아[180]의 필립피[181]는 또다시[182] 피에 젖을 것이다.

폼페이유스[183]라는 큰 이름은 시킬리아 바다에서 제압될 것이다.   825

어떤 로마 장군의 아이귑투스[184] 출신 시앗[185]은 결혼의 횃불을

과신하다가 넘어질 것이며, 우리의 카피톨리움을 자신의 카노푸스[186]의

종으로 삼겠다던 그녀의 위협은 허튼소리가 될 것이다. 내 너에게

야만족의 나라들과 오케아누스의 양쪽 해안에 사는 부족들을 일일이

열거해서 뭣하겠는가? 대지에서 사람이 살 수 있는 곳은   830

모두 그의 것이 될 것이며, 바다도 그를 섬길 것이다.

나라들에 평화가 주어지면 그는 시민들의 권리 쪽으로

마음을 돌려 가장 공정한 입법자로서 법률을 제정할 것이며,

자신의 본보기로 사람들의 품행을 이끌 것이다.

그는 미래와 다가올 자손들의 시대를 미리 내다보고   835

---

180 5권 314행 참조.

181 Philippi(그 / Philippoi). 마케도니아 지방의 도시. 그곳에서 기원전 42년 공화정을 사수하기 위해 카이사르를 암살한 브루투스(Brutus)와 캇시우스(Cassius) 일파가 안토니우스와 옥타비아누스 군과 싸우다 패하여 전사한다.

182 오비디우스는 여기서 마치 필립피가 파르살리아와 같은 싸움터인 양 말하고 있다.

183 카이사르의 적수였던 대(大) 폼페이유스(Gnaeus Pompeius Magnus 기원전 106~48년)의 차남 섹스투스 폼페이유스(Sextus Pompeius 기원전 67년경~36년)를 말한다. 섹스투스 폼페이유스는 기원전 36년 시킬리아 앞바다에서의 해전에서 아그립파(Agrippa)가 이끄는 옥타비아누스의 함대에 패하여 포로가 된 뒤, 자신이 전에 살려주었던 한 안토니우스군 장교의 손에 죽는다.

184 5권 323행 참조.

185 클레오파트라.

186 나일 강 서쪽 하구 옆에 있는 이집트의 도시.

자신의 정숙한 아내가 낳은 아들[187]에게 자신의 이름과 함께

자신의 책무를 지도록 명령할 것이다. 그리고 그의 고령이

퓔로스인[188]의 그것과 같아지기 전에는 그는 하늘의 거처와

자신의 친척인 별들에 이르지 못할 것이다. 그 사이 너는

카이사르의 죽은 육신에서 혼을 낚아채어 찬란한 별[189]로   840

만들도록 하라. 율리우스가 신으로서 하늘에 있는 높은 자리에서

언제까지나 우리의 카피톨리움과 광장을 내려다볼 수 있도록 말이다."

　　아버지가 이렇게 말하자 자애로운 베누스는 어느 누구의

눈에도 띄지 않고 원로원의 한가운데에 자리잡고 서서

　　카이사르의 육신에서 혼을 낚아채더니 그것이 대기 속으로   845

녹아 없어지지 못하게 하며 하늘의 별들을 향해 날랐다.

하지만 혼이 빛을 발하며 불이 붙는 것을 느끼자

가슴에서 놓아버렸다. 그러자 혼은 달보다 더 높이

날더니 뒤에 긴 꼬리를 끌며 별이 되어 반짝였다.

지금 그분은 아드님의 탁월한 업적을 보고 자기 업적보다   850

더 위대하다고 시인하며 아드님이 자기를 능가하는 것을 기뻐하신다.

아드님은 자신의 업적을 아버지의 업적 위에 놓는 것을 금하셨으나,

---

187 티베리우스(Tiberius Claudius Nero Caesar) 황제. 율리우스 카이사르가 누이의 딸의 아들인 아우구스투스를 입양했듯이 아우구스투스는 아내 리비아(Livia)와 그녀의 전남편 티베리우스 (Tiberius Claudius Nero) 사이에서 태어난 티베리우스를 입양한다.

188 네스토르. 트로이야 전쟁 때 언변과 지혜로 이름을 날린 노장 네스토르는 그리스 퓔로스 시의 왕으로 세 세대를 살았다고 한다. 여기서는 앤더슨의 텍스트에 따라 senior similes로 읽지 않고 태런트의 텍스트에 따라 senior Pylios로 읽었다.

189 기원전 44년 승리의 여신의 축제(ludi Victoriae) 때 하늘에 혜성이 나타나자 사람들은 율리우스 카이사르가 승천하는 것이라고 믿고 이 혜성에 '율리우스의 별'(sidus Iulium)이라는 이름을 지어주었다.

어떤 명령에도 복종하지 않는 자유분방한 소문은

그분[190]의 뜻에 반해 그분을 우위에 놓으며 이 한 가지 점에서만은

그분의 명령을 거역했다. 그와 같이 위대한 아트레우스는 명예에서

아들 아가멤논에게 양보했고, 테세우스는 아이게우스를,   855

아킬레스는 펠레우스를 능가한 것이다. 마지막으로 그 두 분에게

어울릴 만한 예를 들자면, 사투르누스 역시 그와 같이 윱피테르만

못하다. 윱피테르는 하늘의 성채와 우주의 세 영역[191]을

다스리신다. 하지만 대지는 아우구스투스의 지배를 받고 있다.

두 분 다 아버지이시자 통치자이시다.   860

　칼과 불 사이로 아이네아스를 무사히 인도해주셨던 신들이시여,

이 나라의 토착신들[192]이시여, 우리 도시의 아버지 퀴리누스시여,

불패의 퀴리누스의 아버지 그라디부스[193]시여,

카이사르가의 페나테스 신과 함께 경배받는 베스타 여신이시여,

그리고 카이사르가의 베스타[194]와 함께하는 그분의 가신(家神)인   865

포이부스시여, 타르페이아[195]의 성채들 위에 높다랗게 앉아 계시는

---

190 이하 '그분'은 아우구스투스를 말한다.

191 12권 39~40행 참조.

192 라 / Indigetes.

193 6권 427행 참조.

194 아우구스투스는 기원전 12년 3월 6일 대사제(pontifex maximus) 직을 맡아 관행에 따라 포룸 로마눔에 있던 베스타 여신의 신전 옆에서 살아야 하자 팔라티움 언덕에 있던 자신의 궁전에다 베스타 여신의 신전을 지어 같은 해 4월 8일 이를 봉헌한 바 있다. 이로써 베스타는 그의 가정을 보호해주는 페나테스 신 중 한 명이 되었다. 역시 팔라티움 언덕에 신전을 갖고 있던 포이부스 아폴로도 그런 의미에서 그의 가정의 수호신이라 할 것이다.

195 타르페이아에 관해서는 14권 776행 참조. 여기서 '타르페이아의 성채'란 윱피테르의 신전이 있던 카피톨리움 언덕을 말한다.

윱피테르시여, 그 밖에 그분들께 호소하는 것이 시인의 경건한
의무인 다른 신들이시여, 부디 아우구스투스의 머리¹⁹⁶가 자신이
지배하던 세상을 떠나 하늘에 오르시어 멀리서 우리의 기도를
들어주실 그날이 더디게, 우리 시대보다 더 나중에 오게 해주소서!   870

196 '아우구스투스의 머리'(caput Augustum)에서 '머리'란 말에는 애정(소포클레스, 『안티고
네』 1행 참조)과 존경의 뜻 이외에도 '우두머리' 또는 '원수'(元帥 imperator)라는 뜻도 내포되어
있는 것 같다.

맺는말

　이제 내 작품은 완성되었다. 이 작품은 윱피테르의 노여움[197]도,
불도, 칼도, 게걸스러운 노년의 이빨도 없앨 수 없을 것이다.
원한다면, 오직 내 이 육신에 대해서만 힘을 갖는
그날이 와서 내 덧없는 한평생에 종지부를 찍게 하라.
하지만 나는, 나의 더 나은 부분은 영속하는 존재로서　　　　　875
저 높은 별들 위로 실려갈 것이고, 내 이름은 소멸하지 않을 것이다.
로마의 힘에 정복된 나라가 펼쳐져 있는 곳에서는 어디서나
나는 백성들의 입으로 읽힐 것이며, 시인의 예언에
진실 같은 것이 있다면, 내 명성은 영원히 살아남을 것이다.

---

197 벼락. 15권 811행 참조. 오비디우스는 당시로서는 세상의 끝이나 다름없는 흑해 서쪽 기슭
의 토미스(Tomis)에서 유배 생활을 하며 쓴 시들에서 자신이 받은 유배형과 관련하여 윱피테
르의 벼락이라는 이미지를 자주 사용하곤 하는데, 이 맺는말도 그때 덧붙여진 것이 아닐까 생
각된다.

    지식인들이 라틴어로 글을 쓰던 서양 중세 시대에 고대 그리스 로마 작가들 가운데 가장 많이 읽힌 작가는 단연 오비디우스였다. 그의 『변신 이야기』(*Meta-morphoses*)는 신화와 전설 속 변신을 주제로 그리스 로마 신화를 집대성하고 시화하고 연구하는 표준으로서 고전기부터 오늘에 이르기까지 미술과 문학에 마르지 않는 영감의 원천이었다. 중세학자 트라우베(Ludwig Traube 1861~1907년)는 오비디우스의 영향이 가장 강렬했던 서양의 12~13세기를 '오비디우스 시대'라고 부를 정도였다.

    단테가 그랬듯이 서양의 작가들이 라틴어가 아닌 자국어로 글을 쓰기 시작하던 14세기에 이르러 그리스 로마 작가들의 영향력은 줄어들기 시작한다. 그리고 동로마제국이 멸망하면서 그리스 학자들이 대거 이탈리아로 건너와 그리스 문학을 본격적으로 소개하면서 라틴 작가의 영향력은 상대적으로 더욱 줄었고, 오비디우스의 경우도 예외는 아니었다. 그럼에도 오비디우스는 셰익스피어와 밀턴(J. Milton)에 적지 않은 영향을 주며[1] 그 뒤에도 꾸준히 읽혔다. 낭만주의 시대에는 독창성이 부족하다는 평을 받기도 하지만 20세기 후반부터는 다시 고전학자, 그리스 로마 고전 애호가뿐 아니라 문화예술 전반에서 폭발적인 인기를 누리게 된다. 제2의 '오비디우스 시대'가 도래했다고 할 정도로 오비디우스는 현대 소설[2]의 주인공으로 재탄생하는가 하면 영어권 작가들이 『변신 이야기』의

---

1   Colin Burrow, *Re-embodying Ovid : Renaissance afterlives in: The Cambridge Companion to Ovid* edited by Philip Hardie, Cambridge University Press 2002. p. 301~19 참조.

모작(模作)을 한데 묶어 모음집(*After Ovid: New Metamorphoses*)을 출간(1994년)하기도 한다. 수많은 전문 잡지에 오비디우스에 관한 논문이 잇달아 실리는가 하면 그동안 주목하지 않던 오비디우스의 다른 작품에 관한 방대한 전공 논문이 발표된다. 그리고 지금 이 순간 대중적인 판타지 소설들까지 알게 모르게 『변신 이야기』로부터 모티브를 제공받고 있다.

우리나라 역시 특별히 그리스 로마 작가들에게 관심이 많은 것도 아니면서, 이들 작가들의 작품이 표방하는 인문주의적 교양이 우리 사회를 이끄는 주류를 형성하고 있지도 않으면서 오비디우스는 꾸준한 사랑을 받고 있는 것 같다. 그 까닭은 무엇일까?

이에 관해서는 앞으로 더 연구되어야 하겠지만 오늘날 국내 독자들까지 오비디우스에게 매혹되고 그의 『변신 이야기』가 가장 많이 읽히는 고전으로 꼽히는 것은 이미 널리 알려진 이야기들이라 읽는 데 부담이 되지 않는다는 것 말고도 그 표현이 평이하고 유려하고 우아하면서도 재치와 유머와 파토스와 위엄이 있기 때문일 것이다. 그는 인간 본성을 탐구할 수 있는 상징 체계를 만들어내면서도 누구나 쉽고 재미있게 읽을 수 있도록 형상화한다. 별다른 사전 지식이나 주석 없이도 충분히 신화의 매력에 빠져들게 한다. 또 그것이 신화든 관습이든 권력이든 이를 거리낌 없이 비판적으로 수용한다는 점에서 '현대적'이기도 하다. 예컨대 그리스의 내로라하는 영웅들이 한자리에 모인 칼뤼돈의 멧돼지 사냥(8권) 장면에서 그들에게 많은 희생을 치르게 하고, 그중 네스토르는 멧돼지를 피해 장대높이뛰기를 하듯 창 자루를 짚고 나뭇가지 위로 도망치게 하는데, 다른 문헌에 나오는 이야기와 사뭇 결이 다르다. 신화 속 영웅들을 우리와 다른 세계에 존재하는 것처럼 그리지 않고 우리와 비슷한 또는 가까운 소설 속 등장인물처럼

---

2 Luca Desiato(*Sulle rive Mar Nero*), Derek Mahon(*Ovid in Tomis*), David Malouf(*An Imaginary Life*), Christoph Ransmayr(*Die letzte Welt*) 등이 있다.

그려낸다. 그 덕분에 우리는 신화의 세계와 인간의 세계가 은유 속에서 하나가
되는 친근함을 느끼게 된다.

● 오비디우스의 생애와 작품들

오비디우스의 생애에 관한 우리의 지식은 대부분 그의 작품 『비탄의 노래』
(*Tristia*) 4권 10부에 나오는 그 자신의 진술에 의존한다. 우리가 오비디우스라
부르는 로마 시인 푸블리우스 오비디우스 나소(Publius Ovidius Naso)는 기원
전 43년 3월 20일 로마에서 동쪽으로 150킬로미터쯤 떨어진 중부 이탈리아의
술모(Sulmo 지금의 Sulmona) 시(市)의 기사(騎士) 집안에서 태어난다.

그가 태어나기 1년 전 카이사르(Gaius Iulius Caesar)가 브루투스(Brutus) 일
파에게 암살됨으로써 로마는 또다시 내란에 휩쓸리게 된다. 그 과정에서 로마의
정치 체제는 공화정(共和政)에서 제정(帝政)으로 넘어가는데, 흔히 아우구스
투스(Augustus)라고 부르는 옥타비아누스(Gaius Iulius Caesar Octavianus 기
원전 64~기원후 14년)가 로마의 초대 황제가 된다. 로마사와 로마 문학사에서
흔히 '아우구스투스 시대'라고 부르는 시대가 열린 것이다.

오비디우스는 한 살 위인 형과 함께 로마에 가서 아버지의 바람대로 당시 여
느 엘리트 청년처럼 법률가나 정치가가 되기 위해 수사학(修辭學)을 공부한다.
공부를 마친 뒤 그는 그리스의 아테나이와 소아시아와 시킬리아를 여행하고 돌
아와 하급 관직에 몸담지만 문학에 대한 미련 때문에 관직을 버리고 끝내 시인
이 된다. 당시 로마 시인들은 귀족 후원자의 도움을 받곤 했다. 아우구스투스
시대의 선배 시인인, 베르길리우스와 호라티우스(Horatius)와 프로페르티우
스(Propertius)가 아우구스투스 황제의 친구이자 조언자인 마이케나스(Gaius
Maecenas ?~기원전 8년)의 서클에 속했고, 오비디우스는 멧살라(Marcus
Valerius Messala Corvinus 기원전 64~기원후 8년) 서클에서 출발한다. 그러면

서 오비디우스는 점차 호라티우스와 프로페르티우스와 친분을 맺는데 베르길리우스만큼은 먼발치에서 보았을 뿐이다.

오비디우스는 처음에 헥사메터[3]와 펜타메터[4]로 이루어진 비가조(悲歌調) 대구(對句)(영 / elegiac couplet, 독 / das Distichon)로 연애시를 써서 큰 성공을 거둔다. 지금 남아 있는 그의 시들은 『변신 이야기』에서 서사시 운율인 헥사메터가 사용된 것 말고는 모두 비가조 대구로 쓰여졌는데, 이 운율은 그리스 시대부터 비가(悲歌)와 경구(警句)뿐 아니라 인생에 대한 성찰을 표현하는 데에도 널리 사용되었다.

여러 가지 사랑 이야기를 담은 『사랑의 노래』(Amores)와 신화와 전설 속 유명 여성들이 자신을 버렸거나 떠나 있는 남편 또는 애인에게, 예컨대 페넬로페가 울릭세스에게, 아리아드네가 테세우스에게 보내는 편지 형식으로 된 『여걸들의 서한집』(Epistulae Heroidum) 등 그는 초기부터 연애시에 탁월한 재능을 보였다. 역시 신화적 요소와 세속적 풍습을 기묘하게 엮어 어떻게 하면 남자가 여자의 호감을, 또 여자가 남자의 호감을 얻을 수 있는지 조언해주는 『사랑의 기술』(Ars Amatoria), 실연한 자에게 사랑에서 벗어날 수 있는 방법을 가르쳐주는 『사랑의 치료약』(Remedia amoris) 등이 있는데, 이 작품들은 향락을 경계하던 아우구스투스 황제나 경건주의자들에게 그를 요주의 인물로 만들어주기에 충분했다.

오비디우스는 기원후 2년에 『로마의 축제들』(Fasti)과 함께 자신의 대표작인 『변신 이야기』를 쓰기 시작한다. 축제와 관습을 별자리 이야기와 로마 역

---

3   헥사메터(hexameter)는 장단단격 운각인 닥튈루스(dactylus)가 여섯 번 반복된 운율로 호메로스, 헤시오도스, 베르길리우스의 서사시를 비롯하여 모든 서사시에서 사용된다. 단 여섯 번째 운각은 장단단 대신 장단 아니면 장장을 쓰며 단단은 하나의 장으로 대치될 수 있다.
4   펜타메터(pentameter)는 장단단 장단단 장을 두 번 반복한 운율로 전반부에서만 단단이 하나의 장으로 대치될 수 있다.

사에 관한 일화와 묶어 월별로 설명하는 『로마의 축제들』은 유배(기원후 8년)되는 시점까지 완성되지 못해 1~6월분만 남아 있다. 이를 유배지에서 부분적으로 손질한 것으로 생각된다. 천문학에서는 기원전 3세기 전반에 활동한 그리스 시인 아라투스(그 / Aratos)의 『현상들』(*Phaenomena*)로부터, 로마의 종교와 관습의 기원은 기원전 3세기 전반에 알렉산드리아에서 활동한 헬레니즘 시대의 대표적 박식 시인 칼리마쿠스(Callimachus 그 / Kallimachos)의 『기원 설명』(*Aitia*)으로부터, 로마의 전설은 로마의 선배 시인 프로페르티우스로부터 영향을 받았으리라 생각된다. 『로마의 축제들』에서도 프로세르피나의 납치와 같은 그리스신화를 가끔 언급하는데, 그럴 경우 『변신 이야기』에 나오는 이야기와 내용상 중복되지 않게 하려고 세심한 배려를 하고 있다.

이때는 이미 베르길리우스와 호라티우스와 프로페르티우스도 세상을 떠나고 오비디우스가 로마의 문학계를 대표하고 있었다. 시인으로서 최고의 명예를 누리던 어느 날 그는 아우구스투스 황제에 의해 로마에서 멀리 떨어진 변방인 흑해 서안의 토미스(Tomis 지금의 루마니아 Constantsa)로 유배(재산권과 시민권은 유지되는 형벌로 추방보다는 덜 가혹하다)된다. 그리고 어찌된 일인지 로마로 다시 돌아가지 못하고 오늘날의 시베리아나 다름없는 그곳에서 생명의 위협을 느끼며 비참하고 쓸쓸한 만년을 보내다가 유배된 지 10년 만인 기원후 17년 또는 18년에 세상을 떠난다. 비참한 유배 생활과 로마로 돌아가기를 바라는, 아니면 로마에서 좀더 가까운 곳으로 갈 수 있기를 바라는 그의 간절한 소망은 유배지에서 쓴 『비탄의 노래』(기원후 8~12년)와 『흑해로부터의 편지』(기원후 12~16년)에 잘 나타나 있다.

그가 유배된 이유는 지금도 수수께끼로 남아 있다.[5] 스스로의 진술에 따르면

---

5   J. C. Thibault, The Mystery of Ovid's Exile, Berkely Los Angeles 1964. 및 R. Verdiere, Le secret du voltigeur d'amour ou le mystere de la relegation d'Ovide, Bruxelles 1992. 참조.

두 가지 죄(罪 crimen), 즉 시(詩 carmen)와 과오(error) 때문인데, 이에 관해 자세히 언급하는 것은 바람직하지 않다고 적고 있다.[6] 유배를 간 이유로 여러 설이 분분하지만 모두 가설에 불과하며 새로운 증거가 제시되지 않는 한 그럴 수밖에 없어 보인다.

그러나 그가 말한 '시'(詩)가 『사랑의 기술』이라고 보는 데 이의를 제기하는 사람은 거의 없다. 그렇다면 발표한 지 8년이 지나 문제가 된 것인데, 아무래도 그가 추방된 결정적 이유는 '과오' 때문이 아닌가 생각된다. 이와 관련하여 오비디우스는 자신의 처지를 악타이온[7]의 그것에 비교한다.[8] 그렇다면 오비디우스는 무엇을 '본' 것일까? 아우구스투스 자신이나 그의 바람둥이 딸 율리아(Iulia)나 아우구스투스의 재혼한 아내 리비아(Livia)의 부적절한 행위나 그 밖에 외부에 알려져서는 안 될 사건을 목격한 것일까? 아니면 아들이 없던 아우구스투스의 후계자가 되려고 아우구스투스의 딸 율리아의 아들들과 리비아가 데리고 온 아들 티베리우스가 권력 투쟁을 할 때 오비디우스는 율리아의 아들인 가이유스 카이사르의 편이 되는데, 가이유스 카이사르가 기원후 4년 돌연사하자— 당시에는 계모 리비아의 음모[9]로 보는 이들도 있었다— 리비아와 티베리우스가 가이유스 카이사르의 추종자에게 보복하는 과정에서 오비디우스도 유배되었을 수 있다. 그렇게 본다면 아우구스투스가 세상을 떠나고 티베리우스가 황제가 된 뒤에도 오비디우스가 침묵을 지켰던 이유를 알 수 있을 듯하다. 어쨌든 이 모든

---

6   『비탄의 노래』 2권 207~12행 및 4권 10부 95~100행 참조.

7   악타이온은 그리스신화에서 아리스타이우스(Aristaeus 그/Aristaios)와 아우토노에(Autonoe)의 아들로 사냥 나갔다가 우연히 디아나(Diana 그/Artemis) 여신이 목욕하는 것을 보게 된다. 그러자 그가 이를 자랑하지 못하도록 여신이 그를 사슴으로 변하게 하자 그의 개떼가 그에게 덤벼들어 갈기갈기 찢어버린다.

8   『비탄의 노래』 2권 103~6행 참조.

9   타키투스(Publius Cornelius Tacitus), 『연대기』(*Annales*) 1권 3절 참조.

견해는 어디까지나 가설일 뿐이다.

오비디우스는 유배를 철회하거나 아니면 로마에서 좀더 가까운 곳으로 유배지를 바꿔달라고 직·간접으로 청원하지만 끝내 소망을 이루지 못했다. 정치의 희생양이 되어 문명의 변방으로 밀려나고 그가 쓴 책들은 공공 도서관에서 철거되기도 했지만,[10] 결국에는 살아남아 어떤 작가보다도 많이 읽히게 될 것이라고 독자에게 말하고 있는데,[11] 그의 이러한 확신은 과장된 것이 아니었다. 호메로스, 그리스 3대 비극시인들 그리고 베르길리우스와 더불어 오비디우스는 중세와 르네상스 시대는 물론이고 오늘날에 이르기까지 망각되지 않고 서양 문학과 미술, 나아가 인문학에 끊임없이 활력을 불어넣어주는 작가로 우뚝 솟아 있다.

●● 『변신 이야기』

오비디우스에게 불멸의 명성을 가져다주리라고 확신을 심어준 『변신 이야기』는 사랑의 시들이 모두 마무리된 기원후 2년에 쓰여지기 시작해 기원후 8년 흑해 연안으로 유배되기 전에 완성된 것으로 생각된다. 그러니까 정신적으로 가장 원숙한 시기였던 40대 후반에 쓰여졌으며 그의 작품 중 가장 분량이 많고 헥사메터 시행을 사용한 유일한 작품이기도 하다.

이 작품은 전 15권으로 된 서사시 형식의 시(詩)로 천지 창조에서부터 오비디우스 자신의 시대에 이르기까지 약 250편의 변신에 관한 신화와 전설을 담고 있는데, 크게 신들에 관한 부분(1권 452~6권 420행), 영웅들에 관한 부분(6권 421~11권 193행), 역사적 인물[12]에 관한 부분(11권 194~15권 744행)으로 나뉜

---

10 『비탄의 노래』3권 1부 63~82행 참조.
11 『비탄의 노래』4권 10부 115~32행 참조.
12 아이네아스(Aeneas)와 디도(Dido), 누마(Numa)와 에게리아(Egeria)를 역사적 인물로 간주할 경우.

다. 개별 이야기는 시간순으로 진행되는 듯하지만 신화의 경우 역사와 달리 전후 관계와 인과 관계가 분명하지 않고 주제의 유사성이나 상이성, 지리나 계보가 분류 기준이 되는 경우도 허다하다. 하지만 그의 놀라운 성과 중 하나는 이야기를 이어주는 고리가 매우 느슨함에도 불구하고 이야기들을 너무 자연스럽게 연결시켜놓았다는 것이다.

내용적으로는 그리스 로마 신화에 나오는 변신과 관련한 사물의 유래를 모아놓았지만 간혹 퓌라스무스와 티스베의 슬픈 사랑 이야기같이 서아시아의 전설을 수용하기도 하고 울릭세스와 아이약스가 아킬레스의 무구를 차지하려고 격렬한 언쟁을 벌이는 이야기에서 볼 수 있듯이 '변신'만이 중요한 의미를 갖는 것은 아니다.

이 작품을 읽다 보면 모차르트의 음악처럼 저절로 샘솟는 것 같은 느낌을 받게 된다. 하지만 오비디우스는 이 작품을 쓰기 위해 그의 문학적 소양을 오랫동안 축적해왔다. 라틴 문학의 선배인 베르길리우스와 루크레티우스(Lucretius)에게서 문학에 대한 열정을 배운 것으로 생각된다. 그러면서도 신화를 소재로 한 이러한 종류의 모형은, 하나의 주제를 중심으로 이야기를 전개해 나가는 호메로스(Homeros)의 서사시보다는 이야기를 하나씩 하나씩 소개하며 전체를 하나로 묶는 헤시오도스(Hesiodos)의 『신들의 계보』(*Theogonia*)와 『여인들 목록』(*Gynaikon Katalogos*)에서 찾아야 할 것이다. 성격이 다른 이야기들을 한데 엮는 기법은 칼리마쿠스의 『기원 설명』에서 배운 듯하다. 전 4권 총 7,000행의 이 시에서 칼리마쿠스는 그리스의 의식과 관습에 관한 전설적 기원을 밝히는데, 지역의 역사와 기원에 관한 일반적인 관심을 시적 재산으로 체계적으로 정립해놓았다. 『변신 이야기』에서도 많은 이야기들이 그러한 기원 설명으로 마무리된다. 칼리마쿠스는 또 이야기가 다음 이야기로 이행하는 기법에 관해서도 여러 암시를 주고 있는데, 예컨대 만찬 자리에서 우연히 합석하게 된 토착민에게서 들었다며 다음 이야기를 소개하는 식이다.

'변신'은 그리스신화에서 흔히 볼 수 있는 주제 가운데 하나인 만큼 이미 시의 소재로 차용되고 있었다. 그중 어느 시대에 활동했으며 남자인지 여자인지 밝혀지지 않은 보이오스(Boios) 또는 보이오(Boio)의 『새로의 변신』(*Ornithogonia*)은 사람이 새로 변신한 이야기를 모아놓은 것으로, 오비디우스의 『변신 이야기』에서도 자주 나오는 주제이다. 소아시아 콜로폰(Colophon 그 / Kolophon) 출신으로 기원후 2세기에 활동한 니칸데르(Nicander 그 / Nikandros)의 『변신 이야기』(*Heteroeumena*)는 기원후 2세기의 신화 작가 안토니누스 리베랄리스(Antoninus Liberalis)의 산문 의역본으로 알려졌는데 다른 문헌에서는 접할 수 없는 이야기들을 많이 담고 있다. 그로부터 많은 소재를 취하면서도 오비디우스는 이를 독창적으로 수용하고 있다. 예컨대 오비디우스에서 드뤼오페는 원치 않는데도 비참하게 나무로 변신하는데(『변신 이야기』 9권 326행 이하 참조), 니칸데르의 이야기에서 드뤼오페는 나무의 요정들에 의해 선의에서 납치되고 기꺼이 요정이 된다. 그 밖에 오비디우스는 프로크리스, 이피스, 퓌그말리온의 이야기에서도 소재를 더 꼼꼼하게 손질하여 더 세련된 인상을 만들어낸다. 그 밖에도 스퀼라와 메데아와 뷔블리스의 이야기에서처럼 단연 돋보이는 섬세한 여성 심리 묘사는 그리스 비극 시인 에우리피데스(Euripides)의 영향을 받은 것으로 생각된다.

　전통적인 시적 재산에 독창적인 것을 결합시키고 변형하는 것이 천재의 능력이라면, 오비디우스의 『변신 이야기』야말로 마치 우리 주위에서 최근에 일어난 놀라운 이야기를 바로 들려주는 듯한 신선함과 현실감과 생동감을 불어넣는 창조적 재능을 유감 없이 보여주고 있다. 풍부한 상상력과 회화적인 묘사는 이 작품에 등장하는 신들이나 인간들이 신화 속 인물이라기보다는 당시 로마의 상류 사회의 인물들을 연상케 한다는 평가를 받는다.

　베르길리우스 시의 묘미를 느끼려면 호메로스의 시를 알아야 하듯, 오비디우스의 『변신 이야기』도 그의 선배 시인들의 시를 알고 있으면 그 깊은 맛을 구석

구석 느낄 수 있다. 오비디우스의 『변신 이야기』를 비롯한 그리스 라틴 문학의 읽는 재미를 극대화하려면 텍스트 간의 관련성(intertextuality)을 파악할 것을 권한다. 앞서 말했듯이 네스토르는 젊은 나이에 칼뤼돈의 멧돼지 사냥에 참가하지만 멧돼지가 덤벼들자 당장 이를 피해 마치 장대높이뛰기 하듯 창 자루를 짚고 나무 위로 도망치는데(8권 260~546행 참조), 이 장면은 그가 『일리아스』에서 장수들의 회의석상에서 기회 있을 때마다 자기는 젊었을 때 아무리 강한 적 앞에서도 물러서지 않았다며 다른 장수들을 나무라는 장면을 알아야만 더 재미있게 읽힌다. 이런 복합적인 이유에서 그리스 로마 신화에 나오는 많은 이야기들이 『변신 이야기』에 나오는 집약된 형태로 기억되고 형상화되었을 것이다.

* 텍스트, 주석, 번역

Publii Ovidi Nasonis *Metamorphoses* ed. W. S. Anderson, München / Leipzig
⁹2001(Bibliotheca Teubneriana).

Publii Ovidi Nasonis *Metamorphoses* ed. R. J. Tarrant, Oxford 2004(Oxford
Classical Texts).

Ovid, *Metamorphoses* ed. with a translation by F. J. Miller, rev. G. P. Goold, 2vols.
Cambridge Mass. / London ³1977(Loeb Classical Library).

Publius Ovidius Naso, *Metamorphoses*, Kommentar von F. Bömer, 7 Bde. Heidelberg
1969~1986.

Ovid, *Metamorphoses Book VIII* ed. with an Introduction and Commentary by A. S.
Hollis, Oxford 1970.

Ovid, *Metamorphoses Book XIII* ed. with an Introduction and Commentary by N.
Hopkinson, Cambridge 2000.

Ovid, *Metamorphoses* translated by A. D. Melville, Oxford 1986(Oxford World's
Classics).

Ovid, *Metamorphoses* translated by M. M. Innes, London 1955(Penguin Books).

Ovidius, *Metamorphoses* übersetzt und herausgegeben von M. von Albrecht,
Stuttgart 1994(Philipp Reclam).

Ovid, *Metamorphosen* übersetzt von E. Rösch, München 1997(Deutscher Taschen-
buch Verlag).

•• 연구서

Adkins, L / Adkins R. A., *Dictionary of Roman Religion*, New York 1996.

Albrecht, M. v., *Zur Funktion der Tempora in Ovids elegischer Erzählung*, in: M. v. Albrecht / Zinn, E.(Hrsgg.), *Ovid*, Darmstadt (Wege der Forschung 92)

Beard, A. / North, J. / Price, S., *Religions of Rome*, 2vols., Cambridge 1998.

Dumezil, G., *Archaic Roman Religion*, Chicago 1970.

Fraenkel, H., *Ovid, A Poet of two worlds*, Berkeley 1945.

Galinsky, G. K., *Ovid' Metamorphoses. An Introduction to the Basic Aspects*, Berkeley / Los Angeles 1975.

Hardie, P.,(editor), *The Cambridge Companion to Ovid*, Cambridge 2002.

Holzberg, N., *Ovid, Dichter und Werk*, München ²1998.

Newlands, C., *Playing with time, Ovid and the Fasti*, Ithaca NY. 1996.

Otis, B., *Ovid as an Epic Poet*, Cambridge ²1970.

Schmitzer, U., *Ovid*, Darmstadt 2001.

Syme, S., *History in Ovid*, Oxford 1978.

Wilkinson, L. P., *Ovid recalled*, Cambridge 1995.

••• 사전

Deferrari, R. J. / Barry, I. / McGuire, R. P., *A Concordance of Ovid*, Washington, reprint Hildesheim 1988.

333. **VIII** 221. **IX** 332. **XV** 541

델리아(Delia=디아나) **V** 639

델리우스(Delius=아폴로) **I** 454. **V** 329. **VI** 250. **XI** 174. **XII** 598. **XIII** 650

델피(Delphi 아폴로의 신탁소로 유명했던 도시) **IX** 332. **X** 168. **XI** 304. **XV** 144, 631

델피의(Delphicus) **I** 515. **II** 543, 677. **XI** 414

도도나(Dodona 도도나는 그리스 에피로스 지방의 도시)의 ①Dodonaeus **VII** 623 ②Dodonis **XIII** 716

도륄라스(Dorylas) ①페르세우스의 전우 **V** 129, 130 ②켄타우루스족 **XII** 380

도르케우스(Dorceus 개 이름) **III** 210

도리스(Doris 네레우스의 딸들의 어머니) **II** 11, 269. **XIII** 742

도시(都市 Urbs=로마) **XV** 586, 744, 798, 801, 868

돌로페스족(Dolopes 그리스 텟살리아 지방에 살던 부족) **XII** 346

돌론(Dolon 트로이아인) **XIII** 98, 244

동방(Oriens) **IV** 20, 56. **VII** 266

동쪽의(Eous) **IV** 197

동풍(東風 Eurus) **I** 61. **VII** 659, 660, 664. **VIII** 2. **XI** 481. **XV** 603; (복수형) **II** 160

둘리키움(Dulichium)의(=이타카의. 둘리키움은 이타카 근처의 섬) **XIII** 107, 425, 711. **IX** 226

뒤마스(Dymas 헤쿠베의 아버지) **XI** 761

뒤마스의 딸(Dymantis=헤쿠베) **XIII** 620

드뤼아스(Dryas 마르스의 아들) **VIII** 307. **XII** 290, 296, 311

드로마스(Dromas 개 이름) **III** 217

드뤼오페(Dryope 요정) **IX** 331, 336, 342, 364(두 번)

디뒤메(Didyme 퀴클라데스 군도 중 하나) **VII** 469

디르케(Dirce 그리스 보이오티아 지방의 샘) **II** 239

디스(Dis=플루토. 플루토란 이름은 『변신 이야기』에는 나오지 않음) **IV** 438, 511. **V** 384, 395, 569. **XV** 535

디아(Dia=낙소스) **III** 690. **VIII** 174

디아나(Diana 아폴로의 쌍둥이 누이) **I** 487, 695. **II** 425, 451. **III** 156, 180, 185, 252. **IV** 304. **V** 375, 619. **VI** 415. **VII** 746. **VIII** 272, 353, 395, 579. **IX** 89. **X** 536. **XI** 321. **XII** 35. **XIII** 185. **XIV** 331. **XV** 196, 489

[디오메데스(Diomedes 트라키아의 왕) **IX** 194]

디오메데스(Diomedes 튀데우스의 아들. 아르고스의 왕) **XIII** 100, 102, 242. **XIV** 457, 492

디오메데스의(Diomedeus) **XV** 806

딕테(Dicte)의(=크레테의. 딕테는 크레테 섬의 산) **III** 2, 223. **VIII** 43. **IX** 717

딕튀스(Dictys) ①선원 **III** 615 ②켄타우루스족 **XII** 334, 337

딕튄나(Dictynna=디아나) **II** 441

딘뒤마(Dindyma 소아시아 뮈시아 지방의 산) **II** 223

(ㄹ)

라니스(Ranis 요정) **III** 171

라다만투스(Rhadamanthus 사자들의 재판관) **IX** 436, 440

라돈(Ladon) ①아르카디아 지방의 강 **I** 702 ②개

밤의 여신(Nox) IV 452. VII 192. XI 607. XV 31;
　(이하 '밤'으로 번역함) XIV 404(두 번)
밧투스(Battus 필로스의 노인) II 688
뱀(별자리) ① Anguis II 138 ② Serpens II 173
뱀주인(Opiuchos 별자리) VIII 182
범죄자들의 거처(sedes Scelerata) IV 456
베누스(Venus) ① 융피테르와 디오네의 딸 I 463.
　III 132. IV 171, 531. V 331, 379. VII 802. IX
　424, 482, 796. X 230, 238, 270, 277, 291, 524,
　548. XIII 759. XIV 27, 478, 494, 572, 585, 602,
　760, 783. XV 779, 844 ② 사랑 또는 교합 III
　294, 323. IV 258. VI 460. IX 141, 553, 639, 728,
　739. X 80, 324, 434. XI 306. XII 198. XIII 875.
　XIV 14, 42, 141, 380, 634
베눌루스(Venulus 투르누스의 사절) XIV 457,
　460, 512
베닐리아(Venilia 요정. 카넨스의 어머니) XIV
　334
베레퀸투스(Berecynthus)의(Berecynthius 베레
　퀸투스는 프뤼기아 지방의 산) XI 16, 106
베로에(Beroe 세멜레의 유모) III 27
베르툼누스(Vertumnus 이탈리아의 오래된 신)
　XIV 642, 678
베스타(Vesta 사투르누스의 딸. 화로의 여신) XV
　731, 778, 864, 865
벨로나(Bellona 전쟁의 여신. 마르스의 누이) V 155
벨루스(Belus 아시아의 옛 왕) IV 213
벨루스의 손녀들(Belides 다나우스의 쉰 명의 딸
　들. 여기서 벨루스는 이집트의 왕) IV 463. X 44
보레아스(Boreas 북풍의 신) VI 682, 702. XIII
　418; (이하 북풍으로 번역함) I 65. XIII 727. XV
　471

보오테스(Bootes 별자리) II 447. VIII 206. X 447
보이베(Boebe 텟살리아 지방의 소도시) VII 231
보이오티아(Boeotia 그리스의 중동부 지방) II
　239. III 13
보이오티아의(Boeotus) XII 9
[보트레스(Botres 에우멜루스의 아들) VII 390]
복수의 여신(Erinys) I 241, 725. IV 490
볼투르누스(Volturnus 캄파니아 지방의 강) XV
　715
봄(Ver) II 27
부리스(Buris 그리스 아카이아의 해안도시) XV 293
부바수스(Bubasus)의(Bubasides 부바수스는 소
　아시아 카리아 지방의 소도시) IX 644
부바스티스(Bubastis 이집트의 여신) IX 691
부시리스(Busiris 이집트의 왕) IX 183
부테스(Butes 팔라스의 아들) VII 500
부트로토스(Buthrotos 그리스 에피로스 지방의
　도시) XIII 721
북풍(北風 Aquilo) I 262. V 285. VII 3
불카누스(Vulcanus) ① 유노의 아들 VII 437 ②
　불 VII 104. IX 251
불카누스의(Vulcanius) II 106. XIII 313
뷔블리스(Byblis 밀레투스의 딸) IX 453, 454,
　455, 467, 533, 581, 643, 651, 656, 663
브로무스(Bromus 켄타우루스족) XII 459
브로미우스(Bromius 박쿠스의 별명) IV 11
브로테아스(Broteas) ① 암몬의 쌍둥이 형제 V
　107 ② 라피타이족 XII 262
브리탄니아(Britannia)인들(Britanni 브리탄니
　아는 지금의 영국제도) XV 752
비르비우스(Virbius 신격화된 힙폴뤼투스) XV
　544

투스는 시킬리아의 소도시) XIII 879

쉬마이투스의 딸(Symaethis 여기서 쉬마이투스
는 시킬리아 섬의 강 및 하신) XIII 750

쉬바리스(Sybaris 이탈리아 루카니아 지방의 도
시 및 강) XV 51, 315

쉬에네(Syene)인(Syenites 쉬에네는 이집트의 도
시) V 74

쉼플레가데스(Symplegades 흑해의 두 바위섬)
XV 338

스민테우스(Smintheus 아폴로의 별명) XII 585

스밀락스(Smilax 요정) IV 283

[스코이네우스(Schoeneus 아탈란타의 아버지)
X 638]

스코이네우스의 딸(Schoeneia=아탈란타. 스코
이네우스는 보이오티아 지방의 왕) X 609, 669

스퀴루스(Scyrus 에우보이아 북동쪽에 있는 섬)
XIII 156, 175

스퀴티아(Scythia 스퀴타이족의 나라) I 64. II
224. VIII 788, 797

스퀴티아의(Scythicus) V 649. VII 407. X 588.
XIV 331. XV 285

스퀴티아의 여인들(Scythides) XV 360

스퀼라(Scylla) ① 괴물 VII 65. XIII 730, 900,
967. XIV 18, 39, 52, 59, 70 ② 니수스의 딸 VIII
91, 104

스퀼라케움(Scylaceum)의(Scylaceus 스퀼라케
움은 브룻티움 지방의 도시 및 곳) XV 702

스키론(Sciron 날강도) VII 444, 447

스타비아이(Stabiae 캄파니아 지방의 도시) XV
711

스테넬루스(Sthenelus)의 아들(Sthenelius) ①
리구리아 왕 스테넬루스의 아들 퀴그누스 II

367 ② 페르세우스의 아들인 스테넬루스의 아
들 에우뤼스테우스 IX 273

스튀펠루스(Styphelus 켄타우루스족) XII 549

스튁스(Styx 저승의 강) IV 434. X 13. XII 322.
XV 154

스튁스의(Stygius) I 139, 189, 737. II 101. III 76,
272, 290, 505, 695. IV 437. V 115, 504. VI 662.
X 65, 313, 697. XI 500. XIII 465. XIV 155, 591.
XV 791

스튐팔루스(Stymphalus)의(Stymphalis 스튐팔
루스는 아르카디아 지방의 호수 및 강) IX 187

스트로파데스(Strophades 이오니아 해의 두 작은
섬) XIII 709

스트뤼몬(Strymon 트라키아 지방의 강) II 257

스틱테(Sticte 개 이름) III 217

스파르테(Sparte 라코니케 지방의 수도) VI 414.
X 170, 217. XV 426, 428

스파르테의(Spartanus) III 208

스페르키오스(Sperchios 텟살리아 지방의 강)
I 579

스페르키오스의(Spercheis) II 250. VII 230

스페르키오스 강변의 주민(Sperchionides) V 86

[스핑크스(Sphinx 괴물) VII 761]

시게움(Sigeum 트로아스 지방의 곳)의 ① Sigei-
us XIII 3 ② Sigeus XI 197. XII 71

시기(猜忌 Livor) VI 129. X 515

시누엣사(Sinuessa 아우룽키족의 도시) XV 715

시니스(Sinis 날강도) VII 440

시돈(Sidon 포이니케 지방의 도시) IV 572

시돈의 ① Sidonis II 840. X 267 ② Sidon ius III
129. IV 543

시돈의 여인(Sidonis=디도) XIV 80

682, 695

아이네아스의 자손(Aeneades=카이사르) XV 804

아이사르(Aesar 브룻티움 지방의 강) XV 22, 54

아이사코스(Aesacos 프리아무스의 아들) XI 762, 791. XII 1

아이손(Aeson 이아손의 아버지) VII 84, 110, 162, 252, 287, 292, 303

아이손의 아들(=이아손) ①Aesonides VII 60, 77, 164, 255. VIII 411 ②Aesonius VII 156

[아이스쿨라피우스(Aesculapius 아폴로의 아들) II 629, 633, 642. XV 533, 639, 642, 653, 667, 742]

아이아스(Aeas 에피로스 지방의 강) I 580

아이아이아(Aeaea)의(Aeaeus 아이아이아는 키르케가 살던 섬) IV 205

아이아쿠스(Aeacus 아이기나의 왕) VII 474, 479, 506, 517, 864. IX 435, 440. XIII 25, 27

아이아쿠스의(Aeacideius) VII 472

아이아쿠스의 손자(Aeacides=아킬레스) XII 82, 96, 168, 603, 613. XIII 505

아이아쿠스의 아들(Aeacides=펠레우스) XI 227, 246, 250, 274, 389, 400. XII 365

아이아쿠스의 아들(Aeacides=포쿠스) VII 668, 798

아이아쿠스의 아들들(Aeacidae) VII 494

아이아쿠스의 전우들(Aeacidae) VIII 4

아이아쿠스의 집안(Aeacidae) XIII 33

아이약스(Aiax) ①오일레우스의 아들 XII 622 ②텔라몬의 아들 XIII 2, 17, 28, 97(두 번), 141, 152, 156, 164, 219, 254, 305, 327, 338, 340, 390(두 번)

아이에테스(Aeetes=콜키스의 왕. 메데아의 아버지) VII 170

아이에테스의 딸(Aeetias=메데아) VII 9, 326

아이올루스(Aeolus 바람의 신) XI 748. XIV 223, 224

아이올루스(=바람의 신)의(Aeolius) I 262. XIV 232

아이올루스(=헬렌의 아들)의(Aeolius) IV 487. VI 116

아이올루스(=바람의 신)의 딸(Aeolis=알퀴오네) XI 444, 573

아이올루스(=헬렌의 아들)의 아들(Aeolides) ①아타마스 IV 512 ②시쉬푸스 XIII 26 ③케팔루스 VI 681. VII 672

아이올루스(=바람의 신?)의 아들(Aeolides=미세누스) XIV 103

아이올루스(=바람의 신)의 아들들(Aeolidae) IX 507

아이올리스(Aeolis 소아시아 서북 지방) VII 357

아이탈리온(Aethalion 선원) III 647

아이톤(Aethon 태양신의 말) II 153

아이톨리아(Aetolia)의(Aetolius 아이톨리아는 그리스 중서부 지방) XIV 461

아이톨리아인(Aetolus) XIV 528

아이트나(Aetna 시킬리아의 산) II 220. V 352, 442. XIII 770, 868, 877. XIV 1, 160, 188. XV 340

아이트나의(Aetnaeus) VIII 260

아이티오피아인(Aethiops 아이티오피아는 이집트 남쪽의 더운 지방) I 778. II 236. IV 669. XV 320

아이티온(Aethion 예언자) V 146

르쿠리우스) **II** 708. **VIII** 627

제단(祭壇 Ara 별자리) **II** 139

제테스(Zetes 보레아스의 아들) **VI** 716

질투의 여신(Invidia) **II** 760, 770. **X** 584('시기심' 으로 번역)

(ㅊ)

처녀 신(Virgo) ① 아스트라이아 **I** 149 ② 미네르 바 **IV** 754. **XIV** 468 ③ 디아나 **XII** 28

천둥신(Tonans=윱피테르) **I** 170. **II** 466. **XI** 198, 319

(ㅋ)

카나케(Canache 개 이름) **III** 217

카넨스(Canens 요정) **XIV** 338, 381, 383, 417, 433

카노푸스(Canopus 이집트의 도시) **XV** 828

카드무스(Cadmus 아게노르의 아들) **III** 3, 14, 24, 115, 131, 138, 174. **IV** 470, 572, 591, 592. **VI** 177

카드무스의(Cadmeis) **IV** 454. **VI** 217. **IX** 304

카드무스의 딸(Cadmeis=세멜레) **III** 287

카락수스(Charaxus 라피타이족) **XII** 272

카롭스(Charops 뤼키아인) **XIII** 260

카륍디스(Charybdis 위험한 바다 소용돌이) **VII** 63. **VIII** 121. **XIII** 730. **XIV** 75

카르타이아(Carthaea)의(Cartheius 카르타이아 는 케아섬의 소도시) **VII** 368. **X** 109

카르파토스(Carpathos)의(Carpathius 카르파 토스는 에게 해의 섬) **XI** 249

카리아(Caria)인들(Cares 카리아는 소아시아 서 남지방) **IV** 297. **IX** 645

카리클로(Chariclo 요정) **II** 636

카메나이(Camenae 고대 이탈리아의 요정들. 나 중에는 무사여신들과 동일시) **XV** 482

카스탈리아(Castalia)의(Castalius 카스탈리아 는 파르나수스산의 샘) **III** 14

카스토르(Castor 뮌다레우스의 아들) **XII** 401

카스트룸(Castrum 또는 Castrum Inui 라티움 지 방의 도시) **XV** 727

카오니아(Chaonia)의(카오니아는 에피로스 지 방의 한 지역) ① Chaonis **X** 90 ② Chaonius **XIII** 717

카오니아의(Chaonius 여기서 카오니아는 쉬리 아지방의 도시) **V** 163

카오스(Chaos 혼돈) **I** 7. **II** 299. (이하 저승이란 뜻) **X** 30. **XIV** 404

카우누스(Caunus 밀레투스의 아들) **IX** 453, 488, 489, 580

카우카수스(Caucasus 아시아의 산맥) **II** 224. **VIII** 798

카우카수스의(Caucasius) **V** 86

카울론(Caulon 브룻티움 지방의 도시) **XV** 705

카위스트로스(Caystros 뤼디아 지방의 강) **II** 253. **V** 386

카이네우스(Caeneus 엘라투스의 아들. 전에는 카이니스라는 이름의 딸이었음) **VIII** 305. **XII** 172, 173, 179, 459, 490, 497, 514, 531

카이니스(Caenis 엘라투스의 딸) **XII** 189, 195, 201, 470, 471

카이사르(Caesar=율리우스 카이사르) **XV** 746, 750, 845

카이사르의(Caesareus) **I** 201. **XV** 864, 865

카이예타(Caieta 아이네아스의 유모) **XIV** 443

카이쿠스(Caicus 소아시아 뮈시아 지방의 강) II
243. XII 111. XV 278

카파네우스(Capaneus 아르고스인) IX 404

카페레우스(Caphereus 에우보이아 섬의 곶) XIV
472, 481

카페투스(Capetus 알바의 왕) XIV 613

카펠라(Capella 별자리) III 594

카퓌스(Capys 알바의 왕) XIV 613, 614

카프레아이(Capreae 나폴리 만의 섬) XV 709

카피톨리움(Capitolium 로마의 언덕) I 561. II
538. XV 589, 828, 841

칼라우레아(Calaurea 아르골리스 지방의 섬) VII
384

칼라이스(Calais 보레아스의 아들) VI 716

칼뤼돈(Calydon 아이톨리아 지방의 도시) VI
415. VIII 270, 495, 526

칼뤼돈의(Calydonius) VIII 324, 727. IX 2. XIV
512. XV 769

칼뤼돈의 여인(Calydonis 복수형 Calydonides)
①단수형(데이아니라) IX 112 ②복수형 VIII
528

칼륌네(Calymne 에게 해의 섬) VIII 222

칼리로에(Callirhoe 아켈로우스의 딸) IX 414,
432

칼리오페(Calliope 무사 여신들 중 한 명) V 339

[캇산드라(Cassandra 프리아무스의 딸) XIII
410. XIV 468]

캇시오페(Cassiope 안드로메다의 어머니) IV
738

케나이움(Cenaeum)의(Cenaeus 케나이움은 에
우보이아 섬의 북서단) IX 136

케람부스(Cerambus 데우칼리온의 홍수 때 풍뎅

이로 변한 목자) VII 353

케라스타이족(Cerastae 퀴프루스의 아마투스 시
에 살던 부족) X 223

케레스(Ceres 사투르누스의 딸. 농업과 곡식의
여신) V 109, 341, 343, 376, 415, 533, 572, 655,
660. VIII 274, 771, 778, 785, 814. IX 423. X 74,
431; (이하 음식 또는 곡식으로 번역함) III 437.
VIII 292. XI 112

케레스의(Cerealis) I 123. VII 439. VIII 741. XI
121, 122. XIII 639

케르베루스(Cerberus 머리가 셋인 저승의 개) IV
450. VII 413. IX 185

케르베루스의(Cerbereus) IV 501. XIV 65

케르시다마스(Chersidamas 뤼키아인) XIII 259

케르코페스족(Cercopes 원숭이로 변한 부족)
XIV 92

케르퀴온(Cercyon 엘레우신의 왕) VII 439

케브렌(Cebren)의 딸(Cebrenis=헤스페리에)
XI 769

케아(Cea 퀴클라데스 군도 중 하나) VII 368

케아의(Ceus) X 120

케윅스(Ceyx 트라키스의 왕) XI 272, 411, 461,
544(두 번), 561, 587, 653, 658, 673, 685, 727,
739

케크롭스(Cecrops 아테나이의 전설적 건설자) II
555, 784, 797. XV 427

케크롭스의(Cecropius) VI 70, 446. XI 93

케크롭스의 딸(Cecropis=아글라우로스) II 805

케크롭스의 자손(Cecropides=테세우스) VIII
551

케크롭스의 자손들(Cecropides=아테나이인들)
VII 468, 502, 671; (=프로크네와 필로멜라) VI

667

케팔루스(Cephalus 아이올루스의 손자) VI 681.
VII 493, 495, 502, 512, 665, 666, 865. VIII 4

케페우스(Cepheus 아이티오피아의 왕) IV 738.
V 12, 42, 44

케페우스의(Cepheus) IV 669

케페우스의(Cephenus=아이티오피아의) IV 764

케페우스의 백성들(Cephenes=아이티오피아인
들) V 1, 97

케피소스(Cephisos 그리스 포키스 지방의 강 및
하신) III 19, 343. VII 388

케피소스의 ①Cephisis I 369 ②Cephisias VII
438

케피소스의 아들(Cephisius=나르킷수스) III
351

켄타우루스(Centaurus 반인반마의 괴물) II 636;
(이하 모두 복수형 Centauri) IX 191. XII 219,
536

켈라돈(Celadon) ①피네우스의 전우 V 144 ②라
피타이족 XII 250

켈렌니아(Celennia 남부 이탈리아의 어느 곳)
XV 704

켈미스(Celmis 아다마스로 변신) IV 282

켕크레이스(Cenchreis 키뉘라스의 아내) X 435

코로나이(Coronae 재에서 태어난 두 젊은이)
XIII 698

코로네우스(Coroneus 포키스인) II 569

코로니스(Coronis 요정) II 542, 599

코로니스의 아들(Coronides=아이스쿨라피우
스) XV 649

코뤼키움(Corycium) 동굴의 요정들(Corycides
코뤼키움은 파르나수스 산의 동굴) I 320

코뤼투스(Corytus) ①페르세우스의 전우 V 125
②파리스의 아들 VII 361 ③라피타이족 XII
290, 292

코린투스(Corinthus 그리스의 도시) V 407. VI
416

코린투스의(Corinthiacus) XV 507

코메테스(Cometes 라피타이족) XII 284

코스(Cos) 섬의(Cous 코스는 카리아 지방 앞바
다의 섬) VII 363

코이라노스(Coeranos 뤼키아인) XIII 257

코이우스(Coeus 티탄 신족. 라토나의 아버지) VI
185, 366

코칼루스(Cocalus 시킬리아의 왕) VIII 261

콜키스(Colchis)의 여인(Colchis=메데아. 콜키
스는 흑해 동안지방) VII 296, 301, 331, 348

콜키스의(Colchus) VII 394. XIII 24

콜키스인(Colchus) VII 120

콜로폰(Colophon)의(Colophonius 콜로폰은 이
오니아 지방의 도시) VI 8

콤베(Combe 오피우스의 딸) VII 383

쿠레스(Cures 사비니족의 도시) XIV 778. XV 7

쿠레테스(Curetes 레아의 사제들) IV 282

쿠레테스들의(Curetis) VIII 153

쿠마이(Cumae 캄파니아 지방의 도시) XIV 104

쿠마이의(Cumaeus) XIV 121, 135. XV 712

쿠피도(Cupido 사랑의 신. 아모르의 다른 이름) I
453. IV 321. V 366. VII 73. IX 482, 543. X 311

퀴그누스(Cygnus) ①스테넬루스의 아들 II 367,
377 ②넵투누스의 아들 XII 72, 75, 76, 101,
122, 125, 138, 150, 164, 171

퀴그누스 ①의(Cygneis) XII 581

퀴도니아(Cydonia)의(Cydonaeus=크레테의.

트리토니스의(Tritonis) II 794. V 645

트리토니아(Tritonia 미네르바의 별명) II 783. V 250, 279. VI 1

트리토니아의(Tritoniacus) VI 384. XV 358

트리톤(Triton 넵투누스의 아들) I 333. II 8. XIII 919

트립톨레무스(Triptolemus 켈레우스의 아들) V 646, 653

트몰루스(Tmolus 뤼디아 지방의 산 및 산 신) II 217. XI 151, 156(산 신), 164, 171, 194

틀레폴레무스(Tlepolemus 헤르쿨레스의 아들) XII 537

티그리스(Tigris 개 이름) III 217

티레시아스(Tiresias 테바이의 예언자) III 232. VI 157

티륀스(Tiryns)의 여인(Tirynthia=알크메네) VI 112

티륀스의 영웅(Tirynthius=헤르쿨레스) VII 410. IX 66, 268. XII 564. XIII 401

티몰루스(Timolus=Tmolus) VI 15. XI 86

[티베리우스(Tiberius 아우구스투스의 후계자) XV 836]

티시포네(Tisiphone 복수의 여신들 중 한 명) IV 474, 481

티탄(Titan=태양신) I 10. II 118. VI 438. X 79, 174. XI 257

티탄의(Titaniacus) VII 398

티탄의 딸(=라토나) ①Titania VI 346 ②Titanis VI 185

티탄의 딸(=키르케) ①Titania XIV 382, 438 ② Titanis XIII 968. XIV 14, 376

티탄의 손녀(=퓌르라) I 395

티탄의 외손녀(=디아나) III 17

[티토누스(Tithonus 아우로라의 남편) IX 422]

티튀오스(Tityos 대지의 여신의 아들. 거한) IV 457

(ㅍ)

파가사이(Pagasae)의(Pagasaeus 파가사이는 텟 살리아 지방의 항구도시) VII 1. VIII 349. XII 412. XIII 24

파노페(Panope 그리스 포키스 지방의 도시) III 19

파노페우스(Panopeus 칼뤼돈의 멧돼지 사냥꾼) VIII 312

파놈파이우스(Panomphaeus 윱피테르의 별명) XI 198

파두스(Padus 지금의 포 강) II 258

파라이토니움(Paraetonium 리뷔에의 도시) IX 773

파로스(Paros 퀴클라데스 군도 중 하나) VII 465. VIII 221

파로스(Pharos 이집트 알렉산드리아 앞바다의 작은 섬) IX 773. XV 287

파로스의(Parius) III 419

파르나수스(Parnasus 그리스 포키스 지방의 산) I 317, 467. II 221. XI 339

파르나수스의 ①Parnasius IV 643. V 278 ② Parnasis XI 165

파르라시아(Parrhasia)의(=아르카디아의. 파르 라시아는 그리스 아르카디아 지방의 소도시) ①Parrhasis II 460 ②Parrhasius VIII 315

파르살리아(Pharsalia 텟살리아 지방의 도시 파 르살루스의 주변 지역) XV 823

파르타온(Parthaon 오이네우스의 아버지) IX 12

팔라메데스(Palamedes 나우플리우스의 아들) XIII 56, 308

팔라스(Pallas) ①아이게우스의 아우 VII 500, 665, 666 ②미네르바의 별명 II 553, 567, 712, 834. III 102. IV 38. V 46, 263, 336, 375. VI 23, 26, 36, 44, 70, 129, 135, 335. VIII 252. XII 151, 360. XIII 99

팔라스②의(Palladius) VII 399, 723. VIII 275

팔라스의 딸(=아우로라. 여기서 팔라스는 티탄 신족) ①Pallantias XI 421. XV 191 ②Pallantis XV 700

팔라이몬(Palaemon 해신) IV 542. XIII 919

팔라이스티네(Palaestine)의(Palaestinus 팔라이스티네는 여기서 쉬리아 지방) IV 46. V 145

팔라티움(Palatium 로마의 일곱 언덕 중 하나) I 176. XIV 333, 822

팔라티움의(Platinus) XIV 622. XV 560

팔리키들(Palici 윱피테르와 요정 탈리아의 쌍둥이 아들) V 406

팔레스(Pales)의 축제일(Palilia 팔레스는 목자와 가축 떼의 여신) XIV 774

팔레네(Pallene 트라키아 지방의 도시) XV 356

팜파고스(Pamphagos 개 이름) III 210

팡카이아(Panchaia 팡카이아는 아라비아 동쪽의 섬)의 ①Panchaeus X 478 ②Panchaius X 309

페가수스(Pegasus 메두사의 피에서 태어난 천마) IV 786. V 262

페게우스(Phegeus)의(Phegeius 페게우스는 프소피스의 왕) IX 412

페기아(Phegia)의(Phegiacus 페기아는 아르카디아 지방의 소도시) II 244

페나테스(Penates) ①가정의 수호신들 I 174, 231. III 539. V 155. VIII 91. XV 864 ②집 또는 가정 I 773. V 496, 650. VII 574. VIII 637. IX 446, 639. XII 551

페네(Phene 페리파스의 아내) VII 399

페네오스 ①Pheneos 아르카디아 지방의 도시 XV 332 ②Peneos 텟살리아 지방의 강 및 하신 I 569. II 243. VII 230

페네오스(Peneos 텟살리아 지방의 강 및 하신)의 (Peneius) I 452. XII 209

페네오스의 딸(=다프네) ①Peneia I 525 ②Peneis I 472, 504

페넬로페(Penelope 울릭세스의 아내) VIII 315. XIII 511

페레스(Pheres)의 아들(Pheretiades=아드메투스) VIII 310

페르가마(Pergama 단수형 Pergamum) XII 445, 591. XIII 169, 219, 320, 349, 374, 507, 520. XIV 467. XV 442

페르구스(Pergus 시킬리아의 호수) V 386

페르라이비아(Perrhaebia)의(Perrhaebus=텟살리아의. 페르라이비아는 텟살리아 북부 지역) XII 172, 173

[페르세(Perse 키르케의 어머니) IV 205]

페르세스(Perses)의 딸(Perseis=헤카테. 페르세스는 티탄 신족) VII 74

페르세우스(Perseus 윱피테르와 다나에의 아들) IV 611, 639, 697, 699, 730. V 16, 30, 33, 34, 56, 80, 167, 175, 178, 190, 201, 216, 248

페르세우스의(Perseius) V 128

페르세포네(Persephone 프로세르피나의 그리스어 이름) V 470. X 15, 730

페르시아(Persis 아시아의 나라) I 62

할레수스(Halesus 라피타이족) XII 462

할리우스(Halius 뤼키아인) XIII 258

할퀴오네우스(Halcyoneus 피네우스의 전우) V
13

해[年 Annus] II 25

허기(虛飢 Fames) VIII 784, 785, 791, 799, 814

헤르마프로디투스(Hermaphroditus 메르쿠리
우스와 베누스의 아들) IV 383

헤르세(Herse 케크롭스의 딸) II 559, 724, 739,
747, 809

헤르실리에(Hersilie 로물루스의 아내) XIV 830,
839, 848

헤르쿨레스(Hercules 윱피테르와 알크메네의
아들) VII 364. IX 135, 256, 264, 278, 286. XII
574. XIII 23, 52. XV 284

헤르쿨레스의(Herculeus) IX 162. XI 627. XII
309, 539, 554. XV 47, 231, 711

헤베(Hebe 유노의 딸) IV 400

헤브루스(Hebrus 트라키아의 강) II 257. IX 400.
XI 50

헤스페루스(Hesperus 태백성) V 441

헤스페리데스들(Hesperides 서쪽의 요정들) XI
114

헤스페리에(Hesperie 요정) XI 769

헤시오네(Hesione 라오메돈의 딸) XI 217

헤카테(Hecate 페르세스의 딸) VII 74, 174, 194,
241. XIV 405

헤카테의 ① Hecateis VI 139 ② Hecateius XIV
44

헤쿠베(Hecube 프리아무스의 아내) XIII 423,
549, 556, 575, 577

헥토르(Hector 프리아무스와 헤쿠베의 아들) II

758, 760. XII 3, 69, 75, 77, 447, 448, 548, 591,
607. XIII 82, 178(두 번), 279, 384, 426, 427,
486, 487, 512, 666

헥토르의(Hectoreus) XII 67. XIII 275

헨나(Henna)의(Hennaeus 헨나는 시킬리아 섬
의 도시) V 385

헬레(Helle 프릭수스의 누이) XI 195

헬레네(Helene 레다와 윱피테르의 딸) XIII 200.
XIV 669

헬레누스(Helenus 프리아무스의 아들) XIII 99,
723. XV 438, 450

헬레스폰투스(Hellespontus 에게 해와 프로폰티
스 해를 잇는 지금의 다다넬즈 해협) XIII 407

헬롭스(Helops 켄타우루스족) XII 334, 335

헬리아데스들(Heliades 태양신의 딸들) II 340. X
91, 263

헬리케(Helice) ① 아카이아 지방의 도시 XV 293
② 별자리 VIII 207

헬리콘(Helicon 보이오티아 지방의 산) II 219. V
254, 663. VIII 534

헬릭스(Helix 피네우스의 전우) V 87

호디테스(Hodites) ① 아이티오피아인 V 97 ②
켄타우루스족 XII 457

호라(Hora 신격화된 헤르실리에의 이름) XIV
851

호라이 여신들(Horae 시간과 계절의 여신들) II
26, 118

활의 신(Arquitenens=아폴로) VI 265

황소(Taurus 별자리) II 80

휘리에(Hyrie 보이오티아 지방의 호수 및 그 인근
도시) VII 371, 380

휘메나이우스(Hymenaeus 결혼의 신) IV 758. VI

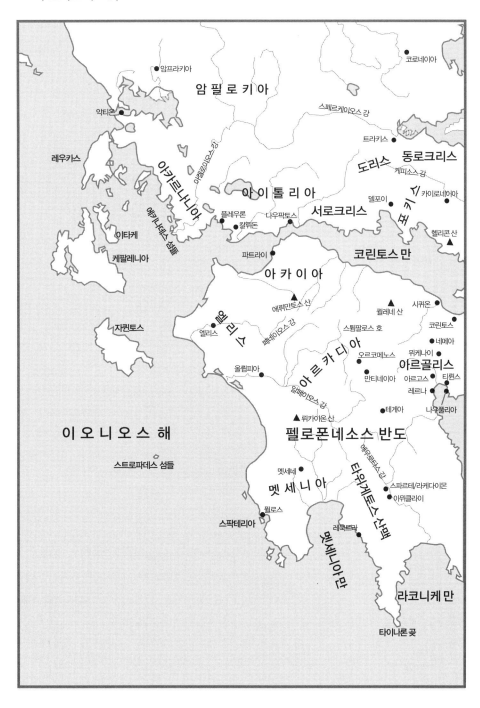

암프라키아

코로네이아

암 필 로 키 아

스페르케이오스 강

악티온

트라키스

레우카스

동로크리스

도리스

케피소스 강

아카르나니아

아이톨리아

카이로네이아

아케니스 설

델포이

레우카스

플레우론

나우팍토스

서로크리스

포키스

칼뤼돈

헬리콘 산 ▲

이타케

파트라이

코린토스 만

케팔레니아

아 카 이 아

자퀸토스

에뤼만토스 산 ▲

퀼레네 산 ▲

시퀴온

엘리스

스튐팔로스 호

코린토스

페네이오스 강

네메아

뮈케나이

엘리스

오르코메노스

아르골리스

올림피아

만티네이아

아르고스

티륀스

아 르 카 디 아

레르나

알페이오스 강

나우플리아

이 오 니 오 스 해

▲ 뤼카이온 산

테게아

펠로폰네소스 반도

스트로파데스 섬들

멧세네

에우로타스 강

멧 세 니 아

타위게토스 산맥

스파르테/라케다이몬

아뮈클라이

필로스

스팍테리아

레욱트라

멧세니아 만

라코니케 만

타이나론 곶

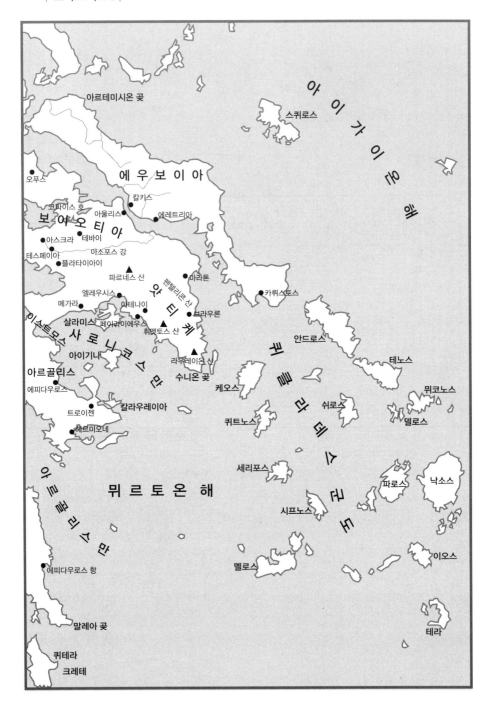

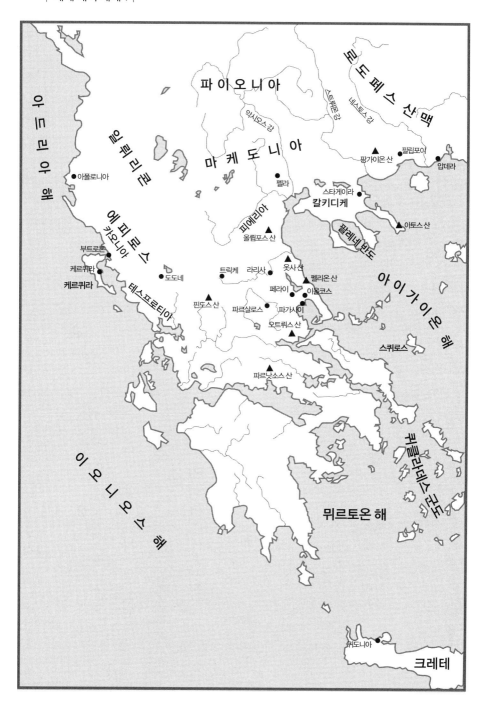

파이오니아

폰토페스산맥

마케도니아

일뤼리쿰

악시오스강

스트뤼몬강

네스토스강

펠라

핑가이온산

필립포이

압데라

아드리아 해

아폴로니아

에피로스

카오니아

스타게이라

칼키디케

파이에리아

올림포스산

아토스산

팔레네 반도

부트로톤

케르퀴라

케르퀴라

도도네

테스프로티아

트릭케

라리사

옷사산

펠리온산

페라이

이올코스

파가사이

핀도스산

파르살로스

오트뤼스산

아이가이온 해

스퀴로스

파르낫소스 산

이오니오스 해

퀴클라데스 군도

뮈르토온 해

퀴도니아

크레테

트 라 케

폰토스 에우크세이노스
(흑 해)

보스포로스 해협

뷔잔티온

네스토스강

헤브로스강

마로네이아

프로폰티스 해

비 튀 니 아

타소스

케르소네소스 반도

사모트라케

뤼지코스

임브로스

람프사코스

아뷔도스

헬레스폰토스 해협

트로이아

그라니코스강

뮈 시 아

트로아스

렘노스

테네도스

아이올리스

▲이데 산

아드라뮛테이온

프뤼기아

페르가몬

뮈틸레네

카이코스강

헤르모스강

레스보스

퀴메

키오스

포카이아

▲시퓔로스 산

사르데이스

스뮈르나

▲트몰로스산

클라조메나이

카위스트로스강

뤼 디 아

콜로폰

클라로스

에페소스

사모스

마이안드로스강

이카리아

사모스

밀레토스

카 리 아

뤼 키 아

이오니아

낙소스

할리카르낫소스

코스

코스

퀴클라데스 군도

아모르고스

크산토스강

크산토스

크니도스

텔로스

니쉬로스

아스튀팔라이아

로도스

린도스

로도스

카르파토스

크레테

크놋소스

카 르 파 토 스 해

고르튀스

파이스토스

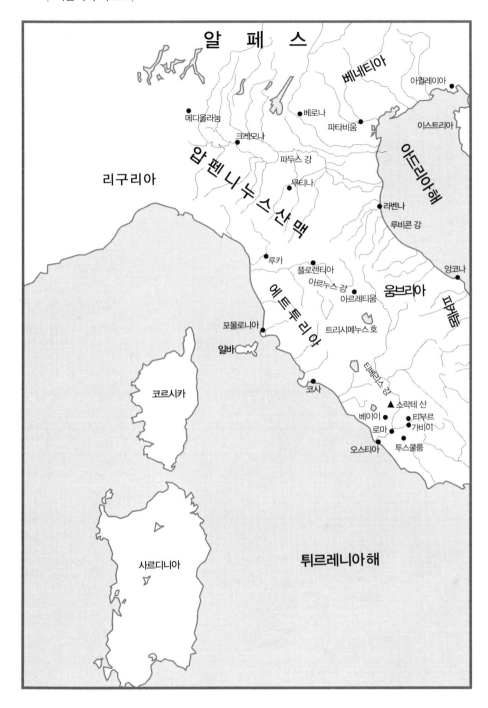

알 페 스

베네티아

아퀼레이아

메디올라눔

베로나

이스트리아

크레모나

파타비움

파두스 강

아드리아해

리구리아

무티나

압펜니누스 산맥

라벤나

루비콘 강

루카

잉코나

플로렌티아

아르누스 강

움브리아

피케눔

아르레티움

포풀로니아

트리시메누스호

에트루리아

일바

티베리스 강

코사

코르시카

소락테 산

베이이

티부르

로마

가비이

오스티아

투스쿨룸

사르디니아

튀르레니아해